전북대 개인기록 총서 15

한
주물
기술자의
일과
삶

인천일기 1

이정덕 · 소순열 · 남춘호 · 임경택 · 문만용 · 진명숙
정승현 · 이성호 · 손현주 · 김희숙 · 유승환 편저

지식과교양

이 책은 2014년도 정부(교육부)의 재원으로 한국연구재단의 지원을 받아 연구되었음(NRF-2014S1A3A2044461).

서문

『인천일기』는 주물 기술자 박기석(朴基錫, 가명임, 1926-2002)의 일기 기록이다. 그는 일제 강점기 말 일본에 건너가 주물공장에서 기술을 배우고, 해방이 되자 국내로 들어와 서울의 '대동공업'과 인천의 '이천전기'에서 주물 기술자로 일한 현장 노동자이다. 그는 충북 옥천에서 태어난 시골 청년으로, 이 일기는 그의 도시 경험에 관한 기록이다.

우리 연구팀은 지난 6년 동안 현대일기를 발굴하여 탈초, 해제, 출판하면서, 이를 자료로 삼아 일상 생활사를 통해 동아시아의 현대사를 재구성하는 작업을 진행해왔다. 그 동안 전라북도와 경상북도의 농민일기를 발굴하여 출간하였고, 지난해와 올해에는 충청북도의 교사일기를 출간하는데 힘을 기울였다. 『인천일기』는 우리 연구팀의 네 번째 작업이자, 처음으로 접하게 되는 대도시 노동자의 기록이다.

우리 연구팀이 다양한 분야와 영역의 개인기록을 발굴해서 자료화하는 것은, 그 속에 담긴 일상과 일상 속의 사건들을 해석하고 재배치함으로써 한국 현대사, 나아가서는 동아시아의 현대사를 재구성할 수 있다고 믿기 때문이다. 개인기록, 특히 일기는 일상에서 발생하는 사건들, 그리고 자신의 의지와 관계없이 그 사건 속에 놓인 자신을 발견하게 되는 개인이 자신의 생각과 행동을 현장과 가장 가까운 시공간에서 기록한 것이라는 점에서 그 가치를 지닌다는 우리 연구팀의 생각은 연구를 처음 시작하던 6년 전과 다르지 않다.

그동안 우리의 작업이 자본주의 상품경제의 확산과 국가 폭력이 농촌사회에서 만들어낸 변화와 그 속에서의 농민의 삶을 조명하는 데 집중되었다면, 지난해부터는 교사의 일기를 통해서 지식인의 눈에 비친 한국 현대사를 재해석하는 데 노력을 기울였다. 우리는 식민지 경험과 해방, 전쟁, 4·19혁명과 5·16군사쿠데타, 새마을운동과 1980년에 벌어진 일련의 격동 등 한국 현대사 전환점을 겪으면서, 그때마다 흔들리던 학교와 교사의 위상, 그럼에도 지식인으로서의 사회적 위치를 지키고 살아온 한 교사의 삶의 궤적에 관심을 집중하고 있었다.

『인천일기』는 거의 같은 시기를 전혀 다른 공간에서 경험한 한 노동자의 일기이다. 일본의 자본과 권력 아래에서 주물 기술을 배운 한 청년이 전쟁과 전후의 복구 과정에 참여하고, 1960년대 경제개발계획이라는 거대담론 속에서 쇳물과 싸우면서 견뎌온 삶의 기록이다. 특히 1960년대 서구 기술과 기계가 물밀 듯 들어오고, 대학에서 서구 기술을 습득한 젊은 기술 인력들이 공장으로 대거 들어오면서, 자신이 지닌 기술이 한순간 '낡은 것'이 되어가고, 자신을 지탱해주던 기술자로서의 자긍심이 무너져 내리는 것을 견뎌야 했던 한 기술 노동자의 상실감과 위기감을 일기 속에서 읽어낼 수 있다. 이렇게 『인천일기』는 '한강의 기적', '동양 최대', '유례 없는 빠른 성장' 등으로 미화되는 한국 경제개발사의 이면에서 명예도 이름도 남기지 못한 채 성장의 밑거름으로 묻힌 노동자들의 현장 생활과 다사다난한 가족사를 보여주고 있다. (우리 연구팀은 가족과 상의해서, 저자와 가족들의 이름을 가명으로 처리하기로 했다. 결국 저자는 자신의 일기에서조차 이름을 남기지 못하게 된 셈이다. 어쩔 수 없는 일이었다 하더라도, 이 결정이 저자의 뜻과 같은 것이기를 바라는 마음으로, 저자와 가족께 죄송하다는 말씀을 드린다.)

우리는 약 2년 전, 1956년부터 1973년까지 전부 9권의 일기장을 저자의 사위인 서강대학교 정승현 선생으로부터 건네받았다. 지난 2년 동안 연구팀의 한없이 밀린 작업들 사이에 끼여 일기장이 묵혀있기도 했지만, 고어가 섞인 한글과 도무지 알아 볼 수 없는 한자들, 간간이 끼어드는 주물관련 일본식 용어와 알파벳들이, 야간작업이 일상인 주물 작업장 노동자의 노곤함이 배인 글씨체 속에 섞여 있어서, 우리의 작업을 한껏 더디게 했다. 정승현 선생과 저자의 큰따님은 우리의 작업을 위해 직접 전북대학교를 방문하여, 저자의 일생과 고향, 가족에 관한 이야기와 기억들을 소상히 전해주셨다. 또 정승현 선생께서는 저자의 일생에 관한 해제를 직접 써서 보내주셨다. 이 자리를 빌어서 부친의 일기를 출판하는데 동의해주고, 도움을 마다하지 않으신 가족들께 연구팀 모두의 마음을 모아 감사 인사를 드린다. 모든 개인기록이 그렇듯이, 일기란 글쓴이의 소소한 행적과 내밀한 생각들을 숨김없이 드러낸 글이다. 그래서 선뜻 공개를 결심하기가 쉽지 않다. 그런데 우리 연구팀의 작업은 이것들을 어떻게든 발굴해서 공개해야만 하는 일이어서, 새로운 일기 자료를 접할 때마다 윤리적인 갈등과 마주하게 된다. 그때마다 우리는 개인 자료가 연구를 위한 목적 이외의 용도로 사용되지 않도록 하고, 연구과정에서도 오독, 오용되지 않도록 해야 한다는 무거운 책임감을 가지게 된다. 이번에도 저자의 가족들께 이

책임감을 내려놓지 않겠다는 약속을 드린다.

이 일기의 초벌 입력을 맡아준 전북대학교 고고문화인류학과 김희숙 박사께 감사드린다. 김 박사는 우리 연구팀의 첫 작업이었던 『창평일기』에서부터 일기 해독 작업을 함께 했다. 그의 숙련이 이번 『인천일기』를 출간하는데 큰 자산이 되었다. 여러 차례 진행된 윤독과 교정 과정에서, 우리가 도저히 식별할 수 없는 한자들을 같이 읽어준 전주대학교 고전번역원 채현경 박사, 전북대학교 이재연구소 이선아 박사께 깊이 감사드린다. 두 분 덕분에 『인천일기』가 한층 완성도 높은 책으로 나올 수 있게 되었다. 고전 해독을 전문으로 하는 두 분 선생께서는 『인천일기』 원문을 보고, 현대일기 작업도 고전 번역 못지않게 힘든 작업이더라고 했다.

사회과학을 공부하는 우리 연구팀에게 익숙하지 않은 주물관련 용어와 명칭들이 우리를 끝까지 괴롭혔다. 그것들 중 적지 않은 용어들이 현재에는 사용되지 않는 것들이어서, 주물 용어 사전이나 기계부품 용어집들로부터 큰 도움을 받을 수 없었다. 그러나 끝내 읽어내지 못한 일부 내용들에 대한 책임은 전적으로 우리 연구팀에 있다.

마지막으로 어려운 사정 속에서도 『인천일기』의 출판을 맡아주신 도서출판 「지식과교양」의 윤석원 사장님과 관계자들께도 감사의 마음을 전한다.

2017년 4월

연구팀을 대표하여 이성호 씀

화

보

▲ 인천일기 일기장

▲ 인천일기 일기장

8 인천일기 1

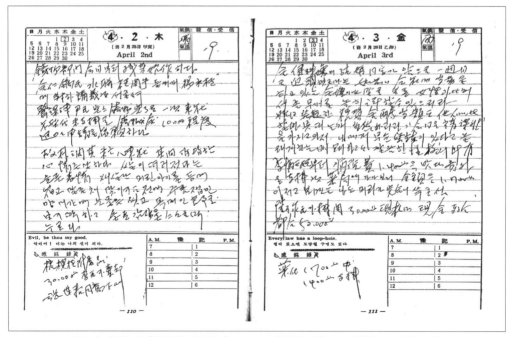

▲ 〈1956년의 1월의 일기〉 부산의 「극동금속」에 근무하던 시절의 일기 기록이다.

▲ 〈1959년 4월 일기〉 "쌀이 떨어졌다는", 1950년대 공장노동자의 생활을 보여주는 기록이다.

▲ 〈1964년 6월 일기〉 1960년대 초반 주물 작업장의 작업환경과 분위기를 보여주고 있다.

▲ 〈1966년 7월 일기〉 아들의 생일에 관해 기록하고 있다. 대부분이 공장작업과 동료들 이야기가 중심인 『인천일기』에서 가족에 관한 이야기는 매우 드문 편이다.

▲ 〈1967년 9월 일기〉 주물작업과 관련하여 공장에서 발생한 갈등을 기록하였다.

▲ 〈1968년 3월 일기〉 토요일의 작업일지와 일요일의 낚시에 관해 적었다.

▲ 〈1969년 10월 일기〉 일본 연수기간 동안의 생활을 기록하고 있다.

▲ 〈1970년 4월 일기〉 부인의 사망 순간의 슬픔과 황망함이 드러나 있다.

목
차

제1부 해제

한 주물 기술자의 기록과 생애

제2부

인천일기

인천일기 2

일
러
두
기

1. 원문의 한글 표기는 교정하지 않는 것을 원칙으로 하였다.

2. 뜻풀이가 필요한 방언 등은 [   ], 빠진 글자는   안에 표준어나 글자를 채워 넣되, 첫 출현지점에서 1회만 교정하였다.

3. 틀린 한자와 영문은, 첫 출현 지점에서 1회에 한해서 [   ] 속에 바른 글자를 넣었다.

4. 설명이 필요한 용어나 사건, 문장에는 각주를 달아 설명하였다.

5. 해독이 불가능한 글자는 □ 표시, 일기장이 잘려나가거나 찢어져서 훼손된 글자는 ■ 표시를 하였다.

6. 일기를 쓴 날짜, 날씨, 기온 등은 모두 〈 〉 안에 입력하되, 원문에 음력 날짜가 기입되어 있는 경우에는 〈 〉 밖에 입력하였다.

7. 날짜 표기 이외의 원문의 〈 〉 표시, 그리고 ( )는 모두 원문에 있는 것으로 그대로 입력하였다.

8. 저자와 저자의 가족 및 친족의 인명은 인권 보호를 위하여 가명으로 처리하였다.

9. 원문에 거명된 사람에 관련된 정보는 학술적 목적 이외의 용도로 사용할 수 없다.

제 1 부

해제

저자의 생애와 추억

•• 정승현

1. 저자의 가족관계와 가정생활

전북대학교 개인기록연구팀에서는 일기 출간에 즈음하여 장인의 생애와 사람됨에 관한 해제를 써달라고 요청해왔다. 막상 쓰려고 하니 이게 쉬운 일이 아니다. 이런저런 식으로 글의 초안을 잡다가, 장인의 일기에 나온 내용을 중심으로 그의 삶과 행적을 정리하는 것이 가장 좋다고 생각되었다. 어떤 인물이나 사건에 관련된 사실을 객관적으로 소개하는 선에서 그쳐야 좋은 해제이다. 섣불리 사실에 주관을 섞는다고 해설이 더 좋아지지도 않는다. 나는 될 수 있는 한 공정하고 객관적 입장에서 장인의 삶을 정리하려고 하는데, 너무 건조하고 재미가 없을 듯해서 장인의 세대와 그가 살았던 시대에 관한 나의 개인적 느낌, 그리고 장인에 관련된 추억을 끼워 넣어서 정리했다.

지금 여기에 내놓는 일기의 주인공은 자나 깨나 '국가와 민족'만 생각하고 살았다는 - 차라리 당신 몸이나 위하면서 조용히 사는 편이 '국가와 민족'에게는 행복이었을 - 정치인도 아니고, 사회에 이름을 짜하게 남긴 명사도 아니다. (호적상으로) 1928년에 태어나 2002년 사망한 평범한 소시민이다. 그는 충청도 시골에서 태어나 전쟁과 피난을 겪고 직장생활을 하다가 퇴직 후 중소기업을 경영했고, 어음부도로 사업이 망한 이후에는 일선에서 물러나 조용히 살다가 73세로 세상을 떠났다. 1남 5녀의 아버지이자 - 사별의 아픔을 겪은 탓에 재혼을 했던 관계로 - 두 여인의 남편이었던 그의 이력 어느 부분에서도 남다른 빛은 번쩍이지 않는다. 그의 삶에는 한국 현대사의 모든 중요한 굴곡이 새겨져 있었지만 그렇다고 역사의 궤적을 바꿀 정도로 결정적 활동을 한 바도 없다. 흔한 말로 장삼이사(張三李四)요 필부필부(匹夫匹婦)요 소시민으로서의 주어진 삶에 충실하게 살아왔던 인물이다.

그는 일본제국의 신민(臣民)으로 태어나 청소년 시절을 보냈고, 대한민국 국민으로 청장년 시절을 살았으며, 세기가 바뀌어 21세기에 생애를 마감한 세대에 속한다. 이 세대의 삶은 일제 식민지, 해방, 분단, 전쟁, 이승만 독재, 4.19, 5.16, 산업화, 박정희 암살, 5.18 광주민주화운동, 87년 민주화항쟁, 88년 서울 올림픽, 97년 IMF 외환위기, 2000년 김대중 대통령과 김정일 국방위원장의 평양 회담 등 현대 한국사의 모든 중요 국면을 관통하고 있다. 적어도 1970년대 이전까지 대부분의 사람들에게는 가난과 배고픔이 친구였고, 가진 자의 횡포와 부패는 덤으로 따라붙어 다녔다. 이들은 우선 내 한 몸 살기 위해, 가족을 먹여 살리기 위해, 그리고 가능하다면 남들보다 잘 먹고 잘 살기 위해 준법과 편법, 정직과 거짓, 이상과 현실, 진자리와 마른자리를 위태롭게 넘나들며 곡예사와도 같은 삶을 살아야 했다. 게다가 대가족의 굴레에서 장손이나 장남이라도 되면 형제자매와 일가친척의 처지까지도 배려해야 했던 세대이다.

인간의 삶이란 고매한 형이상학적 가치를 실현하는 숭고하고도 위대한 여정이라고 소리 높여 외치거나, 혹은 초월적 세계만이 진정한 것이며 우리가 사는 이 세상은 고귀하고 영원한 내세에 들어가기 위한 아주 짧고 덧없는 시간에 불과하다고 준엄하게 꾸짖은 사람들은 그때에도 차고 넘쳤다. 그러나 이들은 그 고매하고도 눈물겨운 도덕적 교훈에 앞서 우선 '개똥밭에 뒹굴어야' 하는 처지였다. 이들은 '개똥같이 더럽고 치사한 세상'에 침을 뱉으면서도 '억울하면 출세하라'는 생활철학을 외면하지 않았다. 아니 외면할 수 없었다. 그렇지 않으면 삶의 가장자리로 몰려 쪽박 차게 되고 낙오자 대열에 합류해서, 그 고통은 다음 세대로 이어질 것임을 뼈저리게 알고 있었다. '너희들만이라도 잘 살아라'는 그 세대의 눈물겨운 교육열은 자식들에게 이 사회에서 살아남기 위한 자본을 만들어주려는 몸부림이었다. 견딜 수 있는 것은 당연히 견뎌내야 했고, 견딜 수 없는 것은 이를 악물고서라도 버텨내야 했다.

이 세대의 삶은 내 자신, 가족, 그리고 더러는 형제자매와 일가친척까지 가세한 칡넝쿨 같은 굴레에 2중 3중으로 묶여있었다. 거기에 '민족중흥의 새 역사 창조'에 몸과 마음을 다 바치라는 권력자의 강요까지 겹쳐, 이미 다 바쳐 껍데기조차 찾기 어려운 몸과 마음을 억지로라도 추슬러야 했다. 지금도 노동시간에서는 세계 선두를 달리고 있는 마당인데, 당시에는 말할 필요도 없었다. 장인의 일기에도 나오지만 밤낮이 없었고 휴일도 제대로 없었다. 그래도 위에서는 '한 손에 망치 들고 한 손에 총칼 들고' '일하며 싸우고 싸우며 일하자'는 무시무시한 구호를 내

걸고 국민을 다그쳤다. 그런 세상과 힘겨운 싸움을 벌여야 했던 그들의 삶은 서글프면서도 장엄했다.

이들이 돌파구로 삼았던 안식처는 한잔 술이거나 담배, 때로는 '색시집'에서 젓가락 장단 두드리며 목 놓아 부르던 4박자 뽕짝이었다. 그리고 상당수는 교회나 절을 찾아가 삶의 뒤켠에 음습하게 드리워졌던 그림자를 지우고자 했다. 그나마 남자들은 형편이 좋은 편이었다. 어머니 세대는 여기에 가사 노동, 아이들 교육, 현모양처라는 명분 아래 당연한 듯 강요되었던 성차별, 빠듯한 수입으로 살림 꾸리기, 대가족 제도 내에서의 갈등, 생활전선에 뛰어들기까지 겹쳐 더 힘든 삶을 살아야 했다. 게다가 이 세대는 아예 밖에 나가 딴살림을 차리지 않는 한도 내에서 '남자가 사업하다 보면' 있을 수 있는 일 정도로 외도에 관대했다. 물론 남자의 기준으로서 말이다. 여자들에게 '스트레스'라는 단어는 잘살고 잘먹는 저 먼 나라에나 존재하는 사치스럽고 지극히 호강에 겨운, 듣도 보도 못하던 외래어였다.

이 일기의 주인공 나의 장인 박기석의 삶 역시 이 틀 안에서 만들어졌다. 그는 충청북도 옥천군 청산면 예곡리 663번지에서 (호적기록상으로는) 1928년 출생했다. 본관은 밀성(密城). 호적에 기록된 바로는 장인의 증조할아버지는 박상호(朴相浩), 할아버지는 박상만(朴相晩), 아버지는 박병섭(朴秉燮, 1907-1987), 어머니는 전덕님(全德任, 1907-2002)이다. 장인의 조부모는 3남 3녀를 낳았는데 첫째 아들이 덕구(德求, 집에서는 泰求라고 불렀다), 둘째 아들이 병섭, 셋째 아들이 진구(眞求)였다. 둘째 아들만 돌림자를 쓰지 않은 이유는 모르겠다. 이 시대의 풍습을 감안한다면 아마 구자를 쓰면 일찍 죽을 팔자라고 했기 때문에 그 글자를 피했을 가능성이 제일 높다. 증조할아버지는 그 외에도 아들을 여럿 낳아 구(求)자 돌림의 친척이 무척 많다. 장인에게는 당숙이 되는 어른들이다. 장인의 일기에는 구(求)자 돌림과 석(錫)자 돌림의 인물들이 많이 등장하는데, 구자는 아버지 항렬, 석자는 같은 항렬에 속한다. 호(浩)자는 아들 세대의 돌림자이다. 여자들에게는 돌림자를 쓰지 않았다.

밀성 박씨는 신라 시대 지방관을 역임했던 분을 선조로 삼고 있다. 장인의 집안은 대대로 이곳에서 살던 세거(世居) 가문이었다. 장인에게는 좀 실례되지만 3정승 6판서를 대대로 배출했다는 요란한 가문은 아니었던 것 같다. 어머니는 옥천군 청성면 화성리 출신으로 두 분은 1924년 결혼하셨다. 아버지는 농민이었다. 논이 약 2,000평(10마지기), 밭은 약 2,500평 정도의 농토를 갖고 있었는데 이 동네에서는 그래도 부농(富農)에 속하는 축이었다. 부농이라고 해봐야 장인의 사촌동생 원석(元錫)씨의 회고에 따르면 '한 여름에도 쌀 떨어지지 않고 먹는' 정도였다고 한다. 아버지는 때때로 도시의 자식들을 방문하거나 유람하는 외에는 평생 고향을 떠나지 않았고 그곳에서 사망하여 그곳의 선산에 묻혀 있다. 후손들의 회상에 따르면 아버지는 신식교육을 받지 않았고 서당에서 한문수업을 받아 한문에 상당히 조예가 깊었다고 한다.

이 동네는 집성촌인데, 지금도 박씨와 구(具)씨가 많이 살고 있다. 내가 처음 가봤던 1986년 무렵에도 여기는 완전히 시골이었다. 나는 아버지가 이북 출신이라 시골에 가본 적이 없다. 시골에 대해 묘한 그리움을 갖고 있는 나는 결혼 이후 처와 딸과 함께 - 그리고 처음 시골에 가본다고 신이 난 내 여동생을 데리고 - 예곡리를 찾아갔다. 마을 앞에는 강이 흐르고 뒤로는 온통 산이 펼쳐져있는데 (산들은 어깨를 잊고 얼굴을 맞대며 속리산으로까지 연결된다고 한다) 신기하게도 이곳만은 앞에는 강이 흐르고 평평한 땅이 넓고 길게 이어져 농사짓기 아주 좋은 곳임을 한눈에 보아도 알 수 있을 정도였다. 그렇지만 외부와의 연결은 상당히 어려웠다. 지금은 여러 곳으로 도로가 뚫려 접근성이 훨씬 좋아졌지만, 예전에는 마을 앞을 가로지르는 다리를 건너 3km 정도를 걸어서 청산으로 나가야 했다. 청산에서 예곡리를 운행하는 버스가 없었기 때문이다. 그런 다음 다시 인근의 옥천이나 영동 아니면 대전이나 보은까지 가야만 다른 지역으로 갈 수 있었다. 서울이나 부산 같은 대도시에 가려면 새벽부터 서둘러도 그날 저녁 6시는 넘어야 도착할 수 있었다고 한다.

나의 장인 박기석은 1928년 11월 2일생으로 호적에 기록되어 있다. 그런데 1928년은 간지로 무진(戊辰)년 용띠. 장인은 호랑이띠였으니까 실제 출생년도는 1926년 병인(丙寅)년이 맞다. 나이 든 분들은 호적에 기록된 출생년도보다는 12간지의 '띠'를 알아보는 것이 정확하다. 예전에는 영아 사망률이 워낙 높아서 출생 이후 몇 년 정도 지나 '이제 이 아이가 앞으로 살 수 있다'고 확신이 생기면 출생신고를 하는 경우가 비일비재했다고 한다. 그런데 출생신고가 늦으면 벌금을 내야 했다. 돈 구경하기가 잔뜩 흐린 하늘에 별 보기 만큼이나 어려운 시골 사람들은 벌금을 피하기 위해 이런 식으로 신고하는 경우가 대부분이었다고 한다. 더구나 이 세대는 전쟁 통에 군대 징집되는 사태를 피하기 위해 혹은 좀 나이가 들면서 정년을 피하기 위해 출생연도를 길게 혹은 짧게 신고하는 경우가 많았다. 북한에서 피난 내려온 내 아버지는 남한 군대에 가기 싫어서 나이를 몇 살 늘려 호적에 기록했다. 지금은 이런 일이 일체 허용되지 않고 국가의 호적관리도 엄격하지만, 그때는 '담배 값' 정도 주면 다 통했다고 한다. 구체적 액수를 가늠하기 어려운 '담배 값'은 가벼운 부정부패의 냄새와 따스한 인간적 체온을 아우르는 절묘한 돈이다. 지금도 나는 아파트 관리실에서 수리를 해주면 '담배 값이나 하시라'고 약간 쥐어준다. '입주민으로서의 권리' 운운하면서 정색하는 젊은 세대들이 있기는 하지만 우리 세대에게는 '담배 값'이 주는 묘한 인정(人情)의 안도감이 있다.

장인은 모두 4남 5녀의 장남이었다. 그 밑으로는 京淑(1930-2011), 俊錫(1931-1932), 今淑(1933), 창석(昌錫 1936-2013), 창숙(昌淑 1941), 종석(鐘錫 1943-2016), 점미(漸美 1949-), 미옥(美玉 1953-)의 순서이다. 자식들 중에서는 농석이 출생 후 1년 만에 사망했을 뿐, 그 어렵고 험한 시기에도 모두 살아남았으니 큰 복이라고 하지 않을 수 없다. 바로 밑의 아우들은 출생신고가 제대로 된 것 같다. 예를 들어 남동생 창석씨는 쥐띠라고 하는데 1936년은 병자(丙子)년이 맞다. 장인의 학력에 대해서는 서로 엇갈리는 대답이어서 나로서도 확신이 잘 서지 않는다. 사촌동생 원석씨는 '어릴 때 일본에서 중학교 과정의 경성공고를 다니다가 해방이 돼서 돌아왔다'고 말해주었는데, 일본과 '경성'은 지리적 조합이 맞지 않고, 중학교와 '공고'는 이미 그 이름에서부터 삐걱댄다.

또 다른 쪽에서는 장인이 '경기공전'을 다녔다고 하는데 이것이 맞는 듯하다. 이 학교는 지금 서울과학기술대학교이다. 위키피디아를 찾아보니 고종의 칙령에 따라 1910년 '공립어의동 실업보습학교'라는 이름으로 개교했고, 1931년 경성공립직업학교, 1944년 경성공립공업학교, 1946년 경기공업중학교(6년제), 1954년 경기공업고등학교로 여러 차례 학교 이름이 바뀌었다. 내 집사람이 전하기로는, 학교의 가정조사표를 갖고 오면 장인은 학력란에 '중졸'이라 썼다고 한다. 그렇다면 장인은 6년제 경기공업중학교를 다닌 것이 맞는 듯하다. 1969년 11월 11일자 일기에는 "내 나이 18세에 大阪(오사카)에서 주물(鑄物) 공부" 하는 기록이 나온다. 18세는 1944년에 해당하는데, 아마 장인은 1944-45년까지 일본 오사카에 있는 주물공장에서 기술을 배웠고, 해방 후 귀국하여 경기공업중학교를 다녔다고 보는 편이 옳을 듯하다. 사촌동생 원석씨가 말했던 '일본에서 공부'와 가정조사표의 '중학교' 졸업은 이렇게 통합되는 것 같다. 그렇지만 언제 입학했는지, 졸업은 했는지 확인할 길이 없다.

다른 형제들의 학력에 대해 이러쿵저러쿵 운운하기는 좀 저어하지만 여동생들은 거의 모두 소학교, 남동생 중 창석씨는 소학교, 종석씨는 중학교 1년 정도의 학력이다. 장인은 자신만 공부한 것에 대해 형제들에게 미안한 마음이 큰 것 같았다. 집안 대소사마다 장인이 져야 했던 부담들, 특히 남동생 종석씨에 대한 배려, 부친 사망 후 시골의 농토 전부가 창석씨에게 돌아간 것 등을 보면 장인은 자신의 배움에 일종의 부채 의식을 갖고 있는 듯했다.

장인은 학교를 졸업한 이후에는 영등포에 있는 대동공업을 다니다가 6.25를 만났다고 한다. 이 회사는 소규모의 주물공장이었는데, 성실하고 기술이 뛰어난 장인을 상당히 신뢰해서 전쟁 이후에도 다시 이 회사를 다니게 된다. 북한군이 서울로 들어오자 장인은 걸어서 고향으로 피신을 결심, 남쪽으로 내려오다가 대전 부근에서 인민군에게 잡힌다. 인민군들에게 붙들려 이리저리로 끌려 다니다가 도중에서 탈출, 8월 추석 새벽에 '거의 거지꼴을 하고' 고향으로 왔다고 한다. 언제 그들에게 잡혀 얼마나 끌려 다녔는지는 확실하지 않다. 날짜를 찾아보니 1950년 음력 8월 15일은 양력으로 9월 26일. 아무리 줄여 잡아도 장인은 족히 1달 이상은 잡혀 있었던 것 같다. 당시 상황은 인천상륙작전이 9월 15일, 서울 수복이 9월 28일이니까 계속 끌려 다녔다면 아마 '의용군' 명목으로 북한군 신세가 되었을 것이다.

당시 청산에는 인민군이 많이 들어왔고 '토착 빨갱이들'이 많았다고 한다. 보통 충청도를 양반 땅이라고 부르며 이 곳에는 큰 변고가 없었던 것처럼 생각하지만, 조선공산당의 책임자 박헌영의 고향이 충남 예산군 신양면이다. 실제로 예산을 중심으로 한 충남 일부 지역은 '조선의 모스크바'로 불렸던 정도로 지역 좌익의 힘이 거셌다. 그 여파로 전쟁 당시에는 좌우익의 대립과 학살이 이어진 끔찍한 역사적 경험을 갖고 있다. 청산의 좌익들도 지주의 재산을 몰수하는 등 이른바 인민공화국 만들기에 가세했던 모양이다. 북한군이 쫓겨 간 이후에는 이들은 모조리 끌려가서 '죽도록 얻어터졌다'고 하는데, 그래도 죽거나 처형당한 사람들은 없었다고 하니, 그렇게 지독한 일은 하지 않았던 모양이다. 원석씨 증언으로는 국군이 들어온 후 구(具)씨 쪽에서 끌려들어간 사람이 많았다고 하는데, 그래도 그만큼에서 그치기가 천만다행이라 아닐 수 없다.

이때 장인도 곤욕을 치른 것 같다. 손아래 처남 천수(川洙, 호적명 태우)씨는 이런 기록을 남겼다. "(자형은) 6.25 때는 인민군 치하에서 협조한 일로 우리 집에 피신 와계셨는데 그 때 중형이 면 방위대장이라 신원보증서를 써주어서 참고로 갖고 부산역에 내리니 감시가 너무 심하여 자형은 당당히 부산역장실로 아는 양 들어가서 위기를 모면하셨다고 한다." 원석씨는 장인이 인민군에게 잡혀 상당 기간 그들과 같이 다닌 것이 오해를 사서 그랬다고 하는데, 사실 여부는 더 이상 확인하기 어렵다.

원석씨의 회고에 따르면 장인은 입대 영장을 2번이나 받았는데, 장인이 빠지면 회사가 돌아가지 않기 때문에 대동공업 사장이 '힘을 써서' 군대에 가지 않았다고 한다. 그렇지만 1956년 1월의 일기를 보면 약 1개월 정도 진해에 있는 해군신병훈련소에서 훈련을 받고, 그것으로 병역을 마친 것으로 기록되어 있다. 이 시기의 징병제도는 아무리 찾아봐도 상세한 사항을 알 수 없다. 훈련병 대부분이 30세를 넘은 사람들이었다고 기록되어 있는 것으로 보아 아마 이런 식으로 병역을 마치는 제도가 있었던 모양이라고 짐작할 수밖에 없다. 장인이 신문에 기고한 글을 찾기 위해 1955년도 1년치 『동아일보』 독자투고란에 실린 글들을 보았는데, 대학생들과 공무원들은 입영이 연기되고 힘 있고 돈 있는 사람은 빠지는 통에 이미 가정을 갖고 있는 30대

남자들만 징집되는 사정을 격렬하게 고발하는 '노병(老兵)의 절규'를 여러 차례 읽을 수 있었다. 일기는 훈련소에서 정량(定量)보다 밥을 적게 주고 '돈과 빽'을 동원한 훈련병들은 집에서 다닐 수 있었다고 말하는데, '병역비리'의 유구한 역사를 새삼 확인할 수 있다.

장인은 전쟁을 전후하여 부산에 거주한 듯 보인다. 일기는 1956년에서 시작하는데, 장인은 당시 부산에 있었다. 원석씨는 장인이 1952년 구정 설 쇠고 곧 서울로 돌아갔다고 회고했지만, 일기의 기록으로 보면 부산에 거주하며 직장을 다녔던 것이 틀림없다. 녹배씨가 남긴 짧은 기록에 "영도 모회사에 근무할 때 나는 야간고등학교를 다니면서 자형 하숙집 신세를 많이 졌다"는 대목은 이를 뒷받침한다. 장인이 다녔던 회사는 극동금속(極東金屬). 1956년 1월 27일자 일기에는 '6년간 일한 직장'을 떠난다고 기록되어 있다. 장인은 1950년에 부산으로 내려와 이 회사를 다녔고, 진해에 있는 해군신병훈련소에서 훈련을 받으며 병역을 마친 것이다.

장인은 당시 동아일보(?)에 기고한 글이 빌미가 되어 회사를 떠났다. 1956년 1월 25일자 일기에는 "작년 일일경(一日頃)에 동아일보 사조란(思潮瀾)에 투고한 일이 있다"고 했는데, 그 내용은 "각 보세 창고 창고주들 반성을 촉구함"이라고 기록되어 있다. 그런데 내가 동아일보는 찾아보니 사조가 아니라 조류(潮流)란이다. 요즘 식으로 말하면 독자 투고란으로, 일반 독자들이 생활에서 느끼는 모순이나 정치사회적 문제에 대한 의견을 보내는 곳이다. '투고 환영 400자 이내'라는 안내문도 가끔씩 나온다. 1955년 조류란을 다 찾아보았는데, 관련 글을 발견하지 못했다. 혹시 잡지 『사조(思潮)』가 아닌가 했지만 이 잡지는 1958년 창간되었다. 장인이 글을 보냈는데 신문에 게재되지 않았을 수도 있고, 글만 써놓고 보내지 않았을 수도 있다. 사실 확인이 현재 상태로서는 어렵다. 여하튼 노동자들에게 제대로 임금을 지불하지 않던 사업주들의 횡포를 규탄하는 글인 것만은 확실하다.

이 투고문의 초안을 기록한 종이가 회사의 어느 누구의 손으로 들어갔고, 그 사실이 회사 운영진에게 투서를 통해 알려진 정황은 일기에도 잘 나와 있다. 회사의 운영진은 예춘호(芮春浩), 예병호(芮丙浩) 형제이다. 예춘호씨는 1927년 부산 출생, 6대(공화당), 7대(공화당), 10대(무소속) 국회의원을 역임한 분으로 장인이 부산에 있던 시절, 아래윗집에서 살았다고 한다. 장인은 내게 '부산 피난시절 예춘호씨는 아침밥 먹고 언덕으로 올라가 정치 웅변을 토해내며 시간을 보냈다'고 말한 적이 있다. 아마 자주 보다가 통성명을 하였을 것이고, 그것을 계기로 예춘호씨가 운영하는 회사에 들어간 것 같다. 공교롭게도 회사에는 시멘트가 없어지는 사건이 일어나서 직원들이 경찰서에 불려가 조사를 받는 일이 벌어졌다(당시 시멘트는 현금이나 마찬가지였다고 한다). 그렇지 않아도 어수선한 상황인데, 투고 건까지 겹쳐 장인에게 이 사건의 책임을 뒤집어씌우려는 움직임이 있었던 것 같다. 동료들과의 불화, 회사 운영진과의 갈등이 겹쳐 장인은 1956년 1월 29일 회사를 그만 두고, 고향으로 간다.

한동안 고향집에 머물러 있던 장인은 56년 3월 말 영등포의 대동공업에 다시 취직한다. 56년 3월부터 일기는 처자식을 고향에 놓아두고 혼자 영등포에서 하숙하던 시절의 기록이다. 장인은 부모에게 처자식을 맡겨놓은 일을 몹시 미안해하며 하루바삐 안정을 찾기 바라지만 회사 형편은 전혀 그렇지 못했다. 알량한 액수의 월급은 밀리기 일쑤였고, 어느 달에는 절반 정도만 지급하는 등 봉급 받는 자체가 어려웠다. 거기에 하숙비 떼고 식대(食代) 떼고, 찾아오는 동생에게 용돈 쥐어주고… 돈이 모아질 만한 형편이 아니었다. 직장에서는 제대로 된 원재료는 구해주지 않고 무조건 좋은 제품만 만들라는 무리한 요구를 하고, 툭하면 저녁에도 일해야 하며, 제대로 생산되지 않는 제품 때문에 상사들과 갈등을 빚는 등 별로 마음에 맞지 않는 직장생활을 하였다. 속상한 터에 자주 마시게 된 술값까지 가세해 돈 모으는 일은 생각조차 할 수 없는 형편이었다. 그러는 와중에 고향에서는 둘째 딸이 출생했다. 장인은 아들이 아니어서 아쉽다는 서운한 감정을 기록하기도 했다.

호적 기록을 보면 장인은 1953년 1월 10일 경상북도 상주 출신의 김점례(金占禮 1931-1970)와 결혼하였다. 그런데 이 기록은 실제 사실과 다르다. 큰딸 정순(貞順)씨는 호적에는 1953년 7월로 출생년도가 기록되어 있지만, 실제 나이는 1951년 토끼띠라고 한다. 1951년은 간지로 신묘(辛卯)년, 내 처도 큰언니와 여덟 살 차이라고 하니 정순 씨의 말이 옳다. 일기를 보면 1949년에 결혼한 것 같기도 한데, 이 부분을 확인해줄 어른들이 없어 더 이상 추적은 어렵다. 사연은 대충 짐작할 수 있다. 1950-53년은 전쟁 중이라 제대로 된 호적 업무가 이루어졌을 리 만무하다. 전쟁이 끝나고 호적 정리가 이루어지면서 장인은 결혼과 큰딸의 출생을 모두 1953년으로 신고한 것이 아닌가 싶다.

예곡리에 살다가 경상도 상주로 이사를 간 분이 중매를 섰다고 한다. 먼저 장인의 친척 형님뻘인 길현(吉鉉)씨가 결혼했고, 이어서 장인도 이 집안과 결혼했다. 장인의 손아래 처남으로, 내 처를 비롯한 처가 가족들이 '진해 외삼촌'이라고 부르는 녹배(祿培)씨가 남긴 회고기록을 보자.

"청산 예실 사람이라고 예실 박 서방이라고 불렀다. 박길현 자형과는 같은 집안 같은 항렬 형이었는데 처가에서도 손위 동서가 되셨다. 25세에 장가오셨는데 마을청년들이 신랑을 달아 먹기 위해 말을 붙여서 당할 수가 없으니 한 분이 성을 내면서 신랑이 아무리 똑똑하다 해도 좀 져주는 것이 예의일 것인데 말 한마디 져주지 않는 법이 어디 있느냐고 했다."

이 기록에서 말하는 25세가 몇 살인지 모호하다. 만으로 23세라고 한다면 1949년이 맞고, 만으로 25세이면 1951년이 맞지만, 큰딸의 출생이 51년 7월 27일 (양력 8월 29일)이라는 사실을 생각한다면 순서가 맞지 않는다. 당시의 엄한 도덕을, 그것도 충청도 사람이라는 것을, 감안할 때 식을 올리기 전에 살림을 차렸다는 것은 상상하기 어렵다. 이런저런 정황을 보면 1949년 결혼설에 무게가 더해진다. 아마 장인은 1949년에서 50년 사이의 어느 때엔가 결혼식을 올렸고, 전쟁으로 인해 혼인과 딸의 출생 신고가 늦어졌던 것이다.

결혼 후 장인은 시골에 처를 남겨두고 부산으로 서울로 옮겨 다니면서 직장에 다녔다. 시골에서 장모는 큰딸과 둘째딸(박정화 1956년생)을 낳았다. 아들을 못 낳는다고 시어머니에게 구박받았다고 한다. 할머니에 대해 처갓집 식구들은 상반된 기억을 갖고 있다. 큰딸 정순씨는 때만 되면 시골에서 바리바리 싸와 손주들을 챙겨주는 등 돌아가신 어머니와도 아주 사이가 좋았다고 할머니와의 좋은 기록을 회상한다. 반면 내 처는 고집 세고 큰소리 잘 내며 성질이 급한데다가 새며느리에게 잔소리를 늘어놓고 구박을 한다 등등의 기억만 들추어낸다. 사람은 각자의 눈에서 본 기억을 갖게 마련이니까 어느 쪽이 옳다고는 판정내리기 어렵다. 할머니는 두 측면을 함께 갖고 있었고, 자신의 판단에 따라 적재적소 시의적절하게 성격을 펼쳤다고 결론내리는 편이 옳을 듯하다.

장인은 서울과 시골을 왕래하면서 살다가 1959년에 가족을 모두 데리고 영등포에서 생활하게 된다. 1959년 일기는 큰딸이 영등포 인근의 초등학교를 다녔음을 알려준다. 호적 기록으로는 여섯 살에 입학한 셈이고, 제 나이로 따지면 적정 취학연령이다. 이때에도 '담배 값'의 위력이 발휘되었음은 틀림없다. 큰딸은 아버지가 입학 때 가죽가방을 하나 사주었고, 엄마는 한복을 새로 장만해 학교에 보내 '촌년'이라고 놀림 받았다고 회상한다. 여전히 장인의 살림은 쪼들리고 있었다. 딸에게 책가방 하나 제대로 사주지 못하는 자신의 처지, 책값을 제때 주지 못하는 어려움을 곳곳에서 읽을 수 있다. 아마 가방도 어렵게 마련했을 것이다. 게다가 수시로 찾아오는 친척이나 동생들에게 아내 몰래 용돈이라도 줘야 했으니 살림은 좀체 피지 않았다. 회사에 주문이 들어오면 휴일도 없고, 퇴근시간도 없이 물건을 생산해야 했다. 그리고 59년 7월 6일에는 셋째 딸이 출생했다(내 처가 된 딸이다). 또 딸이 출생하여 가뜩이나 우울한데 밥하고 빨래까지 해야 하는 신세를 한탄하는 대목도 나온다.

일기는 1964년으로 건너뛴다. 장인은 인천에 거주하며 이천전기를 다니고 있다. 1959년 일기를 보면 대동공업은 이천전기에서 주문한 제품들을 생산하고 있었고, 장인은 생산 책임자로서 이천전기 직원들과 자주 만나고 있었다. 아마 이것이 계기가 되어 이천전기로 옮겼을 것이다. 지금은 그 이름 아는 사람도 찾기 어렵지만 당시 이천전기는 상당히 큰 회사였다. 회사의 약력을 알기는 어렵지만 본래는 일본인 소유였고, 해방 이후 적산(敵産)이 된 회사를 당시 실세인 장택상(張澤相)의 조카가 불하받아 운영했다고 한다. 해방 후의 아수라장에서 권력자와 끈을 댄 자들이 한몫 챙기는 광경은 이곳에서도 어김없이 반복되었다. 일기는 회사의 운영권을 둘러싸고 주먹이 오가는 싸움이 여러 차례 벌어졌다는 정황을 알려주는데, 회장이 장(張)씨인 것으로 보면 여전히 장씨 일가가 지배하고 있었던 것은 확실하다. 1967년 1월 28일자 일기에는 1959년 11월 8일 장인이 새로운 공장을 짓는 선발대로 인천에 왔다고 기록되어 있다. 큰딸은 내게 초등학교 2학년 때 인천으로 와서 송현초등학교 2학년으로 전학했다고 알려주었는데, 1960년 온 가족이 인천에 정착했고, 이때부터 본격적인 인천 거주가 시작되었던 것이다.

　처음에 이천전기는 소규모였고 주 생산품목은 모터, 변압기, 양수기였다. 그 중에서도 변압기를 주물로 만들어야 했기 때문에 주물 관련 기술자가 필요했고 장인은 주조부(鑄造部) 계장으로 입사, 주조 과장 및 차장을 거쳐, 부장으로 정년퇴임했다. 장인은 승진이 빠르지 않았다. 승진에서 뒤쳐진 아쉬움도 일기에서 찾을 수 있다. 아마 학벌의 제약 때문에 더 이상 승진하지 못한 것 같다. 70년대에 접어들면서 우리 사회에는 서서히 대학출신들이 늘어나기 시작하며 이들이 현장에 충원되었다. 그렇지만 현장에서 잔뼈가 굵은 기술자들과 대학출신들의 마찰도 있었다. 장인은 일기에서 대학졸업자들이 현장 실정도 전혀 모르고 실력도 없으면서 책에 나온 내용만 열심히 외친다는 것이 불만이었다. 이들과 생산 현장의 기술자들이 말다툼을 벌이는 광경도 여러 차례 나온다. 장인은 이 해에 드디어 기대하던 아들을 보게 된다.

　당시 이천전기는 아직 소규모였고 회사 사정도 어려웠던 것 같다. 원석씨의 회고에 따르면 월급을 쌀로 준 적도 있었으며, 제때 월급이 나오지 못하고 밀리는 경우도 흔했다고 한다. 1963, 64년 정도 되면 밀리지 않고 또박또박 받았는데, 장인은 과장 월급으로 3만원 정도, 1964년에 입사한 원석씨는 신입사원 시절 하루 80원 정도, 한 달에 2,400원 정도 받았다고 한다. 당시 쌀 한 되 값이 80원이었는데, 인천의 하숙비(하루 1끼 제공)가 월 2000원, 버스비는 3원, 이 돈이 아까워서 거의 걸어서 출퇴근했다고 한다. 장인은 어려운 와중에서도 어느 정도 생활의 안정을 찾아 1961년 (혹은 62년) 인천시 송림3동 57번지에 내 집을 장만한다. 큰딸 정순씨는 송림동 집에 당시로는 보기 어려운 텔레비전을 비롯하여 '있을 것은 다 있었다'고 하면서 풍족한 생활을 회상하지만, 장인은 돈에 쪼들린다고 계속 하소연하고 있다. 이미 5남매가 딸려

있는 집안이라 돈쓸 곳은 많은데 들어오는 곳은 오로지 장인의 월급뿐이었다. 게다가 형제자매를 비롯한 일가친척의 대소사에까지 일일이 신경 쓰고 돈을 내놓아야 했다. 월급도 오르고 살림이 조금 나아졌다고 하지만 그만큼 나갈 곳도 많았다. 일기에 나타난 바로는 생활비 이외에 장인이 돈 쓰는 곳은 직장 사람들과의 회식이나 음주, 담배, 낚시, 영화관람이었다.

1970년 장인은 큰 변고를 겪게 된다. 아내가 사망한 것이다. 70년 1월 8일자 일기는 평소 건강하던 아내가 몸살에 걸려 걱정하는 장인의 모습이 기록되어 있다. 단순한 감기몸살로 생각되던 병세는 급속이 악화되어 1월 10일에는 신장이 붓고 장질부사에 걸렸다는 진단을 받는다. 장질부사는 장티푸스라고 부르는 전염병으로 예전에는 학교에서 이 예방주사를 매년 맞았던 기억이 있다. 아내의 병환은 아무런 차도도 보이지 않은 채 악화되다가 4월 20일 간경화에서 오는 급작스런 쇼크사를 맞이한다. 아내의 사망 당시 장인이 이리저리 뛰어다니며 의사를 애타게 찾는 모습, 슬픔과 허탈감, 미안한 마음 등이 일기에 구구절절 기록되어 있다. 아내는 4월 24일 장인의 고향 예곡리에 안장되었다. 회사 동료들은 늦장 진료와 부적절한 처리를 이유로 병원에 민사소송을 제소할 의사가 있느냐고 묻지만, 장인은 운명으로 받아들일 뿐이다.

아내 사망 이후 장인은 급속도로 마음이 약해진 듯하다. 우선 4녀 1남의 자식들을 챙겨야 했다. 아이들을 보면 자연히 아내 생각이 나고, 어머니의 사망에 장인의 책임이 있다고 생각하는 둘째 딸의 무언의 반항까지 겹쳐 장인은 미안하고 안쓰러워 갈피를 잡지 못하고 있었다. 일기 곳곳에는 아이들 걱정과 측은함이 묻어나 있다. 게다가 5월 14일부터 장남이 홍역에 걸려 더한층 힘들어졌다. 엎친 데 덮친 격으로 장인은 회사에서 씨름을 하다가 옆구리를 다치고, 그 여파로 집안일과 회사일을 하다가 또 크게 다친다. 누구 하나 위로해주는 사람도, 약 챙겨주는 사람도 없는 허전하고 외로운 신세를 한탄하고 있다. 시골에서 올라온 어머님이 살림을 거들어주기는 했지만 결국 장인은 재혼하는 길을 택한다. 재혼할 수밖에 없었다.

장인은 재혼 상대는 李京子, 당시 나이 32세. 충청북도 진천이 고향이다. 1970년 9월 12일자 일기에 처음 그 이름이 등장한다. 어떤 계기로 만나게 되었는지는 기록되어 있지 않다. 아마 누군가 중간에 나서서 다리를 놓았을 것이다. 두 분은 급속도로 가까워져 10월 16일에는 인천의 집으로 찾아와 아이들과 처음 대면하는데, 장남이 새엄마를 잘 따르고 아주 반갑게 맞이하는 모습에 크게 안도한다. 그렇지만 자식들이 모두 반가워했던 것은 아니다. 12월 5일 결혼식을 올리고 자택에서 피로연을 베풀었는데, 장인은 사망한 처에 대한 미안함에 눈물을 쏟는다.

일기는 1973년으로 건너뛴다. 72년에는 딸 정민(貞珉)이 출생했다. 73년의 일기는 특별한 내용이 없다. 집안도 안정을 찾고 장인 역시 편안해진 것 같다. 주로 직장에 관련된 내용이 짤

막하게 기록되어 있는데 여동생 미옥(美玉)씨의 결혼식이 제일 큰 행사였다. 아마 장인이 비용을 거의 다 부담했을 것이다. 5월 20일 낚시를 갔다는 기록으로 일기는 끝난다.

장인은 1973년 이후에도 이천전기를 계속 다니다가 1974년 인천시 숭의동에 있는 '동일주택'에 집을 짓고 이사한다. 내가 장인에게 인사드리러 찾아간 곳도 이 집이었다. 동일주택은 인천 수봉산 밑에 마련된 고급주택 단지를 가리킨다. 이유는 모르겠지만 이곳을 인천 사람들은 동일주택으로 불렀다. 상당히 좋은 단독주택들이 많이 있었는데, 지금은 모두 사라지고 그 자리에는 이른바 '빌라'라고 하는 연립주택들만이 줄지어 늘어서 있다. 장인은 이 집에 살면서 큰 딸(1978년), 둘째 딸(1982년), 셋째 딸(1984년), 넷째 딸(1990년), 아들의 결혼(1999년)을 치렀다.

장인이 몸담고 있던 이천전기도 그동안 줄기차게 성장하여 한창 때는 직원이 700-800명 정도 되었다고 한다. 장인은 직장에서 실력을 인정받아 일본으로 몇 차례 기술연수를 가기도 하는 등 탄탄한 입지를 구축하고 있었다. 일기에도 1969년 10월 27일 일본으로 기술견학을 갔다는 기록이 나온다. 식구들은 아버지가 일본에서 선물을 사와서 대단히 좋았다고 그 사실을 기억한다. 그렇지만 장인의 직장생활이 마냥 편안하지만은 않았다. 앞에서도 말했지만 대학출신 엔지니어들이 계속 입사하면서 현장 출신 장인의 자리는 점점 좁아지고 승진은 자꾸 늦어졌다. 장인은 학벌로 인한 스트레스를 많이 받았다고 한다. 그러다가 요즘 식으로 말하면 명예퇴직을 하기로 결심한다. 장인은 주조부 부장을 끝으로 1979년경 정년퇴직한다. 인하대학교 공과대학을 나온 분이 그 자리를 이어받았다고 하니, 대학졸업자들 중심으로 회사가 편성되고 있었음이 확실하다.

이미 장인은 차장 시절부터 별도의 주물공장을 운영하고 있었다. 인천 제물포에 있는 남의 공장 옆에서 세를 든 소규모 주물공장으로 시작했다. 이천전기에서 미처 생산하지 못하는 제품들을 맡아서 다시 이천전기로 납품하는 일을 맡았다. 발주처와 물량은 확실하고, 하는 일도 회사의 허가를 받은 것이고, 대금 처리 역시 확실했다. 주변 친척들의 회고에 따르면 이때부터 장인이 돈을 '좀' 벌었다고 한다. 퇴직 후 주물공장을 계속 운영하던 장인은 1980년 어음부도 이후 사업을 접었다. 가족들의 회고에 따르면 남에게 진 빚은 모두 해결해주었다고 한다. 장인다운 일처리였다. 그는 남에게 이유 없이 신세 지거나 피해를 끼치는 것은 견디지 못했다. 사람들을 만나면 밥값이나 술값은 먼저 내는 성격이었다. 그 때문에 집안에서는 별로 환영받지 못했다. 사업을 정리한 후 장인은 더 이상 특별한 경제활동을 하지 않았다. 바느질 솜씨가 좋은 장모가 한복집을 운영하면서 생활했다. 젊은 시절에는 술 담배를 많이 했지만 내가 장인을 처음 만났던 1983년 무렵에는 이미 끊은 상태였다. 집안에 특별한 일이 있거나 제사 후 음복 정도로 소주 1잔이 고작이었다. 워낙 부지런한 성격이라 나이가 들어서도 아침에 주변 공원을 산책하고, 점심 무렵에는 외출해서 각종 모임에 참여하거나 활을 쏘는 등 규칙적인 생활은 여전했다. 체중이 좀 불기는 했지만 당뇨나 고혈압 같은 성인병도 없이 아주 건강한 편이었다.

1999년에는 아들이 결혼했다. 이미 이곳에서 큰딸(1978년), 둘째 딸(1982년), 셋째 딸(1984년) 등이 결혼했으니, 장인에게는 드디어 큰 '숙원사업'이 해결된 셈이다. 아들의 결혼 비용에 보태고 집도 정리할 겸해서 동일주택 집을 팔고 1999년경 인천 신흥동의 아파트로 이사한다. 장인은 아파트를 별로 좋아하지 않았지만 장모와 자식들은 이제부터는 좀 편하게 살게 되었으니 잘 됐다고 반겼다. 1999년에는 큰 손자를 2001년에는 작은 손자를 본 장인은 70대 중반으로 접어들어 인생의 황혼을 느긋이 즐기고 있었다. 2002년 10월경 장인은 인도를 걷던 중 자동차공업사에서 수리를 마치고 나오던 차에 치는 사고를 겪는다. 같이 있던 친구는 별로 심하지 않았지만 장인은 다리와 허리를 크게 다쳐 인천 기독교병원에 입원하였다.

장인은 이때 만 76세(호적 나이로는 74세). 아무래도 나이가 있는지라 빨리 회복되지 않고 입원 기일은 자꾸 늘어났다. 그래도 크게 심하지는 않아 안심하고 있었는데, 어느 날 감기가 걸리더니 폐렴으로 옮아 삽시간에 증세가 악화되며 숨을 거두었다. 12월 12일이었다. 언젠가 병문안을 갔을 때 장인은 내게 "애들 엄마가 이 병원에서 죽었잖아. 여기 쳐다보지도 않고 지냈는데 이 자리에 내가 누워 있으려니…" 하면서 답답한 마음을 털어놓았던 적이 있다. 병원 내 감염이 틀림없지만 - 나는 그렇게 생각한다 - 식구들은 조용히 장례를 치르기 원했다. 뜨거워졌다가 금세 식어버리는 세상인심이라고 하지만 장례식장에는 과거 이천전기의 직장 동료나 직원들이 잊지 않고 많이 찾아와주었다. 장인의 음덕(陰德)을 새삼 엿볼 수 있었다. 고향 예곡리에 마련해둔 유택에 매장되었다. 이미 그곳에 묻혀있던 아내의 유해도 수습하여 합장(合葬)했다.

여기까지가 일기의 기록과 주변의 회고를 통해 정리한 장인의 삶의 기록이다. 일기는 가족 및 친척 관계, 직장 관계, 개인의 취미 및 여가 관련의 세 부분으로 나누어진다. 직장 관련 부분은 내가 전혀 알 수 없어, 또 식구들도 거의 모르는 일이라, 더 이상 해설을 붙일 수 없다.

2. 저자의 취미와 개인생활

지금부터는 장인의 개인 생활을 중심으로 정리하고자 한다. 장인에게는 흥미 있는 측면이 많다. 그 시대의 정황과 연관시키면 자못 재미있고, 장인을 이해하는 데도 많은 도움이 될 것 같다.

8남매의 장남으로 집안 대소사를 챙겨야 했고, 또 6남매의 아버지로서 식구를 부양했던 장인은 늘 돈에 쪼들렸다. 일기에도 살기 어렵다는 푸념이 자주 나온다. 딸린 식솔들만으로도 버거울 판인데 시골에서 찾아오는 친척들, 취직자리 부탁하는 고향사람들, 놀고 있는 동생들과 사촌동생들까지 가세하여 장인의 도움을 필요로 하는 사람들은 차고 넘쳤다. 인천에 터를 잡은 후에는 장인을 중심으로 인천에 정착하게 된 일가친척도 생겨났다. 이들의 어려운 사정을 모른 체할 수 없었다. 남자들의 경우에는 술이라도 사주고 용돈이라도 넣어주었고, 가깝거나 멀거나 친척들이 고향으로 돌아갈 때는 여비라도 보태줘야 했다.

일기에는 집안 대소사만 있으면 장인에게 도움을 청하는 대목이 많이 나온다. 장인은 누구에게도 말 못한 채 일기에 어려운 사정을 토로하고 있다. '내가 큰 부자라도 되는 듯' 무슨 일만 생기면 의례껏 손을 벌리는 부모님에 대한 원망도 비친다. 동생 창석, 종석, 점미, 미옥의 결혼 비용은 장인이 거의 전부 부담했다고 원석씨는 전한다. 이 살림을 장모가 운영하는데, 가히 예술적인 솜씨로 꾸려나갔던 것 같다. 조금씩 살림이 나아졌다고는 하지만 남편의 월급으로는 항상 위태위태한 살림을 꾸려나가야 했다. 일기에는 장모가 규모 있게 살림을 못한다는 불만이 여러 차례 나오는데, 그것은 순전히 장인의 불평이라고 볼 수밖에 없다. 원석씨의 회고에 따르면 장모는 아이들과는 보리밥을 먹으면서도 친척과 손님들에게는 대접을 빼먹지 않았다고 한다.

장인은 하는 일이 바빠서 고향에 잘 내려가지 못했다. 내가 보기에는 별로 가고 싶어 하지도 않았던 것 같다. 그렇지만 잘 내려가거나 안 내려가거나 장인에게는 장남으로서의 의무가 있었다. 시골 내려가는 일이 장인의 선택이었다고 한다면, 장남으로서의 의무는 필수였고 회피할 방도가 없었다. 게다가 이 집안에서는 대처에 나가 번듯한 직장에 자리 잡고 있던 거의 유일한 가족 구성원이었다. 사촌형제 원석씨는 장인 덕에 고향사람들이 이천전기에 많이 취직했다고 말했다. 또 어려운 사정을 호소하면 여러 가지 형태로 도움을 베풀었다고 한다. 원석씨 자신도 군대 제대 후 인천으로 올라와 장인에게 부탁하여 이천전기에 취직했고, 그 이후 인천에서 자리를 잡을 수 있었다고 지금까지도 고마워한다. '진해 외삼촌'이 남긴 기록에도 "내가 방랑생활을 하다가 곤경에 처했을 때 자형에게 연락하여 자형 다니는 회사에 취직하도록 인도해 주셨다. 여러 가지로 자형의 신세를 많이 졌다. 나뿐만 아니라 조카들도 누님댁 신세를 많이 졌다"는 대목이 있는 것으로 보아, 장인은 주위 사람들에게는 가히 천수관음이었다.

장인의 일기에는 자신에게 신세지는 것을 당연히 알며 고마움을 모르는 동생들에 대한 서운함도 읽을 수 있다. 특히 동생 종석씨 때문에 골치였다. 이것은 전적으로 종석씨 잘못이다. 내가 잘 안다. 그는 술을 많이 먹고 (한 번 먹기 시작하면 5-6일 계속 마시는 경우도 있었다고 한다), 술버릇이 나빴다. 무엇보다 무슨 일이든지 직심 있게 해나가지 않았다. 장인은 평생 이 동생을 돌봐줬는데 일기에서도 그와 관련된 내용이 많이 나온다. 중학교에 입학시키고, 입학금과 수업료를 챙겨주고, 군대에 가면 면회를 가는 등 어려운 일이 생기면 모두 장인이 나서서 해결해주었다. 종석씨는 삶의 모든 굽이굽이에서 형님의 도움을 필요로 했고, 장인은 그럴 때마다 나서서 챙겨주었다. 제대로 진득하게 일을 못하던 종석씨는 장인이 운영하는 주물공장을 함께 거들었는데 왜 자신은 돈을 조금 주느냐고 계속 불만을 터뜨렸다고 한다. 장인이 나중에는 인천 제물포시장에 있는 가게 하나를 얻어주어 장사를 하도록 했다. 그래도 본인 마음에 들지 않으면 무시로 술을 먹고 찾아와 행패를 부렸다. 일기에도 나와 있고, 나도 직접 보아서 잘 아는 일이다. 그러던 종석씨는 2016년에, 시골에 줄곧 있던 바로 밑의 남동생 창석씨는 2013년에 사망했다.

이렇게 장인은 남에게 잘 베풀고 밖에 나가서는 열심히 활동했지만 가정에서는 그다지 자상한 남편이나 아버지는 아니었다. 식구들은 아버지가 항상 엄하고, 회사를 비롯한 바깥일이나 개인적 친목을 더 중요시했으며, 가정에 별 관심을 갖지 않은 점을 불만으로 여기고 있다. 아버지에게 별로 칭찬 들어본 적도 없으며 따뜻한 배려나 애정은 기대하기 어려웠다고 서운한 감정을 털어놓는다. 실제로 장인은 1964년 10월 결성된 인천 강태공들의 모임인 '인천낚시회'에서 부회장직을 맡는 등 사회활동에 적극적이었던 것이 확실하다. 또 남에게는 호인이었음도 틀림없다.

장인은 무슨 일을 하더라도 열심히 해서 좋은 성과를 거두어야 속이 시원한 성격이었다. 이런 성격은 좋은 면도 있고 나쁜 면도 있는데, 가족들에게도 나태함을 허용하지 않고 무언가 열심히 하라고 다그칠 경우, 불협화음이 터져나올 것임은 충분히 예상할 수 있다. 식구들은 장인이 그 성격을 그대로 풀어내 무언가를 다그치고 '닦달'했다고 회고한다. 물론 자신은 그 어려운 시기에 기댈 언덕도 없이 이렇게 아등바등 살아왔으니, 너희들은 환경도 좋은 만큼 더 잘 해야 한다는 격려의 표현이었을 것이다. 물론 본인에게는 애정의 표현이었겠지만, 아버지에게 따스한 애정을 받은 기억이 없다는 자식들의 항변에도 나름 이유가 있다. 이 세대는 대화와 토론이라는 것 자체를 몰랐다. 대화라는 이름의 일방적 지시, 아니면 교장선생님이 학생들 훈시하듯 길고 지루한 훈화조의 '가르침'만 있던 세상에서 살아왔던 그들에게 자식들과의 대화를 기대하기란 나무 위에 올라가 물고기 구하는 격이었다.

사실 내 세대의 아버지는 무섭거나 어렵거나 혹은 그 둘의 합체였다(불행히 내게 아버지는 제일 마지막 경우에 속한다). 요즘이야 '친구 같은 아버지' 어쩌고 하면서 자상하고 헌신적인 아버지를 최고로 꼽지만, 내 세대의 아버지의 모범상(像)은 한마디로 엄부(嚴父)였다. 자식이 잘해도 칭찬하기보다는 '더 잘해야지'하면서 오히려 질책했고, 앞에 나서서 무어라 일일이 말하기보다는 뒤에서 지켜보며 자식들 스스로 자기 일을 찾아나가도록 맡겨두는 편이었다. 이 세대가 사랑을 겉으로 드러나게 남김없이 사랑을 쏟은 대상은 자식이 아니라 손자 손녀였다.

장인은 엄부였음에는 틀림없지만 가정에 무관심하지는 않았다. 일기에는 아이들 교육문제를 비롯해서 건강이나 육아에 상당히 신경 쓰고 있는 모습이 나온다. 또 아내 사망 이후 – 말로 표현하지는 않았지만 – 자식들에게 쏟은 정성은 일기에도 잘 나와 있다. 장인은 아이들 교육에 큰 관심을 갖고 있었는데, 장모가 아이들 교육을 제대로 챙기지 않는다고 불만이었다. 사실 그 시절 교육은 거의 전적으로 어머니 몫이었다. 아버지는 학비를 대고 아이가 몇 학년이고 성적이 대충 어느 정도인지나 알면 다행이었다. 그런데 일기를 읽으면 장모가 아이들 교육에 열성을 다할 수 없었던 사정을 짐작할 수 있다. 1970년에 사망한 장모는 이미 그 이전부터 몸이 아팠던 것 같고, 딸린 식구들과 군식구까지 가세한 생활을 꾸려나가기에도 힘겨워했음이 틀림없다. 1968년 12월 26일자 일기에는 '정순 엄마 몸이 몹시 약하다. 웬만하면 보약을 좀 먹어야겠는데 여유가 없다'는 대목이 나온다. 장인은 퇴근하면 살가운 인사 없이 '누워 있다가 마지못해 일어나는' 장모에게 못마땅했지만, 아마 몸이 극도로 힘들어서 그랬을 것이다. 보이지 않게 조금씩 쇠약해진 장모는 면역력이 약해져 장티푸스를 이겨내지 못했다고 생각된다.

장인은 말 그대로 다재다능하고 활동력이 왕성한 인물이었다. 진해 외삼촌은 "자형은 다재다능하신 분으로 젊어서는 복싱, 탁구 등 운동선수였고 노후에는 낚시 서예에 취미 붙여 서예 실력은 인정을 받으셨다"고 기록을 남겼다. 복싱이나 탁구는 식구들도 직접 본 적이 없다고 하니 더 이상 말할 내용이 없고, 등산이나 사이클도 열심히 했다고 회고한다. 스포츠 종목으로는 국궁(國弓)에 상당한 실력이 있었던 것은 확실하다. 인천의 수봉공원에는 무덕정(武德停)이라는 국궁장(場)이 있었다. 장인은 이곳에서 회원들과 정기적으로 활을 쐈다. 잠시도 몸을 쉬거나 빈둥빈둥하는 모습은 자신이 용납하지 않았다. 장인의 이 치열한 성격이 유감없이 발휘

된 곳은 낚시, 서예, 그리고 춤이었다.

낚시와 서예는 장인의 일등 취미였다. 일기에는 1964년부터 낚시 관련 내용이 많이 수록되어 있다. 나도 장인의 취미가 낚시인 줄 알고 있는데, 아마 이때부터 본격 시작한 것으로 보인다. 우리 사회가 조금씩 먹고 살게 되면서 이른바 레저인구가 조금씩 생기기 시작했는데, 그 당시 남자의 취미로는 낚시와 바둑이 단연 으뜸이었다. 장인이 애용한 낚시가게는 '장안낚시'. 당시 인천의 중심가였던 동인천역 부근에 있었던 가게였다. 인천의 낚시꾼들은 모두 이곳을 애용했다. 나도 낚시를 좋아하는 큰아버지 때문에 어려서부터 이 가게를 자주 드나들었다. 그때 보았던 나이 든 사장님이 돌아가시고 한동안 그 아드님이 운영했는데, 지금은 사라졌다. 여담이지만, 내 처가 첫 아이를 임신했을 때 커다란 가물치와 잉어를 1마리씩 보낸 적이 있었다. '푹 고아서' 국물을 마시면 산모 몸에 특별히 좋다는 당부를 하셨는데, 내 처가 아예 먹기 싫다고 해서 옆집에 주었다. 40대 정도의 부부로 기억하는데 상당히 좋아하면서 받았다.

말년에는 서예에 취미를 붙였다. 인천시에서 주최하는 서예대전에서 상도 받았다. 장인은 무엇을 하나 하면 열심히 빠져드는 성격이었다. 대충 넘어갈 일은 아예 손을 대지 않았다. 한창 서예에 빠져 있을 무렵에는 신문지에 글씨 연습을 하느라고 집안이 온통 휴지로 넘칠 지경이었다. 어느 정도 솜씨에 오르자 액자나 편액에 글씨를 써서 출가한 딸들에게 나누어주었다. 지금도 가족들은 장인이 쓴 글씨를 소중히 집에 걸어두고 있다. 사실 글씨를 처음 받게 된 당시에는 – 겉으로는 매우 고마워하면서도 – 열광적 반응은 아니었다. 장인 사망 후 그 글씨들은 아주 뜻있는 추억이 되어서 소중히 모셔두고 있다. 그 중에서도 내게는 8폭 병풍을 주었는데, 아버지 제사 때마다 요긴하게 쓰고 있다. 글의 출전은 잘 모르겠다. 열심히 찾아보았지만 확인이 불가능했다. 다섯 번째 폭에 있는 '忘情世利居安易 寓意琴書得眞味(세상 정세의 이해득실을 생각지 않고 편안히 살며, 가야금 뜯고 글을 쓰면서 그 참뜻을 얻는다)'의 구절이 족자나 액자 형태로 쉽게 접할 수 있는 것으로 보아 예전부터 수양이나 교훈의 형태로 새기던 글귀가 아닌가 싶다. 마지막 폭의 도서(圖署) 낙관 위에 있는 청산(靑山)이 장인의 호이다. 장인은 앞으로 행서(行書)와 해서(楷書)에 더 정진하겠다는 다짐을 들려주곤 했는데 아쉽게도 유명을 달리하면서 그 뜻은 이루어지지 못하게 되었다.

장인이 취미를 붙였던 또 하나의 종목은 '춤'이었다. 1969년 1월 21일자 일기부터 '춤 배우러 다닌다'는 기록이 나오기 시작하는데, 69년 일기에는 춤과 무도장(舞蹈場) 이야기가 상당히 많이 나온다. 우리 사회에서 이 '사교춤'만큼 지탄과 비난을 쉴 새 없이 받아왔던 오락도 없을 것이다. 영화나 텔레비전을 보면 저쪽 동네에서는 아주 자연스러운 오락이요 사교의 필수

종목인데, 어찌 된 영문인지 우리나라는 처음부터 어둠침침한 공간에서 '가정을 팽개친 몰지각한 남녀'들이 '국가와 민족의 사명을 망각하고' 벌이는 방탕한 행각으로 취급되어왔다. 정부는 국민들 군기(軍紀) 잡으려고 마음먹으면 의례껏 이곳부터 단속했다. 나이 좀 든 세대는 '장안의 비밀 카바레 급습' '춤바람에 가정 버린 여인들' '후안무치의 남녀 춤꾼들 백주(白晝)부터 어울려' 등등의 제목에, 얼굴을 가리며 어쩔 줄 몰라 하는 여성들의 사진이 실린 신문기사나 텔레비전 뉴스를 기억할 것이다.

아무튼 장인은 춤도 열심히 배워 상당한 수준에 올랐던 것 같다. 원석씨의 회고에 의하면 당시 이른바 '춤바람'이 전국적으로 불었고 이천전기에서도 상당수의 직원들이 여기에 휩쓸려 퇴근 후에 어울리려면 춤을 배우지 않으면 안 될 정도였다고 하니, 대충 짐작할 수 있다. 인천 송림동에 있던 '명동 캬바레'가 당시 '알아주던' 곳이었다고 한다. 게다가 장인은 대충 할 일이라면 아예 손도 대지 않는 분이고, 남들과의 경쟁심도 은근히 있는 편이라, 춤도 열심히 배웠을 것이다. 일기에는 장인이 자신의 신장을 172cm라고 기록했는데, 당시로서는 큰 키였다. 풍채가 좋았던 장인은 '댄스홀'에서 꽤나 인기가 좋았을 것이다. 실제로 나는 장인의 회갑연에서 고모, 작은아버지, 친척 어른들이 모여서 춤을 추는 것을 보았다. 그 유연한 스텝과 우아한 손발의 놀림! (나는 들어본 적이 없지만) 노래도 대단히 잘 했다고 하니 가히 풍류남아라 아니 할 수 없다. 그런데 그 밑의 아들딸들은 물론 사위들까지도 풍류와 잡기에는 깜깜절벽. 명절 때 모여도 그 흔한 고스톱조차 쳐본 적이 없을 정도이다. 노래방에 두어 번 가본 것이 후손들의 유일한 풍류행각이었다. 장인이 보면 숙맥들이라고 혀를 끌끌 찰지 아니면 건전하다고 격려할지 잘 모르겠다.

이 세대는 대체로 오늘날의 기준으로 본다면 정치사회적으로 보수지향성을 보여준다. 빈곤과 전쟁을 몸으로 겪었던 세대인 만큼 반공은 가장 중요한 정치사회적 가치였다. 권력자들이 하는 짓거리를 훤히 꿰고 있었지만, 안정과 발전이 중요하다고 생각하여 떨떠름한 마음으로 '기호 1번'을 찍었다. 장인의 생애에는 이승만, 박정희, 전두환, 노태우, 김영삼, 김대중이 대통령으로 재직했다. 1956년 일기에는 정부통령 선거의 후보자였던 신익희(申翼熙)의 사망에 아쉬워하고 자유당 정권의 부패와 무능을 비판하는 대목이 여러 차례 나온다. 장인이 이승만을 높이 평가한 적은 들어보지 못했고, 여러 잘못도 있지만 '그래도 우리를 이만큼이나 잘 살게 해준' 공로를 들어 박정희를 제일 치켜세웠다. 67년 5월 3일자 일기에도 '박정희를 찍었다'고 썼다. 장인은 박정희 사망 당시 '시바스리갈'이라는 양주가 옆에 있었던 사실을 상당히 유감스럽게 생각했다. 언론을 통해 전해진 농민들과 막걸리를 나눠마시던 그의 서민적 모습이 마음에 깊이 새겨졌던 탓이리라.

장인은 '안정'이 제일 중요하다는 이유에서 '싫기는 하지만' 전두환을 지지했고, 김대중에 대해서는 '빨갱이'라는 의심을 약간 갖고 있었다. 김영삼은 97년 IMF 외환위기를 초래한 무능한 인물이라고 혹평했다. 노태우에 대해서는 특별히 잘 한다 못 한다는 평가를 들은 기억은 없었지만, 전두환 노태우 두 대통령이 거액의 부정축재를 했던 사실에는 대단히 분노했다. 그가 제일 높이 평가하는 정치인은 김종필이었다. '암! 그 사람이 인물이지' 하면서 김종필을 밀었지만, 내가 보기에는 김종필의 특별한 정견(政見)이나 비전보다는 '충청도 사람'으로서의 일체감이 제일 컸던 것 같다. 김종필이 대통령후보로 나왔던 선거에서는 아마 그에게 표를 던져주었을 것이다. 전두환 시절 학생들의 시위에 대해서는 '명분'은 인정해주면서도 우리에게는 경제발전과 국가안보가 더 중요하다는 이유에서 비판적이었다. 노동조합이나 노동자의 시위는 대단히 부정적으로 보았다. 노동자에게 정당한 대가가 주어져야 한다는 데, 그리고 지금까지 회사가 너무 심했다는 점에는 동의하지만, 우리나라 형편으로는 노동자 임금을 올리는 데에는 한계가 있고 노동자들도 자제해야 한다고 말했다.

그런데 여기에는 약간 모순되는 점이 있다. 1969년 일기에는 김진국(金鎭國)이라는 주조과 직원이 여러 문제를 일으켜 급기야 사표를 내고 나중에는 정신병원에 입원하는 일이 기록되어 있다. 장인은 직원의 입원과 퇴원에 관계된 일을 열심히 맡아주어 좋게 끝나도록 해준 회사 노조와 산업전도회에 매우 고마워하고 있다. 산업전도회는 산업 현장의 기독교 전도를 위해 설립된 기독교단체로서 1964년 무렵부터 노동문제에 관심을 갖기 시작하여 1970년대에는 도시산업선교회(약칭 도산)의 모태가 된 단체이다. 그나마 기독교를 배경으로 하고 있는 탓에 '빨갱이' 혐의에서 벗어나 노동자의 권익보호를 위해 활동했던 단체이다. 그렇지만 장인은 내게 '도산(都産)'이 들어간 업체는 모두 '도산(倒産)'한다는 이야기를 하면서 아주 강하게 비판적이었다(실제로는 도산이 아니라 기존 사업장을 폐업해서 노동자들을 모두 해고한 다음 다른 이름으로 다시 연 것이다). 시간이 흐르면서 장인이 보다 보수적이 된 것인지, 아니면 산업전도회와 도시산업선교회의 관계를 몰랐던 탓일까?

장인의 직계 가족들은 모두 평범한 사회인으로 살고 있다. 장모는 나이가 들어 무릎이 좋지 않지만, 그 외에는 아주 건강하다. 큰딸 정순은 60을 훌쩍 넘겼다. 아들 둘을 두고 있는데 작은 아들이 결혼을 아직 안 해 큰 걱정이다. 남편은 2014년 사망하였다. 둘째 딸 정화는 초등학교 양호교사로 재직 중이며 슬하의 1남 1녀는 모두 결혼하였고 몇 년 전에는 외손녀를 보았다. 셋째 딸 정임은 지금 이 일기의 해제를 쓰는 정승현과 결혼하여 1남 1녀를 두고 있다. 역시 딸이 아직 결혼을 하지 않아 상당히 신경 쓰고 있는데, 막상 딸은 천하태평이다. 넷째 딸은 본래 이름이 종말(終末)이다. '딸은 이제 마지막'이라는 다짐의 표현이다. 말이 나온 김에 덧붙이자면, 다짐은 부모님들이 하실 일이지 애꿎은 자식이 이름으로 끌어안고 감당해야 할 몫은 절대 아니다. 도저히 그 이름으로 호적신고를 할 수 없다고 식구들이 강력하게 반대해서 정혜(貞惠)로 신고했다. 지금도 큰 언니와 둘째 언니는 종말이라고 종종 부른다. 아들 둘이 있다. 정혜라는 이름이 효과를 보았는지 그 밑에는 남동생이 태어났다. 장남 명호는 1999년에 결혼하여 삼형제를 두었다. 요즘 같은 저출산 세대에, 그것도 아들 셋이라는 병역(兵役) 자원까지 이 땅에 선사했으니 그것만으로도 충분히 애국한 셈이다. 마지막으로 다섯째 딸 박정민(貞珉)이 있다. 나를 포함해서 사위들은 모두 평범한 사람들이다. 다들 큰일은 못했지만 사회에 해 끼치지 않고 주변에 피해주지 않으며 세금 내고 병역의무 마치면서 길고 가늘게 살고 있다. 그것만으로도 훌륭하다.

이 일기에 몇 마디 추가하고자 한다. 여기 남아있는 일기는 1956년, 59년, 64년, 66년, 67년, 68년, 69년, 70년, 73년(5월 20일까지)의 기록이다. 중간중간이 듬성듬성 비어있다. 그런데 아무리 보아도 장인은 중단 없이 일기를 계속 이어서 쓴 것 같다. 나도 일기를 써봐서 아는데 처음에는 열심히 쓰다가, 점점 쓰는 횟수가 줄어들고, 다시 심기일전하여 좀 쓰다가, 그것마저 뜨문뜨문 가뭄에 콩 나듯 줄어들다가, 6-7월쯤 지나면 아예 포기하는 일이 보통이었다. 그래도 '위인들은 모두 일기를 꾸준히 썼다'는 확인불명, 근거불명, 효과불명의 - 엄포 앞에 어쩐지 '사색과 자기수양'을 포기하면 안 될 것 같아서 새해를 맞이하면 일기장은 또 새로 샀다. '새 술은 새 부대에'라는 말은 알고 있었으니까. 그리고 1월 1일자에 '앞으로는 일기를 매일매일은 아니더라도 꾸준히 써야 하겠다'는 말을 빼먹지 않았다. 나뿐만 아니라 다들 그랬다.

장인의 일기에는 새해가 시작되어도 '앞으로는 일기를 꾸준히 써야 하겠다'는 말을 전혀 찾을 수 없다. 일기의 최종 날짜인 1973년 5월 20일 이후에도 계속 썼는지는 모르겠지만, 그 이전에는 아마 지속적으로 꾸준히 썼던 것 같다. 그렇지만 내가 입수한 일기는 이것이 전부이다. 시골집에 혹시 또 다른 일기가 남아있을까 하여 알아보았지만 소득은 없었다. 결권(缺卷)을 찾을 수 있었으면 당시의 생활상과 장인의 모습을 더 충실하게 알 수 있게 될 터이지만, 어쩔 수 없는 일이다. 특히 1960년(4.19), 61년(5.16), 72년(10월유신) 일기가 빠져 있어 정치적 격동기에 장인의 생각을 읽을 수 없어 아쉽기만 하다.

이 일기가 전북대학교 개인기록 연구팀에게 전달된 정황은 이렇다. 2002년 장인 사망 이후 식구들이 유품을 나눠가졌는데, 이 일기가 내 손으로 들어오게 되었다. 이 세대가 남긴 삶의 기록이 우리의 근현대사 연구에 중요한 자료임을 이미 알고 있던 터라 언젠가는 일기를 출간하겠다는 마음이 있었던 탓이다. 그런데 육필 일기를 읽는 일이 보통 힘든 게 아니었다. 하나하나 입력하여 정리하는 일은 더 어렵고 힘들었다. 그냥저냥 이러지도 저러지도 못하던 상태에서 고이 모셔놓을 수밖에 없었다. 그러다가 이 연구팀의 책임자인 이정덕 교수를 만남으로써 비로소 세상에 나올 기회를 얻게 되었다. 학회 관계 일로 난생 처음 만난 이교수와 저녁 자리에서 이런저런 이야기를 나누다가, 개인의 일기를 발굴 출간하는 연구팀이 있음을 알았다. 내가 먼저 장인의 일기 이야기를 꺼내자 이교수는 반색하며 일기를 보고 싶다고 요청했다. 나는 일단 검토해보라고 전북대학교로 일기 원본들을 보냈다.

연구팀에서 일기의 해독과 정리를 마친 후 출간 요청을 해왔는데, 식구들이 반대의사를 강력하게 표시해서 당황했다. 나는 식구들이 당연히 반길 줄 알고 있었다. 일기 중에 여성과 관련하여 다소 불미스러운 내용들이 있다는 것이 제일 큰 이유였는데, 그 중에서도 어머니의 부탁으로 당신의 병환 중에 일기를 읽어드린 둘째딸의 반대가 제일 심했다. (일기에 여성 관련 내용을 버젓이 써놓고 방치해둔 장인의 배포에 감탄하지 않을 수 없다.) '엄마가 그 일기 내용을 듣고 병환이 더 악화되었다'고 생각한 딸의 심경을 알지 못하던 나의 일방적 생각이 잘못이었다. 시간을 두고 일기의 학문적 가치에 대해 계속 설득하자 가족들이 수락해주었고, 그 덕분에 일기는 세상에 빛을 볼 수 있게 되었다. 가족들의 넓은 아량에 그저 고마울 뿐이다.

나는 이 일기가 부럽고, 일기를 읽게 될 처갓집 식구들은 더 부럽다. 1930년 출생한 내 아버지는 2000년에 교통사고로 사망했다. 나는 어려서부터 아버지가 어렵고 무서워서 별로 이야기를 나누지 않았다. 나는 아버지의 어린 시절 꿈이 무엇인지 전혀 모른다. 그저 북한(평안남도 진남포)에서 출생, 진남포상공학교 졸업, 평양철도국 철도기관사로 일하다가 남쪽으로 내려와 거제도 포로수용소에서 잠시 있었고, 결혼 후 나를 낳았다는 사실 외에는 아는 바가 없다. 전혀 마음에도 없었고 어울리지도 않았던 장사를 하면서 겪어야 했던 속앓이에는 관심도 갖지 않았다. 항상 책이나 읽을거리를 손에서 놓지 않았던 모습이나, 북한에서는 책 대여점에 있던 책들을 거의 다 빌려보았다는 회고를 들으며, 공무원이나 회사원이 어울렸을 것이라고는 짐작했지만, 그냥 아버지는 세상에 처음 나와서부터 저런 모습이었을 것으로 생각하고 지냈다. 결혼하고 아이가 생긴 후에는 일부러라도 가까워지려고 했지만 대화는 거의 언제나 겉돌았다. 하고 싶은 말은 많았지만 꺼내기 어려웠고 아버지 역시 말을 삼갔다. 늦은 가을 급작스러운 사망 소식을 들었고, 병원에서 싸늘하게 누워 있는 아버지 앞에 나는 절망했다.

그런 나에 비하면 처갓집 식구들은 훨씬 행복하다. 적어도 그들은 자신의 아버지가 겪어온 삶의 즐거움과 괴로움, 생활의 어려움, 그리고 약간은 아름답지 못한 모습까지도 알게 되었으니까 말이다. 장인은 세상에 큰 이름을 남기지도 대단한 사업을 일으키지도 않았던 평범한 인물이다. 그래도 이 일기 덕택에 후손들은 아버지의 삶을 회고하며 같이 기뻐하고 눈물을 흘릴 기회를 얻게 되었다. 또한 친손자 셋, 외손자 여섯, 외손녀 둘을 세상에 남겼으니 그만하면 보통사람에 어울리는 괜찮은 삶이었다. 국가와 민족 위한다고 어설픈 행각을 벌이면서 각종 추태와 민폐만 남기는 수많은 어중이떠중이 애국지사보다 훨씬 더 유익한 업적을 남겼다.

　사람의 일생이 어찌 고귀하고 아름답게만 채색되어 있겠는가? 시인 윤동주는 "죽는 날까지 하늘을 우러러 한 점 부끄럼이 없기를" 바랐지 자신의 삶이 그렇다고 말하지 않았다. 그렇게 살려면 "잎새에 이는 바람에도" 괴로워하고 "모든 죽어가는 것을 사랑"할 정도로 어렵다는 것을 시인은 그 본능적 감수성으로 알고 있었다. 꽤나 행세한 명사들의 회고록은 온통 숭고한 그림으로 가득 차 있지만 '개똥밭' 인간 세상이 그런 삶을 우리에게 허용할 가능성은 애당초 없다. 시인에게조차 허락되지 않은 삶을 살았다는 허언(虛言)은 가증스럽다. 신의 아들로 태어나거나 테레사 수녀가 아닌 다음에야 우리 모두는 오물을 묻히면서 살아갈 수밖에 없다. 차이가 있다면 오물의 종류와 크기일 뿐이다.

　이 해제는 큰딸 정순씨, 장인의 사촌동생 원석씨로부터 큰 도움을 받았다. 그렇지만 친척이 워낙 많고, 이 부분을 말끔하게 알려줄 어른들이 모두 작고하여 친척 구성원들에 관련된 부분에는 다소 부정확한 점을 피할 수 없었다. 미화(美化)나 추켜세우기는 철저하게 피했고, 서술의 객관성을 유지하기 위해 존칭이나 경어는 사용하지 않았다. 앞의 부분은 용서하시겠지만 뒷부분에 대해서는 - 예의범절을 중시한 충청도인의 자부심을 잃지 않았던 - 장인에게 '버릇없는 놈'이라고 야단맞을 것 같다. 생각하면 세상에는 보이지 않는 인연의 끈이라는 것이 있는가 보다. 나는 1983년 주변의 소개로 아내와 만났고, 84년도에 결혼하여, 박씨 집안과 인연을 맺게 되었다. 그리고 일기를 징검다리로 삼아 전북대학교 개인기록연구팀과 장인이 연결되었다. 인연의 끈은 또 다시 관련 연구자들로 이어져서 윤사월에 날리는 송홧가루처럼 넓게 퍼질 것이다. 자신의 삶을 기록한 묶음이 생면부지의 어느 누구에게 도움이 된다는 사실을 안다면 아마 장인도 기뻐할 것이라고 혼자 짐작하며, 장인의 용서를 구한다.

주물기술자인 저자와 1960년대 한국 주물공업

•• 문만용 · 임경택

1926년 충북 보은에서 태어난 박기석은 일제강점기 끝 무렵인 18세에 일본에 건너가 오사카의 주물회사에서 기술을 익혔고, 이후 주물은 그의 평생 직업이 되었다. 인천일기가 시작되는 1956년 1월 초 박기석은 다니던 부산의 극동금속을 그만두고 고향에 돌아온다. 그는 『동아일보』에 투고한 "各 倉庫主들 猛省하라"는 글 때문에 기업주로부터 압력을 받고 회사를 떠나야했다. 고향에서 동생들을 챙기던 그는 서울의 대동공업 대표를 만났고, 즉시 회사에 나와 주물 기술을 향상시켜달라는 부탁을 받고 4월부터 대동공업 영등포 고장에 출근했다.(56.4.2) 이곳은 6년 전 그가 일을 했던 곳이었다. 박기석은 자신이 지닌 주물기술을 활용하여 팬 임펠러, 실린더, 밸브 등 각종 기계 부품 등을 제작했다. 대동공업은 1958년 이천전기와 합병되어 이천전기가 되었고, 박기석은 이천전기의 주물기술자로 『인천일기』이 끝나는 1973년까지 이 회사의 주물과장으로 일을 했다. 따라서 주물기술자 박기석의 1950년대 중반부터 1970년대 초반까지의 삶은 한국 주물공업의 성장과 함께 했다. 이 글에서는 1960년대 한국 주물공업의 상황에 대해 살펴보고, 이천전기를 중심으로 박기석이 경험한 당시 한국 주물공업의 현장에 대해 살펴보고자 한다.

1. 주물공업 개황

주물(鑄物, casting) 또는 주조(鑄造)는 금속재료를 용융하여 모래 및 특수금속으로 만든 주형 안으로 주입 또는 압입하여 응고시켜서 원하는 모양의 금속제품으로 만드는 일 또는 그 제품을 의미한다. 주물은 단조 압연 등의 소성가공과 용접 절삭 및 분말야금 등과 함께 대표적인 부품제조방법의 하나이다. 기계공업에서 주물은 가장 중요한 기본소재의 하나로, 각종 기계의 골격 및 중요 구성부분을 이루고 있다. 공작기계나 방직기계 등은 제품 중량의 80%가 주물이며, 많은 기계의 제품중량의 40~60%가 주물이다. 따라서 주물공업은 기계공업과 밀접한 관련을 맺고 있다.

기계공업은 모든 공업의 선도산업으로 불리는 중심 공업 분야이다. 정부도 1966년 수립된 2차 경제개발5개년계획 기간 중 기계공업 육성을 중요 과제로 내세웠고, 이를 위해 1967년 기계공업진흥법을 제정하여 기계공업 육성을 통한 산업기반 구축에 노력했다. 같은 해 수립된 제2차 경제개발5개년계획에서 정부는 제철, 종합기계, 석유화학, 조선을 4대 국책사업으로 설정하고 본격적인 육성을 추진했다. 그 일환으로 1970년 정부는 종합제철소 추진과 함께 종합중기계, 주물선, 특수강, 선박 등 소위 '4대 핵공장 건설사업'을 구상했다. 이 사업을 추진하기 위해 일본에서 차관과 기술을 도입하려 했으나 일본의 협조를 얻지 못하고 실패하고 말았다.[1] 그렇지만 기계공업 육성을 위해서는 핵심 소재공업인 주물공업의 성장이 필수적이었다. 1973년 대덕연구단지 건설계획이 수립되는 과정에서 처음 대덕에 들어설 전략산업기술연구소 5개 중 하나로 주물기술센터가 구상된 것도 그같은 배경에서였다. 하지만 대덕연구단지 기본계획의 변경에 따라 독립적 주물기술센터 설립은 취소되었고, 이후에도 주물공업은 높은 필요성에도 불구하고 정부의 적극적인 정책지원은 미흡한 편이었다. 이에 따라 1970년대 후반 한국주물공업협회를 비롯한 관련 업계와 단체는 주물공업육성법을 제정할 것을 촉구하고 나서기도 했다.

1969년 간행된 한국주물공업의 현황에 대한 실태조사에 의하면, 1968년 기준으로 주물을 생산하고 있는 업체는 전국에 250여개 업체로 추정되었고, 이 중 500명 이상 되는 업체는 단한 곳에 불과했다.[2] 이는 주물공업이 대체로 중소기업에 의해 이끌어지고 있음을 의미했다. 주

1) 박영구, "4대핵공장사업의 과정과 성격, 1969.11-1971.11", 『경제사학』 44 (2008), 81-107쪽.
2) 남상철 편, 『한국선철주물공업의 현황』 (한국기계공업협동조합연합회, 1969).

물공업은 주물제조를 전문으로 하는 업자뿐 아니라 일관기계제조업자가 겸업으로도 했으며, 종합기계공장 같은 일관업체도 주물공장을 갖고 있었다. 전국에 산재한 소규모 주물공장의 시설은 극히 노후된 용선로용량 0.5~5M/T 정도였으며, 대개 기계제작공장에 부속되어 있거나 기계가공공장을 겸하고 있어 계열화 전문화 수준이 낮았다.

주물공장은 선철(銑鐵)과 고철을 섞어 탄소함유량 2.0% 이상의 쇳물을 만들어내는 용해작업부터 최상의 완제품을 만들기까지 여러 단계의 공정과정을 거쳐야 한다. 따라서 주물공장의 시설 역시 여러 단계에서 이용되는 다양한 것들이 필요했다. 공정단계에 따라 주물사처리(鑄物砂處理), 용해(鎔解), 조형(造型), 열처리(熱處理)에 이르는 여러 시설이 필요했는데, 당시 이러한 일관시설을 갖춘 공장은 매우 드물었다.

주물공업에서 사용되는 용해로는 큐폴라(cupola), 반사로, 전기로, 도가니로 등 여러 가지가 있었다. 가장 일반적인 것이 큐폴라로 인천일기에 등장하는 용해로도 대부분 큐폴라였다. 큐폴라는 코크스 및 적당한 용제를 섞은 선철을 용융할 목적으로 압축 공기를 보내 금속의 반응을 일으키는 용해로이다. 탄소를 1.7% 이상 함유한 철은 약 1천℃ 이상에서 녹여 주물을 만드는 데 사용되는데, 큐폴라에 고로에서 얻은 선철을 넣고 코크스를 연료로 첨가하여 주철을 만드는 과정이 가장 일반적인 공정이다. 주철은 약 2~6%의 탄소를 함유하고 있는, 철과 탄소의 합금을 지칭한다. 인천일기에 등장하는 용해작업에서는 코크스 대신 괴탄을 사용하는 경우가 많았다. 코크스는 특정한 역청탄을 공기와 접촉시키지 않고 고온으로 가열하여 휘발성 성분이 모두 날아가고 남은 고체 잔류물로 가스 생산의 부산물로 얻어지기도 한다. 당시 국내에서는 코크스를 생산할 수 없어 일본에서 비싼 가격을 주고 수입을 해야 했기 때문에 주로 괴탄을 사용했다. 그러나 괴탄 역시 매년 공급이 달려 큐폴라 조업에 차질을 빚곤 했다.(64.9.22; 68.11.15)

용해로 외 주물공장의 주요 시설로, 주물사의 회수 처리 및 조제시설인 사처리시설(砂處理施設), 목형모형을 제작 또는 수리하기 위한 목형선반 등의 목형시설(木型施設), 주물 표면을 깨끗이 하는 기계인 탈사시설(脫砂施設), 주형 등을 만들기 위한 기계와 장치인 주조시설(鑄造施設), 원료나 제품을 운반하는 시설, 조립한 주물제품의 변형을 막기 위한 열처리시설 그리고 각종 공작기계와 시험기기 등이 있다. 박기석이 일했던 이천전기에서도 목형을 만드는 목형부와 용해 등 직접적인 주물작업을 진행하는 주물부가 존재했는데, 양 측이 이견을 보여 갈등을 빚는 경우가 드물지 않았다.(59.7.14; 64.7.9)

주물공장에 쓰이는 원료는 용해로에 쓰이는 원료와 조형로에 사용되는 원료로 크게 구분된다. 용해로에 쓰이는 원료는 주물용 선철을 사용하는 것이 원칙이지만 1960년대 한국 상황에서 선철보다 가격이 저렴한 일반고철을 사용하는 경우가 많았다. 이는 가격뿐 아니라 당시 국내에서 생산되는 선철의 절대량이 부족했기 때문에 불가피했다. 그러나 기계공업 육성이 추진되면서 선철의 수요가 크게 늘어났고, 한편으로 오랫동안 수집되어 활용되었던 전쟁고철(戰爭古鐵)마저 고갈되어 기계고철만으로 수요를 충당할 수 없어 고철 품귀현상이 자주 일어났다. 국내 수요량 부족을 보완하기 위해 1962년부터 선철을 수입했지만 증가하는 수요를 감당하지 못했고, 원료 부족으로 이천전기의 주물공장이 멈춰서는 경우가 자주 발생했다. 또한 고철의 질이 좋지 못해 생산되는 주물의 상태가 불량한 경우도 드물지 않았다.(56.10.10; 64.9.2)

1960년대 주물공장의 인력 구성은 사무직 6.7%, 공장관리직기술자 2.5%, 현장종업원인 기술공과 기능공 74.3%, 견습공 16.5%였다. 직급별로 보면 기술자 1명에 기술공이 11명, 기능공 19명꼴로 구성되었다. 학력별 구성은 기계공업의 인력구조와 비슷하여, 기술자는 초급대학 이상으로 학력이 높고, 기능공이나 견습공에 이를수록 낮아진다. 박기석은 학력수준은 낮았지만 일본에서 배운 기술 덕분에 기술자로 활동했으나 대학 출신의 인력들이 입사하게 되면서 그들과의 갈등이나 차별을 겪게 되었다. 이에 대해서는 뒤에서 다룰 것이다.

2. 대동공업과 이천전기

박기석이 주물기술을 익힌 다음 귀국하여 처음 일을 한 곳은 대동공업이었다. 대동공업은 1946년 장병찬이 세운 모터펌프업체였다. 특히 변압기함 등 전기 관련 주조품을 의뢰받아 제작했다. 장병찬의 부친은 한국전력의 원조 격인 남선전기 사장을 지냈으며, 그 영향을 받은 장병찬은 국내 산업발전을 위해 중전기공업의 발전이 시급하다는 판단아래 대동공업을 세웠다. 대동공업은 1958년 이천전기와 합병되어 회사명도 이천전기가 되었다. 장병찬의 아들 장세창은 부친의 뜻에 따라 서울대 전기공학과를 졸업하고 1986년 부친의 작고 이후 이천전기를 이끌었다.[3]

대동공업과 합병하기 전의 이천전기는 재일동포인 서상록이 일제 강점기 전기기기업체인

---

3) "중전기분야 불모지 개척, 이천전기공업", 『한겨레신문』 1993. 9. 27.

인천의 도시바공장을 불하받아 세운 회사였다.[4] 1910년 전남 나주에서 출생한 서상록은 16세 때 일본에 건너가 제철공장에서 기술을 배우고 밤에는 공부를 하여 23세에 오사카 간사이 공업학교를 졸업했다. 28세에 이천공작소를 설립하여 운영했으며, 해방 이후 일본에서 사업을 하면서도 국내에 이천방직, 이천전기, 이천제강, 이천중기 등의 회사를 설립하여 한국의 산업화에 이바지했다. 이천전기는 일제강점기 인천에 생산공장을 두었던 조선도시바전업에 기원을 두고 있다. 소형 전동기와 변압기를 생산한 이 회사는 해방 이후 조선도시바전기로 이름을 바꾸었으며, 소설가이자 나중에 상공부 장관을 역임한 주요한이 초대 대표였다. 서상록은 1956년 이 회사를 인수해 이천전기공업주식회사로 이름을 바꾸었다.[5]

1958년 대동공업과 이천전기가 합병되었다고 알려져 있지만 일기에는 1959년 2월에 양 사의 합병이 최종 결정되었다고 기록되었다.(59.2.15) 두 회사가 합병한다는 기본방침은 꽤 오래 되었는데, 1959년 2월 12일에 대동공업의 전 종업원에게 통보가 되었다. 그러나 합병 통보 이후로도 한 동안 아무 조처가 없어 대공공업의 공장 내 분위기만 어수선해졌다.(59.3.3) 대동공업을 해체하고 전 직원에서 퇴직금을 준다는 얘기나 이천전기로 회사가 이전한다는 등 여러 가지 설만 난무해서 직원들은 불안정한 상태에서 하루하루를 보냈다.(59.9.12)

대동공업과 이천전기의 통합은 대동공업이 해체하고 이천전기로 합해지는 방식으로 진행되었다. 합병 당시 양쪽이 팽팽한 줄다리기를 했고, 오랜 논의 끝에 1959년 11월 8일자로 박기석을 비롯한 주물공 9명이 선발대로 이천전기의 인천 동지포 인천공장 주물장으로 합류했다. 박기석은 대동공업과 이천전기 양쪽을 오가며 현장의 합병작업을 준비했다. 당시 이천전기에는 2기의 큐폴라가 있었으나 노후해서 사용할 수 없어서 선발대는 1.5톤 용량 큐폴라를 새로 만들었으며, 당시 인천의 조선기계를 모델로 하여 그 수준의 설비를 갖추고자 했다. 합병 이후에도 대동공업 출신과 이천전기 출신 사이의 갈등이 있었고, 주먹다짐도 있었다. 박기석은 대동공업 장 회장의 쪽의 중요 인물 중 한명이었다. 박기석은 대동공업 시절의 각종 주조일지부터 책상, 주물 공구까지 그대로 사용했다.

두 회사의 합병 이후에도 10여년 이상 양측의 갈등이 존재했다. 1968년 장병찬 회장과 서상록 사장과의 갈등이 본격화되었다.(68.6.4) 회사의 실적 부진을 틈타 1969년 1월 서상록 사장이 경영 일선에 나서고, 장병찬 회장은 이선으로 물러나게 되었다.(69.1.6) 일본에 체류하다 한

---

4) "이천전기공업주식회사", 『대한기계학회지』 7-1 (1967), 52-56쪽.
5) 전자산업 50년사 편찬위원회 엮음, 『기적의 시간 50, 대한민국 전자산업 50년사』 (전자신문사, 2009), 41-42쪽.

국에 와서 이천전기의 현장을 둘러 본 서 사장은 공장의 시설이 낙후되어 있음을 확인하고 새로운 몰딩 해머를 비롯해 새 장비를 갖추도록 했다.(69.1.24) 서상록 사장은 그 자신이 공장의 노동자출신으로 박기석과 같은 현장기술자들로부터 나름 신뢰를 얻고 있었다.(68.11.16) 하지만 인천일기가 끝나는 1973년까지 장병찬, 서상록 양측의 갈등이 계속되었고, 공식적으로 분할하기로 합의했다는 소문이 돌기도 했다.(73.4.10)

대동공업을 통합한 이천전기는 주로 산업용에 쓰이는 전동기, 펌프, 변압기, 배전반 등을 만드는 중전기업체로 성장했다. 국내 중전기 4사 가운데 하나로 꼽혔으며, 다른 3사가 모두 재벌회사의 계열사인데 반해 이천전기는 중전기전문업체로만 줄곧 성장을 해왔다. 이천전기는 1961년 가뭄이 극심해지자 한해대책용 펌프의 도면을 전국의 기계공업체에 무상으로 공개해 연간 1만1천대의 펌프를 생산하게 했으며, 장병찬은 기계공업진흥회와 공업표준협회의 설립을 주도해 산업발전의 초석을 닦기도 했다.[6]

이천전기는 한 때 근로자 수가 1000명을 넘을 정도로 성장했으며, 1970년대 중반까지 중전기업체로 독보적인 위치를 누렸다. 1975년 말부터 초고압변압기 생산설비에 대한 대대적인 투자를 했지만, 1976년과 1980년 정부의 투자조정 조처로 중전기산업의 꽃이라 할 수 있는 초고압변압기 생산을 못하게 되어 큰 타격을 받게 되었다. 1989년 7월에 중전기업계의 내수판매가 완전 자유화되었지만 그동안 발전이 제한되는 바람이 이천전기는 선두자리에서 밀려나게 되었다. 1993년 삼성의 계열사로 편입되었다가 1998년 일진전기에 인수되면서 회사명도 일진중공업이 되었다.[7]

3. 저자의 주물공장 경험

박기석은 10대 후반에 주물기술을 배운 이후로 한 평생 주물공장에서 일하였다. 주물작업은 위험하고, 힘들고, 더러운 작업이었다. 젊은 시절의 박기석에게 주물기술자는 최고의 직업은 아니었다. 어려서 배운 기술이었고, 이를 통해 직업을 유지하고는 있지만 "숨 막힐 정도의 상노동"(59.7.14)이자, "자기 육체를 짓눌러 돈을 버는 힘든 직업"(69.6.26)이었기 때문에 만족

---

6) "중전기분야 불모지 개척, 이천전기공업", 『한겨레신문』 1993. 9. 27.
7) 한국전기산업진흥회, 『한국전기산업진흥회 20년사』 (2009), 110-114쪽.

스럽지만은 않았다. 하지만 별다른 기술이나 다른 직업에 대한 구상이 없었기 때문에 그는 청
장년기를 뜨거운 주물공장에서 보내야 했고, 자연스럽게 주물이 자신이 제일 잘 할 수 있고, 꼭
해야 하는 천직이 되었다.

주물공장은 뜨거운 열과 각종 금속재료, 큰 규모의 기계장치들이 존재하기 때문에 언제나
사고 위험을 안고 있었다. 박기석은 대동공업에서 새롭게 일을 시작한지 열흘 만에 작업 핸들
장치에 우측 안면부를 강타당하는 사고를 당했다.(56.4.12) 병원치료를 받으며 상처는 회복되
었지만 그는 이 사고 이후로 기억력이 떨어져 어려움을 겪었다고 뒤늦게 회고했다.(69.11.7)
1959년에도 가슴에 타박상을 입고 한동안 병원에 다녀야했다.(59.3.10)

부상 뿐 아니라 뜨거운 열기와 싸워야 하는 주물공장은 한여름에 더욱 힘들었다. 특히 용해
작업은 "참으로 힘든 일"이었다.(56.9.4)

> 온몸의 땀에 배서 숨의 막힐 程度로 힘든 일의 요즘의 鎔解 作業. 참으로 힘든 作業이다. 에당초
> 에 職業이라고 배운 것이 바라[바로] 이것박에 없는 나로서는 恒常 職業에 對한 不平의 큰대 別道
> 理 없다.(56.6.12)
> 鑄物에 종사하는 사람은 가장 숨 막히고 힘드는 일이 酷炎에도 참아가며 섭시 28C 에도 떠거운
> 샛물을 다루는 데는 참으로 숨 막힐 程度의 상노동이다.(59.7.14)

박기석은 주물을 의뢰받은 회사 등에 납품이나 점검을 위해 출장을 가는 경우가 많았는데,
특히 여름에 땀 냄새가 밴 작업복을 입고 갔을 때 사람들이 자신을 멸시한다고 느끼며 자존감
에 상처를 받았다.

> 鄭 部長 指示로 安養 金星紡織工場에 四時 타-빈 임패라 四個 納品 次 出張을 갓다.
> 가는 곳마다 나어[나의] 모습이 초라함인 거 作業服에 땀 냄세가 데하는 손님의 기분을 상케하
> 는지는 알 수 없스는 좀 심하개 멸시하는 데는 나에 기분을 너무나도 상해 주더라. 이것의 나의 現
> 實이라며는 얼마나 참혹하며 더 以上 얼마 지속되려나.(59.6.18)

그렇다고 겨울 주물공장이 작업하기에 편한 것은 아니었다. 주물공장에는 회사의 다른 공장
과 달리 난방시설이 갖추어지지 않아 추위 때문에 여름과 비교해 작업능률이 절반밖에 되지
않았으며(56.12.18), 추위에 주물사가 얼어붙어서 작업을 못하는 경우도 흔했다.

주물공장이 정상적으로 운영되기 위해서는 필요한 원자재가 제대로 공급되어야 하고, 전기로를 비롯한 공장의 여러 기계장치를 작동시키기 위한 전력 공급이 원활해야 한다. 하지만 1950년대 후반 한국의 전력 사정은 극히 불안정해서 용해작업 중 정전으로 작업이 중단되었다거나 정전으로 예정된 작업을 시작하지 못했다는 기록이 매년 수차례 나온다. 1967년에도 그날 전체 공급 전력이 100Wh 밖에 되지 않는다는 사전 연락을 받고 휴무를 해야 했다.(67.5.31)

주물공장이 제대로 돌아가지 못하는 또 다른 원인은 원자재 문제였다. 생산현장에서 필요한 선철이 고갈되면서 공장이 마비상태에 들어갔다. 이에 대해 박기석은 "政府 自體가 좀 無責任하고 機械工業 發展에 난 몰라라 하는 格. 銑鐵은 完全히 固褐[枯渴] 狀態이나 우리나라에서 生産치 못하는 理由를 뻐연히 알면서도 輸入할 計算을 잘못 햇는지"(56.8.26)라고 기록했다. 부족한 국내 선철 사정을 뻔히 알고 있으면서도 수입 등 별다른 대책을 세우지 못한 정부의 무능을 탓했다. 재료 공급이 안 되어 작업이 중단되는 경우는 1960년대 후반까지 드물지 않았다. 이처럼 원자재 공급이 원활하지 않아 작업이 진행되지 못하는 사정은 회사의 경영뿐 아니라 사원들의 급여에도 지장을 주었다. 회사의 실책으로 재료를 충분히 확보하지 못해 작업이 진행되지 못할 경우 휴업에 따른 수당 지급 문제를 어떻게 처리할 것인가가 쟁점이 된 것이다.(56.10.30) 도료나 흑연의 품절로 작업이 중단되는 경우도 있었다.(56.12.27)

인천일기에 의하면 당시 주물공장의 직원들이 겪었던 가장 큰 어려움은 급여 체불이었다. 거의 매년 급료를 제때 받지 못한 작업자들이 잔업을 거부하거나 작업 능률이 하락하여 공장의 작업이 부진한 상태였다는 언급이 자주 나온다.(56.6.29) 1956년에는 노동자들의 태업에 맞서 회사가 직장 폐쇄, 휴업 조치로 대응하기도 했다. 회사는 1959년 초에는 밀린 급여로 현금과 백미를 지급하기도 했다.(59.1.1) 이후에도 급여가 밀려 잔업을 거부하거나 태업을 하여 경영진과의 갈등이 있었다는 기록이 매년 빠지지 않고 나온다.(66.3.30)

흥미롭게도 급여뿐 아니라 의뢰받은 제품의 값을 백미로 받기도 했다. 이천전기는 수리조합에 펌프를 납품하고 대금으로 백미를 받았다. 그런데, 경기도 광주의 수리조합으로부터 받은 백미의 시가는 경기 최고미를 기준으로 계산되었는데, 실제 받은 백미의 질이 좋지 못해 불만을 표시했다.(59.7.25)

비록 여러 이유로 공장이 멈추는 경우도 많았지만 주문이 밀릴 경우 휴일도 없이 일을 해야 했다. 특히 의뢰를 받고 납품한 주물이 의뢰처에서 시험한 결과 기준에 미치지 못해 다시 주조에 나서기도 했는데, 불량 발생은 작업량 증가로 이어졌다.(59.3.19) 시급한 재주조 일정을 맞

추기 위해 다른 주조회사를 찾았으나 이마저 쉽지 않아 애를 태워야 했다.(59.4.9) 박기석은 "年中 無休라는 말은 우리 會社 나의 實情의 如實의 드러맛는 明言[名言]니기라도 할가. 今日에도 特勤의니 이 달 덜어 단 하로도 논 일은 없다"(59.4.19)며 일요일에도 특근을 해야 하는 상황에 불만을 표했다.

주조 과정에서 실패하여 제품이 깨지거나 문제가 생기는 경우가 드물지 않았는데, 주조 실패에 대해 기술자들이 벌금을 무는 경우도 있었다.(56.6.28) 주조 실패에는 여러 이유가 존재하는데, 이를 기술자들의 실책으로만 여겨 벌금을 물리는 것이 부당하다며 폐지를 건의했다.(56.11.21)

주물공장의 밀린 작업을 효과적으로 추진하기 위해서는 주조 공정표와 주조일지를 꼼꼼하게 작성해야 했다. 박기석은 대동공업 시절부터 주조일지를 작성하여 그날그날 자신의 작업 내용을 꼼꼼하게 기록했다. 대동공업의 주조일지에 따르면 대동공업은 월평균 20-30톤을 주조했다.(59.2.24) 박기석은 주물은 현장 기술자들이 갖고 있는 노하우가 중요하지만 생산 과정을 체계화할 수 있는 지시서가 필요하다고 느꼈다.(56.2.27) 조리 있는 생산지시서를 통해 제품 생산 과정의 오류나 실패를 줄일 수 있다는 것이 그의 생각이었다.

작업의 효율을 높이기 위해 회사는 박기석에게 주물 공정의 세부 내역을 정리한 공정서를 작성하도록 요구하기도 했다. 제작부장으로부터 주물 공정의 각 작업의 시행과정을 제품별로 체계화한 공정서를 내라는 지적을 받은 그는 불가능하지는 않지만 자신의 실력으로 쉽지 않다며 한탄했다.(64.1.27) 공정서는 특정한 작업량에 대해 소요 인원과 작업시간을 계산하는 것이었다. 회사가 정확한 공정서를 요구하는 것은 회사 인원의 구조조정과도 관계가 있었다. 작업량을 감안해서 인력을 조정하기 위해서는 세밀한 작업 공정서가 필요했기 때문이다.(64.3.3) 실제 1964년에는 20여 명 이상의 잡부가 회사를 떠나야했고(64.11.30), 그 배경에는 불경기로 인해 인천의 5개 중공업 회사가 문을 닫는 상황이 있었다.(64.12.13) 불경기로 인해 이천전기도 문을 닫을지 모른다는 소문이 돌기도 했다. 회사의 인력감사 결과 주물 인원 170명, 기계 인원 100명 정도로 나와 평소 주물 쪽이 더 많은 인력이 필요하다는 자신의 주장이 확인되었다면 흐뭇해했다.(66.12.15)

공정서를 둘러싼 논란은 현장기술자와 대학을 졸업한 젊은 기술자와의 갈등이기도 했다. 대졸자의 눈에 현장기술자의 오랜 작업 방식은 체계가 없어 운영상 효율이 떨어지고 오류 발생 가능성이 있었지만 박기석과 같은 현장기술자들에게는 불필요한 트집으로 여겨졌다.(64.1.27) 이에 박기석은 자신이 나이를 먹어서 회사에서 불편해 한다고 여기고 사표를 내는 것을 심각하게 고민하게 되었다.

사실 공대학생들이 실습 차 회사를 찾아 주물기술을 배우기도 하는 등 현장은 학교에서 제공할 수 없는 노하우를 갖고 있었다.(56.7.27) 그러나 공대를 졸업하고 입사한 직원들의 눈에 박기석처럼 학력은 낮지만 현장 경험이 풍부한 기술자들의 작업은 주먹구구로 보이는 측면이 있었고, 역으로 현장기술자의 눈에 대학 졸업 기술자는 실무 능력은 없으면서 간판만 있는 얼치기로 보였다. 박기석은 공대 졸업자들이 상대를 멸시한다고 느꼈음을 기록했으며,(56.11.30) 대학졸업자와의 갈등은 이후에도 드물지 않게 나타났다.(59.9.14) 최고의 학교를 졸업하고 기술까지 습득한 대졸자들이 너무 나서는 것에 대한 거부감이 있었다. 대학 금속과를 졸업한 인물들이 현장에서 어려움을 겪는 것에 대해 한심하다고 표현하기도 했다.(64.1.30) 고철, 괴탄 등 원자재 공급 지연으로 주물 작업이 늦어졌지만 그 원인을 둘러싸고 대해 학사 출신 인력들과 심한 언쟁이 벌어지기도 했다.(64.10.23) 박기석은 대졸 인력들에 대해 무엇 하나 제대로 못했다거나 간단한 중량 계산도 못하는 애송이였다고 썼다. 하지만 그도 대졸자들이 학교에서 배운 밑천이 있어서 발전이 빨랐다는 점은 인정했다. 학사 출신 인력 중 한 명인 경신호는 1964년 AID 자금으로 미국에 6개월간 파견되어 연수를 받고 귀국하여 과장으로 승진했다. 박기석이 보기에 연수 결과로 특별히 작업이 개선되거나 새로운 기술이 확보되지는 않았지만 학력 덕분에 과장으로 승진을 했다.(67.1.28) 자신보다 뒤늦게 입사해 경력도 짧은 인물이 과장이 되고 자신은 그 아래 계장으로 일하는 현실이 불편할 수밖에 없었다.

결국 1966년 7년간 계장직에 머물러 최고참 계장이 된 박기석은 더 이상 계장 직위로 회사에 머무는 게 힘들다고 생각했고, 때마침 다른 회사로부터 스카우트 제의를 받기도 했다.(67.1.26)

더 以上 會社에 對한 미련을 갖지 말자. 내 나의 벌써 四二세이다. 차리리 二年 前에 말이 낫을 떼(會社을 고만두갯다고) 깨끗치 물러섯스야 좀 더 어젓햇을 것이다. 每日갓치 會議 떼 엇어 만는 게 鑄物 素材이나 벌로 내 스스로가 흥미가 없으며 責任을 느껴보지 못하는 心情이고 보니 나이 心的 모순니야 그럿치 않으며는 또 나의 그럿된 처사인지 나로서도 내 마음을 달랠 길이 없다.(67.1.14)

결국 그는 1967년 1월 27일 정식으로 회사에 사의를 표명했다.

　　理由는 나이가 今年에 40歳가 넘고 보니 每事가 초조하고 會社가 擴張되엿으니 機械 及 回電機
課[回轉機課] 等에는 世代 交替가 이루어젓는데 鑄物만은 구테이연 本人니 힘으로서는 더以上 流
활의 어렵다는 點을 이야기하고 나도 今年에는 좀 더 세로운 生活方式을 모색하기 爲함이니 會社
立場을 生覺해도 내가 고만두는 게 좋으며 나도 나이가 있으니 今年에는 좀 살 수 있는 方法을 강
구하여야 되겟으니 하로 속히 후임者를 物色하여 달라고 要請햇다.(67.1.27)

　　그러나 이직은 불발되었고, 몇 달 뒤인 1967년 7월 주조과장으로 승진해서 8년간의 계장생
활을 끝내게 되었다.(67.7.26) 박기석이 과장을 맡고 있는 주조과는 1968년 7월 기준으로 주
물과 100명, 주강과에 18명, 총 118명이 일하고 있는 큰 부서였다.(68.7.11) 원하던 승진을
했지만 중간관리자로서 그는 노조와 경영진 사이에서 양쪽의 의견을 조정하는 데 애를 먹었
다.(68.3.26) 또한 박기석은 마지막으로 승진을 했지만 곧이어 회사는 호봉 산정시에 대학을
나오지 않는 자에 대해서는 급여는 경력에 따라 올려주지만 직급 승진에서는 제한을 두겠다는
인사 방침을 정했다.(68.9.4) 박기석 이후로 그와 같은 현장기술자가 과장으로 승진하는 길이
막힌 것이었다.

　　주물기술은 첨단기술은 아니었지만 계속해서 새로운 지식과 기술이 도입되었기 때문
에 이를 따라잡기 위한 노력이 필요했다. 박기석도 문헌을 찾고 자료를 뒤적이며 공부를 했
다.(64.12.20; 66.11.9) 조금이라도 새로운 재료나 제품 제작을 요구받았을 때는 새롭게 공부
를 해야 했다.

　　이천전기는 일본의 기업(三重工場, 東芝 日本)으로부터 기술지도를 받았다.(67.3.18) 일본
기업으로부터 5톤 규모의 큐폴라 구조를 제공받았으나 정보가 충분하지 않아 박기석은 일본
에 파견된 기술자에게 구체적으로 문의를 하기도 했다.(68.1.17) 기술 이전을 위해서는 일본인
과의 관계가 중요했고, 일본 관계자들이 한국에 방문했을 때 접대부를 부르고, 술자리에서 모
두 일본 노래를 부르는 등 환대하는 모습을 보였다.(68.2.10) 이천전기는 일본의 여러 회사와
기술제휴 관계를 맺고 있었다. 장병찬 회장과의 개인적 인연으로 일본 주물회사 사장이 한국
을 찾았다가 인천전기 주물공장을 둘러보고 자문을 주기도 했다.(68.2.14)

　　박기석은 1969년 사장의 지시로 일본 주물공장을 방문해 열홀간 견학하는 기회를 얻게 되
었다.(69.1.22) 그해 10월 일본을 방문하여 나고야 이천공업(利川工業)의 서상준 부사장 소개
로 주조 담당 부장의 안내를 받았다. 다음날 三重工場 주물공장을 찾아 3일간 주물공장의 전
반적 문제에 대해 일본인 기술진으로부터 설명을 들었다.(69.11.4) 그 다음으로 日工鑄物, 新

東工業 豊矯工場을 견학(69.11.6)했으며, 마지막으로 新大阪 富田市 西島펌프工場을 방문했다.(69.11.7) 그곳은 박기석이 25년 전에 주물기술을 배웠던 곳이었다. 박기석은 일본에서 주물기술을 배운 것을 후회하지 않는다고 밝히며 주물이 자신의 천직이라고 밝혔다. 하지만 주물 일은 힘이 들고 더러워서 쉽지 않은 일이고, 일본에서도 하려는 사람이 적어서 애를 먹고 있었다. 이에 일본 주물회사 관계자는 모든 숙식과 급료를 일본 수준으로 지급할테니 한국에서 인력을 일본으로 보내거나 한국에서 주물 제품을 제작해 일본으로 수출해달라고 요청하기도 했다. 11일간의 일본 출장 중에 음식이 맞지 않아 7kg이 빠졌지만 개인적으로는 매우 유용한 기회가 되었다.

박기석은 한국에서 가장 뒤떨어진 공업 분야가 기계공업이고, 그중 제일 낙후된 부분이 금속이고, 특히 주물공업이라고 주장했다.(70.12.8) 1969년부터 정부가 주물공업 육성을 위해 노력을 하고 있지만 아직은 갈 길이 멀었다. 하지만 일본에서도 인력난을 겪고 있기 때문에 오히려 후진성을 띄고 있는 한국에서는 주물공업의 발전을 기대할 수 있다는 것이 박기석의 의견이었다.(70.12.9) 비록 너무도 고단하고 힘들었으며, 기술적으로도 뒤떨어져 있었지만 오히려 그 때문에 한국이 발전할 가능성이 있다는 것이 낙관적인 주물기술자 박기석이 한국의 주물공업을 바라보는 희망찬 시선이었다.

1950-60년대 도시 노동자의 생활

•• 이성호 · 이정덕

1. 1950년대 주물공장의 상태와 노동자 생활

1) 30대 주물공장 노동자의 부산 생활

박기석의 일기는 그가 만 31세가 되는 1956년부터 시작하고 있다. 일기의 내용으로 보아 이때부터 일기 쓰기를 시작한 것으로 보이지는 않는다. 아마 이전부터 일기를 계속해서 쓰고 있었겠지만, 현재 가족들이 찾아 낼 수 있었던 일기장은 1950년대의 두 해(1956, 1959년), 1960년대의 다섯 해(1964, 1966년과 1967년부터 1969년), 그리고 1970년과 1973년의 것이다. 총 9개 년, 아홉 권의 일기를 통해서 그의 생애를 재구성하는 것이 쉬운 일은 아니다. 특히 1956년 이전, 즉 저자의 20대 이전의 생활에 대해서 확인할 수 있는 기록은 9년 간의 일기 속에서 저자가 잠깐씩 언급하는 회상과 추억들뿐이다. 여기에 저자의 가족이 말해 준 이야기들을 종합하면서 저자의 생애를 살펴보려 한다. 그의 삶을 재구성함으로써 1950년대 한국 노동자 생활의 한 단면을 확인해 볼 수 있을 것이다.

박기석은 충북 옥천군 청산면이 고향으로 호적에는 1928년 출생으로 기록되어 있지만, 가족의 말에 의하면 1925년에 태어났다. 일기에서도 자신의 나이를 1925년 출생을 기준으로 계산하고 있다. 그는 1969년 10월 '이천전기공업주식회사' 주물과장으로 근무하던 당시 일본에 약 2주일 가량 출장을 가게 되는데, 일본에 머무르던 11월 11일 일기에 "내 나이 18세 시절에

일본국 오사카(大阪)에서 주물 공부를 헷다"고 적었다. 또 일본 출장 중의 일기에 다음과 같이
적었다.

> 午前 九時 22分 新幹線 こたま   乘車 1時間 30分 後 新大阪 到着(1,400). 國鐵 利用 富田驛 到
> 着(60). 午前 11時 25分 西島펌프 松山 課長에 電話로 連絡 晝食 接待를 밧고 옛날 約 25年 前에
> 내가 勤務하든 鑄物工場을 觀람함.(1969. 11. 7.)

이 기록에 따르면, 박기석은 1943년 또는 1944년에 일본에 와서 주물 기술을 배웠는데, 그
가 기술을 배운 곳은 오사카의 니시지마(西島) 펌프 공장이었던 것임을 알 수 있다. 정확한 귀
국 시기는 알 수 없지만, 해방을 전후한 시기에 귀국한 것으로 추정된다. 그리고 1949년 경상
북도 상주의 김점례와 결혼하여 1951년 첫딸 정순을 낳았다.

역시 일기의 내용을 통해서 추정할 수 밖에 없지만, 그는 1950년경에 서울 영등포의 대동공
업(大東工業)에 입사한 적이 있었던 것으로 보인다. 그는 1956년 3월 부산에서 서울의 대동공
업으로 직장을 옮기는데, 이때의 일기에 다음과 같이 적어놓았다.

> 上後 九時頃 大東工業 永燈浦 工場에 들리다. 韓 李 林 金仁鎬 兄들을 相面 其間의 자난[지난]
> 過去談을 말함.…〈중략〉… 退勤 後 韓百弼 李相弼 兄과 六年 만에 술을 같히 하다.(1956. 3. 30.)

> 고달푼 人生이다. 또 다시 옛날 일터를 차저 가니 와본 즉 모든 點의 너무도 想像에 어근난다. 六
> 年니란 긴 새월을 꿈속 같히 허송하고 또다시 먹고 살기 위해서 대동공업으로 찾어들어 벌어야 할
> 형편니다.(1956. 4. 〈이달의 메모〉)

그러다가 어떤 연유에서인지 서울 대동공업을 떠나 부산으로 직장을 옮겼으며, 부산에서 일
하다가 얼마간 진해의 해군 훈련소에 입소하여 소정의 군사훈련을 마쳤다. 그의 1956년 일기
는 진해의 훈련소에서 소집이 해제되기 약 보름 전부터 시작된다. 군사 훈련은 아마도 정규 입
대가 아니라 이런저런 이유로 입대시기를 넘긴 나이든 청장년들을 대상으로 하는 1개월간의
단기훈련이었다. 1956년 1월 첫날의 일기에서 훈련소 생활을 이렇게 적고 있다. 그리고 직장
에 복귀하면서 일기에 1개월을 훈련소에 보내고 돌아왔다고 적었다.(1956. 1. 18.)

一九五六年 아침 여섯 時 아직 東쪽 하날의 어듬 속에서 막 깨여날 무렵 차칫한 空間을 起床랍 팔의 요란하개 振動시킨다.

여기는 鎭海 訓練所. 차디찬 舍內 "콘샛트 마루방에는 六 名이 老兵들의 피곤한 몸을 억재하며 침구 정돈하기에 餘念의 없다[없다].

三 이 훨신 넘은 자들의 軍內에서 할 수 없는 敎育을 받는다는 건 國家을 爲함인지 그러치 않으며는 自己을 爲함이갯지.(1956. 1. 1.)

그해 1월 14일 소집 해제가 되자마자 부산으로 가서, 회사 동료의 결혼식에 가서 동료들과 술을 마시고(1956. 1. 14.), 셋방으로 돌아가서 온돌방에서 잠을 자고(1956. 1. 15.), 직장에 출근하였다.

부산에서 그는 極東金屬(1956. 1. 27.)에서 6년간 일했다. 다만 서울의 대동공업에서 부산의 극동금속으로 직장을 옮긴 이유도 정확히 알 수는 없다. 어쩌면 한국전쟁으로 인해서 부득이하게 부산으로 직장을 옮겨오게 되었을 수도 있다. 그러나 박기석의 20대 시절 꿈은 주물공장 노동자는 아니었던 것으로 보인다. 그가 부산에서 다시 서울의 대동공업으로 옮겨온 직후, 4월 첫날의 일기에서는 "고달푼 人生이다. 또 다시 옛날 일터를 차저 가니 와본 즉 모든 點의 너무도 想像에 어근난다. 六年니란 긴 새월을 꿈속 같히 허송하고 또다시 먹고 살기 위해서 대동공업으로 찾어들어 벌어야 할 형편니다"(1956. 4. 〈이달의 메모〉)라고 적었다. 그의 일기에서 1950년대와 1960년대의 주물공장 기술자들은 매우 빈번하게 직장을 옮기거나 창업을 하고 있다. 어쩌면 전쟁이라는 사회적 상황과 주물 일에서 벗어나고 싶은 개인적 욕망이 그를 부산으로 옮겨가게 했을지도 모른다.

2) 이직과 서울, 인천생활

그가 부산을 떠나게 되는 이유는 일종의 필화사건이었다. 그는 1955년 1월 경에 동아일보에 "各 倉庫主들 猛省하라"는 글을 기고한 적이 있었는데, 이 글에서 그는 "정당한 노동의 대가를 중간 착취 당하는 데" 대한 노동자로서의 불만을 적었다(1956. 1. 25.). 그런데 그 일이 일 년이 지난 후에 드러나면서, 회사를 그만둘 수 밖에 없게 되었다. 일기의 내용으로 미루어 짐작컨대 아마도 극동금속은 시멘트 관련 창고업을 겸하고 있었던 것으로 보인다. 이런 사정으로 박기석은 1956년 3월 28일(1956. 3월 〈월간 비망〉) 서울시 영등포에 위치한 양수기와 펌프를 생산하는 대동공업으로 직장을 옮겼다. 그리고 앞에서 언급한 것처럼 자신이 상상했던 삶과 다른 행로를 밟게된 처지에 대한 소회를 4월 일기의 첫머리에 적었다.

1956년 이전 6년 동안의 부산에서의 생활은 가족과 떨어져 혼자 지냈다. 그 동안 아내(김점례)와 1951년에 출생한 첫딸 정순은 고향에서 부모와 같이 생활하고 있었다. 1957년 초쯤 고향에 있던 가족이 서울로 올라와 같이 지내게 된 것으로 짐작된다. 박기석은 1956년 11월까지 고향에 있는 가족에 대한 그리움을 일기장에 기록하고 있는데(1956. 6. 27.; 9. 1.; 11. 15.), 1956년 일기에는 가족이 서울로 올라왔다는 기록이 없다. 그런데 1959년의 일기에서 "가족과 동거생활을 한 지도 벌써 세 돌이 돌아왔"(1959. 4. 1.)다고 기록되어 있다.

서울에 올라온 이후 생활은 매우 어려웠다. 매달 급료가 제 날짜에 지급되지 않고 미뤄지거나 일부만 지급되기 일쑤였다(1956. 4. 30.; 5. 18.; 5. 26.; 6. 4.; 6. 20. 등). 집세나 식비 등을 지급하기 위해서 늘 동료나 지인들에게 돈을 빌려야 했다. 손아래 동생인 "敬錫 弟가 來訪하여 용돈을 좀 달라는되 요즘 形便으로서는 단도[단돈] 한 푼니 없으니 李永哲 氏 婦人에게 付託하여 一金 五○○圜을 借用. 나의 "보캣트모니[pocket money]" 五○○圜을 合하여"(1956. 6. 14.) 건네 주기도 했다. 때로는 "給料 支給의 遲延으로 因해서 會社 側에서는 白米을 外商으로 周旋하여 주"(1956. 10. 10.)는 일도 있었다.

1950년대의 공장 시설과 조업 상황은 매우 열악한 상태였음이 분명하다. 1956년 7월에는 "十四日부터 二十五日까지 約 十一日間 장마로 作業"(1956. 7. 〈이달의 메모〉)이 제대로 진행되지 못했다. 비로 공장이 침수되는 일은 1960년대에도 반복되었지만(1966. 9. 5.), 1950년대의 상황은 조금 달랐던 것으로 보인다. 즉 공장시설의 미비 등으로 인해 야외에서 작업하는 일이 많았기 때문에 비가 오면 조업이 중단되는 일이 많았던 것이다. 비나 추위 같은 자연적 요인 외에도 당시의 사회 경제적 조건에 의해 조업에 지장을 받는 경우도 흔했다. 예를 들어 고철이 부족하거나 "古鐵의 質의 좋이 못하여 相當히 鎔解 狀態(1956. 10. 10.)"에 영향을 받기도 하였고, 당시의 열악한 전력 사정으로 조업에 영향을 받기도 하였다. "停電 事情으로 因해서 休業"(1959. 11. 24)하는 일이 잦았고, 그래서 때로 제품의 납품 일자를 지키지 못하는 일도 있었다.

鑄込 直前 停電로 因해서 당황하다.
二時間 異常 遲延으로 一時 송풍 停止하다.
今日 發送해 달라는 鑄物製品 不得로 明日로 延期하다. (1959. 2. 26.)

전력 사정은 1960년대까지도 완전히 해결되지 못해서 공장 가동에 어려움을 주었다.

電力 事情으로 休務함.(1967. 6. 23.)

極甚한 動力 事情으로 工場 全體가 이데로 가다가는 休業하기 삽상팔구[십상팔구]다. (1967. 6. 24.)

지난 6月 23日과 代勤하기로 되였으나 오닐도 全體 電力 100WH · 日 박캐 안 준다는 사전 연락을 밧고 아침에 出勤한 全員니 모다 休務. (1967. 6. 25.)

1958년 7월 대동공업은 인천에 있는 이천전기와 합병, 전동기, 변압기, 양수기 등을 제작하는 대형 전기제품 생산업체로 변모하게 되었다(『대한기계학회지』 7(1), 1967; 52). 합병 초기에는 각각 서울 영등포와 인천 화수동에 입지한 채, 생산업무만 통합되었다가, 1959년 11월에 모든 시설을 인천의 이천전기로 이전하고, 회사 이름도 '이천전기'로 통합되었다.

원래 대동공업은 일본 에바라사(荏原製作所)의 분공장으로 주로 펌프를 생산하는 주물 업체였다. 해방 이후 장병찬이 인수하여 운영하고 있었다. 이천전기(利川電氣)는 원래 1938년 일본 도시바(東芝) 인천공장으로 설립된 '조선도시바전기'로 출발하였다. 해방 이후 귀속재산으로 정부가 관리하다가, 1956년 전기공업분야 20개 회사를 민간에 불하하였는데, 이때 재일교포 서상록이 불하를 받아 '이천전기공업'으로 이름을 바꾸었다. 1958년 양사의 합작이 이루어지고 회장 장병찬, 사장 서상록이 취임하였다(『한국전기산업진흥회 20년사』, 2009; 105-109).

박기석의 일기에서는 1959년 11월 2일, "대동공업 최종 용해" 작업을 하고, 11월 9일부터 인천의 이천전기로 출근하기 시작한 것으로 기록되어 있다. 영등포에서 인천까지의 정기권을 구매하고(1959. 11. 8.), 다음날 이천전기에 출근하여 인사하였다(1959. 11. 9.). 가족들의 증언에 의하면, 그 이듬해인 1960년 전 가족이 인천으로 이주하였다. 이주 초기에 공장장 집에 방을 얻어서 몇 달 정도 살다가, 송현동으로 전셋집을 구해서 이사하였고, 몇 년 후 송림동에 자택을 마련하여, 그곳에서 18년을 거주하였다.

두 공장의 통합에 의해 인천으로 출근을 시작하던 일을 박기석은 1967년 일기에서 다음과 같이 회상하고 있다.

내가 仁川으로 職場을 따라 移舍한 지도 어언간에 8個 年니 지낫다.

도리켜 보며는 지금으로부터 8年 前 눈보라 치는 嚴冬 허 벌반 다 쓰러진 海邊의 삐데[뼈대]만 앙상하개 서 있는 鐵根製 700坪의 東芝浦 仁川 工場 鑄物場이었다. 永登浦에 있든 大東工業 株式會社가 좀 더 飛躍的인 發展을 企하기 爲한 즉 大東工業 建物의 너무도 협소하여 大東芝浦 仁川 工場과 合作을 가저온 것이였다. 지금 記憶으로서는 當時 徐相錄 氏와 合作 當時 여러 가지의 難관니 맞엇든 것으로 回想된다(1967. 1. 28.).

2. 1960년대 대규모 기계공장의 노동자

1) 기계공업의 성장과 정부의 정책

1960년대 중반 이후 우리나라의 기계 산업은 성장 여부는 정부 정책에 따라 영향을 받게 되었다. 박기석의 일기는 이러한 사정을 여러 차례에 걸쳐 서술하고 있다. 일례로 1964년 11월의 일기에 "工場長 말씀인즉 政府에서 財政 緊縮政策 上 480億의 紙幣 發行을 2割을 大幅 減縮하개 되여 市中에 高利債마저 求하기가 힘들다는 內容의 現況 報告와 同時에 明日부터의 作業 對策을 論議"(1964. 11. 27.)하였다고 적혀 있다. 노동자의 임금, 고철의 구매 등에 필요한 자금의 조달이 정부의 긴축정책에 의해 막히게 되자, 회사에서는 그 대책을 마련하는데 고심해야 했던 것이다.

다른 한편 1967년과 1968년, 계속되는 가뭄은 공장의 양수기와 펌프 생산에 호기가 되기도 했다. "벌써 政府에서는 旱害 對策用으로 各 道別로 揚水機 配定을 新聞에 公示"(1967. 6. 2.) 하였고, 1968년 봄 가뭄에 정부는 양수기 조달 대책을 세우고, 이천전기는 본사 차원에서 생산 계획을 수립하였다(1968. 3. 20.).

1960년대 후반 정부가 점차 중화학공업으로 산업정책의 중심을 옮겨가기 시작하면서, 기계 산업이 활기를 띠기 시작했다. 산업이 성장하면서 노동력 부족이 문제가 되기 시작했다. 이천전기는 기능공을 모집했지만, 기능 인력의 부족으로 채용하기 쉽지 않았다.

鑄工 採用 告示를 한 지도 제법 오레 시일이 지나갓건마는 近 4個月間에 걸처서 한 사람도 技能工이라고는 採用을 못하였다. 각금 래되오를 들어보며는 서울이 직업 소게소에서 鑄工 採用을 부

루짓고 있다. 生覺하면 할수록 좋은 現實이다. 그마큼 사람이 모지라는 現實을 누가 만들었느야. 現 政府의 定策애서 온 게다.(1968. 10. 2.)

다른 한편 기계 산업의 활성화는 기업의 입장에서 경쟁업체의 성장을 의미하는 것이었다. 1968년 이천전기의 부사장은 공장의 간부들에게 이천전기의 강력한 경쟁업체에 대한 정보를 전하면서, 그 기업에 대한 정부의 지원이 크고 미국의 웨스팅하우스와 기술제휴를 해서, 성장 가능성이 높다고 평가하였다. 따라서 앞으로 그 회사에 기술자를 빼앗길 염려가 크다고 주의를 당부하였다(1968. 4. 1.). 실제로 그 즈음에 기술자들의 이직이 심해서, "강원産業 Co에서 鑄工 採用으로 利川電機 內 젊은[젊은] 에들이 動요"(1967. 2. 15.)해서 달래고 설득했으나, 다음날 주물 기능공 두 명이 강원산업으로 이직했다(1967. 2. 16.). 정부의 중공업 육성정책은 현장 노동자들에게는 희망의 메시지가 되고 있었음에 틀림없다. 박기석은 1970년 일기에서 다음과 같이 그 희망을 기록하고 있다.

우리 韓國에서 가장 되떠러진 부분니 機械工業인데 이 중에서도 第一 되떠러진 部分니 金屬 分野이며 特히 鑄物工業일 게다.

現 政府에서도 機械工業의 育成을 大大的으로 들고 나와 其 뒷바침을 제데로 할려고 경장히 努力을 계주하고 있다. 特히 69年 初부터는 機械工業의 根元[根源]이 되는 鑄物工業의 育成을 부르짓게 되여 제법 고무적으로 鑄物工業을 돕고 있다.

日本만 하드라도 사람 손니 모지라서 힘들고 기저분한 鑄物工業에 就業을 실어해여 鑄物工 求得이 極히 힘든 現況이라나. 後進性을 띠고 있는 우리나라는 아즉 鑄物工業의 發展을 期待할 수 있다.(1970. 12. 8.)

2) 기업의 성장과 현장 노동자 생활의 변화

하지만 현장의 열악한 상황은 일시에 개선되지는 않았다. 여전히 공장의 노동자들은 임금체불에 시달려야 했다. 거의 매번 한 달 이상 임금에 체불되는 것은 예사였고, 당장 생활비를 현금으로 지출해야 하는 노동자들에게 "今日 午後에는 틀님이 없다는 一〇月分 給料가 全然 可望의 없개 되고 본즉 참으로 難處"(1964. 11. 27.)한 일이었다. 임금이 체불될 때마다 노동조합은 잔업거부, 농성 등으로 대응했으나 상황이 나아지지는 않았다. 박기석은 기업의 임금체불이 "자그마치 10여 년이나 지속"(1968. 10. 2.)되고 있다고 푸념하였다.

2個月分 給料 滯拂로 組合에서 八時 1回 外 正時 稼動時間 外의 殘業을 十月分 給料 支拂 時까지 拒否하기로 決議.(1964. 11. 25.)

給料 체불로 殘業 拒否.
노조 상님위원 全員니 工場長室에서 농성투쟁.(1966. 4. 16.)

給料 支給日의 하로 경과한 今日 노조에서는 本社로 올라가서 농성을 하겟다는 말까지 오가고 보니 좀 더 적극적으로 노조 운동을 전개할 方針.(1966. 7. 6.)

오날이 月給日인데도 볼고하고[불구하고] 아무런 消息이 없다.
午後 四時頃에 노조에서 殘業 拒否 通告가 왔다.(1966. 8. 5.)

2月 給料가 제데로 나오지 않어서 노조에서 殘業을 거부하고 나니 能率의 저하.(1967. 3. 6.)

기계 산업이 국가의 주축산업으로 성장하면서 대학 출신의 인력이 배출되기 시작했다. 전통적으로 주물기술자들에 의해 작동하던 기계 산업이 점차 금속 가공 산업으로 전환되면서 주물 기술은 점차 낙후되기 시작한 것 같다. 일본에서 주물기술을 배운 박기석은 초창기부터 공장과 고락을 같이 했으나, 여러 차례 승진에서 누락되었다. 외부에서 영입된 금속과 출신 평사원이 6개월간 미국 연수를 하고 돌아와 과장이 되고, 박기석은 그 밑에서 계장으로 일해야 했다.(1967. 1. 28.)

대학 출신자들이 늘어나면서 전통적 기술자들과 세력을 다툴 정도가 되었고, 양측에는 암암리에 경쟁이 나타나기도 했다. 주물기술자들은 대학 출신자들을 "책만 디다 보고 있지 무엇 하나 제대로 못"(1968. 1. 28.)하는 애송이라고 비난했고, 대학 출신자들은 기술자들을 "일자무식"(1968. 4. 13.)이라고 비웃었다.

1966년 박기석은 뒤늦게 과장 대리로 승격되었다는 소식을 듣고도 오히려 불만이었다(1966. 4. 19.). 그리고 1967년 1월 정기인사에서 다시 누락되었다. 오후에 공장장이 불러 "직위 문제에 대해서 무한히 애를 썼으나 보람이 없게 되었다며 미안하다"(1967. 1. 11.)고 했으나, 승진의 첫째 장애는 공장장과의 인간적인 악감정 때문이라고 생각하였다(1967. 1. 21.). 그리고 거듭되는 승진 누락이 기존 직원들에 대한 회사 측의 무시 때문이라고 판단한 박기석은 사직을 결심하였다. 그런데 그해 여름 박기석은 계장으로 근무한지 8년 만에 가까스로 주물과장으로 승진하였고(1967. 7. 14.), 사표를 낼 결심은 없었던 일이 되었다.

> 나이 한 살 더 들기 前에 보다리를 싸자. 나중에 후해를 말자. 앞으로 더 以上 있어 보아서 무었
> 이러나. 잠이 않 온다. 午前 2時 20分 사발시개 소리가 뚜렷치 들여온다.(1967. 2. 2.)

기계 산업의 인력난에 계속되고 공장 내에 대학 출신자들의 수가 늘어나면서, 이들은 회사 내에서 자신들의 목소리를 낼 수 있는 주요한 세력이 되었다. "學工 社員 14名의 待遇 改善을 主張하여 오날 全員니 缺勤"을 하자, "이레 되고 보면 會社 側에서는 울며서 겨자 먹는 格"(1968. 4. 3.)으로 이들의 요구를 들어주지 않을 수 없었다. 결국 "앞으로 人事 처리를 號俸 制定 下에 大學을 나오지 않는 者에 對해서는 月給은 마니 주고 職責은 別로 않 주겟다는 會社 方針"(1968. 9. 4.)을 발표하게 되었다.

이천전기는 1966년에 이미 "관리직 200명, 생산직 520명 도합 720명"(『전기협회지』 6. 1966. 12.)에 달하는 대기업으로 성장하였다. 이처럼 공장의 규모가 커지고 노동자의 수가 늘어나면서, 학력 뿐 아니라 특정 학교 출신들의 학맥도 영향력이 커지기 시작했다. 특히 금속과 기계 관련 기능 인력의 수요가 확대되면서 공업고등학교 출신자들이 수가 급속히 늘어났다. 이들은 곧 공장 내에서 중요한 학맥으로 자리 잡았다. 예를 들어 1967년 노조 대의원 선거에서 인천공고 출신들은 상당한 영향력으로 주목받았다. 당시의 노조 대의원 선거는 노조위원장을 대의원들에 의한 간접선거로 선출하기로 결정했기 때문에 매우 중요하였다. 이 선거에 " 仁川 工高 出身者가 出馬헷다는 설이 事實이다. 仁工高 出身者가 무려 六○餘 名이나 되고 보니 지난 週日에는 團體 野外노리을 갓고, 이 상테로 가다가는 無視 못할 존제이다."(1967. 10. 11.)

한편 출신지역에 따른 모임들도 만들어졌다. 일기에서는 "전라도 향우회"(1970. 2. 18.) 또는

"호남동지회"(1970. 2. 23.)가 등장하는데, 이들은 회사 내 최대 주주 간 분쟁에서 한쪽을 지지하고 나섰다가 문제가 되었다(1970. 2. 23.; 2. 19.). 이 사실이 본사 간부진에게 알려져, 본사에서는 간부사원을 소집하여, 이들에 대한 징계문제를 논의하는 회의를 열었다(1970. 2. 23.).

노동자들은 저임금과 반복되는 임금체불 등으로 발생하는 생계의 불안정성에 대한 대응책으로 자기들끼리의 계모임을 조직하였다. 박기석은 부산에서 공장생활을 하던 1956년부터 동료들끼리 계모임을 꾸려(1956. 7. 24.) 돈을 모으려 하였다. 이것이 박기석이 가입한 최초의 계 모임인지는 분명하지 않지만, 일기에서 최초로 등장하는 이 계모임에서 그는 서울로 직장

을 옮기면서 받아야 할 곗돈도 받지 못하고 빠지게 되었다(1956. 8. 25; 8. 28.). 잦은 이직과 체불 등으로 곗돈을 붓고 지급하는데 문제가 발생하는 일도 종종 발생했다. 박기석은 임금이 제때 나오지 않아 외상과 빌린 돈으로 생활을 하고 나서, 뒤늦게 나온 급료를 두고 "契돈도 너야 되고 外上갚도 갚아야 하갰는데 170(원)니 殘額"이라며 "급료를 받고 나니 걱정뿐"(1964. 9. 14.)이라고 탄식하기도 하고, 다른 공장으로 이직한 직원이 내야 하는 곗돈을 받아낼 방법이 없다(1957. 2. 16.)고 걱정하기도 하였다.

계모임은 이처럼 부담이 되기도 하고 불안한 요소를 지니고 있기도 했지만, 당시 노동자들이 뭉돈을 모으기 위해서 할 수 있는 가장 손쉬운 방법이었다. 그리고 계원들이 모두 같은 공장의 동료들이란 점에서 그나마 가장 믿을 수 있는 방법이기도 했다. 그래서 박기석은 여러 개의 계모임에 가입하여 돈을 불입하였다. 1964년에 그는 최소한 두 개 이상의 계에 가입하고 있었고(1964. 1. 1.; 1964. 5. 9.), 1966년에는 그동안 부은 곗돈 30,000원을 타기도 했다(1966. 10. 8.). 1966년에는 동료 19명이 이른바 '낙찰계'를 조직하였고(1966. 11. 7.), 그 즈음에 공장에 오래 근속한 직원들끼리 '노장계'를 시작하여, 1970년에는 곗돈으로 뭉돈 491,350원을 타기도 했다(1970. 11. 12.). 계는 단지 뭉돈을 마련하기 위해서 만이 아니라 급할 때 돈을 돌려쓰는 데에도 유용한 수단이었다(1970. 4. 14.).

반면 은행이 노동자들의 생활에 가까워지기까지는 꽤 긴 시간이 필요했던 것으로 보인다. 그의 일기에서는 1961년 처음으로 은행과 거래를 한 것으로 언급되고 있다. 1967년 1월 자신의 공장생활을 정리하면서, 1958년 대동공업과 이천전기가 통합하고, "1961년 銀行 資金으로서 鑄物工場을 擴張하기 始作했다"(1967. 1. 28)고 적고 있는데, 이에 의하면 그가 은행 거래에 대해서 처음 접한 것은 1961년이다. 이것은 개인 거래가 아니라 회사의 사업자금이었다. 그가 개인적인 은행 거래를 처음으로 언급한 것은 1964년이다. "午後에 一金 20,000 手票을 가지고 趙 氏 宅을 訪問. 銀行에서 換金하여 禹 君에게 傳하고"(1964. 3. 25.) 용무를 마쳤다. 그런데 이것도 회사 공금을 은행에서 현금으로 바꾼 것이 전부이다.

그가 순전히 개인적인 용무로 은행 거래를 처음 한 것은 1966년으로 둘째 딸이 고등학교에 입학하면서 학교의 책값 1,200원을 상업은행에 납부한 일이다(1966. 1. 5.). 도시의 한 노동자가 처음으로 근대적 금융기관과 접촉하는 경험이 회사의 공적인 업무이고, 공교육비 납부라는 사실은 매우 상징적이다.

그가 은행을 자신의 돈을 예금을 위해 이용한 최초의 경험은 1967년이었다. 자신이 가진 돈 35,000원을 국민은행에 입금(1967. 6. 17.)한 것이 일기에 나타난 최초의 예금이다(물론 이것이 그의 첫 은행예금이라는 것은 아니다). 그 후 그는 계속 국민은행을 이용하여 자신의 급료 중 일부(1970. 1. 17.)나 계에서 탄 뭉돈(1970. 11. 12.)을 입금하였다. 그리고 1967년 연말에는 산업은행에서 만든 이듬해 달력을 하나 받기도 했다(1967. 12. 29.). 이러한 내용들을 바탕으로 할 때, 근대적 금융기관은 1960년대 후반 이후 도시 노동자들의 생활 속에 들어오기 시작하였다 할 수 있다. 우리 연구팀이 작업하여 2012년부터 출간하기 시작한 『창평일기』의 기록에 의하면 농촌 사람들은 1970년대 이후부터 농협, 우체국 등 근대적 금융기관에 본격적으로 접촉하기 시작하였는데, 그 첫 계기는 도시로 진학한 자녀들의 학비나 책값 등을 납부하는 일이었다. 도시 노동자와 농촌의 농민이 근대적 제도에 접근하게 되는 계기가 공공제도, 교육 등이라는 점은 매우 재미있는 비교의 주제가 될 수 있을 것으로 보인다.

주물노동자의 일기로 본
압축근대 초기 도시화와 산업화의 경험

•• 남춘호 · 유승환

1. 서론

인천일기의 저자 박기석은 1926년 충북 보은군 청산면에서 태어나 소학교를 졸업한 후 18세가 되던 1944세에 일본으로 건너가 오오사카의 西島펌프에서 주물공으로 일하였다. 해방 이후 일본에서 습득한 鑄物기술을 바탕으로 1956년 영등포 소재 대동공업에 입사하였다.[1] 당시 대동공업은 오오사카의 서도펌프와 마찬가지로 양수기 펌프를 생산하는 업체였으며, 이후 1959년 대동공업이 이천전기[2]와 합병하게 되면서 이천전기의 주물공장에서 변압기나 대형펌프의 부품을 생산하는 일을 하다가 1967년에는 주물과장으로 승진하여 주물현장을 책임지게

---

1) 대동공업은 1956년 장병찬이 귀속재산불하과정에서 에바라 펌프(구 임원제작소)를 인수하여 설립한 회사로서 양수기펌프 제작업체였다. 일본의 서도펌프에서 주물노동자로 일했던 박기석은 해방 후 동일업종의 대동공업에 취업한 것으로 보인다. 일기 속에는 부산의 극동금속에서 일하다가 신문 투고 건으로 인하여 실직하고 1956년 대동공업에 입사하면서 6년 만에 다시 돌아왔다는 표현이 있는 것으로 보아 1950년도 대동공업에 잠시 근무했던 것으로 추정된다.

2) 이천전기는 변압기, 배전반, 대형펌프 등을 주로 생산하였다. 원래 이천전기는 일본 도시바사의 인천공장에 그 기원을 두고 있는데 1956년 민영화 당시 재일교포 서상록이 인수해 이천전기공업(주)로 개명하였으며 1958년에는 대동공업과 합병되면서 장병찬이 사장으로 취임하였다. 이천전기는 1959년 우리나라 최초로 22kV급 변압기와 370kW급 전동기를 자체 생산하는데 성공하는 등 1960년대 重電機분야의 선도기업이었으며, 박기석이 담당했던 주물공장은 변압기나 전동펌프의 부품을 주조하는 업무를 수행한 것으로 보인다. 이천전기은 1993년 삼성계열사로 편입되었다가, 1998년 일진전기에 인수되면서 현재는 사명이 일진중공업으로 바뀌었다.(한국전기산업진흥회 20년사, 2009; pp. 110~114)

된다. 해방이후 초기 제조업 건설과정의 전형적인 경로 중 하나는 일제강점기 일본인 소유의 귀속재산 불하에 기초한 것이었는데, 생산현장을 담당할 전문기술자들이 없어서 일제시기에 해당분야에서 일한 노동자들이 현장 기술자로 생산을 책임지는 역할을 하였다. 주물노동자 박기석이 전형적으로 그런 유형에 해당하는데, 박기석은 저학력임에도 불구하고 일본에서 배운 기술에 바탕하여 독학으로 이런저런 시도를 해가면서 초기 주물공장의 정착에 기여를 하며, 이런 능력으로 이천전기 장병찬 회장[3]의 신임을 받게 되기도 한다. 그러나 생산규모가 확대되고 신기술이 도입되면서 점차 학사출신들과의 경쟁에서 밀리게 되면서 1978년 주물부장직을 끝으로 이천전기에서 퇴직한다. 박기석은 저학력 현장노동자 출신으로 해방직후의 초기 제조업 건설과정에서 대기업의 중간관리자로까지 계층상승한 사례를 보여준다.

　박기석이 일기를 쓰게 된 계기는 일제하 식민교육의 일환으로 실시된 일기쓰기교육에서 비롯된 것으로 보이며 따라서 일기 기록의 시작은 훨씬 이른 나이였을 것으로 추정되지만 현재는 30세가 되던 해인 1956년부터 1973년까지의 기록만 남아 있다. 일기의 기록은 국한문혼용체로 되어 있으나 중요한 내용은 대부분 한자로 표기되어 있으며 한글표기는 (일제강점기에 학교를 다녔기에) 한글 맞춤법이나 문법에 대한 공식적 교육을 받지 못한 당시 세대의 특징을 보여준다. 또한 박기석은 주물 鎔解과정이나 鑄造공정의 애로점을 타개하기 위해 독학으로 서적이나 설계도를 구해보면서 다양한 시도를 하는데, 그 과정에서 광물재료의 혼합비나 관련 기계장비를 일본어나 서툰 영어로 기록한 모습도 발견된다. 박기석의 일기에는 주물공장의 주철생산량이나 부품 생산량, 생산에 투입된 원재료 및 인력, 잔업 및 특근시간 등이 기록되어 있어서 작업일지의 특징도 지니고 있으며, 회사 및 개인의 금전출납 기록도 보인다. 그렇지만 동시에 남들이 자신의 일기를 보지 않을 것을 전제하고 기록한 것임을 추정케 하는 사적 내용들도 생생하게 기록되어 있으며 다양한 측면에서 내면을 성찰하는 근대적인 내면일기의 특징도 가지고 있다. 저자 박기석은 1920년대 출생 세대로서는 드물게 공장노동자와 중간관리자의 직업경로를 걸었던 사람이며, 또한 십대부터 일찌감치 농촌을 떠나 오사카, 부산, 서울, 인천 등의 대도시에서 생활하면서 누구보다 먼저 산업화와 도시화의 경험을 체득한 사람이다. 따라서 박기석의 인천일기에는 압축근대의 초기과정을 앞서서 걸어간 세대의 생생한 근대체험이 당시의 시점에서 '날 것'으로 기록되어 있다는 점에서 소중한 사료로 판단된다. 이하에서는 텍

---

3) 장병찬은 한국전력공사 전신인 남선전기 초대사장을 지낸 장직상의 아들이며, 장택상 국무총리의 조카로서 1956년 일본인소유의 귀속사업체 에바라 펌프를 인수하여 대동공업사를 창립하고 1959년 이천전기와 합병하였다.

스트마이닝(textmining) 기법, 특히 토픽모델링(topic modelling) 기법을 활용하여 인천일기 전체에 담긴 내용을, 사용 어휘, 주요 토픽의 구성 및 등장인물이란 측면에서 간략하게 고찰해 보고자 한다.

2. 어휘로 본 인천일기

인천일기에 나오는 어휘를 명사위주로 분석해 본 결과 가장 자주 나오는 단어는 '집'이었으며, 밤, 工場, 아침, 午後, 會社, 作業, 宅, 말, 낚시, 술, 일의 순으로 이어졌다. 인천일기의 가장 큰 특징은 공장이나 작업 관련 단어들(공장, 회사, 작업, 일, 급료, 공장장, 지급, 구입, 주조, 목형, 주물, 이천전기)이 매우 자주 나타난다는 점이다. 그리고 여가활동(낚시, 영화, 술, 댄스, 사냥)에 관한 어휘들도 빈번하게 등장한다.

한편 시간과 관련된 어휘들(밤, 아침, 오후, 오늘, 요즘, 오전, 금년 등)이나 지명 및 이동관련 단어들(서울, 인천, 來訪, 방문, 도착, 출발, 來社), 날씨, 기후에 관한 어휘들이 빈번히 나오는 점은 일기라는 텍스트의 특성에 기인하는 것이기도 하다. 그리고 마음, 이야기, 걱정 등 내면 성찰에 관련된 어휘들도 비교적 자주 등장하며, 부인, 자녀, 부모, 친지 등 가족관련 어휘들도 빈번하게 등장한다. 한편 인천일기에는 김인호, 공장장, 장회장 등 인명이 아주 빈번하게 등장하는 특성을 보이고 있는데, 이는 농촌을 떠나 근대 도시에서 생활하는 공장노동자 및 중간관리자의 새로운 인적교류나 사회적관계망을 보여주는 것이라 여겨진다.

[표 1] 인천일기 빈출어휘(전체년도)

집(588)	하루(198)	購入(132)	社長(95)
밤(506)	이야기(195)	本社(131)	노조(94)
工場(458)	訪問(189)	鑄造(130)	鎔解(94)
아침(448)	김인호이사(188)	정순(129)	明日(93)
午後(425)	關系(186)	永登浦(128)	兄(93)
會社(412)	金(181)	借用(126)	버스(92)
作業(410)	到着(181)	感銘錄(124)	求景(91)
宅(393)	時間(176)	木型(119)	水路(90)

말(375)	李永喆系長(175)	鑄物(119)	壹金(90)
낚시(355)	장병찬(174)	圈(118)	全員(90)
술(354)	정순모(171)	우리(116)	生覺(89)
일(347)	今年(170)	利川電機(116)	원(88)
사람(342)	自己(167)	나이(113)	文益模(87)
서울(340)	工場長(165)	명호(107)	처음(87)
오늘(326)	條(165)	約束(107)	시골(85)
요즘(295)	저녁(163)	걱정(105)	出勤(85)
午前(262)	同伴(162)	結果(101)	기분(84)
마음(259)	理由(158)	경신호과장(100)	尹弼文代理(84)
仁川(251)	始作(146)	눈(99)	酒宴(84)
몸(234)	夜間(146)	市內(99)	물(82)
給料(219)	돈(145)	退勤(99)	hp(81)
程度(218)	內容(143)	달(97)	殘業(81)
來訪(215)	來社(142)	釜山(96)	完了(80)
날씨(210)	黃永淵代理(141)	co(95)	아버지(79)
今日(207)	支給(133)	길(95)	昨日(78)

[그림 1] 빈출어휘 Wordcloud(전체년도)

　빈출어휘의 시기별 변화를 보면 1956년과 1959년에는 빈도순서로 '作業, 宅, 술, 일, 圈, 회사, 공장, 來訪, 鑄造, 야간, 김인호, 급료, 관계, 사람, 馬力(HP)'이 등장하였으며, 1964~66년에는 '집, 회사, 밤, 낚시, 말, 일, 작업, 날씨, 서울, 택, 공장, 급료, 이야기, 사람, 술, 요즘, 내방, 마음, 버스, 관계', 1967~1969년에는 '공장, 집, 낚시, 오후, 밤, 사람, 서울, 말, 회사, 인천, 도착, 술, 공장장, 날씨, 작업' 1970, 1973년에는 '집, 김, 밤, 마음, 인천, 공장, 서울, 명호, 몸, 낚시, 저녁, 술, 사람, 일, 윤필문, 정순, 정순모, 곽재근'의 순서로 빈출어휘가 변화를 보인다. 30세 초반 대동공업에 입사하던 1959년과 이천전기와 합병하여 주물공장의 기초를 닦던 1959년에는 거의 모든 어휘가 공작 작업과 연관되어 있다. 반면 64년부터는 집, 낚시, 날씨 등 여가와 관련한 어휘가 상위에 등장하기 시작하며, 과장으로 승진한 1967년 이후로는 공장장, 윤필문, 곽재근 등 공장간부와 직장동료 등이 자주 나타나 직장 내 인간관계가 일기의 주요 주제로 부상하였음을 암시한다. 한편 70년 이후로는 명호, 정순, 정순모 등 자녀와 아내 등 가족들이 상위권에 등장하기 시작하여 생애주기의 변화에 따른 관심의 변화를 반영하고 있다.

[그림 2] 빈출어휘 Wordcloud(1950년대)

[그림 3] 빈출어휘 Wordcloud(1964~1966년)

[그림 4] 빈출어휘 Wordcloud(1967~1969년)

[그림 5] 빈출어휘 Wordcloud(1970년대)

3. 토픽모델링으로 살펴본 인천일기의 주요 주제들

1) 토픽 추출 해석 예시 및 전체 토픽의 분포

빅데이터 분석방법으로 각광받고 있는 토픽모델링 기법을 활용하여 인천인기의 주요 주제들을 추출해본 결과는 크게 보면 직장관련 토픽 32개와 친지 처 자녀 집안행사(8개), 여가활동(12개), 건강 휴식(2개), 기후(2개), 이동 및 교통, 금전차용 등으로 구성되어 있어서 직장관련 주제들이 절반을 넘으며 자신의 여가나 교제 관련 주제도 다수를 점하고 있다. 토픽모델링기법은 해당 토픽을 구성하는 어휘를 보여주는데 표 2를 보면 상단(highest prob)에는 출현 확률 순으로 토픽의 구성어휘를 제시해주며 하단(frex)에서는 해당 토픽을 다른 토픽과 구별시켜주는 어휘들 위주로 토픽47의 구성어휘를 보여준다. 토픽47의 구성어휘를 보면 '作業, 요즘, 狀態, 鎔解, 鑄造, 不振' 등의 순으로 나타나 해당 토픽의 주제가 '작업 부진 상태'에 관한 것임을 알 수 있다. 그리고 표의 우측에는 47번 토픽이 가장 높은 비중으로 나타나는 대표적인 날짜의 일기를 보여주는데, 혹한으로 주물사가 동결되어 작업능률이 부진하다는 내용을 기록하고 있다.

[표 2] 47토픽 주요 어휘

Topic 47 Top Words	
Highest Prob	作業, 요즘, 狀態, 鎔解, 鑄造, 不振, 今日, 會社, 不可, 工程, 完全, 關系, 相當, 夜間, 昨日, 事情, 不良, 狀況, 터빈, 工場
FREX	作業, 不振, 不可, 狀態, 工程, 狀況, 지연, 良好, 夜, 鎔解, 酷寒, 不足, 繼續, 不良品, 實情, 凍結, 鎔解爐, 失敗, 胴體, 取出

〈1956년 11월 26일 월요일 晴〉

酷寒으로 因해서 作業 能率 低下함.

鑄物砂凍結로 因해서 冬節이며는 으래이 終日토록 酷寒과 싸우는 개 요즘의 日課라.

李弼容 氏 早退함.

李圭搞 君 履歷書 作成함.

夜間 會社 警備室에서 十時頃까지 "대가매론[데카메론]"〈논〉談을 讀하다.

[그림 6] Topic 47 주요 분포 문서

[표 3] 전체 토픽 주제 분포(직장)

범주	주제	num	토픽명	토픽 어휘
직장	관계	T15	말, 밥, 食堂, 朴경연次長, 表明, 생각, 辭意.	말 밥 生覺 木型 工場 若幹 朴경연次長 表明 자기 食堂
	관계갈등	T48	사람, 트러블.	사람 트러블 今般 부족 잘못 문제 김인호
	관계교제	T11	來訪, 來社者.	社長 來訪 敬錫 弟 賢錫 공장 내사 面談
	관계대접	T58	퇴근, 後, 저녁, 대접.	녁工場 퇴근 무궁화 對接 鑄造課 退勤
	관계세력	T1	노래, 祝賀, 酒席.	노래 祝賀 酒席 張會場
	관계세력	T3	장회장과, 규합.	張會長 文益模 尹弼文代理 郭在根 徐社長 勞組
	관계세력	T42	공장 내	展開 計劃 十月 勝利 明日 警備員 柳 勞組 工場 完全 結果
	관계/술	T28	方氏宅, 作業, 終業后 濁酒.	方氏宅작업 終業 特勤 鑄物部 濁酒 送風
	관계이사	T2	최무필工場長, 理事會, 內容.	工場長 최무필상무 理事會 內容 昇格
	관계인사	T44	鑄工, 採用, 轉職.	採用 鑄工 送別會 轉職 吳錫根工場長 夕食 聘母 육호 洋靴店 黃永淵代理 事業 接待費 文益模 李永喆系長

	관계초기	T14	일, 일요일, 春浩, 떡, 더위, 投稿, 일기.	일 일요일 春浩 떡 더위 投稿 會社 말
	인사	T40	金榮喆系長, 사표소동과, 趙免植, 초빙, 건.	金榮喆系長 趙免植 작정 辭表 金系長 正 招聘
	임금	T21	상여금, 수당, 지급.	支給 償與金 殘額 賞與金 보너스 手當 工員級
	임금	T52	임금, 인상.	引上 發表 五月 線 賃金 本俸 時期 勞組
	임금	T53	給料, 滯拂, 殘業 , 拒否.	給料 拒否 殘業 未拂 滯拂
	임금	T55	假拂 , 申請.	申請 假拂 出張費 김인호 本社 歸鄕
	임금살림	T8	김장, 명절, 걱정, 수당.	김장 手當 올해 燃料 자금 명절
	작업	T34	형, 로, 설계, 제출, 양수기, 이천전기, 부족, 사표.	型 鑄造 爐 提出 設計 말 揚水機 p 利川電機 調査 不足 會長 辭表
	작업	T46	鑄型, 着手, 發送.	鑄型 着手 利川 辭退 組織 機械 發送 hp倉庫 노랑 在上部
	작업	T47	작업부진.	作業 不振 不可 狀態 工程 狀況 지연 良好
직장	작업	T49	임페라, 註文.	註文 임페라 電氣爐 圖面 利川電氣 芯金 檢收
	작업	T50	利川電機, co, hp鑄造日誌.	利川電機 co hp鑄造 木型 感銘錄 鑄造日誌
	작업견학	T16	日本, 見學.	日本 見學 木 利川工業 담당 鑄物工場
	작업동료	T22	대동공업.	當時 이야기 永登浦 사람 大東工業
	작업매매	T33	신점득, 사장, 신주뚱, 매도.	신점득사장 신주뚱 포금 매도 사례
	작업매매	T43	價格, 鑄鐵, 材料.	價格 鑄鐵 材料 朴鐘相
	작업부정	T27	庶務, 警備, 不良, 是正, 連酪.	是正 庶務 警備 불량 연락 소속장 부하.
	작업외주	T20	鑄物, 外註.	주물 外註 依賴 金仁洙社長 三星주물
	작업일	T26	작업, 완료.	完了 브로크 pump 作業 木型 주입 補修 在上
	작업 잔업특근	T12	명절, 휴무, 출근.	出勤, 舊正, 代勤, 氣分, 休務, 秋夕, 설날, 缺勤者
직장교제	친우교제	T35	황영연, 뉴인천, 이영철, 기독병원, 캬바레.	黃永淵代理 밤 付託 뉴인천 李永喆系長 申正植代理 태포 來訪 基督病院 캬바레 診斷 就職 入院 祿培 妻男

[표 4] 전체 토픽 주제 분포(비직장)

범주	주제	num	토픽명	토픽 어휘
가족	살림 집수리	T45	집수리, 조력.	李 朴氏 助力 扶議 築臺 林 兄 vp가부세 술 兄 김인호이사 宅 金 來社 會社
	자녀	T23	가족, 자녀소풍.	정순 逍風 貞任 貞惠 아이 명호 松島 놀이터 李珍珠 엄마
	자녀	T36	정화 박문중 진학.	試驗 合格 金充河 不合格 入學金 水壓 納入 貞花
	자녀모	T60	정순모병원, 걱정.	걱정 준비 정순모 退院 産母 漢藥 片紙 겨울살이
	친지	T57	친지, 방문.	宅 訪問 兄任 宋君 相逢 歸路 아재 凡壹洞 茶 德義 靑山 君義
	친지부모	T56	어머니, 시골, 아버지, 엄마, 明浩.	시골 어머니 아버지 明浩 엄마
	행사	T19	가족, 결혼, 회갑.	동생 枚 回甲 請牒狀 結婚日 집 서울 奉子
	행사	T29	결혼, 축의금, 가족, 來客.	아버님 祝金 結婚 집 長男 술 동생 來客
가족일	살림	T6	購入.	購入 外上 원 셔츠 卷 長安 永登浦 古鐵
	친지	T32	정신이상, 妹弟, 金鎭國, 사건.	사무실 立場 金鎭國 매제 合議 月給 종전 藥
사생활	건강	T5	쇠약, 기침, 병.	몸 쇠약 기침 감기 病
	교제	T7	金君, 酒宴, 同席, 낙원장, 地鄕.	金君 酒宴 同席 尹弼文代理 郭在根 金貞善 金氏 낙원장 지향
	교제	T18	金天順, 밤, 미장원.	金 밤 전화 자기 집 美粧院 返濟 仁川市 休暇 지향 음독 마담 金天順 김점순 여사
	교제	T38	金女, 天順.	金女집 天順
	교제금전	T25	선물, 돈.	반지 時計 목걸이
	금전	T37	금전, 차용.	借用 今日 昨日 圈 壹金 主人宅 鑄友會費 入院費 圈整
	기타	T13	대리, 힘, 마음, 병, 국민교, 막내딸	대리 힘 國民校 막내딸 機械工業 서울 마음 特 병
	성찰	T39	새해, 마음, 성찰.	人間 마음 心情 生活 스스로 苦生 새해
	여가	T31	댄스, 교습.	교습 男子 女子 달 始作 춤
	여가	T54	야간, 술.	술 李永喆 夜間 四人 最下 李周慶 圈整 集團 茶房

사 생 활	여가	T59	길, 內外, 朱, 大東, 시청, 가을, 聖林居場, 昨夜.	길, 內外, 朱, 大東, 시청, 가을, 聖林居場, 昨
	여가영화	T41	밤, 술, 영화.	居場 밤 영화 새벽 술 잠 방 뒷산 김여인 건넛방 진주 카바레
	여가낚시	T10	낚시.	낚시 大明 水路 草芝
	여가낚시	T30	낚시, 始釣.	今年 昨年 休日 처음 낚시 始釣
	여가사냥	T9	눈, 이야기, 林, 散彈銃, 기타.	눈 林 散彈銃 禁斷 郭 마담 喪主 사냥.
	일상	T62	오후, 밤, 야간, 일상.	午後 會社 關系 밤 말 約束 程度 집 休息 요즘 夜間
	휴식	T61	종일, 치료, 휴식.	하루 終日 治療 낮잠 종일 온몸 消日 醫師
이 동	교통	T51	아침, 점심, 시내, 일상.	市內 合乘 아침 步行 體典 起床 山 暴雨 東 거리 점심 술상
	교통여행	T4	이동/여행.	到着 行 서울 仁川 午後
	기후	T17	零下, 氣溫, 추위.	零下 晝食 小寒 氣溫 接待 午前 鑄物砂
	기후	T24	겨울, 봄, 날씨.	오늘 겨울 날씨 例年 쌀 봄철 기후.

　전체일기에서 각 토픽(주제)들이 차지하는 크기를 보여주는 그림 7을 보면 낚시(T10), 서울인천이동(T4), 작업부진상태(T47), 댁/방문/술(T57), 건강(T5), 밤/술(T41), 이천전기/co/hp(T50)의 순서를 보이고 있다. 낚시회를 조직하여 회장을 맡을 정도로 '낚시광'이었던 저자의 모습이나, 감기나 기침을 염려하면서도 직장관련 사람들이나 친지 댁을 서울과 인천으로 이동하며 방문하여 밤에 술을 마시는 주제가 빈번하게 등장하며, 동시에 이천전기 회사(co)에서 5마력(HP) 양수기를 생산하는 과정과 주물사동결, 원료공급차질, 정전 등으로 작업이 부진한 상태를 다룬 주제들이 빈번하게 기록되어 있음을 알 수 있다.

　한편 낚시관련 토픽(T10, T30)이 주로 주말에 나타나고 겨울철 혹한기에는 보이지 않는 점이나, 김장이나 연료비 걱정토픽(T8)이 11월에 집중되고, 건강기침토픽(T5)은 12월에 집중되는 점은 인공지능을 이용하여 기계적인 방법으로 텍스트의 토픽을 추출해주는 토픽모델링 기법이 방법론상으로 타당함을 보여주는 증거라고 하겠다.

Top Topics

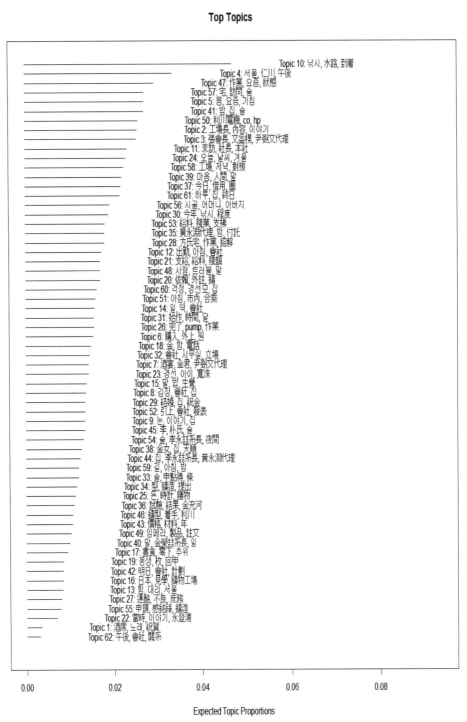

[그림 7] 전체 토픽의 가중치 분포

2) 직장 · 비직장 토픽의 시기별 분포

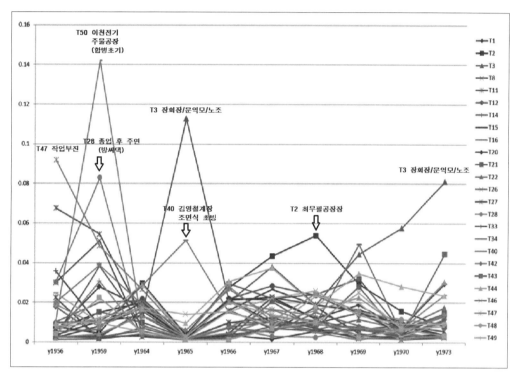

[그림 8] 연도별 토픽 분포(직장)

직장 관련 토픽들의 연도별 분포를 보면(그림 8 참조), 토픽3(장회장, 문익모, 윤필문, 곽재근, 노조)이 1965년과 1969-73년에 높게 나온 점이 주목된다. 토픽3은 장회장, 문익모(노조위원장), 윤필문, 곽재근(주물과내 가까운 직원들)등으로 회사 내의 인물들이 주로 나열된 토픽이다. 1965년에는 이천전기 노동조합위원장 선거가 치열하게 진행된 시기이며 이시기에 박기석은 장회장의 지시 하에 문익모를 노조위원장에 다시 당선시키기 위해서 주물과내의 가까운 직원들과 수시로 접촉한다. 그런데 문익모 노조위원장 당선을 위해 가동되었던 박기석의 사내 인맥을 보여주는 토픽3이 이천전기 양대 대주주인 장병찬 회장과 서상록 사장간의 세력갈등 시기(1969~1973)에도 높은 빈도로 나타난다. 이는 결국 문익모 위원장 지지세력이 장병찬 회장 지지세력으로 동원되었기 때문이며 이는 당시 노동조합의 어용적 특성을 잘 보여주는 사례라고 할 수 있다. 인천일기에 의하면 노동조합은 상습적인 임금체불에 맞서 잔업거부투쟁을 주도하기도 하지만 장회장은 노조위원장선거에서 문익모의 당선을 위해 사내 인력을 동원하며, 그 반대급부로 대주주간 갈등에서는 문익모노조위원장이 장회장 지원에 적극나선 것을 볼 수 있다. 그리고 박기석은 학사출신 중간관리자들과는 달리 그 자신이 현장노동자 출신이었기에 노동자들과의 유대감도 높아서 장회장과 문익모 위원장 사이의 중개자 역할을 맡았던 것으로 추정된다.

한편 대동공업에 입사한 1956년에는 오랫동안 쉬다가 주물작업을 재시작하게 되어 혹한기 주물사동결, 고철 등 원재료 공급부족, 정전 등 다양한 원인으로 주물작업 공정이 안정화되지 못하여 작업 부진 상태토픽(T47)의 빈도가 높게 나타났다. 한편 1959년에는 T50(이천전기, 주물공장)과 T28(終業 後 酒宴)의 분포가 매우 높은데, 내용을 보면 T50은 합병초기 이천전기에 주물공장을 신설하면서 주요 작업내용을 작업일지처럼 적어놓은 것이며, T28은 당시 퇴근 후 공장 앞 술집(방씨댁)에서 술을 마시는 내용이 주를 이루고 있다. T50과 T47은 현장노동자 출신의 박기석이 대학출신 기술자들이 부족한 상태에서 대동공업과 이천전기의 주물공장에서 초기 생산공정을 정착시키기 위해 다양한 노력을 경주하는 모습과 그 과정에서 마주쳤던 작업부진 상황, 그리고 퇴근 후 회사 앞 술집에서 동료들과 하루의 피로를 푸는 장면들을 그리고 있으며, 이 과정에서 박기석은 어느 정도 현장기술자로 고용주의 신임을 얻은 것으로 판단된다.

1964~65년에는 T40(金榮喆系長 사표소동과 趙免植 초빙)이 특별하게 높은 빈도로 나타난다. 내용을 보면 학사출신 김영철 계장이 맡은 부서에서 주물생산이 잘 이루어지지 않자 자신과 같은 저학력 현장숙련공 趙免植을 외부에서 스카웃하는데 다리를 놓으려 하지만 김계장의 반발로 불발에 그친 사건을 다루고 있으며, 그 근저에는 생산차질을 둘러싸고 학사출신과 현장숙련공 출신 사이의 갈등이 자리잡고 있다. 이와 관계된 토픽으로는 T34(型 爐 設計 辭表)토픽이 있다. 이는 T50과 T47이 보여주듯이 초기 주물공장에서 생산차질이나 불량품이 자주 발생하는데, 그 문제를 해결하기 위하여 주물형틀과 용해로의 설계를 검토하고 일기에 용해로에 투입하는 원재료 비율까지 적어가면서 독학으로 문제를 해결하려고 노력하지만 대학에서 정규교육을 받지 않은 박기석으로서는 신기술의 바탕을 이루는 공학지식의 부족으로 스스로 한계를 토로하기도 하고 사내에서 대졸 학사출신과의 경쟁에서 밀린다고 느껴지자 사표를 제출하지만 결국 장회장의 만류로 회사에 남기로 하는 내용을 보여준다. 당시에는 대학에서 공학이론교육을 받고 입사한 기술자들은 주물관련 장비나 시설들, 그리고 고철이나 선철 등 공급되는 재료의 상태 등에 대한 현장지식이 부족하여 주물생산공정을 정상적으로 가동시키는데 상당한 어려움을 겪은 것으로 보인다. 반면에 숙련노동자 출신의 주물기술자들은 신기술의 도입과 공정의 개선 등에 필요한 공학적 지식이 부족하여 학사출신 기술자들로부터 주먹구구식

이라고 비판을 받는 등 양자 간의 갈등이 심했다. 현장노동자출신 기술자 趙免植의 초빙을 둘러싼 소동은 그와 같은 학사출신기술자들과 현장노동자출신 기술자들 간의 대립을 배경으로 발생한 것이며, 박기석은 그런 과정에서 '대학교 졸업했다고 해봐야 한 5년은 자기들 밑에서 배워야 제대로' 생산물량을 낼 수 있을 것이라는 기록을 남기고 있다. 그러나 70년대로 가면서 이천전기는 '현장노동자출신들의 경우 근속년수가 올라가면 임금은 올려주지만 승진은 더 이상 시키지 않는다'는 방침을 발표하게 되며, 현장노동자출신이 과장으로 승진하는 것은 박기석이 거의 마지막 사례로 그 후로는 사라지게 된다.[4]

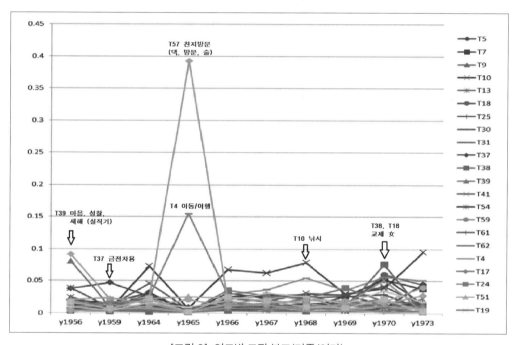

[그림 9] 연도별 토픽 분포(가족/여가)

---

4) 산업사회에서 노동자의 계층상승 경로는 중간관리자로 상승하는 경우와 자영업자로 상승하는 두 가지 경로가 있다. 박기석 역시 회사를 그만두고 독립해서 조그만 주물공장이라도 차릴까 끊임없이 고민하며 사표를 썼다가 접기를 반복하는 모습을 보인다. 한국의 경우 중간관리자 경로는 매우 협소하였으며 대부분 자영업자 경로가 상대적으로 넓었던 것으로 알려져 있다. 노동자에서 중간관리자로 승진하는 경로를 통하여 세대내 계층상승을 이루는 사례는 70년대 이후로도 매우 드물었으며, 한국은 계층이동에서 육체노동자와 비육체노동자, 혹은 전문기술관리직계층 사이의 이동이 매우 드문 특징을 보여주는데, 박기석의 사례는 압축근대 초기에 열려있었던 계층이동의 경로를 보여주는 사례라고 할 수 있다. 적어도 압축근대 초기에는 고학력자들이 중간관리직을 독점하지 않았으며, 그로 인하여 육체노동자-중간관리자로 상승이동하는 경로가 개방되어 있었음을 보여준다. 현재 한국의 대졸공급과잉이나 과열된 대입시험 등의 문제는 바로 이와 같은 저학력 육체노동자들의 계층상승 경로가 이후의 산업화과정에서 폐쇄된 데 따른 부작용의 하나라고 볼 수 있다.

한편 여가 · 가족 · 친지 등의 직장관련 주제가 아닌 토픽들의 연도별 분포에서는 전직과 실직을 겪었던 1956년의 마음 성찰 토픽(39), 1956, 59년의 금전차용(37)토픽 등이 눈에 띄는데, 금전차용 토픽은 주물과장 승진을 전후하여 경제적으로 안정되는 1967년 이후로는 거의 보이지 않는다. 반면 1964년 이후로는 낚시 등 여가활동 토픽이 높게 나타나고 특히 본처와 사별하는 1970년에는 여성교제토픽(38,18)이 높게 나타난다. 그리고 댁, 방문, 술, 등으로 이뤄진 친지방문토픽(57)은 1965년에 특이하게 높으며, 1956년에도 높은 빈도를 보인다. 전반적으로 과장 승진 이후에는 직장관련 토픽에서는 작업현장의 생산공정에 관한 토픽들은 줄어들고 대신 사내 인간관계나 세력관계에 관련된 공장장관련토픽(T2)과 회장/노조위원장(T3) 토픽이 잦은 빈도로 나오며, 직장이외 토픽에서도 경제적 곤궁함보다는 낚시 등 여가활동 토픽이 자주 기록되어 있다.

3) 전체 토픽 간의 네트워크를 통해서 본 일기 주제들의 연관성

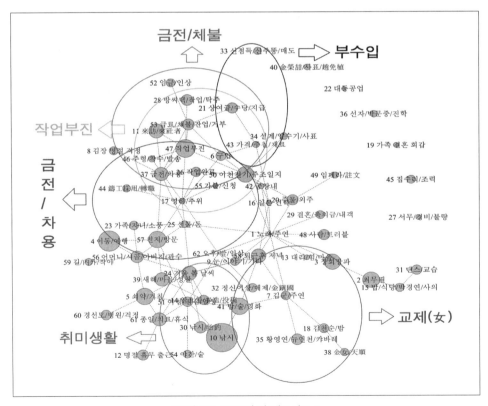

[그림 10] 62토픽 간 네트워크 1

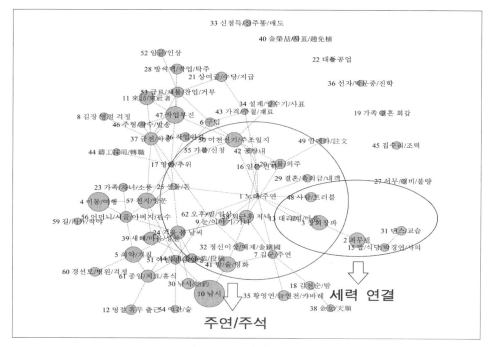

[그림 11] 62토픽 간 네트워크 2

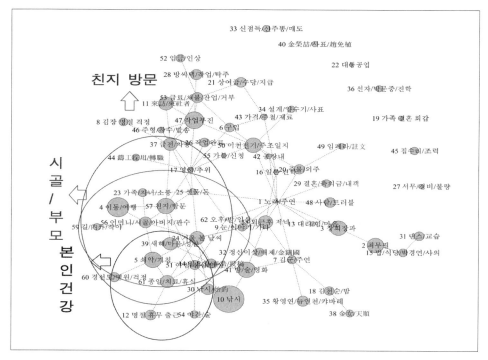

[그림 12] 62토픽 간 네트워크 3

일기의 주제들은 상호연관되어 있다. 일기의 동일 날짜 공출현도(co-occurrence)에 기반한 토픽 간 상관도 네트워크를 보면 급료체불/잔업거부 토픽(T53)은 작업부진(T47), 來訪/來社(T11), 임금인상(T52), 상여금지급(T21), 금전차용(T37), 물품구입(T6)토픽과 연결되어서 급료체불 블록을 형성하고 있다. 인천일기의 기록에는 60년대까지는 임금체불에 관한 기록이 매우 빈번하게 나타나서, 거의 임금이 제 날짜에 지급되는 경우가 없을 정도이며, 이는 바로 노동자들의 잔업거부로 이어져 급료체불/잔업거부가 하나의 단일 토픽을 형성하고 있다. 그런데 이런 체불/잔업거부 토픽이 등장하는 일기에는 잔업거부로 작업부진 상황이 초래되고, 이를 해결하기 위하여 본사간부(공장장이나 회장)들이 인천공장을 來訪/來社하여 임금인상이나 상여금 지급을 약속하는 등으로 사태를 해결하려 하지만, 저자 자신은 생필품 구입 등을 위해 돈을 빌려야하는(금전차용) 일이 빈번하게 나타남을 급료체불 토픽블록이 잘 보여주고 있다.

다음으로는 금전차용토픽(T37)이 허브를 이루어서 방사선 모양으로 친지방문(T57), 돈/선물(T25), 김장연료걱정(T8), 추위(T17), 작업부진(T47), 임금체불(T53) 등과 연결되어 있다. 금전차용 블록은 추위가 닥치니 김장이나 겨울연료비 걱정이 앞서고 친지방문을 하려니 선물이라도 들고 가려면 돈이 필요한데 작업부진과 임금체불로 어쩔 수 없이 돈을 빌려야하는 생활난을 잘 보여주고 있다.[5][6]

한편 중간에 있는 작업부진(T47)토픽과 직접 연결되어 있는 토픽들로 이루어진 작업부진 토픽블록을 보면, 양쪽으로 체불잔업거부(T53), 차용(T37)과 연결된 외에 이천전기(T50), 추

---

5) 상여금, 주철/고철매도, 신주똥 등의 토픽은 일종의 부수입원을 보여주는 내용들로서 임금, 급료 관련 토픽에 가깝게 위치하고 있다. 용해나 주물성형공정에서 부산물로 나오는 고철이나, 신주(황동)를 외부업체에 매도하고 그 이익금의 일부를 노조와 공유하기도 한다. 이는 초기의 주물공장의 임금제도가 도급제와 유사한 집단성과급 형태였던 점과도 연관된다(신원철, 2012, "임금형태의 변화와 노사 갈등", 『사회와 역사』 94:333~335). 용해로에서 생산된 주물을 톤당 일정금액으로 계산하여 해당 주물생산과정에 참여했던 노동자들이 참여한 공수(작업일수)에 따라서 배분하는 방식을 취하였는데 주물팀장이었던 저자는 생산물량에 따라서 전체 도급액이 지급되면 여기서 비용을 제하고 나머지 금액을 배분하고 있다. 이러한 도급제방식의 집단성과급은 원래 노동투입량을 늘려서 생산을 독려하기 위한 방편으로 사용되었으나 부수적으로는 생산이나 분배에서 주물팀 자체가 일정한 자율성을 지니고 있었음을 보여준다. 주물팀 자체적으로 비용을 공제하는데서 나아가 작업과정에서 나오는 부산물에 대한 처분권도 암묵적으로 행사했던 것으로 보여진다.

6) 저자의 경제적 형편을 보면 1967년 주물과장으로 승진할 무렵을 전후하여 뚜렷한 차이를 보인다. 이전에는 늘 생활고에 시달리며 자녀들 교과서 대금을 제때에 내지 못하고 쌀값 마련에도 쫓기면서 늘 가불과 금전차용에 전전긍긍하며 월급날이 되어도 빌린 돈을 갚고 나면 남는 돈이 거의 없는 신세를 한탄하는 장면이 수시로 나온다. 그렇지만 주물과장으로 승진할 무렵부터는 자신의 주택을 구입한 외에도 당시 서울 수도권의 단독주택가격을 상회하는 금액의 돈을 사채시장에서 굴리는 모습을 보여준다.

위(T17), 주형작업(T46), 내사/사장(T11) 토픽과 연결되어 있어서 1956~1959년 대동공업과 이천전기 초기에 혹한기 주물사 동결로 인한 주형작업의 문제가 작업부진으로 이어지고 이 때문에 사장이 공장에 내사한 내용을 보여준다.

노래/주연토픽(T1)은 '酒席, 노래, 祝賀, 酒宴' 등의 어휘로 구성되어 있는데, 토픽의 크기는 크지 않지만 가장 많은 주제들과 연결되어 있다. 노래주연(1)토픽의 연결선을 보면 이천전기, 공장내 관계, 일본견학, 사내트러블, 힘, 퇴근 후 대접, 밤일정, 선물, 회장/문익모, 축의금/행사 등의 토픽과 연결되어 있다. 직장(이천전기)을 둘러싼 트러블, 힘, 관계, 세력, (직장동료)결혼 축의금 등이 퇴근 후 접대, 밤일정, 주연/노래를 매개로 연결되어 있음을 보여준다.

흥미로운 점은 주연/노래(T1)-장회장/문익모/노조(T3)-최공장장(T2)-공장내관계(15)-댄스교습(31)로 이어지는 토픽연결망이다. 마찬가지로 사냥토픽(T9) 역시 여가블록과 주연/주석의 중간에 위치하여 댄스교습이나 사냥 등 겉보기로 단순히 여가활동으로 보이는 토픽들도 사내의 인간관계, 세력관계와 연관되어 있음을 시사한다. 회사생활의 관계맺기가 결국 밤 술자리, 접대, '2차'로도 이어지기도 함과 동시에 때로는 댄스교습을 매개로 여성교제로 이어지기도 함을 보여준다.

인천일기에도 다른 일기와 마찬가지로 시각을 나타내는 어휘들 즉 오늘, 내일, 어제, 오전, 낮, 오후, 밤, 금년 등의 단어들이 빈번하게 등장한다. 그런데 흥미로운 점은 이처럼 시각을 나타내는 어휘들 중에서 '밤'이 가장 높은 빈도로 기록되어 있다는 점이다. 그만큼 인천일기에는 다양한 밤의 활동이 기록되어 있다. 밤의 활동은 기본적으로 주연/노래 토픽블록에서 보는 것처럼 회사 내의 인간관계나 행사들과 밀접하게 연결되어 있으나 동시에 저자의 취미생활이나 여가생활 및 이성교제와도 연결된다. 퇴근 후 저녁의 생활은 직장생활과 긴밀하게 연관되어 있으면서 동시에 영화나 댄스, 이성교제 등으로 이어진다. 그리고 낚시, 사냥, 댄스, 영화관람 등의 다양한 여가나 취미활동으로 이어짐을 볼 수 있다. 박기석의 일기를 보면 직장의 작업과정과 인간관계가 저녁의 술자리나 접대로 이어지고 나아가서 취미나 여가활동 심지어 이성교제로까지 이어진다. 이성교제는 오늘날의 관점에서 보면 매우 사적이고 개인적인 활동으로 간주된다. 그러나 인천일기에는 직장동료들의 소개로 댄스교습을 함께하고 회사 야유회나 저녁 술자리 접대가 이성교제로 이어지기도 하며, 이러한 이성교제활동을 친밀한 직장동료들과 공공연하게 공유하고 있음을 보면, 직장이 단지 공적인 생산활동의 세계였을 뿐만 아니라 사적인 친밀성의 영역까지 침투/포섭한 정황조차 포착된다. 오늘날에도 한국의 직장문화나 조직문화는 개인의 모든 것을 헌신하고 몰입할 것을 강요한다. 직장생활에서 살아남기 위해서는 골프나 테니스 등 취미생활은 물론 '밤문화'로 일컬어지는 술자리나 매춘 심지어 종교활동까지 직장상사나 동료와 함께하지 않으면 치열한 사내 파벌 경쟁에서 살아남기 힘든 현상을 보이고 있다. 인천일기를 보면 오늘날의 직장문화가 이미 60년대에 그 원형을 보이고 있음을 알 수 있다.

토픽네트워크에서 노드의 크기는 토픽의 크기를 보여주는데, 토픽의 크기별로는 보면 낚시, 밤/술/영화, 작업부진, 이천전기 토픽이 크고 이와 더불어서 이동(왕래발착), 친지방문, 건강기침 토픽이 커서 일기에 이런 주제들이 자주 기록되어 있음을 보여준다. 친지방문토픽은 돈/선물, 금전차용, 추위, 왕래발착이동, 시골 등과 연결되어 있으며, 건강쇠약토픽은 정순모 병원, 기후, 종일휴식등과 연결되어 있다. 다만 양자사이에 시골부모토픽이 있어서 두 토픽군들을 이어주고 있다.

그런데 인천일기에는 비슷한 시대의 농촌일기에 비해서 자녀관련 토픽이 적다. 자녀학업은 독립적인 토픽을 이루지 못하고 있으며, 유일하게 차녀의 중학진학을 둘러싼 내용이(T46) 독립적인 토픽을 구성하고 있을 따름이다. 등장어휘 빈도 측면에서도 학교 483위, 국민교 1267위, 박문교 1489위, 중학교 2238위, 고등학교 3342위, 박문중학교 8018위로 학교관련 어휘들은 비교적 낮은 빈도를 보이고 있다. 등장인물 중에서는 장녀(정순)나 외동아들(명호)의 등장빈도는 높은 편이나 자녀관련 내용이 별도의 토픽을 구성할 정도로 비중있는 주제를 형성하지는 못하고 있다.

토픽간의 네트워크를 보아도 정순모병원 토픽(60)이나 자녀소풍(23)토픽은 연결의 중심부에 위치하지 못하고 있으며, 심지어 차녀박문중입학(36) 토픽은 고립되어 아무 토픽하고도 연결되지 않고 있다. 따라서 직장활동이나 여가 및 이성교제토픽을 제외한 친지/가족/자녀토픽이 상대적으로 적은 가운데 본인건강과 친지방문이 그나마 중심을 이루고 있으며 처나 자녀관련토픽은 상대적으로 수도 적고 연결정도도 약함을 보인다.

박기석의 가족은 도시화된 환경에서도 핵가족이 아닌 확대가족의 모습을 띠고 있다. 부모는 주로 시골 고향에 거주하였지만 집에는 늘 동생들이나 사촌들이 지속적으로 거주하여 핵가족만으로 가정을 이룬 시기는 오히려 예외적으로 보일 정도이다. 그러나 부모를 방문하거나 자녀를 돌보는 일은 아내의 몫이어서 고향방문은 자주 부인에게 맡기고 자신은 회사일이나 여가활동을 하기도 한다. 장남으로서 책임감에 부모를 자주 언급하며 집안 대소사에 돈을 대는 일도 도맡아 하지만 막상 자신은 회사일 등으로 인하여 시간을 내기는 어려웠던 것으로 보인다. 자녀교육과 관련해서는 수시로 부인을 탓하는 모습이 나온다. 다만 자신은 자녀의 상급학교

진학에 문제가 생겼을 때 자신의 사회적 관계망을 통하여 직접 나서는 것 외에는 주로 교육비를 제공하는 생계책임자의 역할에 머문다. 그런 면에서 박기석은 가정과 관련한 자신의 책임은 생계부양자일 뿐이며 자신의 활동은 일우선주의 회사중심주의에 충실했던 것으로 보인다.

4) 일기의 주요 인물 및 주요 어휘들 간의 네트워크

인천일기에는 다양한 인물들이 등장하는데 전반적으로 가족친지들에 비해서 직장동료가 훨씬 많이 등장한다. 동일일자 일기(동일 문서)에 공출현하는 빈도에 기초하여 그려본 인물 간 네트워크를 보면 대체로 가족친지와 직장동료들이 별도의 그룹을 형성한다.

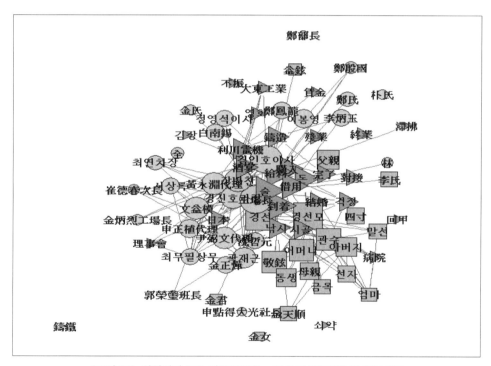

[그림 13] 인천일기 주요 인물(50명) + 주요 어휘(29개) 간 네트워크

62개 토픽에서 각각 핵심어휘를 추출하여 인물50명과 연결망을 그려본 결과 아버지, 정화, 명호, 종석, 동생, 어머니, 모친, 엄마, 정순모, 정순 등의 가족들과 가까운 어휘는 종일, 걱정, 심정, 결혼, 회갑, 쇠약, 시골 등이다. 반면 회사동료들과 가까운 어휘들은 상대적으로 돈, 차용,

급료, 구입, 완료, 임금, 잔업, 주조, 트러블, 사표, 부진, 주문, 이사회 등이다. 등장인물의 측면에서 보면 일찍이 도시화 산업화를 경험한 박기석의 일기는 공동체의 특성을 지니고 있는 동시대 농민들의 일기와는 커다란 대조를 보인다. 동시대 농민일기속 등장인물들이 마을공동체의 주민들이었던 점에 비해서 인천일기에는 마을주민이나 이웃사람들이 나타난 경우는 극소수에 불과하며, 가족이나 친지에 비해서도 직장관련 인물들이 훨씬 많이 등장한다. 농민일기와 달리 박기석의 일기를 보면 직장생활이 일기의 전반을 관통하고 있으며 상대적으로 가족관련 내용이 적은 가운데 개인의 여가나 취미 관련 주제들도 다양한 측면에서 직장에서의 인간관계와 연결되어 있음을 보여준다.

4. 맺음말

인천일기는 내면적인 성찰이나 반성, 주변인물에 대한 비평, 주위 일상에 대한 감상 등을 기록한 근대적 내면일기의 특징과 아울러서 주물공장의 주물제조 작업내용, 작업환경, 임금 및 노동시간, 채용 해고 및 승진 등을 기록한 직무일지의 특성도 가지고 있다. 한국은 압축적 근대화 혹은 돌진적 산업화를 경험해온 것으로 알려져 있다. 압축적 근대화는 공백위에 세워진 것이 아니며 이전의 발전경로에 의존적일 수밖에 없다. 그러나 압축적 근대화 시기와 이전시기를 이어주는 과정에 대한 연구는 많지 않으며, 그 이유 중 하나는 압축근대 초기과정을 들여다볼 수 있는 자료의 부족이다. 그런 면에서 보면 일제강점기인 1926년에 출생하여 일찍이 이농과 도시화, 농업에서 제조업으로, 농민에서 노동자로 세대 간 이동을 경험한 박기석은 압축근대의 초기 진입과정을 걸었던 전형적 인물의 하나이며, 박기석의 일기는 압축근대 초기 전개과정의 생산현장과 가정 및 공동체 그리고 개인의 내면세계를 보여줄 수 있는 소중한 자료로 판단된다.

박기석은 해방이후 십대에 일본에서 배운 주물기술을 기반으로 제조업의 초기 정착과정에 기여하였으며, 그 과정에서 자기 자신도 현장노동자에서 중간관리자로 계층상승을 이루어낸 경험을 가지고 있다. 1960년대의 산업화와 고도성장은 제조업의 빠른 성장에 기반하고 있는데, 그러한 제조업 성장의 기반에는 생산현장을 책임진 현장노동자 출신의 중하위관리자들이 존재했음을 박기석의 일기는 잘 보여주고 있다. 해방이후 과거 일본인 소유였던 귀속재산의 불하를 통해 제조업 복구과정이 진행되는데, 초기의 공장재건과정에서는 학사출신 엔지니

어들이 작업현장 사정에 어두워 구숙련 위주의 현장관리자들에게 크게 의존한 것으로 보인다. 그러나 70년대에 들어서면 제조업의 숙련노동자는 공고를 졸업한 신규양성 숙련공들로 채워지고 현장기술자와 관리자들은 대졸자로 교체되면서 일제시기 현장노동자 출신의 생산현장 역할은 마감된다.[7] 박기석처럼 일제시기 현장노동자경험에서 출발한 중관관리자들은 관리자로 승진한 후에도 대졸관리자들과는 달리 정서적으로 현장관리자와 가까워 현장노동자와 고용주를 연계하는 역할을 하였으며, 이는 부정적 측면에서는 어용노조현상으로 나타나기도 한 것으로 추정된다.

인천일기에 의하면 1950~60년대의 주물공장은 정전, 주물사 동결, 원료공급차질, 불안정한 생산장비와 생산공정, 임금체불과 연관된 노조의 작업거부 등으로 빈번한 조업중단과 생산차질을 빚고 있다. 이천전기가 1959년 국내최초로 370KW 변압기와 22KV 전동기를 자체 생산한 重電機 분야의 선도업체였음을 감안하면 인천일기에 나오는 50~60년대의 공장현황은 당시 국내 제조업체의 전형적 풍경이었을 것으로 추정된다. 인천일기에는 주물생산 과정만이 아니라 주물골장의 노동사정에 대해서도, 임금형태, 고용형태, 노동시간 및 잔업 특근 현황, 숙련공 양성과 노무인사관리방식, 노동조합과 노사관계 등에 관련된 생생한 내용들이 다양하게 기록되어 있어 향후 이 분야의 심층적 연구를 위한 좋은 자료가 될 것으로 기대된다.

한편 인천일기에는 직장생활에 관련된 주제들 이외에 가족이나 친족, 본인의 건강과 여가 및 취미활동 등에 관한 다양한 주제들도 포함되어 있다. 특히 퇴근 후의 술자리나 접대 등 소위 밤문화에 관련된 주제들이 높은 빈도로 등장하며, 그밖에 낚시, 영화, 사냥, 댄스 등 여가나 취미활동에 관련된 주제들도 다양하게 기록되어 있다. 그에 비하면 아내나 자녀, 부모 및 친지에 관련된 주제들은 비교적 적은 편이라 할 수 있다. 그런데 흥미로운 점은 인천일기에는 직장생활에 관한 기록이 가족이나 개인에 관한 기록에 비하여 압도적으로 많다는 점이다. 등장인물을 보아도 직장관련 인물이 압도적으로 많다. 뿐만 아니라 개인의 취미나 여가, 심지어 이성교제영역조차도 직장생활과 깊이 연관되어 있다. 인천일기에서는 퇴근 후의 술자리나 접대 및 모임, 그리고 낚시나 사냥 및 댄스 등의 여가활동도 모두 치열한 직장내의 경쟁에서 생존하기 위한 필수적 활동으로 여겨진다.

---

7) 70년대 이후 한국 기업들의 경영방식은 미국식으로 변화한다. 그러나 생산 현장의 기술이나 숙련은 생산시설이나 용어의 측면에서 여전히 일본제 장비와 용어들이 활용되는 모습을 보이는데 이는 박기석처럼 일제하에서 숙련을 습득한 현장기술자들의 영향도 있었을 것으로 짐작된다. 더욱이 60년대 이후 한국의 제조업 성장방식이 일본으로부터 기계와 중간재를 도입하여 조립생산 후 수출하는 가공무역방식으로 전개되었는데, 일제하에 습득한 이들의 현장 숙련이 그러한 제조업의 성장방식과 친화력을 가졌던 것으로 짐작된다.

인천일기가 보여주는 산업화·도시화된 압축근대 초기의 생활세계는 농촌 공동체의 삶과는 다른 모습으로 그려지고 있다. 근대화와 더불어 가정과 직장이 분리되고, 합리적 개인주의에 기반하여 개인의 사적영역이 존중되었던 서구의 경험과는 달리 인천일기에서는 직장생활이 개인의 전 영역으로 침투하여 지배하고 있다. 인천일기가 보여주는 직장생활은 공장내에서의 근무시간에 한정되지 않으며 퇴근 후 밤의 문화 역시 철저하게 직장영역과 연관하에 진행되고 있으며, 여가나 취미활동, 나아가 이성교제까지 직장과 관련하에 진행된다. 여기에 더해서 장례식 과정에서 부고를 알리고 부의금을 걷는 일은 물론 장례식을 진행하고 조문객을 접대하는 과정도 상당부분 회사의 공적인 일처럼 진행된다. 이는 도시화된 근대세계에서 공동체는 해체되고 원자화된 개인들이 군중속의 고독으로 살아가는 모습과는 전혀 다른 모습이다. 어떤 면에서 농촌공동체를 회사공동체가 대체한 인상마저 느낄 수 있다. 그러나 급료조차 정시에 지급하기 어려웠던 기업여건 하에서는 직장공동체라기 보다는 직장이 가정과 개인의 사적세계까지 침투하고 지배하였다고 판단하는 것이 정당할 것으로 여겨진다.

박기석의 일기를 보면 농촌과는 달리 산업화된 도시에서 가정과 직장이 분리된 세계를 분명하게 보여준다. 가정에서의 가사노동이나 자녀양육 및 노부모 돌봄은 철저하게 아내의 몫이었으며, 박기석 자신은 일우선주의, 직장우선주의적인 모습을 보이고 있다. 그러나 이러한 박기석의 모습은 박기석 자신의 선택이라기보다는 파벌과 경쟁이 난무하는 직장환경에서 살아남기 위한 방편이었을 것으로 판단되며, 인천일기속의 직장문화는 향후 조직에 대한 고도의 헌신과 몰입을 강요하는 기업문화로 자리잡게 된 것으로 판단된다.

다중언어적 풍경과 근대 도시문화

•• 손현주

1. 들어가는 말

인천일기가 쓰여진 1956년 1월 1일부터 1973년 5월 2일이라는 기간은 한국의 근대화가 제도적으로, 개인적으로 정착되어, 전통적인 농업사회의 삶의 양식이 근대적인 삶의 양식으로 전이되는 시기였다. 또한 개인적으로는 전후세대가 새로운 급격한 사회변동에 적응해가는 과정이기도 하였다.

인천일기에서 보여 주는 박기석의 글쓰기는 전후(戰後)세대의 특징을 고스란히 갖고 있다. 전후세대는 1920-30년대에 출생하여, 식민지시기에 초·중등 및 대학교육을 받고, 한국전쟁을 前後한 시기에 등단한 문인을 가리킨다.[1] 또한 그는 미군정체제를 경험함으로써 지배적인 언어인 영어에 능통해야 된다는 강박관념을 갖고 있다. 박기석은 한글도, 영어도, 일본어도, 한문도 정확하게 사용하지 못함으로써 언어적으로 어디에도 귀속시키지 못하고 언어적 정체성의 혼란을 초래하여 언어적 타자가 된다.

1960년대 한국은 압축적 근대화를 통해서 사회구성원들의 삶도 압축적으로 변했는데 크게 급격한 도시화가 진행되고, 미국문화로 대표되는 서구문화가 일상생활에 깊숙이 침투하게 되

---

1) 한수영. 2007. 전후세대의 문학과 언어 정체성: 전후세대의 이중언어적 상황을 중심으로,『대동문화연구』, 58: 257-301, p. 259.

었다.[2] 그리고 한국전쟁 이후 100달도 안되던 국민소득이《제1차 경제개발 5개년 계획》이 끝나던 1966년에 130.8달러가 되어 소비문화가 확산되었다.[3]

박기석은 1925년생으로 전후세대의 특징인 이중언어자 이었다. 또한 그는 주물공장에서 장인적 숙련공으로 일을 했으며, 사회적으로 전형적인 중산층의 생활양식을 보여주어서 당시 일반 시민의 욕망과 삶의 양식을 잘 포착할 수 있는 좋은 예가 된다. 이에 본 글의 목적은 박기석이 경험한 다중언어적 풍경을 살펴보고, 근대 도시문화의 양식 중 전형적인 소비생활의 단면을 보여 주는 다방문화에 대해서 고찰할 것이다.

2. 다중언어적 풍경: 언어사용의 부조화와 정체성 혼란

박기석은 1920년대 중반에 태어나서, 한문을 전통적으로 배우고 익혔을 것이며, 공식적으로 일본식민지 시대여서 일본어로 글쓰기와 읽기를 배웠고, 한글은 해방 이후에 본격적으로 습득하고 사용할 수 있었으며, 미군정시대에 영어에 노출됨으로써 한국어, 한문, 일본어, 영어 사이에서 고생을 하였다. 그리하여 저자는 한국어, 일본어, 영어가 모두 완벽하지 않고 사용하는데 있어서 어색함을 감출 수 없는 다중언어의 정체성 혼란을 겪었다. 저자의 일기는 국한문혼용체를 기본으로 영어와 일본식 영어·일본어를 필요에 따라서 적당히 섞여있는 형태를 띠고 있다.

> 午前에 精米 四叺 南鉉니 宅에서 함. 金雄熙 具濟德 德義 三人니 라이캉[らいかん, 뇌관]으로서 고기잡이와 갈빙[칼빈]으로서 오리잡이 함.(1956.2.4)

> 今日은 敬錫 弟가 來訪하여 용돈을 좀 달라는되 요즘 形便으로서는 단도[단돈] 한 푼니 엎으니 李永哲 氏 婦人에개 付託하여 一金 五○○圜을 借用. 나의 보캣트모니[pocket money] 五○○圜을 合하여 주다.(1956.6.14)

---

2) 정영희. 2009. 1960년대 대중지와 근대 도시적 삶의 구성: 여성지 '여원'을 중심으로. 『언론과학연구』, 9(3): 468-509, p. 474.
3) 같은 글, p. 479.

아침 正常的으로 변도[도시락]를 가지고 會社에 나아갓으나 昨夜의 트라블을 生覺하며는 도저히 마음의 不快.(1956.7.29)

BC 鑄造日誌 着成함. 251kg(284k 材料) 500HP moToR PATTER 附屬 製作書 申請. 李忠信 外 2月分 殘業日誌 着成하다. 800m/m ViE Ti Cal PUMP 圖面 完成. 方魚津 鐵工所로부터 陸用 捲揚 機[捲揚機] 二臺 渡入[導入]하다. 500CE Cinter fugal pump Casing mouldim[moulding] 完了. 75HP BRachet 6個 mouldim 完了. 同上 關係 core iron 編結 完了.(1959.3.6)

우리들 13名은 조고만 뗌마[てんません(伝馬船)의 준말]에 봄[몸]을 싣고 永宗島까지 第一次 로 것너가 다시 배를 하나 보내 주었다.(1968.3.31)

일기에는 박보현의 교육과정이 정확히 언급이 되지 않아서 한문, 한글, 일본어가 어떻게 저자에게 영향을 주었는지 알 수는 없다. 하지만 전후세대의 언어습득과정과 거의 동일하다고 가정할 수 있다. 전후세대의 쓰기언어 습득과정은 한문 → 일본어 → 한글 순이었다.[4] 이러한 전후세대 글문자 형성과정을 문학 평론가인 유종호의 회고를 통해 확인할 수 있다.

그 전해까지는 국민학교에서도 이른바 '조선어' 시간이 주당 2시간 정도는 배당되어 있었으나 1941년부터 전폐가 되고 말았다. 따라서 한글을 처음 깨친 것은 해방 후의 일이다. 처음 천자문을 배우고 이어 일본말 교육을 학교에서 받았으니 나의 기초적 어문 교육은 중국 문자, 일본 가나, 한글의 순서로 진행된 셈이다.[5]

다중언어적 상황에서 출발하는 박기석의 글쓰기는 항상 한글, 한문, 영어가 충돌하는 과정에서 글이 어설프고 완벽하지 못 할뿐만 아니라 맞춤법, 띄어쓰기에 오류가 부지기수로 많다. 한글, 한자, 영어에 대한 오류의 예를 들면, "섣달이라 하여 젊은이들의 울리는 풍물 소리 요란하다"로 적어야 할 것을 "슷달이라 하여 젊은니[젊은이]들의 울리는 풀물 소리 요란하다"(1956.2.14)고 적었고, "멀지 않은 將來에 誤解는 풀리겠지"로 적어야 하는 말을 "멀지 않는 將來에 悟悔는 풀리겟지"(1956.6.19)로 써 놓았다. 감기 증상을 기술하는 부분에서는 "감기가 든 지 벌써 一週日이 지났건만 콧물이 그대로 흐르고 낫지를 않는다"로 표기해야 할 것을

---

4) 한수영. 2007. 앞의 글, p. 271.
5) 유종호. 2004. 『나의 해방 전후』, 민음사, p. 39; 같은 글, p. 271에서 재인용.

감기가 든 지 벌써 一週日이 자낫근만 곳물 그데로 흘르고 낫지을 않는다"(1966.10.4)로 표기했다. 택시와 택시요금을 기술한 부분에서는 "5時 10分 taxi 便으로 大明까지 감. 택시費 1,000. meter 料金 720."이 되어야 하는데 "5時 10分 Tax 便으로 大明까지 감. 택시費 1,000. matar 料金 720."(1968.8.14)로 적혀있다.

박기석의 글쓰기의 다른 특징은 영어에 대한 언어습득 욕망이 강하다는 것이다. 그가 정식으로 영어교육을 받지 않았음에 불구하고 영어를 자주 일기쓰기에 사용한 것은 몇 가지 이유가 있다. 첫째, 그의 직업이 주물을 다루는 금속공이어서 사용하는 기구나 용어가 영어로 쓸 수 밖에 없는 상황에 기인한다. 그의 일기에 등장하는 직업관련 용어로는 타-빈 修理, impeller 5, Swab 2(1956.7.25), 650 LoLTD PUMP CaSiNG 鑄込 直前 停電로 因해서 당황하다.(1959.2.26), Houping machine 及 DiCastin marchine 二臺 全國貨物 便으로 發送하다 (1959.3.1), 材料 300TD TURBINE gide vane 1個(1959.3.5), Si huiee valve Castimg[casting] 未完品 調査.(1959.3.8), 800VERTiCAL pump 芯金 現圖.(1959.3.13), 공무課에서 AC CASTENg[casting] 完성으로 상금 20,000을 탓다고 육호집에서 한 잔식 사다.(1966.4.26) 등이 있다.

둘째, 한국전쟁으로 인한 사회적·경제적 변화와 더불어 미국문화의 무분별한 유입은 박기석이 영어 어휘에 친숙하게 된 계기가 되었다. 미국문화의 영향력 강화는 극장가에서 상영한 외국영화와 깊은 관련이 있다. 영화는 값싸고 재미가 있는 볼거리여서 대중의 관심을 사로 잡았다. 미국영화가 영어의 확산을 촉진시켰다. 1950년대에 한국에 연간 외국영화는 150편 정도 수입되었는데, 그 중에 100여 편 정도가 미국영화였다고 한다.[6] 박기석이 관람한 미국영화는 웨스트 포인트(1956.3.31), 지옥의 길(1956.5.28), 백인추장(1956.6.25), 하녀(1956.10.3), 거상의 길(1956.10.5), 무법지대(1956.12.7), 영하의 지옥(1959.1.27), 우리 생애 최고의 해 (1959.3.1), 끝없는 추적(1959.5.30), 가슴에 빛나는 별(1959.6.28), 권총무정(1959.9.7), 대장 부리바(1964.1.1), 하타리(1964.2.4), 엘시드(1964.2.15), 나바론(1964.2.23), 삼손과 데릴라 (1964.11.18), 비치 파티(1966.1.3), 정글 북(1968.1.1), OSS 117(1969.1.26) 등이 있다.

셋째, 박기석은 영어 어휘의 차용에 적극적이었다. 서양문화의 유입은 서양으로부터 문물이 들어올 때 그것을 가리키는 어휘도 같이 들어오게 된다.[7] 이러한 문물은 낯선 것이기 때

---

6) 노지승·육상효. 2015. 1950년대 한국 영화의 할리우드 영화 모방 양상 연구: 〈서울의 휴일〉과 〈비 오는 날의 오후 세시〉를 중심으로. 『한국학연구』, 38: 389~431, p. 390.

7) 김해연. 2009. 한·중·일어에서의 영어 어휘 차용어의 음역과 번역 문제에 대한 연구. Linguistic Research, 26(3):

문에 이것을 나타내는 어휘를 찾는 다는 것을 어려운 일이다. 예를 들면, 'electricity', 'train', 'telephone', 'smartphone', 'golf' 등이 있다. 박기석도 외국문물을 한국말로 나타내는 것이 어려운 단어는 외국어 어휘를 차용하였다.

스캣처[스카치위스키?] 1826年 製 한 병을 6人니 다 비우도록 當面問제 相議.(1959.4.14)

밤 聖林劇場에서 移動 사-까스[서커스] 求景.(1959.6.3)

鄭 部長 指示로 安養 金星紡織工場에 四吋 타-빈 임패라 四個 納品 次 出張을 갓다.(1959.6.18)

서울市 東大門 박 宋在環 宅을 訪問. 오래동안니 룬팬[룸펜] 生活을 버서나 조고만한 文房具店을 經營함.(1959.6.21)

3人니 東邦극場 비치-바티[비치 파티(beach party)]을 求景하다.(1966.1.3)

徐 감사가 和信면옥에서 그리스마스 酒宴을 배풀어 주엇다.(1966.12.27)

工場에서 뻬인트 1G/u 持出 評可分.(1967.6.14)

넷째, 박기석은 영어 철자를 의도적으로 많이 사용했다. 그는 1967년 1월 4일부터 1967년 2월 15일까지 요일을 나타낼 때에, 〈1967년 1월 4일 Wed 晴 0.14~0.4℃〉, 〈1967년 1월 7일 Sat 晴 0.7~0.2〉, 〈1967년 1월 9일 Mon 晴 0.12~0.6〉 등과 같이 영어로 표기하였다. 그 외에는 주로 한자로 요일을 기록하였다. 다른 날은 제외하고 40여일간만 요일을 영어철자를 사용했는지 명확하지 않다. 그가 요일을 영어로 배웠거나 영어 단어를 암기하기 위하여 그렇게 했을 수도 있다. 또한 그는 달력이라는 한국어 대신에 영어를 직접 쓰거나 영어어휘를 차용하곤 한다. 그는 1966년 연초에 친구가 준 달력과 1966년 회사 송년회 때 나누어진 달력을 金基正 氏로부터 Calendar 1個을 었다.(1966.1.5)와 가랜다를 各 一通式 配付(1966.12.27) 받았다고 기록한다. 박기석은 영어 철자를 그대로 사용하는 경향이 있었다. 예를 들면, 絶對 NO다(1956.6.28), 韓

國金屬 Co 車便으로(1959.4.21), 오날이 UN 데이[UN Day](1964.10.24), 年末 Bonas[bonus] (1966.1.3), 8時 急行 Bus로 馬山(1968.2.22) 등이 있다. 특히 bus는 전체 일기에서 26회나 영어 원어로 사용된다.

박기석의 영어에 대한 언어사용 욕망과 습득 욕망은 그가 한국어와 영어 사이에 위계가 있다고 간주하는 경향에 있다고 본다. 한국어는 국가어, 주변어인 반면에 영어는 세계어, 문명어로 생각한다. 그는 식민지시대 때 지배적인 언어로서의 일본어를 경험하였다. 일제강점기 시기에 일본어는 국가어로서 교육, 행정, 사법, 학문 분야의 공식어였고, 조선어는 집에서 사용하는 사적 언어였다.[8] 일본이 패망하고 그 자리에 미군정이 실시되면서 박기석은 영어가 지배적인 위치를 차지하는 것을 경험하였다. 또한 그는 다양한 서구문화를 향유하였는데 그의 교양과 취미생활은 서구식이었다. 이런 연유에서 영어의 지위는 한국어보다 우월하게 여기지 않았나 싶다.

3. 근대 도시문화: 제3공간과 친교로서의 다방(茶房)

박기석은 시골인 '충청북도 옥천군 청산면 예곡리'에서 출생했지만 청년기, 장년기 시간의 대부분을 대도시에서 보냈다. 박기석의 삶에서 가장 중요한 역할을 한 것은 도시에서의 생활이다. 일기에 나타난 그의 도시생활 경로를 보면, 그는 1956년 1월 14일 진해에서 부산으로 갔다. 그의 직장 극동금속이 부산에 있었기 때문이다. 진해에서부터 일기가 시작된 것은 그가 한 달 동안 진해 해군 신병훈련소에서 훈련을 받았기 때문이다. 그는 잠시 1956년 1월 31일 고향으로 내려갔다가 같은 해 4월 2일 서울에 위치해 있는 대동공업에 취직을 한다. 이후 인천에서 직장을 갖게 되어 주로 인천에서 거주하게 된다. 도시는 박기석 삶의 중심지였고, 그는 도시적 삶을 적극적으로 향유하였다.

도시는 근대성이 구체화되는 대표적인 공간이다. "'근대성은 도시다'라고 말할 정도로 근대성은 도시를 통해 등장했고, 도시에서 구체화되었으며, 도시를 통해 변한다"[9] 도시는 산업화

8) 한수영. 2007. 앞의 글, p. 273.

9) Lash, S. 1992. Berlin's second modernity. in Paul L. Knox (ed.). The Restless Urban Landscape. New Jersey: Prentice Hall; 조명래. 2015. 아시아의 근대성과 도시: 한국도시경험을 중심으로. 『공간과사회』, 25(4): 264 316, p. 269에서 재인용.

를 통하여 생산과 소비를 위한 물적 시설이 전통사회와는 다른 형태로 재배열된다. 또한 근대 산업사회에 걸맞은 새로운 인간관계, 생활양식, 거래방식, 규제양식 등이 형성되는 사회적 변화로서 이해되어야 한다.[10] 도시는 근대성의 문화적 현상이 반영되는 장소이다. 또한 산업화에 기반한 자본주의 경제의 발달은 소비문화의 정착과 유흥문화의 확산을 가져왔다.

박기석은 도시생활에서 보여 줄 수 있는 다양한 소비생활을 즐겼다. 그는 다방, 카바레, 요리집, 영화, 춤교습소, 골프장 등을 즐겼고, 근대 도시사회가 제공한 다양한 소비문화 휴식공간을 애용했다. 그는 항상 새로운 감각을 찾아서 나서곤 했다. 박기석은 경제적으로 여유가 있었고 낭만을 즐기고 자신의 욕망을 충족시키기 위하여 아낌없이 돈을 지출하는 경향이 있었다. 예를 들면, 그는 부산에서 하숙하고 있을 때 하숙집 주인이 겨울에도 온돌방에 불을 넣지 않아 춥자 돈을 빌려서 여관에 가서 자고, 극장과 다방에 들려 맘껏 즐기는 소비생활을 향유하였다.

오래간만에 溫突房에서 잘 수 있는 기쁨은 크나 主人宅에서는 房에 불을 거두두지 않은 故로 羅仁福 君에개서 一金 壹阡[一仟] 圓을 借用하여 外泊하였내.

徐 某의 言行은 正面으로 모욕을 하는 뱃심 좋은 사람의 행동일돼 누구를 믿고서 그랄가. 勿論 企業主의 德分니라 하겟지. 끝가지 두고 보아야 할 일이다.

現代劇場 觀覽하다. 李南洙 相逢 루비茶房에서 茶을 노으다.(1956.1.15)

위에서 설명한 도시문화 중에서 박기석의 소비생활의 특성을 가장 잘 나타내는 것이 다방이다. 박기석에게 다방은 휴식공간이자, 만남과 사교가 이루어지는 개인적으로 중요한 문화공간이었다. 한국에서 다방은 1950년대부터 1970년대에 번성을 하였다. 1950년대는 한국전쟁 이후 4·19혁명과 5·16 군사 쿠데타로 수도재건을 위해 시가지와 상가 번영을 위해 다방이 활기를 띠던 시기였다. 이 시기의 다방은 '개화기 모던걸(Modern Girl)의 서비스를 받으며 커피라는 신식 서양음료를 맛보던' 곳을 시작으로 음악을 즐기던 휴식의 장소로, 때로는 토론장, 집필실, 그림전시장, 영화·문학·출판기념회가 열리던 문화의 공간이었다.[11] 1960년대는 산업화와 국민소득의 증가로 다방의 상업화가 촉진되었으며, 70년대는 다방 전성시대를 맞게 되어 일상생활에 깊이 자리하게 되었다.[12] 1960-70년대 다방의 풍경을 『국민일보』는 다음과 같이

---

10) 조명래. 2015, 앞의 글, p. 270.
11) 김석수. 1997. 한국 다방문화의 변천에 관한 연구.『한국실내디자인학회지』 13: 37-44, p. 42.
12) 같은 글, p. 42.

묘사하고 있다.

　　무작정 상경한 춘심이가 먼저 서울에 온 만득이를 눈에 빠지게 기다리고, 사이비 사장이 그물을 치고 거미처럼 봉을 고대하던 곳, 가정교사 광고를 낸 뒤 전화 오기를 기다리던 가난한 대학생들, 정치인을 자칭하는 건달들이 돈 안드는 엽차나 시켜놓고 레지나 마담의 구박과 눈치를 견디던 다방이었다. 반면 수상쩍은 유부남, 유부녀, 서울에서 학교 다닌대서 부모가 논밭 팔아 보내준 돈으로 계집애들과 날마다 싸질러 다니는 날라리 대학생, 양가부모를 모시고 선을 보던 남녀들은 언제나 환영이었다. 메모판에 자신에게 온 쪽지가 보통 서너개 씩이나 되고, 들어오자마자 아무개 연락 왔느냐 묻고, 자리에 앉기도 전에 전화통부터 붙잡고 여기저기 부산하게 다이얼을 돌리던[13]

　　다방은 박기석에게 철저히 제3의 공간이었다. 제1공간은 주거공간인 집, 제2공간은 직장으로 정의할 수 있으며, 제3공간은 상점, 호텔, 서점, 주점 등의 대중적 공간을 개인적 공간 같은 편안함을 느낄 수 있게 연출한 공간이다.[14] 박기석은 집과 회사 이외의 주기적으로 찾는 장소가 다방이다. 적어도 1주일 한번 이상 규칙적으로 방문하고, 어떤 때는 혼자만의 시간을 갖기 위해 가기도 한다. 동료들, 친구들과 일상에서 벗어나 휴식장소이자, 사업상 목적을 달성하기에 안성맞춤 장소이다. 그리하여 박기석은 집과 일터에서 벗어나 자신만을 위한 공간을 다방에서 추구하고 있는 것이다.

　　일기에서 박기석이 언급한 다방의 명칭과 시기들은, 루비茶房(1956.1.15), 비원茶房(1956.1.22), 향촌茶房(1956.1.22), 路峰茶房(1956.1.30), 白鳥茶房(1956.3.8), 새마을茶房(1956.3.8), 靑山茶房(1956.3.9; 1956.9.20;), 美林茶房(1956.3.19), 7茶房(1956.4.3; 1956.4.20), 나이야가라茶房(1956.4.9), 女苑茶房(1956.4.20), 南大門茶房(1956.9.30), 龍宮茶房(1956.10.3), 銀河水茶房(1956.10.3), 나포리茶房(1956.4.20; 1956.11.2), 大地茶房(1956.11.2; 1956.11.8; 1956.11.24; 1956.11.25; 1956.12.7; 1956.12.14; 1956.12.17; 1956.12.20; 1967.11.16; 1970.1.2), 로-타리茶房(1956.11.4), Korea茶房(1956.12.14), 豐味茶房(1959.5.22), 三和茶房(1959.8.27), 은전茶房(1964.1.5), 月尾茶房(1964.1.10), 仁榮茶房(1964.2.14), 驛前茶房(1964.3.19; 1966.4.19; 1966.4.21; 1967.10.12), 별茶房

---

13) 〈한마당〉 사라지는 다방, 국민일보, 1997.2.19, 김석수. 1997. 앞의 글, p. 42에서 재인용.
14) 이병준 · 석영미. 2014. 카페, 연행적 공간, 그리고 한국인의 일상학습: 문화인지적 논의. 『인문학논총』, 35: 217-240, p. 221.

(1964.5.26), 東仁茶房(1966.6.3), 常綠樹茶房(1966.8.8), 仁映茶房(1966.11.23; 1969.1.3) 明茶房(1966.12.16; 1967.1.21; 1967.4.14; 1969.1.1; 1969.4.27; 1970.2.7; 1970.7.21), 平和茶房(1967.1.2; 1970.6.5), 미담茶房(1967.2.15; 1967.5.23), Ben-Her茶房(1967.3.1), 알파茶房(1967.3.21; 1970.2.4; 1970.6.29; 1970.7.13; 1970.7.29; 1970.8.5; 1970.10.16), 大和茶房(1968.10.14), 七星茶房(1970.1.6; 1970.1.27; 1970.12.31), 一二三茶房(1970.1.25), 王宮茶房(1970.3.1), 中央茶房(1970.4.4), 三湖茶房(1970.7.8), 도원茶房(1970.10.8) 등이 있다.

박기석에게 다방은 친교의 공간이다. 그에게 다방은 자유로운 의사소통이 가능하고, 개인들이 서로를 위해서 존재하며, 사회관계의 완성을 추구하고, 그리고 순수한 자아의 상호교류가 이루어지는 공간이었다. 짐멜(Georg Simmel)에 의하면 친교는 직업세계로부터 해방된 시민계층의 구성원들이 놀이 형식을 통해 남과 더불어 그리고 남을 위해 의사소통을 하고 상호작용을 하는 사회적 공간을 의미한다.[15] 친교의 공간은 자유로운 의사소통이 가능하고, 개인들이 서로를 위해서 존재하며, 사회관계의 완성을 추구하고, 그리고 순수한 자아의 상호교류가 이루어지는 공간이다.[16] 짐멜이 정의한 친교는 다음과 같다. [17]

> 친교는 순전히 개인들이 서로 함께 존재하고 서로를 위하여 오로지 존재하는 사회적 관계의 완성된 형식을 나타내고 있다. 친교에서는 모든 개인들이 지니고 있는 그들의 재산과 사회적 지위, 학식과 명성, 예외적 능력과 업적은 전혀 의미를 가지지 못하며 어떠한 역할도 수행하지 못하는 것이다. 개인들은 서로 있는 모습 그대로 존재하면서 친밀한 상호작용을 한다.

박기석이 경험한 다방의 기능적 측면은 크게 4가지 있다. 첫째, 다방은 휴식의 장소라는 기능을 수행하였다. 박기석은 시골집에서 잠시 머물렀을 때에도 茶房 白鳥 새마을에서 茶을 마시며 오래간만에(1956.3.8) 이발을 하고 신발을 닦는 여유를 부린다. 시골장날에 바람 쐬러 갔을 때도 친구를 만나 다방에서 점심과 차를 마셨음에도 불구하고 다른 친구를 만나 다른 다방에서 차 마시는 것을 주저하지 않는다(1956.3.27). 다방은 추억을 회상하는 중요한 장소이기도 해서, 夜 周 君과 大地茶房에서 其間 지나온 옛 追憶을(1956.11.25) 더듬기도 한다. 긴

---

15) 장소은. 2014. 『노인학습공동체의 친교와 의례과정 연구-탁구학습동아리를 중심으로』. 부산대학교 박사학위논문, pp. 19-20.

16) 같은 글, p. 20

17) Simmel, G. 1971. Sociability, in Georg Simmel on Individuality and Social Forms, edited by D.N. Levine. Chicago: University of Chicago Press, 127140; 같은 글, p. 20에서 재인용.

장을 완화하고 누구의 간섭도 받지 않은 채 혼자 방을 즐기기 위해, 大地茶房에서 나 홀로 一時間 三○分.(1956.12.7)을 소비한다. 또한 밤에 무작정 다방을 순회하기도 한다(1956.12.1; 1956.12.22). 이처럼 박기석에게 다방은 단순히 자유시간을 채우는 공간을 넘어 유희와 놀이의 공간으로 작용한다.

堂中國民學校 秋期 大運動會. 林 君과 周 君을 同伴하고 李炳玉 氏 宅 아주머니에개 一金 二阡圜을 借用하여 서울 市內로 놀러갓다. 龍宮茶房에서 놀다가 明洞劇場 河女을 求景하다. 銀河水茶房을 거처 참으로 오라간만에 서울 市內 明洞의 밤거리를 活步[闊步]하다. 街里는 옛이나 지금이나 繁華하나 단지 明洞 初入은 옛 모습을 좀 다르개 옛 姿채을 變化햇다. 美都波는 完全한 外國市場에 간 感을 준다. 밤 八時頃 永登浦에 到着. 中國料理店에서 술과 湯水肉[糖水肉]을 먹다. 밤十一時 三○分頃 歸家하다.(1956.10.3)

둘째, 다방은 정보교류와 의사소통의 기능을 한다. 박기석이 다방을 갈 때에 주로 친구, 친척, 선배들을 만나는 의사소통과 교류를 증진하는 중요한 역할을 한다. 또한 그는 인간관계에 문제가 생겼을 화해하고 문제를 해결하는 방법으로 다방을 자주 이용하였다.

午前 十一時 釜一商會에서 朴 氏 約束時間에 相逢함. 路峰茶房에서 正午까지 對話.(1956.1.30)

韓百弼 兄으로부터 來電 有하며 豊味茶房에서 서로가 日前니 트라블을 謝過하다.(1959.5.22)

荷木[煆木 또는 火木]商 朴 氏가 近 一年間을 去來햇으나 茶도 한 자[잔] 못 놓아서[나눠서] 未安하다고 黃 金 同伴 下에 月尾茶房에서 만나다.(1964.1.10)

밤 七時 미담 茶房에서 鄭樂元 李元燮 朴相喆 金公히 金圭鎭 金大泳 金宗國 等 參席 下에 說教를 햇다.(1967.2.15)

同鄕의 一年 先輩인 孫載奉 兄을 大和茶房에서 相逢함.(1968.10.14)

셋째, 다방은 사업상 거래를 위한 약속 장소의 기능을 한다. 박기석은 직장에서 일어난 일에 문제가 있거나 의견을 조정할 때 주로 다방에서 만나 일을 처리하곤 했다. 또한 그는 거래처나

고철상인들과의 편의를 봐주는 대가로 받는 사례비를 받을 때에도 다방을 이용하였다. 다방을 주로 이용한 것은 다방이 익명성을 보장해주기 때문이다. 50-70년대 다방은 대부분 지하이거나 2층에 위치하여 사적인 프라이버시를 보호받을 수 있었다. 오늘날 커피전문점이 개방적 이었다면 옛날의 다방은 폐쇄적 속성이 강하였다.

三和茶房에서 宋氏 婦人 面談 後 金 24,500을 밧다.(1959.8.27)

仁榮茶房에서 吳在夏 朴京緒 3人니 세해부터 始作할 事業 計劃을 論理하다.(1964.2.14)

課長 代理 職責으로 昇格됫다는 消息을 들었다. 滿足한 昇格은 않다. 代理 程度야 當然히 늦은 감이 드는 昇格이고 보니 金仁鎬가 말 좀 하갯다든 언질은 말뿐니 호언인지 @然니며는 張 會長의 反對햇는지는 모루데 不滿니 크다. 驛前 茶房에서 申 氏와 對話.(1966.4.19)

기로 東仁川 驛前에서 저역 食事을 갓치 나누고 茶房에서 黃 氏와 中小企業 融資 件에 關해서 이야기를 햇다.(1966.11.15)

明茶房에서 三星 工場長과 安 常務를 만나 저역을 갓치 햇다. 其間의 作業 事情으로 제데로 約束을 못 지켜서 未安하다는 謝過 밋 앞으로 좀 더 잘 하갯으니 한 번 더 試驗 條로 受註[受注]을 依賴.(1966.12.16)

밤 七時 20分 알파茶房에서 三星鑄物의 安 常무을 맛낫다.(1967.3.21)

古鐵 破碎業者 金순테 사 논 사람으로부터 1金 10,000을 驛前 茶房에서 밧엇다.(1967.10.12)

無窮花 食당에서 工場長으로부터 술 待接을 밧다가 볼 닐이 있다고 8時 10分에 大地茶房에서 기다리든 金順泰 古鐵商人을 接見. 謝禮金 條로 30,000을 밧음.(1967.11.16)

넷째, 다방은 박기석에게 중요한 데이트 장소의 기능을 하였다. 한국 록의 대부인 신현석이 1968년 작사·작곡한 '커피 한 잔'(펄 씨스터즈)을 보면 다방이 청춘들의 중요한 데이트 장소임을 알 수 있다.[18] 커피 한잔을 시켜 놓고 / 그대 올 때를 기다려 봐도 / 웬일인지 오지를 않네 / 내 속을 태우는구려 / 팔분이 지나고 구분이 오네 / 일분만 지나면 나는 가요 / 정말 그대를 사랑해 / 내 속을 태우는구려 / 오 그대여 왜 안 오시나 / 오 내 사랑아 오 기다려요 / 불덩이 같은 이 가슴 / 엽차 한잔을 시켜 봐도 / 보고싶은 그대 얼굴 / 내 속을 태우는구려. 박기석은 데이트하거나 부인과 사별 후 선을 볼 때에 다방을 통하여 낭만적 사랑을 만들어 가는 공간으로 종종 채택한다.

아침 一〇時 大地 茶房에서 ○○을 맛낫다. 約束되로 時間은 나보다 착실히 지켜 주었다.(1970.1.2)

○○○니와 茶房에서 長時間 이야기하다.(1970.1.13)

○○○ 女史와 밤 8時 서울 빠코타 앙케-트[파고다 아케이드] 옆 茶房에서 相逢.(1970.5.23)

밤 九時頃 三湖茶房에서 ○○○ 니를 만나 아니 내가 불러냇다. 서로가 離別을 이야기하다.(1970.7.8)

午後 七時 三〇分頃 알파茶房에서 ○ 女人을 만났다. 今日이 새 번제 만나는 날이다. 李 女는 忠州 胎生으로 나이는 32歲에 昨年에 夫君을 死別한 과宅.(1970.7.13)

4. 맺는 말

박기석의 다중언어적 글쓰기는 그의 언어와 세계에 대한 인식을 엿볼 수 있다. 그는 전후세대로서 모국어인 한국어의 회복에 대한 당위성, 일본어를 교육받았음에도 불구하고 사용하는 데 일정한 제한, 강대국인 미국의 언어에 대한 자발적인 습득 욕망, 완벽하지 못한 한국어·영어·한자 사용 등을 통하여 표현과 사고의 괴리가 있고 언어정체성의 혼란을 느꼈을 것이다. "생활이 언어형식을 결정하는 것이 아니라 언어형식이 사회실재를 창조하거나 구성하며, 경우

---

18) 최대봉. 2011. 『낭만수첩』. 글나루.

에 따라 언어가 우리의 세계관을 왜곡·굴절시키면서 우리의 생활형식을 결정지을 수 있다"[19]는 논쟁에서 알 수 있듯이, 언어의 형태와 내용은 사람들의 세계관을 규정할 수 있다. 특히 박기석의 영어 중심주의는 영어를 한국어보다 더 힘이 있으며, 영어가 내재하는 한국에서의 사회적 권력 헤게모니를 반증하는 것이다. 그는 지속적으로 강한 나라의 언어에 대한 습득욕망과 제대로 한국어를 말하기가 쉽지 않은 고뇌가 점철된다. 저자의 언어적 정체성은 언어적 혼종과 현실과의 괴리 속에서 심리적 대응과 균열이 드러날 수 밖에 없다. 그리하여 다중언어 사이를 오가면서 일기를 쓰는 저자는 자아정체성의 혼란을 경험할 수 밖에 없다.

　박기석의 영어에 대한 습득욕망은 자신이 처한 환경에서도 무엇이든지 적극적으로 공부하고 도입하려는 개방성을 상징적으로 나타낸다고 할 수 있다. 이러한 그의 개방성은 서구문물과 사회변동에 항상 스스럼없이 능동적이었다. 그는 다방이라는 문화적 공간을 다양한 서비스를 제공받고 자신의 욕망을 충족시킬 수 있는 제3의 공간으로 적절히 활용하였다. 박기석에게 다방은 친교의 공간으로 다양한 사회관계를 완성하고 낭만적 사랑과 연애를 형성하는 장소가 되었다.

---

19) 정시호. 2000.『21세기의 세계 언어전쟁』. 경북대학교출판부, p.53., 조윤정. 2008. 전후세대 작가들의 언어적 상황과 정체성 혼란의 문제.『현대소설연구』37: 229-258, p. 232에서 재인용.

저자의 여가와 소비 활동

•• 진명숙 · 소순열

1. 들어가며

　박기석의 1956년~1973년 일기 중 가장 많이 기록된 시기는 1960년대다.[1] 이 시기는 박기석의 나이가 30~40대로, 회사 내에서는 주물 기술을 다루는 중요한 기술자였고, 가족 내에서는 5명의 한참 자라나는 자녀들을 책임지는 가장이었다. 1956년 초 박기석은 6년간 하숙 생활을 하면서 다녔던 부산 극동금속을 그만두고 고향으로 돌아온다(56.1.31). 그리고 그 해 대동공업에 입사하여(1956.4.2.) 서울에 자리를 잡았고, 1959년 대동공업과 이천전기가 합병하면서, 인천으로 이주하게 된다. 박기석은 18세에 일본에서 주물을 배워 온 뒤로, 한 평생 주물을 다루는 공장에서 일하였다. 그는 주물은 '온 몸이 땀이 배어 숨 막힐 정도로 힘든 작업'이고, '숨 막힐 정도의 상노동이며'(59.7.14.), '자기 육체를 짓눌러 돈을 버는 힘든 직업'(69.6.26.)이라고 표현하면서도, 주물 기술에 대한 자부심이 강했고, 주물을 배운 것을 후회하지 않으며, 이를 천직으로 생각했다(69.11.11.).

　박기석 하루의 시간은 회사에 출근하여 공장에서 보내는 시간과 퇴근 후 집이나 바깥에서

---

1) 박기석이 이 시기만 일기를 쓴 것인지, 아니면 이 외 시기 쓴 일기가 분실된 것인지는 알 수 없다. 그는 매 해 첫날 일기를 쓸 때마다 신년소감을 밝혔는데, 1956년 1월 1일도 마찬가지였다. 만일 일기를 처음으로 쓰기 시작했다면, 일기를 쓰게 된 것의 배경이나 경위를 조금이라도 기록했을텐데, 그러한 내용이 없는 것으로 보아, 1956년에 처음으로 일기를 쓴 것 같지는 않다.

보내는 시간으로 나뉜다. 박기석 일기의 대부분도 두 시간의 축으로 구성되어 있다. 전자가 생업을 위한 노동시간이자 생산 활동이라면, 후자는 자기충전과 휴식을 위한 여가시간이자 소비활동이라 할 수 있다. 인천일기에는 공장 내에서의 작업에 관한 이야기뿐만 아니라, 여가 시간에 무엇을 하였는지가 꽤 자세히 기록되어 있다. 이 글에서는 일기에 나타난 박기석의 여가와 소비활동의 양상을 살펴본 것이다.

박기석이 여가시간에 즐긴 소비 활동은 영화, 낚시, 새사냥, 춤, 음주 등이다. 그는 극장에 출입하여 자주 영화를 보았고, 1962년경부터는 낚시에 취미가 생겨 주말마다 낚시터를 찾았다. 낚시를 못하는 한 겨울에는 새사냥을 다니기도 하였다. 1969년부터는 춤 교습소에 다니면서 춤을 배웠다. 또한 술은 박기석 일상에서 빼놓을 수 없는 기호식품으로, 그는 직장 동료들과 잦은 술자리를 가졌다.

2. 영화

박기석은 영화보는 것을 퍽 즐겼던 사람으로 보인다. 1956년에는 32회, 1959년에는 21회, 1964년에는 13회, 1966년에는 6회, 1967년에는 7회, 1968년에는 9회, 1969년에는 3회, 1970년에는 13회 극장 출입을 하였던 것으로 나타났다. 한 달에 한 번 꼴로 꼭 극장을 찾은 셈이다.

일기가 시작되는 1956년은 다른 어느 해에 비해 가장 영화를 많이 본 시기로 기록되고 있다. 서울에 취직하여 하숙생활을 시작하던 1956년, 4월부터 7월까지 18회 영화관을 찾았다. 매주 영화를 본 셈이다(1956.4.11.; 1956.4.22.; 1956.4.29.; 1956.5.3.; 1956.5.6.; 1956.5.8.; 1956.5.17.; 1956.5.26.; 1956.5.28.; 1956.6.2.; 1956.6.7.; 1956.6.9.; 1956.6.11.; 1956.6.25.; 1956.7.9.; 1956.7.16.; 1956.7.17.; 1956.7.27.) 이 때는 가족과 떨어져 지내는 시기인데다, 적적함을 해소하는 데 영화가 적격이지 않았나 싶다. 그는 영화를 본 그 날의 일기에 극장명과 영화제목을 동시에 기록하거나, 둘 중 하나만 기록하거나, 아니면 극장에 다녀온 정도만 기록하거나 했다. 그리고 영화를 본 것을 '觀覽하다', '觀求하다', '求景하다' 등으로 표현하였다.

한편, 1956년 박기석이 서울로 이주하여 자주 다녔던 남도극장, 영보극장, 성림극장 등은 주로 영화를 상영하는 장소였지만, 때로는 공연을 하는 공간으로 활용되기도 했던 것 같다. 이를 추정하는 내용은 다음과 같다.

敬錫 弟 來訪하여 저역밥을 같히 놓고 南都劇場 平和樂劇團 "春夜"을 觀覽.(56.5.26.)

夜間 叔父任을 同伴하고 永寶劇場 女性 國藥團을 觀覽하시다.(56.12.15.)

밤 聖林劇場에서 移動 사-까스 求景.(69.6.3.)

　이처럼 영화를 상영하는 극장은 악극단, 국악단, 심지어 서커스단의 공연 무대로 관객을 불러모았다. 그러나 이러한 경우는 무척 드물었고, 극장의 주 기능은 영화 상영을 위한 장소였다. 박기석은 회사 동료나 지인들과 동행하여 영화를 보는 날이 많았다. 동료들과 차나 술을 마시거나, 밥을 먹거나, 볼일을 보거나, 어울려 놀면서, 같이 영화를 본 것이다.

　理髮所의 主人 羅 氏는 참으로 人情 많은 사람. … 別로 親分조차 없었는데 더 한層 親密性性 가지개 될도. 이러한 마음에서 羅仁福 君의 悲戀의 마음을 慰安하기 依하여 夜間 南浦劇場에 同伴함.(1956.1.21.)

寶永劇場 觀覽 次 周 氏와 外出하다.(1956.4.11.)

白南錫 兄의 고마운 心情. 적 한 나를 慰勞하겟다는 그룩한 友情. 夜間에 永寶劇場 求景을 시켜주다. "처녀별".(1956.4.29.)

夜間 周 氏와 둘이서러 永寶 擊退을 求景하고 茶를 마시다.(1956.5.6.) ✓

夜間 永喆 氏와 市場 求景을 하다. 永寶劇場 白人酋長 求景하다.(1956.6.2.)

비 나리는 밤거리를 술에 多少 醉한 나는 南都劇場을 求景하고 밤늑에사[밤늦게야] 下宿宅으로 돌라오다.(56.6.11.)

夜 永寶 장화홍련傳 求景가다. 술의 취해서 즉시 도라와 會社에서 자다.(1956.7.9.)

金烈 君와 自由夫人 觀覽하다.(1956.7.27.)

金 君과 서울 市內 行을 中斷하고 "안타루샤[안달루시아?]" 永寶 映寫 求景을 하다.(1956.9.15)

林 君과 周 君을 同伴하고 李炳玉 氏 宅 아주머니에개 一金 二阡 圓을 借用하여 서울 市內로 놀러갓다. 龍宮茶房에서 놀다가 明洞劇場 '河女"을 求景하다.(1956.10.3.)

밤 李壽榮 君 來訪. 永寶劇場을 觀覽하다.(1956.11.8.)

午後 二時 張 氏와 聖林劇場 觀求.(1959.2.22.)

서울劇場 金來成 作 靑春劇場을 覽求하다.(1959.5.31.)

밤 陸구永 氏 案內로 聖林劇場 (가슴에 빛나는 벌[별])을 求景하다.(1959.6.28.)

同 主人으로부터 술 對接을 받고 劇場 求景을 하다.(1959.8.5.)

全경善 氏 來訪하여 簡單한 술상을 배풀다. 午後 2時 10分 食母(映畵)을 관람하다.(1964.3.1.)

黃과 같이 夕食을 나누고 키내마 라바론 映畵 求景을 하다.(1964.8.26.)

文益模 氏와 市場 태포집에서 한 잔式 (110) 나누고 ⋯ 仁映劇場 女子 一九歳의 映畵을 求景하다.(1964.12.21.)

慶信浩 宅에서 점심을 먹고 체연 宅을 訪問 ⋯ 3人니 東邦극장 비치-바티[비치 파티(beach party)]을 求景하다.(1966.1.3.)

路上에서 崔 氏(木型係)을 맛나 文化劇場 砂漠의 盜賊을 觀覽(1966.1.16.) ✓

文益模 노조 委員長과 밤 七時頃 愛館劇場(鷄龍山) 映畵 觀覽을 하다.(1966.5.3.)

밤에 유수 아버니 앞집 李 氏와 劇場 求景을 갓다.(1967.7.23.)

노조의 金正吉 總務가 저역을 삿다. ⋯ 夕食을 나누고 時間니 좀 남아서 키내마의 과일江이 다리[콰이강의 다리]을 求景.(1967.7.27.)

午後 六時 경信浩 李永喆 申正植 4名의 택시로 한진뻐쓰 停留場에 直行 下仁 文化劇場에서 Jungle cat.(1968.1.2.)

위 인용문에서 ✓ 표시를 한 날은 회사에 출근하지 않았던 일요일이다. 박기석은 일요일 근무가 없는 때에도, 누군가를 만나 영화를 보거나, 명절, 일요일 등 집에서의 무료함을 달래기 위해 일부러 극장을 찾았다.

아침 일즉 이러나서 아이들 옷을 가라입히고 갈 때조차[갈 데조차] 변 치 못하여 聖林 서을 兩 劇場에서 消日하다.(1959.2.8.)

추석은 말가야 좋타는데 今年 들어 비가 끗질 줄 모르니 필경 달님의 로갯트에게 웃어맞은[얻어맞은] 분프리을 햇님이 하는 셈인지. 온종일 집에서 80KML TURBIN PUMP 組立圖 着成하다. 聖林劇場 求景(1959.9.17.)

朝飯 後 午後 三時까지 이불 속에서 피곤한 하로를 보내다. 新年 正月 一日이라는 氣分은 찾어보지 못함. 三時부터 市內 文化劇場 隊長 부리바. (1964.1.1.)

午後 一時頃 세수를 하고 文化劇場 觀覽. 나비부인. 劇場 안은 매우 찬 바람의 휘돌며 관객은 적은 편니다. (1964.1.19.)

午後 五時頃에 옷을 가라입고 文化劇場 엘시-드을 觀覽하고 도라오다. (1964.2.15.)

오후에 市內로 나갓다. ⋯ 기내마[키네마]의 고리라 世界와 동방이[동방의] 롬벨[롬멜] 將軍을 관람햇다.(1967.1.1.)

舊正. 아침 여느떠나[여느 때나] 다름없시 休日임으로 늦게 늦게 일어낫다. 午後 一時頃에 仁映에서 春香을 관람햇다. (1968.1.30.)

박기석이 동생, 아내, 부모님과 영화를 본 때도 몇 차례 있었으며(1956.3.31.; 1956.6.9.; 1964.11.22.; 1970.3.10.; 1970.4.6.; 1970.5.8.), 1970년에는 이성 친구와의 데이트를 위해 영화관을 출입하는 날도 많았다(1970.1.2.; 1970.1.4.; 1970.1.6.; 1970.1.18.; 1960.1.20.; 1970.2.1.; 1970.4.4.; 1970.5.28.; 1970.7.26.). 하지만 극장을 찾은 분명한 이유나 동반자를 적시하지 않고, 그저 '○○극장 관람'이라고 짤막한 메모 정도만 기록한 때가 훨씬 많았다(1956.4.22.; 1956.5.8.; 1956.5.17.; 1956.6.25.; 1956.7.16.; 1956.8.19.; 1956.10.1.; 1956.12.7.; 1959.1.21.; 1956.1.27.; 1959.3.1.; 1959.4.12.; 1959.4.17.; 1959.4.19.; 1959.5.30.; 1959.6.5.; 1959.7.1.; 1959.7.21.; 1959.8.30.; 1959.9.1.; 1959.9.6.; 1959.9.7.; 1964.2.4.; 1964.3.10.; 1964.9.14.; 1966.1.9.; 1966.9.18.; 1966.11.6.; 1967.3.5.; 1967.3.26.; 1967.4.6.; 1968.1.5.; 1968.2.11.; 1968.5.6.; 1968.5.10.; 1968.11.2.; 1968.12.25.; 1969.1.26.). 아마도 이 때는 혼자 영화를 본 날이 아닌가 추정된다.

이처럼 박기석은 영화 보는 것을 퍽 좋아했다. 서울 회사 출근을 앞두고 고향을 떠나 온 다음 날 경황이 없을 텐데도 수도극장에 가서 '웨스트포인트'를 관람하는가 하면(1956.3.31.), 용돈이 떨어져 궁색한 형편임에도 돈을 꾸어 영화를 보기도 했다(1964.12.20.; 1968.9.5.). 영화 초대권이 들어와 영화를 보는 때도 있었다(1956.5.28.; 1956.10.5.). 그는 영화를 아주 즐겼으나, 일기에 영화 내용이나 감상을 기록해 두지는 않았다. 이러한 기록은 "南都劇場 北西騎馬警官隊 映畵 觀覽하다. 別로히 滋味 없는 便은 아니다"(1956.5.30.), "永都劇場 "愛人" 覽求하다. 小說과 比해서 滋味 없는 便니다"(1956.11.6.) 등 두 차례에 그치고 있다.

박기석은 무척 곤궁한 형편이었음에도 영화 보는 것에는 돈을 아끼지 않은 것으로 보인다. 박기석은 1965년의 일기는 쓰지 않았으나, 1~2월의 금전출납 내용은 기록해 두었다. 여기에 기록된 영화 관람료는 30원, 40원, 50원 등이었다.[2] 당시 박기석의 월급이 12,000~13,000원임을 감안할 때 1회당 영화관람료는 월급의 0.5%에 못 미치는 금액이었으므로, 박기석이 영화관람료에 크게 아까워하지 않았던 것 같다.

박기석은 한국영화, 외국영화 등 가리지 않고 영화를 보았다. 아래 표는 박기석이 다닌 극장과 관람했던 영화를 발췌한 것이다.[3] 1956년과 1959년 중후반까지는 서울에 거주하였고, 1959년 후반부터는 인천에 계속 거주하였다. 당대 서울과 인천 도심에 운영된 극장 현황과 상

---

2) 이 금전출납부에 문화극장 '단골손님' 관람료는 400원으로 기록되어 있는데, 이는 아마도 여러 명의 관람료를 박기석이 지출한 것으로 보인다.

3) 영화에 대한 정보는 인터넷을 통해 알아내었다.

영되었던 영화가 무엇인지를 살필 수 있는 자료가 될 것이다.

영화 본 날짜	극장	영화제목	영화내용
1956.3.31.	수도극장	웨스트포인트	원 제목은 〈롱 그레이 라인〉으로, 육군사관학교 부사관으로 헌신한 마틴 마허의 일생을 그린 작품
1956.4.29.	영보극장	처녀별	윤봉춘 감독 작품. 유치진의 희곡 〈별〉을 영화화한 것임.
1956.5.6.	영보극장	격퇴	이강천 감독 작품. 6.25 당시 임진강변 베티고지에서 중공군과 격렬한 전투를 벌였던 육군상사 김만술의 실화를 영화화한 작품
1956.5.28.	영보극장	지옥의길	50년대 헐리우드 서부영화. James James
1956.5.30.	남도극장	북서기마경관대	50년대 헐리우드 영화. 게리쿠퍼 주연. North West Mounted Police
1956.6.2.	영보극장	백인추장	이탈리아의 영화감독 페데리코 펠리니의 1952년 작 영화이다. 원제는 〈Lo Sceicco Bianco〉
1956.6.25.	남도극장	벼락감투	홍일명 감독의 코미디 영화
1956.7.9.	영보극장	장화홍련전	고전소설 장화홍련전을 영화화한 작품
1956.7.16.	영보극장	왕자호동과 낙랑공주	원작 〈낙랑공주와 호동왕자〉를 영화화한 김소동 감독의 두번째 작품
1956.7.27.		자유부인	한형모 감독의 작품. 원작 정비석의 『자유부인』을 영화화한 것으로, 여성의 성적욕망을 적극적으로 표현, 비판과 인기를 동시에 받음.
1956.10.3.	명동극장	하녀	소피아 로렌의 출세작으로 1954년 만들어져 우리나라에서는 1956년 개봉됨. 남자에게 버림받은 한 가난한 여인의 처량한 삶을 그린 영화
1956.10.5.	영보극장	거상의 길	원제 Elephant Walk. 1954년에 제작된 엘리자베스 테일러 주연의 미국 영화
1956.11.6.	영보극장	애인	홍성기 감독의 출세작으로, 김내성 소설을 영화화. 제작기간 7개월, 제작비 5000만원으로, 당대 히트작이었음.
1956.12.7.	영보극장	무법지대	헐리우드 영화로 원제는 Bad Day At Black Rock. 1955년 제작되었으며, 할리우드 범죄드라마의 고전으로 평가됨.
1959.1.27.	남도극장	영하의 지옥	1954년 미국 콜롬비아사 작품. 알란 라드, 존 페젤 주연. 남극 고래 어장을 무대로 사나이들의 음모와 살인을 그린 해양 영화

1959.3.1.	성림극장	우리 생애최고의 해	원작 소설 『나의 영광 Glory for Me』을 영화화한 작품으로, 1946년 제작. 참전용사 세 사람의 이야기를 그림.
1959.4.17.	서울극장	낭만열차	박상호 감독의 작품. 멜로드라마
1959.5.30.	성림극장	끝없는 추적	록 허드슨 주연. 1953년 제작된 미국 영화
1959.6.28.	성림극장	가슴에 빛나는 별	원제 The Tin Star. 1957년에 제작된 미국 고전 서부극.
1959.9.7.	성림극장	권총무정	고든 더글라스 감독의 고전 서부극
1964.1.1.	문화극장	대장 부리바	율 브린너 주연의 헐리우드 영화. 폴란드 제국 침입에 맞서 용감하게 항거하여 조국을 지켜내는 시대극
1964.1.19.	문화극장	나비부인	1959년에 박성호 감독에 의해 제작된 한국영화
1964.2.4.	문화극장	하타리	하워드 혹스 감독의 1962년작. 동물 사냥을 하는 백인들의 이야기를 다룸.
1964.2.15.	문화극장	엘시드	찰톤 헤스톤과 소피아 로렌 주연의 1961년 작품. 스페인의 전설적인 영웅, 엘시드의 활약상을 다룸.
1964.2.23.		나바론	2차 대전을 다룬 미국의 전쟁 영화. 1961년에 제작되어, 1964년에 개봉함.
1964.3.1.		식모	박구 감독, 최무룡, 김지미, 허장강 주연의 한국영화
1964.5.31.	서울극장	青春劇場	김내성(1909~57) 원작의 동명 소설을 홍성기 감독이 영화화한 작품
1964.11.18.		삼손과 데릴라	세실 B. 드밀 감독, 빅터 머추어 주연의 성서를 소재로 한 미국 헐리우드 영화. 1949년에 제작됨
1964.12.21.	인영극장	여자19세	김수용 감독의 청춘영화
1966.1.3.	동방극장	비치 – 바티 [비치 파티(beach party)	1963년에 제작된 William Asher 감독의 영화로, Annette Funicello, Frankie Avalon이 주연을 맡음.
1966.1.9.	인영극장	유관순	윤봉춘 감독 작품
1967.1.1.		동방의 롬멜 장군	중일전쟁 당시 국민당군 소장이었던 손입인(孫立人)의 별명이 '동방의 롬멜'이었음. 그와 관련된 영화로 추정됨.
1967.3.5.	문화극장	0시의 지브랄탈	프랑스 영화감독 피에르 가스파르-위(Pierre Gaspard -Huit) 감독의 1964년 작(원제 〈Gibraltar〉). 1967년 〈영시의 지브랄탈〉이라는 제목으로 국내에 개봉됨

1967.7.27.		콰이강의 다리	데이비드 린 감독의 1957년 작. 2차 세계대전을 배경으로 한 영국 영화. 이 영화는 '문화적으로, 역사적으로, 미학적으로 중대한' 작품으로 인정받아, 1997년 미국 의회도서관 국립 영화 보관소에 보존됨.
1968.1.1.	문화극장	정글 북	월트 디즈니 피처 애니메이션이 제작한 1967년 미국 만화 영화. 볼프강 레이더먼이 감독했으며 1967년 배급됨.
1968.1.30.	인영극장	춘향	김수용 감독의 한국영화
1968.5.6.	장안역 근처	임격정	이규웅 감독의 한국영화. 한국 최초의 입체영화로 평가됨.
1968.12.25.	인영극장	내시	신영란 감독의 한국영화. 파격적 소재의 궁중 시대극
1969.1.26.	문화극장	OSS 117	장 부르스 원작, 아자나비슈스 감독의 코미디 첩보 영화
1970.1.2.	청계천 근처	항구무정	정진우 감독의 한국영화
1970.1.18.	세계극장	신검마검	한국과 홍콩의 합작 무협 영화
1970.2.1.	서울아카데미극장	돌아온 사형수	1970년에 개봉된 강민호 감독의 영화. 강동휘, 허장강, 김지미 등이 주연.
1970.3.10.	애관극장	독짓는 늙은이	최하원 감독의 한국 영화. 황순원의 원작 〈독짓는 늙은이〉를 소재로 함.
1970.4.6.	애관극장	범띠 가시네	이상언 감독의 한국영화. 범띠에 태어난 발랄한 네 아가씨들의 이야기
1970.5.28.	인영극장	남대문출신 용팔이	설봉 감독의 한국영화. 불의를 보고 참지 못하는 용팔이에 대한 내용
1970.11.15.	서울헐리우드극장	스잔나	홍콩 멜로 영화

3. 낚시

다음은 박기석의 일기에서 낚시를 다녀 온 횟수를 산출한 것이다. 취미가 춤으로 바뀌는 1969년 전까지는 매년 30여 회의 낚시를 다녔으며, 이 가운데 1박 2일로 다녀온 경우도 상당하다.

년도	낚시 간 횟수[4]	1박 2일 낚시 횟수
1964	32회	7회
1966	34회	2회
1967	30회	2회
1968	37회	10회
1969	6회	1회
1970	12회	2회

영화를 그렇게 좋아하던 박기석이 1966년에는 6회, 1967년에는 7회, 1968년에는 9회 정도로 영화관 출입이 줄어든 이유는 무엇이었을까. 이는 바로 낚시 때문이다. "낙시을 7年이나 해 보았으나 낙시을 하며 投網을 던지는 자는 못 보앗다"(1968.9.1.) 일기를 통해 박기석이 낚시를 시작한 시기는 1962년 경이 아닐까 생각된다.

박기석이 연 중 낚시를 주로 다녔던 시기는 봄부터 가을까지인 3월 중하순부터 11월까지다. 1973년 1월에는 얼음낚시를 몇 차례 하기도 했다(1973.1.14.; 1973.1.21.; 1973.1.28.; 1973.2.11.) 박기석은 매년 낚시를 시작하는 계절이 오거나, 낚시 하기에 좋은 시기에는 그 기대감을 감추지 않았다.

"오날이 벌서 경첩. 낙시 떼는 왔다"(1964.3.5.),

"유창한 봄 날씨다. 始釣을 하여 볼가 햇으나 워낙 어제 밤에 늦개 退勤하여 가고 싶은 마음은 간절햇스나 꾹 참었다. 午後에 와롱池가 나가 보았스나 누구 한 사람 낙씨를 당근[담근] 사람은 엎다"(1966.4.30.)

天高馬肥의 仲秋佳節이란 말 그데로 하날 높고 맑은 날씨에 낚시 시-즌으로서는 가장 絶好의 季節이다.(1966.10.9.)

季節的으로 가장 좋은 시즌니다.(1968.10.13.)

박기석은 주로 일요일, 추석 명절 등 쉬는 날에 낚시를 다녔다. 1950년대는 일요일에도 출근하는 날이 많았는데, 낚시를 다녔던 1960년대 일요일에는 거의 근무를 하지 않은 것으로 파악

---

4) 1박 2일로 낚시를 다녀온 횟수는 1회로 산정하였다. 하지만 연 이틀 이상 낚시를 갔더라도, 집에 돌아와서 다음 날 다시 낚시를 간 경우는 그날그날을 1회로 산정하였다.

된다. 하지만 평일에도 밤낚시를 즐기기도 했다(1966.8.22.; 1966.8.23.; 1967.7.17.; 1968.5.2.; 1968.8.14.). 박기석은 다음과 같이 일기에 대부분 낚시 장소를 기록했으며, 낚시를 다녔던 곳은 수로, 저수지, 바다 등 40여 곳이 넘는다.

始釣 防築머리 18糎 1首(1964.3.29.)

古棧 花郎 貯水池(1964.5.3.)

一里 貯水池로 낚씨(1964.5.31.)

물왕리 池로 낚씨을 가다(1964.6.7.)

江華 草芝로 낚씨를 떠나다. 구리浦 水野地(1964.7.11.)

아침 溫水里 貯水池로 옴기여 했으나 되지 않음.(1964.7.12.)

벤또 6人分을 었어서 靈興(1964.7.18.)

安東浦 낚씨터로 가다.(1964.8.15.)

富平 梧柳 水路에서 第二回 全仁川낚시大會가 열이다(1964.8.23.)

九時 30分 江南 貯水池 着.(1964.8.28.)

千葉農場으로 長安 主催 下에 終釣會를 열이다.(1964.10.25.)

덕개 水路.(1964.11.1.)

文학池로 낚씨.(1964.11.8.)

大明里 方面 덕포 水路로(1966.4.10.)

江華 三山島 낚씨 行.(1966.4.24.)

古三 貯水池(1966.5.1.)

今年 들어 츠음으로 永宗섬으로 낚씨질을 갓다. (1966.5.15.)

港洞 낚씨터로 달였다. (1966.5.22.)

五鐘 水路 上流로 낚씨를 갓다(1966.6.5.)

梧柳 광산 貯水池(1966.6.19.)

古川 水路 中流(1966.6.26.)

秀洞 水路로 밤낚씨를 갓다(1966.8.22.)

金浦 所在 枯陽[高陽] 水路(1966.9.29.)

午前 一○時 連熹洞[連喜洞] 池로 낚씨를 갓다(1967.4.23.)

章陵池에 갓다.(1967.7.9.)

大明里 行 뽀쓰을 利用 午後 三時頃에 草芝 필남池에 낚시를 가다(1967.7.17.)

長峰 바다낚씨.(1967.8.13.)

京畿道 和成郡[華城郡] 朝巖池[長安池] 行(1967.9.3.)

개수리 저수지로 해서 포리 水路 일데을 두루 도라다니며(1967.9.10.)

龍流島[龍遊島] 앞 갯블[갯벌]에(1967.9.24.)

八時 20分 베로 블근山 앞 듯제 겟골로 망동이 낚씨를 갓다(1967.10.8.)

長安낚씨 主催 낙시大會. 게앙[계양] 水路.(1967.10.15.)

忠淸道에 있는 唐津郡과 禮山郡 界에 가려놓여 있는 禮唐池로 밤낚시를 가기 의해서다.
(1968.6.8.)

大明里 - 우일사 아랫방죽 釣會.(1968.7.7.)

小月尾島 築臺 工事場에 바다낚씨를 갓다.(1968.11.24.)

"황산도" 貯水池에다 낚시를 던젓다. (1970.6.28.)

全州 方面 운남[운암]으로 낚시行.(1973.5.19.)

박기석은 일기에 낚시 장소는 기록을 했으나, 함께 동반했던 일행을 기록한 것은 40여 차례에 그쳐 있다. 하지만 혼자서 낚시를 간 것으로 추정되는 날을 제외하고는(1964.8.29.; 1966.6.5.; 1966. 8.29; 1967.3.19.; 1967.7.17.; 1968.8.10.), 거의 동행인이 있었을 것으로 생각된다.[5] 박기석은 동생 박종석 또는 자녀들과 함께 낚시를 다녀온 적도 몇 차례 있었다 (1967.9.10.; 1967.9.17.; 1967.10.1.; 1969.5.18.; 1969.9.27.; 1970.6.7.; 1970.10.18.). 그의 일기에 자주 기록된 낚시동반자는 백남석, 김영덕, 곽영규, 윤필문, 나기태, 황영연 등이다. 이들은 모두 이천전기에서 같이 근무하는 직원들이다. 곽영규는 기계과, 나기태는 설계과이고, 나머지는 박기석과 같은 주조과이다. 이천전기 회사 내에서도 낚시를 즐겼던 직원들이 꽤 상당했던 것으로 추정된다.

우리들 13名은 조고만 뎀마[てんません(伝馬船)의 준말]에 봄[몸]을 실고 永宗島까지 第一次로 것너가 다시 배를 하나 보내 주었다.(1968.3.31.)

요즘 利川電機 낙씨 뻰[팬]들이 낙시道具인 간데라[칸델라] 만들기에 餘念이 없다. 黃永淵 밋 郭永奎 羅基台 等 3名의 아침부터 日課를 放置하고 간데라를 만들고 있어 지나치게 눈에 거슬린다.(1968.6.10.)

황영연 밋 곽영규 나기태 등 3명의 아침부터 일과를 @방기[방기]하고 간데라를 만들고 있어 지

---

5) "날씨가 제법 쌀 하고 동행者가 정해지질 않어서 용기가 나지를 안는다"(1968.11.17.)라는 일기를 통해 이 같은 사실을 추정해볼 수 있다.

나치게 눈에 거슬린다.

鑄造課 班長級 以上 16名 船遊.(1968.8.25.)

이처럼 박기석의 낚시 일행은 10명이 넘은 때도 있었다. 특히 1968년 8월 25일에는 주조과 반장급 이상 16명이 바다낚시를 다녀오는가 하면, 공장 내 직원들이 작업을 뒤로 하고 낚시 장소에 쓸 석유등(칸델라)을 만드느라 여념이 없기도 했다.

박기석은 일요일 낚시를 가는 날에는 항상 새벽에 일어나 출발했다. 그는 새벽녘 낚시를 하기 위해 조용한 거리를 밟으면서, 혹은 낚시터로 향하는 차창 안에서, 혹은 낚시터에서 바라보는 자연 환경과 주변 풍광에 대해 기록하고는 했다.

아침 九時 車로 古棧 水路에 到着. 말쏙히 꾸며진 동차에 타고 보니 기분니 상캐하다. 차창에서 보이는 논에는 滿水. 昨年에 旱발로 今年에는 논마다 물은 찰랑~ 갓어 두었다. 못자리가 간혹 始作하는 初期.(1966.4.17.)

아침 六時 窓門여 걸처앉저 仁川 市內를 바라보니 어저에[어제의] 비로 활작 개이고 바람까지 고요하고 보니 기분니 상캐하고 마음이 좋타. 나무잎은 다 자랏다. 그 색칼만은 더 鮮綠하기 나타낼 뿐니다.(1966.5.15.)

잔 한 물결 위에 찰란한 燈불이 四方에서 마치 不夜城을 이루고 고요히 밤은 기퍼만 가는데 졸리는 눈을 달레가며 二間 半에 달여 있는 夜光뛰가 솟아오르기만 기다리내. (1966.8.14.)

아침 四時 낚씨 바구니를 매고 市內로 나섯다. 성당에 鐘소리가 四時 30分을 고요히 알닌다. 골목마다 부르릉데는 시발車 소리와 손님을 쫓는 헷드랄트[헤드라이트] 빗만니 東西를 비친다.(1966.9.11.)

昨年 가을철에 와 보고 今年 들어 츠음 온 강화 땅이다. 시골 아낙내들이 삼 심기에 한참이다. 처녀, 부인들은 머리에다 삼씨를 여고 다니는 모습과 흡사하개 15名 20名式 띠을 지어 다스한 봄날에 산책하는 기분들이다.(1967.4.2.)

세벽[새벽] 4時에 집을 나와 컴 한[컴컴한] 市內를 혼자서 걸어갓다. 아무도 거리에는 사람이 없다. 일즉이 나도는 시발차마니 오란하개[요란하개] 달닌다.(1967.4.16.)

아침 九時頃에 낚씨 바구니를 매고 松島 東春洞 水路에 나갓다. 누럭캐 익어가는 배[벼] 이삭을 바라블 떼 古鄕에 平野가 가슴에 떠오른다. 내 古鄕에도 이렇케 豊年니 들엇갯지. (1967.9.18.)

맑개 개인 봄 하늘에는 종달세가 지제기며 바람은 西風이 若干 불고 있다. (1968.3.17.)

박기석은 전날 과음이나 출장으로 몸이 곤한 날에도 새벽이면 어김없이 일어나 낚시를 갔다(1966.7.3.; 1967.4.23.). 다음날 출근을 위해 일어날 때는 몸이 천근만근 무겁고, 회사에서도 고단한 하루를 보냈다는 내용을 수 차례 기록했다(1964.5.18.; 1964.6.8.; 1964.6.29.; 1964.8.31.; 1964.9.28.; 1964.10.12.; 1966.4.11.; 1966.8.1.). 그래서 박기석은 되도록 토요일에 낚시를 한 후, 일요일 일찍 돌아와 집에서 휴식을 취하기도 했다(1967.7.23.; 1967.7.30.;1968.6.16.;1968.6.30.;1968.7.7.; 1968.7.28.). 박기석이 낚시 도구를 사기 위해 이용하던 상점은 '장안낚시점'이다. 장안낚시점은 한 해의 낚시 전망 등 낚시에 관한 다양한 정보를 얻는 장소로 활용되었던 듯하다(1964.3.22.).

長安 낚씨店에 들여서 여러가지 今年度 낙시 展望에 關한 이야기를 하다.(1964.3.22.)
낚시用 雨衣 1,700 長安에서 購入.(1967.6.17.)
退勤 길에 設計 羅基台가 낙씨대를 外商으로 엇어달라기에 長安에까지 갓치 나갓다.(1968.3.30.)
長安낙씨店에서 미처 지랭이갑을 치를 時間니 없어 그데로 龍峴驛으로 차를 直行햇다(1967.11.26.)

그리고 박기석은 각종 낚시 대회 참가를 즐겼던 것 같다. 일기에 낚시대회가 열렸다는 내용이 13회 기록되어 있다. 그는 낚시대회에 참가하여 1등 입선을 하기도 했다(1964.10.11.; 1964.10.25.). 낚시대회를 주최한 기관은 신문사나(1964.9.13.; 1964.9.27.), 낚시동호회였다. 일기에 나온 낚시동호회는 삼우낚시회(1964.10.18.), 부평낚시회(1966.6.26.; 1967.6.18.), 일신낚시회(1966.7.24.), 장안낚시회(1967.10.15.) 등이다. 박기석이 활동한 낚시 동호회는 장안낚시회였다.[6]

이처럼 박기석은 낚시광이라 해도 과언이 아닐 만큼 낚시를 사랑했다. 낚시철이 돌아오면 기분이 설레였고(1964.3.5.), 날씨가 좋지 못해 낚시를 못 하는 날은 우울했으며(1966.11.6.; 1966.11.13.), 낚시철이 끝나갈 때면 무의미한 기분이 들기도 했다(1966.11.24.). 일요일이나 추석에는 어김없이 낚시 도구를 들고 집을 나섰다. 낚시를 다녀온 후에는 고단한 몸 때문에 힘들어하면서도, 또 주말이 찾아오면 낚시를 하러 새벽녘 집을 나섰다. 낚시는 그가 한 주의 회사 생활을 견딜 수 있도록 도와준 에너지원 구실을 했다.

---

6) 장안낚시회에서 가족 동반 낚시 대회를 공지받고, 당황했다는 내용이 있다(1966.8.3.).

4. 춤

박기석의 취미가 영화에서 낚시로, 낚시에서 춤으로 바뀐 시기는 1969년 춤을 배우게 되면서부터다. 그는 1969년 1월 7일 공장 내 주물과 목형계에 근무하는 홍방식으로부터 공장 사무실에서 매일 30분 간 춤을 배우기로 한다(1969.1.7.). 공장 사무실 안에서 10여일 배우다, 회사 동료에 이끌려 춤 교습소를 방문하게 되었다. 교습소를 찾은 첫 날, 그는 일기에 다음과 같이 썼다.

> 방문을 열고 다려가[들어가] 보니 안에는 四○歳가 조금 넘은 여자 한 사람과 나이가 50歳 또한 사람은 35歳 가랑이[가량의] 男子 2名의 눈에 띠엿다. 보고 나니 女子가 춤을 가러치는 先生이고 男子 2名은 춤을 배우는 弟子라는 것을 아럿다. 房에 더러가지가 좀 어색하엿으나 넉켄[내친] 김에 그데로 들어갓다. 그래서 서로 人事를 햇다. 朴이라고 합니다. 간단햇다. 이로서 난생 츠음으로 女子와 춤을 추게 대엿다. 즉 춤을 배우기 始作햇다. 女子가 하는 말인즉 꿰 속도가 빨리 마스드[마스터]할 것 갓다는 칭찬(1969.1.21.).

박기석은 초반에는 교습소에서 춤을 배웠으나, 불시검문으로으로 인해 '박 마담'이라 불리는 강사 집에서 춤을 배웠다. 춤을 배운지 2개월 즈음 마담 집의 교습생들이 너무 많아 졸업을 결정한다(1969.4.2.). 난생 처음 여자와 춤을 춰 본적 없던 박기석은 점차 춤에 익숙해지기 시작했다. 처음에는 자신 없던 동작도 차츰 몸에 붙기 시작했으며(1969.1.27.), 춤을 배운지 두 달만에-비록 여자가 리드하기는 했지만-처음부터 끝까지 춤을 출 수 있게 되었다(1969.3.17.) 하지만 박기석은 춤 배우는 게 쉽지 않아 그만둘까도 생각했다.

> 벌써 배운 지가 約 壹個月의 넘엇근마는 도무지 춤의 늘지를 않코 자구만 어려워만 간다. 즉 現在까지는 先生에게 "리-드" 當햇으나 지금부터는 最小限 쉬운 스뎁은 男子가 이끄러야 될 테인데 도무지 되지를 않는다. 特히 "지리박"이라는 춤은 나와는 인연니 없다. 되지를 않는다. 고만 둘 생각이 든다(1969.3.9.)
> 밤 7時頃에 뉴仁川 카바레에 나갓다. 뗀사[댄서] 2번을 불럿다. 갓치 잡고 두서너 곡을 치고 나니가 실증을 느겨진다. 이다지도 춤이 어려울 바에야 中止하고 말으리라 生覺햇다. 그러나 이왕 始作햇으니가 다시 한 번 勇氣를 내라는 부탁을 밧고 계속하기로 햇다. 來日부터 鄭 先生에게 再교습을 밧도록 뗀사가 소개해 주엇다.(1969.4.4.).

그러나 그는 춤 배우는 것을 포기하지 않고, 뉴인천 카바레 댄서에게 소개받은 정 선생으로부터 다시 춤 교습을 시작한다(1969.4.9.). 교습은 5월에도 지속되었다(1969.5.16.). 교습소를 다니는 동안에도 카바레에 가서 춤을 구경하거나, 직접 춰 보았다(1969.2.9.; 1969.2.16.; 1969.3.7.). 때로는 카바레 현장이 교습 장소가 되기도 했다(1969.3.9.). 5월을 끝으로 박기석이 돈을 주고 교습을 받았다는 기록은 나타나지 않는다. 대신 그는 '카바레'에 자주 드나들며 춤을 추웠다.

1969년 춤을 배우기 시작한 이후로 박기석이 낚시를 다닛 횟수는 눈에 띄게 줄어들었다. 그 스스로 '도무지 낚시 생각이 나지 않는다'(1969.4.1.), '작년만 해도 봄이 오면 일요일에는 한 번도 빼놓지 않고 낚시를 다녔는데, 올해는 웬일인지 가고 싶은 마음이 들지 않는다. 올해부터 취미가 달라졌다'고 고백하듯(1969.4.20.), 그는 춤에 푹 빠져 살았다. 춤 동호회 활동을 하면서, 춤을 배우는 사람들과 어울리기 시작했다(1969.3.16.). 당시 춤은 이천전기 직장 동료들에게 유행처럼 퍼진 취미였다. 맨 처음 공장 사무실에서 홍정식으로부터 함께 춤을 배운 사람은 주물과 신정식 대리와 박기석 과장 둘뿐이었으나(1969.1.16.), 점차 춤을 배운 노조원들이 많아졌다. 동료들도 '춤 때문에 낚시에 가지 않게 되었다고 인정할 정도로', 춤은 회사 직원들에게 인기 있는 여가 활동이었다.

> 춤집 매담을 招待 夕食 接待. 1,800. 노조 金正吉 木型 申正植 그리고 나.(1969.2.3.).
>
> 양춤을 배우는데 會社 친구들이 붓적 늘어낫다.(1969.3.4.).
>
> 모다들 낙씨를 않 가는 理由가 춤을 추기 떼문니라나. 오른 말이다.(1969.6.3.)
>
> 노조 文 委員長 金正吉 等과 郭在根 尹弼文 崔東洙와 나 六名의 釜山집에서 술을 마섯다. 第14回 顯忠日이라서 歌舞를 禁한 탓으로 酒席의 좀 쓸 햇다. 마즈막 판에는 술상을 한쪽으로 모으고 춤을 추었다.(1969.6.6.).

박기석이 1월에 춤을 배우기 시작하면서 지불한 한 달 교습비는 4,000원으로, 적지 않은 금액이었다.[7] 춤을 추기 시작한 뒤로는 용돈이 늘 부족했다(1969.6.3.). 춤 교습비뿐만 아니라 카바레를 드나드는데 상당한 지출이 소요되기 때문이다. 그는 카바레에 가서 춤 지도를 해줄 상대에게 일정 금액을 주고 춤을 익히기도 했다.

당시 박기석이 자주 드나들었던 카바레는 뉴인천카바레이다. 이 외에도 낙원장, 명성, 부평,

---

7) 1969년 4월분 급료로 세금을 제하고 받은 총액이 35,319원이었다. 교습비는 월급의 10%가 넘는 금액이었다.

송도, 신흥 카바레 등을 출입했다. 어느 날 초상집에서 밤을 새고, 새벽에 들어온 자신을 못 마땅해하는 안식구의 기색을 보며 '매일 춤바람에 몰려 안식구에게 초상집에서 밤을 샜다 한들, 믿어주지 않을 것 같다'는 고백에서 알 수 있듯(1969.6.25.), 그 스스로도 자신이 춤에 빠져 살고 있음을 인정했다.

1969년 교습과 함께 시작된 춤 취미는 1970년 일기에도 계속 나타나고 있다. 낚시에 흠뻑 심취했던 박기석이 갑자기 춤으로 취미가 바뀔 수 있었던 요인은 무엇일까. 첫째는 회사 내 춤을 가르쳐주고 독려했던 직장 동료가 있었기 때문이다. 공장 사무실에서 흔쾌히 춤을 가르쳐 주겠다고 한 홍씨부터, 공장 사무실과 교습소에서 같이 춤을 배운 신정식 대리, 그리고 함께 낚시를 다니거나, 함께 활동하던 노조원들도 춤 여가 활동에 가세하였다. 박기석이 춤을 즐기는데 적당한 주변 환경이 조성되었던 것이다.

둘째는 박기석이 음주를 즐기는 성격이었다는 데 있다. 카바레는 단순히 춤만 추는 장소가 아니라 음주를 위한 장소였으므로, 술을 좋아하는 그는 카바레에 가서 자주 술을 마셨다. 시끌 벅적한 음악, 화려한 네온사인, 카바레에서 같이 춤추는 댄서나 낯선 여인들은 박기석에게 강렬한 자극과 호기심을 안겨주지 않았을까 생각된다.

셋째는 박기석이 1967년 과장으로 승진하면서 춤은 어느 정도 경제적 안정을 누릴 수 있었기에 가능한 여가 활동이었다는 점이다. 춤 교습비뿐만 아니라 카바레 출입하는 데 상당한 비용이 소모되고, 때로는 용돈이 떨어져 난감해하면서도, 그가 춤 취미를 놓지 않은 까닭은 매달 어김없이 나오는 월급과 명절에 받는 보너스 그리고 요령껏 버는 수입이 있었기에 가능했다.

5. 새사냥

박기석이 즐긴 위 세 가지 취미, 즉 영화, 낚시, 춤에 비하면, 새사냥은 그렇게 비중 있는 여가 활동은 아니었다. 그가 새사냥을 한 시기는 1968년 1월, 2월, 12월, 1969년 1월, 2월뿐이다. 즉 낚시를 한참 다녔던 1968년, 낚시를 할 수 없는 겨울철에 새사냥을 했다.

새사냥을 다니기로 마음먹은 박기석은 1968년 1월 6일, 16,500원의 산탄총을 10개월 할부로 구입한다. 이 때 직장 동료이자 낚시 친구였던 백남석도 함께 가서 샀다. 이천전기 내에서도 새사냥을 즐기는 직원들이 적지 않았던 듯하다. 총을 구입한 가게에서 이천전기 직원에게만 13정을 팔았다는 말을 듣고 '낚시팬보다 총쟁이가 많다'는 놀라움을 비친다(1968.1.6.). 총을 구입한 다음 날 박기석은 직장 동료와 함께 길을 나섰다. 사냥을 마치고 돌아온 그 날 그는 '여느 때 같으면 하루 종일 집에서 낮잠만 잤을텐데, 추운 날씨에 산타기를 하니 장단지에 땀이 흐른다'며, 새사냥을 흡족해했다(1968.1.7.). 그 해 1~2월 일요일이면 그는 동료들과 새사냥을 다녔다.

아침 九時 四〇分 기다리든 合乘車가 오질 않어 택시을 탓다. 黃 係長 郭永奎 白南錫 4사람의 白石까지 (350 meter 標示) 500. 郭永奎가 支給. 태포집에서 한 잔식 마시고 安東浦 地區 뒷山을 더터서 禁斷[黔丹]에서 국밥에 태포을 점심으로 먹고 다시 金浦 地區로 산디짐을 햇다. 잡은 세는 모다 15首. 白氏는 3首 黃 係長과 郭榮奎는 토기를 各 한 마리식 잡엇다. 여니떼 같으면 冬期 休日에는 집에서 하로 終日 낮잠을 잣는데 추운 날씨에도 山 타기를 하니가 장댕이에 땀이 흐른다.(1968.1.7.)

세 잡이 禁斷 地區 參加者. 白南錫 崔武弼 工場{長} 文益模 金正吉 郭在根 黃永淵 郭榮奎. 아침 九時 눈 나리는 거리를 고로나[코로나]로 달리기 始作. 仁川橋을 조금 지나지[지나자] spling[spring]이 부러저서 途中 下車. 눈 나리는 大路를 四名이 마치 動亂 時에 흔니 보는 落伍 兵처럼 散彈銃을 매고 禁斷[黔丹] 地方으로 行進. 多幸의 市內뽀스가 와서 어른 손을 부비며 車에 올르고 보니 온몸의 눈으로 白雪로 變햇다. 白石에서 4名 郭, 正吉, 白 四名은 安東浦 方面으로 산을 타기 始作. 눈보라가 甚해서 앞히 보이지 않고 입김에 압이마을 듭은[덮은] 눈니 녹아 눈섭에 고드름이 얼어서 視野을 妨害한다. 마치 雪戰을 방불케 햇다. 눈보가가 히모라오는 山과 벌판을 해매서 3時間 만에 禁斷[黔丹] 四街里에 到着. 食事 厚[後] 찝車(工場長 用)가 와서 禁斷里[黔丹里]로 들어가 닭을 잡아 食事을 하고 午後 各者[各自] 해여저서 도라옴. "세 한 마리를 잡음."(1968.1.14.)

禁斷[黔丹] 地方으로 세 잡이. 아침 따스할 날시다. 겨을치고 더우기 大寒닌데도 날씨는 차지 않타. 고로나 택시로 白石까지 갓다. 山세나 들세들의 하도 散彈銃에 단련을 밧어서 총은 겨누기 무섭에[무섭게] 날라버린다. 웬일인지 오늘은 곤디숀니[컨디션이] 좋치 못하다. 향동까지 午後 3時에 만나기로 햇으나 배가 고파서 어찌할 줄을 모른다. 기침이 다시 나기 始作. 同行者 黃永淵 郭榮奎 白南錫 今週제 3번 나갓다.(1968.1.21.)

午後 二時에 白石 地方으로 散彈銃을 들고 나아갓다. 쌀〃한 날씨에 午後에는 활작 게인 하늘. 아침에 나린 눈발이 음달[응달] 지방에마] 녹지 않코 남어있다. 산세을 좇다 보니 約 3時間을 繼續 步行햇으니가 즉으도 約 12km는 산길을 걸엇갯지. 온몸을 여름철과 같이 땀이 흐른다. 山세 12바리를 잡앗다.(1968.1.29.)

白南錫 黃永淵 3名의 金浦 地方으로 세 잡이를 갓다. 바람이 쌀〃해서 산을 탈 데는 벌로[별로]

추운 줄을 몸에 느끼질 않는데 平地을 걸을 시는 몹시도 찹다. 금단 사거리을 거처 약곡 체 못 간 香洞에서 조금 못 간 村길로 들어가서 金浦 長陵 地方으로 돌아 午後 五時 江華에서 오는 뽀쓰을 타고 仁川에 到着. 날씨가 午後 五時부터 무척 찹다. 바람도 세차게 일어난다(1968.2.1.)

午後에 눈니 나리는데 散彈銃을 들고 白石 地方으로 나갓다. 하로 終日 눈니 그치질 않어서 그데로 돌아왔다.(1968.2.18.)

午前 一○時 20分 現場 到着. 長綾[章陵] 地區 경유 금단[검단] 地方으로 사양[사냥]. 산세 10마리를 잡았다.(1968.2.25.)

郭榮奎 黃永淵 2名의 아침에 九時頃 택시를 타고 집에까지 나타낫타. 散彈銃을 가지고 物旺里 方面으로 세 사양을 갓다.(1968.12.1.)

나는 아즉 자리에서 누어 있는데 郭榮奎가 散彈銃을 들고 뽈숙 집으로 드러왓다. 나하고 같이 사양을 가자는 이야기다. 나는 할 수 없이 사양 동무가 되여 주엇다. 금단 사거리 側으로 乘用車를 타고 가아갓다[나아갔다]. 料金을 600 주고 나렷다. 호 벌판에 눈니 나리여서 새들이 미처 나타나지를 못했다.(1968.12.22.)

禁斷地區로 산양[사냥]을 나갓다. 날씨가 좀 풀니드니 오날 아침은 또다시 기후가 갑자기 나려가 쌀 한 날씨. 九時가 조금 지나서 朝飯니 끝낫다. 會社에 郭榮圭 工作課 班長이 親友 한 사람을 동반하고 어께에는 散彈銃을 매고 집으로 들어왔다. 불랴불랴 彈皮에다가 세총알을 담어가지고 집을 떠난 시간은 一○時 20分 前. 白石里까지 500에 택시로 나아갓다. 禁斷里[黔丹里]를 조금 지나 金浦地區로 들려갓다. 別로 昨年보다는 세가 눈네 띄우지를 않는다. 禁斷里[黔丹里]에서 軍警에게 制止를 當함. 作戰地區로서 禁斷 以上은 들어가지 못함.(1969.1.12.)

郭榮奎 班長과 금단 地方으로 산양 감. 午後 2時에 집으로 도라옴. (1969.2.2.)

박기석과 함께 새사냥을 다닌 사람은 백남석, 황영연, 곽영규 등 직장 동료이면서 낚시 친구와 거의 중복된다. 이들은 일요일이면 박기석 집에 찾아와 새사냥을 갈 것을 종용하기도 했다(1968.12.1.; 1968.12.22.; 1969.1.12). 새사냥을 주로 하던 장소는 김포 지역의 금단리, 백석리이다. 눈보라가 심해 앞이 보이지 않고, 눈썹에 고드름이 맺힐 정도의 극한 속에서 새사냥은 마치 설전(雪戰)을 방불하기도 하고(1968.1.14.), 12km 정도 되는 산길을 걷느라 여름처럼 온 몸에 땀이 흐르기도 하며(1968.1.29.), 하루 종일 눈이 그치지 않아 그대로 돌아오는 날도 있었다(1968.2.18.). 1969년 2월 2일을 끝으로 새사냥에 대한 기록은 없다. 아마도 춤에 재미를 붙이면서 새사냥을 자연스럽게 끝낸 것으로 추측된다.

6. 음주

일기에 기록된 음주 관련 내용은 총 514회이다. 1956년이 124회로 가장 많고, 1970년 76회, 1959년에는 71회 등 순이다. 이 3년 간 음주관련 기록이 전체 횟수의 반절 이상을 차지한다. 1956년 박기석은 부산에서 극동금속을 그만두고 대동공업에 입사하여 서울에서 혼자 지내던 때이다. 1959년 11월이 되어 대동공업이 이천전기와 합쳐짐에 따라 다시 인천으로 이주하게 되었으므로 1956년과 1959년은 대부분 서울생활이다. 1970년 박기석은 대동공업에서 어느 정도 자리를 잡았던 시기이다. 1956년의 경우 3일 만에 한번 씩, 1956년과 1970년은 5일만에 한번 씩 음주를 한 셈이다.

년도	음주관련	년도	음주관련
1956	124회	1967	47회
1959	71회	1968	54회
1964	50회	1969	41회
1965	1회	1970	76회
1966	46회	1973	4회

사람들이 술을 마시는 동기는 다양하고, 때로는 상황에 따라 달라지기도 한다. 박기석은 대개 일을 끝마치고, 음주를 하는 경우가 많았다. 음주는 직장 생활의 연장선 속에서 자연스럽게 이루어졌다. 그는 퇴근 후 직원들과 함께 술을 마시면서 직원들과 관계를 맺고, 공장에서 경험하는 긴장, 불안, 스트레스를 이야기로 풀면서, 공장 생활에 적응해 나갔다.

벌은 돈이니 술이나 마시자는 개 우리들 공장군들의 공통된 심리일지도 모른다. 나는 또 염치없이 이 술을 얻어먹다.(1959.6.17.)
總務部長은 거만하고도 오민한 태도. 처수장에서 酒宴. 술 취한 기분에 욕을 좀 퍼부었다.(1969.9.19.)
退勤 後 일즉이 집으로 돌아간다는 게 요즘은 점차적으로 좀 넣저지는 버릇이 셍킷다. 술을 좋와하는 편은 아니나 退勤하고 보며는 自然니 태포 자리가 마련데가 십다.(1970.5.20.)

이 외 박기석은 개업(1956.3.18.), 셍일(1956.7.28.; 1956.12.21.; 1956.10.30.; 1959.1.14.;

1967.6.10.), 송별회(1959.9.29.; 1966.5.2.; 1966.12.29.; 1968.12.24.)에 적극적으로 참여하여 함께 사람들과 술을 마셨다. 그들과의 술자리는 인간 관계를 공고히 하는 데 도움이 되었다. 1960년대 중반에 이르러 박기석은 개인적인 관계를 벗어나 사업계획 상담(1964.2.14.), 회사 문제 및 회사납품 건 처리(1964.4.10, 1964.10.6), 회사 직원의 불화 조정(1968.8.6.)을 위해 음주자리를 마련하기도 하였다.

대부분 음주 비용은 외상이었다. 비용은 봉급날에 주로 지불하였다(1956.6.20.; 1959.2.7.; 1970.4.15.). 그러나 술값 때문에 논쟁이 빚어지기도 하였고(1956.11.20.), 젊었을 때는 시계를 잡히고 술을 마신 적도 있었다(1956.5.22.).

> 月給 二分의 一을 받다. 술갑 約 壹萬 五仟圜整을 支拂하고 보니 남는 돈니라고는 단 돈 百圜 (1956.6.20.)

박기석이 간 술집은 셀 수 없을 정도로 많다. 1956년에는 판문점, 평양집, 일홍목, 영신옥이라는 이름의 술집이 많이 기록되어 있다. 그리고 일반 집이나 정육점에 가서도 자주 술을 마셨다. 1964년, 1966년에는 빅도리빠, 신흥동 주점, 금성옥, 안성옥, 화수식당, 개풍옥, 서울집, 경상도 집, 1967년 이후에는 육호집, 송림옥, 경남집, 진주집, 부산집, 수원집, 지향, 화수식당 등을 이용하였다. 이 가운데 단골은 화수식당, 육호집, 지향이었다. 마담의 반가움과 애교를 좋아하였으나(1970.1.6), 술집 마담이 회사를 방문하는 것을 매우 싫어하고(1956.6.9), 마담이 아양을 지나치게 떠는 것을 질색하기도 하였다(1959.6.2).

잦은 술자리는 도덕적 일탈로도 이어졌다. 술을 마시고 난 뒤 늦어져 통행금지 위반으로 파출소에 가기도 하였다(1970.3.3.), 외박도 잦았으며(1956.11.16.; 1956.11.20.; 1959.2.14.; 1968.12.24.; 1970.1.26.; 1970.7.21.), 여자와 동침을 하기도 하였다(1964.3.24.; 1967.3.1.; 1969.7.12.; 1970.2.7.; 1970.3.22.; 1970.4.4.; 1970.6.5.; 1970.7.7.). 그 중 한 여자하고 보금자리를 마련할 정도로 깊은 관계를 맺었다. 그는 가정을 생각하고 헤어지려 했으나(1970.7.7, 1970.7.8.), 상대 여자가 음독자살을 기도하고(1970.4.11.), 낙태까지 하는 바람에(1970.7.20.). 관계를 쉽게 끊지 못했다.

> 工場 休무 金 孃과 나게 보금자리로 꾸며놓은 房에 서로가 마음의 상처를 어루만지며 十一時가 될 데 까지 이불 속에서 머물러 있자니 趙 매담과 李 孃의 과일을 찾저가지고 訪問햇다. 나도 金 孃

도 朝飯 前니고 보니 趙 매담에게 未安하기만 하다. 金 孃은 아즉 飮毒한 藥氣가 몸에 가시지 않어 술 취한 사람 갇다. 한 없이 가엽고 未安하기만 하다. 十一時에 나애 自宅에 돌아와 보니 중략- 이래서는 내가 않데겟다. 每事를 깨끝히 있고 다시 原狀으로 돌아가자. 그리고 家庭으로 돌아오자 (1970. 4.11.)

술은 스트레스를 해소하는 데 도움은 되었지만 아침까지 술이 깨지 않아 몸이 고생하기도 했다(1956.2.13.; 1967.3.29). 돈 낭비가 심한 것도(1956.6.16.; 1956.7.13.), 몸이 이상한 것도 술 때문이라고(1956.2.19.; 1964.3.17.) 생각하여 술을 끊으려고 하였다(1956.7.13.; 1956.10.14.; 1964.3.17.). 1967년 12월 31일에는 금주결심을 신년소감으로 하였다. 하지만 금주는 실천하기 어려운 과제였고, 음주는 그의 일상이 되었다.

〈신년소감〉 나이가 40세가 넘으며는 세월의 흐름이 웬일인지 더 빠르기만 하다. 40歲가 어저 아레만 갓튼데 벌서 43歲가 되고 보니 1967년은 빠르기만 햇다. 1968년에는 貞花가 中學校에 진학을 하고 同生 鐘錫니의 結婚을 서두르는 해다. 그리고 나의 건강에 特別히 留意하여 쉬약한 몸을 回復해야 하겟다. 몸의 건강 유지를 위해서는 斷酒을 해야 돼갯다. 그리고 恒常 服用하는 藥을 개으림 없이 먹어야 돼겟다(1967.12.31.)

요즘에 每日 술을 마신다. 몸이 健康 상태가 極情이다(1968.12.18.)

요즘에 좀 더 빨리 집에 돌라가야지 하며서도 恒常 기가 時間니 늦어서 딸들에게 몹시 미안스럽다. 술도 해서는 좋치 않다는 나의 건강상태지마는 웬일인지 全然 禁酒 禁煙의 불가능하다. 職場 同志들의 나를 위료하겟다는 酒席이고 보면 매우 거북하다(1970. 5.29).

음주는 박기석의 소비 생활의 중심을 차지하고 있다. 그는 음주를 통해 직장에서의 스트레스를 해소하였고, 사회적 관계를 형성하였으며, 일상의 소소한 즐거움을 찾았다. 하지만 박기석은 음주가 일탈로 이어지고, 또 건강에 악영향을 미친다는 것을 알고 금주를 결심하기도 하였다. 하지만 술과 술자리는 떨칠 수 없는 유혹이었다.

7. 나오며

지금까지 박기석의 여가 활동을 영화, 낚시, 춤, 새사냥으로 나눠 살펴보았다. 그리고 그의 인생에서 소비 활동의 큰 축인 음주도 덧붙여 들여다보았다. 그는 서울로 올라 와 과장으로 진급하기 전까지 무척 궁핍한 생계를 이어갔음에도, 절약과 내핍을 생활화하기보다는, 음주와 여가 등의 소비활동 쪽을 택했다.

일기를 읽으면서 놀란 점 중의 하나는 일기에 끊임없이 경제적 곤궁함을 토로하고 걱정하면서도, 이러한 여가와 소비 활동에 비용을 지불하는데 주저하지 않았다는 점이다. 심지어 아내로부터 옆 집에서 돈을 꾸어 오게 하여 영화관에 간 날도 있다. 이는 그의 성정과도 관련된다. 음주가무를 즐기며, 사람들과 어울려 지내기를 좋아하는 박기석으로서는 동료들과 여가 활동을 같이 하며 술 한잔 기울이는 것이 인생의 소소하면서도 큰 낙이었을 것이다.

딸의 증언에서도 알 수 있듯이[8] 박기석은 멋을 부릴 줄 알며, 호방하고 쾌활한 성격의 소유자였던 것으로 보인다. 그는 경제적으로 매우 궁핍한 형편이었음에도, 보고 싶은 영화를 보고, 낚시를 위해 집을 나섰으며, 거금을 들여 총을 구입하는가 하면, 춤 교습에 돈을 아끼지 않았다.

박기석이 주물 노동자로서의 힘든 일상을 지속할 수 있었던 것도 이러한 여가 활동이 있었기에 가능하지 않았나 싶다. 아침 9시부터 6시까지, 그리고 월요일부터 토요일까지 도시의 근대적 노동 시간에 길들여진다는 것은 퇴근 시간 이후와 일요일이라는 여가 시간을 자기 방식대로 조절하고 통제하는 데 익숙해진다는 것을 암시한다. 그는 쉬는 일요일 여가 활동을 하느라 무료할 틈이 없었고, 설령 계획이 없더라도 무료함을 이기기 위해 영화관, 낚시터, 카바레를 찾았다. 그는 그만의 방식대로 여가 시간을 누릴 줄 아는 능력을 소유했다.

또한 박기석의 여가 활동에서 드러나는 특징적인 현상 중 하나는 여가 활동이 직장 동료와 함께 이뤄지고 있다는 점이다. 그는 직장 동료를 통해 새로운 여가 활동에 발을 담그게 되고, 직장 동료와 함께 여가를 보냈다는 점은 개인에게 주어진 사적인 여가가 사적인 시간과 공간의 영역에서 작동하지 않았음을 보여준다. 박기석의 여가를 통해서 남=공적 영역, 여=사적 영역이라는 공/사 이데올로기를 확인할 수 있는 대목이기도 하다. 또한 노조원들과 보내는 여가 활동은 도시 생산직 노동자의 계급정체성이나 사회적 의미를 이해하는 준거가 될 수 있다. 인천일기는 60-70년대 전형적인 도시노동자의 여가 활동이 구체적이고 생생하게 묘사되어 있다. 인천일기는 당대 여가 활동이 지닌 다양한 의미를 밝혀내는 데 중요한 사료가 될 것으로 기대된다.

---

8) 전북대 SSK 개인기록과 압축근대연구단은 2016년 11월 3일 '가족이 말하는 인천일기'라는 주제로 박기석의 장녀와 셋째 사위를 모시고 간담회를 진행한 바 있다.

제 2 부

인천일기

(1956, 1957, 1964년)

1956년

〈내지: 新年所感〉

限[恨] 많은 1955年 "甲午"도 억샌 風波 속에서 사라지고 새해 "丙申"[1]은 좀 더 삼[삶]을 爲하여 最大의 努力을 하여야 함. 새해라고 내 마음은 나의 지난해의 방탕을 꾸짓는다.

三〇歲라는 壯年의 고개를 넘고 보니 每事가 다 조급하며 將次가 어이 될 겄인가 초조한 마음의 들기 始作한다.

새살님도 한 번 꾸며 보아야갯고 좀 더 計劃性 있는 生活을 하여야 되갓다.

---

1) 병신(丙申)년인 1956년의 전 해는 을미(乙未)년이다. 저자의 착오인 것으로 보인다. 일자별로 칸이 구분되어 있는 각 일기장의 지면에는 별도로 일자와 음력일자, 간지가 인쇄되어 있고, 날씨와 기온을 적도록 비워둔 칸에는 각각 '天氣'와 '溫度'라는 용어가 인쇄되어 있다. 저자는 '天氣' 부분에 해당 일자의 날씨를 한자로 기록하고 있다. 1956년의 첫 날인 1월 1일의 일기장에는 "新年祝賀"라는 말이 인쇄되어 있다. 요일은 따로 인쇄되어 있지 않아 저자 역시 기록하고 있지 않으나 편의상 본 출판본에서는 날짜와 함께 요일을 함께 표기하기로 한다.

혼자 있음으로 해서 오는 모든 오해와 고민 그리고 방탕 이러한 악습을 今年에는 철저히 곳히여 나가자.

좋든 실튼 妻에 對해서 좀 더 色다로개 되해주자.

今年이야말로 내 스스로가 生活方針을 고쳐서 生活을 좀 더 能力있개 打開해 보자.

"남을 미워하지 말고 좀 더 입의 묵어워지자[입이 무거워지자]."

〈이달의 메모〉

해군 新兵 訓練所에서 十四日 自由이 몸의 됬다.

新年부터 이 달은 苦生과 미움을 當하는 달이다.

身邊에 危險은 닥처오다.

〈1956년 1월 1일 일요일 晴〉

一九五六年 아침 여섯 時 아직 東쪽 하날의

어듬 속에서 막 깨여날 무렵 차칫한 空間을
起床랍팔의 요란하개 振動시킨다.
여기는 鎭海 訓練所. 차디찬 舍內 "콘샛트[퀀
셋]"[2] 마루방에는 六〇 名이 老兵들의 피곤
한 몸을 억재하며 침구 정돈하기에 餘念의
없다[없다].
三〇이 훨신 넘은 자들의 軍內에서 할 수 없
는 敎育을 받는다는 건 國家을 爲함인지 그
러치 않으며는 自己을 爲함이갯지.

〈1956년 1월 2일 월요일 晴〉釜山行
아침부터 新兵들은 新年運動競技大會 準備
에 눈코 뜰 세 없이 바쁘다.
새해를 맞은 기쁨을 좀 더 맛보갯끔 하는 개
좋은 일이나 新年膳物로서 찹쌀떡 한낫식[하
나씩]이란 너무도 過한 待遇인가 하내.
나는 다행의 外泊애 뽑히여 釜山으로 돌아왔
다.
그리윗든 따뜻한 溫突房을 提供하여 주는 사
람은 없다.
亦是나 古鄕[故鄕]이 그립기는 比할 대 없내.

〈1956년 1월 3일 화요일 晴〉鎭海 着
四八時間니라는 外泊도 어느새 다 지나가고
다시 진해로.
安氏의 好意는 반갑다.
七時 半 鎭海에 倒着하여 鄭日燮와 저역을
가치 하고 어더운 東門을 차저 다시 감옥으
로.
한 거름 한 거름 한없의[한없이] 발이 무겁다.

同志들을 生覺하여 술 二병을 사들고.
申丙采 老兄의 醉態는 감정의 폭팔이다.

〈1956년 1월 4일 수요일 晴〉
今年 들어 츠음으로 課業이 始作된다. 多幸
이도 全課과 모다 學課이다.
宗敎時間니야말로 한없이 졸리웁다. 하나님
의 存在한다는 敎官의 訓示야말로 나에개는
理解하지 못할 일이며 앞으로도 도저히 모르
는 일이다.
軍人에게 信仰力을 줄라며는 좀 더 色다른
方針이 좋을 듯 生覺난다.

〈1956년 1월 5일 목요일 晴〉
六時 急 起床이라는 랍팔[나팔] 소리는 참으
로 귀로운 일이다.
날새가 추워서 洗面場의 물은 全部가 冷結되
여 洗面도 못하고 된장국에다 밥 한 술을 엇
어먹었내.
新兵들에개 주는 所謂 기압이 우리에개도 기
어코 오고야 말었다.
총을 앞에 들고 約 二〇分 驅步을 하고 나니
全身니 모다 쑤시고 아푸다.

〈1956년 1월 6일 금요일 晴〉
今週도 今日로서 힘든 일은 다 하는 셈.
주고을 마치고 午後는 軍事訓練.
M1 小銃도 좀 가벼워진 기분이다.
밤 十二時 왔찌[와치(watch)]를 스다.
차거운 밤바람은 웨투 속에 든 全身을 어름
으로 만든다.

2) Quonset. 군부대의 반원형 간이막사.

⟨1956년 1월 7일 토요일 晴⟩
午前 課業을 마치며는 午後는 좀 時間이 生기는 날이 土曜日이다. 外泊을 가느야 않 가느야 마음을 조리는 날도 이 날이다. 勿論 돈만 있으며는 二阡 圜 程度며는 萬事는 解決된다.
東門 內의 外出證으로 憲兵놈에개 發覺되여 大喜劇이 벌어젓다.
앞山 "노가다 함바" 老姿[老婆]의 고마은 마음 壹 個月을 통해서 가장 氣憶[記憶]에 남겟지.

⟨1956년 1월 8일 일요일 晴⟩
鎭海 市內 外出함.
아무리 먹어도 모자라는 기 요즘의 食慾. 四人의 集團하여 約 一人當 壹阡五百 圜整의 飮食을 먹었으나 東門에 들어스니 벌서 베가 고푸다.
鎭海의 밤거리에서 五人의 三〇分間을 遊興街에서 보내다. 五〇〇圜.

⟨1956년 1월 9일 월요일 晴⟩
柳寅□
도라오다. 十五日間은 집에서 편안한 私生活을 할 수 있는 것은 돈과 "빽"의갯지.
明日 射擊 準備姿勢을 배우다.
뒷산[뒷산] 射擊場에는 限[恨] 많은 "저주" 人들의 만니 죽었다고.

⟨1956년 1월 10일 화요일⟩
아침부터 實彈射擊.
八發 中 三五發 命中.

保佐官[輔佐官]과 兵砲科 兵曹長과의 "트라불".
信號탄으로 因한 山火. 六〇 名의 총동원하야 山火 鎭壓에 야단들.
二時에 돌아와서 점심을 먹었다. 참으로 오날 많은 시장해서 견대내기 어려웠다.

⟨1956년 1월 11일 수요일 晴⟩
앞으로 三日이며는 自由의 몸.
남은 것은 分列式.
金雨龍 君니 無事한 修業을 바라마지 않는다.
金 君도 相當히 눈치는 빠른 사람.
좀 더 배웠으며는 참으로 人間니란 배워야 한다.

⟨1956년 1월 12일 목요일 晴⟩
아침 六時가 되며는 으래 눈니 뜨개 되는 것의[것이] 其間 한 달間니 좋은 敎訓니 됫다.
아침부터 當直 中隊長 指示로 食堂 內가 大소동. 알고 보니 쌀 도족놈들을 訓戒하는 模樣. 六 合 밥을 單 三 合도 못 되개 주는 理由는 訓練所 幹部 나리들은 食堂에서 미겨[먹여] 살리는 줄은 아무도 모를 일이다.
아는 사람은 當直 中隊長.

⟨1956년 1월 13일 금요일 晴⟩ 修業 考試
明日이면 自由의 몸.
明日의 즐거움을 모다들 노래하며 밤이 김도록[깊도록] 雜談으로 모다들 즐거은 미소를 萬面[滿面]에 띠운다.
우리들 五人도 한 사람의 落伍 없의 無事히

들 마치개 됨은 참으로 질거운 일이라 할가.
夜間을 利用하여 施設廠 賣店에서 우동 두
그릇과 잰사이[3] 한 그럿을 달개 먹었다.
李南洙 金章憘 李鉉口 모다들 있지 못할 親
友가 되었다.

〈1956년 1월 14일 토요일 晴〉 姜君 結婚式
六時 前에 起床하여 담요를 모다 返納. 格에
맞이 않은 "새라사쓰[세일러셔츠]"와 "빵모
자"를 쓴 召集班 아저씨들 서로들 우슴의 터
진다. 하라버지가 "도리우찌"[4] 帽子를 쓴 模
樣과 흡사하다.
午前 八時 修業式을 擧行하고 分列이 있었다.
M1 小銃도 返納하고 各者[各自]는 私服으로
變하여 東門을 向하여 다름질친다.
흡싸 罪囚들의 옥에서 釋放 當하는 기쁨과
다른 點이 없다.
四時 三〇分 釜山에 到着한 우리들은 간단한
酒席을 배풀고 해여짓다. 姜君 結婚式場에
서 會社 親友들과 相面햇다.

〈1956년 1월 15일 일요일 晴〉 羅仁福 一,〇〇
〇圜
오래간만에 溫突房에서 잘 수 있는 기쁨은
크나 主人宅에서는 房에 불을 거더두지 않은
故로 羅仁福 君에개서 一金 壹阡[一仟] 圜을
借用하여 外泊하였내.
徐某의 言행은 正面으로 모욕을 하는 뱃심

좋은 사람의 행동일돼 누구를 믿고서 그랄
가. 勿論 企業主의 德分니라 하겟지. 끝가지
두고 보아야 할 일이다.
現代劇場 觀覽하다.
李南洙 相達 루비茶房에서 茶를 노으다.

〈1956년 1월 16일 월요일〉 一,〇〇〇圜 徐氏
먹어야만 사는 기 人間니라면 먹기 依[爲]해
서는 努力을 해야 되는 것도 가장 人間다운
人間닐개다. 約 한 달 만에 한없이 수약해진
몸을 조금도 아끼줄 여가가 없이 또 다시 今
日부터 노동을 하여야만 살 수 있는 기 우리
人間들의 가질 수 있는 高貴한 職業이다. 내
자신 이런 말을 하였으나 말뿐니지 어대까지
나 나의 마음에 물어보아 부끄루울 수 없는
確實한 答은 아닐 개다.
自由館 不滅의 騎士.

〈1956년 1월 17일 화요일 晴〉 새맨트 件
徐氏 外 二名 水上警察署에 出頭令. 內容은
새맨트 件.
企業主의[기업주가] 相當한 자극을 준다.
누군지 모르지마는 틀림없는 投書일 거다.
世上은 남 못 되기를 좋와하는 못된 人間니
많으니까.
金雨龍氏의 好意.
訓練所에서 서로 같이 苦生을 나누었다고 저
역밥이라도 갓의[같이] 논겟다는 고마운 心
情.
참으로 맛있개 夕飯을 가히 햇다.
한 마리바개 남지 않엇다는 씨암닥을 잡았다
고. 尹氏에서 一,〇〇〇圜 返納.

---

3) 젠자이, 단팥죽.
4) とりうち. '鳥打ち帽'의 준말로, 챙이 짧고 덮개가 둥
   글넓적한 모자를 말한다.

〈1956년 1월 18일 수요일 雨〉 윤반제 一,○○○圓

때를 모르는 겨울비는 오늘 아침 三時頃부터 처량 맞개 나린다.

사람의 人情이 朝夕變니란 참으로 格에 만즌 말이다. 一個月間니라는 其間을 訓練所에서 보내고 돌아와 보니 너무도 期待에 어긋나는 待遇를 하는대는 아주 感情의 상할 대로 다 상한다. 한 사람의 本意 아닌 主張으로서 每事을 거르치는 기 흔히 있을 수 있는 일이나 이번만은 털림없이 徐 某의 個人的인 惡意에서 나온 處事임은 털림없는 일이라 앞으로는 좀 더 色다르개 보아야 될 人間 中 가장 좋이 못한 가련한 人間의 行動이다.

〈1956년 1월 19일 목요일 晴〉

訓練所에서 아침 六時만 되며는 잠이 깨든 좋은 習貫[習慣]도 벌서 멀리 다라나고 요즘은 또 역시 八時項[頃]이 되어야만 비로서 눈의 깨니 計劃性 있는 生活은 도저히 바라기 힘든 일이다.

徐 氏는 새맨트 件으로 因해서 水上署5)까지 呼出 當하드니 어제 오늘 兩日間을 집에서 어린 아해를 돌보아 주는지 오날도 아침에 暫時 나왔다 서드러 가는군.

참으로 겁 많코 어진 사람이다.

板硝 約 五○○枚 出庫.

〈1956년 1월 20일 금요일 雨 晴〉 自由館 印度

洋의 密使6)

社會란 强한 者만니 살 수 있이 弱하고 良心 고운 사람은 살 수 없다. 夜深 中에 愛人을 만날라고 勇敢히 찾어간 羅君.

"밤중에 왜 왔노." 덕이가 보고 싶어서 왔습니다. 이 얼마나 솔직하고 勇敢한 答이야. 덕이는 다라나고 其間 얼마나 보고 싶헌는지. 그러나 村에서 자라난 처여로서는 할머니 시하에서 마음으로는 限없이 반가우나 外面을 하는 샘. 도라온 羅 君 落心. 千萬 처여[처녀]의 外當叔[外堂叔]의 來訪하여 羅 君에개 脅迫 恐갈. 羅 君 기가 막혀 平素 배우지 못한 人間이오나 容恕을 빈다. 良心 맑은 羅 君 끝까[지] 沈默으로 應答. "덕이를 爲함이라고."

〈1956년 1월 21일 토요일 비〉 大寒

主人 宅 要請으로 一金 參拾萬 圓整을 入金함.

午後 沐浴과 理髮함. 理髮所의 主人 羅 氏는 참으로 人情 많은 사람. 한 달 前 訓練 갈 시 비단 많치 않는 物品이나 洋담배 一匣을 사주니 요즘 世上에서는 흔니 보기 두문 일. 別로 親分조차 없었는데 더 한層 親密性性 가지개 될도. 이러한 마음에서 羅仁福 君의 悲戀의 마음을 慰安하기 依하여 夜間 南浦劇場에 同伴함. 人間의 慾望이란 더러운 것. 昨夜도 밤거리를 해매다.

---

5) 부산수상경찰서를 이르는 것으로 보인다. 부산수상결찰서는 해상관련 업무의 관할을 위하여 1920년 1월 20일 신설되어, 1957년 7월 구제 실시로 부산영도경찰서로 이름을 변경할 때까지 존속되었다.

6) 미국 유니버설사가 제작하여 1952년에 개봉한 에롤 플린, 모린 오하라, 안소니 퀸 주연의 영화이다. (원제목은 'Against All Flags').

〈1956년 1월 22일 일요일 晴〉當直

當直임으로 아침부터 四時 三〇分까지 會社
事務室에서 꼼짝 못하고 있었다.

崔 兄과 文 兄 三人의 五時 四〇分頃 市內로
逍風 나갓다. 비원 향촌 兩 茶房에서 文 兄
을 待期함. 中國料理집에서 백갈 二合을 崔
와 논고 南浦洞 밤거리를 오래간만에 散步
함. 스넵寫眞 一枚 崔와 같이 박햇다[박았다,
찍었다]. 歸路 影島 某處에서 外泊을 함. 一金
約 五阡 圜을 使用함. 아침 朝鮮유리商事 主
人에게서 五〇〇圜 借用함.

主人宅의 周旋으로 이부자리 一金 八,〇〇〇
圜이라는 싼 物品을 外商으로 購入함.

〈1956년 1월 23일 월요일 晴〉古鄕[故鄕] 消息

간밤에 마신 술의 全身을 되흔든다.

호주머니에는 無一分니고 속은 한 없이 쓰리
다. 집에 가도 얼근한 해장국 한 그릇을 꾸려
줄 사람은 없고 不得意 국을 한 그릇 먹어야
되겟낸대 崔 兄을 남가두고 市內 유리商事
主人에개 가서 事情하여 해장갑을 借用햇다.
市場 內 도야지국밥집에서 국밥 한 그릇을
먹고 나니 살 듯하다. 아침에 一〇時 三〇分
會社에 들리니 親友들은 相當히 기다릿다는
야유.

古鄕의 妻한태서 消息이 오다.

새 이부자리 위에서 잘 수 있는 기쁨.

알미눔[알루미늄] 工場 帳簿 引繼 件.

〈1956년 1월 24일 화요일 晴 찹다〉

날새가 相當히 차다.

大寒 추위를 톡〃히 하는 샘이지.

鎭海서 온 지도 滿 十日박에 안되는데 벌서
壹萬 圜니라는 돈을 消費햇다. 무엇세 썻는
지 모을 일{이}다.

앞으로 말뿐만 않이라 좀 더 計劃性 있는 生
活을 하자.

金雨龍 兄의 借用金 參阡 圜을 返納햇다.

날새가 차서 그런지 또 감기가 들었다.

肥料 再包裝 九六 B/L[7].

요즘은 좀 倸稅[課稅] 貨物 出廻가 良好한 샘
이다.

〈1956년 1월 25일 수요일 晴 찹다〉金熙昌 兄
來訪함. 宅時[taxi] 奇襲作戰

結코 惡意 없는 作亂으로 因하야 企業主에개
즉지 않은 誤悔[誤解]을 받개 되는 일도 있을
수 있다. 昨年 一日頃에 東亞日報 思潮瀾[思
潮欄]에 投稿한 일이 있다. 其 元稿[原稿]을
完全히 없애지 않이하고 너무도 소홀히 한
點은 내가 잘못이다.

書類整理 上 主人宅 "용준"에개 갓다 버리라
는 人貸 計算書 속에 草案도 아닌 비슷한 落
書用紙가 들어있는 줄은 알었스나 고 놈의
便所엔 휴紙로서 내버린는대 간 대 온 대 없
의 누구의 손을 거처서 春浩에 손에까지 들
어간는지는 알 수 없으나 요즘 새맨 事件으
로 잔득이나 念慮하고 있든 次에 如한 倉庫
主이든 非難하는 落書紙를 發見한 春浩는 나
를 限없이 미워하고 있다. 그것으로 말미아

---

7) 선하증권(bill of lading). 운송화물의 수령 또는 선적
　을 증명하고, 그 물품의 인도청구권을 문서화한 증
　권을 뜻한다.

마 새맨트 件까지 注目을 當하는 샘. 그러나 비단 春浩을 욕하는 意味에서 投稿한 것은 結코 아니었는대 이래 되고 보면 全的으로 모든 일은 다 내가 두집어 쓴 샘. 社長은 새맨트 件의 출처도 나에개 轉嫁시킬라고 하나 두고 보면 그 점은 내가 않니였다는 事實을 알게 될 개다.

事實에 있어서 搾取 當하고 있으니 人夫인 나로서는 當然한 말이다. 하였든[하여튼] 불상한 人間은 우리 人夫들이다. 社會의 下積 노릇 하는 것도 當然之事. 不平을 모르는 우리들 불상하다.

요즘 相當히 身邊에 危險을 느긴다.

그러나 일은 이미 그럿댓다. 내 혼자 犧性[犧牲]을 當하며는 萬事는 解決. 結局에 惡人으로 認定 當하고 마는구나.

〈1956년 1월 26일 목요일〉 思潮紙 件 再生

요즘 社會서는 우리를 도움는 者 아무도 없다.

닥처오는 나에 불상한 運命을 어이하면 좋을지. 惡意 없는 投稿가 自己내들로서는 限 매처 복수의 손을 뻐칠 개다.

그러나 其 程度로서는 事件化 할 만한 아무런 條件니 無하다.

오날 春浩가 帳簿을 回收한 原因은 두 말 할 것 없의 나의 短點을 잡기 爲함이요 둘재는 落書紙로 인한 恐怖心에서 아주 後患을 없에는 대 物質的인 證據를 一掃함에 있다.

도대채 落書紙를 提供한 사람은 누글가. 알개 될 날은 三日 內로 미루자.

나 대문에[때문에] 會社 측에서 만은 努力을

아끼지 않었다는 謝意는 모루는 人間은 아니다. 感謝[感謝]한 일이다. 그러나 너무도 事件化 할라고 하는 企業主는 업다.

個人의 身分에는 앞으로 責任을 지지 않겟다는 말은 나를 잡어널 섬[셈]인가 두고 보아야 할 일. 아, 슬푼 운명이다.

"와야 할 일의 當然히 왔고나."

"祿培 君 古鄕에서 도라오다. 文 君과 市청 앞 밀크홀에서 相逢함."

〈1956년 1월 27일 금요일 晴〉 極東金屬을 떠나다.

六年間니라는 其間을 한 職場을 지키다가 섭″하개 "쉬원하개"고만두는구나.

其間 個{人}的으로는 相當히 恩惠를 입엇다. 그러나 恒常 고독하고 위로운 나는 企業主에개는 아무런 죻희 못한 感情은 가진 일은 없다. 單只[但只] 正當한 노동의 對價[代價]을 中間 搾取 當하는 데는 不滿니 컷다.

비단 우리 會社뿐 아니라 十三個 處의 會社가 이러한 搾取 方法으로 公″燃하개 노동자의 피를 빠는 대는 참을 수 업다.

某紙에 投稿한 "各 倉庫主들 猛省하라"는 倉庫主들을 相對로 쓴 草案도 아닌 落書紙 비슷한 개 便所을 通하야 企業主에개 傳達됨으로서 事件니 發生함.

〈1956년 1월 28일 토요일 晴 바람〉 金童燨 宅 訪問

고달품을 락으로 알고 사러가는 기 요즘 나의 日課다.

아침부터 主人宅에서는 鎏岬[鎏坤]니 出他

關係를 걱정들. 十一時頃에 새수를 하고 호주머니 돈은 二〇〇圜 未滿니다. 科學에 金章喜 兄을 만나 술은 놓으다.

갈 길조차 莫然[漠然]한 나는 발길을 寶林으로 돌니어 悲戀을 보다.

會社에 들리니 徐 君의 못 배운 말투 참으로 不快하나 참아야지.

다시 職場에 나오라는 主人니다.

할머니예 권고도 더 以上 나를 귀롭힐 뿐니다. 朴充基 兄 宅 訪問.

〈1956년 1월 29일 일요일 晴〉

芮丙浩 氏와 最後의 談話를 하다.

앞으로 좀 더 있어 달라는 要請. 참으로 고마우신 말씀. 社長으로서 이 程度이 말은 하는 것도 過去의 自己의 쓰라린 노동 經驗에서 오는 말씀.

正後頃 大新洞 朴充基 兄 宅을 訪問. 約 三時間 앞일을 討議. 大東工業으로 갈 것이야.

方魚律으로 갈 것인가.

기로[귀로] 南浦館에서 釰호의 女王을 求景하다.

夜間 서울에 便紙을 쓰다.

蟲齒로서는 알은 일이 없는대 몹시도 이가 아푸다.

〈1956년 1월 30일 월요일 晴〉

故 秋秉甲 伯氏 來訪함.

午前 十一時 釜一商會에서 朴氏 約束時間에 相逢함.

路峰茶房에서 正午까지 對話.

南浦映畵館에 들리다.

三時頃 晝食을 갖히 하고 凡一洞 妹氏 宅을 訪問 古鄕으로 간다는 消息을 傳하고 도라스니 호주머니에는 電車費 二〇圜박에 없다.

大東工業 李 氏와 社長에개 片紙을 付送하다.

齒痛이란 참기 어려운 일.

明日의 歸鄕 準備을 하다.

〈1956년 1월 31일 화요일 晴〉 歸鄕

세해의 정월도 마즈막 날이며 釜山서 六年間의 고달푼 생활도 마즈막이다.

凡一洞 妹氏 宅에서 作別의 人事을 하다.

會社의 종업원들의 따뜻한 도움을 받다.

술이라도 한 잔 놓을라고 思料하였으나 徐氏의 對話로 因하여 氣車 時間니 迫頭하여 最後의 人事 次 春浩 宅을 訪問. 作別을 슬퍼하먼지[슬퍼하면서].

車費 條로 萬圜을 받다.

밤 九時 車로 古鄕으로 찬 밤공기를 해치며 끈임없시 달리는 三等 客車의 나의 모습.

〈月間備忘〉

一四日 召集訓練을 끝마치다.

二五日 "各 保稅 倉庫 倉庫主들 反省을 促求함."

思潮紙 投稿 件 企業主의 直接的인 攻擊을 받아

二六日 띠어 春浩 「社長」와 事實을 對話로서 交換하고 갯끝의[깨끗이] 謝意를 表함.

二月〈이달의 메모〉

六年間니란 長久한 歲月을 人間으로서 가장

重要한 時機를 永遠니 차즐래야 차즐 수 업는 "참다운" 때를 헛데개 보내고 고향에서 옛날을 생각하며 다음 일을 思索하다.

〈1956년 2월 1일 수요일 晴〉古鄕 着

古鄕[8]은 恒常 放浪客인 나의 마음의 安息處다.

父母兄弟을 相面하고 나의 妻子을 만나니 한편 반가우나 長子와 男便으로서 할 일을 다 못함은 스스로가 부끄러운 일이다.

안해로서의 가장 커다란 期待와 男便으로서의 表面으로는 말하지 않으나 기다리고 찻고 있든 喜消息을 傳하는 안해의 즐거움과 나의 스글품과 責任 그리고 기쁨.

〈1956년 2월 2일 목요일 晴〉

靑山 장날이다.

農村에서 婦人내들의 舊 年末 대목을 앞두고 "콩" "팟" 혹은 쌀을 한 말 혹은 닷 대式을 옆해 끼고 子女들의 슬[설] 차림을 준비을 하느라고 인조 한 마 혹은 廣木 二 마을 바꾸어다가 농촌의 자여들을 즐겁개 하는 날.

校平里 姨母任 宅을 訪問하다.

冬太[凍太] 四〇〇圜 도야지고기 七〇〇圜.

〈1956년 2월 3일 금요일 晴〉

金雄熙 休暇로서 歸鄕함.

金興趙 外 五人의 豚肉 二斤을 안주하여 部落에서 濁酒 六升을 취하도록 마시다.

同生 奉吉에 對한 進學은 三 兄弟 中 한 사람

이라도 낫개 배워야 되갯는대 奉吉은 兄들의 心中을 全然 모루니 참으로 안타카운 일이다.

身體가 極度로 수약한 요즘 昨日의 酒을 全身을 디흔든다.

밤 十二時頃까지 몸에 熱이 나서 잠을 이루지 못함.

〈1956년 2월 4일 토요일 晴〉

午前에 精米 四叺 南鉉니 宅에서 함.

金雄熙 具濟德 德義 三人니 라이캉[らいかん, 뇌관]으로서 고기잡이와 갈빙[칼빈]으로서 오리잡이 함.

동각집 할머니 宅에서 술방치기 노리로 밤 十二時까지 遊함.

奉吉이 擔任先生 "姜 氏" 家庭 訪問. 奉吉 君의 長期缺勤에 對하여 더욱이 今年度 中學校 入學期을 앞두고 相議함.

기침藥 服用 始作.

〈1956년 2월 5일 일요일 晴〉

아버지를 도와서 자리치기 作業을 함.

稅關使들 秘酒[密酒] 摘發 次 來.

餠을 晝食으로 過食한 탓인지 뱃속이 不便하야 아침까지 無慮 四回나 便所에 다닛다.

夜間 聖求 아재 宅에서 "두부"국가[두부국과] 탁주 내기를 하여 놀다.

煙草가 떠러저서 弟 昌錫니 껏을 二匣이나 태우다.

立春을 마지함인지 날세가 相當히 暖和하여 道路邊에 버들님은 푸릇푸릇한 氣運을 주다.

〈1956년 2월 6일 월요일 晴〉

---

8) 충청북도 옥천군 청산면 예곡리

歸鄕한 지도 벌서 一週日이 넘었구나.

앞으로 할 일은 泰山 같으나 當分間 古鄕에서 마음을 鎭靜해야 되갯는데 오리여[오히려] 집이라고 돌아오니 마음 부칠 곳조차 없고나.

모-든 것이 없는 탓이로다.

午後 아버지와 "자리 치기" 作業을 하다 자리도 집에 材料가 없서서 哲洙내 것을 갓다가 四個를 加工하여 두 개는 加工費로 었는 샘이다.

夜間 슬방치기 노래[놀이]에서 또 지다.

兩日 間에 四〇〇圜 술갑을 지다.

〈1956년 2월 7일 화요일 晴 바람〉

同生 奉吉을 드디어 매를 들고 좀 甚할 程度로 때리서 忠告하다.

반성문을 쓰는 同生의 한쪽으로 限없이 가엽기도 하고 또 한편 두고 부아야 될 일이지마는 참다운 反省이라고는 볼 수 없다.

學校 姜 先生에개 書面으로 同生 일을 付託하다.

오날은 대목장이다. 任鉉니한태서 奉吉의 洋服 一着 아이들 內服 三着 아버지 "쪽끼" 一着 신발 三個 壁紙 五一〇圜 校平里 姨母任 宅에 白고무신 一足. 姨母任을 病患에 개시다.

〈1956년 2월 8일 수요일 雪〉 室內美化

아침부터 구룸이 끼드니 午後에는 눈이 날리기 始作한다.

古鄕 땅에서 눈 날리는 구경도 몇 해 만인지.

結婚 當時 바른 壁紙도 벌서 다 날갓건만 近

六年 만에 츠음으로 室內 壁紙 美化를 하다.

奉吉 君은 오날도 學校에는 가지 않고 朝夕으로 食事도 재대로 먹지 못하며 누구 집을 해매는지. 필경 "움마[윗마을]" 不良學生들과 같이 學校에는 나아가지 않코 놀코 인는 模樣이다.

〈1956년 2월 9일 목요일 晴〉 師親會

昨日의 나리든 눈은 밤새 近 十二糎 程度 내리다. 아침부터 雪掃 作業에 손끝히 아리도록 찹다.

奉吉 君을 다리고 學校에다가 擔任 先生任에개 앞으로 二十日박에 남지 않은 入學試驗에 좋은 成積[成績]을 보이도록 依賴하다.

昨日의 美化 作業은 今日도 다 못 마치다.

舊正을 앞두고 어머니는 떡 하기에 餘念이 없다.

奉吉이 試驗工夫 次 夜間에 學校에 나이갓다[나아갔다].

〈1956년 2월 10일 금요일 晴〉

釜山 蘭玉의 自己 宅으로 슬[설] 쉬로 가지 않고 親家로 왔다.

아버지가 여러모로 忠告하되 女子는 出家外人[出嫁外人]인데 어찌하여 네 시가에 가서 슬은 쉬지 않는야고 嚴格한 訓示.

고리짝과 "도방구리"[9]을 깨끝치 바르다.

日氣는 相當히 低下하다.

〈1956년 2월 11일 토요일 晴〉

---

9) 반짇고리의 방언.

親家에 오자마자 明日은 슬인데도 不拘하고 同生을 시家로 가라고 하면 좀 서운니 生覺할른지도 모루나 當然히 나미[남의] 집 맛미누리[맏며느리]로서 할 일을 하여{야} 하며 禮節은 지키야 되는 法이라.

눈바람의 히날리는 아침 同生은 하로밤을 자고서 釜山 시家로 가다.

旅費 條로 壹阡 圜整.

奉吉 寫眞代 二〇〇圜.

昌錫니 二,〇〇〇圜整.

明日은 슬날이라 밤 各 宅에는 초롱블의 추운 겨울밤 고요히 졸고 있다.

〈1956년 2월 12일 일요일 晴〉

古鄕에서 舊正을 맞이하기 客地生活 十三年間 近 十年을 집에서 마지하다.

아침 七時 四〇分頃부더 本家에서 祭事[祭祀]을 모시기 始作하고 노른목[노루목]을 비롯하여 十二時頃까지 祭事 모시기에 바뺏다.

이로서 벌서 三十一歲 壯年줄에 잡어드니 요즘 狀態로서는 休職을 當하고도 別로히 조급히 서들지 않은 습관니 되였으니 서울에서는 消息을 받었는지 아무런 連絡조차 杜絶되니 참으로 앞으로가 莫然하고나.

三十一歲 丙申年은 正月부터 귀로운 달이로 구나.

〈1956년 2월 13일 월요일 晴〉

昨日에 마신 술이 아침가지도 골치을 때린다. 具 氏 家內을 訪歲치 못한 故로 德義 아제와 더불어 歲拜을 다니다.

晝間 勝義 아제 宅에서 노름을 하다. 一,八〇

〇圜을 損害보다. 夜間 丁錫니 宅에서 校平里 聖祐 君과 遊하다. 午前 三時頃 집에 도라와 지다[자다].

〈1956년 2월 14일 화요일 晴〉

名節이라 하여 컨宅[큰댁] 할머니 하라버지 其他 宅內 어르신내들을 모시다가 簡單한 아침食事를 하다.

움마 濟德 君 外 數名의 鐘林 氏 宅과 永林 君 宅에서 술을 마시다.

德義 아제에개 一金 五阡六百 圜을 貸付하여 주다.

夜間 겸나무집 內室에서 鐘鉉 德義 永鉉 三名과 움마 三名으로 짝을 짜서 노름을 하다.

숫달[섣달]이라 하여 젊은니[젊은이]들의 울리는 풀물[풍물] 소리 요란하다.

〈1956년 2월 15일 수요일 晴〉

鄕里로 도라온 지도 벌서 半 달이 지낫내. 其間 오날이나 來日이나 하고 苦待하든 서울 消息은 莫然니 杜絶되고 보니 앞으로 참으로 울며서 다시 大東에 依賴하는 格의 되고 마럿내. 기왕에 古鄕에서는 못 살 바에는 他鄕으로 떠나는 개 當然한 處事인되 貧困한 시골에서 歲月을 보내지니 過今[過齡]한 同生 보기에도 未安하고 每事가 다 나매[남의] 마음만 귀롭힐 뿐니로다.

永遠한 苦生길만 繼續되다.

〈1956년 2월 16일 목요일 晴〉

요즘에 흔니 말하는 돈 번 사람이란 참으로 人間으로서는 좀 特權을 無視하는 불상한 存

在라고 보고 온 내가 너머도 지나친 判斷니었다. 近 六年 만에 君히 아재를 相逢하였는데 衣服으로서는 한낫의 末斷層[末端層]에도 屬하지 못할 程度로 바개는 못 보인다.

人間은 좀 더 外面보다도 內觀이 좋와야 한다는 좋은 敎訓을 三十一歲의 너머도 늦은 나이에 깨닷다.

〈1956년 2월 17일 금요일 晴 찹다〉
名節 "노름"이 相當히 甚한 요즘 나도 오래간만에 勝히 아재 宅에서 完全히 떤 눈으로 밤샘을 하다.

아침 淑母[叔母]任宅에서 食事을 하다.

午前 中은 집에서 잠을 자고 午後 金雄熙 具濟德 君과 움마을 "겸나무집"에서 名節 뇌름을 하다.

夜間 同生을 다리고 모루는 數學 問題을 푸러주다.

〈1956년 2월 18일 토요일 晴 찹다〉 本家 從兄 分家하다
날새가 차서러[차가워져서] 갑자기 감기와 기침의 甚하다.

四寸 兄任 近 十年間을 한 집에서 지나다가 分家하다.

各 宅의 살림의 極히 빈곤하여 살님이라고는 別로 볼 만한 것은 없다.

釜山 妹氏 來訪하다.

母親 새-타[스웨터]을 一着 購入하여 오다.

貞順 母가 물 며로[메러] 가서 우물 옆 어름판에서 쓰러지다.

홀몸 아닌 故로 每事가 걱정된다.

몸의 귀로워서 夜間에는 아무데도 가지 않다.

〈1956년 2월 19일 일요일 晴 暖和〉
元來가 몸의 弱한 것의 나의 커다란 短點이다. 客地에서는 몸의 不便하여도 누구 하나 내 손으로 藥을 求하지 않니 하며는 언만한 病쯤은 放任하여 두는 개 常例였다.

歸鄕 以後 기침 藥을 벌서 두 번니가[두 번이나] 어머니가 만들어서 먹었다.

別다른 差度가 있을는지는 아직 모르겠고 恒常 惡運만 다처오는 身勢[身世]라 슬날부터 좀 甚하개 마신 술 탓인지 脛門[肛門]니 아프개 始作하니 참으로 福도 없는 人間니다.

"기다리는 消息은 이제 抛棄[抛棄]할 수박에."

〈1956년 2월 20일 월요일 晴〉
슬 기분도 다 지나고 今日은 午前 己鉉니를 同伴하여 물가에 "돌가리" 고기잡이를 갓으나 아직도 어름의 녹지 않어 다시 도라왔다.

밤 勝義 아재 宅에서 丁錫 君 움마 雄熙와 其 外 "덤마루" 薛龍寬 君을 相對로 노름을 하고 놀다. 丁錫 君에개 壹阡圜.

元來가 나도 相當히 도박을 좋와하는 便니다. 今年에는 에당초부터 全然 만지지 않앗스니 다행한 일인지.

〈1956년 2월 21일 화요일 晴〉 其英 君 來訪
趙吉述 兄의 生日이라 하여 아침부터 洞內 親知 몇 〃 분을 招待하여 술을 마시다.

아침 十時頃부터 午後 四時頃까지 탁주 外 正宗 一斗을 마시다 金雄熙 自己 家族과 트

라불의 生기어 家具을 破壞하다. 李石近 氏
도 自己 丈人에게 忠告을 當하고 或은 매까
지 맛었다고 분개를 表示하다.
釜山 金其英 君 來訪하다. 밤늦개까지 하투
노리를 하다.

〈1956년 2월 22일 수요일 晴〉和信니 結婚. 仁
川으로.
和信의 시집가다.
仁川으로 가다.
新郎과 더불어 좀 過度하개 술을 마시였다.
今年 들어서는 最高의 술을 마시었다.
밤 늦개까지 집에서 同生들과 화투를 치다
"스르매[するめ, 오징어]" 내기를 하다.
술은 좋았으나 너무도 약을 마니 탄는지 먹
고 나서는 도저히 頭痛의 甚해서 견되지 못
하갯다.
釜山 娉母[聘母]가 홍진[홍역]에 벌서 三日
을 꼭 알코 있다.

〈1956년 2월 23일 목요일 晴〉
新年에도 벌서 解冬의 따뜻한 봄 햇빗이 따
뜻히 나려 쪼이기 始作한다.
平年보다는 좀 더 취위[추위]가 늦은 다하다
[늦은 듯하다]. 平年에는 요즘 完全히 解氷期
라고도 볼 수 있는대 보 안에는 아직도 나무
찜[나뭇짐]을 지고도 往來할 수 있을 程度로
어름의 잡혔으니 앞으로도 一週日 程度로서
는 完全히 解氷하리라고는 보기 어렵고나.
"봄은 닥처오고 하로라도 벌어야만 살 수 있
는 身勢련만 어델 갈가."

〈1956년 2월 24일 금요일 晴〉
仁政里 妹弟와 釜山 妹弟 名節이라고는 하는
他 宅들 來客은 한 사람도 없다.
舅鉉니와 四人니서 "라이관[뇌관]" 二個을
가지고 물가로 나아가다.
어름의 꽉 긴 보 안과 其他 고기가 놀만한 곳
은 全然 고기라고는 求景을 못할 程度다.
아직도 일은 模樣이지.
조곰한 둠병[둠벙]에서 붕어 새기니을 約 반
거룻 程度 잡다.
동각 하라버지 宅에서 술을 마시다.

〈1956년 2월 25일 토요일 晴〉
明日의 正月大볼음을 마지하기 依[爲]하여
各 宅에서는 飮食 장만하기에 奔忙하다.
日氣는 完全한 봄 氣分니 充滿하여 참새들은
벌서 봄의 즐거움은 노래한다.
釜山 金 君은 夜間 勝義 아재 宅에서 "토기"
고기를 안주하여 술을 마시다.
昌錫니는 同窓生의 結婚 祝賀 次로 "작록골"
로 가다.
몸의 弱한 나는 相當히 고단하다.
近來에 보지 못할 程度의 기침이 나다.

〈1956년 2월 26일 일요일 흐림〉大볼음
오날은 正月大보음날이다.
아침을 여느 때보다 일지기 지여 먹고.
옛날 가트며는 "아래 움마[아랫마을 윗마
을]" 便내기 줄 다루기 햇쌈을 하든 時節의
그립건만 요즘은 그러한 아름다운 由來도 보
기 드물다.
초저역[초저녁]부터 아이들의 뒷산[뒷산]에

불을 놋고 달마지에 바쁠 뿐 달불조차 求景
치 못하다.

〈1956년 2월 27일 월요일 비〉

釜山 金 書房의 토끼를 한 마리 四○○환에
사다가 料理를 손수 하여 저역食事에 쓰다.
日氣는 完全한 봄날이며 解冬하기 始作한다.
건마른 마당이나 道路가 비도 나리지 않은대
五六月 장마 끝갓이 진흙이 신발에 뭇어 불
편을 느끼다.
저역 家族끼리 화투노리을 하며 술과 菓子
내기를 하며 내 自身의 古談을 二話나 하다.

〈1956년 2월 28일 화요일 흐림〉[10]

釜山 妹弟와 더불어 從兄 宅에서 담배 니기
[내기] 하투를 하다.
밤 스루매 六 마리와 술 二斤 내기를 小壯 對
壯年으로서 하며 놀다.
밤 十二時頃 本家로 도라와서 자다.

〈1956년 2월 29일 수요일 흐림〉

妻 伯母 別世의 訃告를 받고 石山里[11]로 出發
하다.
山길을 約 四○里 小白山脈을 되[뒤]로 하여
파랑산[12] 꼭대기에 다달으니 차침 한겨울이
나 몸에 따의[땀이] 밴다.

---

10) 이 날의 일기는 29일자 지면에 따로 날짜를 적고 기
　　록하였다. 반대로 원래의 28일 지면에는 인쇄된 날
　　짜의 28을 29로 수정하고 29일자의 일기를 적었다.
11) 경상북도 상주군(현 상주시) 모서면 석산리
12) 팔음산. 경북 상주시와 충북 옥천군의 사이에 있는
　　산으로 해발 762미터이다.

中途에서 顯來 氏와 "덕수골" 酒店에서 藥酒
五合을 마시고.
午後 五時 三○分頃 石山里 妻家宅에 到着하다.
喪家宅에는 마당에다 장작불을 놓고 밤새움
을 하며 明日 發引[發靷] 準備에 奔走하다.

〈月間備忘〉

二月 一八日
本家 從兄 分家하다. 舊 甲石 氏 宅으로.
二月 一六日
釜山 兩妹氏 金基英 君 來訪하다.
二月 二二日
和仙 妹氏 仁川으로 出嫁하다.
基鉉 兄 哲義 아제 除隊 歸鄕하다.

三月 〈이달의 메모〉

同生 奉吉의 靑山中學校 入學.
入學金 三月 二十五日까지 靑山金融組合에
納付 準備.
五年間니라는 長久한 歲月을 釜山에서 보내
고 서울 方面으로 職場을 移動해 볼가 하는
三○대에 들어서서는 가장 중요한 機會이며
앞길을 左右하는 달이다.

〈1956년 3월 1일 목요일 차다〉

今日은 三一節이며 妻 伯母 葬儀式 날이다.
아침부터 날시는 相當히 차며 喪主荷는 老母
의 故혼니 가엽개 限니 없다. 큰딸의 喪主을
代身함인 울음소리 처량하오며 婦女들도 한
없이 슬퍼한다. 山에까지는 妻男들 兄弟분니
喪主을 代身하며 弔客들에개도 一切을 代身
하며 人事하다.

三〇이 넘도록 葬禮의 順序와 方式은 츠음으로 보앗다.

〈1956년 3월 2일 금요일 막음[맑음]〉

밤늣개가지 妻男들과 더블어 하투노리을 하다.

昨日의 發引[發靷]에 압어[앞의] 내가에서 상여가 멈추며 가지을 않니 하며 사위들의 절을 하고 돈까지 壹阡 圜을 주었다. 밤 상여꾼들의 고맙다는 人事 至禮[致禮]하며 담배 한 匣을 도리여 받다.

昨日의 婚事 가마와 마주처서 가마는 뭄추고 상여 떠나기만 기다리든 光景의 눈에 서리며.

〈1956년 3월 3일 토요일 雪〉

삼오날을 마지하여 컨宅[큰댁]애서 祭事[祭祀]가 있었은대 아침에 늦잠을 자다가 祭事에도 參加하지 못하였다.

어재만 하드라도 日氣가 相當히 暖和하였는대 오날 와서는 갑자기 추워지며 눈비가 날리니 으래 三五날은 山所에 가야 하는대 喪主들도 가지 못하였다.

李承文 兄은 으린[어린] 아이 둘을 다리고 이미 해는 서산에 지고 날새도 찬대 밧뿐 일이 생겼다 하여 집으로 도라가다.

〈1956년 3월 4일 일요일 흐림〉

金泉 朴君 도라가다.

八龍이 妻男 宅을 訪問하여 妻弟氏의 問病을 하다.

夕飯을 엇어 먹고 起培 兄任과 長時間 이야기를 하다. 壽培 君은 顔面에 "열증"의 生겨서 相當한 苦生을 하는 중이다.

午前 妻男宅들과 "윷"노리을 하며 놀다.

〈1956년 3월 5일 월요일 晴〉 結婚 七周年

歲月의 빠르고나. 今日은 지금으로부터 七年 前 험惡한 파랑새 산골을 지나 石山里 金氏 宅으로 結婚하로 왓{던} 날이며 기적과 간히도 지금으로부터 七年 前 今日 妻家 宅 안방에서 新房을 차려노고 츠음으로 만나 男女 둘이서 자미있는 이야기를 하는 날이었근만 今日 지금은 丈母任을 비롯하여 妻姪 애들의 할머니를 가운대 누리고 고히 잠들고 있다.

鐘萬니 놈의 잠고대을 하며 옆으로 도라눕는다.

〈1956년 3월 6일 화요일 晴〉

朝飯을 相培 妻男 宅에서 먹다.

겸심[점심]을 鐘雨 君 宅에서 먹고 놀다.

妻家宅에 온 지도 벌서 一週日의 經過하였으며 하로 速히 靑山으로 돌라가야 하겟는대 초조하고 急한 마음은 있으나 웬일인지 別로히 가도 고만 놀아도 고만 別다른 앞으로히 生活圖가 스질 않은다.

밤 起培 妻男 宅에서 밥을 먹다.

〈1956년 3월 7일 수요일 晴 차다〉

今日은 靑山으로 出發하려 하였으나 娉母任의 하로만 더 쉬여서 來日 가라는 간곡한 말씀을 참아 거역하지 못하고서 明日로 미루었다.

娉母任의 붓잡은 元因[原因]은 다름이 않니

라 좀 더 맛있는 飮食을 머기여 보내갯다는
心情이다.
찹쌀로 "대추떡"을 해서 먹다.
食慾의 감수한 것마는 참으로 모을 일이다.
從前 같으며는 떡은 相當히 좋와하는대 別로
먹지도 못하였다.

〈1956년 3월 8일 목요일 晴 차다〉 報恩 行
아침 九時頃 靑山으로 出發.
各 宅에 人事을 드리고 찬 아침바람은 쏘이
면서 化東으로 떠나다.
妻男의 旅費 條로 주다.
날시가 冷한 故로 길이 녹지 않어서 步行하
기는 適當하다.
午前 十一時 化東서 뽀쓰로 報恩으로 들어갓
다. 車中 李承文 兄을 相面하다. 化寧을 술도
한 잔 몬 나누고 作別하다.
報恩. 故母[姑母]任 宅에서 하로을 遊하다. 茶
房 "白鳥" "새마을"에서 茶을 마시며 오래간
만에 理髮. 신발을 닥다.

〈1956년 3월 9일 금요일 晴〉
十一時 三〇分 뽀쓰로 靑山으로 向함.
靑山서 洪正乭 君 宅을 訪問 食事을 같{이} 하
고 靑山 茶房에서 茶을 마시다.
都喜洙 君 李重根 兄을 相逢 茶을 마시다.
敬求 아재와 추럭[트럭] 便으로 禮谷에 到着
하다. 同生 奉吉 君 靑山 中學校에 合格하다.
잠을 잘 못 잠인지 목이 아퍼서 相當한 不便
을 느끼다.

〈1956년 3월 10일 토요일 晴〉

從祖母任 病患 惡化一路.
再當叔母[再堂叔母] 永同 赤十字 病院으로
治療 次 가시다.
四寸 兄任 宅에 敏洙가 블장난으로 부엌에서
火災 直時[卽時] 鎭火함.
목이 相當히 아퍼서 컨대기[견디기] 困難할
程度다.

〈1956년 3월 11일 일요일 눈비〉
古鄕으로 돌아온 지도 벌서 壹週日의 經過하
였다.
同生의 入學金도 걱정이지마는 今年 더러 娚
母任 回甲잔치 伯父任 回甲잔치 모다 合하여
五萬 圜 整度[程度]는 있어야 되갯는대 모다
가 걱정이로다.
母親하고 妻 齒芽[齒牙] 十三 本 代金 條로
五,〇〇〇圜整을 支拂함. 釜山 갈 旅費조차도
어되서 나올른지 모을 일이다.
敬求 아재한태서 三,〇〇〇圜 收金함.

〈1956년 3월 12일 월요일 晴〉
오날은 二月 "초하로날". 지금으로부터는 農
事철로 잡어든다.
옛날 속담에 二月 떡을 먹고 나면 남이 집 머
슴사리와 일꾼들은 울다리 가지을 붓잡고서
운다는 날.
겨울 동안은 每日같이 사랑애서 놀다가 앞흐
로는 단 하로라도 놀 일이 없으며 "논가리"
"버리밧[보리밭] 매기" 번종[13] 참으로 밧뿐

---

13) 파종(播種)을 한자의 오독으로 잘못 표기한 것으로
　　보인다.

時節의 탁처왔내[닥처왔네]. 날새도 今日은 完全한 봄철이며 버들 끝흔 벌서 파릇하개 變하였내.

올해 들어 참으로 오라간만에 古鄕에서 二月 떡을 엇어먹다.

〈1956년 3월 13일 화요일 晴〉

貧困한 家族 살림에 同生들 두 사람과 나을 合하여는 三人의 더 家族의 늘은 셈이다.

奉吉 君의 入學金도 걱정이지마는 每年 春窮期에는 糧度[糧道]가 不足되는 形便을 모르는 바 아니지마는 今年도 어찌하여 春窮期을 克服하여야 할 터인대 참으로 걱情이다.

밤 "원뱀"의 當淑[堂叔] 宅에서 生鮮 四 고지을 같다가 회을 먹다.

大槿 아재 四寸 五人이서

시현니하고 한질내 앞가지 고기잡이 기다[가다].

〈1956년 3월 14일 수요일 晴〉

따뜻한 봄날이다.

동내 어린 아히들의 손바구니을 옆에 끼고 들밧으로 三人 四人 짝을 지어 냉이 "쓴바치[쓴바귀]" 나물을 케느라고 한참들의다.

夜間 四寸 宅에서 움마을 사람들과 놀음을 하다.

세벽 四時頃에 就寢하다.

〈1956년 3월 15일 목요일 雪雨〉

四寸 賢錫 君 休暇을 마치고 軍營으로 도라가다.

職場을 떠난 지도 벌서 五〇日의 각가워 왔음으로 도라가는 賢錫 君에개 旅費 한 푼도 못 보테 주어서 未安함을 禁치 못하였다.

敬求 아재와 丙鉉 三人의서 물가에 나아가서 "라이캉"으로 고기을 잡아 회을 먹었다.

明日은 아번님 生日임으로 夜間 聖求 아재을 通하여 닭 한 마리을 운마을까지 가서 사왔다.

〈1956년 3월 16일 금요일 晴〉釜山으로

今日은 約 十二年 만에 비로서 아번님 生日을 家族들의 모다 몽인 가운태서 간단하개 해 올니였다.

同生 京淑의을 대로고[데리고] 釜山으로 出發하였다. 靑山서 旅費가 不足하여 東義 아저씨에개 付託하여 좀 꾸어달라다가 오리여[오히려] 未安하기만 되었내.

四寸 兄의 三阡 圜을 돌려주어서 無事히 釜山으로 나려옴. 凡一洞에는 妹夫도 집에 와 있으며 사장으린들[사장어른들]은 其間 相當히 궁금의 生覺.

〈1956년 3월 17일 토요일 晴〉釜山으로

敬求 아재에개 旅費 條로 五阡 圜으로 貸付하여 주었드니 참으로 信用은 엾은 사람이다.

출발을 앞두고 數次 督促을 하여도 表面으로서 未安한지 모르나 內心으로는 어되까지나 너무도 널〃한 사람이다.

結局은 돈을 받지 않고서 來釜하였는대 其後 어이 될는지 참으로 窮禁한 일이다.

〈1956년 3월 18일 일요일 雨〉會社로

凡一洞에서 一伯[泊]을 하고 아침 十一時頃 市內뻐쓰로서 影島로 나오다 中間 市청 앞에서 비를 만나 釜一商會에서 朴氏 消息도 뭇고 비을 피하였다.

會社에 들리니 從業員들은 如前니 會社 補修作業에 日曜日임에도 不拘하고 餘念이 없다.

英浩 氏 宅에서는 第三棟으로 工場을 移舍[移徙]햇다고.

금일 비로서 開業을 하다.

開業酒을 었어먹다.

市內 世江 映畵社 求景하다.

〈1956년 3월 19일 월요일 흐림〉
鎰坤 宅에서 아침밥을 었어먹고 市內 釜一商會로 나가 大東工業 關係로 朴潤基 兄을 相逢하다.

其間 約 五○日 만에 相面을 하개 됨이라 서로들 반가왔다.

美林茶房에서 約 三時間 程度 여러모로 對話을 하다.

大東에서는 하로 速히 올라오라는 뜻을 傳하드라고.

앞으로 一段 서울로 上京하여서 會社에를 一次 訪問하여야만 비로소 알 수 있는 일이다.

夜間 金雨龍 兄 外 數 名의 술과 저역食事을 받다.

〈1956년 3월 20일 화요일 晴〉 유곤니 宅 宴會 有.
"뽀켙트"(pocket, 호주머니) 속에는 無一分니다.

市內서 朴 兄을 만나기로 約束은 하였으나 茶값이라고는 고사하고 뻐쓰費도 없다.

十一時頃 옷을 입고 會社로 하여서 市內을 갈라고 思料했으나 主人 아주머니한태도 無一分니라니 앞으로 淸算 關係가 어의 될른지 참으로 窮禁하고나.

昨年니야말로 純全한 남의 좋은 일만 하였으되 今年에도 이려하며는 참으로 갯심하다.

主人에개 一金 百 圜을 旅費로 었어 凡一洞 妹氏 宅을 訪問.

〈1956년 3월 21일 수요일 晴〉 잠을 이루지 못하다.
祿培 君 來訪하다. 洋靴 修繕함.

날새는 일은[이른] 봄철이라 아직 바람의 치다[차다].

벌서 밤 十二時 三○分니건만 잠을 이루지 못하갯내. 여기는 유곤니 宅 二層 마루방.

釜山 生活 六年間을 通해서 가장 未練에 남는 나의 寢室이며 讀書房이다. 내 손으로 만든 机上[机床] 모다가 離別을 슬피하는 物見[物件]들이다. 그러나 人間의 運命이란 어이한단 말이야. 多情하고도 明朗하신 主人宅. 恒常 나를 따른든 主人宅 아히들 모다가 來日이며는 離別이구나.

조죵한[조용한] 밤 마즈막으로 람포불을 옆해 놓고 나의 机上에서 日誌을 쓰다. 來日이며는 主人 일은[잃은] 机上 누구를 기다릴가.

〈1956년 3월 22일 목요일 흐림 비〉 永遠니 釜山을 떠나다
밤 八時頃까지 作別을 슬퍼하는 親知들 十六名의 비록 간단한 酒宴니었으나 마음으로는

모다들 相當한 離別에 서운함을 말하다.

金雨龍 兄의 人間다운 友情은 永遠니 釜山의 나의 印象으로 남음이 있다.

八時 二〇分 主人宅과 作別人事를 마치고 羅仁福의 驛에까지 歡送을 받다.

午前 三時 一八分 永同에 到着함.

〈1956년 3월 23일 금요일 비〉青山 着

午前 一時 三〇分 大田行 忠主旅客 自動車로서 十〇時頃 青山 兄任 宅에 到着하여 朝飯을 얻어먹고 禮谷으로 올라오다.

때 아닌 비로 因해서 "다리"는 떠나가고 오곰 [오금]을 헐신 넘는 찬물을 건너가다.

平年으로서는 보기 힘든 二月 장마다.

敬錫니 妹弟 놀려오다.

〈1956년 3월 24일 토요일 비〉祖母 作故

從祖母의 病患은 如前히 惡化常態를 免치 못하다.

奉吉 君 入學金 件에 關하여 어먼님에개 一金 貳萬圓을 대리다[드리다].

夜間 十二時 直前 從祖母任 限 많은 人間社會를 떠나가시다.

〈1956년 3월 25일 일요일 비〉從祖母 葬禮

從祖母任 葬禮式의 不祥事 發生함.

雨天으로 因함인지 埋[葬]地을 四個 處나 埋屈[埋堀]하여도 下水가 받처 도저히 場所를 맞당한 곳을 發見하지 못하여 祖母을 爲하여 祖父任께서는 自己의 永眠地를 提供함.

"덤마루" 薛 氏내들과 추라불 有함. 薛 氏내들의 잘못하였으니가 當然히 맞어야지[맞아

야지].

〈1956년 3월 26일 월요일 비〉

急히 서울로 上京하여야 하겟는되 祖母任 葬禮을 마치고 內衣을 빠라야 하겟는되 날도 궂고 할 餘裕가 全無하다.

때 아닌 장마로 江물은 相當히 늘었다.

洞內 同生들과 술방치기를 하여 술을 마시다.

〈1956년 3월 27일 화요일 晴〉

青山 장날이다. 江물을 배로서 건느고 青山 金融組合에 入學金 壹萬參阡四百五拾 圜整 外 敎科書 代金 五阡 圜整을 納付하다.

洪正흼 君을 相逢함.

茶房에서 틔 二個 點食을 먹다. 權在烈 君의 未安한 程度에 넘치는 厚待를 받다. 金基先 君 茶房에서 티- 二個를 마시다.

덤마루 薛 書房들 葬禮날의 過失은 謝禮하다.

〈1956년 3월 28일 수요일 晴 비〉上京

午前 八時 三〇分 青山으로 出發. 昌錫니에 개 一金 壹仟 圜 용돈을. 奉吉 君을 青山까지 同伴. 帽子. 洪正흼 君 報恩 妻家宅에 同婦人 [同夫人]하여 가다.

永同서 周甲 氏 兄을 相面 서울 靈天으로 가는 길이라고.

急行을 利用 못하여 貨車로 沃川가지 가다 八列車로 上京. 旅券을 購入하지 않어서 八〇〇圜을 支拂함. 永登浦 宋在璟 兄 宅에서 집[짐]을 막기고 六年 맡에[만에] 安樂館에

서 永喆 兄과 弼容 兄 三人니 一杯을 논다.

〈1956년 3월 29일 목요일 晴〉

昨夜 술의 좀 놀하서 驛前 下宿집에서 一伯[一泊] 하고 四○○圜整.

五○五 勤務中隊의 敬錫 弟을 相面하고 짐을 찾어서 敬錫니 知人 宅에 保管하다.

午前 十時頃 서울 大東工業所에 들려 約 二時間 程度 待期하다가 張 社長을 面會함. 直時 會社에 나아가서 鑄物을 技術的으로 向上시켜 달라는 付託뿐니란 좀 期待애 어긋나는 點의 有하다.

二時頃 團成社 옆헤 있는 尙鉉 兄任을 相逢하야 晝食을 었어먹다.

洞錫 珉求, 明錫을 相逢하고 밤 團成寫場에서 撮影.

〈1956년 3월 30일 금요일 晴〉

上後 九時頃 大東工業 永燈浦 工場에 들리다. 韓 李 林 金仁鎬 兄들을 相面 其間의 자난[지난] 過去談을 말함.

鄭永錫 氏의 別로히 좋이 못한 表情.

林順善, 金仁鎬, 兩 氏와 晝食을 같이 하다. 退勤 後 韓百弼 李相弼 兄과 六年 만에 술을 같이 하다.

李永喆 李弼容 兩 兄의 住宅地에서 술을 사다 취하도록 마시었다.

밤늦개사 韓百弼 兄 宅에서 遊伯[留泊]하다.

〈1956년 3월 31일 토요일 晴〉

아침 일즉이 會社에 들려서 鄭 氏에개 四月 二日부터 出勤하겟다고 傳言.

李炳玉 氏을 相逢치 못하야 本社로 敬錫니 弟와 同時.

李炳玉 氏는 相當히 반가워하신다. 安 氏에게도 人事을 하고 同生 敬錫 君과 晩義 아제 宅을 訪問함. 歸路 首都劇場 "웨스트 포인트" 映畵을 求景하다. 敬錫 君과 夕飯을 같이 하고 一金 壹阡圜整을 借用 받다. 宿所를 定함.

〈月間備忘〉

三月 一日 石山里 妻家宅 訪問

三月 八日 靑山으로 도라가다 報恩. 姑母任 宅 訪問

三月 一五日 賢錫 君 軍警으로

三月 十六{日} 家親 生誕日

三月 十七{日} 釜山으로

三月 二二日 永遠히 釜山을 떠나다

三月 二三日 從祖母任 別世

三月 二八日 서울 大東工業으로

四月

〈이달의 메모〉

고달푼 人生이다.

또 다시 옛날 일터를 차저 가니 와본 즉 모든 點의 너무도 想像에 어근난다.

六年니란 긴 새월을 꿈속 같히 허송하고 또 다시 먹고 살기 위해서 대동공업으로 찾어들어 벌어야 할 형편니다.

〈1956년 4월 1일 일요일 비〉

올해도 벌서 四月달이 닥아왔근만 무었을 햇나. 조곰 있으며는 꽃치 피고 마음의 들떨 때다.

항상 들뜬 마음 今春에는 잡아보자.

경석 君에개서 一金 五阡 圜整을 借用하여 作業服 雨靴를 사다. 軍人의 同生에개 돈을 돌린다니 내가 돌려주어도 신통치 못할 텐대.

李永喆 李鳳榮 李弼容 四人니 술을 마시다. 姜氏 宅에서 午前 十一 時.

〈1956년 4월 2일 월요일 晴〉 出勤

三年 만에 츠음으로 본 직엽을 하다. 죽지 못해 하는 格. 못나서 할 수박에.

五○○粍[14] 타-빈 枠[15] 整理.

芯金 準備하다.

喆元 君 仁川서 오다.

소분메탄추을 主人宅에개 수고을 끼치다.

큐포라[16] 準備 始作.

〈1956년 4월 3일 화요일 晴〉 五○○粍 芯金

三年 만에 비로소 츠음 대하는 本業이라 其間 좀 놀다가 作業을 한 탓인지 몸 全身니 아푸다.

鑄物場 전원은 爲先 對하기에는 모다들 親切하으며 좋은 사람들뿐인 상 십다.

노총 委員長의 工場에까지 來訪하야 勞動問題에 對한 講演이 있엇다. 先給 件으로 自家 肅淸을 主張함.

五○○粍 타-빈 펌프 芯金作業 昨日부터 繼續하다.

밤 周氏와 7茶房에서 茶을 마시다. 宋 君 來訪.

〈1956년 4월 4일 수요일 晴〉 五○○粍 芯金

노동조합 改編 건에 對하여 臨時 會議가 있었다.

후앙 임빼라[팬 임펠러(fan impeller)] '큠'으 鑄造.

退勤 後 會社 앞 선술집에서 九名의 술을 마시다.

喆元 君 會社로 移舍하다.

哲元 君을 통하여 釜山서 부처온 짐을 自轉車 便으로 運搬하다.

李鳳榮 白南錫 兩 兄의 相逢. 人事 次로 술을 사다.

〈1956년 4월 5일 목요일 晴〉 750粍 카바 芯金 발루부[밸브]

今日은 寒食이다.

會社 工員들 中에서도 先祖 墓地에 改土[客土]하느라고 早退하는 사람이 있다.

夜間 宋 君 宅을 訪問하야 술을 마시다.

敬錫 君 來訪하다.

梧柳洞 後山 ENPRA 件 五枚 砲金[17]으로 製作하다.

시린다[실린더] 製作 件.

雨□□□ □□ 件.

送風機 羽車 알미큠[알루미늄]으로 製作하다.

砲金 吹함.

---

14) ミリメートル(밀리미터)

15) わく, 형, 틀

16) cupola, 용선로(鎔銑爐)

17) 구리 90%와 주석 10% 비율로 만든 청동.

〈1956년 4월 6일 금요일 晴〉

鎔解作業.

近 三年 만에 츠음으로 도라배[드라이버] 자루을 만저보다.

七五○粍 카-바 漏湯 關係로 未完.

七五○粍 製□□併 中木에서 漏湯하여 未完品으로 認定하다.

銑鐵 約 十一TS[18] 使用. 五○○粍 타-빈 芯金 一切 二組 枠付 芯金.

芯取 □定盤 四個 型 週型用 "말" 一組.

〈1956년 4월 7일 토요일 雨〉 鎔解

近 三年 만에 對하는 作業이라 곳개 빠진 손에 못의 요즘 또 다시 억새지기 始作하며 昨日의 鎔解作業으로 因하야 兩 손받악[손바닥]이 쑤시고 아쁘다.

元來가 苦生됨을 自覺하고서 드러완내라[들어왔네라].

모-든 귀로움을 참자.

一三○粍 SKSON 湯口 前 破損으로 因하야 二個가 不良.

八○○粍 카바 破型 時 加工 不良으로 □될 完全 固體 前 上型 差湯 關係로 上部 보스가 떠러짐.

국 外 濁酒 八名의 一,○五○圜整.

〈1956년 4월 8일 일요일 雨〉 500粍 타-빈 型込 準備

五○○粍 타-빈 펌프 型込 準備作業 掘型 作業함.

鑄物 比重 ○.七五

砲金 〃〃 ○.八五

縮代 大物 五t

小物 二t

硅素 二.五% 炭素 二.○

P、○.五, S、○.七

Ma[Mg]、二.○%로 構成.

鑄物 熔湯點

一.一五○℃, 一,三八○℃

鑄込 溫度 小物 一,三五○℃

大物 一,三五○℃

砲金 (八五○-九○○)

鑄込 一,○○○℃ ~ 950℃

〈1956년 4월 9일 월요일 晴〉 型砂

五○○粍 타-빈 캐-싱구型込 準備作業 掘型砂 製調[製造]함. 木型 運搬.

쨘보룩크 一五 TS 日製 購入.

約 一個月分의 月給이 밀려서 工具들은 일할 氣分을 喪失함.

張炳贊 社長 來社함.

事務室 建築 關係로.

밤 周 氏와 鄭 氏 宅을 訪問.

一金 貳阡 圜整을 借用함.

나이야가라茶房에서 티 二을 마시다.

五○○粍 工作具 請求書 作成.

〈1956년 4월 10일 화요일 晴〉 쨘브룩고

型 製造 作業 今日도 起重機 關係로 不進[不振]함.

鑄物場 裵萬德 君 結婚式 有함. 社長 外 人 同

---

18) 원문에서는 T와 S를 겹쳐 쓰고 있다. 이후 문맥으로 보아 무게 단위, 톤을 표기한 것으로 여겨진다.

思想界 四月號 購入.
五○○粍 타-빈 芯取作業 開始하다.
職業 轉換으로 經濟的인 打擊 莫甚하다.
十日 前까지 깨끗하든 손바닥이 것칠어젓스며 아푸든 다리도 別로히 疲勞를 모르겟다.
周 氏와 時計를 擔保하고 술을 마시다.

〈1956년 4월 11일 수요일 晴〉 五○○粍 下型 土積
五○○粍 中型 枠 芯金 取付 穴掘 作業 李永哲 氏와 繼續하다.
宋在環 君 親友와 訪問하다.
寶永劇場 觀覽 次 周 氏와 外出하다. 李億哲 喜劇.
어제개 쟨브룩고 取付 作業 時 兩 손등을 함마로 디리처서 오늘까지도 相當히 아프다.
오래간만에 下宿이라고 자리를 잡고 난 지 벌서 十餘 日을 經過하다. 昨 十日부터.
東亞日報 購讀하다.
配達이 좀 늦어서 相當히 좋이 못하다.

〈1956년 4월 12일 목요일 晴〉 負傷
入社한 지도 벌서 十餘 日의 經過햇것마는 會社 內 分圍氣[雰圍氣]가 明朗치 못한 故로 恒常 마음의 眞情을 하지 못함. 今日도 五○○粍 枠組 取 芯金 取付로 穴明 作業을 하로 速히 하여야만 作業의 進行되갯는대 在上部에서 하여 준다는 取付 作業을 내 손으로 하여야만 되였다. "핸드볼" 七分鋸를 三人 同力으로서 한 사람의 핸들을 놋기 때문에 完全히 바란스를 일다.

過激한 에내지가 "핸들" 右側 顏面 目下을 三個所나 負傷을 입다.
벌안간에 當한 일이라 속절없의.

〈1956년 4월 13일 금요일 晴〉 負傷
마음의 安靜을 □하지 못함은 負傷을 當하는 根原[根源]이다.
入社한 지 不可 十一日 만에 顏面에 負處[傷處]을 當하고 보니 참으로 원통하다. 今日은 아침부터 차지 찻[차디 찬] 下宿房에서 꼼짝 않코 두러누었다가 正後을 期하여 聯合病院에서 治療을 받고 도라오다.
夜間에 李鳳榮 兄任의 親히 問病하다. 周 氏가 술을 대접하여 보내다.
五○○粍 中型 工積[19] 作業 完了하다.

〈1956년 4월 14일 토요일 晴〉 負傷
午前 十二時頃 聯合病院에서 第三日채로 治療를 받다.
親切치 못한 醫師라고 斷定할 수박에.
初日에 七○○圜 三○○圜式으로 每日 오기시루나 바르고 注射 一車[次] 程度로다.
웬 終日 間박 出入을 禁하고 낮잠만 자다.
明日은 日曜日이근마는 無一分한 요즘 身勢로서는 차라리 비라도 오랴무나.

〈1956년 4월 15일 일요일 晴〉
서울에서 職場을 求해 가지고 公休日을 맞이함은 今日의 츠음이다. 釜山서 休日을 마지할 대와 어느 程度로 差位[差異]가 있으며 어

19) 4월 11일 일기에는 '土積'이라고 쓰여 있다.

느 便니 좀 더 休日을 즐거웁개 햇을가. 때는
春時節이라 野外로 逍風 가는 젊은지들은 今
年 더르 가장 많이 눈에 띠인다. 그러나 나는
요즘 같어서는 無一分한 참으로 가엽을 程度
로 귀로운 生活을 繼續한다.
野外는 故捨[姑捨]하고라도 當場에 샛별[20]
한 갑 살 돈이 없은니 釜山 같으며는 手中에
돈이 없으며는 親知들에게 借用이라도 하련
마는 서울서는 莫然[漠然]하다. 哲元 君과 永
等浦 市街地을 流랑하다.
哲元 君 會社 宿直室로 自炊 次.

〈1956년 4월 16일 월요일 晴〉 出勤 500粍
負傷을 입는 顔面에 傷處도 今日을 期하여
실밥을 뽑다. 現在 狀態 같어서는 別로히 흉
은지지 않을 것 같다.
陸 氏 經濟的으로 困窮하여 親友들과 自炊
生活을 하여 보겠다고 移舍하다.
바자마[파자마] 와이셔츠 洗曜所[洗濯所]에
서 차저오다.
五○○粍 型込 作業 完成하다.
下型 在上 完成하다. 爐入 芯取 丸芯 未完하
다.
別記事項 無함.

〈1956년 4월 17일 화요일 晴〉 芯取
其間 未拂된 給料를 今日을 期하야 約 三分
의 一 程度를 支拂하는 模樣이다.
그러나 나는 無一分니니 前月分을 支拂하고
今月分은 아직도 支拂되지 않는 模樣.

---

20) 당시 판매되던 담배 이름이다.

鄭永錫 工場長에개 一金 參阡圓을 借用하다.
오래간만에 沐浴함.
夜間 勞動組合 設立 申告書 作成之件 2本.
五○○粍 型 在上 完了.
芯取 明日을 期하야 完了 豫定.

〈1956년 4월 18일 수요일 晴〉 芯取
約 五日 만에 今日은 비로서 煙草을 現金으
로서 購入할 수가 있었다.
芯取 五○○粍 今日로서 完了.
昨夜 作成한 勞動組合 設立 變更申告書 樣式
不口으로 却下 當하다. 李周慶 氏의 無責任
을 責할 수박에.
下後 六時 龍山 工作所 앞 國民校에서 曺奉
巖 朴己出 進步黨 正副統領 候補 政見發表.
金斗煥 君의 기백 있는 現 李承晩 博士을 非
難하다.

〈1956년 4월 19일 목요일 曇〉
五○○粍 타-빈 型 爐入 完了.
下型 丸心 鋼 入 開始함.
溶解 作業의 遲延되는 重大 元因[原因]은 쩬
보룩크로 因한 大型 取扱의 極히 長時間을
要함.
敬錫니 同生 今日 來社하다.
一金 壹阡圓을 支拂하다.
午後 五時 永中 國民校에서 自由黨 政見發表
大會가 有함.
昨日의 進步黨과 比하며는 集合 大衆의 半바
깨는 안 된다. 永都 "아라비안나이트". ㅁ-닐
와 길로이부리 키쓰.

〈1956년 4월 20일 금요일 晴〉芯作業

沈哲元 君 서울로 商業을 하갯다고 도라가다.

永遠니 現 會社을 떠나다.

아침 百모를 하다.

五〇〇粍 下型 足芯 重芯을 納型하다.

夜間 周 氏와 茶房 女苑 7 "나포리"을 돌라 茶을 마시다.

別記事項 無함.

〈1956년 4월 21일 토요일 晴〉

朴敬錫 弟 午後 六時頃 親友을 同伴하여 來訪하다.

生活 還境[環境]의 百八〇度로 變更된 요즘 가장 重大한 條件니 經濟 問題다.

벌서 서울로 온 지도 一個月이 각"위[가까워] 왔지마는 食代는 곳 支拂해야 되갯는되 給料라고는 無一分도 못 탓으니 벌서 債金 壹萬 圜. 食代까지 合하며는 貳萬 圜니 赤子[赤字]니 참으로 환심할[한심할] 노릇이다.

機械場는 停電 關係로 休業하다.

〈1956년 4월 22일 일요일 晴〉

벚꽃의 만발한 요즘 日曜日일도 不願하고 職場에 나아가야 히니 참으로 한심할 노릇이다. 먹고 살기 爲함인가. 그것도 아니다. 하리[하루] 二十四時間을 機械처럼 일하여도 먹고 살 수 없는 개 요즘 社會相이다.

날은[낡은] 것아 물러가라.

새로운 윤리에서 살어보자.

하로의 自己의 할 일만 無事히 하며는 먹고 살 수 있는 새로운 社會에서 하로라도 人間답개 살어보자.

永寶劇場 阿娘 求景.

〈1956년 4월 23일 월요일 비〉五〇〇粍 中型 整理

간밤에부터 나리는 봄비는 재법 夏節 소낙비나 다름없다. 農家에서는 재법 滿足할 程度로다.

오날도 나의 사랑하는 職場에서 하로 終日 실 새 웁이[없이] 일하였내.

五.一五日 正副統領 選擧가 迫頭함인지 街里에는 재법 "못 살겟다 가로[갈아] 보자 가로밧자 벌 수 없다"의 스티-카가 숨가뿌개 소리친다.

〈1956년 4월 24일 화요일 晴〉

鎔解爐 竣工式을 擧行하다. 鄭永錫 工場長 藥酒 二斗 外 스르매 二〇匹로서 簡單한 酒宴을 배풀다.

五〇〇粍 타-빈 KASENG.

今日 비로서 型(上下) 合型함. 夜間 요近來에 보기 두물맹치[드물만치] 빨리 就寢하다.

〈1956년 4월 25일 수요일 晴〉鎔解

昨日로서 鎔解爐 完成함과 同時에 五〇〇粍 타-빈 펌프 合型 作業 完了하다. 取鉗 關係로 鑄込段取 作業 相當히 遲延되다. 二TS爐 鎔解 良好함.

五〇〇粍 타-빈 鑄込[鑄入] 狀態 取鉗湯口 不良으로 因하야 湯廻 不良을 念慮. 鑄込에 要한 熔湯 約 四TS으로 追算[推算]함.

十二時 — 六時까지 학카[21] 十本 製造.
作業 後 現場에서 酒宴.

〈1956년 4월 26일 목요일 晴〉砂落

五〇〇粍 타-빈 ケ-ンニク 煬迴 不良한 俾
니오며 삭숑[22] 側 흐란지 芯取 不良으로 因하
야 約 四分 程度로 上下體 틀림. 足 側에 땐대
不良으로 七分 틀림.
現在로 바서는 가장 커트란 夬點[缺點]이다.
給料 15日 分의 1/2을 반느야 않이 반느야
是非 끝해 結果로 보아서 받고서 말다.
結局 아수우니까 別 道理 없는 模樣이니.
五〇〇粍 타-빈은 現 크랜으로서는 좀 無望
하다.

〈1956년 4월 27일 금요일 晴〉砂落

大東으로 온 지도 벌서 한 달의 각가와 왔근
만 給料라고는 無一分니오며 食代 外 借金의
貳萬 圜니니 앞으로 참 莫然하다. 甚至於는
理髮은 故捨하고라도 담배 살 돈니 없어서
쩔〃 매는 形便니다.
서울에서 春節이라고 七年 만인되 남들은 꽃
求景을 간다고 야단들인되 永登浦로 온 以來
問安까지도 가보지 못하였으니 요즘 還境이
야말로 참으로 딱하다.
五〇〇粍 타-빈 캐랜자리 □□.

〈1956년 4월 28일 토요일 晴〉砂 調節

꽃치 되었다가 벌서 落花을 알니고 있으나

요즘 환경으로서는 봄이 왔는지 도저히 모루
고 지나야만 될 形便니다.
機械場과 在上部에서는 停電으로 因하야 休
業. 鑄物部도 午前 中으로서 作業을 마치고
理髮料가 없는 나는 李 氏에게 二百 圜을 借
用하여서 理髮을 하고 서울 李濟勳 君을 相
逢하여 中央청에서 公演하는 미공군 교향악
단을 求景하다.
淸良里[淸凉里] 李 君 宅을 訪問.
書籍 四卷 金 五〇〇圜을 받다.

〈1956년 4월 29일 일요일 晴〉

落花을 알리는 "씨즌". 約 二十一日 만에 마
지하는 日曜日이다.
그러나 會社 作業의 多忙하다는 理由로 出勤
을 하다.
白南錫 兄의 고마운 心情. 적〃한 나를 慰勞
하갯다는 그룩한 友情. 夜間에 永寶劇場 求
景을 시켜주다. "처녀별".
軍에 있는 敬錫니 弟 來訪 同伴하다. 周鐘石
의 혼자서 觀覽을 오다. 기로[귀로] 선술집에
서 약주 半 대[되]를 마시다. 再 昨日의 再當
淑[再堂叔] 外 當淑 어런께서 하시는 敬錫이
에 傳言.

〈1956년 4월 30일 월요일 晴〉

今日의 서울로 올라온 以來 會社로 나아간
지도 벌서 滿 壹 個月.
其間 釜山서와의 生活樣式을 對照해여 볼 제
서울서는 참으로 不幸뿐니다. 入社 以來 給
料라고는 타보지 못하였으니 食代도 支拂하
여야 하겟고 負債도 갑허야 되갯는되 참으로

---

21) ハッカー (hooker). 철근 결속용 도구를 말한다.
22) suction. 흡입구 측을 뜻하는 것으로 보인다.

莫然하다. 鑄物部 白忠鉉 氏 아침부터 工場長과 트라불이 있어 早退을 하는 形便. 沈哲元 君 서울로 올러간 지 約 十餘 日 만에 來訪하다.

明日은 五月 一日 매-데[메이데이] 休日이다. 沐浴을 하다.

5月

〈이달의 메모〉

初 一日 매-데[메이데이] 記念
京紡에서.

五日 裡里에서 海公[23] 先生 急逝하시다.

五月 十五 選擧 結果 李 博士 當選되다.

副統領 張勉 氏 當選.

五月 十三日 五○○粍 K口表 破損 當함.

損金額 會社 側 約 百萬圜.

〈1956년 5월 1일 화요일 晴 雨〉市內

第 七○回로 마지하는 "매돼[메이데이]" 勞動節.

午前 十一時頃부터 京城紡織會社 講堂에서 永登浦地區 聯合會 記念行事을 하다. 餘興으로서 노래 콩굴大會 及 其他 慰安會가 有함.

매-되가 노동자의 名節이라며 좀 더 色다론 행사을 하는 게 當然하는마는 例年에 보지 못하든 警察署長의 參加하여 來賓 祝辭를 하니 모다가 五.一五 大統領 選擧을 앞두고 自由黨 選擧運動으로서 終始一貫 移채을 띠우다. 團寫[24]을 訪問.

光鉉 兄任에개서 술대접을 받다.

〈1956년 5월 2일 수요일 晴〉

서울에 온 지 벌서 壹 個月의 經過하다. 昨夜 서울에서 도라오든 길에 참으로 오라간만에 女子 親友을 相面하다.

요즘 工場 內에 雰圍氣는 險惡한 狀態. 한 달치나 月給을 주지 않은 故로 作業을 하여도 別로 熱性의 없다. 鄭永錫 氏의 決濟을 얻어 假拂申請을 昨日에 하였는되 도무지가 오날까지 消息의 全無하니 참으로 안타가운 노릇이다.

主人宅에 對해서 참으로 未安하다.

食代을 支拂할 時日의 넘었근마는 도지히 融通할 길 莫然하다.

〈1956년 5월 3일 목요일 晴〉

서울 漢江 모래砂場에서 民主黨 大統領 候補者 申翼起[申翼熙] 先生 大統領 候補 政見發表大會에 서울서는 츠음 보는 많은 群衆의 集合하다.

하숙비를 支拂치 못하는 요즘의 經濟狀態. 本社에다 貸付 申請書을 提出하였는되 어이된 샘인지 消息의 莫然하다.

五○○粍 타-빈 개-싱구 型込 完了하다. 밤하도 심〃하여 宋 君을 相面하고 南都 탈버의 駐屯兵을 求景하다.

---

23) 1956년 대통령 선거 당시 민주당 후보로 출마한 신익희를 가리킨다. 당시 그는 "못 살겠다 갈아보자"라는 구호로 폭발적인 인기를 모았으나 유세 차 호남선을 타고 전주로 향하던 중 열차 안에서 급사하였다.

24) 3월 29일 자 일기에 적은 '團成寫場'을 가리키는 듯하다.

〈1956년 5월 4일 금요일 晴〉食代을 支拂하다.

李範奭 將軍 政見發表大會 永中國民校에서 開催하다.

申請한 一金 壹萬 圓 今日에 비로서 本社에서 工場으로 나오다.

이로서 當分間은 主人宅에개는 未安한 感은 免한 샘이다.

요즘 같이 困難한되 釜山서 좀 보태 주었으며는 그 얼마나 고마울가. 아마도 芮 氏 宅도 相當히 쪼달리는 模樣이지.

永登浦 警察署 査察課에서 身元調査 次 來社. 무순 理由일까.

〈1956년 5월 5일 토요일 雨〉小吹□

海公 申翼熙 先生 湖南地方 選擧 遊覽 次 車中에서 發病. 心臟痳痺로 急逝하시다. 참으로 全 民族의 哀惜할 노릇이다. 民主黨에서는 앞으로의 大統領 選擧에 海公 票을 누구에개 傳할랴나.

沈哲元 君 來訪 同宿하다.

한 달 五日 만에 今日 비로서 給料라고 壹萬 八阡 圓整을 타다.

今日 作業 狀態는 極不良하다. 約 三年 만에 만지는 일이라 손니 相當히 둔하다.

〈1956년 5월 6일 일요일 晴〉昌慶苑

上京 以來 츠음으로 마지하는 休日이며 給料를 탄 다음날이다.

周 氏와 둘이서 市內을 遊覽하얏으며 昌慶苑 動物 求景을 하다.

鐘求 아재씨 宅을 訪問하다.

團寫에서 明求 珉求 아제을 相逢하다. "양산"

을 無事히 引受하다.

夜間 周 氏와 둘이서러 永寶 擊退을 求景하고 茶를 마시다.

驛前에서 某 女性을 相逢하다. 午後 十一時 三○分 歸家하다. 참으로 固難[困難]할 程度로 좋은 女性이다.

〈1956년 5월 7일 월요일 晴〉

五○○粍 타-빈 本 胴體 塗料 作業 完了.

타-빈 펌프 外 六{月}. 五日까지의 鑄造 日程表 提出하다.

夜間 宋在璟 君 來訪.

탁주을 같이 논다. 洋靴 五,四○○圓 내-비型으로 마치다. 先金 一,四○○圓을 支拂.

四月分 食代 鑄造部 六,○○○ 鎔解部 一,二○○圓整 支拂 받았는되.

自由黨 朴永出 議員 選擧 政見發表 有하다.

〈1956년 5월 8일 화요일 晴〉

날시는 完全한 늦은 봄철.

太陽 빛은 재법 따섭개 나리 쪼이다. 아직도 아침 저역으로는 재법 살란한 기온. 街路樹도 完全히 綠色으로 變하여 뽀뿌라는 完全히 여름철이 모습을 자랑하고 있다. 今年도 벌서 五月 中旬이 멀지 않은되 해본 것은 아무 것도 白紙다. 오이려 갈사룩[갈수록] 苦生만 甚하고나.

別記事項은 無하다.

夜間 永寶(劇場) 求景하다.

〈1956년 5월 9일 수요일 晴〉

恒常 왜럽고 苦生만 繼續되는 나의 客地生

活. 차라리 平生을 이러한 不幸 속에서 지날 바에야 차라리 斷念하는 기 올치 않을지. 요즘 生活樣式은 아침 八時 出勤. 때 뭇은 作業服을 가라입고 四時 三○分까지 좋든 실튼 일하는 개 日程. 도라오며는 쓸〃한 下宿房에서 아무런 空想조차 없이 잠 잘 時間을 기다리그나 그러치 않으며는 갈 곳 없는 곳이나마 도라다니는 개 日課. 무슨 樂으로 사는지 이것이 사는 건지.

〈1956년 5월 10일 목요일 雨〉殘業

아침부터 나리는 늦은 봄비는 古鄕에서 苦生하는 님의 눈물인가. 실 새 없이 나린다.

나의 마음도 봄비와 같이 처량하도다.

揚水機는 節期[節氣]가 있다. 요즘은 納期 關係로 相當히 바부다.

今日부터 七時 五○分까지 殘業을 實施하다.

李永喆 李四乭 三人니서 술을 마시다.

오날도 손을 다치다.

五○○粍 타-빙 芯 十二個 納入하다.

〈1956년 5월 11일 금요일 晴〉殘業

昨日부터 始作한 夜間作業은 오날도 개속된다. 앞으로 相當한 期日을 개속할 模樣. 工具側에서 要求하는 人質 引上件은 아무런 消息이 없다. 다만 作業만 개속시키는 會社 側도 원만스럽다. 아침 八時부터 밤 七時 三○分까지 滿 十二 時間을 개속 作業을 하고 몸은 全身니 시달릴 대로 시달려 밤이며는 온몸의 쑤신다.

夜間作業의 隘路라고는 좀 늦개까지 作業을 하는 것은 아무러 相關니 없는되 下宿 宅에 未安하다. 나로 因해서 또 다시 밥 床을 차리기 되니.

〈1956년 5월 12일 晴〉殘業

五○○粍 타-빙 캐-생型 "가부새"[25] 作業 完了 狀態다. 在上 선반旋盤部는 電氣 關係로 休業하다.

正副統領 選擧日을 앞으로 三日 앞둔 요즘 海公 先生의 急逝하신 故로 別로 興味을 끌지 못하다. 다만 요즘 서울 市內는 自由黨 스티-카만니 어두운 밤공기를 되흔들 뿐이다. 今日로서 맞운[맞춘] 洋靴가 完成되엇건만 明日은 日曜日이나 鎔解作業을 하기 되고 찾을래야 餘가도 없건많은[없지만] 돈도 없다. 大統領은 이미 決定되였다.

〈1956년 5월 13일 일요일〉鎔解

뜻하지 못한 湯口 破損으로 因하여 五○○粍 타-빈 約 四TS 製品은 完全의 不良品으로 만들다. 約 十五日을 要한 工賃은 永遠니 損害을 보는 것도 別 문제이지마는 會社에 對해서는 約 百萬 圓 整度[程度]의 損害을 끼치개 하다. 참으로 未安한 일이며 破損 原因은 왑바[26]가 弱함.

湯道가 즉다[작다]. 四乭 氏 湯口 많들고 鎔解 作業 後 술을 마시다.

申 氏와 茶房에서 티-을 마시{고] 京ㅁ니 相逢하다.

---

25) かぶせ[被せ]. 표면을 다듬는 일, 도금 등을 일컫는다.

26) わっぱ [輪っぱ]. 둥글게 만든 고리모양의 용기를 뜻한다.

〈1956년 5월 14일 월요일〉

昨日에 물건[물건]을 파를 내여 아침부터 鄭氏가 忠告.

받분[바쁜] 物見[이]니까 可急的[可及的] 早速한 時日 內에 製造을 要望.

約 五日間에 完全 製品을 내달라는 付託.

上型을 떳으보니[뜯어보니] 想像 外로 芯金도 쓸 수 있으며 上型 中型 甚至於넌 中子도 三個을 除하고는 모다 再使用할 수 있을 程度. 물건은 못 쓰나 참으로 多幸한 일이다.

理髮하다.

〈1956년 5월 15일 화요일 晴〉 選擧日

第二次 正副統領 選擧戰의 激烈하개 展開되든니 今日은 正當하고 冷正[冷靜]한 國民의 審判을 받은 投票日이다. 아침부터 맑은 날시로 개인 五月의 熏風[薰風]에 各 投票所마다 朝 七時부터 長蛇陣을 이룩키고 있다.

午前 中 社宅을 訪問하여 同志들 五人니서 姜 氏 宅에서 술을 마시고 李鳳榮 氏 周旋으로 安樂館에서 選擧委員들에개 提供하는 食事을 었어먹다. 市公館 '달나라 별나라' 國樂劇을 求景. 夜間 宋 君 來訪하다. 술을 마시다.

〈1956년 5월 16일 수요일 晴〉

너무도 신거운 大統領 選擧戰니라 申 先生의 生存해 개시며는 그 얼마나 國民들의 期待가 컷으며 選擧戰도 滋味가 있었을가. 大統領은 이미 決定되였고 曹 氏[27]도 相當한 國民의 持

支[支持]을 받고 있음을 말함. 본래 이 나라 國民들의 얼마만큼 自由黨 政治에 실증이 낫다는 것을 알려주고 있다.

江原道는 自由黨 一色이야. 軍人들에 禁足令을 나린 탓이야. 敬錫 弟 來社하다. 一,○○○ 圜. 夏內衣 二枚 타올 二枚 현케치[손수건] 二枚 購入.

〈1956년 5월 17일 목요일 晴〉

大統領 李 氏 三選을 無難니 當選되다. 副統領 現在로 보아서 張勉 氏 確定的로 勝利하다. 來日 新聞을 보아야만 알 수 있는 일.

叮門[肛門]이 相當히 아푸도[아프고] 每年 한 번식 再발하는 치질기 또 도지는 模樣이다.

小型 타-빙 賞與金 關係로 옥산각신[옥신각신]. 自己내 말로서 준다고 하든 돈은 주지 않고 요즘 와서는 딴소리을 하는 模樣이다. 夜間 永都劇場 雙洞룻티.

〈1956년 5월 18일 금요일 晴〉

洋靴 約 十五日 만에 찾어오다.

宋 君을 通하여 좀 더 技術 面에 있어서 優秀하개 진는다든 신발이 아주 不良하기 짝이 없다.

大邱 地區 第三 投票區 開票 時 民主黨 側에서 不正事實의 단로되여[탄로되어] 今日에 이루도룩 開票을 中止하는 形便. 하나마나

---

27) 曹奉巖. 제헌국회의원, 제1대 농림부장관, 제2대 국회부의장을 역임했다. 1958년 이른바 진보당 사건으로 체포되어, 1959년 사형선고를 받고 교수형 당했다.

이미 副統領도 決定 狀態다.

四月 下半期分 給料 今日에야 비로서 支拂하다. 現場 雰圍氣는 요즘 相當히 惡化一路. 理由는 賃金引上 件니 遲延아니 幹部들의 來日 決定된다고. 날만 박기며는 恒常 來日이라니.

〈1956년 5월 19일 토요일 晴〉

李 大統領 公報室을 通하여 張勉 博士 副統領에 當選되었음을 認定한다고 談話를 發表하다. 故 申翼熙 先生의 葬禮式을 無期 延期하다.

大邱 第三 投票所 不正 檢票 事件으로 因한 不得意한 處事일 기다. 五○○粍 타-빙 KASFN 芯入 作業 開始하다.

夜間 內衣 빤스 二枚 五○○圜에 購入하다.

別記事項 無함.

〈1956년 5월 20일 일요일〉

五月의 第三 日曜日은 當然니 休業하여야 될 날임에도 不拘하고 平日과 다름없의 出勤하다. 明日 充分니 鎔解 作業을 할 수 있는 還境이나 李永哲 氏 家親 忌祭事日[忌祭祀日]을 앞두고 故意로 鎔解 作業을 遲延시킨다는 것은 遺憾千萬니다. 夜間 鑄物部 一同의 술을 마시다. 周 氏와 驛前에서 "아오캉"[28]을 하다. 午正 十二時 三○分 歸家하다.

日曜日의 消費額 四阡圜.

〈1956년 5월 21일 월요일 밤비〉

李永喆 氏 家親 初忌日을 맞이하여 밤 十二時까지 忌祭事 宅에서 놀다가 도라오다.

貰房에 居住하는 李 氏 宅은 相當히 협소하야 安樂別室에서 담배내기로 時間을 消費하다. 鎔解 作業을 今日로 할 수 있는 還境[環境]. 李 氏 家親 忌祭事로 因하여 自然之事라 않니 할 수 없다.

申翼熙 氏 未亡人 別世說. 事實이라며는 模範的인 烈女 男便을 따르는 훌륭하고 비장한 處事라고 않니 할 수 없다.

〈1956년 5월 22일 화요일 비〉鎔解

五○○粍 타-빈 케-싱크 鑄造 狀況 別로 優秀하다고는 못함.

鎔解 作業 中 停電 關係로 金枠 二個 未鑄造햇다.

敬錫 弟 來社함. 小使 條로 壹金[一金] 壹阡圜 가지고 가다.

요즘은 相當히 自肅하는 샘인되 昨日 夜 너무도 過用하다. 時計를 一金 參阡 圜整에 花代 條로 擔保하다.

술 한 잔 마싯드니 글도 잘 않 되드라.

〈1956년 5월 23일 수요일 晴〉國民葬

故 海公 申翼熙 先生 葬禮式. 서울運動場에서 盛大히 擧行하다. 서울 市內는 文字 그되로 人山人海을 이루엇으며 特히 초목도 울었드라.

님 가신 그날이여. 弔慰金額을 哀悼로 充當되다.

團成寫場에서 東鉉니를 約 八年 만에 相逢하다. 簡單한 晝食을 나누고서 해여지다.

---

28) あおかん(靑姦). 야외 성행위를 뜻하는 말이다. 여기에서는 매춘을 말하는 것으로 보인다.

李氏의 單獨的인 休業 處事. 참으로 理解 難
니라.

五○○粍의 可否도 모루고 논다함은 너무도
輕率하다. 自己가 귀로워서갯지.

〈1956년 5월 24일 목요일 晴〉

五○○粍 TS 타-빈 캐-싱그 鑄造 性能 不良
함. 鎔湯 流動性 不良과 安全 取鉗 湯口 穴明
不能으로 因한 上型 圖座 "망호루 湯廻" 不良
으로 因한 外部의 흠의 드러남. 現在 狀態로
서는 外觀는 美麗한 便니다. 요즘 現場 內 雰
圍氣는 惡化一路. 賃金引上의 遲延되는되 原
因니 有하다.

夜間 今烈 君 외 學泰 君과 배비골푸場에 나
아가다.

모루는 개 않은 택하고[모르는 게 아는 척하
고] 英雄的 心理가 强한 자는 하루 速히 是正
을 要함.

〈1956년 5월 25일 금요일 晴〉

내 스스로가 참으로 납뿐 人間니다.

서울에 온 지도 벌서 二個月의 넘었건만 古
鄕에 게시는 父母任에개 消息을 傳하지 못하
였으니 그리도 어먼님은 이 못난 子息을 爲
하시와 밤이나 낮이나 염어하시갯지[염려하
시겠지]. 그리고 불상한 내 안해와 딸. 남들은
다들 夫婦間에 幸福한 生活을 하고 있는되
나만니 벌서 六年니라는 歲月을 서로서 떠러
저 있으니 내 自信니 生活能力의 없음인가.
아니다. 좀 더 남과 같이 幸福하지 못한 탓이
지.

〈1956년 5월 26일 토요일 晴〉 祿培 弟 消息

오늘도 給料라고 하여 四分의 壹의 該當하는
金額을 支拂하다. 一部에서는 全額을 支拂할
時는 밧이[받지] 않캣다고 强力히 引受을 拒
否하는가 하며는 또 한 他處에서는 當場에
쌀 한 되라도 사야 되니가 不得意 應하는 形
便. 참으로 不幸하고 가엽슨 還境에 사는 것
이 불상한 우리 勞動大衆들.

釜山 祿培 弟에서 消息이 오다.

敬錫 弟 來訪하여 저역밥을 같이 놓고 南都
劇場 平和樂劇團 "春夜"을 觀覽.

〈1956년 5월 27일 일요일 晴〉 鎔解

幹部들의 調理 있는 生産 指示書의 必要을
느끼다.

企業主에개도 莫大한 損害을 기치고 不過
三.五TS 程度의 製品으로 因하야 徹夜 作業
을 하다. 아침 六時頃 姜氏 宅에서 아침술을
마시다.

恒常 多忙한 개 요즘의 會社 實情이다. 金仁
鎬氏 敎育 召集 次 水色으로 가다.

別로히 記載事項 無함.

〈1956년 5월 28일 월요일 晴〉 休日

아침 六時頃 會社에서 나오다 昨夜의 手苦
을 慰勞한다는 뜻으로 工場長의 約 三阡 圜
整度의 아침술을 마시라고 指示하다. 昨夜의
疲勞을 참치[참지] 못하야 아침 도라오는 길
로서 七時 四○分 周 君은 食事을 하는되 寢
具을 깔고 자기를 始作하다.

午前 十一時 四○分 起床하여 食事을 하고
理髮하다. 會社에 들리는 李炳玉 氏에개서

"地獄의 길" 招待券을 一枚 엇어가지고 夜間 永寶劇場 求景을 하다.

李炳玉 指支配人[支配人]에게서 一金 五○○圜을 借用하다.

〈1956년 5월 29일 화요일 雨〉

再昨日의 鑄造 作業 結果 부라캣 二個 本 芯入 過誤로 因하여 鄭 氏에개서 相當히 좋의 못한 印象을 받다.

五○○粍 T.S 타-빈 FNDARA 上型 破損으로 因하여 不良品을 製造 받을 物見을 파을 내였다고. 鄭 氏는 確實의 아래사람을 부려먹는 되 經率[輕率]. 手腕니 不足하다. 不良品을 내였으며는 좀 더 色다로깨 訓示하는 方法이 있을 것인되 너무도 지나친 곤갈[공갈]과 脅迫에 비슷단[비슷한] 헹패.

〈1956년 5월 30일 수요일 晴〉

틀림없의 今日이며는 五月分 給料을 支給하겟다고 約束햇근만은 무슨 영문닌지 또 來日로 미루니 참 알고도 모룰 닐이다.

幹部들의 좀 더 성의가 不足한 탓인지 그러치 않으며는 本社에서 社長의 아직도 좋의 못한 버릇을 하는 샘인지.

一二○粍 타-빈 케-싱그 型込 作業 始作하다.

夜 勝利치약 一五○圜을 주고 購入하다. 南都劇場 北西騎馬警官隊 映畵 觀覽하다. 別로히 滋味 없는 便은 아니다.

〈1956년 5월 31일 목요일 晴〉

五○○粍 타-빈 캐-싱 鑄造 不良으로 因한

罰金 條로 十五萬 圜을 支給해야 된다는 本社의 指示. 過去 倭政時代에도 이러한 苛酷한 方法으로서 工員들을 귀롭힌 일은 없는되 優秀한 製品을 내기 爲함이라며는 當然之事다.

今年도 벌서 五個月을 消化하였근만 무었을 하였는지.

〈月末備忘〉

五月 一日 勞動節 京城紡織 講堂[講堂]에서 記念行事

五月 四日 海公 申翼熙 先生 가시다.

五月 十五日 正副統領 選擧日

五月 二十三日 海公 先生 葬禮式 擧行. 國民葬으로 모시다.

五月 二十二日 五○○粍 타-빙 캐-싱 失敗.

六月

〈이달의 메모〉

李在忠 來訪

梁基贊 君 六月 五日 來社

〈1956년 6월 1일 금요일 晴〉

벌서 六月 달이 되었다. 昨年과 比하며는 相當히 더위가 빨리 오는 샘이다.

工場 內에서도 좀 밧뿐 作業을 하며는 全身에 땀이 밴다.

夜間 宋 君을 訪問하여 술을 논다. 除隊한 지 벌서 壹個月의 넘은 宋 君은 相當히 職業 難으로 生活의 비참할 程度다. 도라오는 日曜日 龍山에 張 君을 相逢할 約束을 했다고 같이 가서 만나 보자는 付託.

〈1956년 6월 2일 토요일 晴〉

요즘은 내 마음의 되숭숭한 샘인지 아침으로 이러나서 一切 房 掃除을 하지 않으니 참으로 내 스스로가 타락한 샘인지 좀 더 日課을 새워서 사라가자.

오래간만에 李在忠 君니 來社하다. 아침 會社에 들렷다가 下宿집으로 李 君을 同伴하다. 教育 訓練 次 서울에 來訪햇다고. 夜間 永喆 氏와 市場 求景을 하다. 永寶劇場 白人酋長[29] 求景하다.

李 君 裵氏을 同伴하여 밤 十時 來訪하다.

〈1956년 6월 3일 일요일 晴〉

李在忠 君을 보내고 나서 方一洞 宋君 宅을 訪問하다. 昨夜 外出한 以來로 도라오지 않었다는 母親니 걱정 석긴 答.

釜山 羅仁福 君과 芮豊吉 母에개 便紙을 쓰다.

宋 君에개는 外出한다는 消息을 傳하고 아침 十一時부터 本型 鄭 氏 宅에서 麥酒을 마시다 永信屋에서 술을 마시다. 戰災民 住宅에서 술을 마시다. 오날은 하로 終日도 그의[거의] 술로서 사라온 샘.

밤 저역은 永哲 氏 宅에서 매력[마력] 三成 自動車 엔진 鑄型 求景.

〈1956년 6월 4일 월요일 晴〉

昨日의 술의 相當히 醉한 샘임.

某처의 主人 아주머니 참으로 多情햇다. 츰음 보는 사람에개 믿음으로서 對해 주었으며 더욱이나 酒代을 外上으로 明日 支拂하갯다는 條件 下에 조곰도 疑心치 않곤 주니 참으로 어려운 마음씨다.

주갯다는 給料는 姑捨하고라도 前賃라도 해 주엇으며는 오즉이나 좋으련만.

서울에 온 지 벌서 三個月 其間 혼자서 치낫 것만[지났건만] 一金 壹萬 七阡圜整.

〈1956년 6월 5일 화요일 晴〉 鎔解

五○○粍 타-빈 羽根車로 因한 鎔解 作業을 不得意 短時日 內로 하는 샘.

밤 七時 半 停電으로 因한 作業 遲延되다.

五○○粍-MDAR 二個 中 壹個 鑄造 結果 相當히 구열[균열]에 심하여 失敗. 또 하나는 上型 破損으로 因하여 三번채에 비로서 型는 成功한 샘인되 씨우다가 찐브룩고 故障으로 芯의 分破 狀態. 結果로 보아 二個 다 失敗.

〈1956년 6월 6일 수요일〉 俞 君 結婚

午前 五時 前에 下宿宅으로 돌라가다. 意外다. 李在忠 君 同志들을 同伴하여 來訪. 술의 취한 模樣이다.

午前 十一時 三○分 起床.

會社로 나가 보니 作業은 不振 狀態로다.

十二時頃 柳 君 禮式場을 訪問. 梧柳洞 잔치집에서 취하도록 마시다. □□의 딴 손님과 추라블.

〈1956년 6월 7일 목요일 晴〉

昨日 李在忠 君에개 約束한 一金 參阡 圜 前

---

29) 이탈리아의 영화감독 페데리코 펠리니의 1952년 작 영화 제목이다. 원제는 〈Lo Sceicco Bianco〉이다.

借 件은 나로서도 꼭 해주어야 되갯는되 意
外에도 두어 군대가 모다 失敗. 利子 주고도
었기[얻기] 힘든 요즘 世上 참으로 돈니라
[돈이란] 귀하구나.

八時 相當히 기다릴 개다.

百九拾 圜찌리[-짜리] 劇場 求景을 하다. 난
생 츠음으로 入場券을 拾圜 割引하다.

來日부터는 新聞을 좀 착시리 보자.

〈1956년 6월 8일 금요일 晴〉

六日 날의 李 君에 對한 約束을 履行하지 못
하여 今日 李鳳榮 氏을 通하여 一金 參阡 圜
을 借用하여 "홍능[홍릉]" 特務隊 學校을 訪
問하다.

歸路 昌信洞 兄任 宅을 訪問하여 定鉉니 兄
을 相逢하다.

就職 件으로 上京햇 模樣인되 每事가 如意치
못하드라. 나에개도 適當한 곳에 付託을 하
니. 奉鉉 君니 歸鄕 時 帽子와 샷쓰를 가지고
오다 "빠나마"30)는 李濟勳 君니 쓰고 갓다고.
二三日 內로 李 君 宅을 訪問해야만 될 듯하
다.

〈1956년 6월 9일 토요일 晴〉

敬錫 君 來訪하다. 밤 둘이서 南都劇場을 求
景하다. 觀覽 途中 李在忠 面會를 請함으로
나왓드니 뜻박에도 梁基煥 其外 羅 大尉가
來訪하다. 梁 大尉하고는 오래간만에 相逢한
샘. 安樂에서 酒宴을 배풀다. 十二時 二〇分

安樂을 나와 某처에서 또 다시 술을 마시다.
새벽 三時. 나는 完全히 술에개 降伏을 하다.
새벽 下宿宅에서 잠을 자고 十時에 해장을
하고서 出勤을 하다.

〈1956년 6월 10일 일요일 晴〉

敬錫니 弟의 所持品을 나의 下宿宅으로 옴기
여 오다.

요즘 敬錫니는 몸의 좀 健康한 便니 못 되어
富平 美軍病院에서 治療 中이라고.

오날밤마는 오래간만에 일지금치[일찌감치]
치찬[취침]을 할 수 있는 날이었으며 應當 每
日 今夜와 같은 生活을 繼續함의 앞으로의
나를 爲하여 至當한 日課를 밥는 샘이 될 된
되[텐데] 恒常 孤獨과 번민에서 오는 울하證
[울화증(鬱火症)]인지 도무지 집에 붓어 있
기가 실고나.

〈1956년 6월 11일 월요일 晴 雨〉

今日 夜間으로 鎔解을 할려다가 事情에 依하
여 明日로 延期하다.

李永喆 氏의 술을 었어 먹다.

비 나리는 밤거리를 술에 多少 醉한 나는 南
都劇場을 求景하고 밤늑에사[밤늦게야] 下
宿宅으로 돌라오다.

敬錫 弟의 付託으로 文來洞 某某처에서 作業
服 外 軍服을 나의 下宿宅으로 가지고 오다.

〈1956년 6월 12일 화요일〉 鎔解

온몸의 땀에 배서 슴의 막힐 程度로 힘든 일
의 요즘의 鎔解 作業. 참으로 힘든 作業이다.
에당초에 職業이라고 배운 것이 바라[바로]

---

30) 파나마모자(パナマ帽). 풀잎을 가늘게 찢어 끈을
　　엮어 만든 챙이 있는 여름용 모자이다.

이것박에 없는 나로서는 恒常 職業에 對한 不平의 큰대 別道理 없다.

夜間 干口里리 李 君 宅을 訪問하여 帽子을 차저오다.

敬錫 弟 來訪. 不在中. 相面 못하다.

〈1956년 6월 13일 수요일 晴〉

三〇〇粍 TD 胴體는 爲先 보기에는 좀 깨끗한 物見니라고 볼 수 있다.

鎔解 作業中 今般의 좀 良好한 샘이다.

韓百弼 兄과 둘이서 木型部 鄭氏 宅에서 麥酒을 마시다.

요즘은 좀 내 自身니 내 마음을 마을대로[마음대로] 하지 못할 程度로 좀 타작한 샘이다.

夜間 敬錫니 弟가 來訪하였으나 不在中임으로 도라갓다는 消息.

〈1956년 6월 14일 목요일 晴〉

今日은 敬錫 弟가 來訪하여 용돈을 좀 달라는되 요즘 形便으로서는 단도[단돈] 한 푼니 없으니 李永哲 氏 婦人에개 付託하여 一金 五〇〇圜을 借用. 나의 "보캣트모니[pocket money]" 五〇〇圜을 合하여 주다.

李範其 兄을 相逢하여 간단히 탁주 一杯을 논다.

明日을 期하여 當分間 먼 곳으로 간다고. 서울에서 옛 벗이라고는 단 한 사람 李 君일개다.

〈1956년 6월 15일 금요일 晴〉 釜山 妹氏 來訪. 不在中.

오날도 六時을 期해서 일손을 대다.

會社 新築建物의 上梁式을 擧行하다. 會社에서 負擔한다는 簡單한 酒宴은 너머도 素朴하기 짝이 없다. 술은 많으나 料理라고는 單 한 가지. 工場長도 좀 더 일꾼을 아끼여 준다면는 이런 期會에 얼마든지 自己의 채면도 새울 겸 모지라는 料理을 갔다가 주라고 한 마대만 햇스며는 그 얼마나 좋을지. 李周慶 氏와 一金 二百 圜을 색시한태서 빼서다 저역을 먹다. 도무지 빈속에는 술이 들어가지를 않으니 李相弼 韓百弼 李周慶 君니 麥酒 十병을 마시니 술에 醉한 우리들은 金仁洙 宅을 訪問 또 다시 술을 마시다.

〈1956년 6월 16일 토요일 雨〉

요즘은 내 스스로가 나의 마음을 것잡지 못하니 참으로 불상한 人間相이다. 뻐녀니[번연히] 술은 좋이 못 함을 自覺하며서도 오날도 또 마시다.

요즘은 一日 平均 收入은 壹阡 圜 程度인되 支出은 때로는 參阡 圜도 可하다. 來日부터는 좀 自覺하자.

所課 工場長이라는 者는 어대까지나 作業만 시킬라면 뱃심인 模樣이다.

明日은 公休日임에도 不拘하고 作業을 하려며는 너무도 지나친 獨裁性을 띠운다(F.C 不口之件).

아침부터 나리던 여럼비[여름비]는 끝칠 줄을 모른다. 敬錫 弟 來訪하다.

〈1956년 6월 17일 일요일 비〉

아침 九時頃 朝飯을 마치고 모처럼 쉴 수 있는 休日인되 간밤부터 나리는 비는 모내기에 아주 最高 好雨다.
社宅의 李氏 宅을 訪問하고 永喆 氏 婦人에
게 一金 二阡圓을 借用하여 술을 마시다.
二次로 安樂에서 마시다.

〈1956년 6월 18일 월요일 晴〉

鄭永錫 工場長에게 相當한 攻擊을 받다.
요즘 會社 實情으로서는 좀 더 좋은 雰圍氣
란 도저히 바랄 수 없는 일.

〈1956년 6월 19일 화요일 晴 비〉 本社

本意 아닌 마음으로서 本社에 들렸다가 社長
任에게 너무도 많은 꾸지람을 듯다.
내 本意는 絕對로 아닌되 社長任의 相當히
좋이 못한 말슴을 하는 되는 中間에서 謀略
하는 사람이 있을 거다. 그러나 멀지 않는 將
來에 悟悔[誤解]는 풀리겟지.
今 仁樹와 술. 安락에서 三,五○○圓整.

〈1956년 6월 20일 수요일〉

昨日의 本社서 들리 報□로 會社 內 空氣 □
兇다. 月給 二分의 一을 받다. 술갑 約 壹萬
五仟 圓整을 支拂하고 보니 남는 돈니라고는
단 돈 百圓.

〈1956년 6월 21일 목요일 晴〉

工場 內 鑄鐵 關係로 本社에서 相當한 疑心
을 하는 것도 當然之事.
鑄物도 앞으로는 全然 古鐵이라고는 一TS도
無한되 帳簿 上으로는 二拾 甁니라는 銑鐵이
있으야 當然한되 當場 銑鐵이라고는 全無하
니 五○○粍 타-빈 金枠을 鎔解하여야 되갯

는되 金枠 割 作業에 職長하고 트라블의 生
기다.
밤 九時까지 同志들과 술을 마시다. 좀 더 앞
으로는 깨끗한 製品을 내자는 개 우리의 目
的.

〈1956년 6월 22일 금요일 비〉 暴雨

아침부터 나리든 여름비는 실 새 없이 쏘다
지다. 午後 十一時頃에는 미구에 工場 全體
가 물바다로 變하는 줄로만 아란내.
會社 앞 路上에는 道路가 完全니 江으로 變
한 샘이다.
달니든 찜車는 一切 停車 狀態이며 地型[地
形]의 좀 앝은 家屋에서는 물푸기에 한참.
夜間 周氏의 姑從 兄과 술을 마시다. 요즘은
每日 같히 約 十餘 日間을 通하여 술을 않니
마시는 날은 全無하다.
좀 더 앞으로는 禁하자.

〈1956년 6월 23일 토요일 晴〉 浸水로 平常時 作業

昨日부터 나리는 비도 今日에야 개이다. 工
場 內에 浸水 狀況의 惡化함으로서 乾燥爐
着火 作業 遲延되다.
請負 作業 制度을 不得意 今日에 限해서는
常用作業制로 單 一日이라도 繼續하다. 金仁
鎬氏의 歸社하다.
夜間 仁洙 氏 外 三人니 술을 마시다. 全 部長
의 조용한 機會에 할 말이란 무었인지. 別다
른 말은 않니갯지.
作業 關係로 鄭 氏에 忠告를 하다.

〈1956년 6월 24일 일요일 晴〉常用

工場 內의 整理上 今日도 全員니 平常 作業을 하다.

古砂 調節 作業 外 工場 內 淸掃 作業을 하다.

定時에 退勤하여 路上에서 具晙祐 君을 相逢하고 木型 鄭 氏 宅에서 麥酒 二瓶을 마시다.

同席 上에서 吳敬云 君을 相逢(靑山). 歸路 金仁洙 宅을 訪問.

鑄物 敎本(鑄造 作業 稿本)을 빌리다.

夜間 宋在璟 君을 訪問.

〈1956년 6월 25일 월요일 비〉

米價는 하날[하늘] 앗튼[얕은] 줄만 아는지 昨今의 都賣 時勢가 二萬 圜臺을 오르나리고 工場은 雨量 關係로 作業 不振 狀態에 놓여 있다.

今日도 半은 常用으로서 砂節 作業을 하다.

夜間 南都「버락감투[벼락감투]」을 求景하다.

午前 二時에 就寢하다.

〈1956년 6월 26일 화요일 비〉作業□□□

洪水警報 第一報을 發하다.

아침부터 從業員 全員은 개일 줄 모르고 나리는 暴雨을 限없이 원망. 天災로 因하여 作業의 不振함에 對한 責任은 企業主에개 있는가 그렇지 않으며는 일군들에개 있는지.

놀으며는 損金은 從業員들뿐니니라.

永哲 氏 宅에서 花投을 치다.

午後 三時부터 六時까지 낫잠. 朱 氏 梁 氏 來訪. 酒宴.

〈1956년 6월 27일 수요일 흐림〉

벌서 五月 二十日頃을 기다린 지도 오라다.

端午節을 마지하매 一次 歸鄕할랴 하였으나 每事가 如意치 못함으로 其間 期待하든 消息은 喜消息이며는 오즉이나 좋으련마는.

金曜日 敬錫 弟가 鄕里한다는 消息은 들었으나 모을 일이다.

恒常 그리워하든 나의 家族들아. 今年에도 如意치 못한 나의 運命을 寬容하여라.

〈1956년 6월 28일 목요일 晴〉

五○○粍 타-빈 鑄造 失敗로 因한 罰金 件.

참으로 아름답지 못한 일이다.

三○○粍 타-빈 二個 芯入 作業 不振 理由는 모다들 마음이 들떠서 元因[原因]은 給料 關係개지.

나의 잘못이 아니다.

社長의 잘못이야. 絶對 NO다. 最後의 責任 忠告은 幹部다.

KAMBUDANG이다.

좀 더 責任 있은 말을 期待하노라.

〈1956년 6월 29일 금요일 晴〉

아침부터 給料 件으로 因하여 作業 不振狀態로 돌아가다.

午前 中에 劉完龍 朴相익 申寬燮 午後 白忠鉉 早退로 말미암아서 作業 不振하다. 午後 二時頃 全員 休業하다.

給料 壹萬 九阡 圜 程度을 타다. 밤 金仁鎬 仁洙 三人니 住宅 某處에서 술을 마시다.

方 某 女와 三時頃에 해여지다.

〈1956년 6월 30일 토요일 晴〉

午後 별안간에 復痛[腹痛]의 오다. 全身니 땀에 젓어 도저히 견되기 어려울 程度로 심하다. 午後 三時 半頃 不得意 早退하다.

昨今 病院에서 治療을 밧다.

注射 一本 外 藥 六百五拾圜. 먹은 것의 취[체]햇다는 醫師의 診斷은 나에개는 至當치 못할 程度로 意外의 腹病. 會社 守衛室에서 約 三 時間을 呻吟하다.

밤 十二時까지 主人宅에서도 苦生하다. 主人니 고마운 善心.

밤늣개 藥을 주시다.

七月

〈이달의 메모〉

九日 本社에서 休業을 宣言하는 文書 來到하다.

約 二日間 休業.

十四日부터 二十五日까지 約 十一日間 장마로 作業 不振.

五月 十九日 生女하다.

〈1956년 7월 1일 일요일 晴〉特勤

昨日의 피로한 몸은 오늘 하로 終日토록 도저히 힘을 못 쓸 程度로 全身을 되흔든다.

시근땀의 웬몸[온몸]을 되흔든다. 今年도 오날로서 半年을 完全히 消日핸 샘.

무엇을 햇는지 집 엽에 쁘라다스나[플라타너스] 樹木은 요즘 完全히 靑葉으로 가지를 감추고 마랏며 花園에 꼿들도 재법 푸르개 자랏다.

하로하로 눈에 뛰을 程度로 자라는, 저 포도

덤불리.

〈1956년 7월 2일 월요일 晴〉鎔解

李忠煥 民議院 推薦으로 崔 氏 入社하다.

一個 工具 한 사람을 採用하는 되도 民議院의 힘을 빌려야 하니 참으로 就職하기는 하늘애 별 따기라 어려운 世上이라.

周 君의 姨母夫라고 하는 사람 昨夜부터 한 집에서 下宿하기로 되다. 當分間나라고. 무척 않은[아는] 척 하는 親舊다.

〈1956년 7월 3일 화요일 晴〉

三○의 넘도록 아직끝 술집 "매담"의 職場을 訪問하는 일을 없었근만 서울에 온 지 不可 二個月박에 되지 않은되 酒代 아닌 個{人}的인 用件으로 會社에까지 찾어온다는 거은 他人니 보이케 아름답지 못할 行動으로 보갯지.

今日의 鎔解 鑄造 作業 狀況 大體로 良好함.

作業 途中 金仁鎬 氏와 白忠鉉 氏 間에 常用 賃金 件으로 因하여 "추라블" 有함.

〈1956년 7월 4일 수요일 晴〉休日

金仁鎬 氏 "社長 앞"이라는 質問書을 作成하여 鑄物場에서 直接 社長 面談을 要求. 李 氏 不應을 말마암아[말미암아] 遲延 當하다.

永登洞 堤防 附近으로 四 五人이 고기잡이를 가다.

歸路 堤防에서 燒酒 一杯을 나누다.

李 氏 宅에서 鰍魚湯과 同時에 술을 마시다.

近來에 보기 드문 몸의 不便 消化不良.

一日 平均 大便 五 六回.

〈1956년 7월 5일 목요일 雨〉

昨日의 申 氏의 怠業的인 反對 作業. 참으로 아름답지 못한 處事다. 起重機을 破壞하고 와이야를 切斷할라 하니. 勿論 會社 側에서 故障난 "크랜[크레인]"을 補修 않해 주니까 無理는 아니다.

申 氏 本意은 알지마는 너무도 大擔[大膽]한 怠業 手段에는 참다 못하여 不快한 말까지 나온다. 노총 常務委員會議을 開催하다.

〈1956년 7월 6일 금요일 晴〉

四○○粍 타-빈 上型에 氣泡가 生기여서 相當히 追窮을 當하다.

申 氏 外 他人들도 모다들 相當히 改心하여 作業에 邁進하는 것 같은 氣分니 떠돈다.

"古鄕의 消息을 기다리는 내 마음."

〈1956년 7월 7일 토요일 晴〉

退勤 後 술을 一杯 마시다.

술에 취한 나는 또 다시 鳳龍 南錫 氏 二人 來訪으로 鄭 氏 宅에서 麥酒을 마시다.

歸路 住宅 酒店에서 술주정을 마음끝 하다.

술에 취한 나는 정신 없이 해매다가 어느 方 某 旅館 門을 두다린다.

時間은 이미 열 十二時 直前이다.

一時頃에 돌아와 지다[자다].

〈1956년 7월 8일 일요일 晴〉

安樂 아주머니는 참으로 좋은[좋은] 사람. 요즘 같이 돈에 조달리는 나를 一金 貳阡 圜을 借用하여 주다니.

昨日의 時計을 찾다.

帽子 洗濯分도 찾다.

時計 줄 修繕 件.

李在忠 君 敬錫 弟 漢江에서 뱃노리를 했다고.

〈1956년 7월 9일 월요일 晴〉

事由는 故捨[姑捨]하고 本社에서 앞으로 無期限 鬪爭하갯다는 通告가 有하다.

아닌 밤중에 혹투깨[홍두깨]도 유만부득이지 末端에서 溫純하개 일만 하는 불상한 노동자들이야 무순 罪가 있다고.

오리여[오히려] 作業만 不振 狀態에 陷入하다.

夜 永寶 장화홍련傳 求景가다. 술의 취해서 즉시 도라와 會社에서 자다.

〈1956년 7월 10일 화요일 흐림〉

午前 九時頃 全 從業員니 集合한 가운대서 工場長과 支配人 閉鎖 通告에 對한 內容을 說明하다.

本社에는 工場長과 支配人니 올라가서 折衝하갯다고.

가나마나 다시 元狀復歸[原狀復歸]갯지. 工場長 밤 九時 半 來社 經過을 報告하다. 每事가 元萬[圓滿]히 잘 되었다고 方 氏 宅에서 술을 사다.

賢錫 君 軍에서 休暇 次 來訪. 明錫니 同伴.

〈1956년 7월 11일 수요일 晴〉

午前 九時頃 全 工具들 集合 下에 앞으로의 鬪爭方針을 講求[講究]하다. 一部 强力派와 妥協派 側의 스스로가 自己내 方針을 主張하

다.

團體協約 件에 對하여는 完全 解決을 짖고저
出勤을 主張하는 파와 其 反面에 一面 作業
을 推進하며 要求條件을 提示하라는 兩派가
票決한 結果 强力派가 十五 對 十三으로 勝
利는 햇으나 結果에 가서는 說服 當하다.

〈1956년 7월 12일 목요일 晴〉

今日은 初伏이다. 期間 險惡하든 空氣도 完
全히 사라지고 今日부터는 繼續 作業을 推進
하다.

工場長은 그대로 鄭 氏가 머물러 있개 되고
앞으로는 賃金 件에 對해서는 支拂 日字부터
一週日 以內에 施行하도록 企業主에개 要望.

尹 敎授의 鑄物 技術에 對한 指導를 말함.

夜 永喆 氏 술을 내다.

〈1956년 7월 13일 금요일 雲〉

第一 먼저 술을 삼가하고 亂費[浪費]을 防止
하자.

서울로 온 지 벌서 三個月. 期間 혼자서 지나
머서[지내면서] 한 닐이 무었이아. 負債는 늘
어가고.

집에서 便紙가 왓내.

어머니의 따뜻한 訓示가 귀에 어린다.

처가 또 딸을 낫다고. 참으로 반가우나 人力
으로는 도저히 어이 할 일 없는 形便이다.

다음 期會을 바라자.

〈1956년 7월 14일 토요일 비〉

電氣 事情으로 因해서 晴天니며는 休業하고
雨天니며는 作業을 繼續한다고.

現場 事務室을 新築 工場으로 移動하다.

林順善 氏 工具係을 擔當하다.

夜間 敬錫 弟 自己 親友와 같이 夕飯을 먹고
가다.

비신을 바꾸워 신다.

〈1956년 7월 15일 일요일 비〉

昨夜부터 나리는 暴雨는 새벽여캐[새벽녘
에] 와서는 完全히 其 威勢을 나타내여 瞬時
間[瞬息間] 以內로 永登浦 市街가 물바다로
變하다. 아침 七時頃에 工場에 들어가 보니
生覺하든 바와 조금도 다름없이 造型해 놓은
鑄型가 相當數에 達하며 乾燥爐에 出火는 도
저히 不可能 狀態다.

아침에 作業服을 洗濯하다.

〈1956년 7월 16일 월요일 비〉

天災로 因한 損害란 참으로 莫大하다.

鑄物場 全體가 今年 덜어 벌서 約 五日間을
工場 內 浸水 關係로 (밴토 三○○粍) 下型
二個는 完全히 못 쓰개 되다.

今日도 乾燥爐에 불을 피우지 못하다.

新入者 崔 氏에 對한 現場 內의 여러가지 말
썽.

崔 氏 술을 한 잔 사다.

永寶 王子 好童과 樂浪 公主 映畵 觀覽하다.

〈1956년 7월 17일 화요일 晴〉 制憲節

六月 下半期의 給料를 今日에사 支拂하다.

十五日間 壹萬 圜整이라니 참으로 살기 힘든
世上이다. 이것저것 다 갑고 나니 아직도 約
四阡 圜 程度의 負債가 남다.

今日부터 作業 始作.

夜間 貞花 京子를 다리고 永寶에 가다.

밤 술을 마시다.

二割 引上에 對한 不平 暴發 直前에 처하다.

〈1956년 7월 18일 수요일 비〉

浸水 關係로 作業 不振 狀態다.

〈1956년 7월 19일 목요일 비〉

每日 같이 나리는 暴雨로 因한 水害 莫大하다.

會社 內 排水 不良으로 工場 全體 內 浸水 當하다.

午後 六時 本社을 訪問 社長과 相面 眞狀[眞相]을 報告하다.

南韓 一體에 工場이 다 샌다는 말.

工場長 都 氏이 明日부터 工場으로 出勤기다[이다].

賢錫 弟 來訪.

〈1956년 7월 20일 금요일 晴〉

敬錫 弟가 賢錫니를 同伴하여 來訪하다.

今日까지 벌서 四日間을 作業 不能 狀態다.

午前 十一時 四〇分頃 新任 都 工場長 來社하다. 夜 賢錫 弟을 慰料[慰勞] 하기 爲하야 鄭 氏 宅에서 六〇〇 圜니 술을 가지고 오다.

〈1956년 7월 21일 토요일 晴 溫度 비〉

工場 內 全體가 停電 關係로 休業하다. 親友들 七 八名의 作團하여 楊平洞 뚝 넘어 고기잡이를 가다. 堤防 近處에는 浸水 當하여 男女들의 옷을 벗고 건너야 될 形便. 白南錫 兄

昭介로 農村의 趙 氏 宅을 訪問하다. 機具 一切을 趙 氏 宅에서 빌려. 밧분되도[바쁜데도] 不拘하고 趙 氏의 厚意야말로 요즘 같은 社會에서는 보기 드문 待接을 밧다. 歸路 梧柳洞 近처의 다리로 돌라오다.

夜間 宋君 來訪. 賢錫니 兵舍로 도라가다.

〈1956년 7월 22일 일요일 晴 온도 비〉作業 開始

近 一週日을 개속해 나리는 장마비도 개이고 오래간만에 힌 구름을 해치고 떠거운 太陽이 나리쪼인다. 今日은 中伏이며 六月 유두다. 約 五日間의 休業을 마치고 作業을 持續하다. 新任 工場長 就任人事를 하다.

和睦과 責任 完遂 그리고 淸契[淸潔]을 主張하다.

古鄕에 가야 여할 立場이나 도저히 갈 수 업는 形便니다.

會社도 滋味 없고 張 氏도 못 막겟다.

〈1956년 7월 23일 월요일 비〉

鄕里로 나려갓다가 暫時라도 家事을 돌바야 될 形便니오나 아모리 生覺하여도 無一分하니 참으로 困難하다. 別로히 가고 싶은 마음은 없아오나 그리도 나마는[나만을] 기다리는 人間니 있다며는 그야말로 한편 가련한 人間니라 아니 할 수 없는 女人니다. 女子을 나 노며는 얼떠야고 하지마는 實은 내 마음은 참으로 귀롭다.

다음 期會을 生覺하자.

〈1956년 7월 24일 화요일 흐림〉

生覺지도 않은 給料를 주갯다는 消息을 接하니 막상 마음의 기뻐야 할 形便님의 分明하나 別로히 신통치 못하다. 契 一萬圜 口를 하나 들다. 主人宅에 비누 六個을 사다 드리다. 宋在璟 君을 相面하고 式이나 就職 件에 對하여 森永 關係 如何히 되었는지 窮禁하다. 明日 다시 가보아야 한다고 結論을 듯다.

〈1956년 7월 25일 수요일 흐림〉

崔 氏가 就任人事로서 姜 氏 宅에서 술을 한잔 내다.

金 氏 宅에서 第二次로 간단한 소주를 마시다.

崔 氏와 同伴하여 鐘路 三街 團成寫場을 經由하여 李忠煥 氏 議員 宅까지 가다기로 맥주 待接을 밧고서 十二時 直前에 永登浦에 到着하다.

$$\begin{cases} \text{鑄物 3,000} \\ \text{오모리}^{31} \square\square \\ \text{타-빈 修理} \\ \text{impeller 5} \\ \quad \text{〃} \quad 2 \\ \text{Swab 2} \\ \text{Fe } \square \text{ 8TS} \end{cases}$$

〈1956년 7월 26일 목요일 비〉 鎔解

約 二十 五日 만에야 鎔解爐의 후앙 소리가 들리기 始作하다.

夏期에 들어서는 今日의 가장 大規模의 鎔解 作業이다.

소낙비가 쏘다저서 落雷로 一時 停電니 되여

---

31) おもり(錘). 추, 봉돌을 말한다.

全員 마음 조리든 次에 多幸의도 送電되여 作業을 持續하다.

이로서 當分間은 걱정을 免한 셈의다.

新工場長 藥酒 一斗을 手苦 條로 내놓다.

製品 約 十三TS으로 推算하다.

〈1956년 7월 27일 금요일 晴〉 砂落

鑄造 狀況 大體로 不良.

八○○粍 上胴體 芯 掬割로 補修費 條로 壹萬圜.

四○○粍 후란지 物의[물이] 돌지 않았음. 밴도라이프 三○○粍 三介 不良. 八○○粍 下胴體 후란지 側에도 うら 現狀으로 不良하다. 工大學生 實習 次 來社하다.

金烈 君와 自由夫人 觀覽하다.

〈1956년 7월 28일 토요일 비〉

金仁鎬 長男 生誕日에 招待를 받다.

第二次로 安樂에서 술을 마시다 酒席에서 李君의 脫線으로 韓百弼 兄과 言爭. 金仁鎬의 來日의 보자는[내일 보자는] 言事로서 트라불을 暴發하다. 同鄕 사람이라 할지라도 잘못은 꾸짓는 개 人間다운 處事이그늘 次曲 사람들이란 참으로 좋이 못한 人間들이다. 來日 보며는 어이할 作定인고.

李在忠 君 來訪.

〈1956년 7월 29일 일요일 晴〉 休勤

大東에 入社 以來로 츠음으로 今日 缺勤하다. 아침 正常的으로 변도[도시락]를 가지고 會社에 나아갓으나 昨夜의 트라불을 生覺하며는 도저히 마음의 不快. 무더운 下宿宅에서 하로 終日 낫잠만 자다. 仁鎬의 쓴웃음은 무었을 意味하는지 알고도 모를 일이다.
韓弼 兄도 午後에는 休日로 定한 模樣이다.
밤 家子을 다리고 漢江에 沐浴을 가다. 歸路 鄭 氏 宅에서 오랜지 쥬-쓰을 周 氏가 사다.

〈1956년 7월 30일 월요일 晴〉
더위는 요즘 와서 한참이다.
昨日의 休勤으로서 여러모로 좋의 못한 不祥 事가 發生할 줄로 思料하였으나 別로히 다른 點의 全無하다.
次曲 사람들의 同鄕觀念이란 참으로 무섭고나.
아침부터 明日은 鑄造 作業을 할 豫定인되 어이 되는지도 하고 責任을 추궁하는 仁鎬 君니 對話을 全 從業員니 不萬感[不滿感]을 주다.

〈1956년 7월 31일 화요일 晴〉
이 달도 今日의 마주막이다.
明日의 鎔解 作業을 急速化하기 依하여 最大의 努力으로 하다. 鄭元俊 君 申寬燮 兄과 트라블. 見習으로서 技術者을 暴行한다는 것은 참으로 좋이 못한 행동이다. 鄭 君 自己의 過誤을 뉘이치고 謝罪하다.
申 氏는 참으로 말 없고 고전한 人間니다. 運이 나빠서 見習工에개 逢變을 當하는고나.

〈月間備忘〉
七月 九日
本社 方針이라 하여 當分間 休業을 宣言
約 二日間 作業 不振
七月 二十日

賢錫 君 來訪
七月 二十一日
新任 工場長 新任 人事
七月 二八日
仁鎬 氏와 安樂에서 트라블
七月 二十日
鄭 工場長 本社로 轉勤

〈이달의 메모〉
八月 十七日
弼容 氏한티 一金 壹萬 圜 借用

〈1956년 8월 1일 수요일 晴〉鎔解
찌는 듯 무더운 날시에 사는 거이 무었인지 물 붓기 작업에 여념의 없다. 몸 전채가 물의 줄 〃 홀리여 午前 十一時頃에는 모다들 完全 니 지처서 물바가지를 들지 못하다.
申寬燮 兄은 今日로서 깨끝히 作業을 고만 두갯다고. 싸움하고 쪽여나는[쫓겨나는] 샘이다.

〈1956년 8월 2일 목요일 晴〉鑄造 狀{況} 不良
昨日 鑄造 狀況은 大體로 良好한 샘이나 가장 밧부다는 物見은 元來가 잘 誤作되는 샘.
四〇〇粍 스토래-나가 完全히 좋은 物見으로는 生覺지 못할 程度로 上部에 기스가 나다. 三〇〇粍도 芯 掬割로 因하여 不良 型張로 혹이 생깃다.
요즘 발등을 불에 되여서 作業 中에 相當한 不便을 느끼다. 釜山 芮 氏 宅에 消息을 傳하다.
別로 新통치 못할 일이다.

〈1956년 8월 3일 금요일 晴〉

新任 工場長 츠음으로 本人을 尋訪하며 來歷을 問議하다. 爲先 보기에는 좀 敎育깨나 받앗[던] 사람이라 아래 사람을 統率하는 되 特殊한 方針이라도 쉬 줄 思料하였것만 元來 技術 面은 白紙라 別로히 新通치 못하다.

明日 休日이라는 報告을 듯다. 枠 六五○粍 上胴體 運搬하다.

〈1956년 8월 4일 토요일 晴〉 休日

近 五個月 만에 釜山에 金基榮 妹氏을 相逢하다.

母親니 추럭 事故로 因해서 永同 赤十字 病院에 入院 中이라는 消息. 李在忠 君을 同伴하고 오다.

午後 三時頃 漢江 水泳場에 나아가다.

글자 그대로 人山人海 裸體 展覽會을 연출하다.

李金烈 君을 同伴하다.

金 君을 通하여 芮氏 宅에 督促을 하다.

金額 件.

〈1956년 8월 5일 일요일 晴〉

給料을 못 타서러 下宿 宅의 食代도 未安하그니와 新聞 代金 條로 每日 같이 督促을 받으니 차라리 요즘 같이 돈에 쪼달릴 바에야 釜山 生活의 오히리 나에개는 最適任이다.

會社도 밋지를 못하갯고 갈 길은 全然 莫然할 다름이다.

찌는 듯 무더운 여름 날시에 職場에서 땀을 흘리며 일을 하여도 먹고 살기가 바뿌니 將次 닥처올 名節에는 어떤 方法으로서 生計을 維持할 것인지.

〈1956년 8월 6일 월요일 晴〉

한때 너무도 비가 많니 와서 永登浦 一帶가 물바다로 變햇근만 요즘 같어서는 나리쪼이는 여럼 햇빛애 무지 만니 무더운 날새에 땀으로 스며든다.

집 뜰 앞에 포도나무도 가물면 한 자식[한 자씩]이나 너러만 가드니 요즘은 더위에 못 이겨 조금도 할생을 못하며 멋띠가리 없의 큰 꽂나무는 한 송이 두 송이 피기 시작하여 요즘은 재대로의 □을 뽐내는 샘이다.

〈1956년 8월 7일 화요일 晴〉

身病으로 因해서 其間 約 三日間 休日로 繼續되든 李 氏가 今日에야 出勤하다.

工場 內에 韓百弼 兄과 林順善 兄의 트라블로 因하여 林 兄의 韓 兄의 非行을 非難하다.

夜間에 牛市場 廣場에서 市議員 候補者 閔氏의 個人 政見니 有하다.

珉求 아재 來社.

〈1956년 8월 8일 수요일 晴〉

敬錫 弟가 來訪하다. 재따에는[제 딴에는] 요즘 용돈니 없어서 차저온 模樣인되 내 自身 아직 給料을 未拂한 關係로 無一分이니 참으로 未安하다.

永都中學校庭에서 錢鎭煥[錢鎭漢][32] 先生의

---

32) 1901년 문경 출생으로, 해방 이후 대한독립촉성 전국청년연맹, 대한노총 위원장 등을 역임했다. 제2, 3, 5대 국회의원을 지냈다.

閔廣連 氏의 贊助演說의 有하다.
姜 氏 宅에서 一金 壹阡 圜을 借用하다.
720 럭키치약.

〈1956년 8월 9일 목요일 晴〉
退勤 後 金仁鎬 氏의 술 대접을 받다.
燒酒 한 잔니며는 充分해 이것의 우리들의
경재환경이며 또 當然한 일이다.
周 君도 來席하다.
約 一週日 만에.
츠음으로 취하도록 마싯다.
밤 九時에 치침하다. 밤중에 냉수를 새 번니
나 마시다.

〈1956년 8월 10일 금요일 晴〉
明日의 末伏인 故로 오날 기온은 찌는 듯 무
덥다.
요즘은 每日 같이 上衣을 벗고서 八時間을
피곤하개 일하는 개 常例이다.
夜間 金善太 議員니 演說을 듯다.
柳載漢 氏의 尹放映 先生을 빔라고[뵈려고]
많은 市民을 밤늣개까지 集結시켜 노고 온다
든 九時 三〇分니 十時가 너머도 오지를 아
으니 답〃하다.
敬錫 君 來訪.

〈1956년 8월 11일 토요일 晴〉
市議員 選擧日은 앞으로 二日 압두고 立候
[補]者들은 목에 핏때를 지으며 애걸하는 꼴
을 보며는 民主政治란 한편 좋으나 한편으로
넌 모순니다. 볼 기 많타 할까. 요즘 같어서는
기든[가는] 곳마다 술이다. 最下가 無려 百

萬 圜整을 使用한 候補者들 當선되며는 相關
無하다. 落選되며는 참으로 불상하고 갯심한
놈들의 당연니 밧다야 할 罰則.

〈1956년 8월 12일 일요일 晴〉 鎔解
七月 七夕 좋은 날에 쇗물 붓기에 餘念이 없
고나.
午前 十時부터 돌기 始作한 搧風機[扇風機]
는 밤 六時頃에야 비로소 스돕이라.
材料도 인는 되로 알뜨리 使用햇으며 物見도
좋은 成果을 겋우얼[거둘] 것만 같어.
金斗煥 氏 贊助 講演.

〈1956년 8월 13일 월요일 晴〉 道議員 選擧日
今日은 서울 地方으로서는 第一回 地方議員
選擧日이다.
아침부터 各 投票區에서는 選擧人들의 投票
에 熱心하다. 會社도 午前 中으로 作業을 마
치고 도라가다.
第3區에서는 民主黨 候補者 金在順 君니 當
選의 月桂冠을 쓰다.
밤 十二時까지 永中國民校庭에서 開票 結果
을 기다리다.

〈1956년 8월 14일 화요일 晴〉
피곤한 몸을 억재하여 또 職場을 찾어 가다.
作業 中 工場長이라는 者의 社長 宅을 訪問
하는 기 좋으리라는 付託을 받다.
十二日의 鑄造 狀況을 大體로 良好한 샘이
다.
서울 特別市 所屬別 當選者.
民主黨 四〇名

自由黨 四六名

無所屬 四名

〈1956년 8월 15일 수요일 晴〉

倭놈들의 손을 든 지가 어재 아래 같근만 벌서 十一年의 되었구나.

내 나의 갓 二十 살 대 멋 모르고 기쁨에 날 띠었건만 요즘 國內 모-든 還境으로 보아서 十一年 前니 기쁨은 過然[果然] 무었을 가저 왔든고. 國家的으로 가장 慶事이 날 八.一五을 마지하여 마땅의 탁주 한 잔이라도 마셔야 될 日이나 술은 苦捨[姑捨]하고 電車費 三十圜니 없어서 서울 市內을 못 드러가다.

敬錫 弟 來訪하다. 古鄕人.

〈1956년 8월 16일 목요일 비〉

修理햇다는 工場 屋上은 如前히 개속 落雨가 개속 되다.

今日 주갯다든 給料는 全然 莫然하고나.

哲元 君 來訪하여 約 壹個月 七日 만에 오다.

내 얼골의 요즘 相當히 그럿 됏는지 놀라는 語調로 걱정을 해주다.

明日 敬錫 弟가 下鄕한다니 다문 얼마라도 旅費을 주어야 하갯는되 無一分니니 참으로 困難하고나.

〈1956년 8월 17일 금요일 晴〉弟 鄕里

同生 鄕里에 앞서 다문 얼마라도 付送해 주어야 되갯는되 요즘 會社 環境으로서는 마음으로는 切實한 責任을 느끼나 벌로히 多額은 아니나 給料을 타지 못하여 참으로 困難하고나. 弼容 氏한퇴 付託하여 一金 壹萬 圜整을 借用하여 廣木 一匹과 一金 七阡 圜을 보내드리다.

夜間 永寶에서 上映 中인 映畵 玉丹春을 覽求하다.

今日 주갯다든 月給은 소식조차 全無하다.

〈1956년 8월 18일 토요일 晴〉

大東工業 鑄物場의 別다른 收入의 全無함인지 申 氏가 서울 市內로 一金 五萬 圜을 받고서 간 지도 벌서 二〇日의 經過햇고 今日 벌안간애 吳致寬 兄의 高ㅁㅁ로 가다. 하로 收入으로서 生計를 維持하는 職工 生活로서는 때에 따라서 이 工場 저 工場으로 도라다니여서 품파리 하는 기 요즘 不安한 우리들의 還境이다.

〈1956년 8월 19일 일요일 晴〉漢江 보트노리

오라간만에 마지하는 日曜日이다.

와이샤쓰 에리를 다려 입고 난 후 호주머니에는 五〇〇圜 밧기 드러 있지 않은 金額을 어뜨케 하며는 有用하개 使用해서 오날 하로를 즐겁개 하느냐.

會社에 들려 신발을 닥으라니까 난되엾의 社長의 來社하여 現場을 巡視하고 오라간만에 點心 한 그럿을 사주갯다는 매우 좋은 氣分으로서 李炳玉 氏을 訪問하여 家寶食店에서 和食을 먹다. 金仁洙 氏와 漢江에서 나려 보트노리을 하다. 首都劇場을 求景.

〈1956년 8월 20일 월요일 晴〉

歸路 뽀쓰賃[버스비]의 全無하여 團成社을 訪問하였으나 兄은 大川 海水浴 行이라 許

氏을 相逢하고 永登浦 李 支配人 宅을 訪問
茶房으로 案內를 받어 우-이티 二個을 대접
받고 方氏 宅에서 食事를 하다.
金仁호 氏 林順善 外 二人 鄭周用 氏 葬禮式
에 參加하다 도라왓다는 고마은 말씀들.
吳 兄을 送宴하다.

〈1956년 8월 21일 화요일 晴〉給料
아침부터 全 從業員들은 給料를 왜 안 주나
今日 當場에 내라 그러치 않으며는 來日부터
作業을 않한다. 幹部들은 몸 둘 곳을 모른다.
都 新任 工場長 마지못해 本社애 가서 高利
條로 돈을 가지고 왔다고.
참으로 고마운 일이다.
오라간만에 하숙비 二萬 圜을 支拂하다.
主人宅 石奉 君을 다리고 참위[참외] 果實 四
○○圜을 사다 주다.

〈1956년 8월 22일 수요일 晴〉
新 工場長 一個月의 되었다고 幹部會議를 開
催.
其間 一個月間니 回顧 所咸[所感]. 여러분니
심부룸꾼니 대갯다고 무었이든지 理論 ㅁㅁ
만 가춘 일이라며는 서슴치 않고 社長에게
建議하갯다고 朴宮仙 氏 件 組合에까지 所及
[遡及]하며 今日 組合長과 爭議部長 來社. 工
場 自己힘으로 해결하갯다고 要旨를 말하다.
當然한 일이나 新 工場長만니 말할 수 있는
일.

〈1956년 8월 23일 목요일 비〉처서
비소리도 처랑 맛개 가을비는 소리 없이 나

린다. 벌서 오날이 처서. 올해도 봄도 가고 여
름도 사라지니 남은 것은 향수심을 돗구는
가을철. 우리 같은 고독한 방랑객에는 가슴
을 되흔드는 씨-즌. 멀지 않어 八月 秋夕 名
節이라 鄕里에 가야 될 立장이나 無一分한
現在의 立場 참으로 난처하다.
흐르는 새월 닥가오는 명절.
훗대개[헛되게] 보내는 今年 모다가[모두가]
내 마음은 불안캐 하다.

〈1956년 8월 24일 금요일 晴〉
푸른 하늘에는 구름도 가볍개 떠돌면 들이
벌레들은 가을이 노래 부른다.
벌서 季節은 가을 뜰아래 노란 꽃송이가 하
나 들 떠러지니 방랑객인 나의 심정 더 한층
鄕愁에 못참갯내. 고향에 하늘도 限없는 맑
갯지. 그리고 들밧에 곡식들도 벌서 익기 시
작햇갯지. 가고 싶은 내 고향이 더 한층 그립
고나.

〈1956년 8월 25일 토요일 晴〉休
釜山에 契金 拾萬 圜은 도저히 債務者가 積
極的인 程度의 誠意를 無表함인지 秋夕 안에
는 되지 않캣다는 말.
人間으로서 急할 時는 가진 不美수로운 發言
을 하는 개 本能이라며는 좀 더 만나지 않트
라도 書信으로서도 未安하다는 謝過라도 올
리는 기 當然之事라 하갯근만.

〈1956년 8월 26일 일요일 晴〉休
工(場) 內 作業은 完全히 마비狀態로 돌아가
다.

政府 自體가 좀 無責任하고 機械工業 發展에 난 몰라라 하는 格.

銑鐵은 完全히 固褐[枯渴] 狀態이나 우리나라에서 生産치 못하는 理由를 뻐연히 알면서도 輸入할 計算을 잘못 햇는지.

요즘 中小 企業體는 銑鐵 날리.

TS當 拾萬 圜까지도 不辭하다.

〈1956년 8월 27일 월요일 晴〉 休

하로 終日을 李氏 宅에서 花투노리를 하다.

工場長 鑄物部 一 二 工場 聯結 略圖 補修 件에 關하여 下來 有함.

夜間 林氏와 安樂旅館을 찾어가다.

마음은 있었으나 좀 亂雜해서 十時頃 집으로 도라오다. 別記事項 無함.

〈1956년 8월 28일 화요일 晴〉 常用

國內 鑄鐵은 完全히 枯渴 狀態다.

今日은 不得意하여 常用으로 金枠 一切을 整理하다.

現狀을 보아서는 將次가 莫然하다.

차라리 釜山에서 올러오니 않었드라며는 좋을 것을 서울에 왔어 무었을 햇는고.

李在忠 君 來社하다.

釜山에 契金은 앞으로도 莫然하다고.

〈1956년 8월 29일 수요일 晴〉 休業

鑄物部 眞鐵層 約 六阡 圜 時價 程度가 盜難 當하다.

木型 工具 盜難 當하다.

요즘 會社에 경기 不良으로 오는 패端[폐단(弊端)]인지는 모루나 相當히 工場 內 惡風

이 불기 始作하다.

鄭永錫 氏의 請에 依하여 仁川 大韓重工業 Co까지 揚水機 試運轉 關係로 出張하다.

鄭氏의 不禮한 처사 참으로 아름답지 못하다.

〈1956년 8월 30일 목요일 請〉 休業

新都 工場長과 金氏 宅에서 대포 술로 한 잔식 논다.

格言에 중이 자기 머리 못 깍는다고 서로서로 助力을 要望 當하다 老鍊된 社交術과 調理[條理] 있는 一言一句 모다 배윗다는 점을 表示함에 나뭄이 있다.

三人니 미스를 모다들 아럿다고[알았다고].

百弼 氏에개는 무었 되문에 그런 말을 하는지 알지 못한 件니라.

周 君에 對한 減員令이 나렷다는 消息을 듯다.

材料 約 三TS 入庫.

〈1956년 8월 31일 금요일 請〉 休業

요즘 같은 工場 休業 狀態로서는 도저이 앞으로 名節을 마지해 가지고는 莫然하다. 다가오는 秋夕節도 그리거나와[그렇거니와] 會社 還境으로 보아서 今年 名節을 어트개 克服해 나아가느야가 第一 큰 問題이다.

材料가 TS 當 四萬 圜에도 購入하기 困難할 形便이다.

놀고도 말 못할 事情에 處해 있는 기 요즘 工場 從業員들의 딱한 事情이다.

本社에서 一人當 二阡五百 圜整式을 借用해 주다.

〈月間備忘〉

八月 一日 申氏 辭退하다.

八月 十三日

道議員 選擧日

八月 十七日

敬錫 弟를 通하여 古鄕 消息을 듣고 廣木 一匹 外 壹金 七阡圜을 付送함.

李彌容 氏한태 一金 壹萬圜

八月 二六日 ― 九月 二日까지 一週日間 材料 關係로 休業하다.

九月

〈이달의 메모〉

八月 中秋節

九月 十九日

鄕里로 나려갈 豫定임

九月 二十六日

鄕里에서 돌아오다.

九月 九日 釜山으로 나러갓다.

一金 拾萬圜 件.

〈1956년 9월 1일 토요일 흐림 비〉 梧柳洞 □□

約 十五日 만에 비로서 金 三阡圜을 만지여 본다. 李鳳榮 氏에개 壹阡圜을 返還하다.

밤 某處에 擔保한 時計을 찾으로 나아가다 途中 劉 君을 相逢하여 (永寶) 물라방아을 求景하다.

逍風을 마치고 도라오는 길에 某處에서 女人을 만나다[만나다]. 참으로 마음씨 고윤 人間나라 할 수 있갯다. 恒常 귀로움을 참치 못하는 개 나의 人生 自勢[姿勢]라며는 차리라[차라리] 家族을 同伴하는 것도 좋은들[좋을

듯].

〈1956년 9월 2일 일요일 晴〉

約 一週日 만에 비로서 材料가 準備되였다고 덜 作業을 始作하라는 指示을 받다.

夜間 왔찌[watch, 시계]를 차즈려 仁洙 君과 李 君을 同伴하고 永登浦 一帶을 逍風하다.

아직도 더운 날시는 개속 될 模樣. 下宿宅 房 修理에 天井에 一八□ 線針金[33]을 會社에서 웃어다가 쓰다.

濯洗[洗濯]을 햇는되 판쓰[팬티]는 있으대 나이로[나일롱] 洋말 一커래를 盜難 當하다.

〈1956년 9월 3일 월요일 晴〉

팔자가 조와서 約 一週日을 허송하고 나니 일손니 뜨는 것도 無理는 않이갯다. 八○○ 瓲 大物는 芯入 作業의 順調롭개 進行되는되 三○○瓲 新型은 왜리여[오히려] 맞이을 않는다. 木型燭의 責任은 恒常 免할 수 있갯다.

退勤 後 姜氏 宅에서 李봉용 兄의 肉味 안주에다 술을 사주다. 오즉 마음으로서 咸謝[感謝]의 뜻을 表할 다름이다.

周鐘石 君 本社에 減員令 件으로 因해서 들니다.

宿舍 修理 完了하다.

〈1956년 9월 4일 화요일 흐림〉 鎔解

材料難으로 不進 狀態에 있든 鑄物場 作業 狀況은 今日로서 다시 活潑하개 開始됨.

---

33) はりがね(針金). 철사를 뜻하는 일본어. 문맥으로 보아 일정한 두께의 철사를 말하는 것으로 보인다.

電氣 事情으로 因하여 夜間 作業을 繼續하다.

新任 都 工場長 夜間作業의 끝낫 되가지[끝날 때까지] 終始 귀로음을 모르시고 手苦을 아끼지 않이하다.

鎔解 作業이란 참으로 힘든 일이다.

(밤 十一時 三〇分부터 鎔解 作業)

〈1956년 9월 5일 수요일 晴〉

昨夜서부터 始作된 鎔解 作業은 今日 아침 十一時頃까기[까지] 개속되다. 개속 作業 三十餘 時間을 하여 보기는 工場 生活 數十 年間을 두고 보기 드문 作業이다.

釜山 光復洞 安基準 兄으로부터 兵籍 關係上 至急한 用務가 有하다는 電報을 接하다.

도라오는 日曜日까지 下釜라는 內容.

〈1956년 9월 6일 목요일 晴〉

釜山에는 가여야 되갯는되 요즘 還境으로서는 호주머니에는 無一分이니 참으로 困難하고나. 最小限度로 一金 壹萬 園은 가지여야 되갯는되.

今烈 君을 通하여 安 兄에개 同□을 傳하다.

鄭 氏와 술 對接을 밧다.

十時環 카바라에서 周 君니 待期하다. 무순 벌다른 말이라도 있는 줄로만 알았다.

〈1956년 9월 7일 금요일 晴〉

李炳玉 氏에게 一金 壹萬 園 程度 借用을 依賴하다.

明日 中으로 틀림없의 되갯다고는 斷言 못할 形便.

社長에개 親書을 올니라는 都 氏에 말씀.

夜間 白鳥羅紗에서 月拂로 □服 件에 對해서 相議하다.

金仁洙 周鐘石 外 李永喆 爲先 三人만 □□해볼 □□이다.

〈1956년 9월 8일 토요일 晴〉

李炳玉 兄으로부터 一金 壹萬 園整을 借用하다.

午前 中 李濟勳 君니 來訪으로 休業하고 昌信洞 朴尙鉉 兄任 宅을 訪問하다.

文琪珙 君니 片紙을 壹 個月 後에 接하다.

夜間 五烈車은 相當히 滿員니여서 도저히 발둘 곳을 모르갯다.

二等 客室에도 座席은 全無하다.

〈1956년 9월 9일 일요일 비〉

午前 九時頃 미온한 기분 속에 約 四個月 많에 츠음으로 港口都市 釜山에 발을 되〃다[디디다]. 草浩 氏 宅을 訪問하여 朝飯을 엇어먹고 나서 全 從業員 諸兄들을 相逢하다.

文 兄을 相面하여 其間 지난 일을 相議하며 市청 앞 路邊 食館에서 초밥 四人分을 먹다.

安基寧 兄은 相當히 未安한 咸[感]을 기지는 模樣이며 草浩 氏 宅에서 午後 六時까지 자다가 凡一洞으로.

〈1956년 9월 10일 월요일 晴〉

會社 內 옛 親友들의 따뜻한 酒宴을 배풀어주는 마음 오즉 마음속 깊히 感謝의 情을 表할 따름이며 손님이라는 條件 下에 鎏坤 君 宅에서도 따뜻한 朝飯을 對接 받다.

六 個月 만에 츠음으로 釜山 거리에서 술의 취한 나는 前 下宿 宅애 들어가기가 좀 마음 언짜나 발길을 돌니다. 某處에서 K을 만나 밤을 새우다.

〈1956년 9월 11일 화요일 晴〉 點呼
昨夜의 술이 좀 過度한 模樣이라 아침 七時 三○分頃 市廳 앞에서 "곰탕" 한 그럿은 사먹엇으나 속은 쉬원치 않타. 慶南中學校에서 八時부터 簡열[簡易] 召集이 엇어[있어] 午後 六時頃에 끝은 마추고 金雨龍 兄의 옛 情은 이즐 수 엎으리라는 술 正宗 一甁을 韓昌奎 文琪珙 金, 安 五人니 參席 下에 밤늣개까지 술에 취하다.

〈1956년 9월 12일 수요일 晴〉 轉籍
文元俊 氏 宅에서 朝飯을 엇어먹고 芮 氏 宅은 訪問햇으나 좀 無誠意的인 態度로 對하는 感은 나로서는 참으로 참기 困難할 지컹이나[지경이나] 네[내] 元來 溫順한 性格의 所有者라는 말을 남에개 듯는 탓인지 爲先 말하는 대로 듯고맛[듣고만] 잇다.
午前 中 轉籍手續은 無難히 끝마치고 釜一商會에서 朴潤基 兄을 相逢하다.
밤 鎰坤 氏 宅에서 遊迫하다.

〈1956년 9월 13일 목요일 晴〉
昨日 出發 豫定의 收金 關係로 今日도 늦어지다.
主人 宅에서 一金 壹阡 圜을 借用하여 凡一洞에 들리다. 妹氏 來訪하다. 午後 五時頃 大新洞 妹氏을 相逢하다. 첫 아들을 나은 지가

不過 三個月박에 안 된다는 喜消息!
"좀 오날 저역에는 올라가기 하여 주시요. 글새 참 未安합니다. 東萊애 아이를 보냇스니 七時까지는 된다는 그짓말."
李永範 兄과 喆浩 文春 諸兄들의 待接을 받다.

〈1956년 9월 14일 금요일 晴〉 서울로
芮 氏 宅은 모다들 人間으로서는 모지라는 사람들뿐니다.
正當히 남에개 주어야 할 것을 주지 않는 자는 일종 도족[도적]보다도 오이려 良心에 黑點의 더 많은 자.
一金 十五萬 圜에서 五萬 圜은 에누리하고 拾萬 圜으로 良解[諒解]. 統一號로 九時 三○分 서울 到着. 李炳玉 氏 宅에 사과 一가고[바구니(かご)] 디리다.

〈1956년 9월 15일 토요일 晴〉
金仁洙 兄의 따뜻한 好意 참으로 感謝하다.
妻家宅에서 가지고 왔다는 果實을 나누다니.
金 君과 서울 市內 行을 中斷하고 "안타루샤" 永寶 映寫 求景을 하다. 南都도 하다.
金仁호 外 五人 安樂에서 술을 마시다.
驛前 仁洙 仁□□ TAZN하다.

〈1956년 9월 16일 일요일 晴〉
都 新工場長과 永成屋에서 술을 마시다.
夜間 支配人니 보내준 割引券을 利用하다.
永寶 主人宅 아히들 三人 同件.
釜山서 엇은 文 君의 膳物을 츠음으로 利用하다.

〈1956년 9월 17일 월요일 晴〉
一金 貳萬 圓을 차저다 古鄕 갈 준비에 분망.
敬錫 弟을 相逢할라고 두 번니나 部隊을 訪
問하다.
夜間 市場에 가서 約 七阡 圓 程度로 物見을
購入하다.

〈1956년 9월 18일 화요일 晴〉
仲秋節을 마지하여 歸鄕客들로 京釜線 列車
는 超滿員니다.
金泉까지 某 女人에개 車票을 삿다.
急行券을 사가지고 下列車로 無事히 鄕里로
도라오다.
二女을 츠음으로 보다.

〈1956년 9월 19일 수요일 비〉
아침부터 나리는 가을비는 소리도 없이 처량
맞기 나린다. 컨댁[큰댁]에서는 秋夕 날 아침
이라 밧부기가 限니 없다.
祭事을 마치고 갈 길조차 없는 참으로 平年
에 보기 드믄 秋節 날씨다.
어려서 오날 "밤 대추" 果實을 따먹든 옛 追
憶도 새롭그니와 도대채가 요즘은 움지기
{기}가 실다.

〈1956년 9월 20일 목요일 晴〉
禮谷國民校 大運動會 春吉 君 學校 사보다추
[사보타주].
李濟勳 君 妻子을 同伴하고 來 妻家.
李 君과 靑山茶房에서 洪君 柳君 四人니 옛
追憶을 더듬다.
몸의 좀 異狀하다.

注射을 맞다.
아번님 고기 잡어 오시다.

〈1956년 9월 21일 금요일 비〉
雨天으로 因해서 靑山國民校 運動會 延期하
다.
部落 靑年들 某〃人과 盜賊바위 밑에서 (개
랭根[34])으로 고기잡이를 햇으나 조금도 잡지
를 못하다.
歸路 丁錫니와 錫鉉니는 곳장 산 일로 들어
뒷산[뒷산]으로 넘어오다.
뒷 고랑에서 대추를 따다.

〈1956년 9월 22일 토요일 晴〉
校平里 文根 君에개 雷管니 있다는 消息을
듯고 敬求 아재를 通해서 떡 十一個을 交換
條件으로 가지고 校平里로 가다. 있다는 거
은 헛말.
松城里 外祖母任의 來訪하시여 저역 食事을
같이 하시다. 勝雨 君도 오다.
夜間 商會 廣場에서 노래 試合이 있어서 求
景하다.
四寸 兄任 宅에서 遊하다.

〈1956년 9월 23일 일요일 晴〉
靑山國民學校 秋期 大運動會을 開催하다.
오래간만에 옛 親友들을 相逢할 수 있는 期
會를 만들을 수 있는 기 單 一年에 한 번밧개

---

34) 가래나무 뿌리를 말하는 것으로 보인다. 가래나무
뿌리를 으깨서 물에 풀어 물고기를 기절시키는 방
법으로 민물고기를 잡는다.

없는 좋은 期會근만 別로히 親友를 만나지
못하다.
洪正芫 君과 中學校에서 卓球을 約 三時間
동안 치다.
柳蒼珠 兄의 막걸리 한 사발을 사주다.
밤 八時頃 禮谷里에 到着하다 外祖母任 來訪
하시다.

〈1956년 9월 24일 월요일 晴〉
아침 九時 三○分頃 敬求 아재와 둘이서 禮
谷里 八鉛鑛山 現場 監督 姜 氏을 相面해서
雷管 二個을 었어서 치리 때와 마루을 約 두
거럿 程度 捕裝[包裝]해서 노룰목[노루목]
再當叔母任[再堂叔母任] 宅에서 술안주을
해서 먹다.
午後 어머니와 같히 물 건너 고구마밭에서
고구마를 캐다 저역에 먹다.
來日은 出發 準備을 갖추어야 될 것이다.

〈1956년 9월 25일 화요일 晴〉
아침부터 나리는 가을비는 소리도 없이 처량
맞개 나린다.
仲秋節 休暇을 마치고 今日 서울로 出發할랴
햇으나 가을비가 나리는 바람에 不得意 中止
하다.

〈1956년 9월 26일 수요일 晴〉
午前 一○時頃에 外祖母와 더불어 앞 江물을
배로 건너서 靑山으로.
뻐쓰 時間의 變更으로 外祖母애개 말씀도 못
드리고 서울로.
會社 親友들과 酒宴을 배풀다.

〈1956년 9월 27일 목요일 晴〉出勤
仲秋 休暇를 마치고 今日 비로서 職場에 나
아가다.
가을철이라 벌서 作業服 가라입기란 참으로
실타.
李永哲 氏는 左足에 負傷을 입고 金龍伊 氏
는 辭退하다.
職場에서는 材料 關係로 休勤한 되 對한 賃
金 支拂 要請으로 相當한 異見을 提出하다.
結局은 六○○瓩 下胴體 誤作品과 四日間니
常用 日給을 交換한 샘이다.

〈1956년 9월 28일 금요일 晴〉張 被擊
李炳玉 氏을 上京 後 츰으로 相面하다.
鑄物場 젊은 親들 固定 給料 件로 職長과 是
非을 論하다.
結局 젊은 親들 말하는 것도 無理는 아니다.
同 件에 對해서 鑄物部 內 先輩들과 相議한
結果 引上은 前提로 合意하다.
食代 一二,○○○圜을 支拂하다. 이로서 九月
分은 解決된 샘이다.
九二八 記念行事.
(張 副統領 被擊 當함)

〈1956년 9월 29일 토요일 晴〉
朝夕으로는 매우 날씨가 차다.
원제나 겨울철의 닥처오면 나는 한상[항상]
너무도 비관을 자아낸다.
그것은 나의 職業과 추위와는 너무도 나이
몸을 가혹할 정도로 수약[쇠약]하개 만든다.
주물이란 너무도 진저리가 난다.
아침에 作業服만 가라입으며는 웬몸[온몸]

은흙[흙]에 전는다[젖는다].

요즘은 가을바람의 불어 볼로 피부에는 뭇지 않다. 그래도 몸믄 더러워진다. 앞으로 곳 피부가 터갯지. 생각만 해도 내 집업[직업]은 좋이 못하다.

〈1956년 9월 30일 일요일 晴〉 早退

崔 君과 宋 君니 뜻박에 나에 職場까지 찾어 왔다.

崔 君 하는 말이 오날은 내가 한 잔 살 태니 따라오라는 간곡한 付託이다. 나는 일손을 멈추고 午後에 집으로 도라오다.

利川洞 崔 君 宅을 訪問하다. 조고만한 家庭집 비슷한대 안에서는 재법 接待婦들이 손님들에 술을 따라주고 있다. 술에 취한 우리는 市內 南大門茶房에서 約 三時間 놀다 밤늦개 永登浦로 나려오다.

十月

〈이달의 메모〉

工場 內 作業 狀況 製作 課程은 今月 末로서 完全히 完了되는 샘이다.

앞으로 冬節을 어이 지날 것인지 窮禁.

〈1956년 10월 1일 월요일 晴〉 午前作業.

蒼空을 나르는 飛行機들 其 勇姿로 쉬연스-럽개 자랑하다.

漢江 모래 市에서 記念行事가 有하다.

날새는 아직 덥다. 漢江 모래 砂場[沙場]을 中心으로 하여 隣近 山麓[山麓]는 人山人海로 오날의 飛行 行事을 求景하기에 높은 산 날망에는 雲集한 사람들로 산(사태가 날 지

경이다.

一金 九阡 圜을 入金하다.

沈哲元 君 來訪함.

夜間 南都劇場 觀覽.

〈1956년 10월 2일 화요일 晴 비〉

午前부터 나리는 가을비는 취의로[추위를] 채촉하다.

室內에서 完全히 들창문을 닷었건만 웬일인지 춥기만 하고나.

主人 宅 아이들은 明日의 秋期 大運動會을 앞두고 明日의 日氣를 어린 마음 속으로 무척 念慮하는 心情.

三國志 末卷(十卷)을 借本하다.

〈1956년 10월 3일 수요일 晴〉

堂中國民學校 秋期 大運動會. 林 君과 周 君을 同伴하고 李炳玉 氏 宅 아주머니에개 一金 二阡 圜을 借用하여 서울 市內로 놀러갓다.

龍宮茶房에서 놀다가 明洞劇場 "河女"을 求景하다. 銀河水茶房을 거처 참으로 오라간만에 서울 市內 明洞의 밤거리를 活步[闊步]하다. 街里는 옛이나 지금이나 繁華하나 단지 明洞 初入은 옛 모습을 좀 다르개 옛 姿채을 變化햇다. 美都波는 完全한 外國 市場에 간 感을 준다.

밤 八時頃 永登浦에 到着. 中國料理店에서 술과 湯水肉[糖水肉]을 먹다. 밤 十一時 三○分頃 歸家하다.

〈1956년 10월 4일 목요일 晴〉

宋在璟 兄 來訪하다.

釜山 金 君의 除隊 件에 關해서 相議하다.

工場 內 大韓重工業 "있플트캐-스"³⁵⁾ 鑄造 註文[注文] 件에 對해서 工場 幹部들의 無責任한 處事 참으로 어린애다운 作亂들로박에 解釋하지 못하리라.

鑄造 單價에 相議란 昨夜에 自己들의 體面을 세우기 爲한 재스추어다. 相議하자 하먼 원재며[언제며] 本社에 相信[上申]햇다는 것은 터무니없는 相議之件니다.

〈1956년 10월 5일 금요일 晴〉
李炳玉 氏의 好意를 感謝하다.

今日 永寶에 招待券을 었다.

夜間 "巨象의 길"³⁶⁾을 求景하다.

釜山 影島에 있는 여러 親知들에개 片紙를 쓰다.

古鄕에 父母任에개도 安候을 上信[上申]해야갯는되.

벌서 十月 달. 앞으로 二個月 後에는 伯父任의 回甲 生誕日. 없는 者는 恒常 家庭 還境의 種情[鍾情]뿐니로다.

〈1956년 10월 6일 토요일 晴〉
宋在璟 兄 밤 八時璟에 來訪하여 여러 가지로 將來 일에 對해서 相議하다.

凡一洞 妹氏의 除隊 件에 對해서 國防部에 親友한태 이야기하다.

---

35) input case일 것으로 생각된다.
36) 원제 Elephant Walk. 1954년에 제작된 엘리자베스 테일러 주연의 미국 영화이다.

李永哲 外 一名 公傷 關係로 休務타가 今日 出勤함.

林敬福 君 外 數人니 姜 氏 宅에서 탁주을 마시다.

朴相翼의 는도록 歸家치 않이 하고 술에 취하여 있다.

林 君의 모-타 附屬品 鑄造 件을 朴相翼에개 依賴하다.

〈1956년 10월 7일 일요일 晴〉
朝 八時 平常時나 다름없이 出勤는 햇으나 在上部 外 機械部에서는 十月 第一 日曜日이라 해서 모다들 出勤치 않이 함으로 不得意 鑄物場도 休務하다.

工場長 十時頃에 出社하여 十二時頃 노량진 別莊 改築地로 向하다.

林順善 兄과 古鐵商을 訪問하다. 林 氏 主人에개 一金 壹阡 還을 借用 依賴하였으나 다시 돌아오다. 夜間 主人 아주머니 시골에서 돌아오시다.

釜山 文 君에개서 書信 來住함.

直席에서 回書을 쓰다.

〈1956년 10월 8일 월요일 晴〉
참으로 貧困한 生活이 개속이다. 片紙 붖일 돈니 없으니 理髮조차 못하는구나.

今日 鑄造 鎔解 作業 豫定이었으나 七日 休務 關係로 自然 늦어지다.

夜間 집에서 讀書와 筆記을 하다.

別記事項 無.

〈1956년 10월 9일 화요일 晴〉

아침부터 在上 機械部의 從業員들은 給料의 遲延 未拂 關係로 먹지 않고서는 도저히 作業을 개續할 수 없다는 理由보다 正當性을 띤 休業이다. 鑄物場많은 作業 形便으로서는 같은 步調를 取하지 못함의 當然之事.

夜間 周君과 方氏 宅에서 藥酒 一瓶을 마시다. 오래간만에 술 취한 몸으로서 早夜부터 就寢하다.

別記事項 無.

〈1956년 10월 10일 수요일 흐림 비〉鎔解

給料 支給의 遲延으로 因해서 會社 側에서는 白米을 外商으로 周旋하여 주다.

會社 幹部들의 相當한 努力이라고는 思料하나 其中 從業員들 中에는 쌀만 가지고는 못 견되갰다는 사람도 個中에 有하다.

오라간만에 鎔解 作業을 하다.

古鐵의 質의 좋이 못하여 相當히 鎔解 狀態가 不良하다.

五時 二十五分 停電으로 因해서 製品 眞空 펌프 캐-싱 七個 外 갈푸링 約 百八什 K 程度 鑄込을 못했다.

〈1956년 10월 11일 목요일 晴〉

昨日에 나린 비로 因함인지 날새가 갑지가 춥기를 始作하여 今年 들에[들어] 츠음으로 日氣가 참다. 退勤 後 下宿집에서 도저히 추워서 견되기 어류워서 會社 警備室에서 約 一時間 동안 몸을 녹이다.

見習工 給料 引上之件으로 因해서 四 五人니 比率 問題에 關해서 相議하다. 白氏의 個人的인 發言은 너무도 私利에 눈니 어둡다 할

기 理論的으로는 재법 말깨나 하는 者라며는.

〈1956년 10월 12일 금요일 晴〉

요즘 外出은 一切 禁止 狀態다.

밤 周 君니 鄭 氏 宅을 訪問하자는 要請을 拒絶하다.

참으로 개우런[게으른] 사람이다 自責할 수박에. 釜山 文 君에개 書翰은 十餘 日 前에 써 노않근마[써놓았건만] 아직까지 부치지 않코 있이소. 來訪하갯다는 宋 君은 웬닐인지 消息의 全無하고나.

新聞代金 件으로 相當히 配達人에개 未安을 不事[不辭]하다.

〈1956년 10월 13일 토요일 晴〉

工場長 앞으로 作業 計劃上 六○○粍 外 四○○粍 等을 今月 來日로 完了해 달라는 要請을 받다. 見習工 外誰[外注] 工員 計 六名에 對한 工賃 引上 發表하다. 그리고 좀도 見習工들은 誠意 있는 出勤을 하라고 忠告를 하다.

火傷으로 因해서 左手에 相當한 痛氣을 느끼다.

〈1956년 10월 14일 일요일 晴〉

釜山 妹氏 來訪하다.

除隊 件에 關해서 相議.

夜間 列車로 下釜.

脫毛證[脫毛症]의 甚해서 病院에 가서 診療를 받다.

醫者의 말은 別로히 注射로서도 效果的이라고는 斷言하기 어려우니 그대로 두고 腦을

제2부 인천일기 : 1956년 **181**

너무 쓰지 말고 술을 禁하라다.

陸氏 고구마를 從業員들에개 나누어 주다.

〈1956년 10월 15일 월요일 晴〉

今日 주갯다든 給料는 또 十八日로 미룬다. 十八日도 易是[亦是] 되여 보아야 할 일. 이 러고 보면 每 給料 時마다 純良한 工具들을 속이는 것은 요즘 으래 當然之事로 生覺하는 개 企業主의 하는 行動인 模樣이다.

新聞代金 條로 配達人에개 너무도 未安하기 짝이 없다. 나도 易是 來日로 미루운 것이 벌 서 十八餘 日의 經過헷으니 참으로 불상한 身勢로다.

今夜 四寸 弟가 來訪하갯다고 그랫는되 給料 가 되였으야 다문 얼마라도 用돈을 주지.

요즘 食慾은 相當히 增進된 샘.

〈1956년 10월 16일 화요일 晴〉 在上 休業

給料 支拂 件으로 因해서 鑄物場과 在上 機 械場 사이개 좋이 못한 壓力이 生기다. 莫然 니 노는 것도 一利가 있으나 좀 더 企業主를 相面해서 斷判[談判]을 진는 개 正當한 處事 가 않넌가도 생각한다.

나의 本心은 내가 안다. 나는 大衆의 副利[福 利]를 害치는 마음은 全然 없다. 나를 誤解하 며는 그러나 오날 일은 當然히 미움을 사개 된다.

貴族 勞動生活은 結코 오날까지 한 일은 없 다.

休業하며는 하는 者 스스로가 배고푸다. 現 在까지 經驗으로 보아서.

夜間 宋 君에개 金 君의 除隊 件에 對해서 相

議之引渡하고.

〈1956년 10월 17일 수요일 晴〉在上 休業

좋시다. 무었이 좋나. 이 간단한 피차에 좋이 못한 분이기 속에서 주고받는 對話야말로 요 즘 鑄物場과 機械場과의 對立相을 如實히 證 明하고도 남움이 있다.

支配人 四〇萬 圓 中에서 鑄物場 給料만니라 도 주갯다는 말에 人間 道義 上 그렇캐는 못 하갯다고 答을 하다.

鄭月永 氏에개서 白羊 煙草 七匣을 外商으로 웃다.

〈1956년 10월 18일 목요일 晴〉 材料 關係로 休

今日까[지] 連 三日을 仕上 旋盤部 사보타쥬. 鑄物場 材料難으로 休業하다.

現金 壹阡 圓을 出金하여 서울 李濟勳 大尉 을 相面.

金性學 海軍 派遣室長에개 轉出 手續을 依賴 함.

夜間 오래간만에 한 잔 하다.

約 一個月 만에 理髮하다.

金仁鎬 釜山 出張 完了 歸社함.

本社 指示. 十六日까지 出勤者에 對해서 給 料을 支拂하갯다고.

〈1956년 10월 19일 금요일 晴〉 給料. 內衣 一 切을 多服

鑄物場에만 주갯다든 給料 全體애 글처서가 支給하다.

이로서 鑄物場에 困難하든 立場이 풀린 샘이 며 結果的으로 企業主가 屈服한 샘.

午前 十一時부터 其間 밀린 作業服 外 內衣를 洗濯하다.

나의 身勢를 스스로가 悲觀 않니 할 수 없는 形便. 나의 三一歲에 내 손으로 빨래까지 해 입어야 될 形便이니 참으로 가련하다.

給料 六阡 圜에서 借用金을 支給하고 나니까 남는 돈은 八百 환. 이것도 역시 술로서 마시고 나니 단돈 拾圜니 남다.

〈1956년 10월 20일 토요일 晴〉

金基英 妹氏가 來社하다.

姜 氏 宅에서 해장을 하고 除隊 件에 關해서 相議를 하다.

宋 君니 하는 말은 참으로 實行力의 有無가 疑心이다.

相逢 約束時間을 四○分니 超加[超過]해도 않니 오는 條.

周와 대포을 한 잔 하고 "나포리"에서 커-피를 마시다.

九時 二○分 宋君 來訪햇다가 自己 宅으로 오란는 傳言을 듣고 찾어가다. 기로[귀로] 路上에서 相面 來日 九時頃 오갯디고[오겠다고].

〈1956년 10월 21일 일요일 晴〉休

今日도 材料 關係로 作業 不振 狀態로.

宋在璟 君에 一金 五萬 圜整을 借用해 주다.

晝間 永中國民校에서의 京仁 地方 各 職場 對抗 蹴球大會을 求景하다.

〈1956년 10월 22일 월요일 晴〉休

社長 來社함.

午前 十一時 三○分頃에 珪素[硅素] 關係로

作業 不振하다.

亨錫 兄의 住宅 件으로 因해서 地方法院 永登浦 登記所를 訪問하다.

支配人에개 接待 壹枚을 웃다.

夜 具時祐 君 二科에서 除隊해서 歸鄉人事次 來訪.

〈1956년 10월 23일 화요일 晴〉鎔解

材料 關係로 五日間니나 休다가 今日에야 비로서 鎔解 作業을 하다. 十時 — 三時 三○分 作業 後 工場長의 手苦 條로 술 한 말을 내놋타.

아침 朝飯 前에 釜山 妹弟 李在忠 君니 來訪함.

朝飯도 對接하지 못하고 元隊로 도라가다.

밤 主人宅에서 밤을 나누어 주어 貞花와 먹다.

小說 朝鮮文學 全集 短篇 "白痴 아다다" 桂鎔默 外 風雪 朴榮濬 作을 익다.

〈1956년 10월 24일 수요일 晴〉

會社 收入의 즉은 요즘 從前에 例에 비추어서 當然히 하여야 할 일도 서로들 말성을 이루키는 한심할 요즘 工場 內 雰圍氣. 崔 氏 長男의 召集令狀을 받어 같은 職場에서 多少나마 慰料[慰勞]하기 爲한 送別金을 모두는되 말성.

夜間 崔 氏 宅에서 취하도록 술을 마시다.

히빌油[휘발유?]가 藥에 좋타는 말을 듯고 下部에 使用하다.

〈1956년 10월 25일 목요일 晴〉芯取

金基英 君의 除隊 件에 對하서 하로 속히 連絡을 取해야 되갯는되 別다른 方法의 無하니 困難하고나. 陸軍을 通하는 기 가장 빠른 코-스인 줄은 아나 實은 別로히 親分 있는 者가 全無하니 莫然하다. 宋 君을 통해서 또다시 促進해 볼 것인가 그러치 않으면 兵士로 司令部의 李 君을 通해서 할 것인가.
十一月 一日 吹 豫定.

〈1956년 10월 26일 금요일 晴〉

企業主 測[側]의 材料 不確[實] 件로 말미암아서 作業 不振 狀態를 만들어 놓코도 會社 幹部들은 어대까지나 自己내의 立場을 迴被[回避]할랴고 努力. 新任 工場長 林 鄭 兩 氏을 내새우고 그 분들의 立場의 困難하니 좀 寬大한 讓步을 해달라는 趣旨의 말을 하다.
술 한 잔으로서 解決될 줄로만 思料햇든 計劃의 틀어지니까 酒代는 個人 負擔을 시키겟다고.

〈1956년 10월 27일 토요일 晴〉

아침 平常時와 같이 변또를 옆해 끼고 會社에 들어가다.
操業 時間니 經過핸되도 모다들 일옷을 가리 잎지[갈아입지] 않코서 火爐 불 옆해서 웅성들 되다. 아침부터 今日 作業은 完全히 休業 狀態라는 點을 自覺하다.
理由로서는 機械場의 休□ 關係로 休業하니 우리도 놀자는 뜻도 있으나 常用 賃金 支拂 件에 對한 말성이 아직 남은 탓.
金仁鎬 氏와의 上□ 件에

〈1956년 10월 28일 일요일 晴〉[37]

關한 트라블. 威脅도 좋으나 人間으로서의 좀 더 義理에 □□한 處事는 도리여 우리들도 人間인 以上 彼此에 感情을 助長한다고 도리여 威脅을 하다.
술에 醉한 몸으로 저역밥을 먹는 途中 李永哲 來訪하다.
한 잔 더 하자는 勸告로 온 模樣. 鐘路 술집에서 한 잔 하고 驛前으로 逍風하다 結局에는 某處에서 停止 오라간만에 異性과 하로밤을 편니[편히] 쉬다.
宋 君 來訪으로 崔 君을 相逢하다. 除隊 件에 對해서 오리여 相對方에서 再促.
(府餘[扶餘] 땅 李 某 孃 相面)

〈1956년 10월 29일 월요일 晴〉

갑지기[갑자기] 춥든 날시도 어제 오날은 相當히 따시다.
會社에서는 某人니 周 君과 鄭 君니 昨夜 酒店에서 대수럽지도 않은 일로서 是非을 하였다는 說이 있다. 事實.
恒常 一人者는 귀롭다. 오날도 終業 後에 內服을 洗濯하다.
共産圈 內의 內紛니란 우리로서는 想像조차도 않햇건만 아무리 뿌리 깊히 박힌 "머대나"도 뽑히는 개 人間의 團結力.

〈1956년 10월 30일 화요일 晴〉

會社 失責[失策]으로서 材料 未確保로 因한 作業 不能에서 오는 休業手當 支給 件을 本

37) 28일 자 일기는 전날인 27일 일기와 이어지고 있다.

社에서 決裁하였다는 未確認 發表는 어되까
지나 幹部들의 立場을 回避할래는 한낫 手段
니라는 點의 明確이 들러낫다.
이스라엣 軍 에급[이집트]에 對해서 全面 攻
擊戰을 展開[38]. 平和로 달리든 世界의 人民들
의 耳目은 中東으로 集中하다.

〈1956년 10월 31일 수요일 晴〉

夜間 李四乭 氏의 生誕日이라 해서 同 職場
內의 某〃人을 招待하다. 貧弱한 工場사리
經濟로서 簡單한 차림이나마 이 程度의 酒宴
을 배풀다는 誠意도 李 氏 婦人니 努力이 結
晶이라고 李 氏 自己 婦人을 贊楊[讚揚]하다.
가난한 살림사리에 이 程度의 接對[接待]와
老人니 生日을 祝賀하는 노레와 춤 모다들
헐음한 作業服을 몸에 걸칫근만 우리들 環境
에 맞는 酒宴니었다.

〈月間備忘〉

十月 二十日 宋在璟 君에개 一金 五萬 圜整
借用해 주다.
十月 初旬부터는 銑鐵難으로 作業 能力 低下
一路.
十月 中旬頃
東歐羅波[東歐羅巴] 洪[헝가리(洪牙利)] 蘇
衛星國 反蘇 運動 展開[39]

---

38) 1956년 이스라엘이 영국과 프랑스의 지원을 받아
 이집트를 침공한 2차 중동 전쟁(또는 수에즈 전쟁)
 을 가리킨다.
39) 1956년 10월 23일부터 13일간 헝가리 수도 부다페
 스트에서 대대적으로 일어났던 반소 자유화 운동
 을 가리킨다.

十月 末頃
이스라엘 에급에 對해서 全面 攻擊과 同時에
英 佛도 에급에 軍力으로 스에즈[수에즈] 問
題 解決策으로 武力 行使[行事]. 平安하든 世
界 情勢는 急期也[及其也] 戰雲으로 가득 찬
中東.

十一月

〈1956년 11월 1일 목요일 晴〉

벌서 十一月 一日. 밤 길고 낮 짤분 冬至 달이
고 보니 요즘 밤은 웨 이다지도 길며 또 空想
이 많은지 첫에는[첫째는] 會社 形便도 莫然
하그니와 닥처오는 冬期를 어뜨캐 越冬할 것
인지 참으로 걱정이다.
차라리 鄕里로 돌아가서 農家에서 消日하여
볼가 思料하나 元來가 貧困한 家庭애 퇴여난
가련 人間니라 이도저도 못할 運命이고 보니
父母任에 未安하고 同生 보기 부끄럽다.

〈1956년 11월 2일 금요일 晴〉 材料 關係로 休業

手中에는 無一分 하니 서울 市內에 들어갈
乘車費가 어대서 나올 건지. 支配人에개 五
○○圜 李 氏에개 五○○圜.
서울 地區 兵事 司令部 空軍 派遣官 李 君을
相面 轉籍 件에 關해서는 아직도 未決定
歸路 昌慶苑에 들였으나 사람이 많아서 展覽
會場에는 못 들리고 映畵 求景만 하고 도라
오다.
夜間 나쁘리 大地 兩 茶房에서 술을 마시다.

〈1956년 11월 3일 토요일 비〉休日
電氣 事情으로 因해서 休務하다.
休日이나 용돈은 無一分니라.
아침 會社에 몇 〃 親友들과 會社에서 라듸오
를 聽取하다.
林 鄭 李 三人니 古鐵 六〇〇K 購入햇다. 林
氏가 나 혼자서 警備室에 있음을 보고 술을
한 잔 사갯다는 권유로 따라간즉 會社 앞 가
개에서 朴氏 外 多數 人니 李氏에 對한 不平
言事를 쏫따고. 아마도 古鐵 購入에 무슨 內
幕이 있었든 模樣인지.
鄭 氏는 李鳳榮 氏를 招請해서 一杯 하자는
말. 結果로 보아 會社 있든 나를 불르로 오다.

〈1956년 11월 4일 일요일 晴〉鎔解
十一月 一日로 鑄造 作業 日定[日程]이 三日
이나 遲延되다.
모다가 會社 側 責任이다.
其間 前번에도 材料 事情으로 四日間을 休業
햇는되 本社 側에서는 아무런 對策도 없다는
어대까지나 現實을 無視하는 社長의 處事.
밤 林慶福 外 市廳 앞 로-타리 茶房에서 茶를
마시다.
朴氏 夜間에 工場에 들리다.
警備員들과 무었이든 있는 模樣?

〈1956년 11월 5일 월요일 晴〉
二十餘 名 鑄物場 從業員 中 이번에 四번채
로 劉完龍 君니 서울機械 梧柳洞 工場으로
轉職하다.
사람은 모다 좋았으나 特히 劉 君은 良好한
成績을 具備하고 있는 無言니 實踐家이었다.

都 工場長 心經痛[神經痛?]으로 會社에 나오
지 못하다.
夜 劉 君을 보내다.

〈1956년 11월 6일 화요일 晴〉
消耗品 購入 遲延으로 作業 不可.
六〇〇粍 CE型 上胴體 鑄物 不良品 破損 作
業 實施함.
二三日 內로 주갯다든 給料는 莫然하다.
夜 李永哲 外 金仁鎬 三人니 姜 氏 宅에서 술
을 마시다.
金 部長 馬山 出張.
永都劇場 "愛人" 覽求하다. 小說과 比해서 滋
味 없는 便니다.

〈1956년 11월 7일 수요일 晴〉賢錫 弟 來訪
一線에 가 酷寒과 싸우든 從弟 賢錫 來訪하
다.
事由로서는 珉錫 從兄의 行蹟을 알기 爲함이
라고.
같이 入隊햇든 部落에 여러 同志들은 모다
除隊하였는대 四寸 兄만니 못함 듯.
要는 돈 없는 불상한 家庭 環境의 第一의 理
由갯지.
敬錫 弟 來訪하여 今朝 部隊로 도라가다.
鄭永錫 氏 今日 주갯다는 給料는 어이 되는
지요. 욕이라도 하고 싶은 心情이다.
鄭殷國 氏 父親 回甲宴을 마치고 工場에서
술을 나누다.

〈1956년 11월 8일 목요일 晴〉給料日
給料 未拂 件으로 因해서 工場 責任者들의

本社을 訪問 豫定이었으나 意外에도 社長任 來社로 因해서 中止하다.
밤 李壽榮 君 來訪. 永寶劇場을 觀覽하다.
기로[귀로] 在珍 君 外 李 君 나 大地茶房에서 茶와 菓子 其外 "우의티"을 마시다.
젊은이로서 모다 召集狀을 손에 들고 앞날을 苦難으로 마지할 親知들이라.
오리려 네[내] 스스로가 待接을 하여야 되는 되 오리여 未安함.

〈1956년 11월 9일 금요일 晴〉
從弟 賢錫 君 春川 地方 珉錫 兄 消息을 探知하기 依하여 갓다가 뜻을 이루지 못하고 돌아오다.
姜 氏 宅에서 夕飯을 나누고 下宿집으로 도라오다.
아마도 消息을 모르니 窮禁함은 말할 수 없거마는 不幸한 일을 再發시기지나 않을가 極情[걱정]이다.
賢錫니도 默〃히 沈默을 지키니 그 무었인가 좋이 못한 예감이 나의 마음을 되흔든다.

〈1956년 11월 10일 토요일 晴〉
從弟 賢錫 君 元隊로 도라가다.
社長 사모님께서 大學病院에 入院 中이라고 都 工場長으로부터 一次 見尋하라는 要請을 받다.
社長 宅에도 안니 간 나로서 너무도 뜻밧에[뜻밖의] 付託이다.
訪問하는 것도 좋으나 첫재 無一分이니 乘車費도 걱정이그니와 다문 果實이라도 사가지고 가는 개 常例.

오래간만에 理髮하다.
陸 氏 今日부터 型部로 移勤하다.

〈1956년 11월 11일 일요일 晴〉
늦은 가을도 가고 요즘은 完全한 겨울철이 왔다. 作業中 상당히 추위에 떨린다.
金炳權 氏 三男 結婚式에 招待를 받아 會社 從業員 約 四〇名의 結婚 집을 찻다. 요즘 같히 비싼 物價에 벌로 성대하다고는 할 수 없으나 그래도 재법 마니 차렷다.
金仁洙 君 休暇를 마치고 도라오다. 今朝 社長 宅을 訪問하여 다시 會社에 들어오갯다고 確約한 模樣.

〈1956년 11월 12일 월요일 눈〉
벌서 冬節이라 街路樹의 葉이 完全히 시들어 바람에 떠러지다.
아침부터 흐린 날시는 午後 三時頃 今年 들어 츠음으로 눈이 날리다.
金仁洙 兄에개 CSM 外 CF 組立 圖面을 빌리다. 各 部屬品[附屬品]의 尺度을 記入하여 表을 만들기 始作하다.
社長 來社함.

〈1956년 11월 13일 화요일 晴〉
今日로서 手中에 用돈은 完全히 뜨러지다.
겨울철을 마지함에부터 벌서 沐浴을 하지 못한 지가 二十餘 日. 오즉이나 돈니 말랏으며는 목욕갑 六〇圜니 없으니 李金烈 君에게 一金 百圜을 借用하여 沐浴湯에 갓드니 湯水 關係로 벌서 목욕물을 뽑아냇다는 消息.
金仁洙 來訪하여 同寢하다. 朝飯까지 갇히

하다.

〈1956년 11월 14일 수요일 晴〉
아직 冬節이라고도 할 수 업는되 全身니 이
다지도 옥으라드니 今年 겨울의 취위를 이겨
내자며는 참으로 苦生이란 말할 수 엽것다.
손은 터고 얼골도 목 되[뒤]로는 거칠어진다.
午後 沈哲元 君 來訪하다. 親友의 結婚 祝華
[祝賀] 次. 哲元니도 내가 쫄리는지 않는[아
는] 模樣. 新聞 代金 關係로 收金係員에개 쫄
리니 自己 보갯트에서 四○○圜을 끄내다.
고마운 일이다.

〈1956년 11월 15일 목요일 晴〉零下 4℃
今日도 추운 날시에 삼[삶]이 무엇인지 죽지
못해 하로의 日課를 마친내.
下宿房 차짓한 이불 속에서 明日을 生覺하며
깊은 침묵에 사로잡혓내. 고요한 初겨을밤이
다. 오즉 나와 내 家族들만니 날의 새며는 明
日이 온다는 스글푸고 반가운 회포 속에 잠
들 것이다.
古鄕에 나의 妻와 나의 家族들 나에개 좀 더
커다른 期待를 갖인 지가 오래 됏근만 그 뜻
을 이루지 못하고 半平生은 今日로서 고스란
니 있다.

〈1956년 11월 16일 금요일 晴〉零下 八度
今日은 내 나의 滿 三○歲가 되는 날이다. 三
○분[번]채 마지하는 生日.
그러나 客地에서 마지하는 生日은 원제나 외
롭다.
午前 中 姜 氏 宅에서 會 某 親知들을 招待해

서 藥酒 一杯를 논다.
二次로 永信屋에서 待接을 밧었는대 술갑의
外商인지라 主人과 트라블이 生기여 結局은
朴 氏가 宅에까지 가서 一金 五阡圜을 갇다
주고 問題는 解決되다. 밤늦개 某處에서 外
泊하다.

〈1956년 11월 17일 토요일 晴〉
昨日의 술의 餘興의 今日에까지도 影響을 지
치는 샘인지 아침부터 李周慶 兄과 둘이서
驛前에 나아가 순대국 먹다 술 반 대[되]로
해장하고 某處에서 午前 中에 덜어가서 五時
까지 外伯[外泊]함. 白晝에 外伯하기는 난생
츠음이며 마주막의 되기로 바라는 바이다.
今日로서 昨日부터 放湯[放蕩]하든 日課는
깨끗치 끈난 샘.
一年에 한 번식은 으레의 있는 나의 放종이
라고 할까.

〈1956년 11월 18일 일요일 晴〉鎔解
二日間의 休業도 無議味[無意味]하개 돈마
[돈만] 近 萬圜 消費하고서 今日부터는 또다
시 때 뭇은 作業服에 몸을 감고 鎔解 作業에
餘念이 없내.
아침부터 以外에도 八○○粍 制水幷[瓶] 上
型이 떠러저서 도저히 使用 不可能하개 됏
다. 終業 後 姜 氏 宅에서 簡單한 저역 食事를
하다.
鎔解.

〈1956년 11월 19일 晴〉
昨日의 鎔解 作業 狀況 不良.

六〇〇耗 下胴體 색숑[섹션] 側 內原 不均으로 빵꾸.

趙在珍 君 明日 入營 歡送會을 趙 君 宅에서 開催하다.

鑄物場 稼動으로 績 一組을 增量하다.

夜 李 支配人 宅에서 一金 壹滿 貳阡 六百 圜을 趙 君 母에개 傳해 주다.

〈1956년 11월 20일 화요일 晴〉

約 二十日만{에} 其間 未拂햇든 給料을 支拂함.

酒代 關係로 李 氏와 言爭을 하다.

夜間 李周慶 外 周 沈 宋 四人니 驛前애서 술을 마시다.

술의 취한 우리들은 某처럴 放步.

外伯함.

〈1956년 11월 21일 수요일 晴〉休業

(本社 訪問 社長 面談)[40]

休業 手當 未給으로 트라블.

九時 本社 訪問.

社長任 面談.

罰金制度의 廢止 建議함.

기로[귀로] 永登浦에서 술을 마시다.

李仁洙 書籍 引受 金仁鎬 氏에 引渡함.

〈1956년 11월 22일 목요일 晴〉

今日부터 作業 開始.

作業靴 七〇〇圜.

洋말 一五〇圜.

夜間 本社에 對한 罰金制度 廢止의 公文書 草案 作成.

宋 君 親友 同伴 下에 來訪.

〈1956년 11월 23일 금요일 晴〉

살결이 좋히 못한 탓으로 손은 물론니요 얼골까지도 거칠개 튼다. 이를 防止하기 위해서 "리금열" 군을 통해서 시장 화장품상에서 구림[크림] 四〇〇환짜리 한 게를 왜상으로 엇어오다.

夜間 늦개까지 주물 기정[규정] 개정에 간한 상신서 草案 작성하다.

〈1956년 11월 24일 토요일 晴〉休日

停電 事情으로 因해서 休業함. 午前 金仁鎬 氏와 두리서 鑄造 規定 改正에 關한 上申書 內容을 驗討[檢討]하다. 別로히 修正 없의 햇으며 하다.

夜 宋 君니 一金 壹萬 七阡五〇〇圜整을 返還함.

周 君과 市場 酒店에서 갈비 둘에다 藥酒 壹升을 마시다.

大地茶房에서 突然 辭表을 提出햇다는 말.

〈1956년 11월 25일 일요일 晴〉

鑄造 規定 改正에 關한 本社 發信 意見書을 提出함.

金 部長 外 都工場長 承認함.

白忠鉉 氏의 公傷 件으로 因해서 相當한 言爭.

結果的으로는 認定함.

---

40) 이 내용은 이 날 일기가 적혀 있는 지면 상단의 여백에 따로 가로쓰기로 기록되어 있다.

夜 周 君과 大地茶房에서 其間 지나온 옛 追
憶을 더듬다.
日製 나이론 洋말 二介 一,六○○圜整 外商
으로 主人宅에서 가주오다.

〈1956년 11월 26일 월요일 晴〉
酷寒으로 因해서 作業 能率 低下함.
鑄物 砂 凍結로 因해서 冬節이며는 으래이
終日토록 酷寒과 싸우는 개 요즘의 日課라.
李弼容 氏 早退함.
李圭鎬 君 履歷書 作成함.
夜間 會社 警備室에서 十時頃까지 "대가매론
[데카메론]" 談을 讀하다.

〈1956년 11월 27일 화요일 晴〉 朴 解職
生活의 敗者 불상한 人間과은 오죽 過去이
썩어진 自負心을 버리고 나며 負擔된 職業을
最大의 天職이라 生覺하고 너무도 더러운 직
업이나 좀 더 高貴하개 生覺하며 앞길을 打
開.
朴常익 送別.

〈1956년 11월 28일 수요일〉
敬錫 弟 片紙 拜受.
밤 周와 大地에서 二時間 몸을 녹이다.
見習 李 君의 招口.

〈1956년 11월 29일 목요일 晴〉
自己의 떠나가는 人事를 받기 爲해서 自己
스″으로 떠나가는 또 한 사람의 宴會 招待
를 依賴 받고 아침 六時 추운 날시에 冷水에
다 洗水[洗手]하고 烏山까지 같다 오는 周 君

의 心理는 참으로 모를 일이다.
밤 五時頃부터 平壤冷麪屋에서 金仁洙 周鐘
石 兩人을 其間 있든 情理로서 作別의 슬픔
을 나누어 젊은이들의 將來를 祝福해 주다.
술 醉한 三은 下宿房에서 門을 여러놓은지도
모르개 옷은 입은 채 아침까지 자다.
金仁洙도 같히 지다[자다].

〈1956년 11월 30일 금요일 晴〉
人間니라 모다들 말뿐이지.
別로히 實踐 過程은 보기 힘든 개 現 社會 現
狀이기도 하다.
金仁洙는 서울에서 자리를 잡은 萬般의 準備
을 가춘다고. 周 君은 美國에 간다고. 한 사람
은 밋을 만한 人品이나 또 한 사람은 도무지
가 말뿐니지 工大을 나왔다고 해서 相待[相
對]를 멸視하는 감을 주는 사람. 모다가 靑年
期에 든 將來가 有望하나 두고 보아야 알 수
있는 사람들.

〈1956년 12월 1일 토요일 晴〉
今日 鎔解 作業 豫定日임에도 不拘하고 材料
未備로 因해서 作業 不振되다. 林敬福 君 兵
務 敎育 期間 中 休暇을 었어[얻어] 來社하
다. 夜間 林 金 周 四人니 茶房을 巡視하다.
周 氏의 夜間에 一杯 하자든 말은 도무지가
밋기 어려운 말이라 思料함은 當然之事.
金仁洙는 多情한 人間이다. 밤늦에까지 金의
日本 居住 時 逸話을 듯다.

〈1956년 12월 2일 일요일 晴〉
人間으로서 할 닐은 百分의 一도 못하는 참

으로 가엽은 사람이 바로 나를 두고 하는 말.

今日은 古鄕에서 盛大한 洦父[伯父]任의 回甲 祝賀宴會가 버러질 것이며 子息된 道理로서 當然니 參加하여야 됨을 알고 있으나 參加치 못하는 이 못난 人間니 뼈저린 心情.

서울 定鉉 兄과 鐘求 아재 宅을 訪問하기로.

某 女性을 相面함.

李四乬氏 大田 行.

따님 關係로. 子息도 이런 때는 두퉁거리[두통꺼리].

〈1956년 12월 3일 월요일 晴〉 工場長과 食事 同伴

李彌容 兄의 姜氏 宅에서 酒宴을 배풀다.

酷寒의 甚한 氣候라 工場 警備室에서 술이 깨도록 낮잠을 자다.

夜 서울 李 君을 訪問하다.

途中 工場長과 車中에서 相面하여 서울驛 某 中國料理店에서 食事를 하다.

李 君 生活의 土臺을 닥을라고 性格의 百八○度 轉換하다. 金基英 君의 除隊 件에 待해서 相議하다.

〈1956년 12월 4일 화요일 晴〉 鎔解

二拾餘 名 從業員니 요즘 不可 十二名으로 減少됨과 同時에 鎔解 作業 中 人員 不足으로서 相當한 隘路 莫甚하다.

資材가 不足해서 銑鐵의 있는 되로 一切 다 消費함.

밤 姜氏 宅에서 一杯를 논다.

工場 古銅鐵 總重量에 二TS 三百 不足.

本社에서 相當한 責任을 林 鄭에개 忠告함.

〈1956년 12월 5일 수요일 晴〉 零下 九.七

今年 들어 最低 寒酷[酷寒].

銅線 不足量의 元 原因을 結局 盜難으로 判別.

要는 外部의 盜賊이야.

內部의 作亂이야.

朱 君니 가고 난 오늘날 下宿房은 더 쓸〃하다.

國防色 잠바 染色 完了 四○○圜 着用.

別다른 事項은 本人의 意見으로서는 窓으로 物品을 盜取햇다고서는 生覺하기 困難함.

〈1956년 12월 6일 목요일 晴〉

意外의 來客 三人. 要는 下宿을 要請. 三人 모다 壯年을 넘은 사람들. 其中 一人은 六旬에 가카울 程度.

初 印象의 不快함. 當然니 自己내들의 年輩라 할지라도 房 主人은 난되 自己내 스스로가 人間니라며는 먼저 人事을 請하는 개 上例[常例].

主人宅에서도 多少 未安感을 가지는 模樣.

이 집에 온 지도 벌서 八個月의 됫건만 內室에서 食事를 나누기는 今日의 츠음이다.

二人의 來客에개 宿所를 빼아긴 나는 會社 宿直室에서 遊함.

周鐘石 君도 來社함.

〈1956년 12월 7일 금요일 晴〉

눈 날리는 昨日은 참으로 나에 마음 한복판을 아푸개 햇다. 今日 드러 生覺해도 每事가 내 너무도 어리석음을 말해 줌의 足하도다.

요즘 같이 高騰하는 米價로서는 도저히 月

壹萬 貳阡圜니란 食代는 너무도 즉은 金額이나 現在의 還境으로서는 더 以上 支拂커영 現 金額도 莫然니 給料를 기다릴 뿐니다.

理髮 沐浴함. 밤 永寶 無法地帶을 求景함.

大地茶房에서 나 홀로 一時間 三〇分.

〈1956년 12월 8일 토요일 晴〉

차운 날시다. 오날도 如前히 귀롭다. 귀로울 때는 自然히 鄕里애 家族의 구립건만 요즘 같아서는 웬닐인지 別다른 보고 싶음은 勿論 없으나 每事애 굿찬어서 도모지가 귀롭다.

날이 찰사록[찰수록] 도무지가 全身니 취위에 몬 이겨서 恒常 몸을 오사리고 다니는 개 習慣니 된는지 기침이 또 甚해지니 참으로 걱정이다. 내 마음의 不良과 良心의 浪費로시는 現在의 生活樣式은 떠더 고치기에는 너무도 힘든다.

〈1956년 12월 9일 일요일 晴〉 社長 來社 同伴

零下 十四度 七分라는 今年 더러 最低의 氣溫. 社長 來訪. 銅線 盜難 件과 現場 調査 次 來社한 模樣.

歸路 同乘해서 로-타리까지 가다 金仁鎬와 둘이서 食事나 하라고 돈을 주다.

차리리[차라리] 서울까지 갈라고 生覺햇든 計劃이 中途에서 中止됨은 무순 理由일지. 나핸태만 무순 別다른 무러볼 말이 有함인지.

金 氏와 술을 마시다. 八百圜 不足으로 逢變을 當하다.

〈1956년 12월 10일 월요일 晴〉

三餘 年 만에 츠음으로 닥처온 最酷寒. 今朝는 零下 十五℃.

아침 鑄物砂 凍結로 因해서 作業 不可能 狀態에 처함.

煖爐을 二個式이나 피워도 如前히 砂을 凍結되다.

冬節은 他 部署와 달라 鑄物部많은 能率의 低下됨은 周知의 事實이다.

會社 側에서도 여러가지 隘路가 有하는 模樣이다.

燃料難에서 오는 作業 不振.

午前 十時頃에야 비로서 作業 開始 狀態.

〈1956년 12월 11일 화요일 晴〉

白忠鉉 出勤하다.

自己의 公傷 件으로 本社 來訪하다.

工場長 辭表을 提出햇다는 說의 有.

夜 石峯 君과 트랄[트러블]로 李 君과 憤激 大爭.

鄭 部長 五〇〇粍 타-빈 罰金 支給分 再反還[再返還] 仰請書 提出을 要請함.

〈1956년 12월 12일 수요일 晴〉

白忠鉉 公傷 件으로 職場 同僚들과 討議.

昨日 本社 訪問. 用件을 無事히 解決.

鑄造 規定 規正에 關한 回信은 新期 契約 完了까지 保留라는 說.

負傷者 報告書 作成.

〈1956년 12월 13일 목요일 晴〉

酷寒의 持續. 너무도 長期다.

鑄型 凍結로 因해서 作業 不能 狀態다.

八○○粍 上 胴體 型造 以後 約 四日 經過햇
後 模型을 取出하기에 매우 힘들었다.
今日로서 完全히 담배값도 끝어지는 形便이
다.
夜間 李奎鎬 君니 洋담배 한 匣을 膳物로서
주다.
意外의 담배. 이것 피우새요. 좀 어색한 態度
로서 얼굴을 붉히며 내여 놋는 李 君의 心理
는 理解하고도 남음이 있다.

〈1956년 12월 14일 금요일 晴〉
해마다 冬節이며는 닥처오는 기침.
今年은 좀 늦은 샘이다. 初期에는 別로 甚한
偏니 않니어서 今年에는 좀 낳은 줄 알었건
만 웬걸 차츰 度을 加해서 요즘은 完全히 기
침에 시달님을 밧는 身勢다. 더욱이 感氣마
저 들어서 콘물이 줄〃 흐르니 夜間에는 多
少 新熱[身熱]의 생기는 감이 있다.
夜間 石峯 君니 要請으로 大地茶房과
KOLEA[KOREA] 茶房에서 茶를 待接 밧다.

〈1956년 12월 15일 토요일 晴〉
鄕里에서 叔父任 來訪.
敬錫 弟 午前 九時 來社.
午後 二時 三○分 早退.
驛前 某 婦人 宅에서 叔父任을 相逢. 珉錫 兄
任 其間 大田 溫陽病院에서 加療 中이라고.
叔父任 來訪 理由는 敬錫 弟의 品行에 對한
疑心에서 實態로 監視하기 爲해서라고.
夜間 叔父任을 同伴하고 永寶劇場 女性 國藥
團[國樂團]을 觀覽하시다.

〈1956년 12월 16일 일요일 晴〉
叔父任을 同伴하고 三人니 下宿 宅에서 宿伯
[宿泊]하시다.
朝飯을 갖이 하시고 會社에 古鐵 入庫 關係
로 立會함.
晝食은 姜 氏 宅에서 三人니 국밥을 먹다.
이런 經遇[境遇] 내 집이라도 있다며는 좀 더
따뜻한 食事를 提供할 수 있을 것을.
午後 三時 半頃 支配人 來社. 日曜日의 孤獨
을 慰料[慰勞]하겟다는 고마운 마음. 술과 自
己 宅에서 食事를 提供해 주다.
밤 十時 驛前을 訪問. 叔父任 六時 車로 鄕里
로 나려가시다.

〈1956년 12월 17일 월요일 晴〉零下 七
酷寒의 좀 暖和된 샘이다.
午後 六時頃 周鐘石 君과 市場 藥酒店에서
藥酒 一杯를 나누다.
歸路 大地茶房에서 約 二時 半 동안 默〃히
對座 함.
내가 좀 沒人情한 人間닌 模樣이지마는 억재
로서는 相對方의 良感을 사기 爲한 "에치겔
[에티켓]"은 행여 하기 실은 心理.
十時 近刻에 下宿 宅으로 돌라와서 오라간만
에 周 君과 同伴하여 하로밤을 같이 하다.

〈1956년 12월 18일 화요일 晴〉
요즘 매일 아침 출근시간니 約 四 五分은 보
통으로 지각을 햇다. 웬닐일가.
첫제로 會社 作業에 對한 別다른 誠心의 히
박해진 대서 오고 있다.
冬節에 材料는 未備하고 工場 內 煖房 施設

不備로서 午前 中에는 作業 態率[能率]의 夏
節과 比해서 五〇% 程度도 않 올라간다.
李四끗 氏 本社를 訪問 前貨을 事情하갰다
는.
不得意 別 方案니 無한 탓.

〈1956년 12월 19일 수요일 晴〉
都 工場長 鷺梁津 社長 別莊 補修 完了 直時
로 宿直室에는 自己가 들고 本棟官[館]에는
適當한 者가 無하다는 理由로 나의 獨身生活
을 同情하는 셈인지 社長에개 朴을 推戴햇다
는 말씀. 나를 生覺하는 고마은 措置이나 좀
生覺해 보갰다고 答辯을 하다.
李四끗 氏 前貨 申請書 草案을 作成하다.
工場長 이 程度의 事情은 다들 有하다고.

〈1956년 12월 20일 목요일 晴〉
理髮 沐浴함.
夜間 八時頃 石峯 君은 同伴하고 大地茶房
들리다. 意外에도 朴順善 兄과 李永哲 氏 "우
이틔"에 醉한 表情. 술에 醉한 兩人들 모다
하나만 더가 개속해서 無慮 十一介 카운트
關係로 매담에개 相當한 우숨꺼리가 되다.
主人을 찻은 林. 간단한 사인을 해달라는 티
껄[티걸(tea-girl)]들의 付託.
林은 술에 醉하며는 아주 걸작이야.

〈1956년 12월 21일 금요일 晴〉
材料 未確保로 休業함.
內衣 洗濯함.
社長 午後 二時頃 來社함.
昨夜의 降雪로 相當히 低溫. 洗濯 中 兩手에

相當한 冷氣를 觸感[觸感]하다.
李永哲 氏 生日 날이라 李 氏 宅에서 簡單한
酒宴을 배풀다.
午後 二時頃 李 氏을 祝賀하는 意味에서 鐵
路 옆집에서 一金 參阡圜어치 술을 마시다.
夜間 술의 취해서 冷水 "새 거릿"을 마시다.
京子의 付託으로 그리지 못하는 그림을 그리
다.

〈1956년 12월 22일 토요일 晴〉
金 部長 代山水利組合[41] 出張 完了로 歸社함.
支配人의 永寶劇場 招待券 二枚을 주다.
하로 終日 추위에 쪼달려 工場 宿直室에서
놀다.
夜間 石峯 君과 茶房 巡廻함.

〈1956년 12월 23일 일요일 晴〉
銑鐵 未確保로 因해서 作業 不振하다.
鄭 部長 五〇〇粍 타-빈 케-싱 不良品 發生
에 對한 損害로 罰金 七五,〇〇〇圜을 社長
에개서 밧어낼 터이니 社長에 對해서 陳情書
作成 依賴 밧는 것은 좋으나 좀 어색한 付託
이다.
自己의 七五,〇〇〇圜을 밧기 爲한 處事라고
思料.

〈1956년 12월 24일 월요일 晴〉
資材 關係로 約 五日間니나 遲延되여 今日에
야 鎔解함.

---

41) 낙동강 하류에 제방을 쌓고 물을 퍼올려 일대에 용
　수를 공급하기 위해 1920년 설립된 수리조합이다.

午前 九時 三〇分 動力線 휴-스[퓨즈] 切斷으로 約 三〇分間 修理하는 中 第三 鎔解爐는 風力과 火力 微弱으로 完全히 作業 不能 狀態로 鎔解爐 壹介로서 大物 八〇〇瓩 下胴體 二個를 無事히 鑄造함.

現狀 같아서는 앞으로는 鎔解爐 壹介로서 成績만 良好하며는 充分니 二TS 五〇〇kg까지는 可能함.

〈1956년 12월 25일 화요일 晴〉 社長宅 訪問

午前 九時 永登浦 出發 十時 三〇分 鐘路 四街 東洋製菓店에서 一金 壹阡九百圜을 주고 크리스마스 캐-기을 사다. 午前 十一時 明倫洞 社長任 宅을 近 七年 만에 訪問하다.

當面 會社 問題에 關해서 社長의 訓示을 밧다. 應接室에서 데리비 放送을 보다 點心을 社長 家族 外 運轉手 朴 氏와 스끼燒를 하여 놋고 술을 나누다. 午後 二時 毛織 독그리 사쓰 一介를 膳物로 받고 德壽宮으로 社長 家族 三人과 院當〈阮堂〉 先生 百週忌 遺品 展示會 參見.

밤 石峯 君과 永寶 풀워-스 家의 黑口을 觀覽하다.

〈1956년 12월 26일 수요일 晴〉

約 十五日을 개속하든 酷寒도 이재는 좀 풀어지는 샘.

工程 過程도 시연치 않는 앞일을 莫然니 生覺할 뿐.

多節期 단도[단돈] 五〇〇圜버리도 못하는 요즘 還境.

枠 바리시 作業 結果 八〇〇瓩 한 족에 흠이 있다.

夜間 工場을 訪問.

銅線 事件 드디여 裵萬德 君 眞犯으로 덜어나다[드러나다].

一二七六.

〈1956년 12월 27일 목요일 晴〉

塗料 黑鉛 品切로 作業 不可함.

材料을 未備해 주는 會社 側의 意傾[意向]을 모를 일.

眞口 鎔解 作業.

四名을 除하고는 終日 날로불을 지키다.

夜 會社 守衛室에서 石峯 君과 十時까지 遊.

明日은 休業하겟다고 幹部들에거 通告함.

〈1956년 12월 28일 토요일 晴〉

宋君 來訪. 醉中.

崔兄 託[宅] 訪問. 不在中.

宋君 姑母任 宅에서 술을 마시다.

朴敬福李建契 君 三人니 驛前을 가리시.

黑鉛 關係로 休業.

〈1956년 12월 29일 토요일 晴〉 給料

都 工場長과 板文店[板門店] 酒店에서 술을 나누다. 途中 金仁鎬 氏 來店하다.

食代 一五,〇〇〇圜 支拂.

某처럴[모처를] 訪問.

기로 林善 兄을 相逢. 三次를 하다.

性慾의 强한 샘이다.

林이라는 靑年과 李라는 壯年 木型工을 招介[紹介] 밧다.

〈1956년 12월 30일 일요일 晴〉

給料 支給함.

李四乭 氏 夜間 술의 취해서 철조망에 걸려 너머지다.

四時 三○分 鄭 工場長 宅에서 어린에 生日이라 해서 술을 마시다.

李四乭 病問安 後 林 兄과 夜거리를 遊覽하다.

春桃의 에끌른 春心. 愛이란 金錢과는 別問題.

돈 안 주고 하로밥[하룻밤]을 지다[자다].

午前 十一時 會社로 오다.

〈1956년 12월 31일 월요일 晴〉

今年도 벌서 저무럿다.

會社 親友들과 平壤집에서 末年會를 열다.

鎭洙 君과 驛前에 "카바래"을 찾어 다니다.

永寶에서 日興屋까지 乘用車로 돌라오다.

술이 치한 나는 日興屋에서 술을 마시다.

十時 30分 기로[귀로]함.〈月間 備忘〉

十二月 十五日

叔父任 來訪

十二月 二五日

明倫洞 社長宅 訪問

十二月 三一日

丁求 氏 來訪

十二月 二六日

鋼線 件 裵 君 介入

〈送年所感〉

서울 살님 八個月에 벌서 丙申年도 가다. 새해를 마지하며는 元來 좀 더 글은[굳은] 覺悟와 生活樣式의 變更을 으레 約束하나 丙申年 年頭에 새워 놓은 마음의 約束은 一件도 하지 못하였내.

첫 次로 서울 大東工業으로 온 以來 나에개는 너무도 고독과 빈곤에 쪼달려 우는 가여운 人間니 댓다 아니 할 수 없다.

其 反面 收入의 즉으며는 節約의 培加[倍加]되어야 되는되 節約할 餘裕도 全無햇지마는 別다른 浪費라고도 認定할 만한 行動은 아니 햇다.

會社 關係로서는 여러 先輩 諸氏와의 좀 더 육帶性[紐帶性] 있는 親分을 맺지 못한 點은 내 스스로가 自覺하고도 남으이[남음이] 있다.

말보다 실천니란 너무도 어려웠다.

1956 마즈막.

〈별기〉

聖스러운 結婚式에 參席하여 親友의 한 사람으로서 簡單한 祝辭를 올리기 된 것을 無限한 榮光으로 生覺합니다. 親友 鄭 君과 둘도 없의 親愛하는 友情을 가지고 오늘 이 福된 자리에서 무엇으로서 祝福의 말씀을 디려야 좋을지 모르갯슴니다. 自去[自古]로 結婚이란 靑年 男女가 人格的으로 結合하여 새로운 人生을 創造하는 대에 그의 根本的이 있다 하나이다. 人格的으로 結合하여야만 人生 航路를 거러가는 途中에 비가 오나 눈니 오나 구룸이 끼고 바람이 불어도 모든 苦難과 障害를 克服해서 最後의 目的을 達成할 수 있을 것임니다. 新郎 鄭 君은 意志가 强忍하고 容模端正[容貌端正]한 豊富한 天品을 雅量으로 保有하고 있으므로

新婦 朴 孃의 將來의 繁榮를 爲하여 꾸〃한 努力을 아끼지 않을 것을 確信하는 바임니다.

부되 앞으로 兩人은 무었보다도 平幸에 健康에 細小한 注意을 하서서

(健康은 人生의 最大의 幸福임을 體驗하시여 서로 慰料 激勵 하시여 □□만니 成長하시여 福 마니 받으시여 幸福한 보금자리를 이루기 하난님에 빌며 두서 없는 이삼[이상] 말씀으로 매듭을 지을라 함니다.〕)

1959년

〈1959년 1월 1일 목요일〉

1959年을 맞지하는 새해 아츰 이른 편은 아
니나 그래도 새해라서 기분을 돌릴라 에는
쓰나 웬일인지 새해 기분니란 낮이 않는다.
다만 어언중에 새해를 맞어 한 살이라도 더
나이가 + 되는 개 걱정스러울 뿐니다.
給料 未拂로 出勤하다.
李炳玉 氏 宅에서 給料을 分配하다.
現金 1分期分과 나머지는 白米로.
밤 鄭殷國과 某 酒宴 行 ①
方 氏 宅에서 鑄物部 앞으로 3,000
              鄭殷國과   1,050

白米 正當性을 無視한 會社 側 處事 不快함[1]

11,000 適當

方 氏 { 3,000
        1,050

〈1959년 1월 2일 금요일 曇〉

아침 일즉 김인호 댁을 방문햇으나 不在.
끝까지 고만 두갯다는 굿은[굳은] 決心을 被
瀝[披瀝].
昨夜 李炳玉 氏 宅에 家族 同伴하여 昨別[作
別] 人事 次 來訪햇드라고.
李炳玉 李采元 三人니 午前 10時 永登浦 出
發하여 明倫洞 訪問.
社長 大邱로 行次 不在.
부인니 간소한 대접을 밧고 기가[귀가].
李采元 당구장에서 한가한 時間을 보내고 기

---

1) 1959년 일기장에는 하단 왼쪽에 〈感銘錄〉이라는 별
  도의 난이 있다. 저자는 그 난에 그날의 간단한 느낌
  등을 적었다. 여기에서는 따로 구분하지 않고, 그날
  의 일기 하단에 한 칸 떼고 입력하였다. 그리고 하단
  오른쪽에는 하루 일정을 정리하는 난이 마련되어 있

는데, 저자는 그곳에 하루의 수입, 지출 등을 적어 놓
았다. 이 내용도 따로 구분하지 않고, 다시 한 칸을
떼서 입력하였다.

로[귀로] 徐 氏 相逢하다.
南都

〈1959년 1월 3일 토요일 初雪〉
新年을 맞이하여 始業日이다.
昨年만 하드라도 始業日에는 從業員들에개
濁酒 一杯라도 나누왓고 하다못해 북어 한
마리라도 뜻었다. 今年에는 會社 形便上인지
그렇치도 안타며 새해를 맞어 일 시키는
사람 자신니 이러한 禮儀를 모르는 탓 둣[둘]
중에 하나는 털임없은 理致라.
下後[下午] 二時 三〇分頃 白雪의 히날니는
추운 날시로 變하다. 尙州, 基培 兄과 安民 兄
서울 朴吉鉉 兄 三人니 來訪하다.
반가운 來客이라 일손을 멈추고 宅으로 案內
하다. 반찬 없는 夕飯니나 對接[待接]을 하고
밤늦개까지 옛 이야기를 놓다.

來客에 좀 더 厚對[厚待]를 못함은 經濟的인
貧困니라. 마음은 있으나 如意 不可.

方 氏 4,000
永喆 5,000

〈1959년 1월 4일 일요일 晴 0.17〉 7[2] 特勤
鑄物部 全員 特勤함.
正刻에 出勤하여 보니 事務室 暖爐[煖爐]는
아무도 피울 사람조차 없드라.

---

2) 저자는 1959년 일기에서 날씨를 적는 난 옆에 숫자
와 주요 작업을 적었다. 전체의 내용으로 볼 때, 여기
에 적은 숫자는 퇴근시간으로 추정된다. 아마도 잔
업수당 등의 임금계산을 위해 적은 것으로 보인다.

李炳玉 室人으로부터 '개'가 毒藥을 먹고 죽
었다고 工場 사람 中에 必要하다며는 갓다가
먹으라는 來電.
方 氏 宅을 昭介[紹介]하여 주다.

죽은 게을 주갯다는 善心은 좀 지나친 處事
다.

殷國에개 500

〈1959년 1월 5일 월요일 晴 0.19〉 6. 鎔解
버란간 닥처온 酷寒으로 作業에 즉지[적지]
않은 支障을 招來하다.
추위를 무릅쓰고 作業에 熱中하는 鑄物部 全
員에개 感謝하다.
午前 十二時 送風하여 下後 五時頃 終業함.
常備 人員 3名의 助力하다.
從弟 賢錫 君 婚事 件으로 來訪하다.

金仁鎬 消息 莫然[漠然]하니 너무도 뱃장이
샌 샘이다.

〈1959년 1월 6일 화요일 晴 0.17〉 6
昨日에 比하며는 좀 풀리는 닐새다.
午前 鄭永錫 李采元 來社하여 工場 工具 及
消耗品 商員 一切 調査.
鄭永錫 指示로 未鑄造 明細 着成.
鑄造 日誌 着成함.
李永喆 李弼容 白南錫 李鳳榮 四人 方 氏 宅
에서 탁주을 마시다. (1,200)

弼容 子弟의 病患으로 50,000을 借用 依賴하

나 李炳玉 너무도 不通이라 답 〃.

吳光春 500

〈1959년 1월 7일 수요일 晴 1.5〉仁川 18

金學植와 四寸 弟 入社하다.

三信鑄物로부터 鑄物代金 督促 有함.

아모리 會社가 쪼달니드라도 工具 賃工費로
製品을 引受햇는대 이러한 心事조차 몰라주
는 部長級은 두었다가 멀 한담.

利川電機에서는 製品 至急 發送을 電話로서
督促하고 砂藻 作業은 不振하며 下後 一時
出發하다.

利川에서 0.3HP 木型 一式 20KVA 木型 一式
引受하다.

金仁鎬 氏 婦人 來社 捧給[俸給] 督促이다.

밤 六時 三〇分頃 金仁鎬 氏 宅 訪問. 婦人과
當面 金仁鎬 氏 歸社 件을 相議햇으나 眞心
을 알어내기에는 너무도 못 밋을[믿을] 말씀.

元原은 生活苦에서 왔다고.

誤心은 自滅이런 모르는 배 안니갯다.

金 氏 眞心이란?

利川 出張費 500. 個人.

李弼容 支配人으로부터 5,000.

〈1959년 1월 8일 목요일 晴 0.3〉20時

新設 타-빈 펌프(110×4KMZ) BC 資材 申
請.

利川電氣分 3HP 모-타 카바 着手.

20HP 3臺 追加 指示를 밧다.

金仁鎬 辭退 件 全般的으로 波及되다. 朴昌

植 異常한 證言을 하다.

나보고서 金仁鎬 方向을 全然 모르느야고.

昨夜 沐浴으로 時計 紛失 當하다.

釜山 避難 膳物을 四年니나 所持하다가 沐浴
湯에서 있다[잃다].

本社 重役會議.

〈1959년 1월 9일 금요일 晴 0.7〉19

從弟 今朝 歸鄉하다.

變壓器 BOX 12月 10日 次 pyg 鑄造 資材 所
要 總金額表 作成함.

110×4KML TUrBiN[turbine] pump BC 指
示.

韓一鑄造 Co에서 一次 相面을 再次 連絡 有
하다.

大韓酸素 Co에서 110KML 木型 引受.

金仁鎬 氏는 大邱에서 親友와 同業 重이라는
消息. 鄭殷國 家宅까지 訪問하여 金 氏 婦人
니 말하드라고.

工場 사람은 앞으로 自己 宅 訪問을 삼가하
여 주며는 좋캣다는 분부.

道林洞 朴 氏 來社(찔트 casting 專門).

〈1959년 1월 10일 토요일 晴 0.12〉BC 鎔解

110×4KML BC 附屬品 及 300CE 附屬 鑄造
함. 2鉗

利川서 來電. 20KVA 管 件으로 0.5HP 木型
引受함. ALM.

來社하신 社長任 金仁鎬 件으로 直接 相議하
다. 우리의 努力으로 金仁鎬를 붙잡으라고.

夜 方 氏 宅에서 各 職長 參加 裡에 金仁鎬 件

相議.
酒代 5,400.

金仁鎬 件에 關해서 自信을 돗드다.

方氏 宅酒 5,400.

〈1959년 1월 11일 일요일 雪 0.12〉
昨夜 大邱로 나려가서 金仁鎬을 잡아오갯다
고 各 職長들과 굿을[군은] 宣誓을 하고 나서
明日을 기다렸다가 뜻박에도 金氏가 나타나
반가운 마음 限니 업더라. 平壤宅에서 晝食
을 같이 하고 昨夜부터 잠 못 잦는다는 金氏 술
의 취해서 잠을 자다.
退勤 後 各 職長 外 鄭 部長 來參하여 무엇보다
도 여러분니 心理와 共通하여 반갑다는 人事.
마음으로 對할 사람은 眞心으로.
酒代 17,000.

마음의 힘을 자랑하자.
마음으로 가는 사람은 眞情으로 잡아보자!

〈1959년 1월 12일 월요일 晴 0.10〉 3HP 5臺
型 着手
아침 八時頃 金仁鎬 訪問햇으나 昨夜 마신
술의 醉함의 甚함인지 起床조차 않고 이불
속에서 둥굴고 있드라.
朴潤基 氏을 通해서 받은 片紙을 金仁鎬에게
傳하다. 明倫洞 社長 婦人개서 家庭 訪問까
지 하갯다는 消息.
金仁鎬 아침 九時頃 來社하여 金炳玉과 本社
行.

重役會議 開催.
金仁鎬 二個月間 期間付로 留任 相態[狀態]
로 落着하다.

自己 技術 過誤함의 所得의 됨.
金의 경우.

〈1959년 1월 13일 화요일〉 鎔解日. 法案 反對
示威 中斷日
金仁鎬 來社하여 作業에 助力하다.
韓白弼 兄과 트라블을 和解하다.
鎔解 作業 下後 二時 送風하여 七時 三〇分
終業하다.
二十一名의 食代만 하드라도 4,200.
實은 요즘 現狀으로서는 賃工費조차 赤字을
내고 있는 形便이니 딱한 노릇.
일꾼들은 좀 섭〃히 生覺하는 模樣이나 別다
른 方途는 全無하다.
鄭鳳龍 金仁鎬 宅을 혼자서 訪問하드라. 夜
間에 사람치고는 꽤 제치 있는 양반니다.

方氏宅
21人 4,200
酒 4瓶 1,000
常備 人負[人夫]　3
주물부　　　　18 ｝ 21名

〈1956년 1월 14일 수요일 0.12〉
變壓器 케-스 鑄造 直接費 計算.
鑄造日誌 着成. 製品 檢收함.
3HP 스대이다 足 位置 變動으로 使用 不可能
함.

夜間 崔寬成 氏 生日 祝賀 招待를 밧다. 同席
에서 趙成彦과 李永喆과 트라블 有함.

平時에 咸情[感情]의 酒席에서 吐露하다(성
은니).

〈1956년 1월 15일 목요일 0.1〉 3HP 關係로 陸
구永 外 1名 華月谷으로 出張
利川電機 Co 鑄造品 發送함.
韓光錫 便으로 下後 四時頃에 利川電機 總務
課長으로부터 變壓器 關係 木型 金枠 引受
來電.
당환한[당황한] 油由[理由]을 本社에 質問하
니 事情에 依하여 中止 希望 有라고.
金仁鎬 本社 急來라고 李炳玉으로부터 來電
有.
仁川 全 次長 來社하여 當面 鑄造 件 相議함.
社長과의 單獨會見을 希望하며 李炳玉에게
電話로 連絡.
新進雜貨에서 內衣 5,100

全 次{長} 來社.

平壤宅 400
全 次長 晝食 接待
內衣 5,100

〈1956년 1월 16일 금요일 0.14〉 22時
昨日의 利川電機 電性 眞狀[眞相]은 事實 上
本社에서 먼저 벳심을 보인 샘이라고.
350 TD gidvan 現回
鑄造 資材 申請 1/13日 分

{ 李永喆 李弼容 10時 30分 殘業
350 TD Empeller[impeller] 芯金 編結로
酷寒으로 作業 不振 狀態.
砲金 在庫 殘量 調査.

方 氏 宅, 李永喆 400
李弼容 殘業 350
會社 750

〈1959년 1월 17일 토요일 0.18〉 19
鄭 部長 指示로 350 TD 軸承
매탈 바뱃트 매달 鑄造 鍛造.
今年 들어 最高의 寒披[寒波]. 昨夜부터 冷〃
한 날새는 마치 室內에 물거럿마저 얼커[얼
려] 버렷다.
利川 韓光錫 便으로 木型 引受하갯다는 傳言
이라나.
陸士 便에서 찜車로 李 中領 來社하여
110KML 捉付 作業 依賴로 張世春 朴景陽 趙
口鎬 出張함.

〈1959년 1월 18일 일요일 0.15〉 特 22
利川 柳 係長 來訪하다.
20KVA 至急을 말하다.
20日까지 鑄造함을 約束하다.
在上 機械部는 休業인대 鑄造部만 特勤을 하
다. 今年 들어 正月에는 단 하로을 休日로 消
日햇을 뿐 繼續 勤務을 해도 먹코 살기가 힘
이 드니 딱한 사정.
方 氏 宅에 夕食 付託 件으로 들엿다가 申寬
燮 兄과 李盛鎬 金其春 三人을 만나 태포[대
포]을 사다. 對接[待接]만 밧고 나오기란 禮

儀에 어근나다.

柳 係長 晝食 平 400
申寬燮 外 2人
술 1升
안주 300
선지 3

〈1959년 1월 19일 월요일 0.9〉殘 22 BC 鎔
350 TD 가이드벤 게-지
350 TD impeller BC 3個
20KVA 13個
25 〃 3
10 〃 10　　　各 가부세[3] 着手.
夜間 作業함.
方氏宅 食事 17人 2,550.

〈1959년 1월 20일 화요일 0.9〉FL 鎔解
아침부터 李氏는 티집만 잡는다.
재료가 만니 들어가고 물견은 재대로 안 나오고 파만 낸다고 사장이 모르니가 다행이지 알며는 야단나라. 무엇시 못 마땍해서 그리는[지] 알 수 없는 일. 도대채 파가 나긴 머 그리 많은 파가 낫타고딜[났다고들] 아침부터 야유인지. 차리리 모르며는 모른 채 할 것이지 사람치고는 웃사람 자격은 조곰도 없지.
李四됸 氏가 몸이 아파서 昨日부터 돈 좀 채 달라는 요청은 밧았으나 李氏한태 이야기햇

자 단하느니보다[당하느니보다] 못함은 뻔한 일.
내 돈 1,000을 꾸어주다.

感銘錄
午後 1時 30分 송품
　〃 4時 20分 終業

方氏宅
鎔解 後
　19人 4,650
　（16各+2+1）

〈1959년 1월 21일 목요일 0.5〉利川
午前 12時 仁川 利川 電機 Co 出張.
下後 4時 20分頃 歸社함.
20KVA 管 金型用 木型 引受함.
夜間 聖林劇場 覽求[觀覽]함.
추위는 다 갓는지 날새는 재범[재법] 누거러저서 現狀 같은 日氣가 개속하여 주었으며는 얼마나 作業에 도움의 될지. 추위가 심해도 벌로히 발끝 실인 줄은 모르고 낫근만 今年 들어 발끝에 어름이 박켜서 거름거리조차 거북할 程度다. 할 수 없이 없는 돈에 겨을 防寒靴을 1,000에 購入하다.

防寒靴 購入함. 1,000.

〈1959년 1월 22일 목요일 0.5〉0.5HP 型 鑄造
0.5HP MOTAR ALM 型 鑄造.
午前 十二時 조금 지나서 尙州 妻家宅에서 四寸 妻男 來社하다.

---

3) かぶせ. 표면을 다듬어 보기 좋게 만드는 일(도금)을 뜻한다.

作業을 멈추고 宅까지 同伴하여 晝食을 갓치
하다.
常備制度로 變更 以來 今朝 工具 各者[各自]
에게 基本日給 外 手當을 發表하다.
鑄造部 趙成彦 氏 賃金에 不滿을 表示하다.
從來 給料보다 들 밧개 됏다는 탓.

康 氏에개서 運搬費 5,000 中 2,000 밧다. 李
永喆에개 引渡함.

⟨1959년 1월 23일 금요일 0.4⟩ 0.5HP ALM 型
在上
會社 彈皮 事件으로 因하여 李炳玉 特務隊에
呼出 當햇다는 아침 消息.
日氣가 맑니 누그러저서 作業의 能率的이다.
仁川 韓 氏 좀 自肅햇는지 今日 들어 殘業을
다 하다.
李永喆 昨夜 回甲宴會에서 過飮 탓으로 今朝
退參하다.
鑄造部 全員 8時 30分까지 殘業하다.
乾燥爐 積載 作業 及 10KVA 着手.
小發電機 揮撥油[揮發油] 不足으로 暗黑世
界를 만들다.

朴 氏 宅에서 짜장면 17器 a 100

⟨1959년 1월 24일 토요일 0.2⟩ 20時
0.5HP ALM 型 在上 完了.
同上 日誌 着成함.
家內 펌프 PIPE 修理 次 4時 30分 歸家함.
南都食堂에서 14人分 夕食.
姜 部長 來社. 晝食 對接을 밧다.

발이 어름의 박혀서 거름거리조차 거북하여
참으로 불편하다.
鑄物部 14人 8時까지 殘業함.

南都食堂 14人分 1,400
殘業

⟨1959년 1월 25일 일요일 0.1⟩ 6時
0.5HP cup 木型 18inc 補充함.
氣候가 눅어지는 關係로 炊燥爐 鑄型 炊燥
狀況의 良好하여 아침부터 取出 作業 着手하
여 下後부터 合型 作業 推進니 良好하여 正
刻까지 20KVA 13 25KVA 4個 金型 作業 完了
하다.
태근하여 오래간만에 탁주을 한 잔식 나눈다
고딜 나를 남석 군니 청하나 벌로히 마음의
심상치 못하여 집에서 좀 밧뿐 사고가 생겼
다고 평개[핑계]하고 도라오다.
담배 화랑 한 갑을 왜상으로 육 씨에개서.
(고달푼 생활 한니 업더라.)

木型 內職 着手.
常備制度을 反對하는 理由는 놀고서 給料을
받음은 良心에 부꺼럽다는 이배[입]에 발린
甘言.

⟨1959년 1월 26일 월요일 0.2⟩ 鎔解
鑄造 資材費 申請 文件 着成함.
午前 十一時 30分 送風 始作 午後 四時 終業
함. 20KVA 金型 카바 在上함.
仁川 韓 氏 요즘은 착실히 作業에 從事하다.
아마도 利川 Co에서 相當한 忠告을 밧은 模

樣이지.

태근 후 총원 20名 方氏 宅에서 5,250. 夕食及 濁酒을 나누다.

方氏 宅 할머니 나에개 담배 반 갑을 膳物을 주다. 암만 내가 궁하기로서니 담배 반 갑에는 더우기 무었 때문닌지 한편 불캐햇으나 할머니 마음은 그렇캐 함은 善心으로 호감을 가지갯다는 마음씨로 해석. 나도 村에는 할머니가 개시다. 남의 할머니도 結局 한 마음씨로 看佑[看做]함의 올타.

BC屑 7叺 程株. 某氏. 姓名 未詳이나 25,000에 賣却.
鎔解 秘로 3,000 주다.
李炳玉 指示.

方氏 宅 21人 5,250.

〈1959년 1월 27일 화요일〉 18. 仁川 出張

鑄造製品 取出 作業. 10KVA Dr.cas.
瓦拔 不良으로 不良品 4個 發生함으로 金龍煥을 召待[招待]하여 鎔接 加工 後 發送하다.
利川電機會社 相當히 보기에는 쌀″하나 實은 거렇치도 아은지[않은지] 알 수 엽는 사람이라 가정.
鄭碩雨로부터 1月 21日 1日 26日 二次 仁川 出張 條로 1,000 엇어서 가다.
理髮 오래간만에 햇으나 시간니 없어 머리 감을 사이도 없이 仁川으로 가다.
밤 七時頃에 재차 남은 리발을 하다.
남도[극장] 零下의 地獄을 求景하다.

기침의 심하여 몸에 미열이 생기다. 금년에는 벌로[별로] 기침의 심한 편은 아니라고 속단함의 어근낫다.

1,000入 仁川 2回

〈1959년 1월 28일 수요일〉 正刻

現場 일이 바뻐서 事務 關係로 疏忽히 하엿드니 요즘 相當히 할 일이 만니 싸엿다. 賃金 計算 1月分 막상 酷寒을 무릅쓰고 作業에 熱中햇건마은 事實이나 工賃 計算 結果로 보아 最高 60,000 單位가 단 한 사람 李永喆 뿐니다.
몸의 열이 나고 불편하여 終日토록 苦痛으로 消日하다가 高澤鉉 氏가 來社하여 濁酒 對接을 밧다.
고만 둔 줄 알엇든 高氏 다시 出勤한다는 喜消息이 들니다.
金珪煥 來社하여 所持品 整理.

新熱[身熱]로 雙和湯 服用함.

〈1959년 1월 29일 목요일〉 正刻

날새는 完全히 봄철이다.
아침부터 몸의 불편하여 內衣을 하나 더 겹허[겹쳐] 입고 출근하다.
金근주 양 출근하다. 賃金 計算 完了.
木型 鑄物 機械 在上. 건주 몸의 불편하여 사무의 능율의 저하하다.
古鐵 消費 狀況 及 申請書 作成하다. 林順善 送別會 件 31日로 內定하다.
李炳玉 木型 鄭氏가 말끝에 炳玉보다 더 하

다는 말이 뜨러지지[떨어지자] 炳玉 때마침 사무실로 더러오다 감정애 복바치 炳玉 賃金 關係로 木型을 야유하다.

感氣가 完治 못하여 코가 빡 〃 하다.

〈1959년 1월 30일 금요일 0.8〉 18
봄의 입김이 다가오든 어재 아래의 폭은한 날시가 오날에서 영하 八도까지 나려가 모다 버서버렷든 속내의를 또다시 더 입고서 직장으로 나이가다[나아가다].
겨울철은 으래의 취위가 좀 심해야만 당년하다고 생각 드는데 금년 겨울철은 한때 매섭기 어러붓드니 어제 아래 기온은 흡사 봄철을 연상케 햇다. 今日 추의는 가는 개절을 슬피하는 듯 겨을 절후가 지속되다.
林順善 送別宴會 發題文 着成.
古鐵 購入 依賴 申請.
仁川 Co TrnS 關係 發送 終會表
3000KVA Trns. cas 第二 倉庫로 運搬. 1個.

날새 갑작히 추워지다.
겨울철 기후처고는 오이려 당연한 일기. 어저 아라는[어제 아래는] 봄철을 연상.

〈1959년 1월 31일 토요일 0.7〉 正刻
林順善 外 金奎煥 兩 氏 方 氏 宅에서 送別宴會을 開催하다.
午後 五時 二〇分 韓百弼 朴昌植 二名 除하고 모다 參加. 17名.
金仁鎬 來社. 大邱 光州에 가 있었다고. 얼골 빛은 좀 나아젓군. 돈버리를 햇 모양이지.

金仁鎬 歡迎會 送別會 後 開催함.
李相弼 李永喆 李鳳榮
李弼容 鄭凡龍 朴基錫
3,300

林 氏 送別

17人 送別 21,750
6人 3,300

〈1959년 2월 1일 일요일〉
벌서 二月 달을 맞이햇으니 今年도 12分의 1을 벌서 消日핸 샘이다. 正月 덜어 단 하로럴 쉬고 계속 일햇으니 二月 덜어서는 첫날버트[첫날부터] 놀 수 있으나 도무지 호주머니가 비엿으니 갈 곳치고는 아무대도 없다.
이침[아침] 十時頃 조반을 먹고 會社에 나아가다. 李在慶을 만나 아참부터 方 氏 宅에서 태포[대포]을 마시다. 李在慶에개서 金 3,000을 借用하다(現在 南都 서울 3個所).

李在慶에개 3,000 借用

〈1959년 2월 2일 화요일〉 2
仁川 劉 資材課長 來社하다.
鑄造品 對照 及 計劃 相議.
75HP 6P motor Buracaat[bracket?]
木型 分割 作業 依賴로 大東 Co에서 BuRacat만 加功 會議.
41,800 鄭 氏 見積함.
大韓 작크 Co에서 鑄物 3臺分 金奎煥 氏 便으로 引受해 가다. 1e 當 54×3組 162.

先拂 條로 50,000 入金하다.

劉 係長 食事 500
方

〈1959년 2월 3일 수요일〉 3 7.30
75HP 木型費 申請의 件.
金仁鎬 出勤하다.
夜間 10KVA 中子 未完으로 殘業하다.
方氏 宅에서 8名 800 탁주.
今年은 舊正에도 歸鄕을 못할 形便님으로 힌
떡을 1斗 程度 해 오다.
新進雜貨에서 京善 貞花 二人分 舊童服[兒童
服] 二着 5,300 外上을 었다.

新進雜貨 5,300

方氏 宅 8人(殘業) 800

〈1959년 2월 4일 수요일〉 19. 鎔解
昨日 鄭周永 氏 外 노총 委員長 二名 本社 行
하여 社長 相面 後 舊正을 앞두고 可急的[可
及的] 早速한 期日 內에 給料 支給을 要請하
였다는 아침 뉴스.
鎔解 作業 關係로 發電機用 밧대리 充電 及
(준간水) 溫水 交替함.
黃七 兄 要請으로 Smal Engin BET 寸法 註入
[注入] 關係 上 Enging[engine] 分配함.
鎔解 作業 十二時 45分 送風 後 四時 五○分
終業하다.
鑄物 17人 常備 2人 朴 1名
21人分 食事.

藥 外上 450
리봉용 氏 앞

方氏 宅 21人分 5,200

〈1959년 2월 5일 목요일〉 20
ALM 附屬 鑄造 後 仁川 製品 發送하다.
4,450kg 程.
午後 四時 二○分頃 出發하여 六時頃 到着하
다.
利川 工場 殘業 實情은 단지 3會[回] 食뿐니
며 副食도 持參이라니 大東工業 Co와 比하
며는 大東은 別天地 같은 待遇라.
劉 係長 外 全 次長으로부터 夕食 待接을 밧
다.
方 運轉士의 술 醉한 行動. 運行 中 事故가 두
러웠다.

日氣는 完全히 봄철인대 作業의 能率은 低下
하다.
理由는 舊正을 앞둔 給料 連拂[延拂]에 있는
것.

500 仁川 旅費

〈1959년 2월 6일 금요일〉
舊正을 앞두고 從業員 全體가 特히나 주물장
의 例年의 名節을 企[期]해서 會社에서 支給
하는 給料 遲拂을 念慮한 나므지 사보타추
[사보타주] 狀態로 午前은 持續하다.
社長 社來함으로 代表들 陳情의 뜻을 表하다.
舊正을 마지하여 어린 자식들 양말 한 짝이

라도 신기고 하다못해 先祖 忌祭에 술 한 잔
이라도 부어 노아야 하지 안켓는야는 공박.
지당한 말.

社長 來社.
水聯 손님하고 10時~11時

〈1959년 2월 7일 토요일〉
今日은 아침부터 職長의 솔선 作業에 應함으
로 마지못해서 各其 일손을 놓히 못하다.
아침부터 기다리든 給料는 下後 四時頃에야
李 部長 서울서 나려오다 計算 關係로 分配
는 六時 三○分頃에 비로서 各自의 손에 도
라기다[돌아가다].
從業員들 全員 1月分 全額을 支給.
近來에 볼 수 없든 좋은 支拂.
理髮함.
方氏 宅 酒代 淸算함.

給料 支給함

〈1959년 2월 8일 일요일〉 舊正
各地 他鄕에서 舊正을 맞이하여 昨年만 해도
室人은 鄕里로 나려 보내여 父母任에 問安을
드련는대 今年에는 누구 하나 나려가지 못하
였으니 不孝 莫心[莫甚]하다.
아침 일즉 이러나서 아이들 옷을 가라입히고
갈 때조차[갈 데조차] 변〃치 못하여 聖林 서
을 兩 劇場에서 消日하다.
밤 肯性으로 外出하다. 某人과 相逢. 約 三○
分間 雜談과 善口으로 해여지다.
雜費 1,220 消費.

韓光錫 賃工費 計算함.

거리마다 때〃옷에 울긋불긋 마치 날시는 봄
비로 변하여 때 아닌 비가 나리다.

〈1959년 2월 9일 월요일〉 休日
午前 九時頃 會社에 나이가다.
韓光錫 12月 下半期 給料 漏落分 申請書 李
部長에개 傳達함.
李炳玉 氏로부터 午後 三時頃 各 職長 外 몇
〃 同志들을 同伴하여 自家로 와달다를[와달
라는] 付託을 밧었으나 오래간만에 서울 親
家을 訪問하고 午後 四時頃 서울을 出發하여
永登浦에 오니 時間니 없다. 貞花 貞順 二人
의 샤쓰 上衣 5,000에 購入햇으나 貞花는 尺
度가 맞으나 貞順니는 즉으서 다시 가다가
[갓다가] 주고 物品 付入 後 交換하기로 함.

陸구永 祝金 9,400 內에서 5,000 使用.

旅費 600
사과 500
奎錫 300
고기 400

〈1959년 2월 10일 화요일〉 始業
臨時工 解雇 問재로 아침부터 工場 內가 되
승상하다[뒤숭숭하다].
에당초 나의 개획은 利川 10件을 다 끈꼬 나
아서러 해직시겨야 하갯다고 심산했으나 중
간어서 말의 새여나와 본인들의 귀에 들어가
서 일얼 망처놓타.

이왕 내보낼 바에는 零下 二〇度의 혹한에도 作業을 시켜스니 工賃은 마땅히 다아 지불함이 지당. 工賃表 作成하여 本社行. 午後 二時. 공교롭개도 社長은 工場으로. 즉시 공장으로 도라와 相面 件을 相議할려 했으나 時間 上 後에나 하고 보자는 下示.

感銘錄
濁酒 一斗
新年 祝杯

〈1959년 2월 11일 수요일〉
臨時工 全員 解雇하갯다는 會社 方針의 突變 하여 다음 鎔解 作業 完了 時까지 保留하갯 디는 工場 方針을 示唆하다. 아침부터 作業 狀況은 좀 活氣을 띠우다. 李 部長 本社로 올라가는 기 요즘 日課로 完全히 固定된 샘이다. 도대채 會社의 製作部을 擔當하고 있다는 사람의 工場에는 안 부터 있고 하는 일이 무었인지.
午後 李采元 來社하다. Dicastin[Die Casting] 件으로 四寸 家族을 同伴하여 夕食을 같히 하다.
5HP 發動機 peston[piston] 鑄造 件.
850 Vp pump inang HOEL 鑄造 件.
160×3KML tuvin[turbine] pump BED 件.
社 來 件으로 待期하다.
650CE 木型 修理 着手.

四寸 家族 同伴[4]

---

4) 아래 한 줄이 더 기록되어 있으나 일부러 잉크를 문

〈1959년 2월 12일 목요일〉 18
75HP 브라켓트 芯金 現圖 件.
終業 後 李永喆 氏 招待로 李 氏 宅에서 舊正 酒宴을 배풀다.
參加 人員 鑄物部 5名 外 金仁鎬 李相弼 鄭殷國 鄭鳳龍.
宴會 終了 後 金仁鎬와 其他 몇 〃히 第二次로 한 잔 하갯다는 約束 有한 故로 金仁鎬는 困難하여 되로 빠젓다가 終末에 찾어오는 성질. 李相弼 무었의 氣分니 좋이 못하였는지 고욘니 샌트집으로 方氏 宅에서 트라블.
술 한 잔 안 마시고 쥐정[주정] 밧기란?

〈1959년 2월 13일 금요일〉 19.30
鎔解 作業함.
臨時 人員 八名 解職에 隨伴하는 逤別宴을 方氏 宅에서 開催.
簡單한 人事가 끗나자 解雇 該當者들 서로 숙덕공론. 도무지 座席의 어울리지 않어 約 15日 만에 술을 마시기 始作하다. 基中[其中] 李今烈 젊은 사람이지마는 지성 있는 말을 하다.
零下 20度의 酷寒에도 하라는 되로 다 하였스머는 고만 두라고 하는 바에는 품값을 주어야 하지 않켄느야는 反問. 世上의 資本 全盛時代라 불상한 기 노동생활.
취관성 종말에는 자기 근성을 나타내타.

方氏 宅 食事 及 酒席 16,400

질러 지워낸 듯 검게 칠해저 있어 내용을 알아 볼 수 없다.

〈1959년 2월 14일 토요일 雨〉19

利川 鑄造 製品 午前 十一時 30分 積載 作業 完了 後 方 運轉手 待期하다 午後 十二時 三〇分 出發함.

社長 工場 來社 直時[卽時]로 仁川 工場으로 來訪하다.

趙南術 技士와 簡素한 酒宴을 待接 밧다. 同席에 李 監督 及 劉 係長 外 二名 參席하다.

밤 八時頃 仁川 出發. 醉氣가 그나한 運轉手 方孝眉 永登浦 驛前에서 再次 外伯[外泊]하다.

趙成彦 作別 次 事 3頃 方 氏 宅에서 술은 나누다.

方 氏 運轉手

接待   1,200 ⎫
趙成彦   500 ⎬ 個人

〈1959년 2월 15일 일요일 雨〉休

延 三日재나 시름없이 봄비는 나리다.

休日을 마지하여 아침 늦잠을 깨고 새수도 하지 않고 終日토록 房에서 消日하다. 한 것 이라고는 단지 6P 75HP moTAR SEtaRtue 圖面 練習뿐.

內人이 昨夜 꿈을 꿧다고. 內容인즉 좋히 못한 증조로 해석되며 마음의 우울하다.

大東工業株式會社가 利川과 합친다는 基本 方針 樹立은 꽤 오래 대연는대 昨夜 仁川서 劉 係長 外 他人의 말을 綜合하여 보면는 確實히 12日付로 金 常務가 全 從業員에게 內容을 說明햇다나.

楊水機[揚水機] 製作도 兼한다고. 合作 決定.

大東 利川 兩工場 合作 決定的

〈1959년 2월 16일 월요일 雨〉正刻

2月 13日分 鑄造 資材費 實蹟[實績] 請求書 作成함. 鑄物部 650CE 下胴體 型造 着手함. 金學植 吳光春 兩人니 兩 入社 希望에 依한 誓約書 作成하다.

李鳳榮 氏 舊正 飮食의 좀 남었다고 鑄物 人員 全體을 招請하여 簡素한 저역食事이나마 마음의 限없의 고마운 처사. 昨年에도 接待을 밧었는대 今年 드러 男足 없는 家計에 여간 마음 않니며는 요즘 經濟로서 어려운 招待.

봄비가 나리기 시작한 지 벌서 四日間이나 밤낮 끝힐 줄 모르고 질긋개 나린다.

永登浦 하며는 진등포라는 속담과 같이 집에서 工場에까지 가는 길은 마침 (물논).

崔且根 氏 來社.

金仁鎬 氏와 外化.

酒案席 來電 有.

用具家持 依賴

〈1959년 2월 17일 火曜日 氣候 雨〉正刻

李炳玉 氏 今朝는 좀 별다른 融化的인 表情으로 대해주다. 昨日 本社에서 社長한태 責任을 追窮 當하였음의 分明하지.

變壓器 綜合 資材 申請費 中 塊炭을 浪費햇다는 社長의 判斷. 要는 1月 8日 次 降 18TS 請求 決裁한 粉炭니 消耗度을 말하는 模樣인대?

變壓器 關係 外 鑄造日誌 着成하다.

노량진 大芽産業社 尹氏 相面.
請求金額 107,600 延手票도 可.
大洋機械 金奎煥 相面 작크機 鑄物 代金 督
促하다. 金氏 무엇을 그리 서드르냐는 反問.
人間치고는 責任感이라고는 全然 없는 사람.
臨時人員 給料 支給 122,000.

臨時工 給料 支給

500入 吳光春
陸氏 2,000

〈1959년 2월 18일 수요일 晴〉正刻
午後 二時頃 社長 水聯重機 課長 同伴 下에
來社함.
鑄物部 新規 技能工 採用 件 上言 公文化하
여 上信[上申]하다.
崔砥砅 氏 渡美 歡送會 參加 次 金仁鎬 서울
行.
機械部 內 motaRe HP 別 調査함. 75HP
BRahket[bracket] 木型 完.

〈1959년 2월 19일 목요일 비〉鑄物 殘. 17.30
近間 아침 出勤時間니 每日 늦다.
明日부터는 좀 더 시간을 嚴守하자.
鑄物部 Casting Box 破鐵하여 古鐵로 轉用하
다. 終 1.5ton.
650m/m fugall pump 下部 Casimg[casing]
2個 着火 作業 及 上胴{體} 在上 作業 完了.
同 saction[section] 側 core 2個 完了 及 同
Si huill[wheel] valve 폰샛트 core 在上
BC 關係 160×3KML tai Bine pump 及

40~65NV nosh pump 80 fugall
單重 及 總 重量 調査함.
吳光春 來社 晝食 接待를 밧다.
夜間 鑄物部 內 雜經費 申請 內容 拔取
25,900.

吳光春 人間的으로 조금도 遜色의 無한 有能
한 人格의 所持者로 評價.

〈1959년 2월 20일 금요일 雨〉乾燥爐 積載
鑄物部 內 12月 16次 降 2月 13日까지.
雜 經費 25,900 申請. 濁酒代 主.
李炳玉 同 申請 件에 關해서 不可能함을 指
摘함. 簡單한 解釋으로는 먹꼬 싶허서 먹었
지 自己들의 負擔하는 개 至當타고 至. 한편
上申해 보갯다는 態度 及 金仁鎬 올리라는
助言.
350 TD gaiaivane 1個 破鐵 轉用하여 130×
3KML impeller 及 40NV 65NV 80CSH BC 附
屬 鑄造을 策定함.
鷺梁津 尹氏 來社 뿐씀 件 鑄物 代金
延手票로 10,000 入金 3/20字.

金仁鎬 鑄物場 殘業 實施 件에 相議한 結果
公私을 分別하라는 示答.
發作하는 言事로 認定.

노량진 尹氏 接對[接待] 酒 0.5升
                        乾太 1匹
                        約 350

〈1959년 2월 21일 토요일 雲〉

急하다는 利川 電氣 Co DRANSE[변압기, trans] 鑄造 作業이 끗난 탓인지 요즘 現場 作業 能率의 急作스럽캐 저하된다. 明日의 正月 보름이랴고 하여 놀려달라는 現場 要請을 無視하고 鑄物部에서는 終業 後 윳노리을 하는 模樣.

12日 10付 以後 利川電機 Co 及 工場 鑄造品 明細에 依據한 接待費 計算

35TS 製品에 CasTEN + - 0

現場 作業 況狀[狀況]

650 CE CaSENG[casing] 着火 COER 取當

40NV CASENG 4個

500SV COVER 1

650 SihuiEEVALV COVER 1個

밤 CASTIN 單量表 作成

〈1959년 2월 22일 일요일 晴〉午前

舊正 보음[보름] 明節[名節]이라 現場 要請에 依하여 午前만 稼動하다.

午後 張世春에개 晝食 待接을 밧고 相弼 永喆 采鎭에개서 濁酒 接待를 밧다. 答禮로 1,050어치 술을 사다.

午後 二時 張 氏와 聖林劇場 觀求.

밤 南都 求景하다.

現場 作業 內容

650 Centii fugel pump[centrifugal pump] CaSing moutNE CORE 着火.

方 氏 1,050

相弼 永喆

〈1959년 2월 23일 월요일 晴〉正刻

봄철은 박드하는데[박두하는데] ㅇ■일인지 일기는 쌀 〃 하다. 오날따라 누구보다도 먼저 출근햇다.

요즘 으래의[으레] 아침 出勤 時刻의 늦엇는대 元因[原因]인즉 四年間이나 간직햇든 손시개를 沐浴湯에서 잇고 나서는 時間 지키기란 어려웠다. 工場의 利川電機 Co와 合作한다는 說이 나아오자 요즘 機械 賣買 仲介人들의 會社 出入의 甚하여젓다.

MOULD DRYiNG furnace 焚火 不充分으로 650CE VOLTE Centii fugael pump 足部 core 乾燥 不足으로 再乾燥 作業 關係로 作業 不推進하다. 利川 電氣 Co 及 1/2 HP motor Bracaket core & Ber Rimg Cover & BET 40 nosk pump CarSimg moulting 其他 core sand 編結 作業.

Core iron 古鐵 轉用 及 580kg

〈1959년 2월 24일 화요일 晴〉殘業 1時間

650 CE Cen tri fagael pump[centrifugal pump] Core 入 作業

Core 寸法 未備로 作業 不振.

明日 鎔解 作業 豫定이었스나 20日로 延期 不可避하다.

650CE Core 入 2個 完了 上胴體 合型 未完 及 폰냇트 未完하다.

87年度[5] 以來 鑄造日誌에 依據한 moulting

---

5) 아마 단기로 년도를 표기한 것으로 보인다. 그러면 87년은 1954년이 된다.

Box all 屯量 調査 結果 大東工業 最大의 해는 87年度.

鑄造日誌 月評價 屯量 30T~20T

鑄造日誌 91, 90, 89, 88, 87, 86年 無로 隘路 有함.

〈1959년 2월 25일 수요일 晴〉合型

650 VLOET Pump 型 가부새 作業 完.

75 HP moTOR staEtuE 型造 着手.

今日 鎔解 豫定이었으나 人員 不足과 其他 木型 變寸法로 因한 CoRE 寸法 未備로 作業 不振에 基因[起因]하다.

CaSting multinD Box 調査 書類 作成 完了.

旋盤 口費 件으로 來客 서울서 仁川 俱業柱式 Co에서 5吋 Centini fugal pump 1臺 豫約金 條로 10,000 入金.

夜 敬錫 弟 來訪하다.

닥[닭] 二首 購入하다. 料理 用으로.

仁川서 鑄造 後 運搬 要 督促 來電 有하다.

〈1959년 2월 26일 목요일 晴〉鎔解

午前 中 現場 型 作業 指示함.

十二時 三○分 送風 5時 30分 終業함.

650 LoLTD PUMP CaSiNG 鑄込 直前 停電로 因해서 당황하다.

75HP SETARTA SEPAE. TUE

二時間 異常 遲延으로 一時 송풍 停止하다.

今日 發送해 달라는 鑄物製品 不得로 明日로 延期하다.

昨日 먹은 鷄湯의 취햇는지[체했는지] 속이 불편하여 活明水을 服用하다.

鎔解 總 人員 鑄物 10名 外 2名.

方 氏 宅 食代

鑄物部 10名

鄭殷國 2名 } 12名

方炯九

〈1959년 2월 27일 금요일 晴〉18

鑄造製品 檢收 及 鑄造日誌 着成함.

2月分 鑄物部 內 賃金 計算表 着成하다.

利川電機 Co 鑄造品 發送함. 木型 一部 包含.

三輪車 便으로 韓光錫 午後 四時 四○分頃 出發하다.

鑄放 製品 目錄

650m/m VOLET pump Casimg 上下 3個

〃 si huiee valve PONNET 1

carte 1

cover 1

利川電機分

0.5HP motor 附屬

40HP 〃 〃

500KVA BuLoc 拔型 2

〃 PULLEY 材丸棒 2本

其他 PATTER 40HP 一切 10KVA 一切

25KVA 一切 0.5HP 3HP 一切

李今烈 君 來訪. 밤 十時 歸家하다. 先輩을 대한다는 마음을 表示함이라.

〈1959년 2월 28일 토요일 晴〉20

歲月의 如流함인지 이 달도 今日의 마즈막. 날새는 따뜻한 봄철은 재촉을 하는 反面 工

場 作業 事情은 앞길의 莫然한 샘이다. 利川
으로 옵기여[옮기어] 간다는 合作說은 事實
의 合致되는 今日 利川 吳光春 來社하여 復
職 問題로 因함인지 晝食 時間을 利用하여
술은 한 잔 {마시다.
李永喆 술의 취하여 午後 作業은 不振 狀態
에 처하다.
三月 二日 以降 鑄造 未完了品 調書 作成.
外資을 利用하여 渡入[導入]된 工作機械
2臺가 Huopimg machine and Dicasting
machine 荷{物} 包裝 完了 後 發送 作業 推進
하다.
全國貨物運輸 Co에 覺書 提出(運賃 件)

李永喆
金仁鎬 500
鄭鳳龍

〈1959년 3월 1일 일요일 晴〉午前
二月 달도 初 一日의 日曜{日}이드니 三月의
一日은 三一節겸 日曜日 날새는 하창하여 봄
기분니 히도는가 하면 아즉도 바람결은 차다.
午前 正刻에 會社에 出勤하다.
大東工業 永登浦 工場으로부터 方魚津 造船
鐵工所로 當 工場 設置 工作機
Houping machine 及 DiCastin marchine 二
臺 全國貨物 便으로 發送하다.
市場 雜貨 商人에게 舊正에 購入하여
SAZSE[size] 未定으로 招保[留保]햇든 貞順
니 샤쓰 件으로 來訪했으나 主人 不在로 다
음으로 미르다.
낮에 聖林劇場(生涯 最高의 해).

〈1959년 3월 2일 월요일 晴〉18
三月 一日 現在 未鑄造品 目錄 着成.
李炳玉 身病이라 평개하고[핑계하고] 缺席.
內容인즉 事由가 있는 模樣.
黃大玉 兄 工場 來訪 就任 人事 次라고.
李相弼 同伴 下에 方氏 宅에서 酒席 3,500.
歸路 밤 10時 黃 {氏} 宅까지 同伴 술을 나누
고 해여지다.
利川 Co 吳氏 來訪 75HP 督促 件.

感銘錄
方氏 宅 3,500 酒席
(李相弼 株會分)

〈1959년 3월 3일 화요일 晴〉18
利川 電氣 Co와 合作說 由來는 오래 댓건만
아무란 進步는 無하고 工場 內 雰圍氣만 흐
리기 始作. 昨今日 作業 實情 怠慢하기 限니
없고.
李炳玉 氏도 協議事項에 未合議로 因한 不滿
處事 아닌가 思料된다.
BC 鑄造 指示 130KML
1000 ViR Ti CaL Pump 設計 完
Castim[casting] Box 調査 結果 一切 製作 要
함.

〈1959년 3월 4일 수요일 晴〉18
利川 電氣 Co 分 75HP 스태이타 스패기터
鑄造 納期 遲延으로 因해서 韓一 Casting Co
에 外賴하다. 方烔丸 木型 運搬함.
李炳玉 氏 病患으로 요즘 二日間 缺勤하다
今日에는 來社하다.

130KML TVR VEN Pump BC 附屬 調査
40NV impeller 6個 nut 材
65 Nosh pump impeller 120
〃   cirande 1110
              matal 4
              GRande Ceat
160KML taR ven pump impeller 340
       saetien Ring 材 1車
       水押 msr
其他 BC 小物 鑄型 完了

市場에서 貞順니 上衣 나이론 싸쓰 交換하여
오다.
75HP 스태-타 韓一 Co에 依賴

〈1959년 3월 5일 목요일 雨〉 BC 鎔解. 19
砲金 鎔解 作業 三鉗하다. 下後 六時 30分까
지.
材料 300TD TURBINE gide vane 1個   84
切削屑   64
切削 切屑 及 切端[切斷] 其他 製品 使用 不
能 及   96
110 fugal pump impeller 2個
製品 13KML turbine 關係 一切
       80CSH Cinter fugal 一部
       160CSH 上用
       400CE VoLET pump 小物 一臺分
       500 〃 〃   小物 三臺分

350HP 4p patter 仁川 吳 係長으로부터 引受
75HP 5p patter 韓一에서 鑄造 不可로 返受
500HP motol[motor] 圖面 一部 引受

工場事故. MOTOER 11臺 利川으로 發送

張世春 李永喆 鄭殷國 motor 發送 上車 條로
方 氏 宅에서 濁酒
1,300 張 氏 負擔

〈1959년 3월 6일 금요일 雨〉
BC 鑄造日誌 着成함. 251kg(284k 材料)
500HP moToR PATTER 附屬 製作書 申請.
李忠信 外 2月分 殘業日誌 着成하다.
800m/m ViE Ti Cal PUMP 圖面 完成.
方魚津 鐵工所로부터 陸用 捲揚機[捲楊機]
二臺 渡入[導入]하다.
500CE Cinter fugal pump Casing
mouldim[moulding] 完了.
75HP BRachet 6個 mouldim 完了.
同上 關係 core iron 編結 完了.
退勤 後 金仁鎬 外 鄭鳳龍 方 氏 宅에서 濁酒
代 550.
雨傘 一個 400에 購入.

金仁鎬 外 鄭 職長 550 方 氏 宅

方 氏 550

〈1959년 3월 7일 토요일 晴〉乾燥爐 着火 作業
35HP 利川電氣工場 外註品[外注品] 木型 檢
收.
500HP PATTER 着工하다.
家屋 件에 對해서 張世璿 來電.
별로히 반갑지도 않는 간섭.
協信 Co에 收金 次 出張.

밤 主人과 全새[傳貰] 件에 關하여 向後 15
日 以內 加 三萬 円[圜] 追加해서 100,000으
로 하여 주갰다고 約束.
乾燥爐 着火 作業 李云在.

〈1959년 3월 8일 일요일 晴〉19
鑄物部 全員 殘業하다.
350HP 木型에 依據하여 重量 計算하다.
Si huiee valve Castimg[casting] 未完品 調査.
GRamde FC로 變更 鑄造 合議.
古 CoRe iRon 古鐵 轉用 作業.
金炯珍 家屋 件 25,000 入金.

金炯珍 家屋 件 25,000 入金

5,000 借用 家屋 件

〈1959년 3월 9일 월요일 晴〉
500HP~35HP 圖面 引受함.
75HP 督促 件 利川 劉 係長 來社.
350HP 木型 檢收함.
金仁鎬 氏 外 李永喆 李四乭 李弼容 鄭 職長
李 課長 800VERTiCAL pump 作業工程을 協
議 및 酒宴. 平壤 宅.
二次 方 氏 宅.
劉 係長 藥酒 接待 條
張光璟 立會 下에
鑄造製品 現品 調査타 胸部 打撲傷.
李炳[玉] 氏로부터 藥代 500 借入.

劉 係長 食事 件 方 氏 宅 1,100
藥代 500 借入

李 氏로부터

病院 800
藥代 300

〈1959년 3월 10일 화요일〉 勞동절. 출근.
木型 木材 購入.
타박상으로 因해서 病院 行.
午後 自宅에서 800 VERTiCAL pump 鑄物枠
現圖
占 치는 老親 來訪
土亭秘決[土亭秘訣]을 보다.

〈1959년 3월 11일 수요일 晴〉 19
봄날치고는 매우 날새가 차서 겨울 기분을
연상시키다.
午前 800m/m VEERTiCaL pump SC GEAR
& PiNioN 外註[外注] 件으로 大韓重機 訪問.
打撲傷의 전신을 진통시키여 거름거리마저
불편하다. 朱鎬石 君 關東서 相面 晝食 接待
를 밧다.
500center fugall pump CoRE 入 作業 始作.
800m/m Vertical pump patter 着手 殘業하다.
夜間 Casting 重量 換算하다.

關東 SC GEAR & PINION 外註 件
病院 500

〈1959년 3월 12일 목요일〉
朱 君 來訪.
關東은 너무나 見積이 새다.
齒車 13日에 300,000니라.

말이 안 대다.

方氏 술 반 대[되]
안주 200
朱鎬石 350

〈1959년 3월 13일 금요일〉
다친 몸의 도무지 풀리지를 안는다.
가슴 한쪽 편은 쓰리고 쑤시여서 남이 보아
서는 아무렇치도 않은 것 같으나 實인즉 속
으로 에테운다.
鄭 직장한태 一金 三百円을 엇어 찜질약을
사다 바르다.
800VERTiCAL pump 芯金 現圖.
木型 見積書 作成.
5HP 一切 350HP 補修.
500HP 一式

鄭鳳龍에개서 300 借

〈1959년 3월 14일 토요일 晴〉鎔解
800m/m VERTECAL[vertical] pump
芯金 一切 現圖으로 製作함. 午前 十一時 三
○分 送風 始作 午後 五時 終業하다. 鎔解 人
員 鑄物場 10名 其他 二名.
몸의 개롭다. 二三日間 休養을 하였으며는
하는 마음 간절하는 工場 事情의 如意치 못
한 故로 가슴의 절이여서 불편함을 참어가며
서 日程을 마치다.
朴 某는 二重性格의 所有者임의 完全히 드러
나다. 안 갓다는 明倫洞에는 무었 대무내[때
문에] 갓는지. 張 某는 同情을 솔선해 보려다

가 도리여 오금을 밧번 샘.
하치않는[하찮은] 件으로 나만 立場이 不利.

鑄物 鎔解 人員 10名 + 方氏 女工 = 12名
食代(方氏) 3,250

〈1959년 3월 15일 일요일 晴〉特勤
午前 九時頃 出勤하다. 불편한 몸을 갓가
스로 이지하여 鑄物 屯量 計算 一部와 75
馬力 關係 moToR BRochET[bracket] 及
SETAETAR 3組 午前 十二時 發送.
警備員 朴昌植 連行하다.
李鳳榮 崔汶鳳 李云裁 三人 特勤함. 午後 三
時 退勤하다.
木型部 特勤함.

李鳳榮 外 2名 特勤함.
午後 3時 退함.

〈1959년 3월 16일 월요일 晴〉19
800VP 金枠 組立[6].
鑄造日誌 着成함.
800VERTICAL pump Castimg 一切 調査 作
成 報告함.
800VP 關係 patter 品名 記入함.
朴潤基 得病하여 缺勤届 提出함.
退勤 時 朴潤基 問病하다.
貞順니에개 每日같이 二學年 敎科書 代金
1,600에 쪼달니다.

---

6) 원본에서 이 내용은 인쇄되어 있는 일자 위 여백에
   기록되어 있다.

800 VERTiCAL pump moulting 着手.

〈1959년 3월 17일 화요일 晴〉19
요즘같히 조달니다가는 더 이상 견디기가 참
으로 어려운 일이다. 정순니 책갑을 내일이
며는 털임없이 아버지가 會社에서 돈니 나오
니가 하여 주겠다고 約束한 지가 四, 五日이
경과했근마는 오날도 아침에 (아버지 책갑)
하고 반문하는 대는 얼골의 확끈하다. 어린
마음에 아버지를 원망하겟지. 생각하면 할사
록 불행한 정순니다. 남애 집의 가정형편으
로는 물론 나보다도 더 쪼달니는 사람의 있
갯지마는 入學 時만 하드라도 책가방을 하나
사주지 못한 이 에비가 아니였든지.
또 내일로 約束을 하다.

800VP 着手.

> 朴氏宅　　　500
> 利川 趙氏

〈1959년 3월 18일 수요일〉19
다친 가슴의 完快하지 못하여 退勤 後 病院
으로 가다. 몸이 다른 病勢는 나타나지 않은
다는 診斷.
李炳玉 氏에게서 金 2,000 貞順니 敎科書代
金 條로 借用함.
利川 柳 係長 來社. 500HP~350HP 關係
PATTER 件 督促 有함.

李炳玉 氏로부터 2,000 借用. 정순니 책갑 條
로.

〈1959년 3월 19일 목요일 晴〉19
利川電氣機械 Co 納品한 變壓器亟 水壓 試
驗 不合格으로 10KVA 8個 再鑄造 緊急 指示
을 受하다.
社長 直接 來電 有함.
1000m/m ViTRiCAL PUMP VALVe Castimg
付物 指示함.
古鐵 再選함.
朴潤基 病勢 惡化一路로 家族들 直接的으로
同情을 依賴하는 言質을 밧다.
工場 機械 2,000,000에 賣却 指示 有함.

〈1959년 3월 20일 금요일 晴〉19
利川電機 Co 分 券線機[捲線機] 木型 見積書
作成하다.
利川電機 現場으로 木型 緊急 付送을 依賴하
다. (變壓器함 25KVA)
朴昌植 明倫洞 社長 宅 訪問하여 潤基 病急
變으로 因한 治療費 條로 一金 貳萬 圓을 融
通하여 오다.
800VP 하으징그 鑄型 着手.

〈1959년 3월 21일 토요일 晴〉19
李炳玉에게 金 貳萬 五阡 圜 依賴한 지도 벌
서 七日이나 經過하였근만 今日도 對策 無
함.
75HP 擴撑片 木型 完了 燭引 作業하다.
800VP 하으징그 마울팅[마운팅] 1/2.
夜間 理髮함.
朴潤基 訃告을 밧다.
李云裁 弼容 婦人 來訪.

外泊함. 1,500 鄭殷國

方氏宅 900

〈1959년 3월 22일 일요일 晴〉 17
朴潤其 葬禮로 아침부터 분주하다. 午後 三時 30分 모든 準備 完了 後에 新林里로 出發하다.
李永喆 崔玟鳳 鄭殷國 鄭碩雨 方炯九 外 2明 先發하야 手苦를 하다.
鄭碩雨에개서 1,000
韓弼百 兄에개서 1,000
工場 宿直室에 留宿함.

〈1959년 3월 23일 월요일 晴〉 19
三日채 집에 안 들어갓드니 家族들의 工場으로 찾어오다.
집主人은 전세갑 70,000에서 30,000 더 내라는 要請으로 今日까지 約束하여 놋고 밤부터 히 陸구永 兄을 통해서 金 20,000을 高利積[高利債] 弗[달러]式 利子 日 1分로 엇어서[언어서] 李云裁 便으로 보내다.
乾燥爐 積載.

主人宅 집새 20,000 入

〈1959년 3월 24일 화요일 晴〉 20
迷信을 지키는 性品은 않이었으나 朴潤基 葬禮 關係로 마음의 불안하여 三日間 집에 들어가지를 안타가 今朝 工場에서 三日 만에 집에 덜어가다. 昨夜 金 二萬 圜을 利子 一日

200萬[7] 條로 借用하여 李云裁을 통해서 付送햇는대 뜻박에도 아즉 二萬 환니 主人宅에 未傳達되었음을 알고 貞順 母를 나무라다.
350HP motoR SiRitovans 鑄型 着手함. 木型 350HP 補修 着手하다.
社長 病患 中이라는 消息 今朝 傳해 와다.
故 朴潤其 氏 墓地에 鄭殷國 芝 補修 作業 次 山所 行.
利川서 25KVA~10KVA 木型 各 一式 引受하다.
趙氏 來訪으로 晝食 接待를 하다.

利川 趙氏(倉庫) 來社

方氏宅 利川 400

〈1959년 3월 25일 수요일 晴〉 19
아침부터 勞組委員長과 會社 李 鄭 金 三 部長 間에 나는 나다 너는 도대채 幹部며는 第一이야 勞組委員長 資格의 있내 없내 하고 語爭[言爭]이 버러지다. 理由는 給料 遲延을 責望하는 李 委員長과 李 部長 間에 너무도 지나치개 個人的인 感情의 暴發로 因한 서로의 지지 않캣다는 意見을 展開하다 그만 특 〃히, 자식, 너, 라는 욕설로 變化.
明 二十六日 李 氏 生日이라는 關係로부터 鑄物場 特勤을 一節 反對 鄭周永 육구영 李四乬 三人니 反對하다. 張世璕 朴潤其 代理로 倉庫 擔當을 할 샘.
金孃 婚姻을 앞두고 초〃한 모습을 免치 못

─────────────
7) 200圜의 오기인 것으로 보인다.

하다. (金錢니 무었인지요라는 反問)

主人 따님 주는 것 없의 밉더라. 要는 너무도
지나친 개집 행세

〈1959년 3월 26일 목요일 晴〉特 18
午前 九時 前 出勤하다. 鑄物部 全員 勤務.
昨夜 退勤 時 雰圍氣로 보아서는 缺勤者가
있으리라 生覺하였는데 意外로 모다들 나와
주니 고마은 마음 表할 길 없다.
終業 後 金仁鎬 特勤에 隨伴하여 燭酒[濁酒]
五升와 案酒[按酒]을 가주오다.
술이 남어서 第二次로 鑄物 人員 全員 參席
裡에 方氏 宅에서 한 잔 더 마시다.
鑄型 合型 作業.

鑄物部 1,500
金仁鎬 二次分

〈1959년 3월 27일 금요일 晴〉20
利川電機 Co 柳 係長 來社함.
未鑄造品 督促 條로 今日 製品 引受하로 왔
다는 至當한 言事로 明日 午前 中에 鑄造品
引受를 急請하다. 三信鑄物工場에서 砲金 製
品 15×50 引受 次 訪問햇으나 結局 現札 支
拂을 督促함으로 明日로 미루다.
貫 當 2,500×15×500包=
鑄物部 工賃 計算 完了.

〈1959년 3월 28일 토요일 請〉鎔解 19
鎔解日. 午前 十一時 四○分 送風.
午後 六時 終業함.

利川電機 Co 劉 係長 外 禹 係長 鑄造品 引受
次 來社햇으나 鑄造 未完으로 砲金 製品 15
×500包 20,000 先拂하고 18,500 殘額 未拂
하고 三信鑄物에서 찾어가다.
月曜日까지 殘額 支拂 約束 下에.

方 氏 宅 4,200
鑄物部 10名 其他 3名 (14名)

〈1959년 3월 29일 일요일〉特勤
利川 電氣 鑄物 發送 及 工場 800 VIRTiCAL
punps[pumps] HawitGiNG 砂口 次 午前 五
時 三○分 李永喆 外 3名 其他 2名 特勤함. 午
前 中 作業햇스나 四時 三○分 正刻으로 認
定해 줄만한 作業을 하다.
退勤 後 方氏 宅에서 濁酒代 1,500
特勤者
李永喆 陸子永 崔玫鳳
李台裁 鄭殷國 方炯九
6名
昌錫 弟 來家하다. (미주[메주] 가지고)

李永喆 앞으로 特勤者 晝食 條로 1,500 方
氏.
李永喆 李弼容 白南錫 鄭殷國 崔玫鳳 金仁鎬
鄭鳳龍 8人.

共同 酒代	方	2,400	8人
平壤집	①口	4,400	8人
	②口	7,700	8人
	③都	3,800	3人

〈1959년 3월 30일 월요일 請〉 19
給料 滯拂 件으로 因해여 勞組 代表 臨時 爭
議을 上申하겟다고 宣言하다.
軍에 간은[갔던] 同生의 왓건마는 단 동[돈]
하 푼[한 푼] 없으니 생선 한 마리 반찬을 못
해주는 심정 형으로서 브끄럽다.
鑄造日誌 着成.
鑄造 賃料 申請.

李永喆 앞으로 650 方 氏 宅
(鄭殷國 李永喆)

〈1959년 3월 31일 화요일 請〉 19
이 달도 벌서 마즈막 가는 날이라.
500CE Center fugal pump 製作 指示. 2臺.
白米 25叺 外 現札 100,000.
人 當 白米 壹叺 及 現金 3300式 支拂하다.
昌錫 君 돌아가다. 午後 八時 16分 36列車로.

〈月間補遺〉
허무한 개 사림[사람]의 목슴이다.
故 朴潤基 氏야말로 大東工業에서 끝까지 아
니 平生을 다 보냈다고 하여도 과언은 아닐
깨다.
本人의 말을 들으며는 사람치고는 自己 上主
에개 忠信한 맘씨 比할 수 없는 캐 〃묵은 봉
건적인 승격[성격]의 所有. 망상[막상] 죽고
나니 누구 하나 其 家族을 돌보아 줄 사람은
全無하드라.

〈1959년 4월 1일 수요일 晴〉 正刻
벌서 금년도 꽃 피는 四月이 되었다.

春三月 好{時}節을 즐겁게 맞이하든 나이가
어제 아리[아래] 같근마는 벌서 三四 年輪을
맞이하고 恒常 조달니는 家事로 因함인지 昨
年만 하드라도 꽃은 피었다는 消息뿐니지 實
相 꽃나무 곁해도 못 가는 家事. 家族과 同居
生活을 한 지도 벌서 샛 돌[세 돌]이 돌아왔
근마는 家族 同伴 野外 逍風이라고는 生覺
조차도 해본 적 없으니 경제적인 쪼달님에서
오는 불가학력인지 그러치도 안타며는 쪼탈
니는 신새라도 하다못해 도시락밥이라도 持
參하고 창견원[창경원] 꽃 求景이라도 시켜
주어야만 남편으로서가 이 나라 한 새대의 새
대주로서 응당 할 일이라고도 생각대근마는.
利川 7"粍 對攪片 發送 105 機械 5枚 其
PATTER

붕급[봉급]은 못 타나 여전니 바뿐 개 四月
달인가.
5HP 木型 引受

〈1959년 4월 2일 목요일 晴〉 19
鑄物部 內 今日부터 殘業 始作하다.
金仁鎬 氏 水聯 機關手들애개 楊水機[揚水
機]에 對하{여} 請議 次 서울 行.
鷺梁津 尹氏 뽄스 鑄物 完了로 一次 來社.
木型代 未支拂로 鑄物代金 10,000程度 追加
申請을 依賴하다.
故 朴潤其 未亡人 來社. 期間 답답한 心情을
말하다. 쌀이 떠러젓다는 슬픈 表情. 새 살 난
어린아기를 등에 업고 말을 채 맞이기도 전
애 주름 잽인 양 미간애 눈물을 씻고 목매인
言事로 보기 딱하고 슬픈 감상을 스스로 억

누르다.

梳綿機 附屬品 30,000 李 氏가 賣却.
張世春 君 同意 下에.

〈1959년 4월 3일 금요일 雨〉 19

金健珠 孃의 結婚 日字가 앞으로 一週日로 迫頭햇근마는 如前니 會社에 出勤을 하고 있는 金 孃이야말로 보통 女性과 比해서 좀 무개를 높이 評할 수 있으리라.

昨日 勃起한 祝賀金 醵出額도 他人에 比할 바 못대는 개 當然하리라. 今日은 請諜狀[請牒狀]을 가지고 와서 나에개 무슨 密談이 있다고 놀래개 하는 明朗하고도 깔끔한 性格의 所有.

李炳玉 氏로부터 病院費 1,400을 밧다. 意外로 支拂 次 藥局에 가아 보니 金額은 1,700. 이러고 보며는 나도 머리가 完全니 쓱은 샘. 陸구永 氏가 機關 30,000 現札애 現金 支給. 都合 50,000.

藥代 1,700 中 1400 支拂.

〈1959년 4월 4일 토요일 雨〉 19

꽃을 샘하는 비바람인지 昨日부터 부슬비가 나리기 始作하드니 오날도 하로 종일 처렁만개[처량하게] 나리다. 요즘 工場 實情은 마치 主人 없는 나그내마니 뭉인[모인] 樣相을 연속하다. 李潤基 婦人은 今朝 來社하여 앞으로 홀로서 어린 子弟들 다리고 살어갈 길의 莫然함은 눈물을 먹음고 하소{연} 하나 마음 속 깊히 同情은 가나 마음과 뜻돼로 되지 않

음의 요즘의 안타까운 實上[實相]이라.

婦人은 別로히 하고파 하든 말도 못하고 莫然니 잘 돌보아 주시기로 호소. 그 답으로서 李炳玉이라는 사람 어터캐 給料 先拂이라도 周旋해 보갯다는 한마다[한마디].

胸部 打撲傷에 私藥 服用 始作.

800 VERTiCAL pump 中間體 及 puRopelley COAR[core] iron 編結.

〈1959년 4월 5일 일요일〉 特勤

鑄物部 內 全員 特勤하다.

未勤者가 多少 있으리라고 思料햇으나 意外에도 全員 出勤.

終業 後 (비지집)에서 濁酒 1,500을 待接하다.

直席[卽席]에서 여러 분 人事를 하다. 다시 맥주 及 特주로 座席을 延長되다.

李永喆 앞으로 鑄物部 全員 特勤 後 (1,500 비지집).

〈1959년 4월 6일 월요일 晴〉 19

利川電機 柳 係長도 사람은 실없이 보내주갯다는 外商갑 18,000애 나의 立場을 난처함을 알어줄 것이런마는 너무도 실없는 사람. 三信에서 社長 來社하여 여러모로 궁색함을 말하다.

立場이 난처한 나는 二三日 後에 될개요? 乾燥{爐} 入 積載.

金仁鎬 氏 또 發病 1作.

〈1959년 4월 7일 화요일 晴〉 19

노총에서 公體 手當 關係로 爭議을 決意햇모양.

밧어[받아] 마땅한 돈니라며는 응당 밧어야 해.

그러나 한편 기 개인니 自己 主場[主張]의 私욕을 취하기 爲한 手단니라며는 다갓히 覺性할 여지가 있으리라고 思料.

5時 FOTEVALVE 1個 10,000 販

〈1959년 4월 8일 수요일〉 柳 係長 來社 4500

회사에서 도라오니 오날은 여니 때와 좀 달러 돈은 원제나 나온대요, 더 以上 견되기가 곤란해서, 그놈의 회사 고만두고 딴 대로 가라는 貞順 母의 平時보다는 좀 높은 言事로 대꾸하다. 恒常 몸의 약한 탓으로 자기 따내는 나를 爲한다고 사두었든 삼 二阡 한[환]니 日今[今日]에 支拂 約束을 햇는대 돈니 안 대여서 四方으로 변통했으나 단 도[돈] 한 푼을 求하지 못햇다는 이야기. 좀 순진하기는 하지마는 융통성은 전연 없는 貞順 母 뚝″한 言事로 바다 치웠드니 아이들의 밤애 놀러 나아갓다가 늦개 덜어왔다고 에꾸신 貞順니에개 화푸린. 아이를 다루는 方法조차가 無식한 샘이라.

보다 못해 T定規[T-자]로 한 번 후리치나 재[죄] 없는 T定規 散″이 부서지며 이웃사람 부끄러워 말을 한마디도 言聲을 높히지는 못하다.

밤 九時 40 頃. 貞順 母 도라오지 않타.

家庭不和로 트라블 츰[처음] 하는 싸움치고는 너무 심했을는지.

"돈 때문에."

〈1959년 4월 9일 목요일〉

利川電機 Co 變壓器 亟 鑄造 不良으로 因하여 社長 再鑄造 下示가 有한 지도 約 二〇日 經過햇다. 今朝 李炳玉 氏 及 鄭永錫 氏로부터 同 鑄造 緊急 下示을 再强調하다. 이럴 바에야 나로서는 누구의 말을 쫓아야만 좋을지 모를 일이다. 利川電機 Co 金 次長 指示에 依據하며는 油壓 試驗 結果 漏油分은 再加功 後 使用 可能함을 電話로서 確信햇으나 結局에 가서는 同 使用 可라 함의 詘根니 되며 張 社長에개 꾸지람을 들었다는 消息은 事實인양.

15日까지 再鑄造란 不可能함으로 三信鑄物機械工場을 訪問 鑄造 依賴하였으나 自信니 없음을 빙자하고 拒絶 當하다. 高周波 亦是 自己 工場의 模型이 아닌 經遇[境遇]에는 不可하다는 배부른 態度다.

〈1959년 4월 10일 금요일〉

鑄造 合型 作業 不振 狀態 持續하다.

800 VERTiCAL PUMP 中間體 上型 破損으로 合型 不可.

理髮하다. 時間 關係로서 化粧 畢.

500HP BRACHET 現圖 作成.

木型 未完으로 因한 COAR iRon 鑄造 關係로.

〈1959년 4월 11일 토요일〉 鎔解 2.18.

金健珠 孃 結婚하다.

29歲 老처여로서 鎔解 作業 關係로 式場에는 나아가지 못했으나 終業 後 六時頃 自宅에서 宴會.

鄭周永 氏 婦人 맹장 手術. 第一病院에서.

350HP Brachet 2個 鑄造 不良.

湯迴 不良으로 湯境 不用 不可.

〈1959년 4월 12일 일요일〉 特

鑄造 製品 檢收함.

李永喆 昨夜 過飮으로 早退.

밤 南都劇場 觀覽하다.

方 氏 宅에서 昨日 鑄物部 一同 夕食代 未實行으로 今日 作業 後 實施.

方 氏 宅 12名 3,400

〈1959년 4월 13일 월요일〉

아침 金仁鎬 氏가 自宅으로 招待한다는 鄭 職長 傳言으로 相逢함.

金仁鎬라는 사람 心理란 참으로 알고도 모를 일. 봄에는 멀정한 表情이나 몸이 불편하다는 理由로 自宅에서 이불만 두덥어 쓰고 있으니 참으로 답〃한 노릇이지. 하기야 몸은 비대하나 잔病을 좀 자주 알는 편. 누어서도 會社 일을 걱정하는 마음 누구보다도 强한 사람. 오즉[오직] 일에는 열중하는 사람.

四○○粍 2臺 140 原動機 二臺 出庫.

利川 製品 350HP 778kg 發送.

利川 吳 係長 來社함.

〈1959년 4월 14일 화요일〉 本社. 19

二, 三月 二個月 給料 未拂로 今日 作業은 不可하다. 午後 二時 全員 早出하다.

鑄造 未完日誌 着成하여 本社로 四時.

밤 九時 社長 來社하다.

닷자곳자로 鄭 部長에게 욕설.

血統的인 社長의 性質은 如前.

스캣처[스카치위스키?] 1826年 製 한 병을 6 人니 다 비우도록 當面問제 相議. 結果的으로 高利借[高利債]로서 給料 支給을 決定.

醉한 言事로 社長 當身은 점은[젊은] 사람이 너무 얌전해 作業服을 입고 現場에 나아가 利川 가며는 일할 줄 알어.

給料 件으로 休作業 狀態(사보타쭈).

〈1959년 4월 15일 목요일〉

아침 全員 木型場에 集合하여 李炳玉 昨日의 會社 事情을 從業員에게 呼訴. 二月分만 밧고서 앞으로 七日間만 더 기다려 달라는 가곡한[간곡한] 呼訴를 하다.

從業員 中 某人은 더 以上 참을 수 없으니 三月 달치까지 다 주지 않는 以上 일할 수 없다고 强硬히 主張하는 者도 있스나 結局 앞으로 七日 以內에 全額 支給함을 約束하나 支給 可能性의 稀薄함을 生覺하는 從業員들 속고 속는 개 우리의 還境[環境]이야고 거듭 主張하나 結果的으로 푼돈나라도 타아 가야 될 처지에 처하여 作業은 다시 始作하다.

社長任 大邱 行次로 給料는 다시 明日로 延期.

〈1959년 4월 16일 금요일〉 18
二月分 工賃 一部 今日 支給하다.
終業 後 鄭 職{長} 及 曺奎植 3人니 태포[대
포]를 마시다.
內容인즉 自己내는 工賃을 탄는대 나는 못
타스니 未安하다는 뜻으로.
가볍개 한 잔 한 後 某처에서 유쾌한 時間을
허비하다.

張 社長 大邱 自宅 行.
父親 病患 危篤으로.
今日에사 給料 支給.

〈1959년 4월 17일 금요일〉正
社長 父親 別世 訃告.
朴潤基 家族 移舍[移徙]하다.
노랑진 尹 氏에 請求書 提出.
金仁鎬 方 氏 宅에서 술 八○○환어치 사다.
밤 서울劇場 낭만열차.

李炳玉 노랑진 旅費 外 物品 返入[搬入] 運賃
條로 400.

〈1959년 4월 18일 토요일 晴〉3/上半期 給料
苦待하였든 給料 今日에 12日分 15,000 殘額
을 支給 받다.
社長 父親 別世에 關하여 從業員 賻儀金을
醵出하다.
노랑진 尹 氏 相面 次 大韓公社을 訪問함. 請
求書 提出함.
給料 借金 淸算分.

陸구영 氏	4,500(3,400 1,100)
鄭殷國	1,500
金仁鎬	1,700
朴元鳳	2,300
李鳳榮	700

鄭鳳龍 氏 外 鄭殷國, 李永喆 밤거리 3人
1,500.
都 氏 宅에서 酒席 4,200. (3,000 支拂)

밤거리 3人	1,500
都 氏 宅酒席	(4,200) 1,200 殘

(利川 韓 氏 晝食
{()設計}   300

〈1959년 4월 19일 일요일 晴〉特勤. 19
年中 無休라는 말은 우리 會社 나의 實情의
如實의 드러맛는 明言[名言]니기라도 할가.
今日에도 特勤의니 이 달 덜어 단 하로도 논
일은 없다. 昨日 15,000의 12月分 殘額은 탓
으나 今朝 生覺하니 無一分니다.
鄭鳳龍 氏 好意에 報答하갯다는 마음까지는
좋왔근마는 鄭 氏에개 도리여 패을 기치개
됬으니 未安하기 짝이 없는 일이로다.
BC 鎔解 後 濁酒 一 杯을 李永喆에개 依任함.
밤 南都劇場 觀覽하다.

濁酒 一杯 李永喆 앞으로 (1,100).
(日曜日 稼動에 隨伴)

晝食 朴 200

〈1959년 4월 20일 월요일〉 20

鑄物部 內
李四乭 鄭周永 韓光錫 除하고 全員 20時가지 殘業하다.
요즘 現場 雰圍氣가 險惡할 程度로 惡化함.
李四乭 몸이 앞으다는 평게[핑계]로 實地로 고단한 편.
鄭周永은 모를 일.
350HP B.R.

鑄物部 殘業 食代

殘業 食代 李 氏 앞
七人分

〈1959년 4월 21일 화요일〉BC 鎔解. 20時.
乾燥爐 焚火 作業. 陸구永 氏가 徹夜.
利川電機 Co에 800 VERtical pump LEAR 引受 次 出張.
Bus로 가조 못 올[가져오지 못할] 程度로 明朝 韓國金屬 Co 車便으로 依賴하고 도라오다.
1 {3} over {4} HP 圖面 引受함.
ALM型 製作 次.

〈1959년 4월 22일 수요일〉BC 鎔解. 19.
李承雨 氏 家親 回壽宴에 參加 次 李炳玉 氏로부터 金 3,000 借用.
李炳玉 氏 않대갯다는 돈을 마련하여 주니 한편 고마운 일.
同金 中 李永喆 앞으로 1,000.
利川電機 Co 全 次長 來社.
方 氏 宅에서 食事을 하다. 利川 Co에도 여러 모로 相當한 隘路가 有한 모양.

800 VERTERCAL[vertical] PUMP BC 附屬 回轉體 SAFt nut 2個 木型 未備로 再鑄.

鑄物部 食代
李永喆 李弼容 白南錫 韓光錫 除 6人分.

全 次長 食代 400
方 氏 宅 殘業 6人分

〈1959년 4월 23일 목요일〉鎔解. 20.
鎔解 作業.
午後 4時부터 始作 20時 終業.
方 氏 宅 3,600. 14人分.
金仁鎬 氏로부터 1,200 鑄物場 앞으로 술갑을 쓰다.
同席에서 또 다시 술 一升.
自己는 四月까지 約束햇으니 앞으로는 모르갯다는 말.
家屋 賣渡 件까지 이야기하다.

方 氏 宅 食代 3,600.

〈1959년 4월 24일 금요일 흐림〉18.
利川電機 變壓器함 발송함.
10KVA 9 20KVA 11 25 2
350HP B.R. 4個.
午後 三時 利川 電氣 노총 委員長에게 引渡.
陸구永 氏로부터 金 10,000 月 1,500 利子로 借用하여 主人宅에게 주다.
主人宅 굿을 하다.

陸驥永 氏를 通해서 李 氏에게 10,000 借用.

月 1割 5分 利子로.

〈1959년 4월 25일 토요일〉
利川電機 Co 本社 조 氏 及 劉 氏 來社하여 誤作 난 變壓器함에 緊急對策을 協議.
結局 利川으로 木型部를 引受하여 鑄造기로 合意.
三信鑄物工場에는 未安하기만 하다.
陸규永 切手 31,300 交換하여 주다.

20KVA 木型 引受
10 〃
→ 利川 Co로(萬和鑄物 件 再鑄造)

〈1959년 4월 26일 일요일〉 特
鑄物場 休務.
오랜 期日으 두고 고달푸개 일만 했으니 하로 쉬겠다는 조치도 當然하지.
木型 全員 出勤하다.
機械 在上部 停電으로 午後 退勤함.
製圖盤 補修하여 집으로 가저오다.

陸 氏에개서 500 借用.

〈1959년 4월 27일 월요일〉 20
350HP BET 型造. 在上.
500HP B.R. 2個
同上 中子 作業
殘業 午後 八時까지.
200m/m CE 現圖 着成.
1 {3} over {4} HP PATTER 着手.

〈1959년 4월 28일 화요일〉 19
賃金 計算 4月分.
利川電機分 工場分 鑄造 明細.
韓光錫 今日 또 過飮하다.
鑄物部 內 殘業 食代 申請 件.
人員 補充 依賴 件.
李昌相 月次 休暇 手當 件으로 訴訟 件 誇示하다.

〈1959년 4월 29일 수요일〉 19
鑄物場 現場日誌 3/20~부터 4/28日까지 一部 整理하다.
利川電機 B 500HP 關係.
BarRsmg BRachet
35HP motol BtT
10HP BRachet 捲線機 附屬物
曺圭植 周旋으로 國際 時計店鋪에서 卓上用 西獨製 1個을 月▨[月賦]로서 6,500에 가저오다.
殘業 18.30.

時計 1個 購入. 6500 月鋠.

朴氏 宅 300
曺奎植 同伴.

〈1959년 4월 30일 목요일〉
꼿이 피는 四月 달도 今日로서 안녕이다.
(三○歲) 고개를 넘고서는 봄철 하며는 으래 今年에도 꼿이야 피든 말든 돈 없는 거저 지난 내로서는 알 배 아니다, 고 자이하면서 거럭저럭 햇수로 4年니 지낫스니 今年 봄도 어

는 대 왔다가는지 도무지 모을[모를] 程度다. 탁한 工場 속에 터러박혀서 알 배는 못 되지마는 四月 來日을 對하여 今春의 生覺하니 과연 길개[길가]의 뽀쁘라 나무잎이 재법 벌렁그린다.

時計 故障으로 返濟하다.

〈1959년 5월 1일 금요일〉 19. 正刻.
仁川 大韓重工業 Co까지 300 TURBING [turbine] 着工屆 及 第一 二次 週報 送達 次 出張함.
機械 在上部는 停電으로 因하여 休務함.
事務室 鄭碩雨 氏만 出勤하다.

鑄物場 一同 濁酒代 條 2,000
方 氏 宅

〈1959년 5월 2일 토요일〉
鑄物部 內 500HP BRACaket 가부새 作業.
塊炭 2TS 入荷함.
第二 鑄物工場 天井에 裝置되어 있는 핸드브록크用(아이번) 大震工業 Co에 賣却햇다는 本社長 指示로 同 아이번의 機械場까지 運搬하는되 運搬費 條로 金 五阡 한[환] 外上으로 作業함.
作業 後 方 氏 宅에서 대포 一杯.

〈1959년 5월 3일 일요일〉 20
利川電機 Co 木型 見積書 着成.
500HP 350HP 5HP 10HP 1 3/4HP.
明日 鎔解 作業을 앞드고 500HP 關係 一切 가부세 作業.
5HP 스래이터 鑄型 關係로 殘業 遲延됨.
會社 切削屑 賣却.

朴 氏 宅 100

〈1959년 5월 4일 월요일〉 鎔解. 22:30.
鎔解 作業. 4.30~10時.
今日 鎔解는 時間的으로 너무 無理햇다. 모다들 날보고 욕들 하갯지.
仁川 韓 氏 婦人 入院費 10,000圜整으로 來訪햇으나 無情하기 會社 事情 上 거절하다.
發電機 稼動.
鑄物部 9人 李福順 方炯九
張世瑃

方 氏 宅 4,000

〈1959년 5월 5일 화요일〉 22. 利川 出張
鑄造品 檢收함.
利川電機 Co 製品 發送 次 出張함.
午後 4時 40分 發 밤 十時 도라오다. 運轉手 方孝春 同行.
永登浦에서 같{이} 愉快한 時間을 잠시 보내다.

〈1959년 5월 6일 수요일〉 18
35DHP BED. 想像 外로 兩側의 모다 ㅁㅁ 及 押送되다. 一方을 李四乭 一方은 李永喆 氏 責任으로 看做하다.
鑄造 人員 技能 評價表 作成하다.

張珽春[8]과 둘이서 利川電機 Co 本社로 社長 面會 次 訪問햇으나 商工部로 出他 中이라 明倫洞으로 自宅 訪問하여 親喪 以來 츠음으로 弔慰를 表하다.

밤 十一時頃 永登浦로 도라오다.

〈1959년 5월 7일 목요일〉 18

鑄造課 李永喆 요즘 經濟的으로 매우 窮한 形勢를 나타내다. 아침 燃料 手當 支給 件으로 因하여 옥신각신하다. 甚至어 終來[從來]에는 욕까지 나아오다.

工場 全體的으로 怠業 狀態에 처함.

午後 都元涉 工場長 二年 만에 工場에 나아타나아나 매우 궁한 모습에다 變함 없이 藥酒을 조와하기 떼문에 앞집의 方氏 宅에서 濁酒 一杯을 나아누다 해여짐.

李昌相 外 鄭周永 勞總 幹部 本社 行.

(都元涉) 600

〈1959년 5월 8일 금요일〉 19

朴宮善 班 全員 昌慶苑으로 逍風가다.

鑄造 作業 不振 狀態.

理由는 무었일가.

給料, 爭議.

〈1959년 5월 9일 토요일〉 22時. 利川 鎔解 作業

委任狀 署名 贊否로 各 部別로 對立하다.

李永喆 李鳳榮 李忠信 外 鄭鳳龍 反.

---

8) 張世春과 동일인물인 것으로 보인다.

其他 全員 贊.

이로서 本格的인 爭議가 展開될 모양이지.

〈1959년 5월 10일 일요일〉

鑄造部 全員 作業 推進 等을 協議 次 方氏 宅에서 酒宴을 배풀다.

酒代 13,500.

3,500 先拂함.

〈1959년 5월 11일 월요일〉 18

李昌相 外 朴宮善 兩人에 對한 勞動者들의 信望은 今日로서 完全히 끗을 맺다. 元來가 寒傷害補償 件으로 因하여 若起[惹起]햇든 問題인 故로 實情을 알고븐[알고픈] 從業員 찍으랴고 도장을 내어줄 때는 원제[언제]이고 나는 모르갯다고 腕强[頑强]히 反對하는 理由는 무엇.

모다가 無知의 所致로다.

〈1959년 5월 12일 화요일〉 19

李昌相 朴宮善 對 傷害補償 第一主義로 交涉하든 豫備 會談은 今日로서 把製을 이르고 말다.

內容인즉 니의 主張은 爭訴을 回避하고도 여러분니 幹部들을 通해서 말할 수 있는 條件만 만들어 주갯다며는 理由는 簡素化 하고.

그러나 아무런 保障 없이는 不可함을 主張하다.

木型部 作業 開始함.

〈1959년 5월 13일 목요일〉 350TD BC 鎔解

金仁鎬 氏를 通해서 主人宅에서 附宅[付託]

밧은 金 壹萬 환을 借用하여 주다.

조광섭 氏 勞資 紛爭에 折衝 次 介入하다.

350TD 가이드벤

130×3KML BC 附屬.

金仁鎬을 通해서 10,000 借用.

捲線機 52,500 賣却(仁和實業에)

金仁鎬 服 500

〈1959년 5월 14일 목요일〉 BC 鎔解

給料 十二月 一月 二月 四月分 一時 支給하다. 本社 殘金額의 全部 除하고 57,360 程度이니 其間 生活經費을 控除하고 나며는 結果的으로 十一○.

方 氏 宅 酒代 條로 24,600 만 支拂하다.

結果로 보아서 私債 13,000을 立替한 샘.

支給料

〈1959년 5월 15일 금요일〉 仁川市청 收金 件

仁川市에 金 三二萬 圜 收金 次 金永達 氏 同伴 下에 出張하다.

吳 係長 周旋으로 收金은 簡單의 終了하다.

手苦의 謝禮는 못햇으나 簡素한 晝食을 같이 나누다.

明日의 鑄造日을 앞두고 鑄造課 全員 殘業하다.

〈1959년 5월 16일 토요일〉 23時. 金星紡織. 鎔解.

鎔解 作業. 午後 四時 三○分 送風하여 午後

十一時 終業하다.

發電機 起動함.

安養 金星紡織工場 原動課長 面接.

鄭 部長 依命.

鑄造 作業 後 夜 間食 15人分.

〈1959년 5월 17일 일요일〉 特勤

和一土建 뱃트 加工 促進 上 鑄造部 李永喆 外 李弭容 李四朰 白南錫 李云裁 三名 各其 特勤하다. 午前 六時 出勤하여 十一時 終業함.

利川 電機 500HP 關係 發送하다.

午後 四時 李永喆 外 申寬燮 兄 外 朴鐘和 相面하여 都 先生 宅에서 簡單한 酒宴.

方 氏 宅 鑄造 特 1,000

平壤집 鄭 1,500

〈1959년 5월 18일 월요일〉

製品 取出 作業하다. 鑄造日誌 300TD BED 1 個 外面 湯廻 不良함.

其他 大體로 良好함.

李永喆 過飮으로 缺勤함.

金仁鎬 氏 件 結局에는 自己가 犧牲해가며 大〃的인 良心을 배푼다는 놀라운 事實을 第三者로부터 反證하여 오다. 그리고 보니 一部에서 뱃심도 새지? 라는 놀라운 事實은 根據 無한 말은 않니렷다.

時計 5,000 支拂.

曺奎植 앞으로 6,000.

〈1959년 5월 19일 화요일 晴〉 20

요즘 너무도 길러젓다[게을러졌다]. 日誌을
每日 整理 못할 程度로.
300粍 TD impeller COAR iRon 編結 作業.
300TD 鑄型 着手함.
曹奎植 氏에개 付託한 RADEO 件 너무도 莫
然한 態度다.
元來가 좀 흐린 편애다 더우기 每日같이 來
〃하는 습성을 책할 수 없는 노릇.

조제진 結婚日 祝賀宴 鑄造部 全員 5,000 參
席.
鄭殷國 參加.

〈1959년 5월 20일 수요일 晴〉 20
200CE 임페라 芯金 編結.
鑄造부 全員 20시까지 殘業.
金仁鎬 件 爲先 1,000,000으로 全賣[傳貰] 집
을 마련하라는 要請 有함.

〈1959년 5월 21일 목요일 雨〉 19
가음[가뭄]이 개속한 지도 오래간만에 단비
가 이침[아침]부터 나리다.
직원들은 불문애 부치고 450,000으로 從業
員들에개만 臨時 假拂 條로 分配하여 주다.
木型 鄭 職長 終業 後 簡單한 淸酒 一杯을 要
請함으로 應하다.
恒常 身勢[身世]만 지는 還境이라 某처로 請
하여 簡素한 기쁨을 서로 나누다.
절구 20個 條로 1,500.
芯金 編結.

비靴 一足 購入

〈1959년 5월 22일 금요일 晴〉 19
200CE 關係의 木型 昨日로서 完了함. 今日
木型部 休業하다.
大韓重工業 建設課長 來社함.
鑄物 一切의 未完을 責하며 實은 自己 工場
에 갓을 時와는 좀 달리 別로히 꾸지람을 無
하다.
韓百弼 兄으로부터 來電 有하며 豐味茶房에
서 서로가 日前니 트라블을 謝過하다.
鑄造部 乾燥爐 積載 作業.

韓百弼 兄과의 謝過.
鄭碩雨 氏로부터 200 借用.

〈1959년 5월 23일 토요일 晴〉 20
300TD 200CE 乾燥爐.
取出 作業함.
近 九年 만에 朴常熙 君을 相逢하다. 方 氏 宅
에서 500 濁酒을 나누다.
鄭碩雨 李相弼 三名의 方 氏 宅 二層에서
2,400 술을 마시다.

朴常熙 來訪함.

〈1959년 5월 24일 일요일 晴〉 特 20.
鑄造 合型 着手.
BC 鑄型 着手함.
金祿培 君 맹장 手術햇다는 人便 連絡 次 軍
人 來訪.
金日東 春川 商人 二名 同伴코 bang 購入 依
賴 次 뻔〃스럽개도 來社함.
曹奎植 宅 訪問. 付託한 RadEQ[radio] 引受

하여 修繕 依賴함.

修繕費 1,700.

鑄物部 7名 1,400. 殘業.

〈1959년 5월 25일 월요일〉 20

BC 鎔解.

300TD 200CE 附屬.

仁川 大韓重工業分.

鑄型 合作 着手 及 完了.

明日 鑄込 段取 完了.

〈1959년 5월 26일 화요일〉 20. 鎔解

鎔解 作業 午前 十一時 50分 送風 午後 3時 50分 終業함.

審計監査 件으로 未備한 保管品 一切을 他 工場에서 臨時 借用하여 監査을 맞이다.

終業 後 方 氏 宅에서 鄭碩雨 外 李永喆 合作하여 濁酒 一杯을 平壤 집에서 3人니 第二次의 酒宴을 배풀고 취하도록 마시다.

기로 李永喆과 方 氏 宅 接待婦와이 트라블로 말미암아서 一大 亂場을 이루다(할머니에 對한 失手).

平壤宅에

鄭殷國 李永喆 3,750

〈1959년 5월 27일 수요일〉 19

鑄造 製品 取出 作業.

工場 全體의 工賃 計算.

BC 鑄造日誌 整理.

工場 앞 洋靴店에서 月賦로 洋靴을 마추우다. 今日로서 7名의 尺度을 재다.

金 孃의 特別 사비스를 付託하다.

(京善 母 二百체행)

밤 李永喆 婦人 光義 同伴 來訪(製圖器 用品 借用함).

〈1959년 5월 28일 목요일〉 正刻

400CE maulting[mounting?] 着手.

木型 責任者를 通해서 鑄物部 責任者에게 金 參阡 圜을 傳達햇다는 事由을 알고 본즉 木型 某氏가 절구 2個을 해여 갓다는 謝禮金 條라고.

李永喆 태포 한 잔을 사주다.

고맙기는 하지마는 먹고 보니 불쾌한 마음?

〈1959년 5월 29일 금요일〉 正刻

이다400CE

250KVA　　　鑄型 着手.

金仁鎬 氏 出張 業務 無事히 끝마치고 도라오다.

林境福 來社 鄭殷國 氏 三人니 退勤 後 平壤 집에서 술을 마시다.

張世璋 警備 代理 勤務함.

〈1959년 5월 30일 토요일〉 正刻

바람이 심한 어제 오날. 기다리는 비는 올 듯도 하드려마는 간 곳은 멀다.

태근[퇴근] 後 저역을 마치고 나서 오랜만에 聖林劇場 끝였는 追跡을 覽想하다. 지금 시간은 열한 시. 홀몸 아닌 안식구는 몸이 여윌되로 여위서 한엎이 가엽기만 하다.

産日을 앞두고 아무런 準備조차 못하고 기대리는 에달푼 마음은 날이 닥처올수록 반갑고도 궁금하다.

(理髮함)

〈1959년 5월 31일 일요일 晴〉特

午前 八時 平日과 다름없의 會社에 나아갓다. 事務室 一同은 모다들 다들 出勤햇다. 仁川에서 350HP 床盤을 引受 次 九時 四○分頃 來社하다. 500HP 床盤 重量 關係로 全次長의 圖面에 依據하여 計算하다.

木型 3HP~40HP 引受함.

李相弼 氏의 朴氏 宅에서 濁酒 一杯를 나누다. 金봉영 氏 周旋으로 洋服 一着을 月賦로 마추다.

서을劇場 金來成 作 靑春劇場[9]을 覽求하다. 夜間은 南都가 나개다[낫겠다].

李炳玉 氏로부터 1,000환 借用.

〈月間補遺〉

12日 金仁鎬을 通해서 金 10,000 主人宅에 借用하여 주다.

今日로서 會社 假拂金 80,000 全額 淸算.

〈1959년 6월 1일 월요일 晴〉20

벌서 勳風[薫風]의 무러녹는 六月 初日.

今年도 무더운 여름철이 닥처왓으니 빠른 것은 歲月의라 할가. 今月은 아내의 産月이며 더욱의 會社의 運命도 左右하는 색다른 달이기도 하다.

---

9) 김내성(1909~57) 원작의 동명 소설을 홍성기 감독이 영화화한 작품이다.

産後의 여러 가지 準備도 하여야갯고 여름옷이라고는 단 한 벌 없이 今日까지 사라온 가련한 내 안해의 여름옷도 꼭 한 벌 맞으어 주어야갯다.

鑄造工程表 作成하다.

〈1959년 6월 2일 화요일 晴〉正刻

鄭永錫 氏을 通하여 本社로부터 一金 壹萬환整을 平壤宅 酒代 條로 支拂함.

平壤宅 主人 마담 장사 속에는 재법 手腕니 豊富한 便니지. 목노에서 슬 마시는 뜨내기 손님에게도 接待人을 붓어서까지 자진[갖은] 아양을 떠는 대는 질색이지.

술 한 잔 마시는 바람에 金仁鎬와 本社 行 約束時間 約 二○分 超加[超過]함.

金仁鎬 솔직히 본심으로는 單身行次을 願햇으나 나를 잠시 利用할라고 한 샘박에는 아무것도 아니지.

400CE 關係 實事 後 小物 着手.

金仁鎬 앞 平 500.

〈1959년 6월 3일 수요일 晴〉19

李炳玉 氏 急作스래 胃腸病의 再發하여 家宅에서 呻吟한다는 通告을 밧고도 여러 가지 事情은 없는대 病 訪問을 못하고 있으니 나도 어지간히 남을 미워하는 情이랄가. 强하면 無情한 人間이지. 그러나 내 자신 마음에 없는 행동은 에당초부터 벌로히 하고 싶지를 않은 心情이라 어이할 수 없다.

機械 殘業 實施을 持續하기 爲한 曹 朱 桂 三

人과 相談하다.

曺圭植과 濁酒 一杯 200.

밤 聖林劇場에서 移動 사-까스[서커스] 求景.

米價 傳票 發行. 壹叺 13,800
　　　　　　　　1,6000 入家함.

朴氏 宅 200

〈1959년 6월 4일 목요일 晴〉正刻

200TD gidename 芯金 2個 現圖 依據 編結함.

金星紡織工場 80×4KML impeller 芯金 編結着手.

乾燥爐 取出 作業.

主人宅으로부터 金 八佰 圜 利子 傳達 條로 밧어다가 딴 고장에 使用하다. 某처의 快感條로.

〈1959년 6월 5일 금요일 晴〉

李炳玉 胃腸病 再發로 家庭 治療 中이라고. 一次 問病을 해야 되갯는데 웬일인지 도무지 발길이 李氏 宅 方向으로는 가기가 실다.

밤 會社에 暫間 들엿다가 聖林劇場의 구경을 하다.

鑄物部 全員 殘業하다.

〈1959년 6월 6일 토요일 晴〉

벌서 떼는 農家에서 바쁜 몸심기[모심기] 시절이다. 昨年 農事을 쌀 한 돌도 못 차즌 水害로 本家에서는 얼마나 苦生의 되실는지.

모심기철을 마지하여 단돈 얼마라도 보내 주어야만 하갯는데 도무지 쪼달니기만 하니 한심스럽다.

안식구는 대도록이며는 촌에 돈 좀 부처 주어야 되지 않캔느야고 反問하나 마음뿐니지 每事가 如意치 못하니 한심스러운 노릇이다.

〈1959년 6월 7일 일요일 雨〉特

今日도 六月 첫 日曜日이다.

單 하로라도 좀 흐즙하개[흡족하게] 놀야 보갯다는 所願은 영영 이루어질 길 막연하다.

주물부 一同은 오날도 말엇시 일에만 열중하니 한편 딱하기만 하다.

BC 鎔解.

〈1959년 6월 8일 월요일〉FC 鎔解

利川電機 Co 柳氏 電動機 運搬 關係로 來社.

鑄造 製品 督促 有.

仁川 大{韓}重工業 60 300 TURBEN PUMP & 200 CEH Chiante trcge pump 在種 檢查 次 來社.

鑄物 鎔解함.

人員 常備人員 3人+10=13人.

2,700 方氏 宅 食代.

〈1959년 6월 9일 화요일 晴〉仁川 出張

今般 鑄造 狀態는 最惡의 形便.

主로 小物에 關하여 全般的으로 誤作品 發生함.

午前 十一時 砂口 完了 後 午後 十二時 三〇分 三輪車 利用하여 利川 製品 發送함.

晝食도 하지 않코 午後 四時 二〇分 永登浦

로 도라오다. 시장에 지쳐서 方氏 宅에서 雪濃湯[설렁탕] 한 그럿을 夕食 條로 먹다.
밤 九時 聖林劇場 (크스탄)의 決鬪을 監想[鑑賞]하다.

〈1959년 6월 10일 수요일〉
鑄造日誌 作成하다.
事務室 金健珠 缺勤으로 每事가 多忙하다.
李炳玉 今明間 入院說 대두함.
日誌가 너무도 밀리는 습간을 防止하자.

〈1959년 6월 11일 목요일〉
主人宅에개 利子 條로 1,000을 督促하다.
明日은 주갯다고 簡素한 答辯.
400CE 關係 着手.

〈1959년 6월 12일 금요일〉
大{韓}重工業 分 pump 組立 完了.
及 모-타 到着으로 括付 完了.
水壓 試驗 完了.

〈1959년 6월 13일 토요일〉
生産手當 條로 一金 拾萬 圜整을 各部別로 分配하다.
李금철 君 同 슬갑[술값] 關係로 多少 기분 傷하는 처사로 데하여 주다.
金仁鎬 鄭碩雨 同伴 福來屋에서 現金 1,600 外上 2,000.
술 취한 기분은 역 탈선을 못 막는다.

〈1959년 6월 14일 일요일〉
午前 七時 四○分 鄭氏 來訪하여 金仁鎬의

移舍 件의 協助을 要請 받다. 午前 九時 三○分 추럭 壹臺와 시-발 二臺로 東大門 方面 敦巖洞으로 出發하다.
모다들 朝반도 안 먹고 手苦을 하다.
午後 四時 三○分 出發기로 永登浦에서 (1,000) 태포.
李永喆 同伴 某처행이라.

〈1959년 6월 15일 월요일 晴〉
退勤 後 李相弼 氏 招請으로 白花 氏 宅에서 濁酒을 마시고 金仁鎬 同席 直後 두 사람은 驛前 大振鐵工所로 나아가고.
李永喆 氏 同伴하여 都男容 宅에서 방슬[밤술] 한 잔을 마시다.
都男容 婦人니란 악착같이 술만 팔갯다는 엉큼한 手段을 如實히 暴露함. 李永喆 氏 負擔 1,500.

〈1959년 6월 16일 화요일〉
나는 父母 兄弟도 모르는 몰인정한 인간니 되고 말엇다.
今日도 工場에 나와 日課을 마치고 집으로 도라온 나는 아내에개 古鄕에서 片紙가 온 內容을 알리여 주었다. 내용인즉 同生에개서 집의 걱정은 말고 五月 端午節에는 꼭 다여가리는[다녀가라는] 하소연 간절한 그리움을 말햇다.
그러나 가지 못할 현편[형편] 어이할가.

〈1959년 6월 17일 수요일〉
金仁鎬 午後 三時 來社. 配電板 至急 製作을 依賴.

製作 完了 後 木型에 2,000 李相弼 氏에 1,000을 支拂.

벌은 돈이니 술이나 마시자는 개 우리들 공장군들의 공통된 심리일지도 모른다.

나는 또 염치 없이 술을 엇어먹다.

〈1959년 6월 18일 목요일〉

鄭 部長 指示로 安養 金星紡織工場에 四吋타-빈 임패라 四個 納品 次 出張을 갓다.

가는 곳마다 나어[나의] 모습이 초라함인 거 作業服에 땀 냄세가 데하는 손님의 기분을 상케하는지는 알 수 없스는 좀 심하개 멸시하는 데는 나에 기분을 너무나도 상해 주더라. 이것의 나의 現實이라며는 얼마나 참혹하며 더 以上 얼마 지속되려나.

〈1959년 6월 19일 금요일〉

350HP GEAR & PiNiON 鑄造 加工 依賴 件으로 大韓重機 Co 周鐘石 氏를 當 工場까지 來訪 要請하다. 周 氏 變함 없는 모습으로 나에 앞에 나타나다.

옛이나 지금이나 좀 배웟다는 自己의 個性은 如前히 커다란 자랑으로 삼고 있다.

簡素한 태포 한 잔 술로 其間에 苦生을 락 삼어 살고 있다는 피차의 意見을 交換하다. 見積 金額 總額을 300,000 程度라는 內定을 말하주다. 周 君 나는 모르는 일이니 가부간 한번 두고 보자는 漠然한 對答. 아니 오리여[오히려] 自己의 職權으로서는 自然스러운 明答이다.

〈1959년 6월 20일 토요일〉

오늘도 하로 해가 저무러 저역 상을 데하니 요즘 나애 生活은 너무나도 무미하다고나 할 수박에. 工場에 나에 책상 탁자에 안저서 하로의 日課를 生覺할 적마다 나는 너무도 無성실하다. 그럿타. 요즘 나의 生活과 직무에 對한 무성실 좀 더 자숙하고 오즉 직무에만 열중하라고.

그러나 나에 양심뿐니지 나에 몸과 좋치 못한 섭성[습성]은 내 마음을 현혹한다.

순산기를 오날이나 來日 아내의 여윈 몸과 핏기 없는 얼골색은 너무나도 나에 無能함을 여실히 나타내여 주고 있다.

먹고 싶은 것 하나 못 먹여준 나에 마음도 아푸다. 요즘 더한 걱정은 순산에 수반하는 모든 준비. 그러나 하나도 못한 이 못난니.

〈1959년 6월 21일 일요일〉

서울市 東大門 박 宋在璟 宅을 訪問. 오래동안이 룬팬[룸펜] 生活을 버서나 조고만한 文房具店을 經營함. 金 參萬四阡五〇〇圜 中 利子는 一切 抛棄하고 元金으로 24,500을 7月 末日까지 淸算 約束기로. 韓比[한국-필리핀] 親善 野球 간람하다.

〈1959년 6월 22일 월요일〉

鄭 部長 依命으로

梧柳水組[水利組合] 理事 面談 次 現地 出張 햇으나 不在中으로 도라오다.

給料 一部 條로 金仁鎬 周旋으로 200,000 支給함.

〈1959년 6월 23일 화요일〉

梧柳 水組 再次 出張.
現場에까지 갓으나 結局 또 面談치 못하다.
廣州 及 400CE 試驗 完了.

〈1959년 6월 24일 수요일〉
市場에서 夏服 一着 月賦로 마추다. 기로 金
仁鎬 (米, 白) 70叺 廣州 水組에서 入荷.
下車 後 金仁鎬와 福來屋에서 탁주 500.

〈1959년 6월 25일 목요일〉
韓電 動力費 未納로 斷電班員 來訪으로 福來
屋에서 麥酒 1,000.

〈1959년 6월 26일 금요일〉
鎔解 作業.
8時 30分 終業.
申寬燮 氏 弟 結婚 祝賀宴會 參席.
鑄物部 七人 參加.
鄭殷國 氏로부터 金 3,000 借用.

〈1959년 6월 27일 토요일〉
鑄造品 取出 作業.
400SV 1個 誤作.
55KML 데리 1個 誤作.
白米 壹叺 李 氏에개 12,300에 賣却.

〈1959년 6월 28일 일요일〉
特勤하다. 밤 陸구永 氏 案內로 聖林劇場 (가
슴에 빛나는 벌[별])을 求景하다.

〈1959년 6월 29일 월요일〉
張世瑢과 金 孃 사이에 給料 計算 關係로 좋

이 못한 흠이 생기다.
장 氏 무었 데문이지는 알 수 없으나 明日부
터는 않니 나오겟다는 言事.

〈1959년 6월 30일 화요일〉
金仁鎬 氏 來訪으로 唐渼屋에서 술을 마시
다.
술 취한 金仁鎬 社長에개서 좋이 못한 忠言
을 들엇다 하여 나에개까지 분푸리 비슷한
[비슷한] 言事을 쓰는 데는 질색이다.

〈豫定欄〉
産日[10]

〈1959년 7월 1일 수요일 雨〉
BC 鎔解.
350HP GEAR 關東鑄造 依賴 件으로 金
47,000 收領[受領]하다.
雨天으로 因해서 明日로 木型 鑄造를 遲延.
밤 南都 求景하다.

〈1959년 7월 2일 목요일 雨〉
기다리든 비는 어제 아래부터 나리기 始作햇
다. 오날도 비는 또 개속되다.
나는 今日 關東機械工場에 齒車[톱니바퀴]
鑄造을 依賴 次 午後 一時 朱鐘石 君을 相面
햇다.
도니[돈이] 쪼달님은 너무도 가혹하고나.

---

10) 7월 한 달의 일정을 기록하는 〈豫定欄〉에 6일부터
16일까지를 괄호 표시로 묶고 "産日"이라고 기록해
두었다.

13,700이라는 쌀 壹叺을 돈니 急한 탓으로 12300에 賣却하여 李붕榮[이봉영] 氏에개서 빌여다 주은 10,000을 갚허 주다.
鄭殷國 氏에개도 3,000 갚허 주다.

| 리봉영 | 支拂 | 10,800 |
| 정은국 | | 3,000 |

〈1959년 7월 4일 토요일 雨〉
鑄造. 겔프링 2類. 一濟[一齊] 調査.
停電으로 發動機 稼動.

〈1959년 7월 5일 일요일 雨〉
工場 全體 休務.
도이[11]用으로 銑板 2個 搬入. 其他 砂 壹袋 運賃 150.
도이 作業 中 洋銀 다라이 壹個 破損함.
李彌容 白南錫 兩 氏로부터 술 對接을 밧다.
方 氏 宅에서.
뚝에 逍風.

〈1959년 7월 6일 월요일〉
第三의 産日.
아침 十時 三〇分 女子 兒口.
마음의 우울함은 어찌할 바 모르겠다.
비 나리는 아침 十時 30分. 내 손수 모든 것을 다 하다.

〈1959년 7월 7일 화요일〉
혼자 손으로 産母을 돌보기에는 너무도 고달

11) どい. 흙담.

푸다. 主人 宅 老母가 국밥은 해여 주나 元來가 産後 수약한 몸으로 미안할 타름이다.
貞花는 철없시 産母만 귀롭히고 貞順니도 나 몰라라 格이다.

〈1959년 7월 8일 수요일〉
産後 第三日을 마지하여 主人 宅 아주머니는 손수 밥을 해여 주었으며는 좋캣으나 몸이 수약하다는 핑캐로 今日까지만 해주겠다는 말씀.
三日間니라도 나에개는 커다란 恩人니다.

〈1959년 7월 9일 목요일〉
내 손수 밥을 짓고 내 손수 빨래까지 하다.
産母는 벌서부터 起動을 하여 洗濯 一切을 손수 하다.
鄭 部長을 通해서 10,000 借用함.
5,000 南錫 氏에개 引渡함.

10,000 借用. 鄭 部長.

〈1959년 7월 10일 금요일〉
정순니 정화 두 아이의 夏服을 사오다.
정순 모는 유아복을 한 벌 안 사왔다고 좀 서운한 表情.
나는 실인즉 좀 더 자라가지고 옷은 사 잎힐 作定이였다.

〈1959년 7월 11일 토요일〉
오날이 한치래[초이레] 날이다.
아침 금줄을 끄르고 會社에 나이가다[나아가다].

날시는 장마철이라 별로히 무더운 날세가 아
니여서 産母나 유아에개는 다행이다.
貞順니와 貞花을 다리고 市場에 나아가다.
다마내기, 감자, 고추 머리치[멸치]을 사다.

〈1959년 7월 12일 일요일〉
鄭 部長 晝食을 한 거럿이 사다.
뜻은 日曜日 手苦한단는 表示.
집에 도라온 나는 또 밥을 짓고 국을 끄리다.
産母는 좀 몸이 약한 편니며 유아는 매우 건
강하다.

〈1959년 7월 13일 월요일〉
오날도 會社 事務室에는 난잡하기만 햇다.
其 理由인즉 幹部陣니 모다덜 나오지 안는
탓으로.
退勤 後 貞順니와 뚝에 가물치를 사려 갓다.
요행이 어떤 魚夫[漁夫]를 통해서 3마리에
1,500에 사다가 밤 十二時 三○分 다려서 정
순 어머니에개 미기다[먹이다].

〈1959년 7월 14일 화요일 晴〉鎔解
鑄物에 종사하는 사람은 가장 숨 막히고 힘
드는 일이 酷炎에도 참아가며 섭시 28℃에도
떠거운 쇗물을 다루는 데는 참으로 숨 막힐
程度의 상노동이다.
今年 들어 이럿캐 찌는 듯 무더운 날시에 불
일을 하기는 츠음이다.
몃 사람 데지 안는 주물장 일동은 四屯에[4
톤이] 넘는 쇗물을 무사히 다 바다 부었다.
작업을 끝마치고 난 여러분은 完全히 氣盡脈
盡하여 冷水마 다려깃다[들이켰다].

方 氏 宅 鎔解 後 11名 李永喆에개 一任함.
迴珠 氏을 通해서 도마도 2× 購入. 鑄造部
로.

〈1959년 7월 15일 수요일〉
어저캐 쇗물 다루기에 지친 여러분은 오날도
어제 못지 안캐 떠거운 재물을 끄러 내기에
여엄이 없다.
機械 在上部에서는 今日까지 주갯다든 工賃
을 또 미룬다는 理由로 機械部는 完全히 罷
業을 하고 在上는 怠業.
鑄物場만은 그데로 作業을 해여 주니 참으로
감사한 일이로다.

〈1959년 7월 16일 목요일〉
昨日의 機械 在上部의 影響은 받은 온 工場
은 不得巳 全員 午前 中 怠業 狀態을 持續
다가 午後에는 全員 退社하다.
大衆心理란 特意[特異]한 것. 結果的으로 보
아서 單純히 工具들만을 責하고 나쁘다고 본
다는 會社 側이 오히려 더 나쁘다.
주갯다는 月給 날자을 事情에 依하여 어겼으
며는 마땅히 會社 側으로서는 從業員에 對해
事情을 呼訴함의 至當.

〈1959년 7월 17일 금요일〉
制憲節을 마지하여 會社 全員 休務하다.
午前 中 會社에 暫時 들였다가 집으로 돌아
와서 무더운 날시에 하다 남은 도이를 完全
히 끝마치고 정제간에 부드막을 새맨드로 바
르다.
李今烈을 通해서 350,000 柳成春 氏 延手票

을 박꾸어 주다.
黃大玉 依賴 金和 月 8%.

〈1959년 7월 18일 토요일〉
今日도 怠業은 持續되다.
차라리 하지 안은 일을 우더머니 안자서 기
다릴 바에는 집에서 낫잠이라도 자는 개 오
이려 몸을 위하고 귀로운 심리를 쉬개 하는
게 날 일. 부득이 내가 먼저 집으로 도라가다.
李相弼 世璋을 同伴하고 本社로 가다. 社長
은 못 만나고 鄭 部長과 當面 問題를 相議하
다.

〈1959년 7월 19일 일요일〉
申龍學 兄 來訪으로 朴 氏 宅에서 晝食 條로
1,050어치 食事와 술을 對接하다.
陸 氏 白 氏 永喆 氏 10人니 船遊ㅁ으로 물노
리를 하고 도라오는 길에 朴相喜 氏을 相面
술대접을 밧다.

〈1959년 7월 20일 월요일〉
아침부터 여러 종업원니[종업원의] 심리는
날카러워지다. 今日이야말로 可否을 결해야
갯다는 비장찬 決心을 나타내는 종업원들은
全員 本社로 가서 社長과 斷判[談判]을 하갯
다고 야단.
나로서는 順次을 따저서 一次 代表을 派遣하
고 如意치 못할 經遇[境遇]에 全員니 本社에
올라가든 社長 宅에 가서 통성을 하든지 하
로만 참자고 주장햇스나 통하지로 못햇다.
李永喆은 早退하고 李鳳來만 여러분과 시비.
내용인즉 가갯다는 李 氏가 變心햇다는 理由.

〈1959년 7월 21일 화요일〉
本社에서 社長을 맛나지 못한 一同은 七名의
代表만 남고 全員 工場으로 도라오다.
本社까지 간 그들은 結局 內紛니 이러낫 샘.
金仁鎬와 李昌相 트라불 함.
七人 全部 午前 七時 前 社長 宅 訪問 無려 4
時間을 斷判하여 結論을 未達햇다는 消息.
張世璋 同伴 本社 訪問.
李朱光에개서 400 借用.
시내마고리야[시네마코리아] 관람.

李永喆 氏로부터 本社 旅費 300 借用.

〈1959년 7월 22일 수요일〉
今日부터 正常的으로 다시 作業은 始作. 木
型部는 돈 밧지 않고는 쪽캐나더라도[쫓겨나
더라도] 作業 不可을 強硬히 主張.
給料는 六月分은 七月 末日까지 清算해 주갯
다는 內約 及 8月 末日까지 稼動을 거듭 主張
햇다는 昨日의 勞資 間의 協約.

〈1959년 7월 23일 목요일〉
大韓重機 Co 周 氏 來社함.
SC 齒車 素材 鑄造 納品費 及 請求費 持參.
250,000
物品稅 {5} over {1000}

〈1959년 7월 24일 금요일〉
今年 들어 最高로 무더운 날시다. BC 鎔解 作
業 2坩 後 더라노 作業 개속을 뽀잇곳드[보
이콧] 함으로 強壓的으로 作業 推進하다.
方 氏 宅에서 2,200 슬을 對接[待接]. 鑄造 全

員.

鄭殷國 氏에게서 500.

某처 행. 유쾌한 순간.

〈1959년 7월 25일 토요일〉

廣州 水組에서 400CE pump 代金 條로 白米 70叺 入庫함.

現 市場價格의 13,600/叺 呼價는 京畿 最高米을 評價하는데 質的으로 白米가 좋치 못함.

밤 林慶福에개 麥酒 3瓶을 나누어 주다.

〈1959년 7월 26일 일요일〉特

경신[정순]니에게 좀 가혹할 程度로 꾸지람과 매질을 하다. 여름 공부 책은 조금도 하지를 안고 每日 놀기만 즐기니 정순니보다 안식구이 무식하고도 바보 같은 처사에 기인. 아이들을 가리쳐 주지 못하는 바보 천치.

〈1959년 7월 27일 월요일〉

休業 持續함.

白米 70叺 入庫分 分配.

13,600.

〈1959년 7월 28일 화요일〉

方 氏 宅 食代 條로 白米 5叺를 달라드니 今日에 와서는 白米로는 引受 不應함.

〈1959년 7월 29일 수요일〉

殘量 白米 外上 代金 條로 支拂 依賴.

〈1959년 7월 30일 목요일〉

本社 訪問.

노랑진 社長 別莊으로 社長 面談 次 來訪.

明日 社長 來社을 約束.

〈1959년 7월 31일 금요일〉

午前 九時 社長 來社.

從業員 全員 社長 面談을 뽀이끝으. 結局은 나만 社長에개 그진말을 햇 샘.

안 나오갯다는 社長을 꼭 나와서 從業員에개 事情을 해달라는 나에 要請이였웃는데.

〈1959년 8월 1일 토요일〉休業

벌서 八月. 가장 무더웁고 工場 일꾼들이 지쳐 허덕이는 달. 그리고 우리 工場 實情으로서는 또한 재일 견듸기 힘든 달이기도 하다. 몸이 불편하여 아침도 먹지 않고 會社에 나아간 나는 結局 지쳐서 警備室에서 쓰러지다.

〈1959년 8월 2일 일요일〉休業

몸의 쉬약할 대로 지친 요즘. 단지 몸 하나도 재대로 꼰치 못할 程度이니 더우기 더위에 지친 되다가 먹은 개 쉐서[체해서] 꼼작 못하고 무더운 방 속에서 終日을 두러넛다가[드러누웠다가] 답〃하여 귀로운 몸을 억제하여서 東大門 宋 君을 訪問했으나 不在中이라 속만 상해 도라오다.

〈1959년 8월 3일 월요일〉休業

會休로 企定된 요즘의 工場 實情. 차라리 夏期 放業의 至當. 勞資 間의 트라불은 期必고 그 責任은 企業主애만 있다.

한편 從業員들도 莫然한 休業을 持續함은 結果的으로 損失만 招來하다.
宋 君 宅 訪問. 結局 또 8. 27 12時 三和藥房에서 淸算 約束을 하였으나 두고 보아야 할 일.

〈1959년 8월 4일 화요일〉 休業
아침 鄭 部長 宅 訪問하여 當面 給料 滯拂로 因한 作業 不可한 對策을 相議.
明日까지며는 틀님없다는 收金은 또 莫然한 狀態다.
機械 附屬品 17ke 16個 200,000에 賣却함.
張世璿 君과 둘이서 電車票 4枚을 미천으로 하여 漢江浴場으로 찾어가 黃昏이 짖어[짙어] 어두울 떼까지 水泳을 하고 도라오다.

梳綿機 附屬 17ke 16 200,000 賣却.

〈1959년 8월 5일 수요일〉 休業
오날도 終日 會社만 지키다.
林慶福 氏을 相逢하여 某 鐵工所를 訪問. 同 主人으로부터 술 對接을 밭고 劇場 求景을 하다.
집으로 도라온 나는 神經質의 發作으로 반찬 접시를 부억크로 내동댕이를 치고 나지. 아마도 요즘 내 마음은 完全히 變한 탓이지?

〈1959년 8월 6일 목요일〉 休業
가믐이 支續[持續]은 긋칠 줄을 모르고 村에서 올라온 陸구永 氏 말을 빌리며는 現狀으르 앞으로 五, 六日만 루발이 持續된 經遇 밧곳[밭곡]이라고는 거이가 다 못쓰갯다는

危險한 처지라고.
金仁鎬 氏 給料가 4, 5, 6月分을 提示하여 明日니며는 給料가 나온다는 반가운 消息이나 職員은 하나도 없다니 답″한 노릇.

洋服 月賦 購入함. 30,000

남방샤쓰 2,300 外上 購入

〈1959년 8월 7일 금요일〉 休業
木型	6″ PVP	一式
	6″ BOND	″
	8″ ″	″
	T □	″

寸法 記入함.

〈1959년 8월 8일 토요일〉 休業
每日같이 놀고만 지나든 工具들 서로 답″하여 工場으로 밀니여 오다. 행여나 오날은 댈가 하고 기다리다가 뿔″히 해여지니 불쌍하기도 하나 하편[한편] 무조건 作業을 뿌이꼳으[보이콧] 하고 놀기란 있는 所致는 납분 버릇.

〈1959년 8월 9일 일요일〉 休業
每日 會社에서는 七, 八名 일꾼들이 나와서 서로덜 장기만 두고 消日은 한다.
來日 來日 하며 밀니여 온 給料日도 버서 2週日이 가깝다. 이라다가는 全然 希望조차 없을 程度.

〈1959년 8월 10일 월요일〉

午後 三時까지 工場에서 待期하다가 집으로 돌아와서 社宅을 訪問. 집에서 낮잠을 자는지 모다들 적 ″. 낮잠을 자느니보다는 뚝 넘으로[너머로] 바람도 쏘일 겸 고기잡이를 가지고 견유[가자고 권유]. 모다들 찬동하여 5人니 고기 잡어로 가다.

고기를 잡아 조성은니 宅을 訪問. 저역 접데와 잡은 고기로 찌개을 하여 술을 나누고 밤 一○時 도라오다.

〈1959년 8월 11일 화요일〉

工場 在庫分 梳綿機 附屬 200kg e 500 300,000에 賣却.

鄭 部長 依命分.

鄭碩雨 氏 同僚들과 作亂 끝에 右手을 骨折當함.

鄭殷國 氏와 鄭 氏 宅 病 問安.

〈1959년 8월 12일 수요일〉

午前 十時 本社 行.

給料 支拂 關係로 기대리다 못해 李采元니에개 晝食 도-스트[토스트]로 代食하고 도라오다.

工場에서는 행여나 給料 가주오기만[가져오기만] 苦待하다가 모다딜 지처서 各其 집으로 도라가다.

간옥이 來訪.

叔母 上京하여 來訪.

〈1959년 8월 13일 목요일〉

今日은 틀님없시 給料 支拂을 約束한다고.

午前 本社 行.

崔旦根 氏와 40NV 件으로 午後 工場으로 나려오다.

古鄕에서 어머니 來訪하다.

驛前까지 마중을 나아가다.

陸 氏에서 洋服 代金 10,000 支拂額을 臨時 借用하다.

母親 來訪.

〈1959년 8월 14일 금요일〉

午前 10時 鄭 部長과 같히 本社로 갓다. 約 二時間 待期 後에 社長이 드러왔다. 드러온 社長 닷자곳자로 鄭 部長에개 욕설과 忠告戰이 버러지다. 內容인즉 (당신) 鄭니 會社를 망처노왓다고.

元原은 40NV 組立 遲延으로 水聑 職員에개서 社長의 욕을 먹엇다는 분푸리. 李永東 工場으로 가서 40NV 組立하라는 社長 要請. 이 사람 또 忠實하기 짝이 없는 者로서 工場으로 나려오다.

40NV 組.

李相弼 外 4人 3,800

酒代.

方 氏 宅 3,800

〈1959년 8월 15일 토요일〉

李昌相 氏 宅을 訪問.

朴宮善 氏 宅도 訪問.

李昌相 其間니 自己의 立場을 찬명[천명]하다.

漢江에서 낚시 求景을 하다.

〈1959년 8월 16일 일요일〉特3 PVP

金仁鎬 辭退說 태두[대두]함.

이번마는 더 以上 固難[困難].

鄭 部長 宅 訪問하여 李 係長 宅도 訪問 明日 給料 支拂을 約束. 鑄物部 全員에게 連絡함.

〈1959년 8월 17일 월요일〉

給料 支給함.

4 5 6 現場에 限함.

밤늦개까지 金 孃가 手苦.

鄭鳳龍과 某처 행.

〈1959년 8월 18일 화요일〉

張世璿 外 常備人員 2名 給料 支拂.

張世璿으로부터 4,000(7,100 中에서 米{)} 來. 金仁鎬 方 氏 宅에서 간단한 作別의 人事을 나누다.

〈1959년 8월 19일 수요일〉

80m/m sp pump 木型 見積 關係로 利川電機 Co 出張.

밤 9時 도라오다.

〈1959년 8월 20일 목요일〉

鑄物部 正常的으로 作業 始作함.

8 BAN 6 BAND

外註[外注] 關係로 梁 氏 相面.

〈1959년 8월 21일 금요일〉

鑄造部 全員 參席裡에 福來屋에서 親睦會을 開催함.

酒代   14,800

實 酒代 12,000

第二次로 永喆 氏와 都 氏 宅에서 1,800.

〈1959년 8월 22일 토요일〉6″ vp

鄭 部長과 아침부터 트라불.

元因[原因]은 木型 外註 關係로 성겁한[성급한] 내가 도리어 損害.

芯金 容接 依賴.

BND 鑄造 外註.

〈1959년 8월 23일 일요일〉

今日부터 作業을 本格的으로 始作하다.

鑄造部 全員니 움지기며는 工場 他처서도 不可할 程度의 人員을 確保할 의지라니.

〈1959년 8월 24일 월요일〉

6″ PVP 芯金 編結.

〈1959년 8월 25일 화요일〉

6″ VP 鑄型 完了 □.

〈1959년 8월 26일 수요일〉

黑石洞 庚鉉 氏 宅 訪問함.

村에서 올라온 지는 얼마 되지 않는 짤분 期間니나 其間 깨[꽤] 都市人다는[都市人다운] 모습을 나타내는 아저씨와 아주머니. 저역을 었어먹고 도라오다.

〈1959년 8월 27일 목요일〉
12時 本社 行.
三和茶房에서 宋 氏 婦人 面談 後 金 24,500
을 밧다.
黃大玉과 晝食을 갓히 함.
製作 資金 30,000을 가지고 나려오다.
水聯 支拂金에서 2,000,000 入金햇다는 確實
한 情報.
給料을 주지 않는 理由는.

〈1959년 8월 28일 금요일〉
賃金 計算함.
8日分 131,000.

〈1959년 8월 29일 토요일〉
鑄造部 殘業함. 8人.
드래싱 2 빼-빠 購入함.
某 人士가 賃金 計算 時 勤怠表 變造하여 從
業員니 便利을 圖謀한다고 꼬지질[고자질]
을 햇다는 朴昌植 氏로부터의 內容.

〈1959년 8월 30일 일요일〉雨天. 特.
職員 給料 支拂.
五月分까지 28,600 手取金[受取金].
밤 聖林劇場 求景함.
乾燥爐 取出 作業

〈1959년 8월 31일 월요일〉雨天
鑄型 가부세 作業함.
第一工場 雨天으로 因해서 作業 不可.
3″ psp PUMP 瓶類 도래스[드레싱].
□ □ 3″ psp COVER & MECHACAL 도래스.

〈月間補遺〉
今月은 工場 放學其間니라 일로는 깨[꽤] 致
當[至當]하다고 思料.
理由는 給料 未拂로 勞資 間 트리블[트러블]
結果的으로 보아서.

〈1959년 9월 1일 화요일〉19
母親 來訪 以來 別다른 食事 接待도 못하고
곳 가시갯다는 말씀을 드리니 子息으로서 마
음 아푼 일. 내가 좀 더 여유가 있다랴며는 求
景도 좀 고루 시켜대리고 今日 庚鉉 君 宅에
가실 데도 내가 손수 어먼님 모시고 가는 기
當然한 노룻시나 如이치 모하니, 밤늦개서
집으로 도라오다.
聖林劇場 남진형이 비밀.

〈1959년 9월 2일 수요일〉19
3″ psp PUMP CarSing 도래스 6″ vp 型 가부
세 作業.
慶尙道 칠기 商人 來社. 外上 代金 督促으로
不得已
金 孃　4,500(2,000)
自宅用 4,200(4,000).
朴相熙 來訪으로 朴 氏 宅에서 950 술 對接
을 하다. 鄭殷國 同席.

3″ psp 도래스
6″ vp 가부새

朴 氏 宅 950

〈1959년 9월 3일 목요일〉19時

6″ vp 鑄型 一切 가부세 作業.

3″ psp BuRachet 도래스 1枚 完.

畫食 房 氏 宅에서 張世璠 同伴 下에 500.

朴宮善 辭表 受理說 태두.

傷害 保償金[補償金] 480,000

退職手當 12,000 = 600,000

沈景元 君 市民證 檢印 關係로 來社.

올 적마다 내가 待接은 못하고 오리여 손님
한터서 接待만 밧다.

鑄型 가부세 作業

洋服 代金 5,000 支拂. 陸 氏을 通해서.

〈1959년 9월 4일 금요일〉 21時. 鎔解.

停電 10~3時.

發電機 始動.

鑄造 鎔解 作業.

3″ psp impeller DOLES.

동성 昌錫 來訪으로 驛前까지 나아가셨든 어
머니 다시 下鄕을 하로 늦추고 집으로 도라
오시다.

李釆元 治療 代金 條로 300.

鑄造部 9人

實地 3人 12人

方 氏 宅 夕食代 5,400

〈1959년 9월 5일 토요일〉

鑄造 製品 檢收함.

6″ vp 及 110KM 80KM 55KM

160×3KML BED類.

〈1959년 9월 6일 일요일〉

今日은 못처럼 마지하는 日曜[日]이나 아침
부터 날세가 좋히 못하다.

午前 九時 出勤하여 3 psp 組立 斷面圖 도래
스함.

南都 求景 後 方 氏 宅에서 점심을 었어먹고
鄭殷國 氏 권고로 都 書房 집에서 李永喆과 3
人니 3,900 술을 마시고 座席에서 좀 불쾌한
태도로 나오기에 方 氏 宅에서 二次로 2,500
술을 마시다.

方 氏 宅 2,500

李永喆

鄭殷國

二次 條

〈1959년 9월 7일 월요일〉 18

鄭殷國과 트라불(시비).

요즘 工場 實情은 主人 없는 나그내 판인지
勤務 時間에 술을 마시고 現場에 드러와서 醉
態을 부리는 者가 있으니 한심할 노릇이다.

밤 聖林劇場 拳銃無情을 覽求하다.

〈1959년 9월 8일 화요일〉 20

요즘은 억지로라도 밥을 먹어 보갯다는 決心
을 한 탄인지[탓인지] 제법 밥 한 그럿을 먹
을 수 있으니 유쾌한 일이다.

鑄造部 全員 事務室에 出頭하여 鄭 部長에개
賃金을 督促하다.

張世璠 家事로 早退함.

鄭殷國은 今日 面目이 서지 않는지 勤勤하
다.

40NV

BOLLCARS

內外 도래스

〈1959년 9월 9일 수요일〉

昨日 술주정꾼 정은국과 분을 참지 못하여
시비를 하고 나니 今日 아침 陸氏가 하는 말
(체면니 깨낄 것도 없는 터인데 왜 사과를 않
하느냐)는 뜻으로 나에개 충고. 젊은 놈이 相
對方에서 끗까지 해보갯다는 뱃심이라며는
더 以上이 양보는 할 수 없으니 맘데로 함이
지당할 터이니 내벼려 두라는 분부.
낮에 정 씨 하는 말이 매사에 미안하니 술이
나 갓히 하라는 권고.
테근 후 네[내]가 술을 한 자[잔] 데접하다.

方 氏 宅 2,050
鄭殷國
鄭鳳龍
李在慶

〈1959년 9월 10일 목요일〉

무덥든 여름철도 어느듯 사라지고 조석으로
는 제법 선〃한 날시가 지속데니 떼는 완전
히 천고마비의 가을철이다. 工場 生産 能율
이 가장 많니 나는 시기도 가을철이고 其間
우리 工場으로 말하며는 무덥든 夏節에는 一
個月間 給料 滯拂을 못도[모토]로 하는 一種
의 休業의 持續되였근마는 요즘은 일하기에
도 가장 좋은 개절이며 또한 秋夕 名節을 앞
두고 조곰이라도 더 벌어야 되는 시기에도
불고하고 現今의 工場 作業 實情으로 보아

도데체 너무도 성이 없는 일을 하는데 其 理
由는 첫제 企業主가 나뿌다는 結論.
주갯다고 約束한 手當을 未拂하는 理由는?
每年같히 名節 앞두고 給料을 支給하는 方法
의 정월 明철에는 섯다[섯달] 금음날 밤 十時
頃. 秋夕 名節이며는 十四日 날 저역 12時.

〈1959년 9월 11일 금요일〉

秋夕을 一週日 앞에 두고 모-든 物價는 騰價
一路. 昨年에만 하여도 조곰도 變動이라고는
볼 수 없었는데 今年 들어 高騰하기 始作한
理由는 名節이라고 해서 집〃마다 어린 아이
들은 고은 옷에 떡을 해달라고 조르는 판극
에 大東工業에 從業員들은 當장 목구멍에 풀
칠하기가 바뿐 實情이니 참으로 限心[寒心]
하다. 七, 八月分 工賃이 나올 길이 莫然한 現
狀이나 企業主가 私債을 었어[얻어] 가지고
단 돈 쌀갑이라도 畿阡[幾千] 圜整의 善心이
라고는 에당초 想像도 못할 뻔한 事實.
工賃은 苦捨[姑捨]하고 燃料 手當 條로
85,000 鑄物部分을 全的으로 내가 責任을 지
기로 하고 그것도 다음 給料 支給日까지라고
約束은 햇으나 참으로 안타카울 程度로 莫然
之事로다. 이런 줄을 미리 豫測한 바이지마
는 내 私財로 술까지 對接하고 始作한 일이
건마는 답〃하다.

秋夕을 앞두고 답〃하다.
밀린 給料는 앞으로 五日박에 남지를 않는
期間 內에 可能할 것인지.

〈1959년 9월 12일 토요일〉

利川電機 Co로 移舍을 한다 또는 大東을 一段 解體하고 退職金을 준다는 等 今年 四月부터 풍설 아닌 社長 즉접 말한 것이 요즘 보아서는 一種의 허이[허위]가 되고 보니 末端 직원도 멀한데 會社을 움지기는 企業主가 그 진말이 센 셈.

들든[들뜬] 일군들의 心理 狀態 調整도 이만저만한 苦초가 아니다.

〈1959년 9월 13일 일요일〉
期間 會社을 떠나 大邱 方面으로 나려갓든 金仁鎬 氏가 來訪하다.

一曜日[日曜日]이고 일즉 손을 때며는 종겟는데[좋겠는데] 晝食事을 간단히 하고 四時 四〇分頃에 內相何을 約束한 金仁鎬 送別酒 條로 福來屋에서 簡素한 酒席을 마련하고 또다시 都氏 宅으로 발거름을 옴기다.

酒代는 11,500 條.

〈1959년 9월 14일 월요일〉
張 君이라는 사나이는 참으로 훌륭한 뱃심의 所有자라고 自처하는 사나이.

도대체가 너무더 배운 기 많아서 낭패.

最高의 學校을 取得하고 아울러 技術까지 習得한 自負自積 무리덜. ㅁㅁㅁ라고 할가.

개다가 또 뱃심히 훌령之事.

요즘 너무 알아도 탈.

自숙을 모루는 사나히들.

〈1959년 9월 15일 화요일〉
일꾼들한태 밧어 주갯다고 約束핸 燃料 手當 未拂로 마음이 불안한데 도대체가 鄭이라는

사람은 뱃장이 좋은지 責任感이 읍는지 相議 程度도 잘 안 들어주니.

金基春 110KML impeller 砲金 依賴 完了 通告 有.

〈1959년 9월 16일 수요일〉
仲秋節을 하로 앞둔 今日 아침부터 李采元 宅을 찾었으나 벌서 出勤.

鄭 部長 宅을 訪問하여 昨日 조금 收金되였다는 消息을 듯다.

鄭 氏 宅에서 八萬 圜 借用하여 歸鄉者의 旅費로 마련.

午後 一時 給料 到着 支給.

건주 5,000을 만들다.

아이들 衣服 購入.

7/分 8/分 全額 支拂

〈1959년 9월 17일 목요일〉 秋夕
비 나리는 가을 하날. 웬닐인지 今年 秋夕은 여름 장마철이나 조곰도 다름없다. 다르다며는 여름철 비보다 좀 줄기차기 못 나리는 개 가을의 왔다는 증조일가. 추석은 말가야 좋타는데 今年 들어 비가 끗질 줄 모르니 필경 달님의 로갯트에개 웃어맞은[얻어맞은] 분 프리을 햇님이 하는 셈인지. 온종일 집에서 80KML TURBIN PUMP 組立圖 着成하다.

聖林劇場 求景

〈1959년 9월 18일 금요일〉
昨日의 비바람에 全南 慶北 地方애는 暴風雨

로 因하{여} 被害가 極甚하다는 消息.

오날이 秋夕이라고 부른 개 차라리 나을 것은 아침부터 말개 개인 가을 할 어제 고은 옷 비바람에 드럽힐가 못 놀고 오날 아이들은 제법 추석날인야[추석날인양] 즐겁다.

〈1959년 9월 19일 토요일〉

鑄物部 一同과 約束한 燃料 手當 支給 件에 關해서 約束 未履行으로 鑄物部 全員 夫勤[缺勤].

내가 責任지갯다고 確約한 以上 當然니 私債라도 엇어서 支給함의 至當하나 누가 나을 보고 빗 줄 사람이 있어야지.

沈哲元 來訪. 市民證 關係로.

李永喆 付託한 萬年筆 枝參[持參].

李永喆 萬年筆 代金 鄭 部長에개서 2,000 借用

$$\left(\begin{array}{ll} 方氏 & 500 \\ 沈君 & \end{array}\right)$$

〈1959년 9월 20일 일요일〉

日氣는 꽤 산″한 봄철과도 같히 하늘은 높고 일하기 좋은 秋이다.

몸의 수약한 나는 오닐[오늘]도 胃病으로 약을 사다.

工場 特勤.

鑄物 外 全員 出勤함.

〈1959년 9월 21일 월요일〉

李永喆 同生 婚事 件으로 心的인 苦痛 至大함. 午後 李永喆 氏 同伴하여 金仁鎬 氏 宅을

訪問하다. 大邱로 移舍하갯다는 移舍 짐을 꾸려 주기 爲한.

鄭鳳龍 鄭殷國 李永喆 四人니 午後 六時 三○分頃 家具은 完全니 추럭으로 옴기다. 저역밥을 먹고 作別할 時期에 간단한 술 한 잔식을 나누고 合乘 停車場까지 따라나오 金 兄에개 부데[부디] 成功해 달라는 〈돈 버러야 해요〉.

金健珠에개서 (1,000 個人)

金仁鎬 宅 旅費 條로.

〈1959년 9월 22일 화요일〉

軍에 갓던 元錫니 明錫 兩弟가 來訪하다.

元錫니넌 벌써 잔빼[잔뼈]가 다 굴고[굵고] 社會 첫 苦生의 軍門이니 아죽 나이도 찾이[차지] 안는 몸으로 일즉 軍에 더러간 理由란 廢家한 쓰라진 苦초의 첫거름.

일즉 苦生도 하고 社會의 쓰라림을 가슴 깊히 늦겨야만 올바른 사람의 되는 道標이기도 하갯지.

〈1959년 9월 23일 수요일〉

午前 中에 몸의 수약하다는 평개로 집으로 도라오다.

冊床에 기데 안저 終日토록 圖面 160KML 組立圖 作成하다.

BC 鎔解함.

(元錫니 도라가다. 軍門으로.)

鄭碩雨 氏로부터 500

元錫니 晝食 代金 條로.

〈1959년 9월 24일 목요일〉
健康은 平生의 寶배라는 말 오늘에야 그 말 자
체의 무기를 다시 한 번 가슴 깊히 느껴보다.
몸의 수악할 데로 수악한 요즘 漢醫을 찾어가
서 診斷을 하여 본 結果 절믄 사람의 胃腸의
이래서야 몸을 爲해서는 金錢을 아끼지 말라?

金祿培 來訪.
李弼容 健珠을 통해서 5,000.
朴基錫 앞으로 5,000.

〈1959년 9월 25일 금요일〉
木型部 鄭 職長 辭退說 有함.
서울 지방으로 가겟다는 눈가림은 사실인즉
金仁鎬 한태로 가기가 거의 確實化 되다싶히
햇는데 當面 立場이 困難함으로 좀 비밀로
하겟다는 뱃장.

〈1959년 9월 26일 토요일〉
연달은 종업원 사태 사다로[사퇴 사태로] 全
체 工具들의 마음의 들뜨기 始作하다.
낭설인지는 모르데 데직금[퇴직금] 총액의
百四拾萬 圜니라니 불과 1人當에 1個月 程度
의 給料.
그러나 누가 하나 앞서 〃 데직금 관개에 간
해서는 말하는 사람은 없다.

〈1959년 9월 27일 일요일〉
金仁鎬 氏에개서 安着의 消息을 밧다. 鄭鳳
龍 氏도 大邱로 가겟다는 거의 確定的 테도.
內容인즉 二十 二日을 期해서 大邱까지 같다
가 도라온 모양.

〈1959년 9월 28일 월요일〉
金仁鎬한태서 二次로 消息을 듯다. 內容인즉
型祿 付送 依賴 件.

〈1959년 9월 29일 화요일〉
仁川 개랭 購入 次 出張함.
利川電機 Co에서 개랭 約 150個을 가지고 오다.
韓光錫과 같히 朝鮮機械 Co 鑄物場을 視察함.
밤 鄭鳳龍에개 送別酒을 나누다.

都 氏 宅 3,000
鄭 氏 송벌주[송별주]

〈1959년 9월 30일 수요일〉
型錄 關係로 張 某가 말성을 부리다.
도대체 비의가 거슬니서 견데지 못하갯다.
退勤 時 朴 某가 檢問을 할려드니 內容인즉
張이 書籍을 조심해서 보아달라는 요청을 밧
었다나.
느이들끼라 다 해 먹어라고 봉토을[봉투를]
내던지고 집으로 도라오니 朴이 가지고 와서
변명을 하다.

鄭鳳龍 大邱로.

〈豫定欄〉[12]
18日 - 家屋 件
家屋 全貰[傳貰] 100,000에서 150,000을로
10月/18日付로   30,000 支給

---

12) 일기장에 매월 첫째날 앞 쪽에 매일의 일정을 기록
하는 〈豫定欄〉이 있다.

20,000느 前拂 條

〈1959년 10월 1일 목요일〉
160 CV COVER 作圖.

〈1959년 10월 2일 금요일〉
龍山 新當洞[新堂洞] 方面 개렁 購入 次 出
張.

〈1959년 10월 3일 토요일〉
1TS爐 賣却 처분.
梁漢吉 要請으로 1.5TS 爐 設計圖 作成함.

〈1959년 10월 4일 일요일〉
午前 十二時 退勤.
鑄造部 全員 缺勤함.
昨日을 나오갯다는 諸[者]들의 今日은 한 분
도 안 나오다.

〈1959년 10월 5일 월요일〉
本社 行. 社長 面談.
노랑진까지 同乘함.
鑄造 遲延 理由 窮禁.
李弼容 白南錫 兩人 件 相議.
夜間 李弼容 白南錫 兩人 家宅으로 來訪하여
留任하갯다는 말을 함.

〈1959년 10월 6일 화요일〉
BC 鑄造表 作表함.
李今列 君 新規 採用함.

〈1959년 10월 7일 수요일〉 鎔解

3″ psp 20組 鑄造 作業.
人員 不足으로 湯鎔 過大로 因한 作業 고스
트[13] 不良함.
鑄造 狀況 不良.
200CE 煬 鑄込 不良品.
3″ psp carsing {1} over {2} 不良.
方 氏 宅에 4,000
朴 氏 宅 500
鄭周永 火傷.

〈1959년 10월 8일 목요일〉
鑄造 誤作品 18個.
3″ sp carsing.

〈1959년 10월 9일 금요일〉
利川電機
cupola 스캣춰 次 出張.
旅費 800.

〈1959년 10월 10일 토요일〉
作業 內容을 各者 別로 分配 實施함.

〈1959년 10월 11일 일요일〉
BC 鎔解.
600
800
500SV CET.

〈1959년 10월 12일 월요일〉

---

13) 불순물이 농축되어 가공한 표면에 주름 무늬를 띠
는 것을 말한다.

55KML

65 〃 組立 完了.

試運轉 連 3日.

〈1959년 10월 13일 화요일〉

社長 來社.

午後 6時頃.

鄭수長 기압

〈1959년 10월 14일 수요일〉

鄭 氏로부터 別다른 消息 무함.

더려간 지 벌서 오래 댓건마는 소식이 없으니 궁금하다.

날시 금년들어 체저[최저]. 4℃.

〈1959년 10월 15일 목요일〉

요즘 주물장 전원 마주막[마지막] 몃 주일을 앞두고 作業에 全心全力.

〈1959년 10월 16일 금요일〉

鄭 氏 婦人 來社하여 給料 督促之件 有.

〈1959년 10월 17일 토요일〉

李永喆 金基春으로부터 金 六阡 圜 工賃을 밧엇다고.

夕食을 갓히 請하로 宅을 來訪.

〈1959년 10월 18일 일요일〉

社長 來訪.

工場 垈地 件으로.

崔南 氏 同伴함.

110KML TURBiN PUMP 試運轉 준비.

〈1959년 10월 19일 월요일〉

밤 八時頃 工場 앞 正門 앞해서 小便을 보다 巡更에개 取締을 當하다.

結果로 바서 오는[옳은] 官吏지마는 謝過하는 개 上策인데 욕을 하는 데는 참지 못하여 맛데구로[맞대꾸로] 욕을 한 개 화근일 개다.

保管證을 써고 身分證을 押收.

感銘錄

BC 鎔解.

27,000 賣却함. 鄭 部長 指示.

4人니 5,000 가불.

〈1959년 10월 20일 화요일〉

午前 中 3″ psp & 800CE impeller 型 가부세 完了 後 12. 40 送風 4時 40分 終業.

鎔解 3″ psp 800CE impeller.

〈1959년 10월 21일 수요일〉

製品 取出함.

3″ psp 18個 中 全體가 良好함.

〈1959년 10월 22일 목요일〉

BC 鎔解.

利川電機 Co 文 氏 來訪.

50KVA 木型 及 枠 2組 運出함.

〈1959년 10월 23일 금요일〉

BC 鎔解함.

三成鐵工所에 800CE 임패라 3個 發注함.

個 當 加工費 20,000.

〈1959년 10월 24일 토요일〉
古鐵 運搬.
9TS 12,000/TS 當
張世瑃 3,500 私費 함.
白南錫 3,000 가불
李永喆 4,500(趙성은 祝金).

結婚 { 李四兀
朱國林   祝金 配當함
鄭周永 }

鄭周永 30,000 先拂
白南錫 3,000
李永喆 4,500

〈1959년 10월 25일 일요일〉
BC 鎔解함.
3場 6時 30分
李永喆 앞흐로 2,000 가불. 製作資金 中에서.
梁漢圭 工場 古鐵 運搬 完了 及 白鐵
20,000TS 當 12TS으로 契約.

李永喆 2,000
朴基錫 (3,000
大玉 酒代 條로)

〈1959년 10월 26일 월요일〉
110 KML 임패라 2個 80,000 注文 밧음.

〈1959년 10월 27일 화요일〉
BC 鑄造日錄 調査.
2.5TS 爐 設計.
利川電機 CUPORA 件으로 出張命令 밧음.

〈1959년 10월 28일 수요일〉
2.5TS 爐 設計.

〈1959년 10월 29일 목요일〉
BC 鎔解함.

〈1959년 10월 30일 금요일〉
6″ VP 펌프 試驗 結果 良好함.

〈1959년 10월 31일 토요일〉
서울 利川電機 Co 本社 0.5TS 爐 圖面 ㅁ.
利川 申 氏 來訪.

〈1959년 11월 1일 일요일〉
社長 同伴하여 利川電機 Co 出張함.
鑄物 工具 一濟 調査.
기로 社長과 同行하다.

〈1959년 11월 2일 월요일〉
鑄造 鎔解.
大東工業 最終 鎔解日.

〈1959년 11월 3일 화요일〉
製品 檢收함.
750CE   임패라   2個
800   ″   1
600   ″   1
三成鐵工所에 임패라 外注 依賴.

〈1959년 11월 4일 수요일〉
鑄物場 乾燥爐 古鐵 破碎함.
BC屑 15,000 賣却.

5人 1,000式
鑄物 3,000
酒代 7,000(鑄物部).

〈1959년 11월 5일 목요일〉
金枠 破碎.
乾燥爐體 破碎함.
利川電機로 賣却하느니보다 古鐵로 賣却의
有益.

〈1959년 11월 6일 금요일〉
利川電機 鑄造部로 大東 二名 引導함.
人事 後 기로.
李今烈 名單 提出.

〈1959년 11월 7일 토요일〉
大東工業 整理 實情에 未備品 調査함.
旅費 3,100 支拂함.

〈1959년 11월 8일 일요일〉
工場 古鐵 計斤함.
鐵物場 全員 大東으로 出勤.
環境 整理함.
定期券 永登浦 - 仁川.
社長 相逢. 作業服 十二着 購入.

〈1959년 11월 9일 월요일〉
鄭在順 同伴 利電 Co 人事 昭介[紹介].

〈1959년 11월 10일 화요일〉
自宅 勤무.
1.5TS 爐 設計.

鄭 部長 夕晝食을 사다.

〈1959년 11월 11일 수요일〉
自宅 勤무.
1.5TS 爐 設計 完了.
利川 申 氏 來訪.
木型 鄭 氏 潘 氏 來訪.
52m/m CSH 木型 見積.

〈1959년 11월 12일 목요일〉
850CE 샤흐토[shaft] 着圖.
陸 BC 附屬 引受함.
노량진 熱風爐 스갯취[스케치].
3,000 雜費.

〈1959년 11월 13일 금요일〉
利川電機 1.5TS 爐 設計圖 提出.
徐課長 朴係長 同席 下에 審査함.

〈1959년 11월 14일 토요일〉
利川電機.
金 常務 同席 下에 1.5TS 爐 着手 決裁.
裁縫機 鑄造 原價 計算.

〈1959년 11월 15일 일요일〉
陸士 8″p TURBIN 組立圖 着手.
朴 中尉와 晝食 갓치함.
李相弼 氏 長女 結婚式에 參席함.

〈1959년 11월 16일 월요일〉
FC 漏落品 外註 依賴. 누락
三信鑄物工場에.

〈1959년 11월 17일 화요일〉
8″p TURBIN 設計.
全體圖面.

〈1959년 11월 18일 수요일〉
機械 古鐵 3TS 三信鑄物에 賣却함. TS 當 48,000.
割賃 2,210 除
外上 二〇日 午前 中으로 入金 約束.
8″p TRUBIN 組立圖 샤흐토 及 附屬品.

〈1959년 11월 19일 목요일〉利川
朴潤基 婦人 同伴하여 仁川 工場 食堂 責任者를 昭介.
庶務係長에게 食事 對接을 밧다.
鑄物部 21 鎔解 鑄造 資材 申請.
午後 三時 歸社.
鄭 部長한테서 燒肉 接待을 밧다.

利川 旅費 條로 1,800

〈1959년 11월 20일 금요일〉
父親 來訪 豫定으로 驛에까지 家族 同伴.

〈1959년 11월 21일 토요일〉
利川電機 첫 鎔解.
8時까지 準備.

〈1959년 11월 22일 일요일〉
利川電機 出頭함.
金枠 木型 運搬 條로 徐 課長가 相議.
相求 아재 宅 訪問.

노루목 아쩌氏[아저씨] 相逢.
鑄物砂 10車 販.

〈1959년 11월 23일 월요일〉
TURBING 鑄物 引受.
利川電機 鑄造日誌.

〈1959년 11월 24일 화요일〉
6″P 임패라 設計.
木型 運搬.
韓光錫 氏 長女 結婚式.

〈1959년 11월 25일 수요일〉
木型 運搬. 第一 先發 車로 利川으로 가다.
李今烈 公傷 報告 及 노-트 5枚 申請함.
申 氏로부터 裁縫器 鑄造 代金 高價로 수지 타산니 안 만는다고 좀 늦추어주어 달라는 要請.
利川電機 社規로서는 今日로서 給料 마감인데 大東에서 온 사람들은 아즉끗 月給도 決定 않햇다니.

乾燥爐 煉瓦 50,000에 賣却함.
李承雨 氏에게.

〈1959년 11월 26일 목요일〉
金枠 運搬 及 木型 運搬 關係로 李永喆 大東 勤무.

〈1959년 11월 27일 금요일〉
利川電機 鑄造日誌.

〈1959년 11월 28일 토요일〉
利川電機.
鑄造 作業함.

〈1959년 11월 29일 일요일〉
大東工業 勤務함.

〈1959년 11월 30일 월요일〉
通勤뻐-스 關係로 本社 社長 面談함.
利川電機에서 50,000 假拂 申請 棄却 當한
朴昌植과 트라불.
안식구 보통사람 아니다.

〈1959년 12월 1일 화요일〉
母親 來訪함. 지히 김현니 同伴.
貞花 기가함.

〈1959년 12월 2일 수요일〉
機械 工賃 計算.
500SV 全體圖 着圖. 韓光錫.

〈1959년 12월 3일 목요일〉
工賃 計算.
8500sv 全體圖 韓 要請 分.

〈1959년 12월 4일 금요일〉
朴宮善 利川電機 人事 昭介.
李盛春 氏에개 古鐵 賣却함.

〈1959년 12월 5일 토요일〉
大東 勤務.
1,000 vp 組立圖.

李盛雨 氏에개서 金 壹萬 圜을 밧음.
李永喆에개 5,000 주다.

〈1959년 12월 6일 일요일〉
1000 VP 組立圖 運入함.
利川 砂 運搬.
밤 2.5TS CUPOLA 補修圖 着圖함.
밤참을 먹다.

〈1959년 12월 7일 월요일〉
1000m/m VP 組立圖 完了. 도래스.
柵机 及 椅子
찬柵 持出.
補修 5,000.

〈1959년 12월 8일 화요일〉
午前 11時 利川川[利川電機] Co로 出勤함.
2.5TS 爐 補修 着工.
給料 11月 時外手當 外 48,000
                                    190,000
진주 外上代   20,000
김장代 1人當   2,000
            三 제   102,000

〈1959년 12월 9일 수요일〉
날세는 따뜻하기가 봄날과도 갓다.
木型에 鄭 氏 及 李今烈 崔문鳳 氏 給料 策定
未畢으로 앞으로이 作業 上 困勤 招來함.

〈1959년 12월 10일 목요일〉
從業員 退職者[退職子]에 限해서 退職金 送
達함.

李昌相 及 朴宮善은 特別한 退職金을 밧은 샘.

〈1959년 12월 11일 금요일〉
朴昌植 及 朴宮善 件으로 골몰하다.
朴宮善은 一面 좋은 點의 다분니 있으나 알
고 보며는 입이 가법기로서는 깨[꽤] 有함.

〈1959년 12월 12일 토요일〉
鑄造場 機具 評價 名單 作成함.

〈1959년 12월 13일 일요일〉
方 書房 宅에서 李봉영 社宅 拂下 件으로 李
采元 同伴하여 晝食을 갇이 하다.
午前 中 李采元 宅 訪問.
昨夜 고사를 지냇다고 떡을 對接 밧다.

〈1959년 12월 14일 월요일〉
今日부터 午前 七時 一○分 列車 便으로 通
勤 始作.
鄭 部長 李相弼 李在慶 鄭殷國 利川 Co로 첫
人事 차 來社.

〈1959년 12월 15일 화요일〉
社長 來訪.
鑄造 砂 工場 內로 運搬함.
크랭[크레인] 補修 遲延으로 鑄造 作業 納期
不可.
朱國林 桂붕히 利川 Co로 첫 人事 次 來訪.

〈1959년 12월 16일 수요일〉
李今烈 650
崔玫鳳 850으로 策定함.

鎔解 作業.
2.5TS 爐 補修 完了.

〈1959년 12월 17일 목요일〉
午前 六時 三○分 朝飯을 마치고 귀을 여월
[에일] 듯 찬 아침 바람을 앞해 지고 驛으로
줄다름박질을 하는 샘. 7時 15分 仁川 行 列
車에 몸을 실고 京仁 間니[簡易] 列車 신세을
진 지도 벌서 一個月의 지낫지. 昨日 鎔解 作
業을 마치고 갑자기 닥처오는 酷寒으로 鑄物
砂는 約 表面으로 5枚가 凍結햇다.
5時 30分 退勤하다.

〈1959년 12월 18일 금요일〉
鑄造場 每事가 모두 新設 段階나 다름없다.
아침 8時 三○分 出勤하여 工作課 事務室까
지 數次 다여오며는 하로 해가 저문다.

〈1959년 12월 19일 토요일〉
鑄造 資材 購入 狀況의 永登浦와 比해서 너
무나 高價임으로 現 事態로서는 完全 赤字.

〈1959년 12월 20일 일요일〉
日曜日임에도 不顧하고 特勤하다.
cop 500HP.

〈1959년 12월 21일 월요일〉
鎔解 作業.
1.5TS CUPORA PEPE 受正[修正] 鑄造 失敗

〈1959년 12월 22일 화요일〉
今日부터 八時까지 殘業 開始함.

〈1959년 12월 23일 수요일〉
10-P 500HP motor BRaCket 鑄型 着手.

〈1959년 12월 24일 목요일〉
10-P 500HP
BED mamet 着手.
大東持込 鑄物砂 工場 內로 運搬.

〈1959년 12월 25일 금요일〉
2.5TS 爐 補修 完了.
乾燥爐 補修 着手.

〈1959년 12월 26일 토요일〉
氣候가 좀 暖和되는 셈인지 鑄造 型가 凍結
狀態에서 차 〃 녹아가다.

〈1959년 12월 27일 일요일〉
日曜日임{에}도 今日 出勤함.
李 氏을 찾어 期間 CUPORA 下請 件으로 李
忠吉 氏 매개로 口下請하게 된 동기을 說明
하고 晝食을 같이 하다.
利川電機 Co 앞 理髮所에서 仁川에서는 츠
음으로 理髮을 하다.

〈1959년 12월 28일 월요일〉
機械部 二名 在上部 五名 利川電機 Co로 出

張 作業함.
1.5TS CUPORA PIEP 構造 一部 改正함.
金 常務에개 決裁을 밧다.

〈1959년 12월 29일 화요일〉
1.5TS 爐 CUPORA 空氣 탕크[탱크] 12″p 파
이프 購入 李忠吉 氏에 依賴함.
10p-500HP 뱃토 乾燥.

〈1959년 12월 30일 수요일〉
明日 鎔解을 앞두고 全體的으로 모다 熱心히
作業에 餘念의 없다.
起重機 故障으로 因해서 8時까지 殘業을 끗
마치다.
夜間 起重機 補修 依賴함.

〈1959년 12월 31일 목요일〉
大東工業에서나 利川電機 Co나 給料 支給
遲延을 맛항가지다[마찬가지다]. 아침부터
機械部는 作業을 中止하고 모다덜 煖爐 앞해
서 웅성데고 鑄物場에는 10P 500HP 鑄造 關
係로 餘念의 없이 奔忙하다.
2.5TS 爐 湯留 破損으로 BED 鑄造 中止함.
93年[14] 1月 1日 2時에 終業함.

---

14) 단기 4293년으로 1960년이다.

1964년

〈내지 1〉
꾸준니 쓰라.
始作보다 終末을 매무저개.

〈내지 2〉[1]

1月 豫定

〈1월 1일 수요일〉

陸 氏 契	1,350
"	400
洋服代	1,500

3月 豫定

〈3월 9일 월요일〉
父親 妹氏 來訪

〈3월 11일 수요일〉
妻男 死亡

〈3월 13일 금요일〉
祿培 兄 葬禮

〈3월 16일 월요일〉
白米 壹叺 3,800 入

〈3월 29일 일요일〉
始釣. 單身. 방중머리[방죽머리]. 18糎[센티
미터].
20+20+58+5=103.

4月 豫定

---

1) 매월의 특기사항을 간략히 기재할 수 있도록 월별
   날짜와 요일, 빈칸이 인쇄되어 있는 지면이다. 저자
   는 이곳에 주로 일요일마다 갔던 낚시 관련 내용을
   기재하였다.

〈4월 5일 일요일〉

{ 內加 貯水池　　　240+100
　16粳 5首 外 20首

〈4월 12일 일요일〉

古棧 동내 앞 水路.

물이 흐림. 不 8首.

36+80=116

〈4월 19일 일요일〉

비로 因하여 特勤.

〈4월 26일 일요일〉

連喜洞 趙壁鎬 同伴 西風 强. 不

約 30名 釣客 集結.

아침 7. 發.

午後 3時 始終.

(68)

5月 豫定

〈5월 3일 일요일〉

古棧 貯水池. 白南錫 同伴.

120首. 良. 150.

〈5월 10일 일요일〉

古棧農場. 朴富弘 同伴.

800首 大魚 18cm.

데어를 걸어 노치다.

80.

〈5월 12일 화요일〉

白米 壹叺 購入.

〈5월 17일 일요일〉

古棧農場. 20料 1口.

約 400首. 35.

〈5월 24일 일요일〉

古棧농장 아랫水路.

不 45.

吸水口 良. 1.4尺 大魚.

서을사과(지렁이).

물이 흐린 탓.

〈5월 31일 일요일〉

一里. 117首小. 떡

6月 豫定

〈6월 7일 일요일〉

물왕리 150. 150 小. 떡

〈6월 14일 일요일〉

古棧農場.

〈6월 21일 일요일〉

古棧 東水路. 最良.

〈6월 28일 일요일〉

柳水貯池. 方口山.

7月 豫定

〈7월 5일 일요일〉
大明水路.
九里浦. 良

〈7월 11일 일요일〉
九里浦 ▢水里. 白, 金.

〈7월 19일 일요일〉[2]
靈興島. 白, 金.
長男 出生. 밤 10時頃.

8月 豫定

〈8월 9일 일요일〉
古棧 아랫水路.

〈8월 15일 토요일〉
安東浦. 良.

〈8월 16일 일요일〉
〃[安東浦]. 良.

〈8월 23일 일요일〉
仁川 富平 梧錠[梧亭]水路[3]大會.

〈8월 27일 목요일 ~ 30일 일요일〉
休暇 낚시.
강화 方面 線定[選定]
밤낚시. 最良.

---

2) 날짜에 동그라미 표시가 되어 있다.
3) 현 부천시 소재의 오정수로.

9月 豫定

〈9월 6일 일요일〉
就業. 8日 字와.

〈9월 8일 화요일〉
一里水路 아랫防築.
良 〃 良好. (永德 同伴)

〈9월 13일 일요일〉
法制新聞 主催 全仁川 親善 낚씨大會. 古棧
下水路. 不

〈9월 20일 일요일〉
一里 밤낚씨. 不
古棧農場 不

〈9월 27일 일요일〉
韓國日報 主催 全國大會(▢▢).

10月 豫定

〈10월 4일 일요일〉
尹弼文 同伴 江華 江南 上 貯水池(몰매미삼)

〈10월 11일 일요일〉
農場 안 法制新聞 主催.
重量 一等 K 300. 廣木 一匹.

〈10월 18일 일요일〉
三友낚씨. 古棧 下水路. 不.
幸運點.

〈10월 25일 일요일〉
長安終合 千葉농장.
重量 1等 755首.
2間干 1本.

11月 豫定

〈11월 1일 일요일〉
덕개水路. 氣候 不.

〈11월 8일 일요일〉
文鶴池. 許유복(130首)

3月 千葉農場 방죽머리.
4月 初 內加 덕케. 古棧水路.
5月 中 古棧農場
六月 九里浦
七月 古棧 밋水路
七月 江華 江南
八月　　〃
九月 大明 덕개
一○月 大明里

〈1964년 1월 1일 수요일 晴〉
아침 九時頃 起床.
朝飯 後 午後 三時까지 이불 속에서 피곤한
하로를 보내다.
新年 正月 一日이라는 氣分은 찾어보지 못
함. 三時부터 市內 文化劇場 隊長 부리바.
愛館에서 天安 三거리를 감상하다.

〈1964년 1월 2일 목요일 晴〉

늦잠을 잔 탓으로 서울 行 時刻이 늦다.
아침 제법 쌀〃한 기온에 택시로 역까지 달
였으나 9시 45分 차는 벌서 떠나다.
급행뻐쓰로 서울에 到着 本社 앞에서 仁川
社友들을 만나 午前 十一時 45分 明倫洞에
到着.
마음끗 마시고 놀다. 배가 불러 李 常무 宅을
略하고 기정 영철 씨와 仁川 直行.
共락에서 一杯 하고 밤거리로 가다.

〈1964년 1월 3일 금요일 晴〉
1964년 첫날.
工場 內는 整頓이 잘 데고 일꾼들은 缺席者
가 태반.
散하 節砂.

〈1964년 1월 4일 토요일 晴〉
경 係長 美國 13日 出發 確定.
서울 金 副社長 宅 訪問 交通費 條 2,000 借
用.
金東相 係長 국가.

〈1964년 1월 5일 일요일 晴〉
朝 一○時 서을 直行뻐쓰 8名 厚巖洞 은전茶
房에서 1時間 待期 金 副社長 宅 訪問.
金東相 係長 宅 訪問.
金 工場長 宅 습격. 新舊의 對立.

〈1964년 1월 6일 월요일 晴〉
아침마다 허둥지둥 會社 가기가 바뿌다. 오
날도 正門에 到着하니 5分 前 鐘이 〃땡.
小寒치고는 例年에 보기 드문 여름 날씨.

4019-6p B.B. 8個 誤作.
要 圖面 依存함이 如前.
개우른 탓이다.
電氣爐 尹 班長 發令 酒宴. 鄭 氏 宅에서.

〈1964년 1월 7일 화요일 晴〉

내 나이 벌서 四○代의 老壯期. 五六年 前부터 수弱하기[쇠약하기] 始作한 내 몸의 冬期를 맞은 現今 마른 "기침"의 나기 始作하여 참으로 여러 분 앞에 나서기가 민망할 程度. 빨리 解冬하여야.

父傳子傳닌지 貞花도 기침이 심하다.

정순니 진학 관개로 戶籍 抄本 依賴하다.

경 개장[계장] 미국 출발의 1/23日로 연기되엿다는 통고 밧음.

〈1964년 1월 8일 수요일 晴 零下 3℃〉

物價高에 呻吟하든 勞動者들 其間 軍政 下에 숨을 죽이고 있든 노동쟁이[노동쟁의]는 民政 復歸를 全後[前後]해서 마치 보가 터지듯 한꺼번에 들이닥처 앞으로이 展望이 자못 主目[注目]된다. 物價만 오루고 賃金은 제자리에 묵꺼 노아서야 죽어가는 노동자의 食生活.

今年 들어 츠음으로 鎔解 作業을 하다.

첫물에 딘다는 속담과 같이 새로 산 作業服 바지가 마치 戰場터에서 砲彈 破片을 맞은 상태로, 바꾸고도 기분은 좇치 못한 첫날이다.

기침藥 私製, 엿, 생강 조총[조청]을 먹다.

〈1964년 1월 9일 목요일 晴 零下 1.0℃〉

張 會長 來訪하시다. 鑄物場 門團束 及 窓門유리 破損으로 꾸지람을 듯다. 氣溫니 높아서 門을 열어 놓고 作業을 한 탓. 勿論 冬節에 門團束을 소을히 하였다는 나이 블차리자만[불찰이지만] 張 會長 性格의 너무도 細心하신 탓. 晝食을 갓이 하기 탓으로 重役 全員 몽이라는[모이라는] 連絡을 밧고도 不參한 나이 잘못도 있겟지마는 食卓에서까지 너무도 지나친 訓示. 指摘 當하기 始作하면 限없이 미움을 當하는 게 上者의 性格이라 1962년 白忠鉉 件부터 개속 공박을 當하고 現今에 이르럿끈만 머러만 가는 사이를 어찌할 道理가 없으며 구테여 自己 할 것만 할 뿐 마음에 둘 것 없지 않을까. 自己의 主觀과 淸白 正直만으로 할 닐을 다 하자.

金鎭國 밤 九時 來訪하여 給料 支給(紛失 事由을 說明하다).

〈1964년 1월 10일 금요일 晴 1.0℃〉

荷木[煅木 또는 火木]商 朴 氏가 近 一年間을 去來햇으나 茶도 한 자[잔] 못 놓아서[나눠서] 未安하다고 黃 金 同伴 下에 月尾茶房에서 만나다. 共樂으로 招待 當하여 酒席을 같히 하다. 業者에게 술 待椄[待接]을 밧는다는 자체가 어느 모로 生覺하면 남에개 悟悔[誤解] 밧기 좋은 處事이나 내 良心에 비추어 부꺼러운 일은 없다. 朴이 性格은 快活햇다. 二次로 빅도리빠[빅토리 바(bar)]로 生맥주를 마시고 香港 酒店에 이루자 時間이 없다. 술에 醉하 四人은 方向을 春街로 돌여 酒店 아닌 春色市場에서 술상이 버리지고 子正이 넙도록 떠들고 마시다. 各自가 編組하여 位置

로 가다.

〈1964년 1월 11일 토요일 雨 3℃〉
아침 六時頃에 잠이 깨다. 낫선 잠자리다.
마음 좋은 아침 기분은 아니다. 金 係長과 本
道까지 나와 自宅으로 直석 입맛이 쓴 朝飯
은 마치고 出勤하다.
昨夜의 過음 過로로 因한 온몸의 피로를 느
끼다.
경信浩 係長 妹氏 結婚에 黃求暎 氏로 보내
다.
李鳳榮 氏 傷害 保償金[補償金] 33,000 支給
金額 中 6,200을 借用. 祝金 條로 立費.
冬雨 나리다.

〈1964년 1월 12일 일요일 雨 -1℃〉
金曜日 밤의 被勞[疲勞]로 아침 十一時까지
이불 속에서 누엇다.
李鳳榮 婦夫[夫婦] 同伴 來訪.
貞惠니 털실 옷 一着 외 牛肉 3斤을 사가지고
오다. 李 氏에게는 未安하기 짝이 없다.
점심을 같이 하고 午後 2時頃 上京하다.
떼 아닌 겨울에 비가 나리다.

〈1964년 1월 13일 월요일〉
경신호 氏 結婚(妹氏)式을 마치고 出勤하여
"발기를 하셧군요." 고만 두시지 안코 未安한
人事를 하다.
退勤 後 肉호집에서 소조[소주] 五合을 3人
니 마시다.
대사를 치르고 나니 집안니 너무 쓸"하다는
말고 長子로서 어려운 고비를 지낫다는 소감.

요즘 좀 술을 자주 마시는 편다. 저역도 못
먹고 아름목[아랫목]에 드러누이니 온통 술
이 올라 숨이 가뿌다.

〈1964년 1월 14일 화요일 0.3℃〉
韓一씨맨트 砂熱 鑄物 鑄込[鑄入]. Ni 20 入.
黃 社員니 요즘 너무 缺勤니 甚한 편니라서
昨日 새 사양[사냥]을 하느라고 工場을 쉬엿
다니 도데체가 無責任하고 싱거운 靑年니다.
어쩌면 솔직히 이야기하는 心理는 理解하고
나문나[남으나] 너무도 뻔"스러운 말투다.
경 개장[계장]이 溫陽까지 蜜月旅行 事實이
밝혀저 황 氏로부터 와이야를 준비하니 기중
기에 매단다는 농담이 나오다. 鄭 氏 데포집
에서 경 개장 태포[대포]을 사다.

〈1964년 1월 15일 수요일 20℃〉
오늘 불매[4]가 近年에 보기 드문 컨[큰] 불매
다.
아침 4時부터 밤 十一時까지 쇳물을 녹였으
니 無慮 32TS이란 鐵을 녹였스니 밤 十二時
가 가까와서 歸家하다.
작은 妻男 祿培 君니 來訪.
큰 妻男은 中央醫療院에 14日 付로 入院햇다
는 전갈.
七層 五號室 裵起哲 名儀[名義]로 入院.

〈1964년 1월 16일 목요일 雨〉
간밤에 좀 無理한 作業을 한 탓으로 오날은
아침부터 몸이 무겁고 기침이 甚하여 終日土

---
4) 풀무의 방언이다.

록 日課가 지루햇다.

기침은 벌서 七 八年 前부터 冬節이면 으래 나는 개 常例라고 보나 病치고는 고치기 힘든 病이다. 나이가 한 살 두 살 많의짐에 따라 極情[걱정]이 크다.

夕食 後에는 코피가 나다. 漢藥을 다리는 안해의 근심.

〈1964년 1월 17일 금요일 零下 1℃〉

어저개부터 감기기[감기가] 심한 탓으로 今日은 하로 終日도록 바갓 출입을 금하고 방에 누어서 하로를 보냇다. 昨年에도 겨울에 하로 이들 會社를 쉿[쉰] 例가 잇으나 감가기[감기가] 들면 온통 기침이 나기 始作하여 견디여 나기가 어렵다. 몸의 弱한 탓이갯지마는 元來가 어려서부터 기침에 기친 탓일 개다.

午後 3時 50分頃 朴秀雄 君 會社에서 집에까{지} 차저와서 來日 作業 工程을 물으니 딱한 일이다.

하로쯤 會社를 쉬엿다고 해서 이토록 집에까지 相議 條로 찾어온다는 態度만은 좋으나 내가 업다고 來日 日課을 策定치 못함은 實로 딱한 일이라 아니 할 수 업다. (감기 정세[증세]는 別差 無함.)

〈1964년 1월 18일 토요일 0.7℃〉

性格이 급한 탓으로 16日 字 1200 q-R.S 件으로 今年 들어 처음으로 高함을 지럿다. 鐘弼이가 마음 섭″히 生覺한 탓인지는 몰라도 오늘 缺勤을 햇다. 잔득이나 마음 한 구텅이에 끄리꿈하기 여기는데 저역상을 갇이 한

아우가 李 氏는 기분 나빠서 안 나온다는 말이 잇드군요, 하는 데는 한편 괫심도 하나 도리켜 生覺하면 내 잘못이다. 천근만치 무거운 몸을 이끌고 하로 日課을 마치고 도라와 生覺하니 앞으로는 말조심과 每事에 좀 찬″한 행동이 口正 되리라고 마음 김이[깊이] 느긴다.

〈1964년 1월 19일 일요일 0.7℃〉

제법 쌀″한 날씨다.

午後 一時頃 세수를 하고 文化劇場 觀覽. 나비부인. 劇場 안은 매우 찬 바람의 휘돌며 관객은 적은 편니다.

밤에 이웃 李石俊 어머니가 子女 敎育費 關係로 정순 엄마에개서 돈을 돌여가는 모양. 자식들은 모다 머리가 좋와서 優等으로 國民學校를 卒業하나 학비 조달이 막연하다는 하소연을 듯고 나지 우리 집 에들은 어와는[이와는] 正反對고 보니 이웃집 子女들이 부럽다.

女息이라도 工夫나 잘해야 마음이 노이갯는데.

〈1964년 1월 20일 월요일 0.5℃〉

기침이 심하다.

벌서 10餘 年 前부터 아니 어려서부터 始作한 기침이고 보니 왜 이렇케 惡化되기 前에 治療을 못햇쓸가.

당장 누어버리는 병도 안닌 탓인지 내 팔자야 요즘은 웬닐인지 자나온[지나온] 내 平生의 가엽개만 하다.

모다가 허무만[허무한] 꿈도 갓트다.

이불 속에 누어 기침을 시작하면 죽고 십도록 귀롭다.

〈1964년 1월 21일 화요일 0.2℃〉
겨울도 이젠 막바지.
오늘의 벌서 大寒니다.
정순니 中學 入學. 忘願校 決定.
博文校로 決定하다.
기침이 심하여 大衆 앞에 나이가기가[나가기가] 부끄러울 程度다.
누누[누구] 하나 藥을 쓰보갰다는 者 없다.
俗談에 여편내을 잘 만나야 한다는 것 이런 경우일개다.
차라리 죽고 치울 것을. 귀롭다.

〈1964년 1월 22일 수요일 0.2℃〉
경신호 係長 渡美 歡送會을 和信면옥에서 開催하다.
連絡 不合理로 工場長 外 總務部長의 來訪하엿는데도 張本人 未參으로 한 대 攻擊을 밧다. 鑄物에서 하는 일이란 무어 하나 올캐 돼는야는 揶揄 條에는 不快感의 없은 건 않니나 要는 웃어서 넘기는 方法의 至當하다고 할까.
경 개長 外 食 7,000에 마추다.

〈1964년 1월 23일 목요일 0.3℃〉
韓一씨맨트 학카[5] 件으로 이침[아침]부터 金 次長으로부터 오느라 가느라 야다들[야단들].

5) はっか(白化). 하얗게 변하는 현상을 뜻한다.

白鐵니면 어떠야는 金 次長의 反問. 상식 부족이다.
감기약을 (散濟[散劑])을 服藥하기 始作하다.
仁荷工大 實習生 2名 今日 付로 實習을 마침으로 金榮喆 술 對接을 하다.
先輩로서 後輩에게.

〈1964년 1월 24일 금요일 0.2℃〉
石公[大韓石炭公社] 及 土地改良聯合會 關係 揚水機 及 電動機 24臺+24臺 約 4,000萬餘어치 註文[注文]니 一時에 드러와 會社로서는 즐거운 悲鳴.
現在 같은 作業量으로는 한가할 程度.
二月부터는 개속 다름박질을 해도 해여내기 힘들 程度.
祿培 妻男 來訪. 兄의 診斷 結果로 보아 肝에는 別 異常이 없으리라는 이야기.

〈1964년 1월 25일 토요일 0.4℃〉
경신호 개장 渡美 日程의 1/23日에서 2/24로 延期되였다는 傳達을 밧다.
韓一씨맨드 耐熱鑄物 20個 及 55個分을 鑄造後 失敗하여 再鑄型 後 鑄込[鑄入]하다.
各 係長 以上의 月次 休暇 中止 件의 通告을 밧다.
夜食 條로 素 兄과 雲海樓에서 240.
會社 傳票 記入.

〈1964년 1월 26일 일요일 0.2℃〉
아침 九時頃 起床하여 새수도 않고 조반을 먹고 또 다시 이불 속에서 午後 3時頃까지 자다. 모초름이 休日이고 보니 날씨가 찬데 市內를 散步하기도 실코 단지 누어서 지나기만 좋와지니 너무도 게을르다. 事定은 午後에는 하도 못해 映畵館니라도 가보{고} 싶은 심情. 貞惠니와 하로 종일 벗이 되여 지나기란 貞惠니가 자조 벅체는[보채는] 데는 이뿌고도 밉다.

바간 날씨가 꽤 따스한야 西편 창에 해가 비치며 행상인니 고함소리만 들린다.

〈1964년 1월 27일 월요일 0.3〉

今日 生産 打合會 떼 金 製作部長으로부터 鑄物 工程의 細部的 未備을 指적 當헷다. 分離 作業의 施行과 製品別의 工{程}數를 내라는 독촉. 불가능하지 않치만 나에 實力으로는 안대갯다. 머리가 老鈍한 탓이며 도데체가 努力하고 십지 안타.

나도 모르는 사이에 이러캐도 내가 實力이 없어전는지 世代의 交替가 눈앞에 닥아온 샘이다. 증말 못해 먹캣다.

金仁鎬 氏의 忠告 아니 傳善道는 고마왓다. (그 사람 더퍼녹코 누루라고만 하니 拉致하라.)

〈1964년 1월 28일 화요일〉

朴 係長 나오시요 會長 왔소. 나는 쓰고 있든 工程을 멈추고 박그로 나왔다. 會長은 구석구석이 돌아다니며 시비을 論헷다. 鑄造 係長이 열심히 일을 하다가 會長의 수고하내 잘 부탁하내 하며 격여한다. 나는 불쾌헷다. 아니 자존심이 상헷다. 會長이 門 박으로 나갓다 되따라 섯다. 좀 더 코스트[cost]가 비

싸기 치드라도 상관 없스니 깨끗한 物見을 내시요. 내. 우리 제생로가 半열풍바개[밖에] 안 데지요. 그러치 않습니다. 朝鮮機械과 同一한 構造입니다.

〈1964년 1월 29일 수요일 0.1〉[6]

무순 말이요. 당신 말을 밋지 못하겟오. 심각한 표정이 말이다. 아차 이미 데세는 기울어젓다 생각하는 찰라 鑄物 係長에개 어디 鑄物 잘하는 사람 없소, 最終的인 말이다. 모든 것은 끝낫타. 會社에 對한 기대는 산〃조각으로 깨여지고 나나 자나간[지나간] 가去[과거]가 너무나 허무하다.

윗사람이 못 밋을 바에는 決末[結末]은 낫다. 金 次長과 朴 課長이 태포를 마시며 身世 한탄을 하다.

金 次長(製作部)과 身勢 한탄을 하다 경 개장에 나의 앞길을 說明헷다. 경 係長도 會社에 對한 에착心을 일은지 이미 오라다[오래다].

〈1964년 1월 30일 목요일 0.1〉

주물 박 係長이요, 여보시요, 내가 平澤 黑鉛 5HP-4P 부라캣트가 2個나 부러젓스니 야단낫음니다. 그기 버 노은 것 있으면 좀 보내 주새요.

건전지가 달아서인지 분명치 않는 목소리나마 急히 독촉을 한다. 기가 막힐 노릇이다. 벌서 20個나 벗는데 또 모지란단니 참 한심하다. 금속과 출신 학사님들은 防備策이 없는지, 에체[애초에] 몰라서 탈일 개다.

---

6) 이날의 일기 난에는 전날의 일기를 이어 쓰고 있다.

〈1964년 1월 31일 금요일 눈 0.8〉

二月 달도 오날이 마즈막 날이다.

겨울 內 따스한 날씨가 오날따라 제법 쌀〃

하고 아침 出勤 時에는 제법 귀가 따갑다.

工程書 作성애 웬종일 시달니다.

박경연 공무課 代理라는 者 曰

朴 兄 어떠한 作業量을 놓코 作業 配置 所要

人員과 時間을 當場에 낼 수 있나요.

참 불쾌하고 아니꼬운 질문다.

그것은 어떤 이미에서 하는 말이지.

나는 즉시 반문햇다.

아니 그런 오해는 하지마.

現在 朴 兄 佑置가 그런 점에서 무어라할가

좀 未備하다는 評을 밧기가 일수이니까.

나는 오날부터 이 자리를 떠나니가 말이야.

용기를 내시요. 힘을 내시요.[7]

박 係長 약한 사람 대지 마시요.

"金 製作部長 訓示."

〈1964년 2월 1일 토요일 눈 0.10〉

새해도 오날로 2月에 접어들었다.

기분 상하고 허무감에 저젔든 1月 달.

2月 달에는 나의 처신도 決判니 나는 달이 될

깨다. 노병은 마땅히 물러나야만 할 時期다.

그러나 時期 選擇이 꽤 重要한 要素이다. 노

병이 앞날은 노병 스스로가 개적 처신할 問

題이며 他에 依지한다는 사고방식은 이날[아

닐] 깨다.

現今과 같은 會社의 規律이란 누무도[너무

도] 一方 獨善的이며 해석 여하에 따라서는

너무 別天地인 某人의 强制的이고 中央에

〈1964년 2월 2일 일요일 0.12〉[8]

아부하는 方式이다. "工場長 曰" 유리窓을 개

면[깨면] 個人니 변상하기로 대엿슴니다.

趙正國 雜工이 右指〈指〉先을 壓傷 當하여 피

가 흐르는 손끝을 한 손으로 누르고 겹처오

는 진통을 참고[참고] 잇섯다. "工場長 曰" 本

人니 잘못이니 私傷이로군. 世上에 천하고

천한 개 사람이다. 하로에 80을 벌기 爲해 作

業 中 손끝을 切斷 當햇는데 그 안댓군 발니

治療을 하여야지 이 따뜻한 말 한 마디가 얼

마나 作業人에개 위로가 되며 윗사람으로서

의 當然한 처사일 깨다. (속담에 冷血動物의

人間니다.)

〈1964년 2월 3일 월요일 0.7〉

午前에 韓國機械 Co로 1,200P-28P SS 소든

關係로 出張함.

16.5HP Blowor mota[blower motor]

impeller 鑄造.

鑄工 9名 新規採用.

韓國機械 SC 係長 申德性 晝食 接待. 210.

600kg ineat cars 材質 關係로 破損의 甚함.

경仙니 博文女中 入試日.

〈1964년 2월 4일 화요일〉

給料 支給日이다.
鐵강 金 係長과 雲海樓에서 夕食을 나누고
王 書房에개서 100 借用.
文化劇場 "하타리{"} 관람.
정순니 體育 等 檢日.
柳炳甲 3,476 給料 紛失 件.
朴基錫 변상해 주다.

〈1964년 2월 5일 수요일 雪〉
밋어지 〃[믿어지지] 않는 疑問.
앞으로 氣合은 주지 앝키로 합시다.
자 드시요 마니 드시요.
張 氏의 창 〃한 音성이다.
증말임니가.
아니 相互가 서로가 주지 않기로!
말 속에 말이 석인 뜻이다.
불고기에 正宗. 만니 취햇다.
그러나 눈치밥은 안 먹는 개 날 개다.

〈1964년 2월 6일 목요일 雪〉
1.5TS 爐 鎔解.
再生 爐만으로는 좀 어려운 개 現 作業 實情
이다.
李봉영 氏에개 빌였든 1金 6,200.
會社에서 他人 앞으로는 控除하고 支拂하지
않는 理由.

〈1964년 2월 7일 금요일 雪 110粍〉
나의 性格도 고치야지. 今日 作業 中에 육 氏
에 對한 過격한 語調는 들은 사람으로서는
너무도 섭 〃히 여기리라.
原因는 製品의 誤作을 施正[施政]하자는 게

主目的이였으나 말투가 너무 퉁망햇다.
鄭樂宇과 方大燮 兩人니 辭表를 냇다.
아니 鄭 君은 係長任 우리 給料는 원제 올르
나요. 오날 아침에도 밥도 못 먹고 나왔어여.
홍분된 質問니다. 그러나 나는 너무도 無味
하개, 나도 모루겟는 걸, 참으로 無責任한 答
이며 事實을 너무도 변명 없이 對答햇다. 鄭
君은 씻고 나갓다.

〈1964년 2월 8일 토요일 雲, 雨〉
立春도 지나고 봄 기분이 감도는 어재 오날.
눈 求景을 못하고 겨울이 가는가 하였드니
눈, 비, 겹친 길거리는 온통 철벅이기만 하다.
밤 八時 25分 會社 門을 나선 나는 철벅이는
밤길을 더듬으며 집으로 갈 수가 없어 택시
를 탓다. 요즘 같어서는 어제도 차로 기가하
고 차비만 미쩌는[밑지는] 샘. 집에 到着하니
벌서 家族들은 잠에 한참이다. 잠이 오지 안
어서 新聞을 들치며 느낀 대목은 三粉疑惑事
件[9]으로 한심한 記事만 실렷다. 이개 사실이
라면 어느 外國人 말다나[말마따나] 世界에
서 가장 國家의 도음을 못 반는 國民니 바로
우리 韓國人니다.

〈1964년 2월 9일 일요일〉
웬종일 집에서 消日하다.
韓國機械 黃 班長 來訪으로 彼此 同職들로서
意見을 나누다.

---

9) 1963년 설탕, 밀가루, 시멘트의 가격 조작으로 기업
이 폭리를 취하고, 정치자금을 조성하였다는 의혹으
로 1964년 국회에서 정치 쟁점화 되었던 사건이다.
三粉暴利事件.

〈1964년 2월 10일 월요일〉
生産 打會合[打合會.] 工場長의 지나친 팟쇼.
鄭貴花 君니 重傷.

〈1964년 2월 11일 화요일〉
박 係長 鄭 君니 危篤하담니다.
같이 빨리 가 봄시다. 金 係長의 다급히 電話
연락.
단숨에 띠여나가 本 事務室에 들니다.
工場長도 어제와는 달니 매우 근심하는 表情
이다.
午後 十二時 30分 基督病{院}에 到着. 手術
結果 危篤을 모면치 맛함[못함].
金仁鎬 朴京緖 3人니 서울 집에서 앞으로의
事業 計劃 相議.

〈1964년 2월 12일 수요일〉
뽀나쓰 支給 關係로 鐵鋼 金 係長 早退. 李贊
鎬 係長 同 鄭貴花 慰問金 釀出額 41,000 文
益模 氏가 傳達하다.
鄭 碩 兩 氏로부터 1,500 黃永淵에개 支給함.
李鎭元 外 7名에 對한 3,000 會社에서 借用.
밤 鄭貴花 問病. 差度가 좀 있다.
鄭碩雨 氏 黃永淵 3名의 夕食을 同席하다.

〈1964년 2월 13일 목요일 0.14〉
午前 十一時 45分 基督病院 鄭貴花 病問安을
마치고 十三時 五○分 서울 行 列車에 올라
鄭永錫 課長 宅을 來訪. 午後 四頃頃[四時頃]
鄭 課長을 爲始하여 李 常務 柳 係長 魯 課長
工場에서는 金 次長 朴 課長 課 課長 曺 係長
8人니 섯다 노리를 하고 酒宴으로 들어갔다.

酒席에서 朴 課長의 會長에 對한 不滿니 發
斷[發端]이 디여 너 나가 모다 不平투생이 金
次長 曰, 在來派만 몽였다. 新派는 反對한다
는 自己 心中을 배았드시 뉘까린다. 酒宴 後
日本의 荒구마와 張 選手의 래스링 TV 관람.
밤 十一時 永登浦 出發.

〈1964년 2월 14일 금요일〉
仁榮茶房에서 吳在夏 朴京緖 3人니 세해부
터 始作할 事業 計劃을 論理하다.
十一時 龍山 驛前 鄭河一 社長 工場을 訪問
晝食을 合宿에서 마치고 仁川으로 나려와 新
興洞 酒店에서 木格的[本格的]의 事業 計劃
을 相議하다. 三月 二日부터 서울로 가겟다
는 結論은 낫으나 要는 얼마얼마이 收入과
資産 投資 問제는 未決된 체 鄭 社長의 人間
됨의 良心的이라는 傳見이나 非鐵工場을 해
보겟다는 나의 計劃.

〈1964년 2월 15일 토요일 0.8〉 缺勤
午後 五時頃에 옷을 가라입고 文化劇場 엘
시-드을 觀覽하고 도라오다.
慶信浩 金榮喆 黃永淵 3名의 家舍에까지 왔
다가 不在中이라 도라갔다는 말을 듯고서 무
었 떼문에 왔는지가 궁금하다. 舊正 初라 해
서가 아니고 別다른 나이[나의] 心情을 알언
는지.
내 마음 내 뜻데로 못하는 요즘. 將次가 어이
델 것인지 매우 궁금한 立場.
광희 집에서 고사떡을 가저오다.

〈1964년 2월 16일 일요일 0.8 **缺勤**〉

中央醫療院 鄭貴花 病 問安을 하다.

內人을 同伴하고 午後 1時 40分頃 메듸칼 쎈 터에 到着 午後 3時까지 面會을 마치고 돌아 오다.

病院 生活의 不自由한 탄인지 妻男은 顏色의 아주 좋치 못한 모습을 나타내다.

今日도 會社을 쇠다[쉬다]. 明 17日서 20日 까지는 마음의 決定되는 時間니다. 今日도 會社에서는 무순 評이 나올 만하갯지만 明日 에는 會社에 出勤하니까 動情[動靜]을 알 수 잇갯지.

李英一 君 밤 來訪. (母親니 非情을 相議하 다.)

芯取 曺圭烈 君과 相通한다는 이야기.

〈1964년 2월 17일 월요일 0.7〉

舊年 들어 처음으로 出勤하다.

3TS 爐 操業하다.

吳在夏 朴京緖 兩 氏 十六日 字 口頭로 辭意 表明하며 工場長의 本社에 가서 會長의 眞意 을 打診해 보갯다는 뜻.

鄭貴花 病勢 良轉.

밤 河敬石 君 來訪 就職을 依賴하다.

俊源이내 盜難을 當히다.

吳 朴의 每事는 20日까지는 決定 날 듯.

〈1964년 2월 18일 화요일 0.8-0.1〉

金炳烈 工場長으로부터 辭意 內容에 對하여 問議를 밧다.

金仁鎬 氏가 나의 辭意 表明에 關한 이야기 를 한 모양.

辭退 理由

맛지 못하는 사이

差別 데우

鑄物에 對하 理或

나이 더 먹기 前에.

〈1964년 2월 19일 수요일 0.3〉

경信浩 氏 渡美 歡送會 共樂에서 開催하다.

約 一週 만에 술에 치하다.

金榮喆 係長에개 辭意를 表하다.

〈1964년 2월 20일 목요일〉

工場長과 金 次長 兩人니 辭退 번니[반려] 권 고를 밧다.

正式으로 工場長에개 辭表를 내다.

無窮花 집에서 工場長과 金 次長으로부터 저 역 對接을 밧다.

自己내들이 立場의 困難하니 제발 사이를 번 이해 달라는 간청.

종석니 上仁하다.

金守男 사보다추[사보타주] 件.

〈1964년 2월 21일 금요일 0.8〉

경信浩 原則的으로 辭意는 찬송[찬성]함니 다.

時期的으로 再考하여 주는 개 如何了.

金 次長과 경信浩 約婚女와의 4名의 無窮花 食堂에서 저역을 가치 나누다.

경信浩 氏 부인 매우 선명한 인상과 곳잘 감 시하려 온 건 아님니다 라고 입정[입장]을 변 명도 하다.

〈1964년 2월 22일 토요일 0.8〉

朴 係長 나 房까지 좀 오시요.

또 무선 말인가 속으로 거처 件니 하고 工場

{長}室로 들어갓다.

책사 위에 봉두가 한 장 놓여 있다.

낮익은 봉투였다. 張 會長의 火曜日 날 나려

온다니 그떼 直接 辭表를 내달라는 附託[付

託].

3人의 辭表는 一斷[一旦] 反却된 셈.

밤 金 係長과 黃 氏 3名의 共樂에서 酒를 마

시다. 나에 居處에 對해서는 둘이 다 挽留시

키고 있는 뜻을 말하나 속 內容은 몰을 일.

〈1964년 2월 23일 일요일 0.8〉

家內에서까지 會社 辭退 件을 알개 되였다.

決判은 오는 火曜日 直接 斷判[談判]의 이루

어지갯지. 안해는 나이[나의] 辭退 件에 對해

서 말 한 바도 없으며 그렇다고 觀心조차 가

지지 않코 있는 表情이다. 차라리 모르는 게

上策.

午後에 이러나 "키내마"의 나바론을 觀覽하

다.

二次大戰 當時 히랍의 독의 臣砲基地을 爆破

하는 英國의 六人의 決死隊의 生生한 분투기

를 보여 주었다. 上映한 지 13日이 되였근만

日曜日이라는 점도 있지마는 場內가 복잡.

〈1964년 2월 24일 월요일〉

吳 朴 朴 金 4人 會談.

령동집에서 1次로 술을 마시다.

서을집에서 2次로 술을 마시다.

鄭凡龍 氏가 傳한 五阡 원은 木型을 請負 주

었다는 감사 條의 謝禮金일깨다.

서울집에서 時間니 지나 異常한 說談이 어라

나고[일어나고] 金仁鎬와는 집으로 도라가

다.

〈1964년 2월 25일 화요일〉

金仁鎬 申正植 3人니 서울집에서 술을 마시

다.

金仁鎬 氏의 권유로 一斷 會社에 對한 態度

가 確定된 셈이다.

永福집에서 3人니 □□놀이얼[놀이를] 하다.

나는 긴 밤노리를 하다.

金仁鎬 氏에 對한 好意.

每日 술이다.

〈1964년 2월 26일 수요일〉

昨夜의 과로로 아침 八時 30分에 驛前에서

해장밥 한 그럿을 사먹고 곳장 會社로 가다.

金榮喆 長男 百生日이라 하여 밤에 招待을

밧다.

가개집 正宗 2병.

會社 돈 500.

〈1964년 2월 27일 목요일〉

아침 六時 五○分 서을 行 車로 明倫洞 張 社

長을 訪問.

約 30分 後에 相面.

① 나에 대한 所感(맛서지 마라).

② 차별데우 하는 理由를 시정하갯다.

張 社長 母親 生誕日로 時間니 없서 車中에

서 {이} 이야기 저 {이}야기 하다.

〈1964년 2월 28일 금요일〉

黃 社員의 某 酒店 朴孃과의 姙娠 件으로 共
樂에 들다.
매담과 相議 結果 爲先 此彼[彼此]가 넘지 못
할 고개가 있으니 제거해 보자는 개 共通的
의 見解.
黃 말하기를 죽어라~ 한다는 팔자.
酒代 700.

〈1964년 2월 29일 토요일〉
午後 七時 正刻에 오시요.
조곰도 時間을 어기지 맙다. 製作 次長의 말
이다. 內容인즉 鑄造課에 對한 其間의 本人
態度가 確定됨에 따라 氣分을 轉煥[轉換]하
갯다는 意味에서 和信면옥에서 現場 班長級
以上 參席 下에 座談會가 열렸다.
異口同聲 하는 말은
脫衣場을 만들어라.
便所를 세워라.
食堂 밥을 느려라.
公患者에 對한 따뜻한 마음 쓰라.
材質 關係는 누가 解決하느야. 裵男國이가
解決해야지 等 비꼬는 말투.
本社에 某人 人事의 잘못된 처사다.
오래간만에 現場에 개시[계신] 班長들이 고
기를 마음끈 먹다.

〈1964년 3월 1일 일요일 8℃〉
第45回 三一節을 마지하야 市內는 別다른 記
念行事라고는 눈에 띠우지 않는다.
날씨는 本格的인 봄철. 市內 길이 질벅지다.
全경善 氏 來訪하여 簡單한 술상을 배풀다.
午後 2時 10分 食母(映畵)을 관람하다.

全 氏와 해여지고 曲馬團 求景을 하다.
午後 五時 30分 歸家.
黃永淵 君 朴孃의 流産 件 早退.

〈1964년 3월 2일 월요일〉
오날부터 새로운 마음으로 作業에 着手함.
인배스맨트(casting) 特許 申請에 所要되는
impeller 빠라뱅 羽根 鑄造 略圖 及 600粍
impeller 鑄造 方案 略圖을 着成하다.
金正植 4, 5, 6 3個月 特別手當 申請.
1月分 雜비 4,500 505-200-1,115
2月分 〃 1,350 - 李鎭元 앞
人員 本工 登用 21名
에쁘롱[에이프런(apron)] 4枚 申請
脫衣場 50個 비누 1人當 1個式 申請

〈1964년 3월 3일 화요일〉
長 會長 金 工場長 兩 金 次長 參席 下에 全般
的인 人員 問제을 論理하다.
月 生産品 7.5HP-4P 150臺 標準.
作業 人員은 53名으로 固定시키라는 訓示.
本工 40名으로 21名 上申者에 對해서는 全員
金 次長 決裁 下에 올니며는 工場長은 決裁
하기로 되어 있다는 말씀이 있다.
工場長 좀 어섹한 態度다.
金正植 弟 死亡.
(3,000 借用 會社에서)

〈1964년 3월 4일 수요일〉
鑄造 作業量 工{員}數別 作成.
600粍 CE 下胴體 巾木 模型 誤作으로 因한
鄭凡龍 氏 來社.

600㌘ 下胴(體) 全般的으로 作業 침테[침체]
狀態.

《1964년 3월 5일 목요일 8》
오날이 벌서 경첩. 낙시 떼는 왔다.
吳在夏 朴京緒 兩 課長 來 〃 會社로 돌아오
다. 뼈[骸]가 국고[굵고] 머리칼이 흰 現在에
會社와이 因緣을 끈끼란 어려운 일.
徐延武 母親 別世로 下鄕.
5,000 朴基錫 앞으로 控除 條件으로 借用.
鄭貴花 訪問. 200. 張 氏 商店.
文善模 金榮喆 黃永淵 3人.

《1964년 3월 6일 금요일 8》
工場長의 個人的 감정은 機械課 事務室에서
드디어 爆發되고 말었다. 불은다는[부른다
는] 電話 連絡을 밧고서 工場長 앞에 나타낫
다.
흠상구진[험상궂은] 口調다. 朴 係長의 工場
이야 비누 하나를 주드라. 本社 決裁 운운
差別待遇을 해준 事實이 없다는 말.
내가 工場長 노릇을 한 개 멋이며 또 그럴 수
도 없는 일인데.
金仁鎬 次長과 금성屋에서 濁酒을 나누다.
1,070.

《1964년 3월 7일 토요일 10》
會長 全體的인 人事 移動이 發表되다.
경信浩 洋服 代金 外 13,000 金仁鎬 氏가 決
末[結末]을 짓기로 合意.
3TS 爐 鎔解 作業 後 李 班長과 李鐘珍 宋全
洪 4名이서 4,200. 中國집에서 夕食을 하다.

서울로부터 妻男의 極 危篤하다. 其前에 相
逢을 할라며는 1回 面會을 하는 개 좋을 게라
는 祿培 君의 通告.

《1964년 3월 8일 일요일 12》
아침 9時 50分 車로 中央醫療院으로 출발. 一
時부터 面會時間니라는 警備의 말을 듯고 개
封劇場에 다여 나오든 길 公衆電話室 앞에서
生鉉 兄을 만나 하로 速히 患者를 시골로 나
려가야갯다는 結論을 짓다.
病室에 들리니 서울 市內에 親知들은 모다들
복도에서 주춤되고 있고 아낙내들은 울음을
터티리고 있다. 病室에 들여보니 形容할 수
없이 이미 떼는 기울엇다는 말 그데로 擔當
醫 宋 氏를 만나 따끔한 一針.
정순 어머니 8時 50分 車로. 女子 10,000.

《1964년 3월 9일 월요일 12》
妻男 病院에서 새 나라로 나려가나.
경신[정순] 母 서울서 5時 30分 도라오다.
釜山 大新東 동생
古鄕 바버지[아버지] 미옥이 來訪.

《1964년 3월 10일 화요일 12》
노동절 會社에서 웃노리 배구 大會이 있음.
쌀가개서 100 借用.
文化劇場 瞬間에서 永遠으로 黃 金 三名의
求景.

《1964년 3월 11일 수요일》
釜山 妹氏 來訪으로 因한 內紛.
古鄕에서 아버기[아버지]의 섭 〃한 表情.

정순 母의 잘못도 잘못이나 도데체가 종석니가 뇌수럴 사람 같히 치급치 안는 理由.
妻家집 사람들에 對한 지나친 간섭.

⟨1964년 3월 12일 목요일⟩
집에 돈나라고는 한 푼도 없다.
釜山 妹氏의 對한 旅費도 걱정이지마는 父母任은 내가 넉″한 生活을 하고 있으리라 思覺하는 理由 如何가 알고도 모를 일이다.
"집에서 싸움만 하는 바보들."

⟨1964년 3월 13일 금요일⟩
昨日의 家庭不和가 今日까지 氣分의 깨운치 못하다.
給料는 遲延되고 손님들은 돌가가시야[돌아가셔야] 될 판이나 家內에 단 돈 하[한] 푼니 없으니 한심할 노릇이다. 村에 소를 시워 주겟다고 約束은 하였으나 막상 現在 같아서는 빗을 또 지고 今 一年을 두고 갑파야 할 판.
3,700 1,600 5,400
朴承洙 鄭花貴.

⟨1964년 3월 14일 토요일⟩
給料라고 탓스나 1,200. 1/10에 該當하는 이 맛살이 찌부라지는 적은 금엑이다. 쌀도 外上으로 가주가지 않는 現今의 實情으로는 참 놀랄 일이다. 個″人니 便利를 보자니 내가 살림을 못하갯고 쌀이 떠러저서 굼고서야 일을 나올 수 없는 기 現實이다. 것은[걷은] 돈 1,7000[17,000]원을 爲先 急한 데로 글거 모아가지고 집으로 도라오다. 돌아오는 길에 李永喆 金正植 三名의 自己 집에서 正植 氏

辭退 挽留을 권고하고 松月屋에서 이름도 姓도 모루는 某人과 無口學校 앞까지 直行. 12時에 도라오다.

⟨1964년 3월 15일 일요일 눈 0.1⟩
떼 아닌 눈이 소리 없이 나리다. 재법 제철에 나리든 눈과 같히 約 50粍나 싸였다. 아버지와 妹氏가 서울 妹氏 宅으로 午後 一時頃에 눈을 맞으며 홀″이 도라가다. 이번 父親니 來訪 時에 너무도 家庭不和가 많었다. 목″히 듯고만 개시든 아버지가, 너이들 그러면 오날이라도 나러가겟다. 子息들이 싸움에 한신[한숨] 진는 아버지이 表情은 침울하셨다. 鐘錫니의 형수에 對한 不滿과 家庭에 對한 지나친 간섭은 나로서도 마땅치 않게 生覺되여지다.
친건방진[시건방진] 수작이다. 一金 22,000을 農牛 資金 條로 보내다.
釜山 妹氏에게는 21,000의 旅費와 눈 내리는 환송길 마지에서 아버지의 된[뒷] 모습을 바라보며 한신 짓는 자식이 마음[한숨 짓는 자식의 마음].

⟨1964년 3월 16일 월요일 0.1⟩
私債 陸氏 1,380 400 洋服代 1,500
帽子代 400 쌀갑 3,960
各種 雜費에서 17,000
鐵鋼係에 對한 지나친 干涉으로 金 係長 氣分을 상케 하다. Si[규소]-Steel 專門으로 imeot를 만[든]다는 計劃. Fe 鎔解 作業 밤 12時까지 豫定. 黃永淵에개 殘業을 付託시고 肉호집에서 200어치 夕食을 나누다.

白米 壹 叺 傳票 3,800.

黃으로부터 17,000 6,000 = 11,000

(10,000에서 CH자 4,000)

〈1964년 3월 17일 화요일〉

술이 탈이다. 14日 밤 松月屋에서의 탈선니

이다지도 빨니 나의 몸에 傳渡될 줄은 몰란

내.

退勤 後에 揀西大로 가서 藥을 求하여 治療

를 하다.

600粍 CE 下胴體 1個 不良.

白南錫 來社.

〈1964년 3월 18일 수요일〉

工場長의 特命으로 趙免植 宅을 訪問하다.

다시 利川電機로 오겟느야고 質問에 明日까

지 餘裕을 달라는 趙 氏의 對答이다.

□西에서 金祿培로부터 片紙가 오다.

車경제에개서 片紙가 오다.

〈1964년 3월 19일 목요일〉

趙免植 件으로 金 係長과 같이 宅을 訪問.

明 20 六. 三○分 驛前 茶房에서 만나기로 約

束.

몸이 깨운치 못하다. 藥을 더 쓰야갯는데 하

복부가 異常히 통증을 느끼다.

黃永淵에개 5,000 借用하여 주다.

金潤河을 통해서 吳 課長 借用證으로.

〈1964년 3월 20일 금요일〉

七時까지 기다려도 아직 나타나지 아었다는

[않았다는] 電話 連絡이다.

기다리다 못해 食堂 꼬마에게 製作部 次長에

개 約束을 지키지 못하개 데여 未安하다고

존[좀] 傳해 다오.

기로 珉求 아저씨 宅을 訪問.

경信浩 氏에개 片紙를 쓰다.

익철 君 來訪.

〈1964년 3월 21일 토요일〉

趙免植 招聘 件으로 因하여 밤 7時敬 無窮花

에서 金 次長과 四人이 宴會를 가지다.

金容昇 氏의 說得力도 大端한 便니다.

結局에는 月曜日 辭表을 내기로 □斷된 셈.

本工 15名 發令通告 2月 26日부터.

三和病院에서 "호쓰가 써전".

〈1964년 3월 22일 일요일〉

날씨가 화창하나 아즉은 차다. 아침애 市民

館 쇼를 求景하고 會社에 들여 暫時 作業 事

項을 본 다음 三和醫院에서 注射을 맛고 長

安 낙씨店에 들여서 여러가지 今年度 낙시

展望에 關한 이야기를 하다.

妻子가 몸살이 낫는지 알아 누어있다.

市民館 40

晝食 40

공 10

旅費 10

〈1964년 3월 23일 월요일〉

金榮喆 氏이 態度 하나하나가 좀 불쾌감을

가지는 印相[印象]이다. 自己가 잘하면 別 問

제이나 사람 퉁솔[통솔]이 그리 간단한 건 아

니다.

아주 만니 배워야지 現在 같은 수완과 氣分
으로만 데들 개 아니며 鑄造工場 管理 技術
이 하로 아침에 데는 것은 아니다. 趙免植 招
聘 件으로 因해서 좀 異常한 氣分이나 나로
서는 추호도 金 係長이 몬마땅해서가 아니고
會社를 爲한는 뜻에서 오리여[오히려] 金 係
長을 살니는[살리는] 唯一한 方針이 오즉 趙
을 招聘하는 데 있다고 斷定.

〈1964년 3월 24일 화요일〉

밤 七時 趙 氏 宅 訪問. 二人니 外出하여 安
성屋에서 簡素한 酒宴을 배풀고 會社 內容에
對해 이야기를 하다. 結果的으로 趙 氏가 나
의 說得力에 넘어간 셈. 明日 會社에 같치 나
아가겟다고 約束. 1,750. 二次로 共樂으로 同
行. 1,820어치의 술을 마시고 해여지다. 나는
(은실)이와 約束이 있어 大男旅人宿으로. 1
金 1,000이라는 宿伯料[宿泊料]를 내고 同침
하다.
새벽 4時에 가고 나는 홀로 남다.

〈1964년 3월 25일 수요일〉

오전 9時 20分 趙免植 同伴 下에 工場[長]室
에서 三人니 面接하다.
工場長 曰 本賃 9,500에다 상여금 운〃하는
자체가 싹씨[싹수] 글럿다.
趙 氏을 놓치고 나서 웨이려[오히려] 화를 내
니 답〃한 일.
午後에 一金 20,000 手票을 가지고 趙 氏 宅
을 訪問. 銀行에서 換金하여 禹 君에개 傳하
고 돌아가다.

〈1964년 3월 26일 목요일〉

李學善 富平 金屬 鐵鋼係 職員 來訪하여 昨
夜에 趙 氏를 炳 專務가 强制로 다리고 갓다
는 內容과 趙 氏가 未安해서 李學善 氏가 왔
다는 이야기다.
밤 七時 趙 氏 宅에서 三人니 三面.
앞으로 壹個月 內에는 不可하다는 現在의 환
경을 이야기하다.

〈1964년 3월 27일 금요일〉

徐載賢 氏를 통하여 趙 氏을 聘招[招聘]할라
햇으나 되지 안는 模樣이지. 金炳烈 氏 曰 當
場 來日부터 데려오도록 하라고.
平洞집에서 金榮喆 同伴 下에 趙 氏와 酒宴
을 같이 하다. 黃 매담에개 特別한 附託[付
託]을 햇으나 690니 싼 酒代로 李學善 氏 자
주 宅에서 酒宴을 차리고. 趙, 金에개 하는 말
이 金 係長은 學校를 나왔다 하지만 앞으로
五年 程度 나한테서 배워야지요.

〈1964년 3월 28일 토요일〉

金容昇 次長과 斷判을 짓기로 現今 3,000까
지 準備햇으나 趙 氏은 宅에서 만날 수 없이
허탕만 치고 나는 나데로 화만 나다.
아침에 黃潤男이가 왔다 갓다는 消息을 들으
니 아마도 東信으로 마음이 있는 模樣이다.

〈1964년 3월 29일 일요일〉

始釣 防築머리 18糎 1首[10]

---

10) 이 내용은 해당 일자의 지면 위 빈 공간에 기록되어
있다.

今年 들어 츠음으로 始釣을 나아가다.
午前 中 흐린 날씨가 午後부터 개이기 始作.
봄 낙꾸기에는 유찬한 봄날이다. "방죽머리"
까지 갔다가 今日의 복음자리를 골으다 10
分間 해매고 난 나는 昨年 以後 正反對 方向
인 洞內 앞길 옆을 澤[擇]했다. 二間 半과 二
間 데리[대를] 버치고 約 三分 二間 半 데가
이상하개 띠가 솟아 속성한 바른손니 붕어
18cm 程度가 힘 없이 따라 나오다. 今年 들
어 츰이다.
午後 3時까지 3首을 하다.
안양 행. 7.25, 8.05, 8.45.

〈1964년 3월 30일 월요일〉
金 次長 同伴 下에 平洞집에서 조면식 件으
로 酒宴을 같이 하다.
金永喆이 답 〃한 自己 자만.
黃의 을부진는 울음[울부짖는 울음].
趙 氏는 앞으로 29日 後에 오기로.
勿驚 밤 12時 5分 집으로 가다.

〈1964년 3월 31일 화요일〉
金永喆과 트라불 關係로 金 次長에까지 불려
가다.
황이 지나친 말투로 집안망신을 하는 셈.
평동집에서 金榮喆이가 한 잔 사며 昨日이
사과를 하다.

TO Shin Ho KyouNG
MARLBORO. House
206. DARRAGH
PITTSbURGH 13. PA. USA

〈1964년 4월 1일 수요일〉
벌서 4. 1.
경信浩에개서 片紙가 오다.
日前에 낸 片紙가 잘못 돼서 안 들어간는지
궁금하다.
鄭 테포집에서 金 黃 3人니 대포를 하다.
昨日의 答禮 條로.

〈1964년 4월 2일 목요일〉
球狀 黑鉛 硏究 條로 黃 氏가 坩 #30매다 鑄
鐵을 鎔解하다.
金正植 처리를 要請.
경 係長에개 片紙을 써농고[써놓고] 컷봉[겉
봉]은 쓰기 힘들어 설개 崔연 씨에개 좀 써달
라고 부탁을 하다.
박수웅이를 통해서 정성끝 쓴 꿋 봉투에다
담다.

〈1964년 4월 3일 금요일〉
800粍 yP 反搏瓶.
永登浦 木型 外註[外注]를 줄 탓으로 納期에
마차 달라는 설개 金 氏의 要請을 밧고 午後
1時 100을 타가지고 뼈쓰로 永登浦에 도착.
정 씨를 텍[댁]에서 만나 일손은 멈추고 짝
놀라는 기색. 어느 程度가 된는지 求景을 왓
노라고 說明을 하자 저역 겸 펑개 끝에 晝食
을 갇치 나누다.
美國에 片紙을 永登浦 우체국에서.

〈1964년 4월 4일 토요일〉
블매[불매]를 마치고 밤 七時 長安 낙씨店에
들였다. 韓 氏는 좀 무뚝 〃한 表情으로 데하

는 지색[기색]이 엿보엿다.
韓 氏가 內的으로 반겨하지 않는 理由란 昨年度 外上갑을 未拂로 해가 묵고 또다시 낙씨 씨즌을 마지하였으니 無理는 아니다.
全敬善이에개 案酒[按酒] 갑으로 밧은 200을 明日 江華 內加[內可][11] 始釣會費 條로 納付.

〈1964년 4월 5일 일요일 비 18℃〉 江華 內架
昨夜에 準備하여 놓은 낙씨 바구니를 걸머지고 새벽 4時 15分 집을 나오다.
午前 5時 30分 40餘 名이 탄 뻐쓰[버스]가 江華로 出發 8時頃 目的地에 到着하다. 봄비가 니리기[내리기] 始作하여 온종일 비럴 마저 가며 붕어를 낙꾸다.
잡은 고기는 五寸짜리가 五首 其他 合해서 約 25首. 비만 안 왔으면 좀 더 잡을 껀대 그만.
韓昌洙에서 100 借用.

〈1964년 4월 6일 월요일 비〉
어저개 만즌[맞은] 비로 因해서 감기가 들었다.
아침 피곤한 몸을 제촉하며 會社에 들니다. 約 一分 遲刻이다.
金潤河가 밤에 태포[대포]를 사다. 유호집[육호집]에서 黃 金 3人니 먹고 있는데 金仁鎬가 들어오다.
슬은 취하다. 潤河가 車까지 태워 주어서 집으로 도라오니 祿培가 上京햇다.

11) 강화군 내가면의 낚시터.

〈1964년 4월 7일 화요일 비〉
祿培 私債 淸算 件에 關해서 14,000에서 11,000만 가저왓다고.
今日 中으로 서울을 經由하여 下鄕한다고.
집 울타리가 비바람으로 너머저서 아침 六時에 이러나 補修하다.
쌀이 떠러지다. 家族이 는 탓도 아닌데 쌀 壹叺로 20日박애 먹지를 못하나.
갈수록 경제的인 타격은 크다.
감기가 아즉 낫지 안타.

〈1964년 4월 8일 수요일〉
金 工場長 曰 朴 係長 鑄物에 高等學校 出身 見習工의 必要치 않캤는야는 電話 連絡에 對答은 必要하고 말고요, 그러면 내가 한 분 보낼 터이니 잘 付託해요.
조금 있다 慶子가 나이 20歲 程度의 사람 하나를 同伴하고 現場에까지 案內하다. 에덴학원 어댄 무었무엇.
信仰村 新入生이고 보니 氣分은 좋치 못하나 爲先 來日 履歷書 持參 要望.

〈1964년 4월 9일 목요일〉
800粍 VP gra Casing 誤作.
200HP-16P Burachet 上 誤作.
以上 모다 金學植 造型 合型 責任.
崔奉洵 鎔銅工 同伴 下에 鎔銅 施設 見學. 濁酒代 條 300.
朱 社長에개서 3,000. 朱 氏와 點食의 같히하고 酒氣가 有한 小生은 某처로 낫에 놀이를 하다. 5時頃 會社에 到着.

〈1964년 4월 10일 금요일〉

工場長의 부탁으로 조 씨 宅까지 同行하며 조 씨가 도라왔으면 最終 決定을 지을 여정[예정]이였으나 통 근래 金炳烈 工場長과 둘이서 無窮花 食堂에서 저역을 같이 하며 여러 가지 會社 이야기를 하다. 내가 生覺되는 工場長의 厚意란 솔즉히 이야기해서 좀 잘 바달라는 意味에서가 아닐지. 正宗 一合에 맥주 1병으로 응수하여 주는 教人니라는 사람의 酒法. 實은 나는 教人니 아니라는 酒에 對한 이야기도 나오고.

〈1964년 4월 11일 토요일〉

800m/m 反塼瓶 2個 鑄込함.

再生鐵 50TS 出荷.

古鐵 619TS 入庫 開始.

黃潤昌 氏 來訪으로 趙免植 件에 關한 具體的인 內容을 말하다.

조 씨가 利川으로 오지 못하는 單一의 理由는 職場 內 雰圍氣 關係라는 率直한 內容.

長安 낚씨店에 들니다. 明日에 對備策.

〈1964년 4월 12일 일요일〉 古棧 행

아침 2時 30分 잠이 깨다.

낚씨 道具를 갓추고 3時 30分 집을 나오다.

水仁驛에 到着하니 構內에는 電燈도 키여놓이를[켜놓지를] 앗엇다[않았다].

午前 中에 8首을 잡고 午後에는 五時間 동안 단 한 마리도 못 잡다.

기로[귀로] 기동차 안은 매우 부폈다[붐볐다].

상춘客들이 하나둘 술 치환[취한] 모습.

學生들이 개나리 진달래를 한 묵굼식 들고 日曜日을 즐기다.

〈1964년 4월 13일 월요일〉

本社로부터 1사람(趙 常務로부터) 鑄物工場에 配置 雜夫로 上申.

金榮喆 係長 件에 關하여 工場長의 本社에다 이야기햇다는 말을 金 次長으로부터 들었다. 그리고 趙免植 件은 可能性이 히박하여저 간다. 富平에서 直接 電話로 連絡을 하다니 안 될 말이다. 金榮喆 係長에개는 辭表를 밧으라는 指示[指示]인 모양이나 當場 그 분의 갈 곳이 없으니 마라다.

〈1964년 4월 16일 목요일〉

金 係長 件으로 金 次長과 이야기.

〈1964년 4월 17일 금요일〉

生産 打協會[安協會] 午前 8時 40分.

金 次長으로부터 鑄工程 차전[찾은] 理由 追窮 當하다.

機械 工程은 늦이 않엇다니 두고 보아서 21日 後에는 機械가 쫄니개 될 일언 뻔한 사실.

〈1964년 4월 18일 토요일〉

3月分 給料를 탓다.

給料 封套에는 1,300의 赤字 表示.

今年 一月부터 쫄니기 始作한 家庭 形便니 갈수록 더 甚하니 앞으로 사라 나아갈 길이 全然 自信이 없고 莫然할 다름.

비기[비가] 나리기 始作한 지 벌서 四, 五日니 지낫근만 봄비치고는 좀 지나친 洪水 狀態.

〈1964년 4월 19일 일요일〉 日曜{日} 出勤

會社 일로 바뼈서 會社에 나이가다.

金正植 送別宴을 육호집에서 簡素히 開催하다.

李永喆 李鐘珍 陸驥永

金漢福 白南錫 許京□

900

張 會長 來社.

'앞으로 輸出을 日本 條로 製品의 質的 向上을 하라.'

〈1964년 4월 20일 월요일〉

工員級까지 休暇手當 支給하다.

金 係長 缺勤하다.

黃永淵 AID 캐-스로 鑄鋼 試驗 次 서울에 기다[가다].

李鳳榮 氏 婦人 膳物을 가지고 自宅까지 오시다.

경信浩로부터의 交通部 關係 製品 品目 圖面 依賴 件.

鑄 方案니 徹底한 硏究 習得 次.

〈1964년 4월 21일 화요일〉

鑄 工程 遲延으로 因하여 各界로부터 맹렬한 攻擊을 當하다.

機械 工場에서는 素材 未備로 因한 工程 지연을 주장하고 있는 實情이다.

其間에 밀니고 싸인 밧뿐 工程도 今日의 鎔解 作業으로 急한 불을 건 샘이다.

黃永淵 AID 關係로 서울에 試驗 次 가다.

〈1964년 4월 22일 수요일〉

1, 2, 3個月 鑄筌代 3,850을 밧다. 當場 急한 家計로 마땅히 現場에 나누어 주어야 마땅한 돈나나 爲先 趙免植 件으로 난 雜경비 中 1部로 淸算 14,000[12] 花水식당 505 鄭{氏} 宅 酒店 350 앞집 과개[가게] 鄭貴花 訪問 時 果實代 200을 淸算하다.

〈1964년 4월 23일 목요일〉

요즘 家庭에서 신경질만 부리개 대는데 좀 자숙하여야 될 줄로 反省은 하나 元來가 모지라는 貞順 어머니를 답"한 心情을 억누루고 참을 수 없는 개 나의 性格이라 하로도 마음 편한 날을 보내본 적이 없는 連日이 개속이다. 黃으로부터 4,690 公金 收條에서 立贊한 분[번]을 탔다.

봄장미나[봄장마가] 그치고 午後부터 볏이 나기 始作하니 마음이 후련하고 常春이 그립도다.

李봉영 契돈을 아즉도 다 못 것었으니 未安하기만 하고나. 아이들이 2月 前부터 감기로 신음하고 있으며 貞順니 校服代도 걱정이다.

〈1964년 4월 24일 금요일〉

오늘 正刻에 退勤하여 街里로 나오니 유창한 봄날씨에 女人들이 옷차림의 봄을 알이며 男女 쌍"이 市內를 活步[闊步]하는 모습은 모다들 발거름이 가볍고 봄을 구가하는 듯하나 나이 마음은 무거웠다. 집에 돌아오는 길애 貞順 어머니가 月善니를 다리고 病院에서 돌

---

12) 1,400의 오기인 것으로 보인다.

아오는 뒷모습에 나의 가슴은 더 한층 웨로
윗다.

아내의 옷차림. 바자마[파자마]의 露出. 시골
산골이 아낙내의 모습모다[모습보다] 나을
개 무어야. 옷도 없는 탓이갯지만 奉子는 하
로 20 글이 성야을 부치고 있다.

〈1964년 4월 25일 토요일 비〉
봄비가 그치질 않고 나리는데 金 次長으로부
터 趙免植을 꼭 만나보고 오라는 付託을 밧
고 趙氏 宅을 訪問.
其間 自己의 率直한 心情의 雰圍氣 關係로
現今까지 確實한 態度을 定하지 못하여 未安
하다는 內容. 5月 1日부터 利川電機로 出勤
하겟다는 이야기. 4/29日 金額 20,000을 갓
다 달라는 이야기. 富平金屬에 갓다 갚을 私
債을 淸算하겟다는 이야기. 갚을 것은 갑고
態度을 確實이 하겟다는 性格.

〈1964년 4월 26일 일요일〉 (連喜洞 池水地[貯
水池]
아침 6時 四○分 집을 나와 長安 낙씨店에서
趙壁鎬와 서곳 行 뽀쓰를 타고 連喜洞 琦團
貯水地[貯水池]로 낙씨을 가다.
西風이 强하여 낙씨데가 물 우로[위로] 굴러
떠러지는 일이 잣을 程度. 釣客 約 30名의 유
창한 봄날씨에 몰려들었으나 상〃外로 고기
는 나끼지 않는다. 午後 3時에 일즈감치 집으
로 도라오다.
收魚는 5寸짜리 한 마리 外 1치 程度가 10마
리.
어저개만 하드라도 꾀 만니 낙겼다는데.

〈1964년 4월 27일 월요일〉
現場 各班에서 昨日 노리를 갓다다는 말이
오날우 鑄物工場의 話題에 오르고 있다. 金
福男의 趙免植과이 라이발이 맛지 않어 趙가
오지 않는다는 말이 金 係長을 通하여 金炳
熙 氏에까지 들어갔다.
李贊鎬 係長의 送別宴會가 共樂에서 始作되
다. 술 치한 李가 金 次長에개 내가지 개[네
까짓 게] 무언대.

〈1964년 4월 28일 화요일〉
요즘 바뿐 作業이 거반 끝나고 한가한 便니
다.
正時[定時]에 모다덜 손을 띄고 退勤하다.
金仁鎬 氏 宅에 모도西木을 禹世均 君을 통
해서 보내다.
金 次長의 金福男과 趙免植 關係를 工場長으
로부터 들었다며서 앞으로의 對案을 問議.
女工 五名 古鐵 收集.

〈1964년 4월 29일 수요일〉
鄭鳳龍 氏로부터 1금 4,000을 밧다.
AL 試片 採取 石臺 職員 立今
趙免植 約束 不履行.
鎔解을 來日로 앞두고 殘業을 不許.
雜工 2名 機械로 가다.
李贊鎬와 晝食을 나누다. 150.

〈1964년 4월 30일 목요일〉
4,000을 全部 집에 내어주다.
全敬善으로부터 就職 依賴 付託 밧다.
李丙採 李용갑 木직으로 도라가다.

夜間 沐浴을 하다.

貞惠니가 아수를 타는지 요즘 몹씨 짠다. 日前에 몸에 열이 있더니.

〈1964년 5월 1일 금요일 비〉

벌써 五月이다. 훈푼[훈풍]이 나부끼는 季節이라 떼는 좋으나 昨今의 新聞報道에 爲[依]하면 봄비가 잣은 탓인지 버리[보리]가 黃色으로 變化하여 또 버리 囚年[凶年]이 닥처올 판.

換率 引上 報道가 新聞에 나자 쌀갑이 4,500에서 5,000으로 오르고 술갑도 大幅 올라 신상치 않은 요즘의 새상事가 걱정이다.

아이들은 아즉가지 冬服을 걸치고 있는데 도무지 사줄 수 있는 돈니란 없고 걱정뿐니다.

〈1964년 5월 2일 토요일 비〉

貞惠이가 아수를 탔은지 도무지 찌기만[짜기만, 즉 울기만] 하다. 정순 어머니도 몸이 極度로 수약하여 약을 써야만 할 텐데 웬닐인지 할 수 있는 일을 못하고 있는 나의 心情이 우숩다. 오날도 비가 나리니 今年에는 비로 亡하는 해인지. 物價는 하늘 높은지 모루는 格으로 떠여 오르고 썰[쓸] 데는 널어만 가니 이레저래 살님을 못하개 대는 판속. 이 나라에 테여난 개 不幸인지 아니면 팔자가 기박하여 苦生을 하는지 努力의 부족하여 못 사는지.

〈1964년 5월 3일 일요일〉 古棧 花郎 貯水池 (北)

午前 흐림 12°~20°. (떡밥) 約 120首. 良好[13].

白南錫 同伴 花郎 農場 貯水池 釣 떡밥. 午前 8時 始作 北側 中間地點 水草가 우거저서 장해.

間 半 2本 使用.

素砂 6. 05 - 君子 行 步行 約 30分

7時 10分 仁川 行 기동車 歸家.

再生爐 整正 稼. 野遊會 松島.

換率 255으로 引上. 130에서.

〈1964년 5월 4일 월요일〉

物價는 오르고 살기 힘든 世上.

쌀갑조차 벌기 힘든 요즘의 現實 절약하여 살아가겟다는 옛 契劃[計劃]은 變함이 없으나 月에 白米 壹叭 2斗 있어야 食生活을 解決.

목病이 난 지지[지] 벌서 壹 個月 좀 過한 감이 든다.

趙免植은 永〃 富平金屬으로 가고 말다.

〈1964년 5월 5일 화요일〉

金영元 係長 招介[紹介]로 永和 鑄物工場(永登浦 所在) 千珖旭 代表와 驛前 酒店에서 술을 마시다.

鎔液 件으로 珉求 아저씨에개서 150 借用.

某〃氏 女 件으로.

〈1964년 5월 6일 수요일〉

요즘 번〃히 發生하는 쇼-드링 巢로 因하여

工場長으로부터 數次 꾸지람을 밧다.

石公 納品 分 AL 試片 不合格 通告 有. 引張 15kg/㎡.

伸(縮)率〈3%

　　〃　　〉7%

〈1964년 5월 7일 목요일〉

黃永淵 氏가 衣服을 親友에게 盜難 當하여 當場 걸치고 다닐 옷시 없어 미일羅紗에서 4,800의 夏服을 한 벌 마치다. 半額은 내가 부담하는 條件.

工程係 朴憲洪 君 낙씨 1式 1,600에 購入. 長安에서 外上.

〈1964년 5월 8일 금요일〉

서울 豆玉 妹 來訪[14]

千 氏 永和鑄物製作所 代表 一金 五阡 口니 謝金 條로 傳達하다.

金京元 係長의 얼마나 밧었느야가 問제?

鑄造 尹弼文 係長 낙 2,300圓 外上 購入.

長安낙씨에서 720 外上 購入.

干 1.5 半	430	찌통	50
줄	100	우기	20
낙씨	40	오모리	10

〈1964년 5월 9일 토요일〉

5月分 給料 50% 支給.

15人組 20,000 契에서 2名 除.

係長級 引上 年次 休暇 手當 支給.

家內에 白米가 떠러저서 困難을 격그나 白米

價가 좀 떠러지며는 工場에서 같아 먹을 여정[예정].

〈1964년 5월 10일 일요일 비〉古棧 農場(北)

午前 2時 잠이 깨다.

날씨가 좋이 못하다. (비)

午前 四時 집을 나와 朴憲弘과 古棧 農場 貯水池로 낙씨를 가다.

午後 六時 10分 새우이깝으로 大魚을 間 半에 걸엇으나 水草에 걸여 노치고 말나[말다]. 良好. 約 800冊

〈1964년 5월 11일 월요일〉

四月 給料도 1,500바개 남질 않었다. 웬닐인지 갓다 쓴 것도 없는데 쫄리기만 하니 今年 덜어 1月부터 每月 赤字다

崔 總理 辭退로 丁一權 內閣 組織 完了[15].

〈1964년 5월 12일 화요일〉

四月分 給料 殘額 支拂.

商工이 날을 맞지하야 金 工場長 Si Steel 製作 件으로 表彰.

白米 壹叺 購入.

切削工 一名 補充.

〈1964년 5월 13일 수요일〉

全敬善 就業 依賴로 來訪.

理髮.

---

14) 이 내용은 일기장 위의 여백에 적혀있다.

15) 1964년 3월부터 시작된 한일회담반대운동의 여파로 최두선 총리 내각이 사퇴하고, 5월 11일 정일권을 총리로 내각이 출범하였다.

家內 石築 計劃.
朴秀雄의 父親에개 運搬 依賴.

〈1964년 5월 14일 목요일〉
西側 담을 쌋키 爲한 돌 8구루마 1,080 쎄맨트 230 購入.
朴秀雄 父親니 主動 되여 作業을 推進 爲화다.

〈1964년 5월 15일 금요일〉
돌 8車 1,060 入庫.
金 部長 昇格 祝賀 파티.
八味房에서 開催 豫定이였으나 中止.

〈1964년 5월 16일 토요일〉
退勤 後 藥장사이 쇼가 잇섯다.

〈1964년 5월 17일 일요일〉
집에서는 築臺를 쌋는데 마땅히 主人니 남아서 官理[管理]하여야 함이 至當하나 낙씨에 미친 나는 아침 三時에 잠이 깨여 水仁車을 타다.
午後 3時부터는 비가 나리다.
築臺 作業 助力 人負
李鎭元 班長 午後부터.
柳炳甲
李德洙
吳良燮

〈1964년 5월 18일 월요일〉
昨日의 古棧 낙씨질로 온전 옴이 말할 수 엇이 고단하며 엉댕이가 아파서 안끼가 困難하

다.
南西側으로 築臺 作業에서 나온 흙을 市청 埋葬 人員에개 500의 謝禮金을 주고 끝마치다.

〈1964년 5월 19일 화요일〉
木型 ㅁㅁ을 造型班으로 돌니다. 2TS 爐에 鎔接工 3名의 T/O는 있을 수 엇음으로 因함.

〈1964년 5월 20일 화요일〉
日給 引上案 再作成 上薄下厚 格으로.
最高級을 300 主張한 나는 金 次長으로부터 꾸지람을 밧다.
對外的인 會社의 體面과 앞으로 技能工 包攝에 拍車을 加하는 主張을 몰살 當하다.

〈1964년 5월 21일 수요일〉
650粍 下胴{體} 鑄込.
7時 30分 終業 後 肉호집에서 黃永淵 金正燁 3人니 300 술을 마시고 白米店에서 200 借用 밤집을 들니다.
奉子 서울서 돌아오다.
비가 나리다.

〈1964년 5월 22일 목요일〉
日本 가는 金東相과 崔德春 兩人의 送歡 파-티가 和信면옥에서 열니다.
술이 취하여 第二次 三次을 부루짓다 해여짐.
金基正 氏와 다리 옆에 旅人宿에서 奉子와 1時間.

〈1964년 5월 23일 토요일〉

工場 內 整理 作業이 鑄鋼係는 아죽도 재대로 되지 못했다.

靑山 正洙 母親 來訪.

〈1964년 5월 24일 일요일〉
古棧 農場 白南錫 金永德 3名.
始作한 지 40分 만에 잉어 二尺 以上짜리을 二間 대에 걸었으나 낙씨줄이 끄너지고 잉어는 다라낫다.
午後 아랫 水路로 가다.
성적 不.

〈1964년 5월 25일 월요일〉
黃 氏도 講義를 가고 나 혼자서 몹시 바뿌다.
珪素鋼을 月末까지 조업 生産 目標.
場內 整理. 鑄鋼.

〈1964년 5월 26일 화요일〉
金 製作部長의 昇格 祝賀 파-티가 八味房에서 열였다.
現場 係長 合하여 12名.
4,300 술갑.
기로 11時 15分 별茶房에서 冷 크-피를 한 잔식 나누고 개풍집에서 尹 申 3名의 대포.
工場長 主官[主管] 班長 以上 參席 裡 會議.

〈1964년 5월 27일 수요일〉
간밤에 쌀독에 도족[도적]이 들다.
이 집으로 移舍[移徙]한 지가 벌씨[벌써] 四年니나 되는데 도족은 맛기는 二次 구두아 家具는 그대로 두고 白米 藥 二斗.
張 會長 日本 生産性 本部之事.

伴 工場 祝賀.

〈1964년 5월 30일 토요일〉
月日 職場 낙씨會을 開.

〈1964년 5월 31일 일요일〉
尹弼文 朴憲弘 金永德 白南錫 4名의 一里 貯水池로 낙씨 107首.
尹 40首.

〈1964년 6월 1일 월요일〉
金榮喆 訓練을 마치고 도라오다.
朴忠鉉 氏 母 死亡.
夜間에 喪家 宅 訪問.

〈1964년 6월 2일 화요일〉
鑄鋼係長에 對한 工場長의 不信은 直接的인 方向으로 나타남.
(桂大明 □□□)

〈1964년 6월 3일 수요일〉
李鎭元 金□奉 李吉洙 柳男國 朴 氏 喪家 助力 次 □出.

〈1964년 6월 5일 금요일〉
李봉영 氏 母 死亡.

旅費		
	永登浦	100
	安養	75
	씨발	300
淸凉里서 安養		80
安養 仁川		300
安養 晝食代		450

永喆 白, 鄭, 陸, 朴 周永, 鎭元.

〈1964년 6월 6일 토요일〉
李봉영 氏 母 別世. 葬禮 參加 次 昨日 밤에 到着한 村에서 12時 도라오다.

〈1964년 6월 7일 일요일〉
아침 5時 시발車便으로 物旺里 池로 낙씨을 가다.
白南錫 金永德 3人니.
성적은 數만 만치 大魚 無.

〈1964년 6월 8일 월요일〉
昨日의 낙씨로 몸이 피곤하다.
午前 책上[冊床]에서 졸다가 윗사람에개 未安을 當하다.
BC 鎔解.

〈1964년 6월 9일 화요일〉
135HP-4P Brlacha[bracket] mortr[motor] BoDEy[body] 至急.

〈1964년 6월 10일 수요일〉
張 會長 生辰 祝賀 파-티가 松島호텔에서 열니다.
張 會長 家族 全員 參席 裡에 始作한 이 날의 宴會는 膳物 贈呈서부터 종시 흐뭇한 기분으로 9時 20分 끝나다.

〈1964년 6월 11일 목요일〉
五月分 給料 80% 支給함.
肉호집에서 黃 金充河 3人니 술을 마시고 百

馬[白馬] 地方 개풍옥에서 500 술을 마시고 某처에 놀려가다.
밤 十一時頃 술이 탐뿍 취하여 기가하다.
濁(酒)代 2,400. 4, 5 2個月分.
肉호집 500
花水食堂 605

〈1964년 6월 12일 금요일〉
鑄鋼係 人員 7弟[名] 鑄物係로 移勤하다.
요즘 몸의 매우 허약하다.
밥맛시 없고 역시 昨年度 夏節에 밥 못 먹고 苦生하든 기분니다.

〈1964년 6월 13일 토요일〉
요즘 材資 及 工具 購入의 늦어 全然 作業의 不振 狀態다.
坩堝을 申請한 지나[지가] 20日 前이다.
午前 九時 到着하리라는 堝가 午後 八時에 들어왔으니 135HP BoDEy는 鑄造을 못했다.
電話통에다 대고 英一 君에개 똑〃히 하로오. 結局 화가 터지고 말다.
鑄鋼 人員 鑄物로 7名 轉.

〈1964년 6월 14일 일요일〉
아침 3時 30分 起床. 새수를 마치고 南仁川驛으로 나아가니 金永德 혼자서 벌써 와 기다리고 있었다. 4時 30分 出發 時間니 되였근만 白 趙는 늦잠을 들었는지 나오지 않는다.
古棧 아랫水路에 자리를 잡고 비가 오기 始作. 쏘나기다. 컨디다[견디다] 못하여 午前 10時 古棧驛 忠南屋에서 점심을 먹코 午後 비가 개고서 農場 內로 가서 約 80首을 잡다.

〈1964년 6월 15일 월요일〉
SAND Bulast[blaster] 見學 次 工作敞[工作廠] 裵善順 主任을 찻저가다. 砂가 比較的 고은 편니며 sand tank도 2個.
Arga로서 sand를 Dwak[dock?]로 올니고 있었다. 工場 全體가 整頓니 잘 데여 있었으며 作業人니 各各 活氣가 였보였다.
135HP-4P impeller BoDEy 주라류민[두랄루민] 鑄造.

〈1964년 6월 16일 화요일〉
황이 Si 件을 맛고 나자 先輩가 못하는 일은 後排가 한다고 나선다는 행동은 괘씸한 처사라고 非難하는 사람은 흔니 있을 수 있는 生覺이다. 內容을 알고 보며 先後輩 다 갓치 쟁피[창피]을 當할 理가 없이 後排가 解決하는 데는.
表面으로 協力하고 內面으로 外面하라는 金永哲의 분분.

〈1964년 6월 17일 수요일〉
아침 9時 50分 차로 李永喆 黃永淵 金永德 3人을 帶同하고 서울市廳地區 各 鑄物工場 見學.
서을 　京城鑄物
　　　　都原 〃
　　　　元一알미늄
　　　　口仁鑄物
　　　　1,200 費用.

〈1964년 6월 18일 목요일〉
陸 氏 部下 生型 全員을 모아놋코 좀 더 깨끗하고 正確한 方法으로 外製에 지지 않을 程度로 製品을 만들어 달라고 訓示하다.
鑄鋼 Si. steel 埋 성공.

〈1964년 6월 19일 금요일〉
金鎭國이가 鑄鋼 事務室에서 물러나고 淳國이가 代理로 들어가니 金榮喆이라는 사람 나에개 正面으로 對結[對決]을 걸어온 心情의 폭팔이나 本人 스스로가 나에개 反感을 가질 理란 있을 수 없갯는데, 고독하고 우울한 분통을 나에개 돌닌다는 것은 사람됨의 教養 부족이라고나 할까.
會社에서 꼿 어항을 내오다.

〈1964년 6월 20일 토요일〉
집에 쌀이 떠리지고 煉炭마저 東柱 君의 身세를 지는 요즘 살님사리가 구차하기만 하다.
今日 주갯다는 鐘錫니의 退職金은 本社로 禹 君(경리)니 가지로 갓으나 헛手苦.
結局 會社에서 2,000을 借用하여 쌀가개 外上캎[외상값]을 갑푸로 나아기다[나아가다].
雜工들의 辭退 關係로 매우 궁금히들 生覺하고 있는 것도 無理가 아닌 心情.

〈1964년 6월 21일 일요일〉
午前 三時 40分 起床.
古棧 農場 안 吸水 不良.
東側 梧桐나무 水路 不.
金永德 午前 一○時 君子로 하여 農場 안 到着.
約 30首.

〈1964년 6월 22일 월요일〉
金允河 同伴 果川 鑄砂 購入 次 現地 出張하
다.
洞省洞에서 安養 行 뽀쓰 南태령[南泰嶺] 고
개 下車.
安養 경유 仁川 着 午後 4時 40分.
殘額 240 麥酒 3本式.
晝間 外遊.

〈1964년 6월 23일 화요일〉
鑄鋼係의 트라불은 날이 갈사록 심하다.
黃 兄의 勞苦를 아는 사람은 나와 또 누가 있
을까.

〈1964년 6월 24일 수요일〉
表面으로는 協力하는 채 해라.
先輩任의 위신을 살니자.
非協調的인 態度에 분개한 黃과 나.

〈1964년 6월 25일 목요일〉
尹은 無能하니 古鐵 運搬으로 돌려달라는 黃
氏의 대담한 態度.
當然之事.

〈1964년 6월 26일 금요일〉
갈 곳초차 없으니 살려달라는 式의 尹 某의
태도가 밉쌀스럽다.

〈1964년 6월 27일 토요일〉
3TS 爐 操業 600kg imgrt case 定盤 2個 鑄
造.
밤 7時 30分 長安 낚씨店을 들러서 來日의

準備를 하다.
1金 300 會社에서 借用.

〈1964년 6월 28일 일요일〉
仁川낚씨會 主催로 아침 四時 四〇分 仁川市
塔洞 四街里을 韓辰觀光 뽀쓰로 方農場으로
새벽길을 달니다.
水原에서도 約 70里 山길로 드러서 가다 方
向을 잘못 들어 柳 貯水池에다 낚씨를 당으
다[담그다].
기로 車內에서 募金 1,320으로 술과 사이다
를 사서 취하도록 마시다.

〈1964년 6월 29일 월요일〉
荷木商 mr. 朴으로부터 日前에 付託한 件 金
3,000을 밧다.
昨日의 귀로음으로 온몸의 솜 같히 피곤하
다.

〈1964년 6월 30일 화요일〉
金祥扶 部長의 招待로 雲海樓에서 簡單한 저
역을 나누고 비 나리는 밤거리를 時計을 담
보로 하여 쉬고 가다.

〈1964년 7월 1일 수요일〉
기데리든 단비가 나리기 始作.
金春道 電氣爐工 採用.
尹鐘煥 立場 難처.
他 工場으로 就職을 시켜주기 爲하여 金 係
長의 나스다.

〈1964년 7월 2일 목요일〉

오날도 비가 개속 나리다.

1.5TS 再生爐 點火. 경油 바나 利用 試驗 結果 23時부터 12時까지 無慮 13時{間} 걸리다.

下衣 1,700에 注文.

〈1964년 7월 3일 금요일〉

미일洋服店에서 바지 한 개을 1,700에 마치다.

黃 氏 服代 1,300 支拂.

〈1964년 7월 4일 토요일〉

明日 利川낙씨 全員니 大明里로 가기로 約束함.

陸 氏 300 借用. 茶代 條로.

〈1964년 7월 5일 일요일〉

大明 水路.

金永德

白南錫

道路가 나뻐서 도로가지 못하고 초지로 出發.

〈1964년 7월 6일 월요일〉

초지에서 도마리[16] 하다.

九里池 良好.

食代 及 宿費　300

아리랑 3　　　75

晝食 라면　　240 - 술, 菓子, 개卵, 사이다 40

참외　　　　120

---

16) とまり. 숙박이라는 뜻의 일본어로, 낚시터에서 하루 묵었다는 뜻이다.

뽀쓰비　　　70

　　　　　　805

〈1964년 7월 7일 화요일〉

벌써 오날의[오늘이] 소서다. 가뭄의 持續되다 요즘은 완전히 장마철로 접어들었으나 新聞紙上 報道에 依하면 亦是 고루지 못한 건 天地調和이라 아니 할 수 없을 만큼 自然은 人力으로 不可向力[不可抗力]이다. 中部 地方은 비가 滿足하고 甚至於는 좋와하는 낙씨 길에 길이 막혀 못 도라오는 例가 有하는 反面 인색한 大自然은 湖南 地方은 비가 나리지 앓어엿다[않았다] 법석.

〈1964년 7월 8일 수요일〉

점미가 양장점에 就業을 하기 되니 나미 보기에 부꺼러운 처사이다.

차라리 가르치지 못할 바에는 일즈감치 직장 生活의 나에개나 점미에개 도움이길.

世上에 그러란 있을 수 없다.

아니다. 謝禮한다는 기분보다 親友로서 술을 나눈다는 그 氣分과 행동이 나의 人間다운 처사이며 마땅히 할 닐이라 자부한다.

〈1964년 7월 9일 목요일〉

6″×5s impeeller[impeller] 件으로 木型 係長 立會 下에 調査하여 본 結果 木型의 約 3m/m 程度 幅가 얏다는 結論을 맺고.

機械에서는 素材 不足을 빙자하고 責任은 우리에개만 돌여보려나 심뿌로 나오고 있다.

〈1964년 7월 10일 금요일〉

6″×5s 가이드밴 SC 素材가 말썽이 되여 黃
은 辭表을 내개 되였다. 理由는 一般 SC는 金
의 責任 下에서 作業 指導 감독토록 되여 있
는데 金이라는 사람의 하는 말은 그럴지 알
었다는 式의 對答. 事前에 못 쓰리라는 것을
알고 있었다는 格.
남 잘 데기를 바라지 않트라도 防害[妨害]은
하지 말어야만 人間의 道理다.
밤 金 部長 宅에서 늦깨가지 黃에 對한 對策
을 쉬우다.

〈1964년 7월 11일 토요일 비〉
午後 三時 30分 船便으로 江華 草芝로 낙씨
를 떠나다.
비가 나리기 始作하여 밤 十一時에 中止하
다.
구리浦 水野地
不良.

〈1964년 7월 12일 일요일〉
아침 溫水里 貯水池로 옴기여 했으나 되지
않음.
溫水里로 山기[산길] 約 3km를 걸러 막차 便
으로 도라오다.

〈1964년 7월 13일 월요일 비〉
昨日이 낙씨에 시달니[시달린] 여독이 今日
에는 왼몸이 찌저질 들 피곤하고 움지기기존
차 실타.
요즘은 殘業이 全然 없는 故로 工具들이 收
入에 현저히 差位[差異]가 생겨서 모다들 不
平이다.

〈1964년 7월 14일 화요일 비〉
鑄鋼 人員은 大幅 鑄物로 포습[포섭]하기 되
어 于先 計劃 生産品目 13臺 程度는 可能하
리라고 確信하나 事實인즉 機械에서 13臺分
을 完全히 消化할나는지 두고 볼 疑問니다.

〈1964년 7월 15일 수요일 비〉
黃 金 兩人 件으로 요즘 개속 골치를 알는다.
黃은 좀 나올 마음이 있으나 實上[實狀]인즉
金 係長에개 未安니 生覺하갯금 環境이 되여
있어 얻뜬 結果를 주저하고 있다.

〈1964년 7월 16일 목요일 비〉
鄭鳳龍이로부터 一金 3,000을 밧다. 木型 未
終을 鑄物에서 適當히 해달라는 뜻이다.

〈1964년 7월 17일 금요일 비〉
장마철로 잡아든 비가 개속 나리다.
明日 野遊會 開催로 今日 出勤하여 代勤하는
條件.
黃永淵니가 昨夜에 金榮喆로부터 좋지 않는
말을 들었나 해서 朝機[早期]에 申得號를 만
나로 갓으나 休日이다.

〈1964년 7월 18일 토요일〉 會社 全體 野遊會
아침 六時 起床. 白南錫 同件 下에 會社로 가
서 벤또 6人分을 었어서 靈興[17]으로 낙씨를
가다.
午前 中 비가 오고 날이 흐렸으나 午後부터

---

17) 인천광역시 옹진군 영흥면에 속해 있는 섬인 영흥
　　도를 가리키는 것으로 보인다.

흐림으로 비는 안 오다.

밤 十一時까지 밤낚씨를 해보았으나 되지 않타.

새벽 5時 15分부터 始作.

7/18 靈興島 食代 300[18]

　　　　　　{계} 200

會社 앞 商店 술갑 3학 • 2 150 菓子 50

〈1964년 7월 19일 일요일 晴〉

午後 10時 조금 지나 道立病院에서 長男 出生.

秀雄 母親 同伴.

靈興島에서 二時 15分 明都號로 도라오다.

〈1964년 7월 20일 월요일〉

아침 일직이 道立病院에 들다.

產母는 健康한 편.

乳兒는 4.3kg 身長은 510.

〈1964년 7월 21일 화요일〉

明日의 退院 준비를 爲하여 乳兒服을 사다.

퍼데기[포대기]도 사고 產母의 옷도 한 벌 마치다.

退院.

〈1964년 7월 22일 수요일〉

退院 後 產母가 下半身을 조금도 움지기지

못하여 極情이다.

漢藥을 三첩 파라다.

〈1964년 7월 23일 목요일〉

其督病院[基督病院]에 再 入院하다.

〈1964년 7월 24일 금요일〉

乳兒의 產室 託兒을 付託 結果 A O 形의 모순이라 하여 밤 12時까지 交換 輸血을 하다.

〈1964년 7월 25일 토요일〉

金永喆 送別會.

松도 조개집의 군중.

鶴益洞 파출소의 추태.

母親 上仁.

黃永淵 暴行 當함. 金榮喆로부터.

〈1964년 7월 26일 일요일〉

現在의 乳兒 狀態는 보기에 종치[좋지] 못한 便.

申正植 來訪.

黃永淵 問病.

〈1964년 7월 27일 월요일〉

짜증이 난다.

아침 小兒科 科長을 만나 이야기한 結果 주사藥을 사달라는 要請으로 250찌리[250짜리] 藥을 사다 주다.

保證金 條로 5,479 圓整.

黃永淵 診斷書 件.

〈1964년 7월 28일 화요일〉

今日까지의 入院費.
産母 3,100.

〈1964년 7월 29일 수요일〉
에기가 고단해 보인다.
밤에 울며 잠을 이루지 못했다는 간호원니
말.
내가 보기에도 민망할 程度.

〈1964년 7월 30일 목요일〉
에기에게 正脈[靜脈] 注射을 놓고 있다.
혈관니 잘 나타나지 알아서[않아서] 찔 〃 매
고 땀을 흘리가며.

〈1964년 7월 31일 금요일〉
이 달도 마즈막.
貞花가 바른 팔의 관절염인니 밤세 울며 지
나다.
날이 세면 病院에서 寫眞을 찍어 보자.

〈1964년 8월 1일 토요일〉
退院 關係로 整正外科 課長과 입씨름을 하
다.
醫士[醫師]의 말은 밋지 못하면 責任 지고 治
療가 않 된다나.

〈1964년 8월 2일 일요일〉
아침 2時 15分 집을 나가 8時 20分 車로 ㅁㅁ
里에 낙씨터로 가다.

〈1964년 8월 3일 월요일〉
안식구는 午後 8時頃에 어머니와 에숙 엄마

가 退院시키다.
비가 나리는 밤거리에 양어깨를 부축 받고
마루을 못 오르는 産母의 수약한 몸 한편 가
엾기도 하고 짜증이 나기도 하다.
어린 아이가 같이 나오개 되엿들뜰[되었던
들] 내 마음은 이다지 허전하지는 알겟지.

〈1964년 8월 4일 화요일〉
요즘 全 食口가 모다들 에기에개 神經은 쓰
고 있다.
연약한 애기가 원제 살이 붓들지[붙을지] 마
음 아푼 노릇시다.

〈1964년 8월 5일 수요일〉
어머니의 苦役을 무었으로 報答할지. 六旬
老母가 밥잠[밤잠]을 못 기무시고[주무시고]
産母와 에개[아기] 추다거리[치다꺼리]에 餘
念의 없으시다.

〈1964년 8월 6일 목요일〉
날의 더워서 온 집안의 숨시기가 어려울 程
度로 갑 〃하고나.
에기의 全 몸에는 땀디가 나고 어머니 몸에
도 녹두알 같히 부러덧다.

〈1964년 8월 7일 금요일〉
오날이 벌써 立秋.
가을 날씨가 멀지 않었근만 무더운 날씨는
34℃까지 오르내리다.

〈1964년 8월 8일 토요일〉
家庭 事情의 極迫[急迫]한 느낌을 더욱 견디

기 어렵다.

昌錫 弟가 上仁하여 昌淑이가 家財을 몽땅 싸가지고 집을 나갓다니 雪上加霜 格이다.

〈1964년 8월 9일 일요일〉

大田으로 昌淑의 宿所을 가보다.

失物 一切을 昌錫 弟에개 返還하여 주고 밤 차로 當日 仁川으로 올라오다.

〈1964년 8월 10일 월요일〉

昌淑이가 未安하고 면목이 없다고 두 내왜 가 어디론지 가버리다.

갯씸하고 불쌍하다.

〈1964년 8월 11일 화요일〉

서울서 連玉이가 오다.

옵빠에개 너무도 찾어주질 않어서 섭″하다 는 말을 들으니 나로서다[나로서도] 事實인 즉 未安하다.

〈1964년 8월 12일 수요일〉

元錫니가 올라오다.

明日 會社 出勤 手續을 마치다.

〈1964년 8월 13일 목요일〉

元錫 始 出業.

두고 보아야 할 닐이나 바람등이 元錫니가 잘하여 줄는지 疑問니다.

〈1964년 8월 14일 금요일〉

오닐[오늘]이 七夕 견우 직여가 만난다는 俗 談도 구름 하나 비치{지} 않는 七夕이라. 비가

오는 개 例年 例인데.

〈1964년 8월 15일 토요일〉

尹弼文 同伴 安東浦 낙씨터로 가다.

1×300.

〈1964년 8얼 16일 일요일〉

上同.

〈1964년 8월 17일 월요일〉

會社에서 月給은 주지 않고 집안은 쫄니지 참으로 죽고 싶은 心情이다.

〈1964년 8월 18일 화요일〉

만나는 사람마다 살 좀 찌지 못하느야는 야 유 비슷한 人事에 나도 모르개 내 스스로 過 然[果然] 내 몸이 이다지도 야이윗는지. 食慾 은 끈어지고 장 한 가지 가지고 밥을 먹는 實 情이니 無理가 아니다.

〈1964년 8월 19일 수요일〉

오날이 末伏.

더위도 이제는 마즈막이다.

그러나 朝夕으로 밥상을 데하니 일하기보다 힘이 드니 過연 여름은 아주 멀다.

〈1964년 8월 20일 목요일〉

黃 社員 鄕里로 나러가기 爲한 曺 次長에 借 用證 引受로 吳 氏 宅 訪問하다.

〈1964년 8월 21일 금요일〉

李鎭元 褒賞 件.

再生爐 6,000
節機 3,000

〈1964년 8월 22일 토요일〉
450×350 CF 下胴體 鑄造하다.
中間 鎔湯 白鐵化로 한떼 作業 不振하다.

〈1964년 8월 23일 일요일〉
富平 梧柳 水路에서 第二回 全仁川낙시大會
가 열이다.
0.5尺 程度이 小魚가 大魚償[大魚賞]을 타다.
(自轉車 支給)

〈1964년 8월 24일 월요일〉
빗에 쫄니여서 견디기 어렵다.
아침 會社 正門 앞에 老姿[老婆]가 나를 기다
리다. 술갑 570을 밧기 爲해서. 난생 츠음으
로 出勤 時間 박두해서 大衆 앞에서 무안을
當하다.
어머니와 큰어머니가 서울 妹氏 宅으로 가시
다(귀향 차).
에기 祝金 500 밧다.

〈1964년 8월 25일 화요일〉
집에서 불짱이 나다. 家庭이 不安하면 家計
는 이루 말이 않닌 개 當然之事. 좀 남어 있으
리라 生覺한 金額이 한 푼 없시 다 쓰다니 참
알고도 모를 일이다.
밤 八時 참찌 못해 비 나리는 밤거리로 뛰여
나오다. 貞順니가 울며 뒤쫏다.
松林 市場에서 소주을 二合 마시고 旅人宿을
차저가다.

子女 祝金 500 타다(相助會).

〈1964년 8월 26일 수요일〉
아침밥도 굼고서 7時에 會社로 가다. 밥맛이
떠라지고 배는 고푼데 먹키지가 않는다. 할
수 없이 香雄 君 보고 고구마 20어치를 사다
달랫다. 밤 九時 30分에 집에 도라오다.
鑄物 同志들이 求해 준 一金 7,750을 타서 黃
과 같이 夕食을 나누고 키내마 라바론 映畵
求景을 하다.

〈1964년 8월 27일 목요일〉
내 마음을 억제치 못하는 내 마음.
가정 事情으로 보아서 단돈 한 푼니 아쉬운
데 벌써 雜費로 約 1,500을 쓰니 이것을 두고
一種에 염세 情理라 하는지는 모른다.
도무지 요즘은 家庭에 對해 不充實하다.
理由는 안해에 對한 反감이다.
남편니 안해를 疑心하개 되는 動期[動機]는
내 잘못은 아니다. 답〝하고 갑〞한 안식구
이 살님사리가 참으로 못마땅하다.
에기는 요즘 多少 나아가는 샘이서 무엇보다
마음이 흡좁하다.

〈1964년 8월 28일 금요일〉 休暇
아침 六時 四○分 大明里 行 뽀쓰에 올라 즐
기는 낙씨를 가다.
八時 20分 大明 到着.
九時 30分 江南 貯水池 着.
脫水가 甚하여 不良.
밤에도 좀 해보았으나 不振.
아침 四時頃에는 좀 댄다.

〈1964년 8월 29일 토요일〉休暇

主人宅에서 七時 四○分頃 朝飯을 마치고 第二 貯水池로 옴기다.

溫水里 장날이라 장군들이 뚝으로 열을 지어 지나가다.

낙씨하는 사람은 단 혼자뿐.

지렁이, 떡밥, 새우, 무엇이고 다 잘 먹는다.

雜魚가 없서 종타[좋다].

밤 十一時까지 最良하다. 八寸 半짜리 一匹 七치 六치 多數.

〈1964년 8월 30일 일요일〉

아침 九時 終釣.

사람을 사서 고기와 道具를 草芝까지 나르다.

仁川 行 밤에 몸을 실고 甲枝에서 깨여 보니 仁川니다.

〈1964년 8월 31일 월요일〉

아침 피곤한 몸을 갓〃스로[가까스로] 달래며 會社에 가다.

모다들 몸이 앞한느야고 問安하는데 딱 질색. 未安하다.

〈1964년 9월 1일 화요일〉

徐相贊 送別會 肉호집에서 9 30.

長安낙씨에서 1,000 借用.

黃氏 宅을 訪問.

비가 나리다.

慶南北 地方에도 비가 온다는 알님.

支拂.

〈1964년 9월 2일 수요일〉

요사히 每日 아침 時間니 늦다.

오날도 아침 出勤 時間에 택씨를 타다.

古鐵 供給 지연으로 作業에 支障의 有하다.

朴京善니 納期金 1,320.

明日 弟45回 體典을 앞두고 市內 各 旅館에는 超滿員을 이루다.

재발 來日은 비가 내리지 말어야지.

〈1964년 9월 3일 목요일〉

弟45回 體典니 첫날.

아침 하날은 먹구름 같치 검다.

요행이 入場式은 비 맞지 않고 끝내다.

工場長의 二回 立場을 못햇다니 사람투성이의 會場.

〈1964년 9월 4일 금요일〉

體典 第2日. 아침부터 나리는 暴雨로 體典은 엉망이다.

物價가 오르고 市內는 온통 사람투생이다.

〈1964년 9월 5일 토요일〉

仁川 市內 人口가 갑자가 培가 늘은 氣分니다. 개랭 商人 金永昌 氏가 저역을 산다기에 和信麵屋에서 夕食을 나누고 거리로 나오니 8時.

서울 行 特急뽀쓰 合乘. 모다 長蛇陣을 이루고 待期.

〈1964년 9월 6일 일요일〉

全國 第45回 體育大會가 한참인 요즘 日曜日도 못 놀고 就業하는 工員들의 不平의 大端

하다.

제 고장에서 열리는 體典을 못 보니 한심스
럽다.

電氣 事情으로 火曜日과 代休.

〈1964년 9월 7일 월요일〉

長安낙씨店에서 金永德 君을 맛나 明日 一里
防築으로 가기로 約束.

밤 十一時 南仁川驛에서 만나 乘車. 客席에
서 막걸리를 마시고 밤을 새우다 새벽 四時
집에서 나오느니보다 참 便利하다. 깨여 보
니 六時 三〇分 目的地 一里驛이다.

〈1964년 9월 8일 화요일〉

아침 八時 一里 防築 水路 西方에 낙씨를 담
구다.

말고 말은 가을 하날이 아침부터 나리기 始
作한 가을비로 온몸의 비에 젓다.

밥집 內室 아랫목의 재법 따스하여 十二時부
터 三時頃까지 낫잠을 자다.

비에 젓저 축〃한 옷을 입고 다시 낙씨터로.

六時 一五分 列車를 놋치고 "하로 더."

〈1964년 9월 9일 수요일〉

五時 三〇分 正刻에 一里驛에 到着.

金永德 君과 단 둘.

여니 날이라 乘客은 즉다. 고초 商人 其他 野
菜 商人니 過半數.

널고 널분 乘客席에 누어서 편니 갈 수 있으
니 낙씨질은 역시 日曜日 外를 擇하여 가야
할 일이다.

〈1964년 9월 10일 목요일〉

退勤 時에 機械部長을 만나 計劃品 電動機
量産에 따르는 機械로부터 鑄物에 對한 絶對
的인 協助을 力說하다.

自己내 할 닐이 바쁘다 하여 現在까지 三個
月의 지나도록 鑄物 關係 施設 諸般事를 소
흘히 하고 있스니 손니 더 곱지 내 곱지 않는
{다는} 俗言과 同.

〈1964년 9월 11일 금요일〉

八月分 給料 計算費를 얼핏 보니
1,3800[13,800]에 支出의 13,800니 秋夕을
앞둔 現在의 家庭 事情의 極히 極情된다.

節約을 해야만 살 수 있는 現實과는 너무도
기대가 어근난다.

收入의 올라야만 살겟지.

그럿치 않으며는 家族의 즉어 산다.

〈1964년 9월 12일 토요일〉

長安에서 來日에 쓸 지랭이 떡밥 개묵[깻묵]
三봉을 사가지고 집으로 돌아오다.

明朝 四時에 이러나야 되는돼 時計마저 故障
이고 보니 갈사록 살기가 거북하다.

〈1964년 9월 13일 일요일〉

아침비가 아즉 가시지 않는 午前 4時 5分 前
어둠을 해치며 낙씨 가방을 몸에 지니고 거
리로 나왔다. 어젯밤 비바람에 거리는 산람
하며 商店 看板과 煙炭 조각이 거리에 허터
저 있다.

古棧驛에서 朝飯을 마치고 낙씨터로 가다.

富平서는 날씨 關係로 한 사람도 不參이다.

法政新聞社 主催 全仁川親善낚씨大會.

〈1964년 9월 14일 월요일〉
給料를 밧고 나니 極情뿐.
契돈도 너야되고 外上갑도 갚아야 하갯는데 170니 殘額이고 보니 화김에 머한다운[뭐한다는] 格言. 市場에서 豚肉 60으처[어치]를 사먹고 文化劇場 求景. 한 푼도 남지 않는다.

〈1964년 9월 15일 화요일〉
黃永淵니 急患으로 基督病院까지 다리고 가다. 診斷 結果 아무렇치 않타는 탈은 만니 이야기다. 동그래 旅費만 쓰고 나니 너무도 어어[어이] 없다.

〈1964년 9월 16일 수요일〉
秋夕節은 닥처오는데 돈 한 푼 없는 形便.
名節 스스로가 지나가면 고만니긴 하지만 아이들이 心情은 그리도 名節이라 좋아하는 心理고 보니 에타는 개 없는 집 아이 많은 집 父母들일게다. 아기아[아기가] 5名이고 보니 살아나가기가 어럽다. 財産니라고는 한 푼 없는 나의 앞길은 生覺만 하여도 기 막힌다. 에편내는 바보천치 같은 돈만 있으면 쓰는 바보.

〈1964년 9월 17일 목요일〉
아침 八時 四分 萬和鑄物에다 仁川 市청 疑集機 V 프-리 四種 外註 依賴 次 來訪. 그 길로 安東浦 釣場으로 혼자서 나아가다.
밤 八時頃 도라오다.

〈1964년 9월 18일 금요일〉
아침 八時 三〇分 萬和 鑄{物}工場에서 이슬비 마즈며 仁川 市청 疑集機 V 프-리 外註 依賴 素材 190kg을 引受하다.
會社 꼴이 어이 대는지 形便 없이 材料難에 허덕이다. 古鐵이 없어 作業 不可 休業 狀態을 이찌하여 버서나니 오날은 찐자 塊炭 品切로 明日 作業의 不可能하기 되다.
650 Impeller 鎔接 施工.

〈1964년 9월 19일 토요일〉
塊炭 入庫 遲延으로 因한 鎔解 作業 不可함.
購買係의 無責任한 責任으로 炭場에 人夫가 罷業을 斷行하였기에 塊炭니 品切이란 한낫 핑개에 지나질 안는다.
다 늦여시리 市內를 돌라아니며[돌아다니며] 材料을 求해 보갯다고 설치는 꼴이란 눈 가리고 아옹하는 格이다.

〈1964년 9월 20일 일요일〉
秋夕이다. 웬닐인지 今年에는 쩔〃 매여 경제的으로 餘裕가 없다. 아이들 알말[양말] 한 켜래도 못 사주어쓰니 每事가 다 에편내이 알뜰치 못한 데 起因한다.
바보 같은 안식구를 밋고서 살아야 하는지?
午前 10時 50分 車로 一里로 가다 金永德 君을 차에서 만남.

〈1964년 9월 21일 월요일〉
밤 一時頃 달은 유난니도 박다.
고요한 가을밤을 一里서 古棧으로 밤 개울을 건거[건너] 驛前 旅人宿에 到着하니 二時다.

秋夕 名節이라 건넌房 接待婦를 相對로 隣近村에 靑年들의 四, 五人 떠들석 술을 마신다. 잠[잠]을 이루지 못하여 午前 三時頃에나 조금 눈을 붓치다.

下小路로 갓으나 不. 結局 十一時頃에 農場 안 貯水池에서 조곰 잡다.

〈1964년 9월 22일 화요일〉

秋夕 名節을 지난 탓인지 모다들 맥이 풀닌 氣分이다. 缺勤者는 想像 外로 二名. 鎔解 作業은 아침 일즉 始作하였으나 塊炭 不足으로 未鑄造分니 있다.

1,200馬力 R.S. 産量 約 3.5TS 鑄造.

昌淑이가 永登浦서 나려오다. 男便은 再訓練을 갓다고.

〈1964년 9월 23일 수요일〉

鐘錫니한테서 片紙가 왔다.

兄任개서는 好華[豪華]로운 名節을 지나기 바란다는 鐘錫니 片紙 內容. 一金 參阡 원을 郵送하여 달라는 附託. 하기야 兄으로서 同生에개 할 닐을 다 못한 未安감을 全然 느끼지 않는 것은 아니나 좀 비꼬는 內容이다. 朴昌植 購買係長 同伴 下에 果川으로 鑄物砂 購入 次 出張.

鑄物砂 壹 車 800 車賃 1,800.

〈1964년 9월 24일 목요일〉

秋分니 지나 재법 아침 저역으로는 선〃한 氣候가 되처왔다[닥쳐왔다]. 越冬 對策 生覺만 하여도 月給쟁이들애개는 커나큰 極情과 責任을 느끼개 댄다.

鐘錫니에개서 片紙가 오고 金 3,000을 郵送해 달라는 付託이다. 兄으로서 마땅히 하여 주어야 할 일.

에기는 아즉 이름[이름]도 짓지를 않았는데.

〈1964년 9월 25일 금요일〉

慶信浩가 今日 歸國 豫定이라 하야 午前 一○時 飛行場으로 迎接을 나갈 準備를 가추었으나 豫定의 變更됫다는 消息.

밤 八時 曺圭烈 來訪으로 술을 나누다.

本工 發令이 원제 나는야?

會社에서 손은 떼라는 개 않이냐.

그러나 추호도 同情이 가지 않는다. 사람이 잘난 체 하는 性格 때문에.

〈1964년 9월 26일 토요일〉

長安집에서 萬般 준비를 가추어 가지고 尹弼文과 해여지다.

尹弼文도 가고 싶은 마음은 만으나 얼린[얼른] {판}단을 못 내리는 便.

〈1964년 9월 27일 일요일〉

全國낙씨大會(韓國日報 主催) 下에 新荀 貯水池에서 7回 열니다.

아침 四時 京仁間 特急뼤쓰 專貰車로 仁川 選手 50名의 參加위[참가원]은 到着. 午前 六時 20分 비가 나리기 始作한 韓國日報社 앞뜰에는 떼 아닌 아우성.

場所 不로 일즉 귀가.

〈1964년 9월 28일 월요일〉

昨日의 날씨가 찬 關係로 밤새 알는 시늉하

하며 會社에 가다.

모다들 入選을 햇는야는 質問과 缺勤에 對한 反問.

〈1964년 9월 29일 화요일〉

鐘錫니로부터 돈 3,000을 보내 달라는 書信을 밧고도 못하고 있다. 兄으로서 너무나 冷情한 처사를 하고 있다는 心情.

書信 內容인즉 兄을 원망하는 句節의 나열대다.

〈1964년 9월 30일 수요일〉

慶信浩 出勤하다. 重要한 레-타[레터].

葆原에서 었어온 各種 圖面.

技術의 向上은 책을 보느니보다는 先進國의 實技을 一見하는 게 가장 有效하리라 思慮한다.

〈1964년 10월 1일 목요일〉

벌써 떼는 一〇月 一日. 올해도 불과 앞으로 三個月이면 다 가는 샘. 朝夕으로 깨 쌀〃한 날씨가 되였다.

會社 일도 잘 되는 便나나 極情은 家事다. 昌淑이가 말없이 시름 속에 건넌房에서 지나는 꼴은 가슴 아플 程度로 처량하다. 自己 잘못을 누위치는 重要한 時期이나 이미 지난 일은 方法조차 늦엇다.

慶信浩 歡送會 和信麵屋에서.

〈1964년 10월 2일 금요일〉

黃 社員(見習[견습] 結婚) 次午 3時頃 退勤하다.

750粍 上下胴 鑄造.

銅線 6kg 盜難 件.

〈1964년 10월 3일 토요일〉

아침 六時 20分 집을 나와 六時 四〇分 大明里 行 뽀쓰가 늦어 驛前 1km 地點에서 시발 텍씨를 타다. 뽀쓰 內에 들어가니 尹弼文은 벌써 와서 待期 지리[자리]까지 잡아 노앗다. 낙씨客은 七 八名 程度. 富平 뺀[팬?]들도 三名의 끼여 있다. 方向은 덕개 水路가 六名 우리 一行 三名은 江華 草芝 貯水池다. 大明里 八時 三〇分 到着. 나룻배가 쓸물[썰물]이라 江華에서 도라오질 안아 大明里에서 二時間 낙씨를 당구다.

十一時 渡江 小貯水池에 12時 到着.

〈1964년 10월 4일 일요일〉

밤낙씨를 目的하여 一〇時까지 참어 보았으나 氣候 關係인지 한 首도 못 잡었다.

아침 三時 三〇分 起床하여 二首 五寸 七寸 外는 全然 잡지 못하고 조고만 붕어 約 一八 程度를 잡어 尹弼文과 半은 나누어 大明里 기로에서 趙□錫을 만나 막걸리 二 대[되]를 나누다.

밤 八時 二〇分 仁川 到着하다.

〈1964년 10월 5일 월요일〉

日曜日은 가장 肉體的으로 被困[疲困]한 하루. 이틀간니 낙씨터 시달님으로 온몸이 솜같히 피로하다.

品質管理 工程管理 受講 件으로 因하여 너무도 强壓的인 會社 처사에 反발이 심하다.

〈1964년 10월 6일 화요일〉
韓國機械 Co 試驗係長 金 氏와 黃 社員 3名
의 會社 納品分 試片 關係로 술을 나누다.
金 氏의 印象은 매우 까도롭개 늦쩌젓으나
술이 건아하개 취하니 피차 人間니란 좀 마
음의 누그러워지는 本能을 가지(는) 模樣.
京洞 비여홀에서 生麥酒 13本.

〈1964년 10월 7일 수요일〉
昨夜의 過飮으로 因함인지 온몸의 부러지는
느낌.
하로 終日 억제로 時間을 채우다.
경信浩 氏 結婚 準備 關係로 上京.

〈1964년 10월 8일 목요일〉
金榮喆이라는 者 비겁하개 正煥니까지 히생
시킬 작정.
工場長 曰 金榮喆이 다리고 온 者는 하[한]
놈도 빼놓치 말고 내어 쫓으라는[쫓으라는]
화난 말씀. 무슨 일이 있었읍니까 물음에 그
놈 새끼 도라다니며 投書 질을 해서 참.
알고 보니 警察에서 좋히 못한 수사을 當한
모양.

〈1964년 10월 9일 금요일〉
한글날이라 하여 他 工場들은 모다들 休日.
昨年만 해도 우리 會社도 休日이였으나 今年
부터 就業規則 變更으로 就業하니 氣分니 좋
치 못한 하로.
明日 金弘燮 氏 結婚 祝賀宴會에 會社 親舊
들의 招待를 밧다.

〈1964년 10월 10일 토요일〉
法制新聞社에서 同好人에 案內狀이 오다.
明日의 大會를 좀 더 明朗하고 愉快히 보내
기 爲하여 밤에 밀가루로 입밥을 만들었다.
會費 200 支拂. 李 氏 米店 借用.

〈1964년 10월 11일 일요일〉
새벽 3時 20分 이러나서 장국을 먹고 南仁川
驛으로 어두운 새벽 싸늘한 거리를 혼자서
오날의 하루를 어떠개 즐기나, 하는 벅찬 마
음뿐으로 大會場으로 가다.
大會 結果 重量 一等 入賞.
K.300
廣木 一匹.

〈1964년 10월 12일 월요일〉
昨日의 被勞[疲勞]가 今日까지 미치다.
出勤 時間니 가까워 왔근마는 도무지 몸이
千斤萬斤 읍지기기가[움직이기가] 위롭다
[어렵다].
하로 해를 會社에서 보내느라고 귀로윗다.

〈1964년 10월 13일 화요일〉
終業 後 各班 組長 會議 開閉.
金福男 班長에 對한 좀 더 熱意 있고 直極的
[積極的]인 作業 指導와 心的인 態勢 等의 忠
告를 하고 簡素한 酒宴을 배플자는 뜻에 不
能함.
黃 社員 結婚 件으로 미담에서 木型係 洪 氏
와 三人니 合席 下에 內容인즉 黃 氏 父母任
들의 近番[今番]니 結婚 件에 反對 意思를 表
示햇다는 事後對策으로 黃 社員 直接 兩親

相逢 後 決定.

〈1964년 10월 14일 수요일〉
에기가 감기로 病院에 가다. 生後 百日이 一
〇餘 日박에 남지 않엇건만 아즉도 살이 붓
지 안는 弱한 애기 몸의 빨니 실해저야지 貴
한 에기인데. 옷 한 벌얼 제데로 못 사 입히니
안타깝기만 하고나.

〈1964년 10월 15일 목요일〉
날씨가 차기 始作한데 어린 아이들에 內衣조
차 사주지 못하여 내 마음의 귀롭다. 종석니
넌 돈 3,000을 꼭 부처달라고 片紙가 무려 5
번니나 왔는데 아즉 부처주지 못하고 있으니
마음 귀롭다.

〈1964년 10월 16일 금요일〉
給料는 나오지 않코 白米는 더 以上 外상 購
入의 困難하다는 정순 어머니의 이야기.
取得稅가 二重으로 1,900니 나오고 財産財稅
도 二重으로 나오니 이다지 現 行政이 어이
될는지.

〈1964년 10월 17일 토요일〉
경信浩 結婚日.
鐘路禮式場에서 午後 2時부터.
張 會長 內外 徐 社長 參席.

〈1964년 10월 18일 일요일〉
三友낙씨 主催로 古棧 下水路에서 會員 24名
參席裡에 開催.
□□賞에 入選. 잉어 2寸짜리.

〈1964년 10월 19일 월요일〉
벽호가 南錫이하고 大明 水路에서 제미를 보
앗다고. 最大 八寸까지 一〇餘 匹을 좋개 잡
었다는 이야기를 듯고 늘랏다.

〈1964년 10월 20일 화요일〉
奉子가 서울서 나려오다.
떡을 좀 싸가지고. 한편 昌淑이가 블쌍하지.
재가 재 신새 망첫지 머야.

〈1964년 10월 21일 수요일〉
砂白機 補給 지연으로 作業 不可.

〈1964년 10월 22일 목요일〉
大明里 낙씨터 午前 八時 45分 到着. 金永德
白南錫 同伴.
氣候가 차서 成績 不良.

〈1964년 10월 23일 금요일〉
材料 事情 惡化로 作業 不振.
學士 十一名 權威 言爭.
朴秀雄을 通해서 鐘錫니애개 3,000 送金.

〈1964년 10월 24일 토요일 5 C〉
오날이 UN 대이[UN Day][19]. 날씨가 찹다. 午
前에 慶信浩 內外 工場을 訪問.
雲海樓에서 晝食을 갓히 하다.

---

19) 이 해의 일기장에는 월, 일, 요일, 음력 날짜와 함께
절기나 기념일 등이 인쇄되어 있다. 이 날의 일기장
에 '國際聯合記念日'이라는 문구가 인쇄되어 있고,
저자가 쓴 "UN 대이"란 UN Day, 즉 국제연합 창설
기념일을 가리킨다.

〈1964년 10월 25일 일요일〉
아침 五時 30分 軍 추럭에 18名 同好人니 合
乘 千葉農場으로 長安 主催 下에 終釣會를
열다.
重量 755冊로 入賞. 1等에.
今年 들어 最下의 氣溫.
零下 2℃. 물이 얼다.

〈1964년 10월 26일 월요일〉
경信浩 氏 結婚 祝加[祝賀] 披露宴을 채연 氏
宅에서 열타[열다].
簡素한 飮食이였으나 모다들 滿足하개 먹다.
술이 재법 남다.
스라이트[슬라이드]를 求景하다. 美國 各地
의 有名한 都市의 건물을 선명한 燈寫[謄寫]
로 보다.

〈1964년 10월 27일 화요일〉
學士들 11名 오날 全員 集合하여 可否를 論
理한다는 소식.
張 會長 午後 五時頃에 來社하여 學士 대모
件으로 對策을 論難 中인 模樣이다. 參加 人
員은 主로 會社 幹部들.
애기의 百日 날.
簡單히 飮食을 장만하다.

〈1964년 10월 28일 수요일〉
재때 주어도 씌원치 않는 賃給을 壹個月間니
나 늦개 今日 支給을 밧고 보니 月給封套는
바닥이 낫내. 每日 多少라도 들여가야 밥이
라도 먹을 수 있는데, 쫄니기 始作하니 限스
럽다.

契돈 20,000은 어대다 쓴 포[표]도 없이 다
없어지니 한 살 두 살 나이는 맑어[많어] 가
고 앞으로 닥처올 將來의 生活 計劃은 完全
히 바닥이 나는 샘이다.

〈1964년 10월 29일 목요일〉
朝夕으로는 재법 쌀〃한 氣候가 되였다. 집
엽에 뽀뿌라 나무입의 거어 다 떠러지고 內
衣를 하나 둘식 끼여 입개 되고 보니 닥아올
嚴冬에 對핸 小市民니 極情이 크다. 쌀갑은
3,000원 슨[선]에서 別로 起伏이 없으나 諸
般 物價가 다들 올르고 보니 우리내 給料만
제자리에서 못을 백킨 샘이니 참으로 사러가
기 힘든 世上이다.

〈1964년 10월 30일 금요일〉
計劃品 電動機 月間 500臺에 生産에 따라 一
部 部品의 外註로 나아간다는 說의 있어 알
어 본 結果 仁川 造船機械 Co로 벌써 契約의
締結되였다. 鑄物은 kg/35으로 當初 計劃은
鑄物 素材만은 朴基錫니를 通해서 한갯다든
約束은 아에 生覺도 못하개 되였으니 역시
每事을 할라면 발 벗고 나사야 된[다는] 말 格
言 그데로.

〈1964년 10월 31일 토요일〉
仁川낙씨會가 閉體되자 長安낙씨를 主體로
長安낙씨 同好會을 組織함.
會長에 林奉春
副會長에 朴基錫
總務 韓昌洙
會費는 月 200

加入金 500

丁鐘心가 두라볼[트러블].
九月分 給料 慶信浩 祝金 人夫賃 件 4,000을
로 주겟다드니 엉뚱한 個 〃 人에서 빼면 되는
니 머니 개수작. 드럽다 그만 드라고 호통.
吳 次長 1,000으로 爲先 日曜日 보자나.

〈1964년 11월 1일 일요일〉
덕개 水路.
大明里 채 못 가서 中間 옆 小路 길로 너머가
며 學校가 하나 있고 山 모퉁이를 꾸비처 돌
고 보면 덕캐里의 水利組合 水路가 가을 아
침 푸른 하늘에 比할 程度.
물 색은 말고 깊다. 잉어가 낙씨에 달여 온다
는 더개[덕개] 水路도 쌀 〃 한 닐씨[날씨]에
바람마저 겸지고[겹치고] 보니 추은 날에 손
니 얼어 제도로[제대로] 입밥의 다루어지 〃
안는다.
바람에 낙씻데가 잡바지는[자빠지는] 不調
의 날이다.

〈1964년 11월 2일 월요일〉
會社 경리 係長과 입쓰럼을 한 지가 벌써 2日
째다. 借用金 條로 土曜日 드럽다고 고함을
치고 나서 내 自身니 또다시 가서 事情하기
가 실타.
웬닐인지 自己도 未安햇는지 우 氏를 통해서
3,000을 現場에서 引度[引渡]해 주다.

〈1964년 11월 3일 화요일〉
귀여운 에기가 요즘 설사를 만나 보기에 에

처럽다. 제법 여윈 얼골에 힘업씨 복체는[보
채는] 모슴[모습].
마음이 언짠타.
건넌房의 移舍[移徙] 件은 어이 댄는지 오늘
의 舊 月末인데.

〈1964년 11월 4일 수요일〉
黃永淵 來訪.
"술의 치햇다. 四年 前부터 나 혼자만니 秘密
을 朴 係長에개 呼訴하니 듯고 저의 取할 態
度을 決定해 주십시요."
알고 본 즉 누님이란 他人.

〈1964년 11월 5일 목요일〉
제법 날씨가 쌀 〃 하여 몸의 弱한 탓으로 기
침이 나기 始作햇다. 내 나의[나이] 四○에
이다지도 弱해서야 極情이다.
한 살 두 살 더 할사록 좀 더 빨니 감기가 든
샘이다. 昨年度에도 이맘떼 內衣를 둘식이나
입었으니[입었으니] 今年에는 더 빠른 샘.

〈1964년 11월 6일 금요일〉
黃永淵 件으로 경信浩와 相議하다. 內容.
黃의 巴直[罷職] 理由.
朴基錫 앞에서 말 못할 內容.

〈1964년 11월 7일 토요일〉
3TS 爐 操業.
1200HP-20P BED 鑄造.
重量 約 5TS. 利川電機 記錄.

〈1964년 11월 8일 일요일〉

文学池로 낚씨. 아침 九時 出發.
洋裁 澤池에서 約 30首.
낚씨[낚시]도 금일로서 納期슴.

〈1964년 11월 9일 월요일 비〉 夜間
鄭鎭勉 氏 長男 飮毒自殺로 因한 賻儀金 鑄一同 條로 3,300. 鎭勉 氏 10月分 給料 先拂 一〇時 李鎭元 同伴 道立病院에 기다[가다].
十一時頃 李鎭元은 남겨 두고 取得稅 二座 課稅 調査 次 東部 出張所에 들다.
內容은 집에 食口가 바보짓을 햇든 탓으로 減舍의 되여 62{년} 新築家屋으로 되여 30,000에 對한 2/100가 過稅[課稅]된 샘. 生覺하면 할사록 에편내를 잘 만나야 없는 살님은 꾸려 나갈 수 있다는 게 더 한층 빼저리개[뼈저리게] 느기나 어이할 道理 없내.

〈1964년 11월 10일 화요일〉[20]
요즘 지내기 힘든 家庭 實情이다. 경제的으로나 精神的으로나 나 갓히 不幸한 者도 別로 흔치는 않을 기다. 會社에서 도라와 보면 웬닐인지 짜증뿐니다. 좀 늦게 돌아와 보면 으래이 애편내는 두러누어 있다. 房門을 열고 드러서야 비로소 귀찬은 듯한 表情으로 부억크로 나간다.
밥床이 올 時間에만 나에개는 幸福한 時間닐개다. 애기의 얼골을 차세히 드려다 보곤 기뻐하니까.

---

20) 이 날의 일기는 일자가 인쇄되어 있는 일기장의 10일 자에서부터 12일 자까지의 지면에 걸쳐 기록되어 있다.

밥상을 데하고 보면 이다지도 경제的으로 쪼달닐 程度는 않닐 탠데 한탄을 한들 무순 所用이 없지만 짜증이 난다. 下宿生活 當時 배도 골아 보고 춘 방에서 발〃 떨며 새우잡[새우잠]도 자 보았지만 어것한 家庭을 가젓다는 내가 밥을 사먹을 當時가 오이려 幸福햇다는 한숨을 짓개 되니 이 모다 人生의 罪過인지 不運한 나의 餘生인지 도무지 이러한 家庭 生活의 永遠니 持續되라라고 生覺을 하니 삼[삶]에 對한 집[짐]만니 앞서내. 人生 四〇{이}면 무엇을 하여야 될 時期. 이미 늦짓는만[늦었지만] 恒常 머리 속에 떠오르는 自業을 明年度에는 期於코 성취해야 해.
收入은 固定돼여 있는 反面 物價는 暴騰하고 家族은 늘어가니 家計는 赤字~赤字일 뿐 모인 財産 無一分이요 느느니 負債뿐니로다.
冬節은 닥처왔고 김장도 해야 하고 燃料도 準備해여야 하내. 아이들 學費는 나날이 늘어만 가니 家長 生活 世帶主 責任 누가 종아 밧틀가.

〈1964년 11월 13일 수요일〉
떼 아닌 겨울비가 나리기 始作. 조곰 지나 바림[바람]이 일드니 요란스럽개 모래를 뿌리는 소리가 난다. 자세히 보니 우박이다. 海波는 甚하며 바람은 차다. 立冬이 가고 김장철이 됫다. 그러나 누구 하나 김장을 햇다는 會社 親舊는 없다. 알고 보면 第一 不幸한 사람의 모다 利川電機 Co 從業員들뿐니다. 一〇月分 給料가 나오지 않어 김장 할 마음도 먹지 못하고 있다.

〈1964년 11월 14일 목요일 첫눈〉
落葉이 떠러지는 가을철도 어느듯 지나가고
서울 地方의 水銀柱가 零下 0.度 7分으로 나
려가고 비와 우박 석인 以上氣候가 持續되다
가 첫눈니 나렷다.
추위는 本格的으로 올 것이다. 찬 눈 석인 첫
눈을 맞의면서 거름을 걸으면 어쩐지 흘러간
歲月과 함개 人生의 孤獨感을 느끼개 된다.
金正培 係長 韓榮電機로 轉職 送別會. 和信
麵屋에서.

〈1964년 11월 15일 일요일〉
아침 九時 二○分頃에 會社에 가다.
日曜{日} 稼動의라 全 人員의 約 1/4 程度가
出勤 나머지는 모다 쉬는 模樣.
午後 三時 尹弼文과 두리서 키내마 黑船을
觀覽하다.
約 二○餘 年 만에 日本니 (사무라이 武士)의
劍客을 보다.

〈1964년 11월 16일 월요일〉
休業 時間니 30分니라 晝食 時間 內에 給食
의 不可不 늦기 마련니다.
十二時 三○分까지가 鑄造課의 晝食 時間니
나 으래의 一時頃의 되여서 取食을 하는 개
나의 "구쌔"[21].
밤 充河 昌植 黃永淵 3名니 鄭 氏 태포집에서
태포를 마시다.

〈1964년 11월 17일 화요일〉
아침에 눈을 뜨고 朝飯을 기다리자 밥상에
고기국이 올려지고 菜類[茱類]가 좀 異常하
개 만어젓다. 비로소 今日의 나의 39回 生誕
日이라는 것을 알엇다.
아침 八時 30分 汽車 便으로 永登浦 木型 鄭
鳳龍 氏을 相面 450×500Cis 서울市 納品 ㅁ
卷 펌프의 木型 進發을 調査하고 十一時 車
로 기인[22]. 長安에서 女丈夫와 벙어리 三龍
二篇을 求景하고 밤 六時 四○分 도라가다.

〈1964년 11월 18일 수요일〉
終業 後 경信浩 黃永淵 金春道 3名을 同伴 平
東 精肉店에서 고기 2斤을 지저 놓코 막걸니
2升을 마시다.
歸路 밤 八時 文化劇場에서 삼손과 데리라
觀覽하다.
정순 母가 자장가를 부르며 에개[아기]을 달
래기나 벌써 二時間니 넘었다.
十壹時 30分 通禁 豫報 싸이랜 소리가 난다.

〈1964년 11월 19일 목요일〉
감기가 든 지 벌써 15日이 지낫다.
기침이 샘해지니[심해지니] 겨울철이 무섭
다.
김장떼가 되였근만 每事가 極情뿐니다.

〈1964년 11월 20일 금요일〉

21) くっせい(屈性). 사람의 관심이나 생각이 지향하는
방향을 의미한다.

22) 귀인(歸仁), 즉 인천으로 돌아왔다는 뜻이다. 저
자는 곳곳에서 '기가[귀가(歸家)]', '기로[귀로(歸
路)]'와 같이 한자어 '귀'에 해당하는 글자를 '기'로
표기하고 있다.

會社에서 돈은 나오질 않코 쌀은 뜰어지니 會社 傳票米을 갓다 먹어야 될 形便.
叹當 400 以上 빗싼 쌀을 먹는 理由는 會社에 있다.

〈1964년 11월 21일 토요일〉 父母 上仁
古鄕에서 兩親 來仁하시다.
김장용 양염을 가지고 오시다.
서울서 昌淑의 內外 來訪.

〈1964년 11월 22일 일요일〉
黃陽善 外 訪{問}?
鑄物에 關한 討論으로 웬종일 건넌방에서 해가 지도록 이야기하다.
낫 父母任을 同伴하고 同生의 劇場에 가다.

〈1964년 11월 23일 월요일〉
午後 三時 會社 門을 나온 나는 直코쓰로 宅으로 돌아오다. 아버지가 서울 누의동생 댁에 가셨다는 이야기를 듯고 直時 어머니와 갓치 四時 20分 車로 서을로 가다.
밤 七時頃 明倫洞 동생 宅에 到着.
九時 30分 仁川으로 돌아오다.

〈1964년 11월 24일 화요일〉
회사에서 韓 代理와 갓치 나와 中國집에 들여 간단한 저역을 나누고 長安낙씨 집을 경유하여 집에 도라오니 아버지가 서울서 오셧다.
애기 이름을 朴明浩로 命하며 四柱까지 보셨다는 아비지 말씀이 매우 기뿐 表情니다.

〈1964년 11월 25일 수요일〉

現在의 會社 資金 事情은 極度로 惡化.
2個月分 給料 滯拂로 組合에서 八時 1回 外正時 稼動時間 外의 殘業을 十月分 給料 支拂 時까지 拒否하기로 決議.
組合의 程度가 無理라고는 누구 하나 말할 수 없는 實情이다.
明 26日까지 支拂을 約束하고 爲先 緊急한 工程부터 밀고 나아나[나아가] 收金되는 條로 計劃 中이나 어려운 現實.

〈1964년 11월 26일 목요일〉
苦待하든 時間은 탁처왔다.
會社 門前에는 從業員 家族의 十月分 給料를 기다리고 있다. 떼가 김장철이고 보니 아낙내들의 마음 조리고 기다리다 못해 午後라도 김장거리을 사디리갯다는 心算. 그러나 오날도 結果는 허사. 이쯤 되고 본즉 會社 內 空氣는 急險惡 狀態다.

〈1964년 11월 27일 금요일 14℃〉
今日 午後에는 틀님이 없다는 一〇月分 給料가 全然 可望의 없개 되고 본즉 참으로 難處하다.
工場長 말씀인즉 政府에서 財政 緊縮政策 上 480億의 紙幣 發行을 2割을 大幅 減縮하개 되여 市中에 高利債마저 求하기가 힘들다는 內容의 現況 報告와 同時에 明日부터의 作業 對策을 論議하다.

〈1964년 11월 28일 토요일 14℃〉
各係 給料 支拂 遲延으로 作業 不振.
機械係에서 集團 辭表 騷動이 이러나는가 하

면 代議員들과 直接 面接한 係長들의 說得도 될 수 있으리라 樂觀햇으나 小壯派의 强硬한 反撥로 因하여 繼續 殘業 拒否로 決定.

乾燥爐 裝入 作業 關係로 不得已 旋盤員 5名을 殘業시키고 크랭[크레인]에는 내가 손수 올라가다.

例年보다 九度가 높다.

〈1964년 11월 29일 일요일〉

이웃집은 모다들 김장을 끝냇으나 우리 집마니 홀로 김장에 對한 生覺조차 못하고 있는 現實이니 부끄럽고 한숨만 나니 참으로 莫然한 일. 每年 김장철이 되며는 家計가 쪼달니는 개 年例이나 今年은 누이同生 結婚 件 等 〃 갈수록 經濟的인 苦痛을 解決策의 莫〃하다. 上仁하신 父母任께서는 말씀은 안하시나 極情의 大端하시다. 休日이나 今日은 門박 出入을 禁하고 온종일 집에서 지나다.

아이들 소동에 집에 있으니 會社보다 더 以上의 골치를 상하개 대니 앞으로히 生計案 等〃 極情.

〈1964년 11월 30일 월요일〉

雜夫 20餘 名의 無差別 集團 解雇을 當하는 날. 最終에 참으로 가슴 아픈 날이다.

集團 解雇란 近來가 없는 例. 會社 事情으로 因한 처사다.

〈1964년 12월 1일 화요일 零下 8 〉

벌써 이 해도 마주막 달로 더러섯다.

今日의 氣溫은 零下 八度. 今年 들어 츠음으로 추운 날씨다.

午前 十二時 조곰 지나 아버지가 會社에까지 나오시다. 同生 結婚 件으로 費用 및 明日의 連絡 關係를 相議하다.

서울 同生 宅에는 아버지가 손수 가시여서 連絡과 同時 갓치 永登浦로 나오시기로 約束. 一金 參阡 원을 借用.

〈1964년 12월 2일 수요일〉

午前 九時 四〇分頃 서울 行 뽀쓰에 올라 永登浦 延興 禮式場에 到着. 一層 禮式場에 들였으나 누구 한 사람 나오질 안어서 궁굼하든 次 二層에 올라가 보니 안食口들은 나와서 待期 中이다.

午後 一時頃 家族 約 18名의 모인 가운데 서을 매부가 主禮를 보고 簡素한 禮式을 마치다. 仙美장에서 宴會를 마치고 各기 집으로 도라가다.

〈1964년 12월 3일 목요일〉

姜明哲 君니 結婚日 밤 招待을 밧고 申 係長 宅 안방에서 簡素한 酒宴을 배풀다. 式場에서 캐-크를 나누고 宅에서 酒宴을 배풀개 되니 費用은 깨 낫을 개다.

김장用 배추 購入.

150폭기 1,800.

計 2,600 購入.

〈1964년 12월 4일 금요일〉

現 作業 人員 中에서 出勤 事情에 準한 減員 이야기가 또 나오다.

鑄物 4名 程度가 犧牲되여 70名 以內로 하라는 上部의 指示.

雜工 解職에 對한 所見을 上申하다.

경信浩 係長의 김장 代金 2000을 姜明哲 앞으로 借用하다.

〈1964년 12월 5일 토요일 비〉

李載洪 君 婚禮式의 勞動會館에서 擧行함.

十一時을 錯誤로 12時에 慶信浩와 到着하여 본즉 式은 이미 끝낫다.

慶信浩로부터 2,000 借用한 金額은 김장에는 한 푼도 보테지 않고 다 써버리다.

밤 一○時 永登浦 錦玉이 內外가 來訪. 結婚 初行 길이다.

〈1964년 12월 6일 일요일〉

今年 드러 츠음으로 家具의 整理를 하다.

문 合板門을 修하고 마루 뒷門을 補修하다.

도람缶[드럼통?]에 뻬인트칠을 하다.

門마다 자물쉬를 달고 板合[合板]을 사다 門을 고치다.

집에서 떡을 해서 서울 同生 內外을 對接하다.

밤 八時 錦玉 內外 永登浦로 가다.

〈1964년 12월 7일 월요일〉

一○時 給料 支給을 하다.

張 會長 來社. 바뱃트 鎔解 減量%를 붓다. 바뱃트가 비싸니 은전 한 푼과 맛먹는 高價金屬이라 누〃히 다짐.

銅合金 材料의 보다 나은 材質 購入을 要請.

現在 使用 中인 材料는 30% LOSE[loss]가 난다 이야기함.

朴昌植과 트라불. 30% LOSE 件.

〈1964년 12월 8일 화요일〉

누구는 會社에 忠誠을 하고 나는 會社을 亡하개 하였다는 朴昌植의 言動에 興분한 나는 아침 九時頃에 자리에서 일어나 氣分니 나빠서 日課를 하로 쉬다.

밤에 鎭國이가 給料 殘額 420을 傳해 주다.

金祿培 妻男의 上京. 어머니가 여러 가지 農作物을 보냇다.

〈1964년 12월 9일 수요일〉

3TS 爐 操業 失敗. 理由는 柵 現狀을 늦개 發見하고 裝入 材料의 不均等.

金永德 君 作業 中에 辭表를 내며 울머기는 모습은 흡사 어린아이 장난 格.

金永德 君니 心理 狀態는 참으로 알기 힘든 일.

〈1964년 12월 10일 목요일〉

金充河 君 結婚.

1.5TS 爐 操業 성적 不良으로 밤 12時까지 續豫定.

朴昌植 君 來電. 日前에 未安하다는 內容.

〈1964년 12월 11일 금요일 0.3℃〉

서울 製鋼 Co(뚝섬 所在地)까지 인곳트 개-스 古鐵 購入 次 朴昌植과 出張.

夜間에 曺圭烈 來訪.

明日附로 退辭[辭退]하갯다는 人事 次.

{ 李永喆과 트라불 件.
  구드 月블로 사주엇다는 內容. 李永喆에개.

〈1964년 12월 12일 토요일〉

曺圭烈 氏가 辭退하다.

臨時 工員으로 約 一個年 以上을 勤務하고 나니 마음도 섭〃할 개다.

〈1964년 12월 13일 일요일〉

요즘 世上은 말할 수 없이 불경기다.

仁川에 五個 처 重工業 Co가 門을 닷고 其他 企業體도 朝夕으로 경영에 위협을 느끼고 있는 現實.

자칫 하다가다는 利川도 門을 닷기 쉽다는 巷間의 浪說 아닌 태-마가 떠돌고 있으니 말만 들어도 가슴이 서늘할 世上이다.

〈1964년 12월 14일 월요일〉

家屋 關係로 袋地[垈地]을 自己 所有로 拂下하여야 될 판니다.

돈 한 푼 없고 보니 엄도가 나지 않는다.

말이 난지년 벌써 20餘 日 前나나 今日까지 앞으로 10餘 日밖에 남지 안는 今年度 內에 歸(屬)財(産)은 一切 公賣한다는 消息이다.

〈1964년 12월 15일 화요일〉

겨울날치고는 재법 따스할 氣候가 持續된다.

鑄砂가 凍結되여 作業을 못할 時期이근만 웬닐인지 別다른 支障이 없시 作業을 하개 되니 겨울치고는 춥지 안는 날씨.

〈1964년 12월 16일 수요일〉

黃永淵니로부터 一金 五百 원 꾸어준 돈을 밧고서 退勤 길에 市場 순대집에서 五拾어치 술 한 잔을 마시고 몸이 좀 풀니여 집으로 도라가다. 約 五個月 만에 沐浴을 하고 아침에

일어나니 오리여 감기는 더하다.

재봉 椅子 100에 壹個 購入함.

〈1964년 12월 17일 목요일〉

몸살이 날는지 아침밥을 먹고 나니 온몸의 노곤하고 어개가 쑤시다.

도무지 움지기가 실타. 하로 쉴까 하였으나 會社에 나가고 보니 生産會니 머니 하여 밧바지는 탓으로 약간니 熱이 나는 몸을 抑制하여 하로 日課를 마치다.

〈1964년 12월 18일 금요일〉

慶信浩가 감기藥 노발긴-기니내 錠劑을 가지고 와 먹었다.

白米 代金 條로 四阡 원 手票을 밧다.

十一月分 給料 先拂.

눈니 나리다.

〈1964년 12월 19일 토요일〉

요즘 밧맛시 좀 당긴다.

會社에서 주는 晝食도 맛있개 다 먹으며 집에서 朝夕도 한 그럿은 充分히 다 비운다.

昨年에도 이마음떼는 재법 입맛이 당겼스나 不過 一週日 程度뿐이였다.

날씨는 마치 봄철 같히 따스하다.

〈1964년 12월 20일 일요일〉 60

日曜日이라는 氣分에 아침 一○時頃 자리에서 이러나 새수도 하지 않코 밥상을 대하여 또다시 이불 속에 누어서 新聞과 CUPORA [cupola] Hand BOX을 精讀햇다. 날씨는 유창한 봄날 氣分과 흡사하다. 午後 二時頃 돈

百 원을 안食口가 이우재서 꾸어 와서 理髮을 하고 文化劇場을 觀覽하다.
밤 黃陽善 氏가 來訪. 明 22日 집에 좀 들여달라는 要請을 밧다.

〈1964년 12월 21일 월요일〉 6.0

住宅 垈地 35坪 拂下 件으로 午後 四時 會社 경리係에서 百 원을 借用 文益模 氏 同伴하여 東仁川 稅務署로 가는 길에 珉求 아재 가개에서 200원을 더 借用 卓基洙 氏(歸屬財産 擔當)을 相面 이야기해 본 結果 現在로서는 좀 어렵다는 內容이 이야기와 (年來 書類 整理 關係로) 明年 一月頃애 해보자는 이야기로 끝낫다. 文益模 氏와 市場 태포집에서 한 잔式 (110) 나누고 某 氏 宅을 訪問 110 추미를 보고 仁映劇場 女子 一九歲의 映畵를 求景하다.

〈1964년 12월 22일 화요일〉

오늘은 벌써 冬至 날. 39歲의 해는 가고 40歲라는 나이을 먹개 댓다. 昨年까지만 해도 冬至 날 팟죽을 쑤어 먹은 기억이 남언는데, 올해는 이것조차 생각 못할 형편니고 보니 삶이 고통을 능히 알 수 잇다.
밤 八時頃 黃陽善 氏 宅을 訪問하여 黃 氏의 生日 엄식[음식]을 단둘이서 나누다.
釜山서 전시에 同苦樂을 같치 나누든 둘도 없는 親友가 近 八年 만에 多情히 이야기를 나누는 時間을 가젓다.

〈1964년 12월 23일 수요일〉

오늘 아침 朝飯 時間에 電燈 볼[불]을 키여 놓고 밥을 먹었다. 겨울철에 안개가 깁히 기여 七時 三○分 벌써 해가 떴을 것만 방안은 캄〃히 어두었다.
에기에 분유가 오날로서 다 독이 낫다. 明日까지는 맥일 수 있다는 안식구의 極情스러운 말. 月에 牛乳(MEDLLAC) 三통 程度(1,500)면 족한데 이것조차 못 당해 주는 에비가 할 일을 못하니 참으로 안탑갑기만 하고나.
밤에도 안개가 자옥히 끼였구나.
鄭 데포집에서 130어치 데포을 마시다.

〈1964년 12월 24일 목요일〉

退勤 後 鄭 태포집에서 간단한 태포 술을 경信浩 黃永연 2名이 나누다.
昨年만 하여도 좀 더 餘裕 있는 번한거[번화가]에서 亡年[忘年] 겸 성탄을 축하하였는데 今年에는 대포 한 잔式으로 깨끗히 끝마치고 일지감치 各宅으로 돌아가다.

〈1964년 12월 25일 금요일〉

昨年에는 就業을 햇지 今年에는 休日이고 보니 호주머니가 비여서 차라리 會社에 나아가 일하느니만 못하다. 아침 八時 四○分頃 자리에서 이러나지도 않은 채 아침상을 밧고 따뜻한 온돌방에 그데로 누었다. 신문을 디지다 잠이 덜어 점심상을 밧고 노곤한 몸을 그데로 다시 쓰러저 자다. 밤에도 여전니 잠은 오다. 그리고 보니 나에개는 잠자는 그리스마스. 理由는 호주머니가 빈 탓이라.

〈1964년 12월 26일 토요일〉

어저깨 들 무었을 햇지. 하로 종일 잡을 잣다

는 경信浩 갓든 친구도 있고 보니 요즘 利川
전機 Co 다니는 사람치고 餘裕 있는 사람은
아마도 없는 模樣. 매마를 데로 말른 現今의
우리 月給쟁이들이 立場이다.
밤 班長級 以上 10名의 금성집에서 亡年會
[忘年會]을 가젓다. 座席은 좀 어색햇으며 몸
을 독군다는 개 고만 술 마시기가 넘처서 (사
라로 마시다) 내가 녹카우크가 됫다. 十二時
통행시간 直前 黃永연니가 집에까지 다려다
주어 無事햇다.
오날 저역 노리의 主人公은 바라든 (石炭 장
사 이札).

〈1964년 12월 27일 일요일〉
엇저역에 마신 술은 가신 들[듯] 없어지고 새
벽에 조금 속이 쓰리는 氣分을 느낄 程度. 九
時에 이블 속에서 朝飯을 먹고 할 닐 없이 朝
刊을 듸적이다 希望 月刊紙을 하로 終日 정
독하다시피 하여 지루한 하로 해를 보내다.
목마를 떼로 마른 家計가 요즘 같어서는 위
웃간에 돈 좀 돌닐 곳조차 莫然한 模樣이다.
정순 어머니가 애기 젓갑을 春仙내 宅에서
500 돌여서 牛乳(MADELAK) 1통을 삿다.
따저 보니 우유 한 통으로 한 달을 지낸 샘.

〈1964년 12월 28일 월요일〉
봄철 같은 날씨가 개속 된다.
오날도 會社에서 하로을 마치고 宅으로 돌아
오니 귀여운 에기가 재롱을 떨다.
奉子와 정순니는 서울 姑母 宅에 가고 집안
에는 五 食口 단란한 살님 같다.
妻가 쌀이 떠러젓다고 걱정을 햇다.

한 달에 쌀 한 가마와 뻐리쌀[보리쌀] 2말 콩
한 말로 十二月을 자낫다는[지냈다는] 우리
살님.

〈1964년 12월 29일 화요일〉
李德洙 公患 件으로 基督病院까지 金基正 氏
와 갓다.
手術을 해야 된다는 醫士[醫師]의 말에 會社
에서는 너무도 冷情하다. 허리란 平素에 弱
病[病弱]한 자기 떼문에 다치는 거라고. 結局
불상한 家庭 환경이니 좀 잘 理解가 가도록
會社에서 보아줄 수박에.

〈1964년 12월 30일 수요일〉
係長 級 一〇名 亡年會 서울집에서.
金容昇 氏 主催. 밤 十一時까지.
二次는 共樂에서 朴경원 氏가 負擔하다. 오
랜만에 술 酒會을 연 샘이다.

〈1964년 12월 31일 목요일〉
11月分 給料를 밤 九時頃에 支給.
點心에 떡국얼 먹은 탈으로 아래베가 심하기
아푸마[아프다].
밤새 腹痛으로 잠을 못 지다[자다].

〈1965년 1월 1일 금요일 0.5℃〉[23]
1. 새해 아침 九時에 이러나 仁川驛으로 택시
를 몰다.
崔東洙 郭在根 尹弼文 3名의 朴敬연 宅을 訪

---
23) 이 일기는 1964년 마지막 날의 일기를 기록하고 남
은 지면에 기록하였다.

問.

信仰村 金炳烈 工場長 宅을 訪問.

선물로는 간다한[간단한] 400짜리 菓子.

점심을 엇어먹고 午後 3時 기가하다[귀가하다].

〈1965년 1월 2일 토요일 0.7℃〉

張 會長 宅 訪問. 아침 八時 55分 제물浦 發.

午後 3時 金俊植 宅 訪問.

午後 六時 仁川 着.

마후라 200 購入.

文化, 七海의 征服者 觀覽.

〈金錢出納簿〉

月	日	摘要		支出	殘高
1	2	共락 酒代 金榮喆 外 4人	○	300	
	〃	박카스 10個		200	支拂
	〃	金基正 同伴 (某)		240	〃
1	5	日誌帳 外		120	〃
1	〃	戶籍抄本		35	〃
1	〃	煙草(아리랑) 10匣	○	250	
1	5	金 副社長 工場 宅 訪問	○	210	殘 320
1	9	崔淵 係長 祝賀金	○	200	

月	日	摘要		支出
1	11	仙花洞에서 自宅. 會社에서 自宅 交通		80
1	12	文化劇場(情事)		40
1	{1}4	合乘 3日分		15
1	15	雲海樓. 夕食 3人 黃永연 金榮喆	○	180
1	16	黃永淵에개(어머니) 200 借用해 주다.		
1	19	文化劇場(나비부인)		50
1	18	李潤植 弟 祝金	○	200
1	22	交通費 外 黃에개		100
1	26	文化극場(단골손님)		400
2	3	文化 하타리		30
2	4	王 書房		100
2	5	酒. ㅁ女		150
2	6	夕食(黃과)		70
2	6	交通費		40
2	7	〃		50
2	11	장파		280
2	13	서울행		250
2	14	交通費 서을 行		400
		徐정武		200
		鄭貴花		300
		共樂		700
		금성옥		315

필 자

이정덕
전북대학교 인문대학 고고문화인류학과 교수

소순열
전북대학교 생명과학대학 농경제유통학부 교수

남춘호
전북대학교 사회과학대학 사회학과 교수

임경택
전북대학교 인문대학 일본학과 교수

문만용
전북대학교 한국과학문명학연구소 교수

진명숙
전북대학교 고고문화인류학과 BK21+사업단 연구원

정승현
서강대학교 사회과학연구소 연구교수

이성호
전북대학교 SSK개인기록과 압축근대 연구단 전임연구원

손현주
전북대학교 SSK개인기록과 압축근대 연구단 전임연구원

김희숙
부산외국어대학교 동남아지역원 HK연구교수

유승환
전북대학교 대학원 사회학 석사

인천일기 1 전북대 개인기록 총서 15

초판 인쇄 | 2017년 6월 23일
초판 발행 | 2017년 6월 23일

(편)저자 이정덕 · 소순열 · 남춘호 · 임경택 · 문만용 · 진명숙 · 정승현 · 이성호
손현주 · 김희숙 · 유승환

책임편집 윤수경

발 행 처 도서출판 지식과교양
등록번호 제 2010-19호
주   소 서울시 도봉구 쌍문1동 423-43 백상 102호
전   화 (02) 900-4520 (대표) / 편집부 (02) 996-0041
팩   스 (02) 996-0043
전자우편 kncbook@hanmail.net

© 이정덕 · 소순열 · 남춘호 · 임경택 · 문만용 · 진명숙 · 정승현 · 이성호 · 손현주 · 김희숙 · 유승환
2017 All rights reserved. Printed in KOREA

ISBN 978-89-6764-085-9 93810   **정가** 27,000원